漱玉詞全璧

劉瑜　徐洪佩　輯著

下冊

中国社会科学出版社

永遇樂

落日熔金，暮雲合璧，人在何處。染柳烟濃。吹梅笛怨，春意知幾許。元宵佳節，融和天氣，次第豈無風雨。來相召、香車寶馬，謝他酒朋詩侶。　中州盛日，閨門多暇，記得偏重三五。鋪翠冠兒，撚金雪柳，簇帶争濟楚。如今憔悴，風鬟霜鬢，怕見夜間出去。不如向、簾兒底下，聽人笑語。

——《校輯宋金元人詞》之《漱玉詞》

【考辨】

◎歷代載籍著録此闋之詞調、題目：

調作《永遇樂》。題作『元宵』。

◎歷代此闋著録為李清照（易安）詞之載籍：

［一］宋・張端義撰《貴耳集》文淵閣《欽定四庫全書》本（卷上，第二四頁），著録為李易安詞。

校記

調題：調同範詞。題作『元宵』。

正文：僅著録八句（見下『附録』）。『濃』作『輕』；『如今』作『于今』。

附録：易安居士李氏，趙明誠之妻。《金石録》亦筆削其間。南渡以來，常懷京洛舊事。晚年賦『元宵』《永遇樂》詞云『落日熔金，暮雲合璧』，已自工緻。至于『染柳烟輕，吹梅笛怨，春意知幾許』，氣象更好。後叠云：『于今憔悴，風鬟霜鬢，

怕見夜間出去』，皆以尋常語度入音律。煉句精巧則易，平淡入調者難。（詞評）

［二］宋・趙聞禮輯《陽春白雪》，《續修四庫全書》本　集部　詞類（卷二，第一〇頁），收作李易安詞。

校記

調題：皆同範詞。

正文：皆同範詞。

附録：無。

［三］明・楊慎撰《詞品》（卷之二），《詞話叢編》本（總第四五一頁），著録為李易安詞。

校記

調題：調同範詞。題作『元宵』。

正文：僅著録八句（見下『附録』）。『濃』作『輕』；『如今』作『于今』。

附録：荃翁張端義《貴耳集》云：……晚年自南渡後，懷京洛舊事。賦『元宵』《永遇樂》詞云：『落日熔金，暮雲合璧』，已自工緻。至于『染柳烟輕，吹梅笛怨，春意知幾許』，氣象更好。後叠云：『于今憔悴，風鬟霜鬢，怕見夜間出去』。皆以尋常語度入音律。煉句精巧則易，平淡入調者難。山谷所謂以故為新，以俗為雅者，易安先得之矣。（詞評）

［四］明・楊慎撰《詞品》（卷之二），《詞話叢編》本（總第四五一頁），著録為李易安詞。

校記

調題：無調。無題。

正文：僅著録兩句（見下『附録』）。

附録：辛稼軒詞『泛菊杯深，吹梅角暖』，蓋用易安『染柳烟輕，吹梅笛怨』也。然稼軒改數字更工，不妨襲用。不然豈盗狐白裘手邪。（詞評

［五］明・毛晋訂《漱玉詞》影印汲古閣初刻《詩詞雜俎》本（第一〇頁），著録為李易安詞。

校記

調題：調同範詞。題作『元宵』。

正文：僅著録八句（見下『附録』）。『落日』作『落月』；『濃』作『輕』；『如今』作『于今』。

附録：荃翁張端義《貴耳集》云：……晚年自南渡後，懷京洛舊事。賦『元宵』《永遇樂》詞云：『落月熔金，暮雲合璧』，已自工緻。至于『染柳烟輕，吹梅笛怨，春意知幾許』，氣象更好。後叠云：『于今憔悴，風鬟霜鬢，怕見夜間出去』。皆以尋常言語度入音律。煉句精巧則易，平淡入妙者難。山谷所謂以故為新，以俗為雅者，易安先得之矣。（詞評）

［六］清·沈辰垣等編《御選歷代詩餘》影印康熙内府本（卷一一六，第五一三頁），著録為李易安詞。

校記

調題：調同範詞。題作『元宵』。

正文：僅著録八句（見下『附録』）。『濃』作『輕』；『如今』作『于今』；『見』作『是』。

附録：李易安『元宵』《永遇樂》云：『落日熔金，暮雲合璧』，詞已自工緻；至于『染柳烟輕，吹梅笛怨，春意知幾許』，氣象更好；後段云：『于今憔悴，風鬟霜鬢，怕是夜間出去』，皆以尋常語度入音律，愈平淡愈精巧。（詞評，引張正夫語）

［七］清·俞正燮撰《癸巳類稿·易安居士事輯》求日益齋刻本（卷一五，第四七頁），著録為李易安詞。

校記

調題：皆同範詞。

正文：僅著録八句（見下『附録』）。『濃』作『輕』；『如今』作『于今』；『怕見夜間出去』作『怕向花間重去』。

附録：易安自南渡以後，常懷京洛舊事。元宵賦《永遇樂》詞曰：『落日熔金，暮雲合璧』，又曰『染柳烟輕，吹梅笛怨，春意知幾許』，後叠曰：『于今憔悴，風鬟霜鬢，怕向花間重去』。（詞評，引《貴耳集》）

［八］清·汪玢箋《漱玉詞彙抄》問遽廬正本（手抄，不分卷頁，第一八首），復旦大學圖書館藏，收作『宋李氏清照易安』詞。

校記

調題：皆同範詞。調下注：『此闋載《陽春白雪》』。

正文：『笛』作『篴』。

附録：《貴耳集》：易安居士南渡來，常懷京洛舊事。晚年賦『元宵』《永遇樂》詞云：『落日熔金，暮雲合璧』，已自工緻。至于『染柳烟輕，吹梅篴怨，春意知幾許』，氣象更好。後叠字云：『于今憔悴，風鬟霜鬢，怕向花間重去。』皆以尋常語度入音律。煉句精巧則易，平淡入調者難。（詞評）

《詞源》：昔人咏節序，不惟不多，付之歌喉者，類是率俗，不過為應時納祜之作。所謂清明『折桐花爛漫』、端午『梅霖乍歇』、七夕『炎光謝』，若律以詞家調度，則皆未然。豈如美成《解語花》咏元夕，史邦卿《東風第一枝》賦立春，黄鐘調《喜遷鶯》賦燈夕，如此妙詞甚多，不獨措辭精粹，又且見時節風物之感，人家宴樂之同，則絶無歌者，至如李易安《永遇樂》云：『不如向簾兒底下，聽人笑語』，此亦自不惡。而以俚詞歌于坐花醉月之際，似乎擊缶韶外，良可嘆也。（詞評）

《詞品》：辛稼軒詞『泛菊杯深，吹梅角暖』，蓋用易安『染柳烟輕，吹梅笛怨』也。然稼軒改數字更工，不妨襲用。不然豈盜狐白裘手邪。（詞評）

［九］清・莫友芝家抄《漱玉詞》（手抄，不分卷頁，第二九首），復旦大學圖書館藏，收作『宋李氏清照易安』詞。

校記

調題：調同範詞。題作『元宵』。題下注：『此首據《陽春白雪》録』。

正文：皆同範詞。

附録：無。

［一〇］清・王鵬運輯《漱玉詞》，《四印齋所刻詞》本（第一二頁），收作『李清照　易安』詞。

校記

調題：皆同範詞。

正文：『霜』作『霧』。

附録：無。

［一一］清人輯《斷腸漱玉詞合刊》之《漱玉詞》光緒庚子石印本（第五頁），著録為李清照詞。

校記

調題：調同範詞。題作『元宵』。

正文：僅收録八句（見下『附録』）。『落日』作『落月』；『濃』作『輕』；『如今』作『于今』。

附録：荃翁張端義《貴耳集》云：……晚年自南渡後，懷京洛舊事。賦『元宵』《永遇樂》詞云：『落月熔金，暮雲合璧』，已自工緻。至于『染柳烟輕，吹梅笛怨，春意知幾許』，氣象更好。後叠云：『于今憔悴，風鬟霜鬢，怕見夜間出去』。皆以尋常言語度入音律。煉句精巧則易，平淡入妙者難。山谷所謂以故為新，以俗為雅者，易安得之矣。（詞評）

〔一二〕 清・蕙風簃主箋《漱玉詞箋》中華圖書館石印本 中華民國四年六月版（不分卷，第六頁），收作李清照詞。

校記

調題：皆同範詞。

正文：『第』作『弟』；『霜』作『霧』。

附録：《貴耳集》曰：易安南渡後，懷京洛舊事。作『元宵』詞：『落日熔金，暮雲合璧』，已自工緻。至『染柳烟輕，吹梅笛怨，春意知幾許』，氣象更好。後云：『于今憔悴，風鬟霧鬢，怕見夜間出去』，皆以尋常語言度入音律。煉句精巧者易，平淡入妙者難。山谷謂：『以故為新，以俗為雅者，易安先得之矣。』（詞評）

張玉田《詞源》曰：昔人咏節序，付之歌喉者，不過為應時納祜之作。所謂清明『拆桐花爛漫』、端午『梅霖乍歇』、七夕『炎光謝』，若律以詞家風度，則俱未然。豈如周美成《解語花》咏元夕，史邦卿《東風弟一枝》咏立春，不獨措辭精粹，且見時序風物之感，若易安《永遇樂》咏元夕云：『不如向簾兒底下，聽人笑語』，亦自不惡。如以俚詞歌于坐花醉月之下，為真可惜。（詞評）

《詞品》：辛稼軒詞『泛菊杯深，吹梅角暖』，蓋用易安『染柳烟輕，吹梅笛怨』也。改數字更工，不妨襲用。不然豈盗狐白裘手耶。（詞評）

〔一三〕 木石居士選輯 絳雲女史参校《歷代名媛詞選》民國十六年石印本（卷一五，長調四，未注頁碼），收作李清照詞。

校記

調題：皆同範詞。

正文：『霜』作『霧』；『怕見夜間出去』作『怕向花間重去』。

附録：無。

〔一四〕 李文裿輯《漱玉集》冷雪盦叢書本（卷四，第六頁），收作李清照詞。

校記

調題：皆同範詞。

正文：皆同範詞。

附録：《陽春白雪》、四印齋本《漱玉詞》。（尾注）

[一五] 趙萬里輯《漱玉詞》，《校輯宋金元人詞》本（第一〇頁），收作「李清照　易安」詞。

校記

調題： 調作《永遇樂》。無題。

正文： 原「鎔」、「寳」、「侣」、「舖」、「撚」，兹改为正字：「熔」、「寶」、「侶」、「鋪」、「捻」。（擇為範詞，底本）

附録： 《陽春白雪》二。（尾注）

[一六] 唐圭璋輯《全宋詞》中州古籍出版社　兩冊本（上，第六四七頁），收作李清照詞。

[一七] 中華書局編《李清照集》（第三九頁），收作李清照詞。

[一八] 王仲聞《李清照集校注》人民文學出版社（第五三頁），收作李清照詞。

[一九] 黄墨谷《重輯李清照集》齊魯書社（卷三，第四三頁），收作李清照詞。

[二〇] 徐北文主編《李清照全集評注》濟南出版社（第二一頁），收作李清照詞。

[二一] 徐培均《李清照集箋注》上海古籍出版社（第一五〇頁），收作李清照詞。

◎歷代此闋著録他人或無名氏及存疑詞之載籍：

雖廣徵博采而未見。

◎瑜按：

上列二十餘種載籍著録為李易安（清照）詞，撰者無异名，兹入《漱玉詞》。

【注釋】

[一] **落日熔金：** 快要落山的太陽像熔化的黄金那樣光輝耀眼。宋辛弃疾《西江月》：「千丈懸崖削翠，一川落日熔金。」宋張孝祥《西江月》：「落日熔金萬頃，晴嵐洗劍雙鋒」。

[二] **暮雲合璧：** 晚雲聚集在一起，像整塊美玉。唐韋莊《又玄集序》：「雲間分合璧之光，海上運摩天之翅。」金元好問《江梅引・泰和》：「月下哀歌宫殿古，暮雲合，遥山入翠顰」。

[三] **吹梅笛怨：** 笛吹奏出《梅花落》凉悲凄怨的曲調。《樂府雜録》：「笛者羌樂也，古有《梅花落》曲」。

[四] **融和：** 指天氣和暖宜人。宋丁仙現《絳都春》：「融和又報。乍瑞靄霽色，皇州春早。」宋趙長卿《探春令》：「新元纔過，漸融和氣」。

[五] **次第：** 轉眼之間的意思。宋周密《聲聲慢》：「次第重陽近也，看黄花緑酒，也合遲留。」宋楊萬里《多稼亭看梅》詩：「先生次第即還家，

更上城頭一望賒』。（《詩詞曲語詞匯釋》）

〔六〕**香車寶馬**：飄香的車子，名貴的駿馬。宋曾布《水調歌頭》：『堤上鶯花撩亂，香車寶馬縱橫』。明夏完淳《兩同心・有夢》：『綺羅如夢錦如塵，香車寶馬知何處』。

〔七〕**中州**：古代稱河南為豫州，因為它是九州的中心，故稱中州。此處指汴京，即今開封。

〔八〕**閨門**：閨房的門，這裏指代婦女們。五代顧敻《虞美人》：『魂銷無語倚閨門。欲黃昏』。敦煌詞《御制林鐘商内家嬌》：『半含嬌態，逶迤緩步出閨門』。

〔九〕**三五**：指陰曆每月十五日。宋賀鑄《小梅花》：『娟娟姮娥，三五滿還虧。』此處指正月十五，元宵節。唐白居易《長安正月十五日》：『明月春風三五夜，萬人行樂一人愁』。

〔一〇〕**鋪翠冠兒，撚金雪柳**：鋪：裝飾。翠：珠翠。撚金：撚成金絲，以其為飾。雪柳：蓋用素絹、白紙、銀箔等撚的柳枝。《武林舊事・元夕》載：『元夕節物，婦女皆帶珠翠、鬧娥、玉梅、雪柳……』。宋吴自牧《夢粱録・元宵》：『宮巷口，蘇家巷二十四家傀儡，衣裝艷麗，細旦帶花朵肩，珠翠冠兒，腰肢纖裊，宛若婦人』。『鋪翠冠兒』，裝飾珠翠的帽子。『撚金雪柳』，蓋以金箔撚絲為飾的雪柳。

〔一一〕**簇帶**：插戴很多。《武林舊事・都人避暑》：『而茉莉為最盛，初出之時，其價甚穹，婦人簇帶，多至七插……』。宋劉將孫《六州歌頭》：『數金蛾彩蝶，簇帶那人嬌』。

〔一二〕**濟楚**：整齊漂亮。宋柳永《木蘭花》：『心娘自小能歌舞，舉意動容皆濟楚。』宋吕渭老《浪淘沙》：『濟楚風流。一時摟攬着心頭』。

〔一三〕**風鬟霜鬢**：風鬟，形容頭髮像風吹的一樣鬆散。宋劉辰翁《永遇樂》『緗帙流離，風鬟三五，能賦詞最苦。』霜鬢：鬢髮像染霜一樣斑白。唐杜甫《登高》『艱難苦恨繁霜鬢，潦倒新停濁酒杯』。

〔一四〕**怕見**：怕得，懶得。宋黄升《南歌子》：『怕見山南山北、子規啼』。宋石孝友《南歌子》：『怕見一天風雨、卷春歸』。

〔一五〕**向**：見《七娘子》（暗香浮動到黃昏）注。

【品鑒】

宋張端義《貴耳集》云：『（易安）南渡以來，常懷京洛舊事。晚年賦『元宵』《永遇樂》詞……』可見此詞為易安南渡後期，飽受國破、家亡、喪夫、顛沛流離之苦的晚年，某一個元宵佳節，傷今追昔之作。宋劉辰翁在自己的《永遇樂》小序中云：『余自乙亥上元誦李易安《永遇樂》，為之涕下。今三年矣，每聞此詞，輒不自堪。遂依其聲，又托之易安自喻。雖辭情不及，而悲苦過之。』可見易安《永遇樂》詞具有令人一唱三嘆的強烈藝術感染力。

『落日熔金，暮雲合璧，人在何處。』快要落山的太陽像熔化的黃金那樣光輝耀眼，晚雲聚集在一起，像整塊的玉璧那樣色彩斑斕。可是親愛的人兒在哪裏呢？這裏寫出了夕陽的嬌艷，晚雲的瑰麗。真是『夕陽無限好』啊！日暮之時『宿鳥歸飛急』，作為有豐富感情的人，觸景生情，怎不思念生離死別的親人呢？魏繁欽《定情詩》云：『日暮兮不來，凄風吹我襟。望君不能坐，悲苦愁我心。』魏阮籍《咏懷》云：『日暮思親友，晤言用自寫』。況且這是一個元宵佳節的傍晚，『每逢佳節倍思親』，易安面對着佳節的良辰美景，怎能不油然思念逝去的親愛丈夫，則自然發出『人在何處』的悲嘆。頗有『物是人非』之感慨。『落日熔金』與宋廖世美《好事近》詞：『落日水熔金』相近。後來宋辛弃疾也仿照此句，其《西江月》有『一川落日熔金』句。南北朝江淹《擬休上人怨別》云：『日暮碧雲合，佳人殊未來』蓋為『暮雲合璧，人在何處』之本。頭三句為一層，寫傍晚天氣晴好，她懷念親人。

『染柳烟濃。吹梅笛怨，春意知幾許。』『染』，指春天使柳樹着了緑色。『柳烟』，即柳色如烟的意思，指傍晚迷蒙中柳樹的顔色。唐温飛卿《菩薩蠻》云：『江上柳如烟』，這是『殘月天』的柳樹顔色。李清照以為宋歐陽修（五代馮延巳）《蝶戀花》云：『楊柳堆烟』，寫『門掩黄昏』時的楊柳顔色。總之都是朦朧中的柳色。『吹梅笛怨』，在夕陽的輝映下，被春風染緑的柳樹顔色像濃烟一般，笛裏奏出《梅花落》的凄凉哀怨曲調，這光景知道有幾分春色呢！『染柳烟濃』，寫春景。在春之原野上回蕩着哀凉的笛聲，就在本來暗淡的背景上，加塗了令人不快的色彩，顯得越加晦暗幽凄。這是情寓于景。『春意知幾許』是表示説不準臨安的春色到底有幾分，説明對春光的興味索然，態度冷淡。易安早年寫的《如夢令》云：『昨夜雨疏風驟。濃睡不消殘酒。試問捲簾人，却道海棠依舊。知否。知否。應是緑肥紅瘦。』反映出那時她對春事的關心、對春光的珍惜、對春景體察的細緻入微。『殘酒』未消，躺着就準確地推測出海棠的『緑肥紅瘦』。但是今日面對春景却不能説出『幾許』春意。態度冷漠。顯然，這是國破家亡喪夫顛沛流離等種種苦難折磨的結果。

『元宵佳節，融和天氣，次第豈無風雨。』今天是美好的元宵佳節，天氣是和暖宜人的，難道轉眼間就不會有風雨嗎？易安『豈無風雨』的疑慮，是受過無邊苦難的折磨和種種不幸刺激的人所特有的戰戰兢兢、凄凄惶惶、多疑多慮的精神狀態之真實寫照。

『來相召、香車寶馬，謝他酒朋詩侣。』她婉言謝絶了前來邀請的騎着寶馬、駕着香車的飲酒朋友、作詩侣伴。易安是喜歡游春賞景的，宋周輝《清波雜志》（卷八）云：『易安每值天大雪，即頂笠披蓑，循城遠覽以尋詩』。可見易安在建康時游興之高。而今何以竟然『謝他酒朋詩侣』？這個結果，是由前面三層鋪叙的三個原因所造成的：傍晚晴好，懷念親人；春色晦暗，態度冷漠；天氣和暖，但疑風雨。其中『人在何處』是起主導作用的根本原因。春色晦暗、疑慮風雨是次要的原因。可以想見，元宵節日，日暮之時，不僅引人思念親人，也使人產生懷念故國家鄉之情。唐崔顥《黃鶴樓》詩云：『日暮鄉關何處是？烟波江上使人愁。』這裏是南宋都城臨安的元宵節，自然引起作者對『中州盛日』元夕的回憶，開了下闋。

『中州盛日，閨門多暇，記得偏重三五。』『盛日』，繁榮昌盛的時代。汴京繁華興旺的年代，婦女們多有閑暇的時間，記得特別重視正月十五元宵佳節。

『鋪翠冠兒，捻金雪柳，簇帶争濟楚。』元夕婦女們頭上戴着裝飾珠翠的帽子，插戴着以金箔捻絲為飾的雪柳，競相打扮，看誰整齊漂亮。包括易安在内的婦女們，在汴京的元宵佳節，真是歡天喜地，興高采烈。以上六句為一層，回憶北宋汴京元宵佳節的繁盛景象及人們的歡快心情。

『如今憔悴，風鬟霜鬢，怕見夜間出去。』『憔悴』，面黃肌瘦。現在人衰老了，頭髮像風吹的一樣鬆散，像白霜凝結在兩鬢上，懶得夜間出去。婦女是講究梳頭的，對頭髮的態度，是婦女精神狀態的一種表現。她年輕時寫的《浣溪沙》有『髻子傷春慵更梳』句，這是因她淡淡的閑愁。《鳳凰臺上憶吹簫》有『起來慵自梳頭』句，這是因她的離愁别苦。《武陵春》有『日晚倦梳頭』句，因她國破家亡喪夫的濃愁。這些詞句都是説，本來應該梳頭，不過因為種種不同的愁恨而没有按時梳理。『風鬟霜鬢』，像一個精神病患者，長久未梳頭的樣子。我們可以想見，李清照晚年精神上所受的摧殘，心情上的痛苦，已經達到無以復加的程度，積久成疾了。

『不如向、簾兒底下，聽人笑語。』不如躲在簾子底下，聽人們説説笑笑。易安原是喜歡游山玩水的，在她南渡後避亂金華的艱難和愁苦的情況下，尚有藉景消憂的打算和興致。《武陵春》云：『聞説雙溪春尚好，也擬泛輕舟』。儘管因為『衹恐雙溪舴艋舟。載不動、許多愁。』而没有去成。但今天是南宋都城臨安的元宵佳節，悲愁痛苦填胸臆的李清照，却根本没有藉景遣愁的打算和逛街賞燈的興致。『多少游春意』蕩然無存。難道是她對元宵佳節的本身没有好感？不。她回憶北宋『中州盛日』『偏重三五』時津津樂道、饒有興味、情深意濃。這説明她對故國鄉關深深地懷念，對汴京元宵佳節的嚮往。莫非是臨安元宵佳節的盛况不及汴京？也不。《武林舊事·元夕》載：『山燈凡數千百種，極其新巧，怪怪奇奇，無所不有……宫漏既深，始宣放烟火百餘架，于是樂聲四起，燭影縱横……終夕天街鼓吹不絶。都民士女，羅綺如雲，蓋無夕不然也。至五夜，則京尹乘小提轎，諸舞隊次第簇擁前後，連亙十餘里，錦綉填委，簫鼓振作，耳目不暇給』，『大率效宣和盛際』。宋姜白石有詩云：『南陌東城盡舞兒，畫金刺綉滿羅衣。也知愛惜春游夜，舞落銀蟾不肯歸。』可見臨安元夕盛况絶不在汴京之下。『酒朋詩侣』驅『香車寶馬』前來邀請，説明易安雖『如今憔悴，風鬟霜鬢』，也未曾衰老到不能行動的程度。『謝』字説明不是不能去游，而是不想去游，婉言謝絶。易安到底為什麽不出游？上闋談到的原因是問題一個方面。而另一方面，『不如向、簾兒底下，聽人笑語』，這是對臨安元宵佳節的蔑視。在李清照眼裏，它不堪一游，不屑一瞥，何由？後來的宋文及翁説出了易安的心頭話，《賀新郎》云：『一勺西湖水。渡江來、百年歌舞，百年酣醉。回首洛陽花石盡，烟渺黍離之地。更不復、新亭墮泪。簇樂紅妝摇畫艇，問中流、擊楫誰人是。千古恨，幾時洗。』真是絶妙而深邃。南宋士大夫們苟安一隅，荒淫無恥，祇求游宴玩樂，不圖收復中原，統一祖國。易安如此看輕臨安的元宵佳節，是對南宋統治集團的憤慨和抗議。

全詞，通過北宋汴京和南宋臨安兩個都城元宵節有關情景的描寫和對比，表現作者對故國、鄉關、親人的懷念及凄愴悲憤的心情。

此詞構思精巧。上闋：第四層，寫『謝他酒朋詩侣』，這是個結果；前三層，層層鋪叙的是『謝』的原因。下闋：一層：憶昔；二層：傷今。

換頭，突然回憶『中州盛日』的元宵佳節，人們興高采烈；驀然又筆鋒陡轉，寫臨安元夕，她凄楚悲憤。前後對比，突出主題。清毛先舒云：『嘗論詞貴開宕，不欲沾滯，忽悲忽喜，乍遠乍近，斯為妙耳』（《詞苑叢談》引《詩辨坻》）。

以淺俗尋常語入詞，這是易安詞的特色之一。『守着窗兒，獨自怎生得黑』、『被冷香消新夢覺，不許愁人不起』，就是易安用『淺俗之語發清新之思，詞意并工』的閨情妙句。『如今憔悴……聽人笑語』亦然。正詞家所謂『以故為新、以俗為雅』。

李清照詞高超的藝術技巧很值得我們藉鑒。

【選評】

〔一〕**宋·張端義**：易安居士李氏，趙明誠之妻。《金石録》亦筆削其間。南渡以來，常懷京洛舊事。晚年賦『元宵』《永遇樂》詞云『落日熔金，暮雲合璧』，已自工緻。至于『染柳烟輕，吹梅笛怨，春意知幾許』，氣象更好。後疊云：『于今憔悴，風鬟霜鬢，怕見夜間出去』，皆以尋常語度入音律。煉句精巧則易，平淡入調者難。（《貴耳集》）

〔二〕**宋·劉辰翁**：《永遇樂》小序：『予自乙亥上元誦李易安《永遇樂》，為之涕下。今三年矣，每聞此詞，輒不自堪。遂依其聲，又托之易安自喻。雖辭情不及，而悲苦過之。』詞云：『璧月初晴，黛雲遠澹，春事誰主。禁苑嬌寒，湖堤倦暖，前度遽如許。香塵暗陌，華燈明晝，長是懶携手去。誰知道，斷烟禁夜，滿城似愁風雨。宣和舊日，臨安南渡，芳景猶自如故。緗帙流離，風鬢三五，能賦詞最苦。江南無路，鄜州今夜，此苦又誰知否。空相對，殘釭無寐，滿村社鼓。」

又：《永遇樂》小序：『予方痛海上元夕之事，鄧中甫適和易安詞至，遂以其事吊之。』詞云：『燈舫華星，崖山矴口，官軍圍處。璧月輝圓，銀花焰短，春事遽如許。麟洲清淺，鼇山流播，愁似汨羅夜雨。還知道，良辰美景，當時鄴下仙侶。　而今無奈，元正元夕，把似月朝十五。小廟看燈，團街轉鼓，總似添惆楚。傳柑袖冷，吹藜漏盡，又見歲來歲去。空猶記，弓彎一句，似虞兮語。』（《須溪詞》）

[三] **宋·張　炎**：至如李易安《永遇樂》云：『不如向簾兒底下，聽人笑語。』此詞亦自不惡。而以俚詞歌于坐花醉月之際，似乎擊缶韶外，良可嘆也。（《詞源》）

[四] **明·楊　慎**：辛稼軒詞『泛菊杯深，吹梅角暖』，蓋用易安『染柳烟輕，吹梅笛怨』也。然稼軒改數字更工，不妨襲用。不然豈盗狐白裘手邪。（《詞品》）

[五] **清·永瑢等**：張端義《貴耳集》極推其元宵詞《永遇樂》、秋詞《聲聲慢》，以為閨閣有此文筆，殆為間氣，良非虛美。雖篇帙無多，固不能不寶而存之，為詞家一大宗矣。（《四庫全書總目提要》）

[六] **清·謝章鋌**：柳屯田『曉風殘月』，文潔而體清；李易安『落日』『暮雲』，慮周而藻密。綜述性靈，敷寫器象，蓋駸駸乎大雅之林矣。（《賭棋山莊詞話》）

[七] **清·吴　梅**：大抵易安諸作，能疏俊而少沉着。即如《永遇樂·元宵》詞，人咸謂絶佳；此事感懷京、洛，須有沉痛語方佳。詞中如『如今憔悴，風鬟霧鬢，怕見夜間出去』固是佳語，而上下文皆不稱。上云『鋪翠冠兒，捻金雪柳，簇帶爭濟楚』，下云『不如向，簾兒底下，聽人笑語』，皆太質率，明者自能辨之。（《詞學通論》）

[八] **胡雲翼**：這首詞主要是抒發她飽經憂患後不安定的心情和自甘寂寞的消沉思想。詞中追懷『中州盛日』的元宵景象，也適當地表現出作者對故國的眷念不忘。（南渡詞人往往通過寫汴京燈節的盛況以寄託自己的愛國思想。）南宋末年詞人劉辰翁説：『誦李易安《永遇樂》，為之涕下。』（見《須溪詞·永遇樂》題序）可想見其強烈的感染力。通篇把今昔不同的情景構成鮮明的對照，又把一些尋常用語組織入詞，格外顯得生動。（《宋詞選》）

［九］**唐圭璋**：實則其《永遇樂》一詞，亦富于愛國思想，後來劉辰翁讀此詞為之泪下，并依其聲以清照自喻，可見其感人之深，而二人痛心亡國，懷念故都，先後亦如出一轍。

又：上片寫首都臨安之元宵現實，景色好，天氣好，傾城賞燈，盛極一時，而己則暗傷亡國，無心往觀。下片回憶當年汴都之元宵盛況，婦女多濃妝艷飾，出門觀燈，轉眼金兵侵入，風流雲散，萬户流離失所，慘不可言。而己亦首如飛蓬，無心梳洗，再逢元宵佳節，更不思夜出賞燈，正是『良辰美景奈何天，賞心樂事誰家院。』最後，從聽人笑語，反映一己之孤獨悲哀，默默無言，吞聲飲泣，實甚于放聲痛哭。（《詞學論叢》）

［一〇］**李長之**：這首詞曾感動了一〇〇多年後的詞人劉辰翁，他曾在宋末文天祥起兵的那一年（一二七五年）讀了這首詞，而『為之涕下』，一連三年，『每聞此詞，輒不自堪』，最後便情不自已地也和了一首《永遇樂》。那是同樣地富有愛國情感的一首詞。（《中國文學史略稿》）

［一一］**王仲聞**：俞正燮《易安居士事輯》，排比李清照事蹟，以此詞為趙明誠守江寧時作，非也。趙明誠于建炎元年八月起復，知江寧府，清照于二年春至江寧。三年二月趙明誠罷守江寧。此首為元宵詞。如在江寧作，應作于建炎三年正月。其時趙構尚未渡江而南，南宋偏安之局未成，張端義云：南渡後常懷京洛舊事，并云晚年作，必非建炎時作也。（《李清照集校注》）

［一二］**倪木興**：李清照的這首詞之所以能做到不言哀而哀然之情溢于言表，就是因為她在描繪景物抒發感情之中，善于運用種種對比：樂景與哀情，樂景與哀景，昔日盛妝、樂情與今日憔悴、哀情，他人樂情與自己哀情，構成了明顯的對照，突出地表達了自己哀怨愁苦之情，達到了一定高度的藝術境界。（《唐宋詞鑒賞集·對照鮮明　哀情深切》）

憶秦娥

臨高閣。亂山平野烟光薄。烟光薄。栖鴉歸後，暮天聞角。　斷香殘酒情懷惡。催他一葉梧桐落。梧桐落。又驚秋色，又還寂寞。

——文淵閣《欽定四庫全書》本《全芳備祖》

【考辨】

◎歷代載籍著録此闋之詞調、題目：

調作《憶秦娥》（又名《秦樓月》、《雙荷葉》）。題作『咏桐』、『桐』。

◎歷代此闋著録為李清照（易安）詞之載籍：

［一］宋·陳景沂編輯　祝穆訂正《全芳備祖》燕京大學圖書館抄本　後集　木部之桐（卷一八，第一九頁），收作李易安詞。

校記

調題：皆同範詞。

正文：『催他一葉』作『摧襯』；『驚』、『還』皆作『遭』。

附録：無。

［二］宋·陳景沂撰《全芳備祖》文淵閣《欽定四庫全書》本　後集　木部之桐（卷一八，第二〇頁），收作李易安詞。

校記

調題：調作《憶秦娥》。無題。

正文：原『棲』，茲改為正字『栖』。（擇為範詞，底本）

附録：無。

［三］清・王鵬運輯《漱玉詞・補遺》，《四印齋所刻詞》本（第二頁），收作『李清照　易安』詞。

校記

調題：調同範詞。題作『咏桐』。題下注：『見《全芳備祖》』。

正文：『鴉』作『雅』（瑜注：此處兩字同，見《中華大字典》。『鴉』為正字，下皆不出校）；『懷』作『褱』；『催他一葉』作『□□催襯』；『驚』作『還』。

附録：無。

［四］清・蕙風簃主箋《漱玉詞箋・補遺》中華圖書館石印本　中華民國四年六月版（不分卷，第一四頁），收作李清照詞。

校記

調題：調同範詞。題作『咏桐』。調下注：『見《全芳備祖》』。

正文：『催他一葉』作『口口催襯』；『驚』作『還』。

附録：無。

［五］李文椅輯《漱玉集》冷雪盦叢書本（卷三，第五頁），收作李清照詞。

校記

調題：皆同範詞。

正文：『催他一葉』作『□□催襯』；『驚』作『還』。

附録：《全芳備祖》。（尾注）

［六］趙萬里輯《漱玉詞》，《校輯宋金元人詞》本（第三頁），收作『李清照　易安』詞。

校記

調題：調同範詞。題作『桐』。

正文：『催他一葉』作『□□催襯』；『驚』作『還』。

附録：《全芳備祖》後集十八桐門。（尾注）

［七］唐圭璋輯《全宋詞》中州古籍出版社 兩冊本（上，第六四六頁），收作李清照詞。

［八］中華書局編《李清照集》（第七頁），收作李清照詞。

［九］王仲聞《李清照集校注》人民文學出版社（第四八頁），收為李清照詞。

附録：按《全芳備祖》各詞，收入何門，即咏何物。惟陳景沂常多牽強傅會。此詞因内有『梧桐落』句，故收入梧桐門，實非咏桐詞。

［一〇］黄墨谷《重輯李清照集》齊魯書社（卷三，第四〇頁），收作李清照詞。

［一一］徐北文主編《李清照全集評注》濟南出版社（第一四頁），收作李清照詞。

［一二］徐培均《李清照集箋注》上海古籍出版社（第五一頁），收作李清照詞。

附録：箋注：此詞黄本列為『建炎元年南渡以後之作』，并校云：『下片詞筆較弱，姑存之。』陳祖美則以為作于建炎三年（一一二九）深秋趙明誠病卒後，并稱之為悼亡詞。皆非是。細玩詞境，乃鄉村景色。據明誠《青州仰天山羅漢洞題名》：『余以大觀戊子之重陽，與李擢德升同登茲山。』此為大觀二年（一一〇八）重陽，時值晚秋，北方早寒，正梧桐葉落之際，而南望青州附近，亦有『亂山平野』。故知此時明誠方出游，而清照登高懷遠賦此詞也。

◎歷代此闋著録他人或無名氏及存疑詞之載籍：

［一］宋・何士信輯《草堂詩餘前集二卷後集二卷》明嘉靖三十三年楊金刻本（卷下前，第一四頁）收録，未注撰者。與李太白《憶秦娥》（簫聲咽）連排，第二首。

校記

調題：皆同範詞。

正文：『聞』作『殘』；『催他一葉』作『西風吹趁』；『又驚秋色』作『天還秋也』。

附録：無。

［二］明・陳耀文纂（原署）《花草粹編》影印明刊十二卷本（卷四，第四頁），收録。未署名，與周紫芝詞連排。

校記

調題：皆同範詞。調下注：『一名《秦樓月》，一名《雙荷葉》』。

正文：『聞』作『吹』；『情』作『襟』；『催他一葉』作『西風催趁』；『又驚秋色』作『又還愁也』。

附録：無。

[三]　明·陳耀文輯《花草粹編》文淵閣《欽定四庫全書》二十四卷本（卷七，第五頁）收録，未注撰者，與周紫芝詞連排，用『四』銜接。

校記

調題：皆同範詞。調下注：『一名《秦樓月》，一名《雙荷葉》』。

正文：『聞』作『吹』；『情』作『襟』；『催他一葉』作『西風催趁』；『又驚秋色』作『又還愁也』。

附録：無。

[四]　明·陳耀文編（原署）《花草粹編》文津閣《欽定四庫全書》二十四卷本（卷七，總第一頁）收録，未注撰者，與周紫芝詞連排，用『三』銜接。

校記

調題：皆同範詞。調下注：『一名《秦樓月》，一名《雙荷葉》』。

正文：『聞』作『吹』；『情』作『襟』；『催他一葉』作『西風催趁』；『又驚秋色』作『又還愁也』。

附録：無。

◎ 瑜按：

此詞有兩個疑點：首先，《花草粹編》收該詞無撰者，與周紫芝詞相連，是否是周詞？查宋周紫芝撰《竹坡詞》、查唐圭璋輯《全宋詞》之周紫芝詞均無此首。其次，楊金本《草堂詩餘》所收此詞與李太白詞連接，是否李太白詞？查《全唐五代詞》之李白詞亦未收此闋。《花草粹編》、楊金刊本《草堂詩餘》皆收作無名氏詞，雖未詳所出，然不影響詞之歸屬。其餘各載籍所收此詞皆祖《全芳備祖》，收作李易安詞。題為後人所加。撰者無异名。茲入《漱玉詞》。

【注釋】

[一]　**烟光薄**：烟霧淡而薄。唐杜甫《後游詩》：『野潤烟光薄，沙暄日色遲。』宋程垓《菩薩蠻》：『春回緑野烟光薄，低花矮柳田家樂』。

[二]　**栖鴉**：指在樹上栖息築巢的烏鴉。宋蘇軾《祈雪霧豬泉，出城馬上作，贈舒堯文》：『朝隨白雲去，暮與栖鴉還。』宋秦觀《望海潮》：『但倚樓極目，時見栖鴉』。

〔三〕**角**：見《菩薩蠻》（歸鴻聲斷殘雲碧）注。

〔四〕**襯**：施捨，引申為幫助。『西風吹襯梧桐落』，秋風勁吹，幫助即將凋落的梧桐葉更快飄落了。唐白居易《日高卧》：『夾幕繞房深似洞，重裀襯枕暖于春』。

〔五〕**還**：歸，回到。宋戴復古《祝英臺近》：『歌笑開懷，酒醒又還醉』。宋華清淑《望江南》：『燕塞月，缺了又還圓』。

【品鑒】

此詞，從『栖鴉歸後』、『情懷惡』、『寂寞』透露出這是作者南渡後之作品。是懷想思念生離或訣別的丈夫，還是被金人踐踏的故鄉，難以考定。

『臨高閣。亂山平野烟光薄。烟光薄。』開端起得陡然，把讀者帶到高高的樓閣之上。女主人登樓眺望，遠處那蜿蜒起伏參差錯落的群山，近處那遼闊坦平的原野，都被一層灰濛濛的薄霧籠罩着。『烟光薄』的凄暗色彩，似乎籠罩全篇，也似塗在讀者的心上。作者用了兩個『烟光薄』，加深了秋日『亂山平野』的昏冥色彩。前一句最後的詞語，恰恰與相接的下一句開頭的詞語相同，這在修辭格中叫『頂針』，在詞中有時這是詞調格律的需要。這與易安《添字采桑子》：『窗前誰種芭蕉樹，陰滿中庭。陰滿中庭。葉葉心心、舒卷有餘情。　傷心枕上三更雨，點滴霖霪。點滴霖霪。愁損北人、不慣起來聽。』，唐李白《憶秦娥》：『簫聲咽。秦娥夢斷秦樓月。秦樓月。年年柳色，霸陵傷別。　樂游原上清秋節。咸陽古道音塵絶。音塵絶。西風殘照，漢家陵闕。』其中的兩個『陰滿中庭』，兩個『點滴霖霪』，兩個『秦樓月』，兩個『音塵絶』，用法是一樣的。

詞開始創造了一個視野廣闊莽莽蒼蒼的世界。

『栖鴉歸後，暮天聞角。』女主人站在高閣之上，看到從遥遠的群山和坦平的原野上飛歸，在樹上巢中過夜的烏鴉，她的心無限惆悵，想起了遠離身邊或訣別的心上人，或思念起久未回歸被金人侵占的故鄉。這時又聽到黄昏畫角的哀鳴，在群山和原野中回蕩，尤覺黯然神傷。作者從視覺聽覺兩個方面上寫黄昏的景象，使畫面產生了流動感。

上片寫女主人在高閣上眺望所見。由人及物。

換頭，『斷香殘酒情懷惡。』轉由物及人。寫室内的環境和女主人情懷的惡劣。室内熏爐裏的香料已經燒盡，不再續添，仍然没有心思；酒杯里的酒，也差不多喝完，愁緒依然未減。

『催他一葉梧桐落。』秋風陣陣襲來，梧桐樹的葉子隨之飄落。頗有『悲哉秋之為氣也！蕭瑟兮草木摇落而變衰』的悲慘氣氛。過變由情入景。

結句：『梧桐落。又驚秋色，又還寂寞。』用兩個『梧桐落』，加深了秋天衰頽的色彩，渲染了凄凉的氣氛，襯托女主人悲愴的心境。宋張炎《清平樂》：『衹有一枝梧葉，不知多少秋聲。』這是以小見大的寫法，由梧桐葉落，而知天下秋色。清劉熙載《藝概・詩概》説：『以鳥鳴春，以蟲鳴秋，此造物之藉端托寓也。絶句之小中見大似之。』女主人很想到外面去排遣一下心中的繾綣愁情，但是不能，梧桐驚秋，外面是一片令人悲傷的秋色。江山凄肅，花木飄落，不僅不會消愁，反而會更增悲哀。于是，還要繼續在室内悶坐，形影相吊，一片沉寂。結句由景入情。

下片，寫女主人無法排遣的濃愁和孤寂。

此詞寫景的最大特色是『心與物融，情與景合』。（清沈祥龍《論詞隨筆》）云：『或藉景以引其情，興也』。此詞運用了興法。上片的寫景引出換頭的『斷香殘酒情懷惡』之情來。下片的寫景『催他一葉梧桐落。梧桐落。又驚秋色』，引出『寂寞』之情來。此詞上片寫暮天的景色與下片『催他一葉梧桐落』的秋色渾然而成一幅凄清的畫面，構成女主人苦苦相思的背景。清吴喬《圍爐詩話》云：『詩以情為主，景為賓，景物無自生，惟情所化，情哀則景哀，情樂則景樂。』説得很有道理，當然『樂景寫哀』，『哀景寫樂』應另當別論。此詞的寫景還有一種『索物以托情』的作用，『情附物也』，渲染氛圍，襯托愁情。

此詞運用頂針的修辭格和兩個『又還』，創造并加濃凄凉哀鬱之氣，加強了主題的表達。

【選評】

［一］**黄墨谷**：建炎元年南渡以後之作。『校：此詞見《全芳備祖》後集十八桐門，下片詞筆較弱，姑存之。（《重輯李清照集》）

［二］**楊恩成**：『點染』，本來是繪畫中的一種技法。『點』，就是『點明』；『染』，即『渲染』。這種技巧被藉用到詞中，往往是先點明某種情事，然後再用景物進行渲染。柳永《雨霖鈴》説：『多情自古傷離別，更那堪冷落清秋節。今宵酒醒何處？楊柳岸、曉風殘月。』先點明『傷離別』，緊接着用『楊柳岸、曉風殘月』來渲染『傷離別』之情。『斷香二句，也運用了『點染』的藝術技巧。上句點明『情懷惡』，下句再用西風催逼梧桐葉落進行環境烘托。虚實相生，情景化一。（《李清照詞鑒賞》）

［三］**温紹堃　錢光培**：詞家講究運用虚字襯逗，就如古代散文需用文言虚詞一樣，用得成功，能使作品生動自然、曲盡其妙。這裏連用兩個『又還』，用得非常妥貼，這不僅是為了音韵和句式上的需要，而且把詞人當時的感情感受，以及孤

寂的情態都含蓄委婉而又恰如其分地表達了出來。詩詞貴含蓄，造語運意不可過于直率淺露，而要給讀者留有深思尋味的餘地。本詞結尾寫到『又還秋色，又還寂寞』便戛然而止。這就顯得言已盡而意無窮，而詞人那一生飄零的孤苦之悲，感時傷世的家國之痛也都盡在不言中了！（《李清照名篇賞析》）

〔四〕**平慧善**：本詞寫秋色。上片先寫遠景、大景。『亂山平野』句，既寫雜亂的野景，又點出時間。接着由遠及近，『烟光薄』當指日光淡淡的傍晚。夕陽西下之時，鴉群歸宿，人未歸來；畫角凄清，似訴幽怨。下片寫近景、小景。首句由景入情，直言『情懷惡』，藉酒也難消愁。寫到這裏，灰暗的景色同『情懷惡』關係已點明。接着又寫西風吹落梧桐葉，顯示草木凋零，生機窒息，渲染凄苦之情。末三句『梧桐落，又還秋色，又還寂寞』總括全篇，虛實相生，亦情亦景。（《李清照詩文詞選譯》）

〔五〕**蕭瑞峰**：四印齋本《漱玉詞補遺》題此詞作『咏桐』，似未切。縱觀全篇，這當是一首藉景抒情之作。儘管因為難以考定它的作年，我們無法準確地把握作者揮毫濡翰時的情境和心緒，因而也無法深究作者所抒之情的底蘊是黍離之悲還是相思之苦，但作者抒情的真摯程度却足以使我們受到感染，而不着痕迹地顯現于其中的高超技巧也足以使我們折服。……細繹全詞，畫面是那樣慘淡、蕭颯，情感又是那樣凝重、沉痛，與作者早期那些抒寫相思之情的哀婉却不失明麗的詞作有着不同的況味，因而視之為後期的作品，或許并無武斷之嫌。（《李清照作品賞析集》）

〔六〕**徐培均**：此詞黄本列為『建炎元年南渡以後之作』，并校云：『下片詞筆較弱，姑存之。』陳祖美則以為作于建炎三年（一一二九）深秋趙明誠病卒後，并稱之為悼亡詞。皆非是。細玩詞境，乃鄉村景色。據明誠《青州仰天山羅漢洞題名》：『余以大觀戊子之重陽，與李擢德升同登茲山。』此為大觀二年（一一〇八）重陽，時值晚秋，北方早寒，正梧桐葉落之際，而南望青州附近，亦有『亂山平野』。故知此時明誠方出游，而清照登高懷遠賦此詞也。（《李清照集箋注》）

〔七〕**王英志**：全詞表現的是思婦『寂寞』『情懷』，一『惡』字足見詞人心緒之壞。『悲哉，秋之為氣也』，敏感的詞人本來就有悲秋情結，何況又是黄昏時分，又是煢煢孑立，形影相吊，更覺『情懷惡』矣。此詞境界是典型的『有我之境』。詞人主觀上本有悲涼之意，因此上片寫重陽登高所見景物亦塗上悲涼色彩。如視覺意象，荒涼的『亂山』，慘淡的『烟光』，聒噪的『栖鴉』；如聽覺意象，凄厲的畫角聲，都藴藉着詞人的主觀情緒，是其惡劣心情的外化。

詞人為此燃香遣悶，藉酒澆愁，可能有一時緩解，但最後仍無法根除惡劣『情懷』。因為她又看到窗外西風勁吹，桐葉飄零。此景或許加深了詞人生命短暫的感悟，加強了夫婿早日歸來的期盼，所以香、酒之物仍是無效的。其眼中仍是『秋色』蕭瑟，心中還是『寂寞』難耐。此詞以景襯情，以情染景，情景相融，自然渾一。（《李清照集》）

添字采桑子　芭蕉

窗前誰種芭蕉樹，陰滿中庭。陰滿中庭。葉葉心心、舒卷有餘情。　傷心枕上三更雨，點滴霖霪。點滴霖霪。愁損北人、不慣起來聽。

——《校輯宋金元人詞》之《漱玉詞》

【考辨】

◎歷代載籍著録此闋之詞調、題目：

調作《添字醜奴兒》（又名《醜奴兒》）、《采桑子》（又名《羅敷令》、《醜奴兒令》）、《添字采桑子》。題作『芭蕉』。瑜注：據《欽定詞譜》，《采桑子》為雙調四十四字，前後段各四句，結尾兩句各七字。和凝《采桑子》（蝤蠐領上訶梨子）即如此，為此調正體。《添字采桑子》（窗前誰種芭蕉樹），雙調四十八字，前後段各四句，然結兩句各九字，均較前正體各增二字，故稱《添字采桑子》，為《采桑子》之變體。

◎歷代此闋著録為李清照（易安）詞之載籍：

［一］宋・陳景沂編輯　祝穆訂正《全芳備祖》燕京大學圖書館抄本　後集　草部之芭蕉（卷一三，第六頁），收作李易安詞。

校記

調題：調作《添守（旁注紅色「字」）醜奴兒》。無題。

正文：『情』作『清』。

附録：無。

［二］宋・陳景沂撰《全芳備祖》文淵閣《欽定四庫全書》本　後集　草部之芭蕉（卷一三，第七頁），收作李易安詞。

校記

調題：調作《添字醜奴兒》。無題。

正文：『情』作『青』；『霖霪』皆作『霖霖』。

附録：無。

［三］明・陳耀文纂（原署）《花草粹編》影印明刊十二卷本（卷二，第七〇頁），收作李易安詞。

校記

調題：調作《采桑子》。調下注：『一名《羅敷令》、《醜奴兒令》』。題下小注：『添字』。題同範詞。

正文：皆同範詞。

附録：無。

［四］明・陳耀文輯《花草粹編》文淵閣《欽定四庫全書》二十四卷本（卷四，第四四頁），收作李易安詞。

校記

調題：調作《采桑子》。調下注：『一名《羅敷令》、《醜奴兒令》』。題下小注：『添字』。題同範詞。

正文：皆同範詞。

附録：無。

［五］明・陳耀文編（原署）《花草粹編》文津閣《欽定四庫全書》二十四卷本（卷四，總第六六二頁），收作李易安詞。

校記

調題：調作《采桑子》。調下注：『一名《羅敷令》、《醜奴兒令》』。無題。

正文：皆同範詞。

附録：無。

［六］清・孫致彌輯　樓儼補訂《詞鵠初編》清康熙四十四年自刻本（卷二，第三四頁），收作李清照詞。

校記

調題：調作《添字醜奴兒》。調下注：『一名《醜奴兒》』。無題。

正文：『霖霪』皆作『凄清』。

附録：無。

[七] 清・沈辰垣等編《御選歷代詩餘》影印康熙内府本（卷一九，第九九頁），收作『宋媛　李清照』詞。

校記

調題： 皆同範詞。

正文： 『霖霪』皆作『淒清』；『北』作『離』。

附録： 無。

[八] 清・汪灝等編修《御定佩文齋廣群芳譜》文淵閣《欽定四庫全書》本　卉譜　芭蕉（卷八九，第二四頁），收作李易安詞。

校記

調題： 調作《采桑子》。無題。

正文： 缺一『陰滿中庭』；『有餘情』作『餘光分外清』；缺一『點滴霖霪』；『愁損北人、不慣起來聽』作『似喚愁人，獨擁寒衾不慣聽』。

附録： 無。

[九] 清・王奕清等纂修《欽定詞譜》影印康熙内府刻本（卷五，第三頁），收作李清照詞。

校記

調題： 調作《采桑子》。無題。

正文： 『霖霪』皆作『淒清』；『北』作『離』。

附録： 此詞前後段第三句，即叠上句。兩結句較和凝詞各添二字，或名《添字采桑子》。（解説）

[一〇] 清・江標抄《李清照漱玉詞》汲古閣未刻詞二十二家本（手抄，不分卷頁，第二九首），上海圖書館藏，收作『宋易安居士李氏清照』詞。

校記

調題： 調作《添字醜奴兒》。題同範詞。

正文： 『霖霪』皆作『淒清』。

附録：無。

［一一］清・孫平叔先生鑒定　葉申薌編次《天籟軒詞譜》清道光九年刊本（卷五，第四頁），收作李清照詞。

校記

調題： 調同範詞。無題。調下注：『四十八字平八韵』。

正文：『霖霪』皆作『凄清』；『北』作『離』。

附録： 無。

［一二］清・王鵬運輯《漱玉詞》，《四印齋所刻詞》本（第七頁），收作『李清照　易安』詞。

校記

調題： 皆同範詞。

正文：『誰種』作『種得』；『霖霪』皆作『凄清』；『北』作『離』。

附録： 無。

［一三］清・楊文斌輯録《三李詞》光緒庚寅夏香海閣刊本（卷三，第五頁），收作李清照詞。

校記

調題： 皆同範詞。

正文：『霖霪』皆作『凄清』；『北』作『離』。

附録： 無。

［一四］清・萬樹論次　徐本立纂《新校正詞律全書》民國合刊本　拾遺部分（卷一，第一二頁），收作李清照詞。

校記

調題： 調同範詞。無題。調上注：『補調』。調下注：『四十八字』。

正文：『霖霪』皆作『凄清』；『北』作『離』。

附録： 略（瑜注：詞調解説）。

［一五］清・蕙風簃主箋《漱玉詞箋》中華圖書館石印本　中華民國四年六月版（不分卷，第一二頁），收作李清照詞。

校記

調題：皆同範詞。

正文：『誰種』作『種得』；『霖霪』皆作『凄清』；『北』作『離』。

附録：無。

[一六] 木石居士選輯　絳雲女史参校《歷代名媛詞選》民國十六年石印本（卷六，小令六，未注頁碼），收作李清照詞。

校記

調題：調同範詞。無題。

正文：『霖霪』皆作『凄清』；『北』作『離』。

附録：無。

[一七] 李文裿輯《漱玉集》冷雪盦叢書本（卷三，第五頁），收作李清照詞。

校記

調題：皆同範詞。

正文：『霖霪』皆作『凄清』；『北』作『離』。

附録：《歷代詩餘》、四印齋本《漱玉詞》。（尾注）

按：此詞《花草粹編》誤作《減字木蘭花》，《全芳備祖》作《添字醜奴兒》，後段『點滴凄清』作『點滴霖霪』，『愁損離人、不慣起來聽』作『愁損北人、不慣聽』。

[一八] 趙萬里輯《漱玉詞》，《校輯宋金元人詞》本（第三頁），收作『李清照　易安』詞。

校記

調題：調作《添字采桑子》。題作『芭蕉』。（擇為範詞，底本）

正文：皆同範詞。

附録：《全芳備祖》後集十三芭蕉門、《花草粹編》二、《歷代詩餘》十九、《詞譜》五。（尾注）

[一九] 唐圭璋輯《全宋詞》中州古籍出版社　兩冊本（上，第六四六頁），收作李清照詞。

[二〇] 中華書局編《李清照集》（第九頁），收作李清照詞。

［二一］王仲聞《李清照集校注》人民文學出版社（卷一，第四八頁），收作李清照詞。

附録： 此首又見《廣群芳譜》卷八十九（卉譜三）芭蕉，調為《采桑子》，詞句亦與《采桑子》同而非《添字醜奴兒》。其詞云：『窗前誰種芭蕉樹，陰滿中庭，葉葉心心，舒展餘光分外清。　傷心枕上三更雨，點點霖霪，似喚愁人，獨擁寒衾不忍聽。』

［二二］黄墨谷《重輯李清照集》齊魯書社（卷三，第三四頁），收作李清照詞。

［二三］徐北文主編《李清照全集評注》濟南出版社（第九六頁），收作李清照詞。

［二四］徐培均《李清照集箋注》上海古籍出版社（第九七頁），收作李清照詞。

◎歷代此闋著録他人或無名氏及存疑詞之載籍：

雖廣徵博采而未見。

◎瑜按：

上列二十餘種載籍著録為李易安（清照）詞，撰者無异名，兹入《漱玉詞》。

【注釋】

［一］**芭蕉：** 多年生草本植物，葉大、成橢圓形，開白花，果實似香蕉。南唐李煜《長相思》：『秋風多。雨相和。簾外芭蕉三兩窠。夜長人奈何。』宋萬俟咏《長相思》：『一聲聲。一更更。窗外芭蕉窗裏燈。此時無限情。』

［二］**霖霪：** 指雨點綿綿不斷，滴滴嗒嗒不停。南北朝鮑照《山行見孤桐》詩：『奔泉冬激射，霧雨夏霖霪。』唐高適《東平路中遇大水》：『霖霪溢川原，澒洞涵田疇。』

［三］**愁損：** 因發愁而損傷身體和精神。宋史達祖《雙雙燕》：『愁損翠黛雙蛾，日日畫欄獨憑。』宋魯逸仲《南浦》：『故國梅花舊夢，愁損緑羅裙。』

［四］**北人：** 北宋滅亡，易安故鄉山東濟南，被迫流落到江浙，故稱『北人』。宋辛弃疾《洞仙歌》：『更總做、北人未識伊，據品調，難作杏花看待。』宋文天祥《二月六日海上大戰國事不濟孤臣天祥坐北舟中》：『南人志欲扶昆侖，北人氣欲黄河吞。』

【品鑒】

北宋滅亡，明誠病逝，金兵襲擾，易安避亂江浙，飄泊無依。某一個春季陰沉凄清的夜晚，她也許投宿在荒村茅舍，她也許入住在异地的旅次候館，她也許寄居他鄉的寓所，難堪的孤獨憂傷索寞。她日見庭院中的芭蕉樹，三更兼聽雨打芭蕉的凄厲聲響，思國懷鄉之情益加深沉濃重，就揮筆寫下了這首《添字采桑子》。

此詞，作者以疑問句開筆，『窗前誰種芭蕉樹』，引出對芭蕉的描摹。這裏易安并非詢問何人種植了芭蕉樹，也不必要人來作答，而是詫异驚愕時脱口而出的呼語。驚异什麼？自然是『陰滿中庭。葉葉心心、舒卷有餘情。』了。視野之廣，易安何以捕捉『陰滿中庭』的芭蕉來寫呢？是有其本的。唐人杜牧《雨》詩云：『一夜不眠孤客耳，主人窗外有芭蕉。』説明雨打芭蕉的聲音，最能觸發人的异鄉之感和愁緒，古代詩人慧筆，多有『夜雨芭蕉』的描繪。不必説雨打芭蕉，就是無雨，風吹芭蕉的唰唰聲，也足能引起人們的一片哀愁。宋吴文英《唐多令》云：『何處合成愁。離人心上秋。縱芭蕉、不雨也颼颼』，而雨打芭蕉更使人增加幾分愁緒。

『陰滿中庭。』即芭蕉樹陰遮滿庭院之意。『滿』字寫出芭蕉的壯盛及面積之大。頭兩句的末句為『陰滿中庭』，次兩句的首句以同樣的句子領起，首尾蟬聯，這固然是為了詞調的需要，但這在修辭學上叫『頂針』。在這裏運用『頂針』修辭格的作用，突出芭蕉的株多、葉茂、陰濃，為下文的抒情打下豐實的基礎，同時也增加了詞的建築美、音樂美。

『葉葉心心、舒卷有餘情。』其中的『葉葉心心、舒卷』，指芭蕉葉的舒展，心的卷裹。這是春天的景色，點出了時令。唐人錢珝《未展芭蕉》詩云：『冷燭無烟緑蠟幹，芳心猶卷怯春寒。一緘書札藏何事？會被春風暗拆看。』意思是説，未舒展的芭蕉葉，像熄滅的無烟緑色蠟燭，芳香的蕉心卷着，怕的是料峭春寒。未展的蕉葉多麼像古代束卷着的書信，裏面藏着什麼情事？它一定會被春風吹綻，就像必定會被情人拆開書信暗自偷看一樣。此詞中『葉葉心心、舒卷有餘情』，即葉子已經伸展，『書札』已被春風拆開，但『心心』猶卷，内情尚未被人全然知曉。故曰：『有餘情』。草木本無情，自是詩人多情，這是擬人手法，古詩詞常見。如宋陸游《秋波媚》云：『多情誰似南山月，特地暮雲開。灞橋烟柳，曲江池館，應待人來』是也。唐李白《勞勞亭》詩云：『春風知別苦，不遣柳條青』是也。宋蘇軾詩《飲湖上初晴後雨》云：『欲把西湖比西子，淡妝濃抹總相宜』是也。宋陳與義《春寒》詩云：『海棠不惜胭脂色，獨立濛濛細雨中』是也。易安詞屢用此法，如《怨王孫》云：『水光山色與人親』，『眠沙鷗鷺不回頭，應也恨、人歸早』，并非『水光山色』與『人』親，而是『人』殊愛『水光山色』，不是『眠沙鷗鷺』在『恨』，而是人在依戀不捨。這樣把無情的東西賦予人的感情，美學上叫『移情』，栩栩如生，增強了藝術感染力。

上片，寫日見窗前庭院中芭蕉的繁盛和富有『餘情』，着重寫景。王國維《人間詞話》云：『昔人論詩詞有景語、情語之別，不知一切景語皆情語也。』實則為融情入景，情景交融。過片，筆鋒一轉，『傷心枕上三更雨』，意思是人在床上翻轉，夜半未眠，哀傷悲惻，三更時又下起雨來，滴滴瀝瀝，連綿不已，她滿懷愁緒，痛苦難耐。『點滴霖霪』，與前句『點滴霖霪』蟬聯，此處又為『頂針』修辭格，其作用是突出了霪雨霏霏，渲染一種令人煩惱不暢的氣氛，使『傷心』人的心底累加上一層難挨的負壓，更添惆悵，更覺凄傷。增強了表達效果，突出了主題。

『愁損北人、不慣起來聽。』雨不斷地下着，真『愁損』了『北人』。自稱『北人』，頗有念念不忘故國鄉關之意。李清照《上樞密韓公工部尚書胡公》詩云：『不乞隋珠與和璧，祇乞鄉關新信息。』不希求隋侯之珠和氏之璧那樣的珍寶，祇是渴望求得家鄉光復的好消息。又云：『欲將血泪寄山河，去灑青州一抔土。』要把血泪寄與淪陷區的大好河山，去洒家鄉名山一捧土。易安《打馬賦》云：『木蘭橫戈好女子。老矣不復（誰能）志千里，但願相將過淮水。』花木蘭替父從軍，揮戈躍馬，為國立功，真是個好女子，我老了不能實現遠大的抱負了。但願收復中原，同大家一齊回到淮水以北的家鄉去。足見易安對祖國的山河愛得多麼深沉，對收復失地多麼關切，對鄉關是何等的懷念。即使是一個普通的家庭婦女，不必説感情豐富的愛國詞人，安有國破、家亡、喪夫、顛沛流離却能高枕無憂，而又翻肥的嗎？易安的『愁損』、『傷心』是自然的了。正是『鄉愁怕聽三更雨』，更那堪雨打芭蕉的凄凄厲厲的聲響呢？『芭蕉』生在南方，雨打芭蕉更刺痛了她的『故鄉心』、『愁人耳』，故『不慣起來聽』。卒然一結，輕淡饒味，餘韵裊裊。至此，一個杰出女詞人，在國破、家亡、喪夫、顛沛流離等不幸遭際的打擊下，孤凄、哀傷、憔悴、思國懷鄉的形象躍然紙上。

下片寫三更雨打芭蕉，易安夜不成眠，痛苦悲傷，深深懷念故國、鄉關。

此詞，作者以輕淡雋永的筆致，通過『三更』雨打『陰滿中庭』的『葉葉心心有餘情』之『芭蕉』，這一典型環境的描繪，表現易安那種深沉濃重、痛苦難耐的思國懷鄉之情。

此詞也有所祖，唐溫庭筠《更漏子》：『梧桐樹。三更雨。不道離情正苦。一葉葉，一聲聲。空階滴到明。』與易安此詞意境相似，祇是『梧桐樹』表示秋天的時令，而易安詞中『芭蕉』『心心』『卷』着，時指春季罷了，寫的是離情。南唐李煜《長相思》有『秋風多。雨相和。簾外芭蕉三兩窠。夜長人奈何。』與易安詞意境略同，寫的是相思。李清照存疑詞《眉峰碧》云：『薄暮投村驛。風雨愁通夕。窗外芭蕉窗裏人，分明葉上、心頭滴。』寫的是離情。而易安此詞寫的是思國懷鄉的深厚感情，立意高遠。她融化前人詞意，脱胎古人詩句，不着痕迹，并能創意出奇。宋葉少蘊云：『詩人點化前作，正如李光弼將郭子儀之軍，重經號令，精神數倍。』宋周紫芝《鷓鴣天》有『梧桐葉上三更雨，葉葉聲聲是別離』句。宋人還有『枕前泪共階前雨，隔個窗兒滴到明』句。均可見文學藝術的繼承和發展。

此詞語言淺淡雋永，構思精巧，結構嚴謹。上片着重寫景，融情入景，是下片的鋪墊；下片着重寫情，情景交融。上片着力渲染芭蕉的株多、葉茂、陰濃、『有餘情』，因而下片雨打芭蕉的聲響纔越大，女主人公的心境也就愈凄楚蒼凉、痛苦難耐，思國懷鄉之情也就更濃烈，詞人的心境也愈令人悲憫。上揚下抑，順理成章。

『無情未必真豪杰』，李清照在此詞中所寫的『傷心』、『愁損』，絶非無病呻吟，實際上交織着對北宋亡國之恨、民族之愛、顛沛流離之苦，流落江浙，心系鄉國。其中也藴含着對自己種種不幸遭遇的感慨，又客觀反映了宋代人民歷經戰亂，身陷水火的深重苦難，其典型意義就在這裏。

易安此詞與她的許多詞一樣，給人以美的享受，千古膾炙，其藝術美的基礎就是情真意篤，可謂『生香真色』。

【選評】

〔一〕 **王　瑶**：按諸譜律，《醜奴兒》（即《采桑子》），前後兩段都没有重叠句，更不是重韵，所謂『添字』也衹是在前後兩結句各添二字而已。清照這詞，并非在第四句（即結句）七字中添二字成九字句，而是連同第三句四字并所添二字共十三字，破為三句，使之成為四、四、五字句；且承上句，重叠一遍。所以如此，乃因叠句重韵，在詞中能起到節拍復遝，辭情委婉，舒徐動聽的作用，以增強其語言的形式美和韵味美。（《李清照研究叢稿·咏物述懷　鄉懷凄切》）

〔二〕 **吴熊和**：添字或攤破的另一種方式，是在增入音節、字數後改組樂句。如《醜奴兒》歇拍為七言一句，李清照《添字醜奴兒》添入二字，改組為四言、五言兩句……（《唐宋詞通論》）

〔三〕 **蔣哲倫**：全詞篇幅短小而情意深藴，語言明白曉暢，能充分運用雙聲叠韵、重言叠句以及設問和口語的長處，形成參差錯落、頓挫有致的韵律；又能抓住芭蕉的形象特徵，采用即景抒情，寓情于物，觸景生情，寓情于景的寫作手法，抒發國破家亡後難言的傷痛；用筆輕靈而感情凝重，體現出漱玉詞語新意雋、頓挫有致的優點。（《李清照詞鑒賞》）

〔四〕 **喻朝剛**：本篇寫于南渡以後。詞人因見芭蕉而起興，觸景傷懷，抒發了流落异鄉、懷念故土的寂寞愁苦之情。李清照這種背井離鄉的寂寞凄楚之感，産生于國亡家破夫死以後，不同于平常環境中的羈旅行役和離情别緒，具有深廣的現實意義。當金兵入據中原後，被迫離開故土、逃亡南方的『北人』，何止千千萬萬！作者也是其中的一員。本篇既抒寫了詞人的感受，也唱出了許許多多難民的心聲。這首詞篇幅雖短，意藴却很深，語言淺近通俗，脉絡十分清晰，體現了漱玉詞的藝術特色。全詞以芭蕉、夜雨為背景，寫了一天的見聞和感受。上片訴諸視覺，描摹白天窗前所見；下片訴諸聽覺，刻畫深夜枕上所聞。抒情主人公的情感之波，隨着時間的推移和景物的變化而起伏動蕩。兩片的第三句『陰滿中庭』和『點滴霖霪』均用叠句，起到了渲染環境氣氛、加強藝術效果的作用。詞中還運用了雙聲叠字，形成錯落有致的韵律，使作品的意象顯得更為生動，富有藝術感染力。（《宋詞精華新解》）

［五］**平慧善**：起首一問句表現了詞人對種樹者的懷念與對芭蕉長成的喜悦，因此她移情入景，說『葉葉心心，舒卷有餘情』，寫芭蕉對人的深情，正是抒發詞人自己的深情。上半闋寫從室内看芭蕉成蔭，下半闋則寫枕上聽雨打芭蕉。經過國難、家破、夫亡種種打擊後，避難客居的人夜不成眠，夜雨不停地敲打着芭蕉，也敲打在詞人愁損的心上。『起來聽』這一外在的動作，曲折地表現了詞人内心的萬千愁緒。（《李清照詩文詞選譯》）

［六］**王兆鵬**：詞寫南北地域之差异和戰難時代三更雨之感傷。作者是北方人，因戰亂飄泊到江南，不慣江南多雨。故三更雨之點滴霖霪，令其心靈震顫。上片寫白日所見之視覺意象，下片寫夜間所聞之聽覺意象，耳目所接，令人傷懷，表現出詞人日日夜夜皆為天涯淪落之感所包圍。詞之意象疏落，但通過叠字和句式重複，傳達出一種令人迴腸蕩氣的哀感。（《宋詞大辭典》）

鷓鴣天

暗淡輕黃體性柔。情疏迹遠祇香留。何須淺碧深紅色，自是花中第一流。　梅定妒，菊應羞。畫欄開處冠中秋。騷人可煞無情思，何事當年不見收。

——燕京大學圖書館抄本《全芳備祖》

【考辨】

◎歷代載籍著録此闋之詞調、題目：

調作《鷓鴣天》。題作『桂花』。

◎歷代此闋著録為李清照（易安）詞之載籍：

［一］宋·陳景沂編輯　祝穆訂正《全芳備祖》燕京大學圖書館抄本　前集　桂花（卷之一三，第一三頁），收作李易安詞。

校記

調題：調作《鷓鴣天》。無題。

正文：原『体』、『踈』、『跡』、『只』、『湏』、『流』、『妬』、『画』、『蘭』，茲改為正字『體』、『疏』、『迹』、『祇』、『須』、『流』、『妒』、『畫』、『欄』。（擇為範詞，底本）

附録：無。

［二］明·王象晉纂輯《二如亭群芳譜》虎丘禮宗書院藏板（卷一，藥譜，第一一頁），收作李易安詞。

校記

調題：皆同範詞。

正文：『畫欄開』作『詩書閑』。

附録：無。

［三］清・歸淑芬等選輯《古今名媛百花詩餘》康熙二十三年刻本（仲秋卷，桂花類，下小注：『一名木樨』，第一頁），收作『宋李清照』詞。

校記

調題：皆同範詞。

正文：『畫欄開』作『詩書閑』。

附録：無。

［四］清・汪灝等編修《御定佩文齋廣群芳譜》文淵閣《欽定四庫全書》本　花譜　巖桂（卷四〇，第三八頁），收作李易安詞。

校記

調題：皆同範詞。

正文：『畫欄開』作『詩書閑』。

附録：無。

［五］李文裿輯《漱玉集》冷雪盦叢書本（卷三，第七頁），收作李清照詞。

校記

調題：皆同範詞。

正文：皆同範詞。

附録：《全芳備祖》前集。（尾注）

［六］趙萬里輯《漱玉詞》，《校輯宋金元人詞》本（第五頁），收作『李清照　易安』詞。

校記

調題：調同範詞。題作『桂花』。

正文：『處』作『歲』。

附録：《全芳備祖》前集十三桂花門。（尾注）

［七］唐圭璋輯《全宋詞》中州古籍出版社　兩冊本（上，第六四六頁），收作李清照詞。

［八］中華書局編《李清照集》（第一四頁），收作李清照詞。

［九］王仲聞《李清照集校注》人民文學出版社（第四七頁），收作李清照詞。

［一〇］黃墨谷《重輯李清照集》齊魯書社（卷二，第二五頁），收作李清照詞。

［一一］徐北文主編《李清照全集評注》濟南出版社（第一三七頁），收作李清照詞。

［一二］徐培均《李清照集箋注》上海古籍出版社（第四頁），收作李清照詞。

◎歷代此闋著録他人或無名氏及存疑詞之載籍：

雖廣徵博采而未見。

◎瑜按：

上列此詞載籍皆著録為李清照（易安）詞，撰者無异名。茲入《漱玉詞》。

【注釋】

［一］**畫欄：** 彩繪的欄杆。宋曹冠《夏初臨》：『且留連，賞月畫欄，擬鬥嬋娟。』宋史達祖《雙雙燕》：『愁損翠黛雙蛾，日日畫欄獨憑』。

［二］**騷人：** 此處指賦《離騷》之屈原。後稱詩人為騷人。宋蘇轍《次韵子瞻題張公詩卷後》：『悲傷感舊俗，不類騷人淫。』宋韓玉《賀新郎》：『烟水茫茫斜照裏，是騷人、九辨招魂處』。

【品鑒】

李清照在她寫的《夏日絶句》中說：『生當做人杰，死亦為鬼雄』，這固然是對南宋那些屈膝求和的上層統治集團深刻的諷刺和無情的鞭撻，但也從中反映出她的人生觀。她認為人活在世上應該是做一個英雄豪杰，萬世流芳。李清照對花卉的欣賞，反映了她的審美觀。這種審美觀與她的人生觀不無關係。那麼，她認為什麼樣的花纔是『第一流』的呢？她認為花的姿容不一定非得綽約嬌艷，但要『情疏迹遠衹香留』。可見，她的觀人賞花的標準，不甚注重外表之美，却很重視内在的因素或靈魂之美。她之所以極力推崇『桂花』，不是因為它的美麗，而是因為它永存特殊濃烈的芳香，這反映她的審美情趣。

『暗淡輕黃體性柔。情疏迹遠衹香留。』『暗淡』，它生得不像其他花卉那樣鮮艷、明麗；『輕黃』，不像其他花卉那樣媚人眼目。它似乎没有超然的容顔。『體性柔』，體質柔弱，性格和順。寫出桂花没有綽約妖嬈的風姿，并不惹人注目。『情疏』，這是移情于花，花是没有情感的，這是指花朵衰萎了，人們對它的感情疏遠了。『迹遠』，踪迹遠離了，或消失了。此句是説桂花凋謝了，人們對它的感情疏遠淡薄了，它的踪迹遠離了，或者消失了，但濃郁的馨香依然存在。它的姿容普普通通，但是却流芳于世，這種特質，是群芳所無法比擬的。作者認為，這正是桂花卓然逸群之處。

『何須淺碧深紅色，自是花中第一流。』『何須』，與易安《多麗·咏白菊》：『人情好，何須更憶，澤畔東籬』中的『何須』，都是為什麽一定之意。『深紅』，指花兒的顔色。『淺碧』，指葉子的顔色。『淺碧深紅』，淺緑色的葉子，襯托着深紅色的鮮花。一般來説，這樣的鮮花都被人們視為是美麗的。諸如紅色的梅花、紅色的芍藥、紅色牡丹、紅色荷花，都是被人稱賞的著名花卉。元人丁鶴年《紅梅》：『姑射仙人煉玉砂，丹光晴貫洞中霞。無端半夜東風起，吹作江南第一花』，這是贊頌紅梅的詩篇。唐人韓愈《芍藥》：『浩態狂香昔未逢，紅燈爍爍緑盤龍。覺來獨對情驚恐，如在仙宫第幾重』，這是贊頌紅芍的詩篇。宋人韓琦《月季花》：『牡丹殊絶委春風，籬菊蕭疏怨晚叢。何似此花榮艷足，四時常放淺深紅』，這是贊賞紅色月季的。作者以為『淺碧深紅』的花也是美麗的，但花卉為什麽必須要這樣纔算品第高超的呢？桂花的顔色『暗淡輕黄』，雖然没有特出的妍態嬌姿，但它『情疏迹遠祇香留』，自然當屬衆芳中的第一流。顯然，作者評論花的優劣，不僅注重其姿容，而且更注重它的芳香。反映作者的審美觀，不僅注重外表美，同時更注重内在美。桂花的踪迹没有了，但它的香味常留人間。它的香味存在醇甘的美酒中，它的芳香存在美味的食品中，它的芳香可以存在名貴的茶中。

『暗淡輕黄』，『淺碧深紅』，使我們想起那些有名無名的、在宋代民族戰争中做出不朽貢獻的英雄人物，雖然『情疏迹遠』，但他們的業績是永傳千古，萬世流芳的。這些人物無疑都是一些英偉豪杰，自然屬于人中第一流的人物了。作者在《咏史》中説：『所以嵇中散，至死薄殷周』，嵇康至死菲薄湯武、周公，在僞政權下誓不出仕，反對司馬氏篡權。對嵇康給以熱情的贊頌。又在《夏日絶句》中贊揚那些有民族氣節的人。這些人都不愧為千古流芳的英雄豪杰。此詞寓意深廣，不啻咏一區區桂花，而別有寄託。易安在《打馬賦》中贊揚桓溫、謝安、花木蘭的義勇行為，無論職位高低，祇要留芳便是第一流的了。

『梅定妒，菊應羞。畫欄開處冠中秋。』换頭，寫『梅』『妒』，『菊』『羞』，内容拓展騰挪生發，從側面寫桂花的高標逸韵，更進一層。

梅花凌寒冒雪獨自開放，預報春的消息。遺世獨立，高雅芳潔，古代的文人雅士多咏梅之作，僅宋代黄大輿撰《梅苑》就收唐至南北宋間梅詞十卷。但從芳香上比較，它略遜桂花一籌。詞人對梅花是珍愛的，她在詞中多有描寫。但因時間、地點、情感的變化，對梅的態度也不完全一樣。易安《攤破浣溪沙》：『梅蕊重重何俗甚，丁香千結苦粗生』，貶低了梅花；《清平樂》：『挼盡梅花無好意。贏得滿衣清泪』，摧殘了梅花。『妒』，嫉妒，這本來是人的一種不健康的、氣度狹小的、自私的心理狀態和行為，對名譽、地位、才能、境遇比較好的人心懷怨恨。作者把人這種自私的心理賦予了梅花，這裏顯然是一種擬人的寫法。那些精忠愛國的人，在事業上做出貢獻、取得成功的人，自然招致一些居心叵測之人的嫉妒。

『菊花』，也是歷來被人贊賞的一種花卉，從楚屈原的《離騷》：『夕餐秋菊之落英』，到晋陶淵明的『采菊東籬下，悠然見南山』（《飲酒》），到李清照『東籬把酒黄昏後。有暗香盈袖。莫道不消魂，簾捲西風，人比黄花瘦。』寫菊的詩詞不計其數。『羞』，是人的一種難為情的心理狀態和表情。菊花本無情感，這也是一種擬人的藝術方法。在作者看來，那些没有作為，或作為不太大的人，比起那些有貢獻的人，豈不感到自慚形穢難為情嗎？『菊』花雖有幽香，但遠不如『桂花』之香那麼濃烈。『中秋』，這裏指秋季中間的一個月，即『仲秋』。『冠中秋』，即中秋之冠。桂花在仲秋彩繪的欄杆旁開放，其淡雅芳香居群芳之首。上片的『第一流』，是從品類、等級而言的。作者認為第一流的花，并非桂花一種，但在中秋開放的群芳之中，桂花當推第一名，為群芳之最。『定』、『應』，都是表示肯定的詞，主觀感情色彩濃厚。『梅』、『菊』與『桂花』相比，前兩者艷色過之，但淡雅輕柔芳香遠不及桂花。故桂花屬花卉之中的第一流，仲秋開放，居群芳之首，為中秋之冠。『第一流』、『冠中秋』，説明語言的嚴密準確。

『騷人可煞無情思，何事當年不見收。』作者以議論收束全篇。『騷人』，這裏指屈原。『可煞』《詩詞曲語辭彙釋》解為『可是』。結句句式，與唐溫庭筠《楊柳枝》：『杏花未肯無情思，何事行人最斷腸』頗似，説明易安是善于學習前人傳統的。結句的意思是，屈原可是没有情思之人，為什麼當年他寫『離騷』，對許多花進行贊賞，唯獨没有寫桂花呢？然而桂花的芳香又是這般超然逸群！這是作者的不平，這是作者的抱怨。表現詞人對桂花的鍾愛與贊美之情。這種鍾愛贊美，是通過詩中議論達到的。反映了作者既注重外表美，尤其注重内在美的審美觀。賣國奸臣秦檜，也是儀表堂堂，却遺臭萬年；而那些或稱儀表不揚，而有民族氣節的人，却能萬古流芳。吟詩寫史之人該大力贊揚他們。

上片，寫桂花的色香，贊揚它是花卉中的第一流。下片，贊揚桂花中秋畫欄開放，居群芳之首，為未被騷人稱賞鳴不平。

作者下片寫桂花用了側面描寫的方法，用兩種名花『梅』的『妒』、『菊』的『羞』，反襯桂花的卓爾不群。

詩中議論，古已有之：《詩經・小雅・北山》：『溥天之下，莫非王土；率土之濱，莫非王臣。大夫不均，我從事獨賢。』唐杜牧《赤壁》：『折戟沉沙鐵未消，自將磨洗認前朝。東風不與周郎便，銅雀春深鎖二喬。』詞中議論，亦古已有之：宋蘇軾《水調歌頭》：『不應有恨，何事長向別時圓。人有悲歡離合，月有陰晴圓缺，此事古難全。但願人長久，千里共嬋娟。』又宋劉過《六州歌頭》：『中興諸將，誰是萬人英。身草莽，人雖死，氣填膺。尚如生。』易安此詞結句為議論，通過議論贊美桂花，使主題深化，并餘音繞梁，耐人咀嚼，意味深遠。

此詞并非僅咏桂花，而寄託遥邃。誠如清沈祥龍云：『咏物之作，在藉物以寓性情，凡身世之感，君國之憂，隱然蘊于其內，斯寄託遥深，非沾沾焉咏一物矣。』此詞，易安也以『第一流』、『冠中秋』的桂花自喻自勉。『端莊其品』、『清麗其詞』的李清照自然是人中『第一流』的女杰了。

【選評】

〔一〕**蔣哲倫**：《漱玉詞》向以白描見長，而本篇却以議論取勝。但成功的經驗不在于理性的思辨，而仍歸于形象的辨析和強烈主觀感情色彩，且二者的基礎和出發點都離不開形象的描繪，也就是說，如果没有第一、二句對桂花外形特質的成功的描繪，為全詞的議論奠定基礎，那麽，由此生發出來的議論，無論是正面的品評，還是側面的比襯，或是無理的質問，都成了無根之木，無源之水。至于議論和發問更不帶絲毫的書卷氣和頭巾氣，這樣方能妙趣橫生，令人嘆服。（《李清照詞鑒賞》）

〔二〕**朱德才**：那麽，李清照何以對貌不出衆、色不誘人的桂花如此推崇備至呢？言為心聲，其中自有特定的情懷寓焉。由于北宋末年黨争的牽累，李清照的公公趙挺之死後，她曾隨丈夫趙明誠屏居鄉里約十年之久。擺脱了官場上的勾心鬥角，離開了都市的喧囂紛擾，歸來堂上悉心研玩金石書畫，易安室中暢懷對飲、唱合嬉戲，給他們的隱退生活帶來了蓬勃的生機和無窮的樂趣。他們攻讀而忘名，自樂而遠利，雙雙沉醉于美好、和諧的藝術天地中，此情此境，和桂花那種『暗淡輕黄』、『情疏迹遠』，但求馥香自芳的韵致是何等的相似啊！（《唐宋詞鑒賞辭典》上海辭書出版社）

〔三〕**謝桃坊**：如果我們將這首咏桂的《鷓鴣天》與咏梅的《滿庭芳》相比較，容易發現它們在藝術風格上是很不相同的。咏桂詞的語調疏雋流暢，情緒昂揚，音節響亮，屬于清照詞的另一種風格。它和《漁家傲》（記夢）、《玉樓春》（紅梅）、《蝶戀花》（離情）等的風格頗為相似，當屬清照前期的作品。詞人對桂花是有特殊感情的。一次她在病起之後，寂寞無聊，心情鬱悶，便對桂花感到异樣的親切：『終日向人多醞藉，木犀花』（《攤破浣溪沙》『病起蕭蕭兩鬢華』）。李清照作為封建制度下的一位很有才華的女子，容易感到其命運有如桂花一樣的不幸。這首《鷓鴣天》在清照咏物詞中寫得特別熱情奔放，氣韵生動，表達了她激動不平的思想情緒。（《李清照作品賞析集》）

［四］**侯健　吕智敏**：以上無論從正面、側面都是圍繞着桂花進行描繪，結尾兩句却一筆宕開，不再落墨于桂花自身，却涉及到大詩人屈原《離騷》詩的構思，提出了為什麼《離騷》中没有咏及桂花的問題。『騷人可煞無情思，何事當年不見收』，從表面上看，詞人似乎是在怪罪屈原不咏桂花是『無情思』的表現，但『可煞』所造成的反問語式非但没有産生責怪和貶低屈原的效果，相反，却流露出對『舉世皆濁我獨清，衆人皆醉我獨醒』的屈原未能咏及桂花的深切悵憾之意，以此，更襯托出桂花的高潔淑好的品貌和質性。全詞就是這樣在對桂花的贊和嘆之中，藴含着詞人對自己遠遁鄉里、潔身自好、德馨永駐的品性情操的自豪感和不被世人理解的深憾。（《李清照詩詞評注》）

［五］**王英志**：此詞上片咏桂花，即描繪其『暗淡輕黄』之體貌，更突顯其疏淡清遠之性情，以贊美其『花中第一流』的品味。下片則以梅、菊之『妒』與『羞』，反襯桂花『冠中秋』的風采，并因騷人『當年不見情』而為之抱不平，進一步詩飾桂花在詞人心目中乃衆花魁首的地位。其實作者歌咏的不止是桂花，更是寄託其對宛如桂花的雅淡高潔人格的向往之情。（《李清照集》）

長壽樂　南昌生日

微寒應候。望日邊，六葉階蓂初秀。愛景欲挂扶桑，漏殘銀箭，杓回摇斗。慶高閎此際，掌上一顆明珠剖。有令容淑質，歸逢佳偶。到如今，晝錦滿堂貴冑。　榮耀，文步紫禁，一一金章緑綬。更值棠棣連陰，虎符熊軾，夾河分守。況青雲咫尺，朝暮重入承明後。看彩衣争獻，蘭羞玉酎。祝千齡，藉指松椿比壽。

——《新編通用啓劄（札）截江網》

【考辨】

◎歷代載籍著録此闋之詞調、題目：

調作《長壽樂》。瑜注：該詞雙調一百十三個字，與《欽定詞譜》此調第一體『雙調八十三字』明顯不合。與其第二體『雙調一百十三字』相合，但句讀不同，僅二體，它譜所載未有超過兩體者，且與《欽定詞譜》重複，大都未載。題作『南昌生日』、『冬壽太首』。

◎歷代此闋著録為李清照（易安）詞之載籍：

［一］　元·無撰者《新編通用啓劄（札）截江網》據中國國家圖書館藏元刻本影印（卷六，頁碼不清），收作『易安夫人』詞。

校記

調題：調作《長壽樂》。題作『南昌生日』。

正文：原『借』，茲改為正字『藉』。（擇為範詞，底本）

附録：無。

〔二〕唐圭璋輯《全宋詞》中州古籍出版社　兩冊本（上冊，第六四七頁），收作李清照詞。

〔三〕王仲聞《李清照集校注》人民文學出版社（第五八頁），收作李清照詞。

附録：《新編通用啓劄（札）截江網》卷六。此首原題撰人為易安夫人，宋人未見有以此呼清照者，未知有誤否？《翰墨大全》有延安夫人、易少夫人，俱僅一字之异。

〔四〕徐培均《李清照集箋注》上海古籍出版社（第一三四頁），收作李清照詞。

◎歷代此闋著録他人或無名氏及存疑詞之載籍：

〔一〕明·手抄本《詩淵》書目文獻出版社　影印本（第六冊，第四五五七頁）收録，署名『宋延安夫人』。

校記

調題：調同範詞。題作『冬壽太守』。

正文：『邊』作『遠』；『摇』作『瑶』；『質』作『德』；『紫禁』作『禁』；『重入』作『入』；『藉』作『共』。

附録：無。

〔二〕黄墨谷《重輯李清照集》齊魯書社（卷三，第五二頁），『附』録收之。

附録：刊削意見：『此詞僅見《截江網》，《全宋詞》載之，風格，筆調均不類清照其他慢詞，茲不録』。

◎瑜按：

此詞元《新編通用啓劄（札）截江網》署名易安夫人作。筆者發現明手抄本《詩淵》（影印本，第四千五百五十七頁）收録，撰者『宋延安夫人』。查唐圭璋輯《全宋詞》兩冊本（上，第一四一頁），蘇氏（即延安夫人）詞無此首。又查唐圭璋、王仲聞、孔凡禮編《全宋詞》簡體增訂五冊本（第一冊，第二五七頁），蘇氏（延安夫人）詞亦不收此首。王仲聞：『宋人未見有以此呼清照者』，雖存疑惑但仍以《截江網》卷六署名『易安』夫人而收為李清照詞。

徐培均《李清照集箋注》：『此詞蓋為韓肖胄母文氏而作。文氏，彦博孫女。南昌乃夫人誥命。』王英志《李清照集》：『鄧紅梅考證此詞……是李清照向婆婆南昌郡夫人郭氏賀壽之作』，兩家『南昌』所指不一，待確考。然此詞撰者為李清照却没有异議。綜上，此詞茲入《漱玉詞》。

【注釋】

[一] **應候**：應節氣季候。唐方幹《胡中丞早梅》：『凌晨未噴含霜朵，應候先開亞水枝』。宋葛勝仲《浪淘沙》：『好是黃花開應候，聊宴親賓』。

[二] **六葉階蓂初秀**：階蓂已生六葉，剛剛開花。蓂：指蓂莢，古代傳説中的一種瑞草。《帝王世紀》：『堯時有草夾階而生，每月朔生一莢，厭而不落，月半則生十五莢。自十六日，一莢落，至月晦而盡。月小則餘一莢，厭而不落。』宋廖行之《水調歌頭》：『記當年，蓂兩莢，應熊羆。』又《西江月・壽友人》：『試數階蓂有幾，昨朝看到今朝。』六葉：點明生日為陰曆初六。秀：結實。

[三] **愛景**：冬天的陽光。唐徐堅《初學記》引梁元帝《纂要》：『日光曰景。』又曰：『日有愛日畏日。』注：『愛，冬日也。』唐岑文本《冬日宴于庶子宅詩》：『愛景含霜晦，落照帶風輕。』南北朝鮑照《侍宴覆舟山詩》：『繁霜飛玉闥，愛景麗皇州』。

[四] **扶桑**：傳説中太陽邊的神樹。《山海經・海外東經》：『下有湯谷。湯谷上有扶桑，十日所浴，在黑齒北。居水中，有大木，九日居下枝，一日居上枝。』挂扶桑：指冬天太陽將出。唐李嶠《日》：『旦出扶桑路，遥升若木枝。』唐吴筠《登北固山望海》：『雲生蓬萊島，日出扶桑枝』。

[五] **漏殘銀箭**：謂漏水滴盡，衹餘銀箭。漏：見《菩薩蠻》（歸鴻聲斷殘雲碧）注。銀箭：漏中立着帶刻度的白色竪標，似箭，故名。宋歐陽修《漁家傲》：『良宵短，人間不合催銀箭』。

[六] **杓回摇斗**：杓星回轉，使北斗星調了方向，指春天將臨。杓：即斗柄。唐歐陽詢《藝文類聚》卷一《天部上・星》引《春秋運斗樞》：『第一至四為魁，第五至第七為標（杓），標合為斗。』宋沈瀛《減字木蘭花》：『斗杓挹酒，齊視今人箕翼壽。』宋杜安世《玉樓春》：『玉燭光明正旦好，斗柄東回春太早』。

[七] **高閎**：高門。指名門望族。南朝陳徐陵《報尹義尚書書》：『伊昔梁朝，共奉嘉聘，張茲大帛，處彼高閎。』宋蘇軾《求婚啓》：『敢憑良妁，往欵高閎』。

[八] **剖**：指出世。宋曹勛《浣溪沙》：『乍剖金膚藏嫩玉，吴鹽兼味發清香』。元王吉昌《放心閑・返老還童》：『神胎剖判，氤氳聖體，輕健還童』。

[九] **令容**：美麗的容顏。令：美好。魏曹植《美女篇》：『容華耀朝日，誰不希令顏』。

[一〇] **淑質**：善良的品格。淑：善良。宋劉潤谷《西江月》：『淑質生當良月，晬辰喜遇今朝。』宋賀鑄《萬年歡》：『淑質柔情，靚妝艷笑，未容桃李争妍』。

[一一] **歸**：古時出嫁曰歸。唐杜甫《新婚別》：『生女有所歸，雞狗亦得將』。宋李清照《金石録後序》：『余建中辛巳，始歸趙氏』。

[一二] **晝錦**：東漢班固《漢書・項籍傳》：『羽見秦宫室皆已燒殘，又懷思東歸，曰：「富貴不歸故鄉，如衣錦夜行。」』後因夜錦還鄉，人們看

不到，故改『晝錦還鄉』。唐錢起《送李栖桐道舉擢第還鄉省侍》：『名與玄珠出，鄉宜晝錦還』。宋姚勉《沁園春》：『晝錦還鄉，油幢佐幕，誰道青天行路難』。

［一三］**貴胄**：貴族的子孫。胄：後代。西晉陳壽《三國志·隆中對》：『將軍既帝王之胄，信義著于四海。』唐劉禹錫《同樂天和微之深春二十首》：『何處深春好，春深貴胄家』。

［一四］**文步紫禁**：此處指有文才的後代升入皇宮做高官。禁：指皇宮。《史記·項羽本紀》：『二世常居禁中』。舊説天有紫微垣，保衛天子之宮，故稱皇宮為紫禁。唐戴叔倫《宮詞》：『紫禁迢迢宮漏鳴，夜深無語獨含情。』唐錢起《贈闕下裴舍人》：『二月黃鸝飛上林，春城紫禁曉陰陰』。

［一五］**金章綠綬**：金章：金印，官印。《漢書·百官公卿表上》：『相國、丞相，皆秦官，金印紫綬，掌丞天子助理萬機。秦有左右，高帝即位，置一丞相，十一年更名相國，綠綬』。《晉書·輿服志》：『貴人、夫人、貴嬪是為三夫人，皆金章紫綬。』綬：為榮獲金印人的服飾或系金印的綢帶。宋郭應祥《柳梢青》：『風流太守，紫綬金章。』宋熊以寧《鵲橋仙》：『幾番鸞誥自天來，森綠綬、彩衣當砌』。

［一六］**棠棣連陰**：指兄弟皆為高官。《詩經·小雅·棠棣》：『棠棣之華，鄂不韡韡，凡今之人，莫如兄弟。』以後棠棣比喻兄弟之情。宋張先《感皇恩》：『同時棠棣萼，一家春。』宋蘇軾《生日王郎以詩見慶次》：『棠棣并為天下士，芙蓉曾到海邊郛』。

［一七］**虎符**：古代帝王調兵用的信物。多黃銅鑄成虎形，分兩半，各有相同銘文，左半留朝，右半領兵將帥携帶，調發兵時驗合。《漢書·文帝紀》：『九月，初與郡守為銅虎符、竹使符。』南朝宋裴駰《史記集解》引應劭曰：『銅虎符第一至第五，國家當發兵，遣使者至郡合符，符合乃聽受之。』唐韓翃《送端州馮使君》：『懷君樂事不可見，鬣馬翩翩新虎符』。元白朴《水龍吟·送史》：『豹略深藏，虎符榮佩，君恩重荷』。

［一八］**熊軾**：《後漢書·輿服制》：『公、列侯安車，朱班輪，倚鹿較，伏熊軾。』軾：為車前横木，常畫以伏熊之形，故名。後以指朝廷主要大臣及地方長官。唐武元衡《送鄧州潘使君赴任》詩：『虎符中禁授，熊軾上流居。』宋史浩《滿庭芳》：『虎符熊軾，行指七閩中』。

［一九］**夾河分守**：此指所祝貴婦有兩個兒子皆為太守。《漢書·杜周傳》：『及久任事，列三公，而兩子夾河為郡守，家訾累巨萬矣』。

［二〇］**青雲**：比喻地位高，成就大。典出自于《史記·范睢蔡澤列傳》：『于是范睢盛帷帳，侍者甚衆，見之。須賈頓首言死罪，曰：「賈不意君能自致于青雲之上」』。唐李白《憶舊游寄譙郡元將軍》：『北闕青雲不可期，東山白首還歸去。』唐白居易《諭友》：『平生青雲心，銷化成死灰』。

［二一］**咫尺**：形容很近。咫：古代長度單位，合現在市尺六寸二分二厘。唐白居易《天可度》：『唯有人心相對時，咫尺之間不能料』。宋張商英《南鄉子》：『楊柳堤邊青草岸，堪觀。祇在人心咫尺間』。

[二二]承明：指承明廬，在漢承明殿旁，侍臣值班之所。後以入承明廬指在朝或入朝當官。《漢書・嚴助傳》，武帝賜書：『君厭承明之廬，勞侍從之事，懷故土，出為郡吏』（見《詞源》）。唐白居易《垂釣》：『三登甲乙第，一入承明廬』。

[二三]彩衣：此指寿主後代年歲雖大，孝心不減。《初學記》卷十七引《孝子傳》曰：『老萊子至孝，奉二親，行年七十，着五彩褊襴衣，弄雛鳥于親側。』魏曹植《靈芝篇》：『伯瑜年七十，彩衣以娱親』。宋丁察院《萬年歡》：『嬌孫彩衣聚戲，指明年八十，兒額先記』。

[二四]蘭羞：美食。西晋王浚詩：『八音以叠奏，蘭羞備時珍。』唐武則天《唐享昊天樂・第六》：『蘭羞委薦，桂醑盈斟』。

[二五]玉酎：美酒。玉：美稱。酎：醇酒。《郊廟歌辭・蠟百神樂章・雍和》：『蕙馥雕俎，蘭芬玉酎』。

[二六]松椿：兩種樹齡長的樹。常用來比壽。松，冬夏長青，具有無限生命力。椿，《莊子・逍遥游》：『上古有大椿者，以八千歲為春，八千歲為秋。』宋晏殊《拂霓裳》：『今朝祝壽，祝壽數，比松椿。』宋曹宰《喜遷鶯》：『壽齡遠，與湖山同永，松椿同壽』。

【品鑒】

這是為一貴族婦女祝賀生日的應酬之作。那位貴族婦女為何人？一說是『此詞蓋為韓肖胄母文氏而作』，一說『是李清照向婆婆南昌郡夫人郭氏賀壽之作』，俟考定。然此詞歸屬李清照却没有异議。其委婉含蓄，比喻貼切，用典自然，表現了作者高超的藝術修養。

首八句：『微寒應候。望日邊，六葉階蓂初秀。愛景欲挂扶桑，漏殘銀箭，杓回摇斗。慶高閎此際，掌上一顆明珠剖。』寫高門貴府之婦人誕生的季節、日期、時辰。用生動形象而富感染力的比喻『掌上一顆明珠』，稱譽貴婦人曾受父母的寵愛及在家庭中的特殊地位。

次四句：『有令容淑質，歸逢佳偶。到如今，晝錦滿堂貴胄。』贊頌貴婦人的『令容淑質』、而今『晝錦滿堂貴胄』。

換頭：『榮耀，文步紫禁，一一金章緑綬。』頌貴婦人的如今『榮耀』，子弟『文步紫禁』、『金章緑綬』。

次七句：『更值棠棣連陰，虎符熊軾，夾河分守。况青雲咫尺，朝暮重入承明後。看彩衣争獻，蘭羞玉酎。』祝賀其子的加官晋爵，高官厚禄，飛黄騰達。

結尾二句：『祝千齡，藉指松椿比壽。』以『松椿』之齡長比人之壽長，以祝頌貴婦人福壽無疆。在藝術技巧上，該詞有如下特色：

一、委婉含蓄。作者用『愛景』，暗示出生季節是冬天；用『杓回摇斗』，斗柄欲東指，進而點出生季是春天即將來臨之時，即冬末；用『六葉階蓂初秀』，點示出生日是在冬末月初六；用『欲挂扶桑』、『漏殘銀箭』，點出出生時辰是在太陽將出來的時候。隱而不露，耐人咀嚼。

二、比喻生動、形象。用『掌上一顆明珠』，比喻貴婦人曾倍受父母鍾愛；用『松椿』樹齡之長，比喻貴婦人壽命之長；用『青雲』比喻官位顯赫。這些比喻甚為恰切，生鮮，至今仍有『掌上明珠』、『壽比南山不老松』、『青雲直上』之語常為人所喜用。

三、『晝錦』、『金章緑綬』等典故的運用，既典雅醞藉，又豐富了詞的内涵。

以上藝術技巧和特色，都是值得我們藉鑒的。

【選評】

[一] **王仲聞**：此首原題撰人為易安夫人，宋人未見有以此呼清照者，未知有誤否？《翰墨大全》有延安夫人、易少夫人，俱僅一字之异。（《李清照集校注》）

[二] **黃墨谷**：此詞僅見《截江網》，《全宋詞》載之，風格，筆調均不類清照其他慢詞，茲不録。（《重輯李清照集》）

[三] **陳祖美**：據周密《浩然齋雅談》卷上記載：『李易安，紹興癸亥在行都……』為内命婦（受有封號的婦女，亦即大夫之妻）撰端午帖子等事。此事純系捉刀代筆依人之意，本屬翰院之職，李清照之代庖，當因其父名高、文筆好而受人請托所致。為人作壽詞，雖不一定是受人請托的代庖之事，但作者本人亦當有一定聲望，其作纔有分量。此首姑係于紹興十三年（一一四三）前後居杭州之時。（《中國詩苑英華·李清照卷》）

[四] **侯健　呂智敏**：這是一首壽詞。從上片所寫的内容看，壽者可能是皇族中的一位貴婦。詞首先回憶壽者出生的季節、日期、時令，接着交代了壽者『掌上明珠』的身份，『令容淑質』的品貌以及『歸逢佳偶』、『到如今晝錦滿堂貴胄』的身家地位。下片進一步寫貴婦家門子弟的高官顯爵、榮耀權勢。結尾皆比松椿，向貴婦殷勤致以祝壽之意。從内容風格看，寫得比較庸俗迂腐，多是榮華富貴之濫調，不類易安其他詞作。今作存疑詞注出。（《李清照詩詞評注》）

[五] **徐培均**：此詞蓋為韓肖胄母文氏而作。文氏，名相彥博孫女。南昌，乃夫人誥命。紹興三年（一一三三），韓肖胄奉命使金，宋史本傳載：『母文語之曰：「汝家世受國恩，當受命即行，勿以我老為念。」帝稱為賢母，封榮國夫人。』清照此時有上樞密韓公詩，序稱：『有易安室者，父、祖皆出韓公門下』，有此淵源，故當其母生日，上此壽詞。因附此詞于紹興二年（一一三二），待考。（《李清照集箋注》）

［六］王英志：鄧紅梅考證此詞作于宋宣和四年（一一二二）正月初六，是李清照向婆婆南昌郡夫人郭氏賀壽之作。賀壽詞李清照還有《新荷葉》。《新荷葉》不僅賀壽，且寄寓請壽主晁補之東山再起、『蘇天下蒼生』之旨，立意高遠。此詞則為較單一的祝壽詞……為顯壽詞典雅莊重，頻繁用典，可見詞人頗為用心，腹笥甚豐。清況周頤《蕙風詞話》稱『壽詞難得佳句，尤易入俗』，此詞亦屬『入俗』之作，是清照詞中罕見的筆調，聊備一格。（《李清照集》）

蝶戀花　上巳召親族

永夜懨懨歡意少。空夢長安，認取長安道。為報今年春色好。花光月影宜相照。　隨意杯盤雖草草。酒美梅酸，恰稱人懷抱。醉莫插花花莫笑。可憐春似人將老。

——影印明刊十二卷本之《花草粹編》

【考辨】

◎歷代載籍著録此闋之詞調、題目：

調作《蝶戀花》（又名《一籮金》、《捲珠簾》、《鳳栖梧》）。題作『上巳召親族』。

◎歷代此闋著録為李清照（易安）詞之載籍：

［一］元・劉應李輯《新編事文類聚翰墨大全》元刊本（『后丙四』，第九頁），中國科學院圖書館藏，收作『易安夫人』詞。

校記

調題：皆同範詞。

正文：『懨懨』作『厭厭』。

附録：無。

［二］明・陳耀文纂（原署）《花草粹編》影印明刊十二卷本（卷七，第二七頁），收作李易安詞。

校記

調題：調作《蝶戀花》。題作『上巳召親族』。目録調名下注：『一名《一籮金》、《捲珠簾》、《鳳栖梧》』。

正文：原『懽』、『夢』、『冝』、『雖』、『揷』、『笑』，玆改為正字『歡』、『夢』、『宜』、『雖』、『插』、『笑』。（擇為範詞，底本）

附録：無。

[三] 明・陳耀文輯《花草粹編》文淵閣《欽定四庫全書》二十四卷本（卷一三，第三二頁），收作李易安詞（撰者位注：『前人』，即李易安）。

校記

調題：皆同範詞。

正文：皆同範詞。

附録：無。

[四] 明・陳耀文編（原署）《花草粹編》文津閣《欽定四庫全書》二十四卷本（卷一三，總第五一頁），收作李易安詞。

瑜注：李易安《蝶戀花》（泪揾征衣）與此首連排，用『三』字銜接，衹前一首署名，此首撰者亦應為李易安，詳見《品令》（急雨驚秋曉）之『瑜按』。

校記

調題：皆同範詞。

正文：皆同範詞。

附録：無。

[五] 清・沈辰垣等編《御選歷代詩餘》影印康熙内府本（卷四〇，第二〇八頁），收作李清照詞。

校記

調題：調同範詞。無題。

正文：『懨懨』作『厭厭』。

附録：無。

[六] 清・江標抄《李清照漱玉詞》汲古閣未刻詞二十二家本（手抄，不分卷頁，第三九首），上海圖書館藏，收作『宋易安居士李氏清照』詞。

校記

調題：調同範詞。無題。

正文：『懨懨』作『厭厭』；『空夢長安』作『空留當時』。

附録：無。

［七］清・王鵬運輯《漱玉詞》，《四印齋所刻詞》本（第一二頁），收作『李清照　易安』詞。

校記

調題：調同範詞。無題。

正文：『懷』作『褱』；『醉莫』作『醉裏』。

附録：無。

［八］清・楊文斌輯録《三李詞》光緒庚寅夏香海閣刊本（卷三，第一一頁），收作李清照詞。

校記

調題：調同範詞。無題。

正文：『懨懨』作『厭厭』。

附録：無。

［九］清・蕙風簃主箋《漱玉詞箋》中華圖書館石印本　中華民國四年六月版（不分卷，第一三頁），收作李清照詞。

校記

調題：調同範詞。無題。

正文：『醉莫』作『醉裏』。

附録：無。

［一〇］木石居士選輯　絳雲女史參校《歷代名媛詞選》民國十六年石印本（卷九，中調一，未注頁碼），收作李清照詞。

校記

調題：調同範詞。無題。

正文：『懨懨』作『厭厭』。

附録：無。

［一一］李文裿輯《漱玉集》冷雪盦叢書本（卷四，第一頁），收作李清照詞。

校記

調題：皆同範詞。

正文：『懨懨』作『厭厭』。

附録：《歷代詩餘》、《花草粹編》、四印齋本《漱玉詞》。（尾注）

［一二］趙萬里輯《漱玉詞》，《校輯宋金元人詞》本（第六頁），收作『李清照　易安』詞。

校記

調題：皆同範詞。題下注：『《歷代詩餘》無題』。

正文：皆同範詞。

附録：《翰墨大全》後丙集四、《花草粹編》七、《歷代詩餘》四十。（尾注）

［一三］唐圭璋輯《全宋詞》中州古籍出版社　兩冊本（上，第六四七頁），收作李清照詞。

［一四］中華書局編《李清照集》（第二二頁），收作李清照詞。

［一五］王仲聞《李清照集校注》人民文學出版社（第六〇頁），收為李清照詞。

附録：趙萬里《校輯宋金元人詞》所用《翰墨大全》為拜經樓舊藏元刻初印本。其書所收之詞，較通行本多五百餘首。惜有錯葉，佚去詞十餘首，有若干首尚可據通行本補。

［一六］黃墨谷《重輯李清照集》齊魯書社（卷三，第三二頁），收作李清照詞。

［一七］徐北文主編《李清照全集評注》濟南出版社（第一二八頁），收作李清照詞。

［一八］徐培均《李清照集箋注》上海古籍出版社（第九二頁），收作李清照詞。

◎歷代此闋著録他人或無名氏及存疑詞之載籍：

雖廣徵博采而未見。

◎瑜按：

上此詞近二十種載籍收作李清照（易安）詞，撰者無异名，茲入《漱玉詞》。

【注釋】

［一］**上巳**：陰曆三月上旬之巳日。《太平御覽》時序部引《韓詩》注云：『鄭國之俗。三月上巳之辰。此兩水（溱、洧）之上，招魂續魄，拂除不祥。』《漢書・禮儀志》：『三月上巳日，官人并禊飲于東流水。』魏以後多用三月三日，少用巳日為修禊日。

［二］**永夜**：漫漫長夜。唐郎士元《宿杜判官江樓》：『故人江樓月，永夜千里心。』五代顧敻《訴衷情》：『永夜抛人何處去。絶來音』。

［三］**懨懨**：精神不好，像得病的樣子。宋柴元彪《海棠春》：『酒病懨懨，羈愁縷縷。』宋方君遇《風流子》：『還是懨懨病也，無計憐伊』。

［四］**長安**：本漢唐朝故都，後人遂以為京師之代稱。此處藉指北宋首府汴京。宋張舜民《賣花聲》：『回首夕陽紅盡處，應是長安。』宋辛弃疾《菩薩蠻・書江西造口壁》：『西北望長安，可憐無數山』。

［五］**取**：得。見前《漁家傲》（天接雲濤連曉霧）『吹取』注。

［六］**草草**：指簡單草率，不豐盛。宋辛弃疾《武陵春》：『草草杯盤不要收，纔曉更扶頭。』宋張綱《蓦山溪》：『小窗開宴，草草杯盤具』。

［七］**稱**：見《轉調滿庭芳》（芳草池塘）注。

［八］**懷抱**：這裏指心意、心緒。唐白居易《村居卧病三首》：『草木猶未傷，先傷我懷抱。』宋晁端禮《一斛珠》：『傷春懷抱。清明過後鶯聲老』。

【品鑒】

北宋滅亡，南宋統治集團屈膝求和，苟安一隅。廣大『遺民』，『泪盡胡塵裏』，『忍死望恢復』，可是他們的希冀終歸泡影。泪，算是空流。渡江逃難的血性臣民，更是江河日日，鄉情殷殷，夢魂夜夜。夢，畢竟是虚幻的。李清照就是這『漂泊』避難的『流人伍』中的一個代表。其《上樞密韓公、工部尚書胡公》云：『不乞隋珠與和璧，祇乞鄉關新信息』，『欲將血泪寄山河，去灑青州（東山）一抔土』，可見她思國懷鄉渴望收復中原之情是何等的濃重篤深。儘管南渡多年，依然是有鄉回不得。一個農曆上巳，這是個古老的節日，『每逢佳節倍思親』，她懷着對故國鄉關的深深眷念和對不能收復中原的憤懣及與親朋不能團聚的悵惘之情，召集鄰近的親族叙舊，以慰綿綿的鄉思，寫下《蝶戀花》這首詞。

『永夜懨懨歡意少。』『永夜』，長夜，整夜，徹夜。宋王益《訴衷情》有『愁永夜，拂香裀』句。長夜漫漫，冷冷清清，孤懷凄怯，綿綿的鄉思在折磨着她，像生病的樣子，輾轉床褥。祖居的故鄉、繁華的京都、愛戀的親朋，一幕幕在她的腦海中浮現，使其倍加黯然，很少有歡欣的情緒。首句以悒鬱的筆觸領起，為全詞定下基調，創造氛圍。此種開頭妙在『筆未到而氣已吞』。

「空夢長安，認取長安道。」首句説「歡意少」，「少」，并不是没有。那麼這少許的歡意從何而來？原來在夢中實現了自己的夙願，回到了闊别的故都。「長安」，本是我國的古都，此處藉指北宋首府汴梁（現在河南開封）。宋辛弃疾《菩薩蠻》：「西北望長安。可憐無數山」，宋李好古《清平樂》：「點點盡堪腸斷，行人休望長安」，其中的「長安」皆指汴京，用法相同。夢，是由人的精思存想，或受某種刺激，睡眠時在大腦中引起的表像活動。對鄉關深摯地熱愛、對收復中原無比關切的愛國詞人李清照，朝思暮想故國舊家，尤其每逢佳節更為強烈。因此上巳的夜晚，夢裏纔出現「舊曾諳」的故都汴京之影像。「夢長安」是虚幻的，「認取長安道」也無濟于事。一個「空」字，表現作者悵恨無窮，浩嘆不已。此句為虚寫，虚中帶實。

「為報今年春色好。花光月影宜相照。」「為」，表示假設關係的關聯詞語。「報」字的主語應是「造化」，此略。作者賦予「造化」以人的行為「報」。李清照《漁家傲》云：「造化可能偏有意。故教明月玲瓏地」，其中的「造化」指大自然，謂大自然「有意」，用法與此詞中的相同，不過此句中的主語省略了。均為擬人化的修辭格。「上巳」，古老的節日，據載三國時魏定為歷年的三月初三。農曆三月初三是没有明亮月光的。此韵的意思是，如果造化有意向人們報告今年的春色美好，那麼花光月影輒應該相互映照。然而，節日上巳是没有月光朗照的。春色美好，花草蟲魚各得其所，却人志不遂；年景好，應該使人們美滿、團圓、幸福，讓人們與親朋團聚，可是今夕仍是有鄉不能回，「子孫南渡今幾年，飄流遂與流人伍」（《上樞密韓公、工部尚書胡公》），中原尚未收復。含有對南宋統治集團的無限憤懣，對故國鄉關深沉的思念之情，抱恨之大何極！此韵寫實，實中帶虚。

「隨意杯盤雖草草。酒美梅酸，恰稱人懷抱。」過變，筆鋒勒轉，寫召親族設便宴。上片因鄉情濃重，下片纔召親族宴飲叙舊。明斷暗續。隨隨便便的杯酒飯菜，雖然是簡單粗糙，準備不足，但醇香的美酒，酸甜的梅果正切合人的心意。我們仿佛看見易安正在宴上向前來的親族表示歉意；正在樽前對親族頻頻地勸酒；正在席間娓娓親切地叙舊。「酒美梅酸，恰稱人懷抱」的弦外之音，是勸解親族多多飲酒用菜，「故鄉何處是。忘了除非醉」（李清照《菩薩蠻》），以慰濃重的鄉思。作者着筆由人及物。

「醉莫插花花莫笑。可憐春似人將老。」「醉」字承前啓後，易安與親族用酒洗愁，一醉方休。飲酒賞梅插花是她的雅趣，其《訴衷情》詞云：「夜來沉醉卸妝遲。梅萼插殘枝」，《清平樂》詞云：「年年雪裏。常插梅花醉」，《菩薩蠻》詞云：「睡起覺微寒。梅花鬢上殘」，這些詞句都説明了這一點。人們的嗜好往往是長期形成的，一經形成，不易改變。現在易安何以「醉莫插花」？「可憐春似人將老」一句告訴我們，平生的種種不幸和坎坷，使她不再有這種插花的逸興了。宋蘇軾《吉祥寺賞牡丹》詩云：「人老簪花不自羞，花應羞上老人頭」，人已經老了，自己雖然不為插戴牡丹花而感到害羞，可牡丹花是那般絢爛靡麗，應該以戴在老人頭上而感到羞愧，兩句別有風韵。易安不落窠臼，不踏襲蘇詩，反其意寫『人老不簪花』。看來格調似乎有些低沉，其實不然，正是『創意出奇』，恰到妙處。《宋書·謝靈運傳論》云：『若前有浮聲，則後須切響』，此句暗應首句，是一反襯之筆。人將老了，種種不幸的遭際把她折磨得這個樣子，平生簪花的興致衰減了，惟其綿綿的鄉思不減，思國懷鄉的那顆心，不管何時何地何種境遇，都強而有力地跳動。更切本題，詞旨昭然。『故鄉何處是。忘了除非醉』（易安《菩薩蠻》語），衹要人有正常的思維，衹要她一息尚存，是不會忘記故國鄉關的。多麼可歌可泣的愛國心啊！

『花莫笑』、『春似人將老』為傳神之筆，擬人的藝術手法。『春』將『老』，對于珍惜春光的人實覺可惜，『人』將『老』，更感可惜。用易安《打馬賦》中語：『老矣不復（誰能）志千里，但願相將過淮水』來作注脚吧！我老了，不能像花木蘭那樣揮戈躍馬去馳騁疆場為國立功，這是一可惜；至今還是『空夢長安』，中原未能收復，『相將過淮水』的願望仍未成為現實，二可惜。這是『欲將血泪寄山河』的赤子之心絲毫得不到慰藉的心聲和慨嘆，以深沉委婉的筆墨出之。

上片，寫上巳的夜晚，女主人深深懷念故國鄉關。首句寫女主人整夜病病懨懨，鬱鬱寡歡，是實寫；次兩句，『空夢長安』是虛寫，化虛為實，夢裏長安街道的景象還是可見的；末兩句，先提出一個假設的前提，是虛寫。後寫花光月影未能相照，這是真實的，化虛為實。虛實相生，相輔相成，可見藝術手法的多樣、靈巧、純熟，運斤成風。

下片，寫上巳宴請親族，以慰鄉思。先從『杯盤』寫到『人懷抱』，由物及人；後從『醉』寫到『花』，由人及物；又從花拓展寫到『春』，又折回寫『人』，這是由物及人。寥寥三十字，描寫物件動蕩的頻率之高，簡直形成一個清晰的曲綫圖像，映入讀者的眼底，跌宕有致，曲盡其妙。

下語平易，用意精深，曲折的情意，用直率的方式出之，含蓄渾成。《文心雕龍·隱秀》云：『隱也者，文外之重旨者也。』意思是，所謂含蓄，就是在文章之外含有重大的意旨。又云：『隱以複意為工』，以在言外別有一番意思為最精妙。上片，頭三句，言外之意是，心懷悒悵，中原未能收復，有鄉不能回；次兩句，弦外之音是，年景好，應該美好、團圓、幸福、吉祥，讓人們回到久別的故鄉去，然而却不能，抱恨無窮。下片，頭三句言外之意是，勸慰親族用清香淳甘的美酒來洗解鄉愁；末兩句，弦外之音是，人雖然老了，飲酒時插花的興致消了，但懷念故鄉之心却有增無減。宋歐陽修《六一詩話》：『必能狀難寫之景，如在目前，含不盡之意，見于言外，然後為至矣。』這樣的詩纔是超卓的。《文心雕龍》論述了含蓄的好處，云：『使玩之者無窮，味之者不厭』，使欣賞的人覺得意味無窮，品味的人永不生厭。此詞達到了如此絕妙的藝術境地。

此詞，寫『眼前景，口頭語』，看來似乎一目了然，但認真推究，却含有深沉的家國之思。詞不長，但采用了多種藝術手法。大將杰才『不示人以璞』，又不見運斤操斧，妙哉！

【選評】

［一］**李長之**：長安在這裏就是故國的代表，『空夢長安，認取長安道』表現出她對于不能收復失地是多麽焦急，也表現出她對于故國是怎樣地像屈原那樣的『魂一夕而九逝』呵。（《中國文學史略稿》）

［二］**周振甫**：這首詞，是李清照陰曆三月三日上巳節宴會親族時作的，是哪一年寫的已無可考。從『人將老』看，當是婚後作品。從召集親族宴會，贊美『春色好』看，該在北宋没有覆亡時作。從『空夢長安』看，趙明誠當在京裏做官，所以要夢長安了。（《李清照詞鑒賞》）

［三］**楊敏如**：結句『可憐春似人將老』，與開端點出非常時期相呼應，與作者另首《臨江仙》詞『春歸秣陵樹，人老建康城』一聯相契合。春『老』，喻春意闌珊；人『老』，指歡情減少。明是傷春，實是自傷。『可憐』二字，把春的命運與人的命運綰在一起，是對人的飄零、春的消失，一概不由自主的喟嘆！清照此時的亡國哀思，已和北宋人民的思想感情融和為一了。（《唐宋詞鑒賞辭典》江蘇古籍出版社）

［四］**黄墨谷**：《蝶戀花》詞中的『空夢長安，認取長安道』，也是由于這種恢復中原無望而發出的悲吟。過片詞意更加凄愴：『醉裏插花花莫笑，可憐春似人將老。』詞人以春天影射國家社稷，所謂春將老，傷國之將亡也。李清照這種悲哀和辛稼軒那一首寓南渡之思最深切的《摸漁兒》的結尾：『閑愁最苦，休去倚危欄，斜陽已在烟柳斷腸處』是同一機杼。（《重輯李清照集》）

［五］**平慧善**：本詞是李清照晚年之作，這時她生活略為安定，已能召集親族聚會飲宴。但是，美好的春光月色，意在消愁的酒宴，并未給詞人帶來歡快，相反更勾起對故國的深沉思念和舊家難歸的惆悵。在夢中她還很熟悉汴京的道路，可以想見其憶念之切，但是一個『空』字，畢現失望之情。所以起首三句為全詞定下基調。接着兩處轉折：上闋以春夜迷人的景色來反襯詞人的愁悶情緒；下闋在怡樂的酒宴中，發出『醉莫插花花莫笑，可憐春似人將老』的悲嘆，從而委婉曲折地表達了詞人的憂國情懷和對人生的感慨。（《李清照詩文詞選譯》）

［六］**吴庚舜**：這首《蝶戀花》很可能是她南渡之初的作品……下片前三句『隨意杯盤雖草草，酒美梅酸，恰稱人懷抱』是

用樸實之筆叙寫親族共聚的生活。因為是戰亂之中，又因為相邀之人不是外人，所以設的是便宴。『杯盤草草』藉用前人詩中語可以增強親切感。王安石《示長安君》『草草杯盤供笑語，昏昏燈火話平生』，寫的就是親人團聚之樂。便宴不等于酒肴粗劣，由于親族長期交往，便宴的口味倒挺合大家的心意。『美酒』兩句通過與宴的感受，寫出了親人聚會的融洽氣氛。（《李清照作品賞析集》）

［七］

侯健　吕智敏：無論是美好悦目的春夜景色，還是稱人懷抱的美酒果品，在詞人的筆下都是被當作一場『空夢』來描寫的，美夢總有醒來的時候，佳宴總有散席的時候，與其忍受夢醒後更加空寂悵惘的痛楚，不如警醒一些，不要為『空夢』所陶醉。因此，詞人清醒地對自己、也對親人們發出警戒：『醉莫插花花莫笑，可憐春似人將老。』人老，是『永夜懨懨歡意少』的結果，是『空夢長安』内心受盡折磨的結果，在終日為國擔憂、苦戀故鄉的詞人眼里，春天也像自己一樣，被日趨衰敗的國勢催老了！這首詞，曲折而含蓄地抒寫了李清照的愛國主義情懷。（《李清照詩詞評注》）

青玉案

征鞍不見邯鄲路。莫便匆匆歸去。秋風蕭條何以度。明窗小酌，暗燈清話，最好留連處。
相逢各自傷遲暮。猶把新詩誦奇句。鹽絮家風人所許。如今憔悴，但餘雙淚，一似黃梅雨。

——《欽定詞譜》

【考辨】

◎歷代載籍著録此闋之詞調、題目：

調作《青玉案》。題作『送別』。

◎歷代此闋著録為李清照（易安）詞之載籍：

［一］元·劉應李輯《新編事文類聚翰墨大全》元刊本（『后丙四』，第九頁），中國科學院圖書館藏，收録，未注撰者。與署名『易安夫人』詞《蝶戀花》（上巳召親族）連排，第二首。應視為『易安夫人』詞。

校記

調題：調同範詞。題作『送別』。

正文：『歸去』作『去』；『詩』作『詞』；『雙』作『衰』。

附録：無。

［二］明·陳耀文纂（原署）《花草粹編》影印明刊十二卷本（卷七，第五八頁），收作李易安詞。

校記

調題：調同範詞。題作『送別』。

正文：『蕭』作『瀟』；『詩』作『詞』。

附録：翰。（尾注）

［三］明・陳耀文輯《花草粹編》文淵閣《欽定四庫全書》二十四卷本（卷一四，第二八頁），收作李易安詞。

校記

調題：調同範詞。題作『送別』。

正文：『風』作『正』；『詩』作『詞』。

附録：無。

［四］明・陳耀文編（原署）《花草粹編》文津閣《欽定四庫全書》二十四卷本（卷一四，總第五七頁），收作李易安詞。

校記

調題：皆同範詞。

正文：『蕭』作『瀟』；『詩』作『詞』。

附録：無。

［五］清・沈辰垣等編《御選歷代詩餘》影印康熙内府本（卷四四，第二二八頁），收作『宋媛　李清照』詞。

校記

調題：皆同範詞。

正文：『風』作『正』；『猶』作『獨』；『詩』作『詞』。

附録：無。

［六］清・王奕清等纂修《欽定詞譜》影印康熙内府刻本（卷一五，第一三頁），收作李清照詞。

校記

調題：調作《青玉案》。無題。

正文：原『牕』、『鐙』、『淚』、『黄』，茲改為正字『窗』、『燈』、『泪』、『黄』。（擇為範詞，底本）

附録：無。

［七］清・江標抄《李清照漱玉詞》汲古閣未刻詞二十二家本（手抄，不分卷頁，第四三首），上海圖書館藏，收作『宋易安居士李氏清照』詞。

校記

調題：皆同範詞。調下注：『用黄山谷韵』。

正文：『秋風』作『秋口』；『詩』作『詞』。

附録：無。

［八］清・王鵬運輯《漱玉詞》，《四印齋所刻詞》本（第九頁），收作『李清照　易安』詞。

校記

調題：皆同範詞。

正文：『風』作『正』；『留』作『流』；『猶』作『獨』。

附録：無。

［九］清・楊文斌輯録《三李詞》光緒庚寅夏香海閣刊本（卷三，第一四頁），收作李清照詞。

校記

調題：皆同範詞。

正文：『風』作『正』；『猶把新詩』作『獨把新詞』。

附録：無。

［一〇］清・蕙風簃主箋《漱玉詞箋》中華圖書館石印本　中華民國四年六月版（不分卷，第一二頁），收作李清照詞。

校記

調題：皆同範詞。

正文：『風』作『正』；『留』作『流』；『猶』作『獨』。

附録：無。

［一一］木石居士選輯　絳雲女史參校《歷代名媛詞選》民國十六年石印本（卷一一，中調三，未注頁碼），收作李清照詞。

校記

調題：皆同範詞。

正文：『風』作『正』；『猶把新詩』作『獨把新詞』。

附録：無。

［一二］李文裿輯《漱玉集》冷雪盦叢書本（卷四，第三頁），收作李清照詞。

校記

調題：皆同範詞。

正文：『風』作『正』；『條』作『蕭』；『度』作『渡』；『猶』作『獨』；『詩』作『詞』；『梅』作『花』。

附録：《歷代詩餘》、《花草粹編》、四印齋本《漱玉詞》。（尾注）

［一三］黄墨谷《重輯李清照集》齊魯書社（卷三，第四二頁），收作李清照詞。

［一四］徐培均《李清照集箋注》上海古籍出版社（第九八頁），收作李清照詞。

◎歷代此闋著録他人或無名氏及存疑詞之載籍：

［一］趙萬里輯《校輯宋金元人詞》本（第一二頁），『附録一』收作『李清照　易安』『存疑』詞。

校記

調題：皆同範詞。調下注：「《翰墨大全》題作『送別』，《花草粹編》同」。

正文：『詩』作『詞』。

附録：《花草粹編》七、《歷代詩餘》四十四、《詞譜》十五。（尾注）

按：《翰墨大全》後集四引接《蝶戀花·上巳召親族》一詞，不注撰人，《花草粹編》、《歷代詩餘》以為李作，失之。

［二］唐圭璋輯《全宋詞》中州古籍出版社　兩冊本（上，第六五〇頁），收作李清照『存目詞』。

附録：無名氏作，見翰墨大全後丙集卷四。

［三］中華書局編《李清照集》（第四六頁），『附録』收之。

［四］王仲聞《李清照集校注》人民文學出版社（第八八頁），收為李清照『存疑之作』。

［五］徐北文主編《李清照全集評注》濟南出版社（第一四七頁），收為李清照存疑詞。

◎瑜按：

元劉應李輯《新編事文類聚翰墨大全》所録此詞之前《臨江仙·立春寄季順妹》（一夜東風穿綉户）署名為『延安夫人』詞，與其銜接連排之《更漏子·寄季玉妹》（小欄杆）、《鵲橋仙·寄季順妹》（星移斗轉）、《踏莎行·寄妹》（孤館深沉）雖都未署名，然《彤管遺編》、《全宋詞》等皆以延安夫人（蘇氏）詞收之。同理，《青玉案·送別》（征鞍不見）也没有署名，但與署名『易安夫人』詞《蝶戀花·上巳召親族》（永夜懨懨）銜接連排在後，以前推之，此詞亦應歸屬李易安無疑，合情合理。上歷代此闋著録為李清照（易安）詞之載籍十四種，皆源自元劉應李輯《新編事文類聚翰墨大全》。諸家的理念見解相同。有理有據。

趙萬里云：『《翰墨大全》後丙集卷四引接《蝶戀花·上巳召親族》一首不注撰人』，而被視為李清照詞是『失之』。王仲聞從之。然按古今書籍編排慣例，尤其是詩詞，第一篇署撰者名，同一撰者作品連排其後皆不再署名，這些作品無疑應被視為第一篇署名撰者的作品。这種情況常見。但亦不盡然，古籍輾轉流傳抄寫刻印過程中會發生不少错誤，引用時要慎重。哪些資料可引用哪些资料不可引用，如何界定，不能『草木皆兵』，也不能『兵皆草木』，具體問題具體分析對待。《全宋詞》附注該詞為『無名氏詞』，其詞如今歸屬仍無，也是一個助證。又此詞之内容與李清照（易安）家事相合。兹為此詞尋到原主李清照（易安），輯入《漱玉詞》。

【注釋】

〔一〕**邯鄲路**：邯鄲，在今河北省。唐李泌《枕中記》裏説，開元年間，有道者吕翁，經邯鄲路上邸舍，遇一少年盧生，盧生哀嘆窮困。吕翁從囊中取出一枕，對生曰：『子枕吾枕，當令子榮適如志。』生枕而睡去，夢已晋遷，歷享數十年榮華富貴。一覺醒來，主人炊黄米飯尚未成熟。宋王安石《漁家傲》：『貪夢好，茫然忘了邯鄲道。』宋蘇軾《失題》：『不見邯鄲歸路，夢中略到江南』。

〔二〕**蕭條**：見《念奴嬌》（蕭條庭院）注。

〔三〕**遲暮**：暮年。楚屈原《離騷》：『惟草木之零落兮，恐美人之遲暮。』唐杜甫《登舟將適漢陽》：『生理飄蕩拙，有心遲暮違』。

〔四〕**鹽絮家風**：指家庭中愛好文學的風尚和傳統。《世説新語·言語門》（中州古籍出版社，第四十五頁）載，王羲之的兒媳（王凝之妻）——謝道韞，為東晋安西將軍謝奕之女，聰明而有才學。一日降雪，叔父謝安便欣然咏道：『白雪紛紛何所似？』道韞的哥哥謝朗應道：『撒鹽空中差可擬。』道韞道：『未若柳絮因風起』，叔父甚悦。世因稱才女為『咏絮才』。

〔五〕**一似**：竟像。宋張炎《長亭怨》：『漂亮最苦，便一似、斷蓬飛絮。』宋牟子才《風暴竹》：『誚一似、群仙府』。

〔六〕黃梅雨：江南春末夏初梅子黃熟的時候雨水頻繁，俗稱黃梅雨。唐杜甫《多病執熱奉懷李尚書》：『思沾道暍黃梅雨，敢望宮恩玉井冰。』宋程垓《憶秦娥》：『愁無語。黃昏庭院黃梅雨』。

【品鑒】

此詞，收為易安詞。從『如今憔悴』而言，此詞蓋寫于南渡以後。又從『征鞍不見邯鄲路』，『鹽絮家風人所許』而論，此詞蓋為送別弟弟而作。據《金石録後序》云：『有弟迒，任敕局刪定官，遂往依之』，很可能是贈與為官的迒弟的惜別之詞。

『征鞍不見邯鄲路。莫便匆匆歸去。』首二句，破空而來，從挽留直起。筆勢陡健。『征鞍』，指騎馬遠征的人。宋吴泳《上西平》有『跨征鞍，橫戰槊，上襄州』句。宋寇準《陽關引》有『春朝雨霽輕塵歇。征鞍發』句。『邯鄲路』，此處化用了『黃粱美夢』這一典故。你騎馬遠行，辛苦輾轉，追求功名，到頭來或許像邯鄲路上的盧生一樣是一枕黃粱。還是要多住些日子，不要就匆匆忙忙地回去吧。這一面是勸戒，一邊是挽留。這也反映了作者對黑暗社會現實的不滿，對南宋統治集團失去了信心。趙宋王朝屈膝投降，使愛國臣民收復中原的願望成為泡影。奸佞當道，陷害忠良，愛國志士被殺害貶謫，人們的良好願望也是虛幻的，無法實現的。

『秋風蕭條何以度。明窗小酌，暗燈清話，最好留連處。』承前。『秋風』，點明了送別的時節。『蕭條』，寂寞冷落的樣子。易安《念奴嬌》：『蕭條庭院，又斜風細雨，重門須閉』，清孔尚任《桃花扇》：『村郭蕭條，城對着斜陽道』，其中的三個『蕭條』同意。女主人是這般的挽留弟弟，那麽，該讓弟弟怎樣度過秋風颯颯，寂寞冷落的秋天呢？『秋風』句，作者用設問提醒，『明窗』兩句用自答拍合。又用一對偶句，怡然自得地勸誘，挽留弟弟：白天在明亮的窗下小飲，洗去心中的不快；夜晚要在昏暗的燈光下清談，敘舊，慰藉離懷。女主人公會以現有的生活條件，作最大的努力來招待弟弟的，然而，現在也衹能是『小酌』、『暗燈』了，這反映了女主人生活的拮据和衰落。這正是南渡以後國破家亡，流落江浙，孀居生活的縮影。

『最好留連處』。『留連』，捨不得離開。與唐杜甫《江畔獨步尋花》：『留連戲蝶時時舞，自在嬌鶯恰恰啼』，宋歐陽修《采桑子》：『俯仰留連。疑是湖中別有天』中的『留連』意同。此四句的意思是，怎樣度過凄寂、冷落的秋天呢？白天在明亮的窗底下小飲，晚上在昏暗的燈光下叙舊，這是最好的令人留戀而不忍離開的地方。上片，作者一抑一揚。一貶一褒，意在勸説、挽留客人，但也反映了作者對南宋統治集團喪失信心，不寄託任何希望，想擺脱無窮煩惱的思想心理。

『相逢各自傷遲暮。猶把新詩誦奇句。』換頭，轉，用逆挽法，寫相逢後的情景。南渡多年以後的一個秋風蕭瑟的時節，李清照與自己久別的弟弟相逢了。在別離的時間裏，經歷多少困厄和坎坷，心裏積藏多少辛酸和痛楚。他們相逢時各自映入眼簾的第一個視覺形象，突出的便是衰老了許多。他們撫今追昔不禁為各自的暮年而相互感傷，但相逢之時姐弟之間仍然是一起欣賞藝術，個個都争着吟詩填詞，咏出驚人的奇絶詞句。年齡雖然都有很大的增長，世事也有巨大的變化，然而他們在文學方面的興趣愛好仍然不減。于是開了下句。

『鹽絮家風人所許。』承前。謝道韞，聰穎而有才學。世稱『咏絮才』。『鹽絮家風』，指家庭愛好文學的風尚而言。『人所許』，家裏人的文學修養很高造詣頗深，為世人所稱贊。

『如今憔悴，但餘雙泪，一似黄梅雨。』以此三句，總束全篇。『如今』，強調現在與過去迥然而异。『憔悴』，面色難看，身體消瘦。易安《永遇樂》詞有『如今憔悴，風鬟霜鬢，怕見夜間出去』句。兩詞蓋同屬暮年詞作。女主人經歷了人間的滄桑，遭受了國破家亡、夫死身零的種種苦難折磨和精神摧殘，年老體衰，如此不濟。故『憔悴』一詞的背後，含有女主人無限的辛酸和血泪。

『但餘雙泪』，『但』，衹、僅。『雙泪』，唐張祜《宫詞》有『一聲何滿子，雙泪落君前』句，南唐李煜《子夜歌》有『故國夢重歸。覺來雙泪垂』句，其『雙泪』均為人過度悲傷，雙眼涌泪的意思。對女主人來説，北國失掉了，鄉關失掉了，丈夫失掉了，金石書畫失掉了，親朋失掉了，年華失掉了，没有財産也没有後人。拖着衰老而笨重的軀殼，除此以外什麽也没有了。如果説有的東西，衹有雙眼垂下的泪水了。這委婉地道出女主人晚年心境的凄愴哀凉。

『一似黄梅雨』。『黄梅雨』，這在詩詞之中多有描寫。如宋趙師秀詩《約客》：『黄梅時節家家雨，青草池塘處處蛙』。此句意思是，如今年老體衰了，回顧這坎坷的一生，我什麽也没有剩下，假使説還有餘下的東西，惟有雙眼不斷涌出的傷心泪了。泪水不僅没有減少，竟然像黄梅雨般地流個没完。反映出女主人晚景的悲慘，心情的哀傷。李清照存疑詞《青玉案》結句：『試問閑愁知幾許。一川烟草，滿城風絮。梅子黄時雨。』，結句為博喻，為此句之本。用『黄梅雨』喻愁之多。宋朱淑真《清平樂》有『携手藕花湖上路，一霎黄梅細雨』句。易安此詞用『黄梅雨』喻泪水多而不斷。『一似黄梅雨』，一面是比喻，一面又是誇張，是兩種修辭格的兼用。結句，是女主人對晚景及心境集中的寫照，藉以挽留客人。人愈是到老年，愈是眷戀親人，這是人之常情，更何况是孤苦無依的獨在异鄉之孀婦呢。而今經久不見的弟弟，要跨上征鞍離去了。從年齡上説，她年事已高；從身體上説，她又如此衰弱，此別，恐成永訣。女主人怎能不挽留，怎能不依戀親人呢？泪水又怎能不『一似黄梅雨』？以此句關合首句。

上片，寫對客人的挽留。下片，寫相逢後的情景。

此詞，先寫臨別時對客人的挽留，後寫相逢時的情景，即先發生的事情後寫，後發生的事情先寫，用逆挽法。唐岑參《逢入京使》：『故園東望路漫漫，雙袖龍鍾泪不乾。馬上相逢無紙筆，憑君傳語報平安』，馬上相逢在前，而後寫；故園東望、龍鍾揮泪，是由『逢入京使』而引起的思鄉之情，但先寫，用的也是逆挽法。這與易安此詞寫法相同。

易安《詞論》中評秦少游詞時云：『秦即專主情致，而少故實。譬如貧家美女，雖極妍麗豐逸，而終乏富貴態』，說明她是主張詞中用典的，此詞中『征鞍不見邯鄲路』，『鹽絮家風人所許』，兩處用典，擴大詞意的內涵，使詞神味雋永，主題深化。

此外，用了設問、對偶、比喻、誇張等修辭格，使詞靈秀雋逸、跌宕多姿、寄意遥深。

【選評】

〔一〕**侯健　呂智敏**：詞的結尾處，親切和藹的語調忽而轉向凄婉低沉，『如今憔悴，但餘雙泪，一似黄梅雨』，推出了詞人窮愁潦倒、悲痛欲絶的面部特寫鏡頭，并于外貌中揭示其思鄉感情的內涵——骨肉分離的痛苦，對弟弟前途的擔憂，對自己暮年殘景的感傷……黄梅雨是霖霪不止的，『一似黄梅雨』般的傷心泪又流到何時纔能流完呢？這樣，就把感情的抒發推到了高潮，開拓了情景相生的藝術境界。（《李清照詩詞評注》）

〔二〕**徐培均**：舊刻本往往前一闋為某某，後一闋便不注撰人，而仍為前一闋之作者。趙氏僅因《翰墨大全》一書不注撰人而否定之，似屬不當。趙氏《校輯宋金元人詞》《凡例》稱明陳耀文輯《花草粹編》，『在明人輯本詞選中，要以此書為最富矣。』且所載多可靠，今人吴熊和曾據《粹編》論證柳永《望海潮》係獻于孫沔，而非一向所認為的孫何，可見此書之可信程度。故此首宜從《粹編》，以李作為是。（《李清照集箋注》）

〔三〕**王英志**：此詞約作于建炎二年（一一二八）秋，時在江寧（今南京）。有品評者認為是與其弟李迒告別之作，可從。詞中流露出真摯的手足之情與傷別之意……上片寫今日為弟送別，再想像弟來日行程；下片先回憶昔日『相逢』，再寫今日傷離。詞時空交錯，感情揚抑。篇幅不大，而容量不小。（《李清照集》）

〔四〕**范英豪**：這首詞是李清照送別弟弟時所作，詞中洋溢着晚年李清照對弟弟的手足之情，别有一種滄桑感和為姐的氣度，與青年時别姊妹，别丈夫又是一番滋味。詩上片寫挽留，首句用典故，道出了李清照對仕途的懷疑，說明了留的原因。

餘下四句，以設問提起，推出兩幅極富詩意的生活畫面，從正面表達了對弟弟的留戀。下片以追憶的形式，寫姐弟暮年相逢，已是人世變遷，各自老邁，然而仍然繼承着家庭喜好文學的風尚傳統，一有新詞奇句，依舊興致勃勃。然而離別在即，有什麽比暮年離別更讓人憔悴的呢？個中的擔憂、留戀、傷感都非言語所能盡，衹有眼泪像連綿不斷的黄梅雨斷了又續。全詞融引典、白描、倒叙、比喻，誇張等多種藝術技巧于一體，抒情極富感染力而有分寸，自有一種老來的莊重。（《李清照詩詞選》）

新荷葉

薄露初零，長宵共、永晝分停。遶水樓臺，高聳萬丈蓬瀛。芝蘭為壽，相輝映、簪笏盈庭。花柔玉净，捧觴別有娉婷。鶴瘦松青，精神與、秋月争明。德行文章，素馳日下聲名。東山高蹈，雖卿相、不足為榮。安石須起，要蘇天下蒼生。

——《詩淵》

【考辨】

◎歷代載籍著録此闋之詞調、題目：

調作《新荷葉》。無題。

◎歷代此闋著録為李清照（易安）詞之載籍：

［一］明·手抄本《詩淵》書目文獻出版社 影印本（第六册，第四五一三頁），收作李易安詞。

校記

調題：調作《新荷葉》。無題。瑜注：上下片之間有「又」字。「又」字上、下皆有一空格。編寫者殆以為其後為別首，非是。

正文：原「楼」、「丈」、「嫂」、「湏」，茲改為正字「樓」、「丈」、「娉」、「須」。（擇為範詞，底本）

附録：無。

［二］唐圭璋　王仲聞　孔凡禮輯《全宋詞》簡體增訂本（第五册，第四九九六頁），《全宋詞補輯》收作李清照詞。

附録：按：詩淵「娉婷」之後，空一格，有「又」字，再空一格，接「鶴瘦」句，似「鶴瘦」以下為另一首。今從詞律。

［三］徐北文主編《李清照全集評注》濟南出版社（第一一四頁），收作李清照詞。

〔四〕徐培均《李清照集箋注》上海古籍出版社（第四六頁），收作李清照詞。

◎歷代此闋著録他人或無名氏及存疑詞之載籍：

雖廣徵博采而未見。

◎瑜按：

此詞收録為李易安（清照）詞，衹有孤證。各載籍所收此詞同出一源，即明手抄本《詩淵》，撰者無异名，茲入《漱玉詞》。

【注釋】

〔一〕**薄露初零：** 零，落下。唐李嶠《露》：『夜警千年鶴，朝零七月風。』宋張先《傾杯》：『恨零落芙蓉、春不管。』此句暗示壽主生辰在早晨。

〔二〕**長宵共永晝分停：** 分停與停分意同。停分，平分。《殺狗勸夫》一折：『若不是死了俺娘親和父親，這家私和你正半停分』（見《宋元語言詞典》）。此句意思是黑夜和白天的時間平分，一樣長。按農曆二十四節氣，秋分這一天晝夜等長。暗示壽主生日在秋分這一天。

〔三〕**蓬瀛：** 蓬萊、瀛州，傳説中三仙山之兩座。《史記·秦始皇本紀》：『齊人徐市等上書言，海中有三神山，名曰蓬萊、方丈、瀛州。』唐曹鄴《寄嵩陽道人》：『三山浮海倚蓬瀛，路入真元險盡平』。宋洪適《朝中措》：『仙家咫尺，波涵渤澥，路挹蓬瀛』。

〔四〕**芝蘭：** 喻優异子弟。《世説新語·言語》：『謝太傅（安）問諸子姪：「子弟亦何預人事，而正欲使其佳？」諸人莫有言者。車騎（謝玄）答曰：「譬如芝蘭玉樹，欲使其生于階庭耳」』（中州古籍版，第五十一頁，第九十二段）。宋廖行之《水調歌頭》：『堂上瑶池仙姥，庭下芝蘭玉樹。』又《鷓鴣天》：『直須同飲長生酒，賸看芝蘭照謝庭』。

〔五〕**簪笏：** 古代朝會時執笏，手持板以記事；簪筆，冠上插着筆隨時備書，這裏用簪笏比喻做官地位顯赫之人。唐杜甫《與李十二白同尋范十隱居》詩：『不願論簪笏，悠悠蒼海情。』宋陸游《僧飯》：『何當弃簪笏，終老掩山房』。

〔六〕**玉凈：** 形容壽主家的女子像美玉一般純潔美麗。宋無名氏《鳳凰臺上憶吹簫》：『紅蓓珠圓，素蕤玉凈，南荒已報春還』。

〔七〕**捧觴別有娉婷：** 觴，酒杯之類的飲器。《韓非子·十過》：『平公提觴而起為師曠壽。』宋廖行之《滿庭芳》：『從今去，捧觴戲彩，雙綬更相宜。』娉婷，姿色美好的女子。宋謝逸《西江月》：『華堂開宴擁娉婷，天上人間共慶。』此句意思是另有一些姿色出衆的女子捧着酒杯獻酒。

〔八〕**鶴瘦：** 唐僧齊己《戊辰歲湘中寄鄭谷郎中》詩：『瘦應成鶴骨，閑想似禪心。』宋韓元吉《鵲橋仙》：『精神龜媚，骨毛鶴瘦。』鶴，相傳為長壽的仙禽。《淮南子·説林》：『鶴壽千歲，以極其游』（詳見《辭源》）。鶴骨、鶴瘦同義，指人的品德、風格的超逸。此詞義雙關，『瘦』

與『壽』音同，兼有祝賀長壽之意。

［九］**松青**：比喻壽主的高標勁節。兼有祝壽主像松樹一樣長青不老之意。唐綦毋潛《宿龍興寺》：『香刹夜忘歸，松青古殿扉。』唐元稹《答姨兄胡靈之見寄五十韻》：『觀松青黛笠，欄藥紫霞英』。

［一〇］**精神**：人呈現的精力、活力。宋蔡伸《醜奴兒慢》：『醉裏精神，衆中標格誰能畫』。宋陳亮《念奴嬌》：『地闢天開，精神朗慧，到底還京樣』。

［一一］**德行**：指人的道德操行。漢鄭玄《誡子書》：『顯譽成于僚友，德行立于己志。』宋張伯端《西江月》：『德行修逾八百，陰功積滿三千』。

［一二］**素馳日下聲名**：素馳，平時很聞名。日下，京城。古代以日比喻皇帝，皇帝所居之處稱下。宋郭應祥《萬年歡》：『佳氣葱葱，望長安日下，鸞鶴翔舞。』此句意思是壽主平時在京城很馳名。

［一三］**東山高蹈，雖卿相不足為榮**：東山，在浙江上虞縣西南，東晉謝安隱居于此，後『東山』指隱居的地方。唐李白《永王東巡歌》：『但用東山謝安石，為君談笑静胡沙。』高蹈，遠避，隱居。宋韓淲《減字木蘭花》：『從心所欲，高蹈祠官惟見獨。』卿相（詳見《中國歷代官制辭典》），卿為中國古代高官，爵位名。相，輔佐君王治理國家的最高官吏。此二句意思是，你像謝安石以前那樣遠避東山隱居起來，即使不把為卿做相當榮耀的事，但也得關心國家和人民的命運啊。

［一四］**安石需起，要蘇天下蒼生**：東晉謝安（公元三二〇——公元三八五年），字安石。《晉書·謝安傳》、《世説新語》載，他曾為官佐著作郎，因疾辭隱會稽東山，時人多曰：『安石不出，如蒼生何？』四十歲出仕，為桓溫司馬。時苻堅入侵，謝安為征討大都督，指授其侄謝玄鎮禦北方，以精兵八萬擊敗苻堅軍百萬。這是我國軍事史上以少勝多的典型戰例著名的淝水之戰。謝安以此有功，累官至太保，卒贈太傅。蒼生：百姓。唐李白《書情題蔡舍人雄》：『嘗高謝太傅，携妓東山門。……暫因蒼生起，談笑安黎元。』宋張孝祥《水調歌頭》：『且喜謝安石，重起為蒼生。』蘇，復蘇，這裏引申為拯救。唐白居易《放魚》：『脱泉雖已久，得水猶可蘇。』此兩句力勸壽主，像謝安那樣東山再起，重新出仕，拯救國家和人民，收復中原，重整山河。

【品鑒】

此詞是一首為人祝壽之作，蓋寫于南渡之後。

頭三句：『薄露初零，長宵共、永晝分停。』『薄露』灑滿大地，正值晝夜交替之時。既寫景，又暗示祝壽的時間。

次兩句：『遶水樓臺，高聳萬丈蓬瀛。』寫主人的居住環境：碧水環繞樓臺，樓臺依傍着宛若葱蘢高聳的仙山，簡直是一種神仙境界，非常人生活之地。

再次三句：『芝蘭為壽，相輝映、簪笏盈庭。』『簪笏』之光相互輝映，説明祝壽者盡是達官貴人。『盈』字，説明祝壽人之多。暗示壽者并非一般人。

前結：『花柔玉浄，捧觴別有娉婷。』寫侍女如花似玉，裊娜多姿。

上片，作者從環境的綺麗、祝壽人的高貴、侍女的儀態萬方，側面反映出壽主名望身價之高。不寫正面，寫側面，讓讀者睹影知竿，意味盎然，情趣無窮。

換頭：『鶴瘦松青，精神與、秋月爭明。』三句，正言祝賀壽主像瘦鶴青松那樣長壽。祝頌主人的思想智慧與明亮的秋月爭光，這是比喻手法。

次兩句：『德行文章，素馳日下聲名。』頌揚壽者的品德操行和文學才能，早已聲名傳遍京城。

最後五句：『東山高蹈，雖卿相、不足為榮。安石須起，要蘇天下蒼生』。卒章顯其志，發表議論説，即使您不以卿相為榮，也要像謝安那樣，放弃自己的隱居生活而出仕，整治天下，拯救黎庶于苦難的深淵之中，收拾祖國破碎的山河。

該詞并非一般祝壽，歌功頌德的庸俗之作。從作者對壽人的誠懇願望，可以看出她對國家的前途和人民的命運之深切關心。這是很可寶貴的，愛國愛民的思想在閃閃發光。

此詞用『鶴瘦』、『東山』、『安石』等典故，使詞含蓄蘊藉。上片，不直接寫壽人，作者潑墨渲染環境、祝壽人、侍女的不同凡俗，在于突顯壽主的名望身價之高。乃用烘雲托月之法。

此詞的壽人為誰？有人説為朱敦儒。朱敦儒（公元一〇八一——一一五九年），字希真，河南洛陽人。《宋史》稱其『志行高潔，雖為布衣，而有朝野之望』。又云：『北宋靖康中召至京師，將處以學官。敦儒辭曰：「麋鹿之性，自樂閑曠，爵禄非所願也。」因辭還山』。屢薦而不受。北宋滅亡，他避亂廣東。紹興二年（公元一一三二），在朋友的勸説下方肯出仕，任秘書省正字等職。秦檜時被任用，為鴻臚少卿。檜歿後被罷黜。不僅原詞毫無顯證，而且壽主所居『高聳萬丈蓬瀛』，其家族之『簪笏盈庭』，又以『安石須起』望之，皆與朱敦儒之身份不類。又一説壽主是晁補之。《宋史》有《晁補之傳》（卷四四四，列傳第二三〇，文苑六）先有與此詞内容相契合之記載。二説為兩家之言，可貴。然李清照為何人祝壽，朱敦儒？晁補之？或他人？待考定。

【選評】

［一］　**侯健　吕智敏：**這些頌詞，如專為歌功頌德而寫，就又落了俗套，但作者此多筆墨，無論是上片的環境描寫，還是下

片對壽者的歌頌，無論是神妙的意境塑造，還是壽者形象的塑造，都是爲了突出『安石需起，要蘇天下蒼生』這一主旨，緊緊地圍繞着它，為它奠定基礎的。這樣的立意、構思與布局，既高且深，名為壽詞，實為托事言志。通過懇請壽者出仕，表現了詞人憂國憂民、救民于水火之中的愛國主義思想。（《李清照詩詞評注》）

[二] **喻朝剛　周航**：……李清照曾寫了一首《新荷葉》為朱敦儒祝壽，希望他不要再繼續隱居不出，而應像東晋時的謝安那樣為『天下蒼生』而起，表達了清照以國事為重的高尚情操。……其確切的寫作年代已不考。（《曠代才女·李清照全傳》）

[三] **陳祖美**：大觀元年（一一〇七）冬季前後，李清照偕趙明誠屏居青州。大觀二年恰是晁補之閑居金鄉的第六個年頭。是年晁氏重修了他在金鄉隱居的松菊堂。青州、金鄉同屬今山東，二地相隔不遠。晁補之與李格非素有通家之誼，更是清照文學上的忘年交和『説項』者，在晁氏五十六歲生日時，清照或前往祝壽，從而寫了這首詞。（《中國詩苑英華·李清照卷》）

[四] **徐培均**：敦儒生日為正月十四日。其《樵歌》載《如夢令》云：『生日近元宵，占早燒燈歡會。』又《洞仙歌》云：『今年生日慶一百省歲，喜趁燒燈作歡會。』又有《鷓鴣天·正月十四日夜》云：『來宵雖道十分滿，未必勝如此夜明。』皆可證。而此詞起二句則指生日在秋分時刻，顯然不合。……考《蘇詩總案》卷三十五，蘇軾于元祐七年三月十六日知揚州，時晁補之為州倅，軾有《次韵晁無咎學士相迎》詩。七月七日與晁端彦、補之游大明寺品泉。八月五日與晁補之、曇秀山光寺送客，不久以兵部尚書召還，至九月初離任。則八月中旬『秋分』之際，蘇軾定能參預晁補之生日家宴，其賀詩『要與郎君語夜深』，既詞『薄露初零』時刻。由是可知，清照此詞雖晚于蘇詩十七年，而所咏內容與時令頗相近，故可定為大觀二年秋上晁補之壽詞。（《李清照集箋注》）

[五] **王英志**：上片描寫祝壽之日的場景……開篇先點出壽辰日時屆秋分。再描寫祝壽地點高雅超塵……後寫祝壽人員……可謂濟濟一堂。此實際上是間接稱頌壽主的地位聲望非同一般。下片則直接贊揚壽主。一是贊其外貌『鶴瘦松青』，仙風道骨……；二是贊其精神英爽不群；三是贊美其『德行文章』出衆，美名令譽，素馳京城，而以上贊揚衹是鋪墊，旨在推出最後幾句，即把晁與東晋謝安相比，這十分貼切。先是稱其『東山高蹈』，雖卿相不值一顧，似予肯定。但此乃虛晃一槍，重要的是後兩句，當時政治局勢已有改變，元祐黨人被大赦而漸次復起，因此為挽救『蒼生』計，晁補之亦應似謝安『東山再起』。這樣寫則此詞不再是一篇應景壽詞，而是具有深意的作品了，其中也反映了女詞人的濟世之心，甚是可貴。（《李清照集》）

聲聲慢

尋尋覓覓。冷冷清清，凄凄慘慘戚戚。乍暖還寒時候，最難將息。三杯兩盞淡酒，怎敵他、晚來風急。雁過也，正傷心、却是舊時相識。　滿地黄花堆積。憔悴損、如今有誰堪摘。守着窗兒，獨自怎生得黑。梧桐更兼細雨，到黄昏、點點滴滴。這次第，怎一個、愁字了得。

——《御選歷代詩餘》

【考辨】

◎歷代載籍著録此闋之詞調、題目：

調作《聲聲慢》、《梧桐雨》。題作『秋詞』、『秋情』、『秋閨』、『秋晴』。

◎歷代此闋著録為李清照（易安）詞之載籍：

〔一〕宋・張端義撰《貴耳集》文淵閣《欽定四庫全書》本（卷上，第二四頁），著録為李易安詞。

校記

調題：調同範詞。題作『秋詞』。

正文：僅録八句。『着』作『定』。

附録：且『秋詞』《聲聲慢》：『尋尋覓覓，冷冷清清，凄凄慘慘戚戚。』此乃公孫大娘舞劍手。本朝非無能詞之士，未曾有一下十四叠字者，用《文選》諸賦格。後叠又云：『梧桐更兼細雨，到黄昏、點點滴滴。』又使叠字，俱無斧鑿痕。更有一奇字云：『守定窗兒，獨自怎生得黑』。『黑』字不許第二人押。婦人中有此文筆，殆間氣也。有易安文集。（詞評）

〔二〕宋・羅大經撰《鶴林玉露》文淵閣《欽定四庫全書》本　子部（卷一二，第一〇頁），著録為李易安詞。

校記

調題：無調。無題。

正文：僅收録三句，下見附録。皆同範詞。

附録：近時李易安詞云：『尋尋覓覓，冷冷清清，凄凄慘慘戚戚』，起頭連疊七字。以一婦人，乃能創意出奇如此。（詞評）

［三］明・茅暎遠士評選《詞的》清萃閔堂抄本《四庫未收書輯刊》影印（卷之四，第一〇頁），收作李清照詞。

校記

調題：調同範詞。題作『秋情』。

正文：『最』作『正』；『晚』作『曉』。

附録：連用十四疊字，後又四疊字，情景婉絶，真是絶唱。後人效顰，便覺不妥。（眉批）

［四］明・沈際飛選評　秦士奇訂定《草堂詩餘別集》明萬賢樓自刻本（卷三，歷朝，第三二頁），收作李易安（下小注『誤刻伯可』）詞。

校記

調題：調同範詞。題作『秋情』。題下注：『用仄韵』。

正文：『晚』作『曉』。

附録：首下十四個疊字，乃公孫大娘舞劍手。宋朝能詞之士秦七、黄九輩，未嘗有下十四個疊字者。蓋用《文選》諸賦格。『黑』字更不許第二人押。『點點滴滴』四疊字，又無斧迹。易安間氣所生，不獨雄于閨閣也。（眉批）

［五］明・楊慎輯《詞林萬選》《四庫全書存目叢書》影印汲古閣刻《詞苑英華》本（卷四，第二頁），收作李易安詞。

校記

調題：皆同範詞。

正文：『最』作『正』。

附録：無。

［六］明・楊慎撰《詞品》，《詞話叢編》本（卷二，第四五〇頁），著録為李易安詞。

校記

調題： 皆同範詞。

正文： 全詞收録，皆同範詞。

附録： 《聲聲慢》一詞，最為婉妙。（詞評）

［七］明・蔣一葵編《堯山堂外紀》明刊本（卷五四，第二一頁），著録為李易安詞。

校記

調題： 皆同範詞。

正文： 全詞收録。『堪』作『忺』。

附録： 《聲聲慢》一辭，最為婉妙。（詞評）

［八］明・吴承恩輯《花草新編》明抄本（殘卷，卷之三，中調，第四七頁），上海圖書館藏，收作李易安詞。

校記

調題： 皆同範詞。

正文： 『最』作『正』；『盞』作『杯』；『正』作『縱』；『堪』作『忺』。

附録： 易安此詞首起十四疊字，超然筆墨蹊徑之外。豈特閨幃，士林中不多見也。（詞評）

［九］明・陳耀文纂（原署）《花草粹編》影印明刊十二卷本（卷九，第六八頁），收作李易安詞。

校記

調題： 皆同範詞。

正文： 『最』作『正』；『盞』作『杯』；『正』作『縱』；『堪』作『忺』。

附録： 無。

［一〇］明・陳耀文輯《花草粹編》文淵閣《欽定四庫全書》二十四卷本（卷一八，第四〇頁），收作李易安詞。

校記

調題： 皆同範詞。

正文： 『最』作『正』；『盞』作『杯』；『正』作『縱』；『堪』作『忺』。

附録：無。

［一一］明·陳耀文編（原署）《花草粹編》文津閣《欽定四庫全書》二十四卷本（卷一八，總第九一頁），收作李易安詞。

校記

調題：皆同範詞。

正文：『最』作『正』；『盞』作『杯』；『正』作『縱』。

附録：無。

［一二］明·江南詹詹外史撰《新編評點古今情史類纂》清刊本《憾情篇》之《李易安》（卷一二，第一三頁），著録為李易安詞。

校記

調題：皆同範詞。

正文：全詞收録。『堪摘』作『欣適』；『一個』作『千個』。

附録：李易安……《聲聲慢》一詞尤婉妙。（詞評）

［一三］明·詹詹外史評輯《情史》（内名《情史類略》）道光戊申新鎸經國堂梓行（卷一三，第三七頁），著録為李易安詞。

校記

調題：皆同範詞。

正文：全詞收録。『堪』作『忺』；『一個』作『于個』。

附録：李易安……《聲聲慢》一詞尤婉妙。（詞評）

［一四］明·毛晉訂《漱玉詞》影印汲古閣初刻《詩詞雜俎》本（第一頁），收作『李氏　清照』詞。

校記

調題：調同範詞。題作『秋情』。

正文：『晚』作『曉』。

附録：無。

［一五］明・鄭文昂編輯《古今名媛彙詩》，《四庫全書存目叢書》影印明刊本（卷一七，第七頁），收作李清照詞。

校記

調題：調同範詞。題作『秋情』。

正文：『最』作『正』；『晚』作『曉』。

附録：無。

［一六］明・卓人月彙選　徐世俊參評《古今詞統》（又名陳繼儒評選《草堂詩餘》、《詩餘廣選》），《續修四庫全書》本（卷一二，第四二頁），收作李清照詞。

校記

調題：調同範詞。題作『秋閨』。

正文：皆同範詞。

附録：才一斛，愁千斛，雖六斛明珠何以易之！（眉批）

詞評：略（瑜注：內容與此書此詞【考辨】所收載籍宋張端義撰《貴耳集》『校記』之『附録』基本相同）。

［一七］明・趙世杰選輯　許肇文參閱《古今女史》明崇禎刊本（卷一二，詩餘，第二〇頁），收作李易安詞。

校記

調題：調同範詞。題作『秋晴』。

正文：『最』作『正』；『晚』作『曉』。

附録：無。

［一八］明・宋祖法修　葉承宗纂《崇禎歷城縣志》友聲堂刻本（卷一五，藝文，詩餘，第六頁），收作『宋　李清炤』（下有小注『易安　邑人』）詞。

校記

調題：調同範詞。題作『秋閨』。

正文：皆同範詞。

附録： 無。

［一九］明・潘游龍輯《精選古今詩餘》點校本（卷七，總第二二一頁），收作李易安詞。

校記

調題： 調同範詞。題作『秋情』。

正文： 『晚』作『曉』。

附録： 無。

［二〇］明・陸雲龍評選　陸人龍較定《詞菁》翠娱閣評選行笈必携十種本（卷二，懷思，第二五頁），收作李易安詞。

校記

調題： 調同範詞。題作『秋情』。

正文： 『晚』作『曉』；『窗』作『燈』。

附録： 連下叠字，無迹，能手。　『黑』字妙絕。（眉批）

［二一］清・先著　程洪輯《詞潔》清康熙刻本（卷四，第七頁），收作李清照詞。

校記

調題： 皆同範詞。

正文： 皆同範詞。

附録： 無。

［二二］清・潘永因編《宋稗類抄》文淵閣《欽定四庫全書》本　子部（卷一四，第一七頁），收作李易安詞。

校記

調題： 皆同範詞。

正文： 『堪』作『忺』。

附録： 其《聲聲慢》一詞，尤婉妙。（詞評）

［二三］清・周銘編集　金成棟重校《林下詞選》，《四庫全書存目叢書補編》第二冊（卷一，第六頁），收作李清照詞。

校記

調題：皆同範詞。

正文：皆同範詞。

附録：無。

［二四］清·陸次雲　章昞輯《見山亭古今詞選》康熙年間刻本（卷三，第二〇頁），收作李清照詞。

校記

調題：調同範詞。題作『秋閨』。

正文：皆同範詞。

附録：無。

［二五］清·朱彝尊編《詞綜》，《欽定四庫全書薈要》集部（卷二五，第七頁），收作李清照詞。

校記

調題：皆同範詞。

正文：『晚』作『曉』。

附録：無。

［二六］清·徐釚撰《詞苑叢談》康熙刊本　上海古籍出版社（卷三，第五六頁），著録為李清照詞。

校記

調題：調同範詞。題作『秋閨』。

正文：全詞收録。皆同範詞。

附録：首句連下十四個叠字，真似大珠小珠落玉盤也。（詞評）

［二七］清·歸淑芬等選輯《古今名媛百花詩餘》康熙二十三年刻本（季秋卷，菊花類，第一頁），收作『宋李清照』詞。

校記

調題：皆同範詞。

正文：『到黃昏』作『黃昏』。

附録：無。

［二八］清・鄭元慶選《三百詞譜》清康熙魚計亭刻本（長調四，第六頁），收作李清照詞。

校記

調題：調作《梧桐雨》。題作『秋閨』。調下注：『即上用仄韵』。

正文：皆同範詞。

附録：無。

［二九］清・沈時棟輯《古今詞選》康熙刻本（卷六，第二〇頁），收作李清照詞。

校記

調題：皆同範詞。調下注：『仄韵』。

正文：皆同範詞。

附録：無。

［三〇］清・雲山卧客選《詩餘神髓》豐草齋選抄本（不分卷頁，長調），收作李易安詞。

校記

調題：調同範詞。題作『秋情』。題下注：『用仄韵』。

正文：『晚』作『曉』。

附録：無。

［三一］清・孫致彌輯　樓儼補訂《詞鵠初編》清康熙四十四年自刻本（卷八，第二頁），收作李清照詞。

校記

調題：皆同範詞。

正文：『急』作『力』；『如』作『而』。

附録：無。

［三二］清・沈辰垣等編《御選歷代詩餘》影印康熙内府本（卷六三，第三二一頁），收作『宋媛　李清照』詞。

校記

調題：調作《聲聲慢》。無題。

正文：原『悽』、『澹』、『鴈』、『黄』、『著』、『牕』、『箇』，茲改為正字『凄』、『淡』、『雁』、『黄』、『着』、『窗』、『個』。（擇為範詞，底本）

附録：無。

〔三三〕清・趙式輯　陳維崧等評點《古今別腸詞選》清康熙間遺經堂之刻本（卷四，長調，第一四頁），收作李清照詞。

校記

調題：調同範詞。題作『秋情』。

正文：『最』作『正』；『晚』作『曉』。

附録：無。

〔三四〕清・王奕清等纂修《欽定詞譜》影印康熙内府刻本（卷二七，第七頁），收作李清照詞。

校記

調題：皆同範詞。調下注：『又一體。雙調九十七字，前段九句五仄韵；後段八句五仄韵』。

正文：『最』作『正』；『堪』作『忺』。

附録：無。

〔三五〕清・王奕清等編次《御定曲譜》文淵閣《欽定四庫全書》本　集部（卷五，第三八頁），收作李清照詞。

校記

調題：皆同範詞。

正文：『堪』作『忺』。

附録：末一句略拗。此曲係李易安作，舊譜誤云康伯可作。『最』字舊誤作『正』，『正』字舊誤作『縱』。舊譜又載古西厢，無換頭一曲，與前半無异。今删之。（解説）

〔三六〕清・吴綺　程洪同選　茅麟（麐）較（原署）《記紅集》清康熙刊本（卷之三，長調，第一一頁），收作李清照詞。

校記

調題： 調同範詞。題作『秋閨』。調下注：『第四體。又一體，平韻』。

正文： 皆同範詞。

附録： 無。

［三七］清・陳夢雷　蔣廷錫等輯《欽定古今圖書集成》曆象彙編歲功典　中華書局影印本（第六〇卷，秋部，第〇二〇冊之三四葉），收作『媛　李清照』詞。

校記

調題： 調同範詞。題作『秋情』。

正文： 皆同範詞。

附録： 無。

［三八］清・夏秉衡輯《清綺軒詞選》乾隆巾箱本（卷一〇，第一七頁），收作李清照詞。

校記

調題： 調同範詞。題作『秋情』。

正文： 『盞』作『杯』；『晚』作『曉』。

附録： 無。

［三九］清・張思巖（宗橚）輯《詞林紀事》清刊本　古典文學出版社排印　一九五七年版（卷一九，第五〇〇頁），收作李清照詞。

校記

調題： 皆同範詞。

正文： 『堪』作『忺』。

附録： 《鶴林玉露》：起頭連疊七字。以一婦人，乃能創意出奇如此。（詞評）

《貴耳集》：易安『秋詞』《聲聲慢》，此乃公孫大娘舞劍手。本朝非無能詞之士，未曾有一下十四疊字者。後疊又云：『到黃昏、點點滴滴。』又使疊字，俱無斧鑿痕。『守定窗兒，獨自怎生得黑』。『黑』字不許第二人押。婦人中有

此文筆，殆間氣也。（詞評）

蒿廬師云：易安此詞，頗帶傖氣，而昔人極口稱之，殆不可解。（詞評）

［四〇］清・江標抄《李清照漱玉詞》汲古閣未刻詞二十二家本（手抄，不分卷頁，第一六首），上海圖書館藏，收作『宋易安居士李氏清照』詞。

校記

調題：皆同範詞。

正文：『急』作『力』；『有誰堪摘』作『誰忺摘』。

附録：無。

［四一］清・陸昶評選《歷朝名媛詩詞》紅樹樓藏版　乾隆癸巳新鐫（卷一一，第八頁），收作李清照詞。

校記

調題：皆同範詞。

正文：『最』作『正』。

附録：無。

［四二］清・王初桐撰《濟南竹枝詞》，《中華竹枝詞全編》五（第四〇九頁，山東卷），著録為李清照詞。

校記

調題：皆同範詞。

正文：下見附録。

附録：『簾卷西風重九時，銷魂第一李娘詞。不須更唱聲聲慢，説與紅牙陳盼兒。』下小注：趙明誠妻李清照《醉花陰・重陽》詞：『莫道不銷魂，簾卷西風，人比黃花瘦。』李祉《陳盼兒傳》：盼兒執牙板，歌『尋尋覓覓』一句，上曰：『愁悶之詞非所宜聽。』蓋即李清照《漱玉集》中《聲聲慢》也。

［四三］清・許寶善評選《自怡軒詞選》嘉慶元年六月間鐫　本衙之藏板（卷五，第一頁），收作李清照詞。

校記

調題：皆同範詞。

正文： 皆同範詞。

附録： 張正夫云：『秋詞』《聲聲慢》，此乃公孫大娘舞劍手。本朝非無能詞之士，未有一下十四疊字者，後疊又云：『到黄昏、點點滴滴。』又使疊字，俱無斧鑿痕。『怎生得黑』，『黑』字不許第二人押。婦人有此奇筆，真閒氣也。（詞評）

[四四] 清・張惠言輯《詞選》，《四部備要》本（卷二，第一三頁），收作『李易安　清照』詞。

校記

調題： 皆同範詞。

正文： 『戚戚』作『切切』；『晚』作『曉』。

附録： 無。

[四五] 清・葉申薌輯《天籟軒詞選》清嘉慶間刊本（卷五，第五一頁），收作李易安詞。

校記

調題： 皆同範詞。

正文： 皆同範詞。

附録： 無。

[四六] 清・孫平叔先生鑒定　葉申薌編次《天籟軒詞譜》清道光九年刊本（卷三，第五四頁），收作李清照詞。

校記

調題： 皆同範詞。調下注：『九十七字仄十韵』。

正文： 『堪』作『忺』。

附録： 無。

[四七] 清・俞正燮撰《癸巳類稿・易安居士事輯》求日益齋刻本（卷一五，第四四頁），著録為李易安詞。

校記

調題： 調同範詞。題作『秋詞』。

正文： 僅著録八句（下見附録）。『着』作『定』；『戚戚』作『寂寂』。

附録： 其『秋詞』《聲聲慢》云：『守定窗兒，獨自怎生得黑』。『黑』字真不許第二人押也。詞云：『尋尋覓覓，冷冷清清，凄凄慘慘戚戚』，一下十四疊字。後又云：『梧桐更兼細雨，到黃昏、點點滴滴』。《貴耳集》云：是晚年作，非也。

（詞評）

［四八］清・汪玢箋《漱玉詞彙抄》問遽廬正本（手抄，不分卷頁，第二首），復旦大學圖書館藏，收作『宋李氏清照易安』詞。

校記

調題：調同範詞。題作『秋情』。

正文：『晚』作『曉』；『心』作『心欲』；『如今有』作『如有今』；『第』作『弟』。

附録：《鶴林玉露》：起頭連疊七字。以一婦人，乃能創意出奇如此。

《貴耳集》：易安『秋詞』《聲聲慢》，此乃公孫大娘舞劍器。本朝非無能詞之士，未曾有一下十四疊字者。後疊又云：『到黃昏、點點滴滴。』又使疊字，俱無斧鑿痕。『守定窗兒，獨自怎生得黑』。『黑』字不許第二人押。婦人中有此文筆，殆間氣也。

《詞品》：『宋人中填詞，李易安亦稱冠絶，使在衣冠，當與秦七、黃九争雄，不獨雄于閨閣也。其詞名《漱玉集》，尋之未得。《聲聲慢》一詞，最為婉妙。（上皆詞評）

［四九］清・謝元淮輯《碎金詞譜》清道光刊本（卷二，北仙吕調，第三一頁），收作李清照詞。

校記

調題：調同範詞。題作『秋詞』。

正文：『最』作『正』；『堪』作『忺』。

附録：無。

［五〇］清・莫友芝家抄《漱玉詞》（手抄，不分卷頁，第三〇首），復旦大學圖書館藏，收作『宋李氏清照易安』詞。

校記

調題：調同範詞。題作『秋情』。調下注：『下四首并見《詞林萬選》，此首又見《草堂詩餘別集》，注云：舊誤刻伯可。毛有』。

正文：『晚』作『曉』。

附録：宋人中填詞，李易安亦稱冠絶，使在衣冠，當與秦七、黃九争雄，不獨雄于閨閣也。其詞名《漱玉集》，尋之未得。

《聲聲慢》一詞，最為婉妙。（詞評）

荃翁張端義《貴耳集》云：『此詞首下十四個叠字，乃公孫大娘……殆間氣也』。（詞評）

［五一］清・譚獻輯《復堂詞録》稿本（卷八，宋集七，未注頁碼），收作李清照詞。

校記

調題：皆同範詞。

正文：『這』作『者』。

附録：張正夫曰：公孫大娘舞劍手，本朝非無能詞之士，從未有一氣下十四叠字者。後叠又使叠字，俱無斧鑿痕。『黑』字不許第二人押。婦人中有此奇筆，真間氣也。（詞評）

［五二］清・王鵬運輯《漱玉詞》，《四印齋所刻詞》本（第七頁），收作『李清照　易安』詞。

校記

調題：皆同範詞。

正文：皆同範詞。

附録：無。

［五三］清・楊文斌輯録《三李詞》光緒庚寅夏香海閣刊本（卷三，第一六頁），收作李清照詞。

校記

調題：皆同範詞。

正文：『却』作『恰』。

附録：無。

［五四］清・陳世焜（廷焯）選《雲韶集》手抄本（卷一〇，第二一頁），收作李清照詞。

校記

調題：皆同範詞。

正文：『晚』作『曉』。

附録：叠字體，後人效之者甚多，且有增至二十餘叠者。才氣雖佳，終着痕迹，視易安風格遠矣。『黑』字警。　後

幅一片神行，愈唱愈妙。（眉批）

［五五］　清・陳廷焯選評《詞則》上海古籍出版社影印本　大雅集（卷四，第二三頁），收作李清照詞。

校記

調題： 皆同範詞。

正文： 『晚』作『曉』。

附録： 造句甚奇，并非高調。後人效顰，叠字又增其半，醜態百出矣。　後半闋越唱越妙，結句亦峭甚。（眉批）

張正夫云：此乃公孫大娘舞劍手。本朝非無能詞之士，未曾有一下十四叠字者，後叠又云：『到黄昏、點點滴滴。』又使叠字，俱無斧鑿痕。『怎生得黑』。『黑』字不許第二人押。婦人有此奇筆，殆間氣也。（詞評）

［五六］　清・萬樹論次　徐本立纂《新校正詞律全書》民國合刊本　詞律部分（卷一〇，第六頁），著録為李易安詞。

校記

調題： 皆同範詞。

正文： 僅收録四句，下見附録。『堪』作『忺』。

附録： 從來此體皆收易安所作，蓋此遒逸之氣，如生龍活虎，非描塑可擬。其用字奇横而不妨音律，故卓絶千古。人若不及其才，而故學其筆，則未免類狗矣。觀其用上聲、入聲，如『慘』字、『戚』字、『盞』字、『點』字、『滴』字等，原可做平，故能諧協，非可泛用仄字而以去聲填入也。其前結『正傷心，却是舊時相識』，于『心』字豆句，然于上五下四者，原不拗，所謂此九字一氣貫下也。後段第二、三句『憔悴損，如今有誰忺摘』，句法亦然。如高詞應以『最得意』為豆，然作者于『輪他』住句，亦不妨也。今恐人曰因易安詞高，難學，故録竹屋此篇。（詞評）

［五七］　清人輯《斷腸漱玉詞合刊》之《漱玉詞》光緒庚子石印本（第一頁），收作李清照詞。

校記

調題： 調同範詞。題作『秋情』。

正文： 『他』作『得』。

附録： 無。

［五八］　清・蕙風簃主箋《漱玉詞箋》中華圖書館石印本　中華民國四年六月版（不分卷，第一頁），收作李清照詞。

校記

調題：皆同範詞。

正文：皆同範詞。

附録：《鶴林玉露》：近時李易安詞云：『尋尋覓覓，冷冷清清，凄凄慘慘戚戚』，起頭連疊七字。以一婦人，能創意出奇如此。

《貴耳集》曰：李易安詞首下十四個叠字，乃公孫大娘舞劍法。本朝非乏能詞之士，未有下此十四個叠字者，蓋用《文選》諸賦格也。後『到黄昏、點點滴滴』又叠四字，而無斧鑿痕。婦人中有此，殆間氣也。

《詞品》：宋人中填詞，李易安亦稱冠絶，使在衣冠，當與秦七、黄九争雄，不獨雄于閨閣也。其《聲聲慢》一闋，最為婉妙。

《詞苑叢談》：李清照《聲聲慢·秋閨》詞，首句連下十四個叠字，真似大珠小珠落玉盤也。

《七頌堂詞繹》：周美成不止不能作情語，其體雅正無旁見側出之妙。柳七最尖穎時有俳狎，故子瞻以是呵少游，若山谷亦不免如我不合太撋，就下此則蒜酪體也。唯易安居士『最難將息』、『怎一個愁字了得』，深妙穩雅，不落蒜酪，亦不落絶句，真此道本色當行弟一人也。

《兩般秋雨盦隨筆》：詩有一句叠三字者，吴融《秋樹》詩『槭槭凄凄葉葉同』是也。有一句連三字者，劉駕詩『樹樹樹梢啼曉鶯』、『夜夜夜深聞子規』是也。有兩句連三字者，白樂天詩『新詩三十軸，軸軸金玉聲』是也。有一句叠四字者，古詩『行行重行行』、《木蘭詩》『唧唧復唧唧』是也。有兩句互叠字者，王胄詩『年年歳歳花常發，歳歳年年人不同』是也。有三聯叠字者，古詩『青青河畔草』六句是也。有七聯叠字者，昌黎《南山》詩『延延離又屬』十四句是也。至李易安詞『尋尋覓覓，冷冷清清，凄凄慘慘戚戚』，連下十四叠字，則出奇制勝，真匪夷所思矣。（上皆為詞評）

［五九］　木石居士選輯　絳雲女史参校《歷代名媛詞選》民國十六年石印本（卷一三，長調二，未注頁碼），收作李清照詞。

校記

調題：皆同範詞。

正文：皆同範詞。

附録：無。

［六〇］李文裿輯《漱玉集》冷雪盦叢書本（卷四，第五頁），收作李清照詞。

校記

調題：皆同範詞。

正文：皆同範詞。

附録：《花草粹編》、《歷代詩餘》、《詞綜》、《古今詞選》、《詞林萬選》、文津閣本《漱玉詞》、四印齋本《漱玉詞》、《歷朝名媛詩詞》。（尾注）

［六一］趙萬里輯《漱玉詞》，《校輯宋金元人詞》本（第九頁），收作『李清照　易安』詞。

校記

調題：皆同範詞。調下注：『《草堂詩餘別集》題作「秋情」，《古今女史》同；《古今詞統》題作「秋閨」』。

正文：『最』作『正』。

附録：《詞林萬選》四、《詞品》二、《花草粹編》九、《堯山堂外紀》、《草堂詩餘別集》三、《古今女史》、《古今詞統》十二、《詞綜》、《歷代詩餘》六十三、《詞譜》二十七。（尾注）

按：《詩詞雜俎》本《漱玉詞》收之，題作『秋情』。『正難』作『最難』；『晚』作『曉』。

［六二］梁令嫺抄《藝蘅館詞選》上海中華書局印行　民國二十五年再版（乙卷，北宋詞，第八二頁），收作李清照詞。

校記

調題：皆同範詞。

正文：『戚戚』作『切切』；『晚』作『曉』。

附録：周止庵云：『雙聲叠韵字須着意布置，重字既雙且叠猶宜斟酌。如此處三叠韵六雙聲是鍛煉出來，非偶然拈得也』。黄叔旸（升）云：『「黑」字真不許第二人押』。家大人（梁啓超）云：『此詞最得咽字訣，清真不及也』。（眉批）

［六三］王官壽輯《宋詞抄》中華民國十一年排印本（卷八，第三四頁），收作李清照詞。

校記

調題：皆同範詞。

正文：皆同範詞。

附録：無。

[六四] 唐圭璋輯《全宋詞》中州古籍出版社　兩冊本（上，第六四七頁），收作李清照詞。

[六五] 中華書局編《李清照集》（第三一頁），收作李清照詞。

[六六] 王仲聞《李清照集校注》人民文學出版社（第六四頁），收作李清照詞。

[六七] 黄墨谷《重輯李清照集》齊魯書社（卷三，第三三頁），收作李清照詞。

[六八] 徐北文主編《李清照全集評注》濟南出版社（第四六頁），收作李清照詞。

[六九] 徐培均《李清照集箋注》上海古籍出版社（第一六一頁），收作李清照詞。

◎歷代此闋著録他人或無名氏及存疑詞之載籍：

[一] 明・程明善纂輯《嘯餘譜》，《續修四庫全書》集部　詞類（卷七，南曲二，第一頁），收作康伯可詞。

校記

調題： 皆同範詞。調下注：『此係詩餘，與引子同』。

正文： 『最』作『正』；『盞』作『杯』；『正』作『縱』；『堪』作『忺』。

附録： 此用入聲韵，此詞妙甚。『忺』希兼切，意所欲也，末一句略拗些。（詞評）

◎瑜按：

上此詞近七十種載籍收作李清照（易安）詞。《草堂詩餘別集》在該闋撰者李易安名下有小注『誤刻伯可』。然未詳誤刻之本为何書？明程明善纂輯《嘯餘譜》收作康伯可詞。查康伯可撰《順庵樂府》（趙萬里《校輯宋金元人詞》本）未收此首；又查唐圭璋等輯《全宋詞》（五冊本）康伯可詞亦未收此闋，收作康與之（伯可）『存目詞』。附注：『李清照作，見詞品卷二』。這就排除了康詞之可能，康伯可詞之説纯係『誤刻』。撰者別無异名，兹入《漱玉詞》。

【注釋】

[一] **悽悽慘慘戚戚：** 凄凉、悲傷、憂愁。

[二] **乍暖還寒：** 天氣初返暖，又歸于寒冷。指天氣變化無常。宋劉清夫《玉樓春》：『柳梢緑小眉如印。乍暖還寒猶未定』。宋朱淑真《中春書事》：『乍暖還寒二月天，釀紅醖緑門新鮮』。

［三］**將息**：將養，休息。宋石孝友《醉落魄》：『去也奴哥，千萬好將息』。元劉庭信《折桂令》：『看時節勤勤的飲食，沿路上好好的將息』。

［四］**盞**：見《蝶戀花》（泪濕羅衣脂粉滿）注。

［五］**憔悴**：見《玉樓春》（紅酥肯放）注。

［六］**次第**：情形，光景。宋楊炎正《水調歌頭》：『還家時候，次第梅已暗香浮。』宋盧祖皋《宴清都》：『江城次第，笙歌翠合，綺羅香暖。』（《詩詞曲語詞匯釋》）

【品鑒】

黄墨谷《重輯李清照集》此詞編年中説：『此詞當作于建炎三年秋，是年八月十八日趙明誠卒，係悼亡之作』。雖然不能絶對，但從此詞女主人那悲痛欲絶，摧肝裂膽，不可終日的濃摯感情而言，確屬明誠死後的近秋之作。公元一一二六年（靖康元年丙午）汴京陷落，公元一一二七年（建炎元年丁未）徽欽二帝『北狩』，北宋滅亡。李清照的亡國之恨，喪夫之哀，孀居之苦，交集而至。國難人人都有份，不過像李清照這樣的愛國者會更沉痛些。趙明誠病歿，這比被金兵燒殺致死的黎庶百姓還算幸運些。妻離子散，家破人亡，哀鴻遍野，便是北國的慘狀。此詞所表現的『凄凄慘慘戚戚』的情懷，是國難家災當頭，一個極無聊賴的孀婦之痛苦心聲，是心底真情的流露，所以李清照悲戚哀愁之心境是有普遍性的，當有更甚者，儘管情況各有不同，還是反映了那個時代的社會現實。

『尋尋覓覓，冷冷清清，凄凄慘慘戚戚。』『尋』與『覓』意同，均當『找』講。莫非是女主人失去了什麽無價之寶，纔使她這般苦苦尋覓？是的，她失去的是無法用金錢來衡量的東西。『永夜懨懨歡意少。空夢長安，認取長安道』（易安《蝶戀花》），她夢寐尋覓的是金人統治者侵占的故國、京都；『故鄉何處是。忘了除非醉。』（易安《菩薩蠻》），她尋覓的是被金兵踐踏蹂躪的故鄉；『一枝折得，人間天上，没個人堪寄』（易安《孤雁兒》），她尋覓的是病故的曾經相依為命的丈夫……她尋覓的不僅是物質的，還有精神的，她尋覓溫暖，尋覓依託，尋覓慰藉。由于失去的東西多而珍貴，給人造成了無法彌補的物質的和精神的空虛，尤其是給人造成無法癒合的精神上的嚴重創傷。她精神恍惚，六神無主，悵然若失，不由自主地『尋尋覓覓』，似乎想要彌補自己物質上和精神上的空虛，這又怎麽能夠找到？『尋尋覓覓』，寫女主人的精神情狀。于是她四顧茫茫，一片『冷冷清清』，無論是物質的還是精神的，皆一無所得。這是寫環境。那麽女主人的心境又是怎樣的呢？『凄凄慘慘戚戚』，就是倍覺凄凉、悲傷、憂愁。古人對首韵十四叠字多為稱奇：『超然筆墨蹊徑之外』（《花草新編》）、『大珠小珠落玉盤也』（《詞苑叢談》）、『出奇勝格』（《兩般秋雨庵隨筆》）、『造語奇俊』、『奇筆』（《白雨齋詞話》）。但是這些評述均未説出這些叠字的好處。

『尋覓』，叠成『尋尋覓覓』，是這尋尋那找找的意思。尋找的範圍擴大了，次數增多了，程度加強了，詞旨深化了，取得了明顯的藝術效果。『冷清』，叠成『冷冷清清』，寫出了環境的冷落凄清，加強了『冷清』的程度和色彩。『凄』，這裏指人心情的凄涼。『慘』，悲傷。『戚』，憂愁。叠成『凄凄慘慘戚戚』，人的情懷倍加惡劣，沉哀入髓。此詞十四叠字，奇迹般地增強藝術表達效果，深化了主題，達到『複而不厭，迹而不亂』的藝術境地。叠音錯落，氣機流動，真『大珠小珠落玉盤也』，又增加了詞的音律美。難怪千古以來這樣被人稱賞。

『乍暖還寒時候，最難將息。』承前，説明這是個突然轉暖，又歸于寒冷，變化無常的時候，人易受到外感，最難得到將養和休息。重重災難的摧殘，種種痛苦的折磨，不僅使她的精神受到很大的損傷，使她的身體也甚為衰弱，本來應該很好將養和休息，但是金人的侵略，流亡的生活，惡劣的天氣，使她全然不能辦到。

『三杯兩盞淡酒，怎敵他、晚來風急。』『三』、『兩』，這裏是虛數，不多之意。又是『淡酒』，薄酒，無力。酒既少又薄，產生不了多大的熱量，加上身體的衰弱，又怎麽抵擋得了那晚上吹來的迅疾寒風呢？女主人飲酒的主要原因有二：一是為了暖身禦寒，看來這個目的是不能達到的；二是為了開解一下『凄凄慘慘戚戚』的情懷，談何容易，絶非『三杯兩盞淡酒』所能奏效的。因此，還是身寒心愁啊！

『雁過也，正傷心、却是舊時相識。』相傳雁能夠傳遞書信，古代交通不便，資訊難通，企望大雁帶書傳信。女主人曾對大雁寄予過熱望，《蝶戀花》云：『好把音書憑過雁。東萊不似蓬萊遠』，姊妹之間的感情欲靠雁來勾通。《一剪梅》：『雁字回時，月滿西樓』，夫妻的相思之情渴望雁來傳送，故稱『舊時相識』。然而今天大雁又飛過來了，正值身寒心愁的時候，她仰望飛雁，在濃愁鬱結的心底，又增添了無邊的愁緒。她首先想起的是曾經相依為命的丈夫已安眠九泉；又想起兄弟姊妹等親人也天各一方；又想起那可愛的故鄉在金兵的踐踏之下，大雁根本不能帶來令人振奮的消息。雁空過，泪空流，腸愁斷。

『滿地黄花堆積。憔悴損、如今有誰堪摘。』『黄花』，菊花。『憔悴』，身體瘦弱，臉色難看。易安詞中幾處描寫菊花。《醉花陰》：『莫道不消魂，簾捲西風，人比黄花瘦』，《鷓鴣天》：『不如隨分樽前醉，莫負東籬菊蕊黄』，《行香子》：『天與秋光。轉轉情傷。探金英、知近重陽』。按照古老的習俗，在菊花盛開的時節，人們都要飲酒賞菊的，特别是重陽節這一天。易安《好事近》：『風定落花深，簾外擁紅堆雪』，『堆雪』，指堆積的白色落花。此詞『堆積』的是凋落的黄色菊花。『滿地』，極言境界的衰煞。尚未凋落的菊花，也被寒風嚴霜所吹打，損傷了往日的姿容。『如今有誰堪摘』，眼前已是過了重陽節，菊花零落，不堪入目，有誰還會摘取它，欣賞它呢？作者以菊花的飄零殘損自況，隱寓無限的身世寥落的感慨，没有人來憐惘和同情。

『守着窗兒，獨自怎生得黑。』『守着窗兒』，女主人為什麽這樣？天氣向晚，屋裏出現黑旮旯，精神受到重大損傷的女主人心裏凄凄惶惶，窗下比屋裏要亮得多，在這裏人的心情或許敞亮些，安静些。但是，隨着時間的推移，黑夜的來臨，將是無法避免的。外面漸漸暗下來，屋裏更是黑洞洞的。孤單單的一個女人將怎樣挨過這漫漫的黑夜。古人對『黑』字多稱其妙。《詞菁》：『黑字妙絶』，《貴耳集》：『「黑」字不許第二人押』，《雲韶集》：『黑字警。後幅一片神行，愈唱愈妙』，《湘綺樓詞選》：『「黑」韵却新，再添何字？』都評得很精當。

『梧桐更兼細雨，到黄昏、點點滴滴。』『梧桐』，從立秋開始落葉，到『黄花』堆積之時，已歷霜半死。這樣的梧桐再加遭急風寒雨的吹打，生命岌岌可危。黄昏時『雨』『點點滴滴』，下個没完，簡直是在催命。急風寒雨是這般無情地襲擊着『梧桐』，多麽像種種災難對易安的摧殘！『點點滴滴』四叠字，寫出細雨的綿密愁煞人，這是用叠字的藝術效力。《白雨齋詞話》（引《貴耳集》）云：『後叠又云：「到黄昏、點點滴滴」，又使叠字，俱無斧鑿痕』，是評得很好的。

『這次第，怎一個、愁字了得。』結句意思是，這樣一個接着一個令人悲傷的情景，是怎麽能夠用一個『愁』字所能概括得了的呢？收總全篇。全詞是一幅蕭瑟凄慘的圖畫：『冷冷清清』的環境，『乍暖還寒』的氣候變化，『晚來風急』『更兼細雨』的天氣，『滿地黄花堆積』、『梧桐』半死的景象，一個孀婦在這個背景上『尋尋覓覓』，愁腸寸斷。這是何等震撼人心靈的藝術杰作，亦詞，亦畫，亦似影視的蒙太奇。

全詞結構精嚴，層次分明。

上片，頭三句，『尋尋覓覓（情）。冷冷清清（景），凄凄慘慘戚戚（情）』，寫出其凄凉悲傷憂愁的情懷；次二句，『乍暖還寒時候（景），最難將息（情）』，流露出痛苦哀傷之情；再次三句，『三杯兩盞淡酒，怎敵他（情）、晚來風急（景）』，寫其凄寒難挨之情；末三句，『雁過也（景），正傷心，却是舊時相識（情）』，表現益加痛苦悲傷之情。下片，頭三句，『滿地黄花堆積（景）。憔悴損，如今有誰堪摘（情）』，表現其凄愴落寞之情；次二句，『守着窗兒（景），獨自怎生得黑（情）』，表現其孤寂凄惶之情；再次三句，『梧桐更兼細雨，到黄昏、點點滴滴（景）』，藴其愁悶憂煩之情；『這次第（全景），怎一個、愁字了得（情）』，總述愁情之濃深。綜觀全詞，層層畫面無不染上愁之色彩。多層次言愁，景物變化，情隨境遷，情也各有微妙之不同，但歸結為一個「愁」字。緣情布景，觸景生情，情景婉絶，渾然一體。

此詞用直接描述的方法，『敷陳其事而直言之者也』，即『賦』的方法，寫出一個秋日的黄昏，淒涼、蕭索、衰殺的境界：『冷冷清清』、『乍暖還寒』、『晚來風急』、『雁過』、『滿地黄花』、『梧桐更兼細雨』。懷有蒼涼、悲傷、憂愁情懷的女主人就在其中活動，沉哀入髓，悲苦殊甚。這是國難家災等多種災難紛至沓來的時候，一個孀婦的痛苦呻吟，是肺腑之真情發露。李清照的這種痛苦憂愁具有獨特性，在那個時代又具有普遍性，反映了社會現實。《問花樓詞話》評曰：『二闋，共十餘個叠字，而氣機流動，前無古人，後無來者，可為詞家叠字之法』。又《新校正詞律全書》評曰：『用仄韵。從來此體皆收易安所作，蓋此遒逸之氣，如生龍活虎，非描塑可擬。其用字奇横而不妨音律，故卓絶千古。』這是從叠字、音韵方面對此詞所給予的高度評價，并非浮誇之詞，而是識破天機的藝術見地。

此詞，情景婉絶，氣韵遒逸，姿態生動，音調頓挫諧美，超然筆墨，歷來被人稱賞，是《漱玉詞》中之佼佼者。

【選評】

[一] **宋·張端義**：且『秋詞』《聲聲慢》：『尋尋覓覓，冷冷清清，淒淒慘慘戚戚。』此乃公孫大娘舞劍手。本朝非無能詞之士，未曾有一下十四叠字者，用《文選》諸賦格。後叠又云：『梧桐更兼細雨，到黄昏、點點滴滴。』又使叠字，俱無斧鑿痕。更有一奇字云：『守定窗兒，獨自怎生得黑』。『黑』字不許第二人押。婦人中有此文筆，殆間氣也。有易安文集。（《貴耳集》）

[二] **宋·羅大經**：近時李易安詞云：『尋尋覓覓，冷冷清清，淒淒慘慘戚戚』，起頭連叠七字。以一婦人，乃能創意出奇如此。（《鶴林玉露》）

[三] **明·茅　暎**：連用十四叠字，後又四叠字，情景婉絶，真是絶唱。後人效顰，便覺不妥。（《詞的》）

[四] **明·沈際飛**：首下十四個叠字，乃公孫大娘舞劍手。宋朝能詞之士秦七、黄九輩，未嘗有下十四個叠字者。蓋用《文選》諸賦格。『黑』字更不許第二人押。『點點滴滴』四叠字，又無斧迹。易安間氣所生，不獨雄于閨閣也。（《草堂詩餘別集》）

[五] **明·楊　慎**：《聲聲慢》一詞，最為婉妙。（《詞品》）

[六] **明·吴承恩**：易安此詞首起十四叠字，超然筆墨蹊徑之外。豈特閨幃，士林中不多見也。（《花草新編》）

[七] **明·卓人月　徐士俊**：才一斛，愁千斛，雖六斛明珠何以易之！（《古今詞統》）

〔八〕**明・陸雲龍**：連下叠字，無迹，能手。『黑』字妙絶。（《詞菁》）

〔九〕**清・徐　釚**：首句連下十四個叠字，真似大珠小珠落玉盤也。（《詞苑叢談》）

〔一〇〕**清・許昂霄**：此詞頗帶傖氣，而昔人極口稱之，殆不可解。（《詞綜偶評》）

〔一一〕**清・王又華**：張祖望曰：『詞雖小道，第一要辨雅俗，結構天成。而中有艷語、雋語、奇語、豪語、苦語、癡語、没要緊語，如巧匠運斤，毫無痕迹，方為妙手。……「這次第，怎一個愁字了得」……没要緊語也。（《古今詞論》節録《〈掞天詞〉序》）

又：晚唐詩人好用叠字語，義山尤甚，殊不見佳。如：『回腸九叠後，猶有剩回腸。』……又如《菊》詩『暗暗淡淡紫，融融冶冶黄』，亦不佳。李清照《聲聲慢・秋情》詞起法，似本乎此，乃有出藍之奇。（《古今詞論》引毛稚黄）

又：《秦樓月》，仄韵調也，孫夫人以平韵作之。《聲聲慢》，平韵調也，李易安以仄韵作之。豈二調原皆可平可仄，抑二婦故欲見别逞奇，實非法邪。然此二詞乃更俱稱絶唱者，又何也。（《古今詞論》）

〔一二〕**清・劉體仁**：惟易安居士『最難將息』、『怎一個愁字了得』，深妙穩雅，不落蒜酪，亦不落絶句，真此道本色當行第一人也。（《七頌堂詞繹》）

〔一三〕**清・沈　謙**：予少時和唐宋詞三百闋，獨不敢次『尋尋覓覓』一篇，恐為婦人所笑。（《填詞雜説》）

〔一四〕**清・彭孫遹**：李易安『被冷香消新夢覺，不許愁人不起』，『守著窗兒，獨自怎生得黑』，皆用淺俗之語，發清新之思，詞意并工，閨情絶調。（《金粟詞話》）

〔一五〕**清・沈　雄**：但『守著窗兒，獨自怎生得黑』，又『梧桐更兼細雨，到黄昏，點點滴滴』，正詞家所謂以易為險，以故為新者，易安先得之矣。（《古今詞話・詞品》）

〔一六〕**清・馮金伯**：按夢符又有《天净沙》詞云：『鶯鶯燕燕春春，花花柳柳真真。事事風風韵韵。嬌嬌嫩嫩。停停當當人人。』此等句，亦從李易安『尋尋覓覓』得來。（《詞苑萃編》引《詞苑叢談》）

又：葛立方《卜算子》詞用十八叠字，妙手無痕，堪與李清照《聲聲慢》并絶千古。（《詞苑萃編》引草窗詞評）

〔一七〕**清・永　瑢**：清照以一婦人，而詞格乃抗軼周、柳。張端義《貴耳集》極推其元宵詞《永遇樂》、秋詞《聲聲慢》，以為閨閣有此文筆，殆為間氣，良非虚美。（《四庫全書總目提要》）

［一八］清・周　濟：雙聲疊韻字，要着意布置，有宜雙不宜疊、宜疊不宜雙處。重字則既雙且疊，尤宜斟酌。如李易安之『凄凄慘慘戚戚』，三疊韻、六雙聲，是鍛煉出來，非偶然拈得也。（《宋四家詞選》序論）

［一九］清・梁紹壬：詩有一句疊三字者，吴融《秋樹》詩『一聲南雁已先紅，槭槭凄凄葉葉同』是也。有一句連三字者，劉駕詩『樹樹樹梢啼曉鶯』、『夜夜夜深聞子規』是也。有兩句連三字者，白樂天詩『新詩三十軸，軸軸金石聲』是也。有一句四疊字者，古詩『行行重行行』、《木蘭詩》『唧唧復唧唧』是也。有兩句互疊字者，王胄詩『年年歲歲花常發，歲歲年年人不同』是也。有三聯疊字者，古詩『青青河畔草』六句是也。有七聯疊字者，昌黎《南山》詩『延延離又屬』十四句是也。至李易安詞『尋尋覓覓，冷冷清清，凄凄慘慘戚戚』，連下十四疊字，則出奇勝格，真匪夷所思矣。（《兩般秋雨庵隨筆》）

［二〇］清・陸以湉：李易安《聲聲慢》詞：『尋尋覓覓，冷冷清清，凄凄慘慘戚戚。』連疊七字，昔日人稱其造句新警。其源蓋出于《爾雅・釋訓篇》，篇中自『明明』至『秩秩』，疊字凡一百四十四，『殷殷熒熒』一段連疊十字，此千古創格，亦絶世奇文也。（《冷廬雜識》）

又：李易安詞：『尋尋覓覓，冷冷清清，凄凄慘慘戚戚。』喬夢符效之，作《天净沙》詞云：『鶯鶯燕燕春春，花花柳柳真真，事事風風韵韵。嬌嬌嫩嫩，停停當當人人。』疊字又增其半，然不若李之自然妥帖。大抵前人杰出之作，後人學之，鮮有能并美者。（同上）

［二一］清・陸　鎣：疊字之法最古，義山尤喜用之。然如《菊》詩『暗暗淡淡紫，融融冶冶黄。』轉成笑柄。宋人中易安居士，善用此法。其《聲聲慢》一詞，頓挫凄絶。詞曰：『尋尋覓覓，冷冷清清，凄凄慘慘戚戚。乍暖還寒時候，最難將息。』又云：『梧桐更兼細雨，到黄昏，點點滴滴。』二闋，共十餘個疊字，而氣機流動，前無古人，後無來者，可謂詞家疊字之法。（《問花樓詞話》）

［二二］清・王闓運：亦是女郎語，諸家賞其七疊，亦以初見故新，效之則可嘔。　『黑』韵却新，再添何字。（《湘綺樓評詞》）

［二三］清・陳廷焯：易安《聲聲慢》詞，張正夫云：『此乃公孫大娘舞劍手。本朝非無能詞之士，未曾有一下十四疊字者。後疊又云「到黄昏，點點滴滴」又使疊字，俱無斧鑿痕。「怎生得黑」，「黑」字不許第二人押。婦人有此詞筆，殆間

氣也。」此論甚陋。十四疊字，不過造語奇雋耳，詞境深淺，殊不在此。執是以論詞，不免魔障。（《白雨齋詞話》）

[二四] **清・陳世焜（廷焯）**：疊字體，後人效之者甚多，且有增至二十餘疊者。才氣雖佳，終着痕迹，視易安風格遠矣。

「黑」字警。後幅一片神行，愈唱愈妙。（《雲韶集》）

[二五] **清・陳廷焯**：造句甚奇，并非高調。後人效顰，疊字又增其半，醜態百出矣。後半闋越唱越妙，結句亦峭甚。

（《詞則》）

[二六] **清・鄧廷楨**：《聲聲慢》一闋，純作變徵之音，發端連用十四疊字，直是前無古人。後闋云：「守著窗兒，獨自怎生得黑。」押黑字尤為險絶。閨襜得此，可號才難。（《雙硯齋詞話》）

[二七] **清・張德瀛**：李易安《聲聲慢》詞起云：「尋尋覓覓，冷冷清清，凄凄慘慘戚戚」，句法奇創。喬夢符《天净沙》曾效其體。又葛常之「裊裊水芝紅」，詞句皆疊字，如唐人之《宛轉曲》，世謂其源出「青青河邊草」一詩。然屈原《九章・悲回風》及《無量壽經》「行行相值」六語，又為葛詞之祖。（《詞徵》）

[二八] **清・萬樹　徐本立**：從來此體皆收易安所作，蓋此遒逸之氣，如生龍活虎，非描塑可擬。其用字奇横而不妨音律，故卓絶千古。人若不及其才，而故學其筆，則未免類狗矣。觀其用上聲、入聲，如「慘」字、「戚」字、「盞」字、「點」字、「滴」字等，原可做平，故能諧協，非可泛用仄字而以去聲填入也。其前結「正傷心，却是舊時相識」，于「心」字豆句，然于上五下四者，原不拗，所謂此九字一氣貫下也。後段第二、三句「憔悴損，如今有誰忺摘」，句法亦然。如高詞應以「最得意」為豆，然作者于「輪他」住句，亦不妨也。今恐人曰因易安詞高，難學，故録竹屋此篇。

按：李易安此調起三句云：「尋尋覓覓、冷冷清清、凄凄慘慘戚戚」連疊七字，故萬氏謂：用字奇横，非描塑可擬。（録自《新校正詞律全書》高觀國《聲聲慢・壺天不夜》之後）

[二九] **清・梁啓超**：此詞最得咽字訣，清真不及也。（《藝衡館詞選》）

[三〇] **劉毓盤**：李清照聲聲慢「尋尋、覓覓、冷冷、清清、凄凄、慘慘、戚戚」，一起連下十四疊字。後半「到黄昏點點滴滴」，復下四疊字。為獨創之格。不獨「簾卷西風、人比黄花瘦」之膾炙人口也。其妙在以上作平，以入作平之法。（《中國文學史・詞略》）

［三一］梁乙真：此詞精工巧麗，備極才情，讀之真如『大珠小珠落玉盤』，其運辭之技巧，描寫之真切，可謂極藝術之能事矣。（《中國婦女文學史綱》）

［三二］胡雲翼：作為一個封建社會裏飽受憂患、晚年孤獨無依的寡婦，她有種種難以言傳的哀愁是可以理解的。在殘酷的命運面前表現得這樣消極、絶望，説明了她的階級局限。但是這裏寫的不衹是個人苦悶，而是代表着多少不幸婦女在動亂的時代裏的苦難遭遇，具有一定的社會意義。在這首詞裏，作者特別顯示出她的藝術才能；巧妙而自然地用鋪叙的手法，把日常生活概括得很突出，還用上大量確切的叠字，加强了感情的渲染。（《宋詞選》）

［三三］任中敏：此詞乃北宋女詞人中特异之作。運用白話，而未反詞之體性，斯為難得。（《詞曲通義》）

［三四］梁啓勛：此詞見《漱玉集》，無題。然望文知是寫一天之實感。一種煢獨凄惶之景況，動人魂魄。（《詞學》）

［三五］龍榆生：這裏面不曾使用一個故典，不曾抹上一點粉澤，衹是一個歷盡風霜，感懷今昔的女詞人，把從早到晚所感受到的『忽忽如有所失』的悵惘情懷如實地描繪出來。看來都衹尋常言語，却使後人驚其『遒逸之氣，如生龍活虎』，能『創意出奇』，達到語言藝術的最高峰。這和李煜的後期作品確有异曲同工之妙，也衹是由于情真語真，結合得恰如其分則已。（《詞學十講》）

［三六］夏承燾：用舌聲的共十五字：淡、敵他、地、堆、獨、得、桐、到、點點滴滴、第、得，用齒聲的四十二字：尋尋、清清、凄凄、慘慘、戚戚、乍、時、最、將、息、三、盞、酒、怎、正、傷、心、是、時、相、識、積、憔悴損、誰、守、窗、自、怎生、細、這次、怎、愁、字。全調九十七字，而這兩聲却多至五十七字，占半數以上；尤其是末了幾句：『梧桐更兼細雨，到黄昏，點點滴滴。這次第，怎一個愁字了得！』二十多字裏舌齒兩聲交加重叠，這應是有意用嚙齒叮嚀的口吻，寫自己憂鬱惝怳的心情。不但讀來明白如話，聽來也有明顯的聲調美，充分表現樂章的特色。這可見她藝術手法的高强，也可見她創作的大膽。宋人衹驚奇它開頭敢用十四個重叠字，還不曾注意到它全首聲調的美妙。（《李清照詞的藝術特色》）

［三七］薛礪若：其筆力之遒健，描寫之深入，境界之逼真，情緒之迫切緊張，均充分的現出，絶不類一個婦女的手筆，入手連用十四叠字，即已險奇，而收句復又運用兩叠，却用來妙語天成，毫無堆滯粉飾之迹。（《宋詞通論》）

［三八］唐圭璋：按：此詞上片既言『晚來』，下片如何可言『到黄昏』雨滴梧桐，前後言語重複，殊不可解。若作『曉

來』，自朝至暮，整日凝愁，文從字順，豁然貫通。（《宋詞論叢·讀李清照詞札記》）

〔三九〕**唐圭璋　潘君昭　曹濟平**：本詞是清照後期詞中的杰作。在這裏，作者以精煉的語言，概括而集中地反映了南渡以後她自己的生活特徵和精神面貌。在這九十七個字中，她運用了驚人的描寫手腕，展示出自己曲折複雜的內心世界。雖然哀愁滿目，調子淒苦，但又無一處不是她飽經憂患後低沉的傾訴，無一處不是她歷盡折磨後急促的憂嘆。（《唐宋詞選注》）

〔四〇〕**劉永濟**：一個愁字不能了，故有十四疊字，十四個疊字不能了，故有全首。總由生活痛苦，不得不吐而出之，絕非無此生活而憑空想寫作可比也。（《唐五代兩宋詞簡析》）

〔四一〕**宛敏灝**：李清照《聲聲慢》首句，如僅就其本身看，説它是『刻意播弄』或『鍛煉出來』都無不可。倘細玩十四疊字，實包括恍惚、寂寞、悲傷三層遞進的意境；再跟下片疊字和『得黑』、『了得』等險韻句聯繫起來，即見其圍繞一個中心抒寫，前後用字互相呼應之妙。（《詞學概論》）

〔四二〕**傅庚生**：（首韵）此十四字之妙：妙在疊字，一也，妙在有層次，二也，妙在曲盡思婦之情，三也。良人既已行矣，而心似有未信其即去者，用以『尋尋』。尋尋之未見也，而心似仍有未信其便去者，用又『覓覓』；覓者，尋而又細察之也。覓覓之終未有得，是良人真個去矣，閨闥之內，漸以『冷冷』；冷冷，外也，非內也。繼而『清清』，清清，內也，非復外矣。又繼之以『淒淒』，冷清漸蹙而凝于心。又繼之以『慘慘』，凝于心而心不堪任。故終之以『戚戚』也，則腸痛心碎，伏枕而泣矣。似此步步寫來，自疑而信，由淺入深，何等層次，幾多細膩！不然，將求疊字之巧，必貽堆砌之譏，一涉堆砌，則疊字不足雲巧矣。故覓覓不可改在尋尋之上，冷冷不可移植清清之下，而戚戚又必居最末也。且也，此等心情，惟女兒能有之，此等筆墨，惟女兒能出之。設使其征人為女，居者為男，吾知其破題兒便已確信伊人之不在邇也，當無尋尋覓覓之事，男兒之心粗故也。能詞之士，多昂藏丈夫勉學鶯鶯燕燕者，故不能下如此之十四疊字耳。（《中國文學欣賞舉隅》）

〔四三〕**沈祖棻**：此詞之作，是由于心中有無限痛楚抑鬱之情，從內心噴薄而出，雖有奇思妙語，而并非刻意求工，故反而自然深切動人。陳廷焯《雲韶集》説它『後幅一片神行，愈唱愈妙』。正因為并非刻意求工，『一片神行』纔是可能的。（《宋詞賞析》）

〔四四〕**黃墨谷**：《聲聲慢》秋詞作于建炎三年，地點在建康，時明誠甫亡故。《金石録後序》云：『余悲泣，倉皇不忍問後事，八月十八日遂不起。……葬畢，余無所之，時朝廷已分遣六宮，又傳江將禁渡。』李清照這時的遭遇，真可以説『人生到此，天道寧論』，此時此地，寫一首凄惻哀傷的悼亡詞，長歌以當哭，原是無可厚非的。不應該離開作家的歷史時代和具體環境去分析作品，也不宜于把一篇作品孤立起來作出結論。（《重輯李清照集》）

〔四五〕**艾治平**：這首詞流傳今古，一向為人贊賞，却是由于它藝術手法的高超。開頭三句疊字，如風雨驟至，把孤獨寂寞的迷離彷徨之感，大筆濡染，繪上了濃重的色彩。接下來用秋雁、菊花、梧桐、細雨等等，一個個具有特徵性而與人有過密切關係的景物，來掀起人心靈的波瀾，感情的渲染，越來越濃，越來越深，到最後用反詰口吻『怎一個愁字了得』，收束全篇，把人的憂思愁情，推上高峰。（《宋詞的花朵》）

〔四六〕**魏同賢**：不過，這種疊字的運用，究竟好在什麼地方呢？可惜前人多語焉不詳。我以為，疊字的運用，從思想內容來講，它往往會加重語氣、增強感情、突現事物；從藝術技巧來講，它往往會造成一種急促、跳動、鏗鏘的音樂效果。我們現在僅僅從文學欣賞的角度看，已經感到了它的委婉、深沉、奇特、美妙，當年通過音樂家的演唱，相信當更為優美，也當是別有滋味的藝術享受。（《李清照〈聲聲慢〉賞析》）

〔四七〕**諸斌杰**：這首詞從整個的意境構思來説，也是非常成功的，她以風急、雁過、黃花、梧桐、細雨和黃昏，組成了一幅凄凉的圖景，并在短短的篇章中一連用了四個問句，而着意地表現出一種無可奈何，勢難擺脱的凄苦心情。（《李清照研究論文集·論李清照及其創作》）

浪淘沙

簾外五更風。吹夢無踪。畫樓重上與誰同。記得玉釵斜撥火，寶篆成空。回首紫金峰。雨潤烟濃。一江春浪醉醒中。留得羅襟前日泪，彈與征鴻。

——影印明刊十二卷本之《花草粹編》

【考辨】

◎歷代載籍著録此闋之詞調、題目：

調作《浪淘沙》、《賣花聲》（《過龍門》、《曲入冥》）。題作『閨情』。瑜注：據《欽定詞譜》，《浪淘沙》原『教坊曲名』，『單調二十八字，四句三平韵』。《浪淘沙令》，『賀鑄詞名《曲入冥》、李清照詞名《賣花聲》、史達祖詞名《過龍門》、馬鈺詞名《煉丹砂》』。『按唐人《浪淘沙》，本七言斷句。至南唐李煜始制兩段令詞』。如《浪淘沙令》（簾外雨潺潺）：『雙調五十四字，前後段各五句四平韵』，為正體。李清照此詞（簾外五更風）體與李煜《浪淘沙令》（簾外雨潺潺）合。故此詞調名應為《浪淘沙令》。

◎歷代此闋著録為李清照（易安）詞之載籍：

［一］明・楊慎輯《詞林萬選》，《四庫全書存目叢書》影印汲古閣刻《詞苑英華》本（卷四，第三頁），收作李易安（下小注『一作六一居士』）詞。

校記

調題：皆同範詞。

正文：皆同範詞。

附録：無。

〔二〕清・先著　程洪輯《詞潔》清康熙刻本（卷二，第五頁），收作李清照詞。

校記

調題： 皆同範詞。

正文： 『一江春浪』作『一腔春恨』。

附録： 無。

〔三〕清・周銘編集　金成棟重校《林下詞選》，《四庫全書存目叢書補編》第二冊（卷一，第四頁），收作李清照詞。

校記

調題： 皆同範詞。調下注：『一本誤刻六一居士』。

正文： 皆同範詞。

附録： 無。

〔四〕清・朱彝尊編《詞綜》，《欽定四庫全書薈要》集部（卷二五，第六頁），收作李清照詞。

校記

調題： 調作《賣花聲》。無題。

正文： 皆同範詞。

附録： 無。

〔五〕清・沈辰垣等編《御選歷代詩餘》影印康熙内府本（卷二六，第一四〇頁），收作李清照詞。

校記

調題： 皆同範詞。

正文： 『烟』作『雲』。

附録： 無。

〔六〕清・陳夢雷　蔣廷錫等輯《欽定古今圖書集成》明倫彙編閨媛典　中華書局影印本（第二〇卷，閨媛總部，第三九六冊之四四葉），收作李清照詞。

校記

調題： 皆同範詞。

正文： 『烟』作『雲』。

附録： 無。

［七］清・江標抄《李清照漱玉詞》汲古閣未刻詞二十二家本（手抄，不分卷頁，第三一首），上海圖書館藏，收作『宋易安居士李氏清照』詞。

校記

調題： 皆同範詞。調下注：『《能改齋漫録》作幼卿，此從詞林』。

正文： 皆同範詞。

附録： 無。

［八］清・陸昶評選《歷朝名媛詩詞》紅樹樓藏版　乾隆癸巳新鐫（卷一一，第九頁），收作李清照詞。

校記

調題： 調作《賣花聲》。無題。

正文： 皆同範詞。

附録： 無。

［九］清・許寶善評選《自怡軒詞選》嘉慶元年六月間鐫　本衙之藏板（卷一，第九頁），收作李清照詞。

校記

調題： 皆同範詞。

正文： 『一江春浪』作『一腔春恨』。

附録： 句亦生峭。（眉批）

［一〇］清・張惠言輯《詞選・續詞選》，《四部備要》本（卷二，第二一頁），收作『李易安　清照』詞。

校記

調題： 調作《賣花聲》。無題。

正文：皆同範詞。

附録：無。

［一一］清・周之琦（金梁夢月外史）輯《晚香室詞録》清抄本（卷七，未注頁碼），收作李清照詞。

校記

調題：皆同範詞。

正文：『烟』作『雲』。

附録：無。

［一二］清・汪玢箋《漱玉詞彙抄》問遽廬正本（手抄，不分卷頁，第四四首），復旦大學圖書館藏，收作『宋李氏清照易安』詞。

校記

調題：皆同範詞。調下注：『一作《賣花聲》』。

正文：『留得』作『羅留得』。

附録：無。

［一三］清・莫友芝家抄《漱玉詞》（手抄，不分卷頁，第三三首），復旦大學圖書館藏，收作『宋李氏清照易安』詞。

校記

調題：皆同範詞。調下注：『《詞林萬選》元校云：「一作六一居士」。綜録』。

正文：皆同範詞。

附録：無。

［一四］清・譚獻輯《復堂詞録》稿本（卷八，宋集七，未注頁碼），收作李清照詞。

校記

調題：調作《賣花聲》。無題。

正文：皆同範詞。

附録：無。

［一五］　清・王鵬運輯《漱玉詞》，《四印齋所刻詞》本（第一一頁），收作『李清照　易安』詞。

校記

調題： 皆同範詞。

正文：『浪』作『水』。

附録： 無。

［一六］　清・楊文斌輯録《三李詞》光緒庚寅夏香海閣刊本（卷三，第八頁），收作李清照詞。

校記

調題： 皆同範詞。

正文： 皆同範詞。

附録： 無。

［一七］　清・陳世焜（廷焯）選《雲韶集》手抄本（卷一〇，第二一頁），收作李清照詞。

校記

調題： 調作《賣花聲》。無題。

正文： 皆同範詞。

附録： 凄艷不忍卒讀。　情詞凄絶，多少血泪。（眉批）

［一八］　清・陳廷焯選評《詞則》上海古籍出版社影印本　大雅集（卷四，第二三頁），收作李清照詞。

校記

調題： 調作《賣花聲》。無題。

正文： 皆同範詞。

附録： 凄艷不忍卒讀，其為德父作乎？（眉批）

［一九］　清・何震彝輯《詞苑珠塵》清光緒三十三年鉛印本（不分卷，第二三頁），著録為李清照詞句。

校記

調題： 無調。集為詩句。詩題作『閨怨十二首』。

正文：僅收録『記得玉釵斜撥火』一句。
附録：無。

［一二〇］清・蕙風簃主箋《漱玉詞箋》中華圖書館石印本　中華民國四年六月版（不分卷，第一一頁），收作李清照詞。

校記

調題：皆同範詞。
正文：『浪』作『水』。
附録：《玉梅詞隱》曰：『前《孤雁兒》云：「吹簫人去玉樓空，腸斷與誰同倚。一枝折得，人間天上，没個人堪寄」，此闋云：「畫樓重上與誰同。記得玉釵斜撥火，寶篆成空」，皆悼亡詞也。其清才也如彼，其深情也如此。玉臺晚節之誣，忍令斯人任受耶？』（詞評）

［一二一］木石居士選輯　絳雲女史參校《歷代名媛詞選》民國十六年石印本（卷七，小令七，未注頁碼），收作李清照詞。

校記

調題：皆同範詞。
正文：『烟』作『雲』。
附録：無。

［一二二］李文裿輯《漱玉集》冷雪盦叢書本（卷三，第七頁），收作李清照詞。

校記

調題：皆同範詞。
正文：『峰』作『蜂』。
附録：《詞綜》、《詞林萬選》、《歷代詩餘》、四印齋本《漱玉詞》、《歷朝名媛詩詞》。（尾注）
按：此闋《詞綜》作《賣花聲》。據《詞律》云：雙調《浪淘沙》，一名《賣花聲》，乃創自南唐後主也。

［一二三］梁令嫻抄《藝蘅館詞選》上海中華書局印行　民國二十五年再版（乙卷，北宋詞，第八五頁），收作李清照詞。

校記

調題：皆同範詞。

正文：「浪」作「水」。

附録：無。

［二四］王官壽輯《宋詞抄》中華民國十一年排印本（卷三，第三三頁），收作李清照詞。

校記

調題：皆同範詞。

正文：皆同範詞。

附録：無。

［二五］徐培均《李清照集箋注》上海古籍出版社（第一二一頁），收作李清照詞。

附録：均按：此詞感情深摯，技巧高超，前人曾以之與李後主相比，陳廷焯、況周頤評價極高，非有李清照之遭遇與才情，絶不能寫出。應為清照所作，并世無第二人足以當之。

◎歷代此闋著録他人或無名氏及存疑詞之載籍：

［一］明·毘陵長湖外史類輯　姑蘇天羽居士評箋《草堂詩餘續集》明萬賢樓自刻本（卷上，第三一頁），收作歐陽永叔詞。

校記

調題：調同範詞。題作『閨情』。

正文：皆同範詞。

附録：『吹夢』奇。　幻想异姿。（眉批）

［二］明·錢允治箋釋　陳仁錫校閲（内署）《類編箋釋續選草堂詩餘》明萬曆刻本《續修四庫全書》影印（卷之上，第二九頁），收作六一居士詞。

校記

調題：調同範詞。題作『閨情』。

正文：皆同範詞。

附録：此詞極與後主相似。（詞評）

［三］宋·何士信輯《草堂詩餘前集二卷後集二卷》明嘉靖三十三年楊金刻本（卷下前，第三二頁）收録，未注撰者。與

幼卿《浪淘沙》（極目楚天空）連排，第二首。

校記

調題：皆同範詞。

正文：皆同範詞。

附録：無。

[四] 明·陳耀文纂（原署）《花草粹編》影印明刊十二卷本（卷五，第三二頁）收録，未注撰者，與幼卿（下注《能改齋謾録》）詞『感舊』連排，用『二』銜接。

校記

調題：調作《浪淘沙》。無題。調下注：『一名《賣花聲》、小説作《曲冥》』；目録調下注：『一名《賣花聲》、《過龍門》、小説作《曲入冥》』。

正文：原『夣』、『蹤』、『楼』、『竇』、『峯』、『淚』，茲改為正字『夢』、『踪』、『樓』、『竇』、『峰』、『泪』。（擇為範詞，底本）

附録：無。

[五] 明·陳耀文輯《花草粹編》文淵閣《欽定四庫全書》二十四卷本（卷九，第四〇頁）收録，未注撰者，與幼卿（下注《能改齋謾録》）詞『感舊』連排，用『二』銜接。

校記

調題：皆同範詞。調下注：『一名《賣花聲》、小説作《曲入冥》』。

正文：皆同範詞。

附録：無。

[六] 明·陳耀文編（原署）《花草粹編》文津閣《欽定四庫全書》二十四卷本（卷九，總第二四頁）收録，未注撰者，與幼卿（下注《能改齋謾録》）詞『感舊』連排，用『二』銜接。

校記

調題：皆同範詞。調下注：『一名《賣花聲》、小説作《曲入冥》』。

正文：皆同範詞。

附録： 無。

［七］明・卓人月彙選　徐世俊參評《古今詞統》（又名陳繼儒評選《草堂詩餘》、《詩餘廣選》），《續修四庫全書》本（卷七，第一六頁），收作歐陽修詞。

校記

調題： 調同範詞。題作『閨情』。調下注：『第二體，一名《賣花聲》』。

正文： 皆同範詞。

附録： 雁傳書事，化得新奇。（眉批）

［八］明・潘游龍輯《精選古今詩餘》（《古今詩餘醉》）清乾隆壬午秋鐫（卷一〇，第一四頁），收作歐陽永叔詞。

校記

調題： 調同範詞。題作『閨情』。

正文： 『濃』作『重』。

附録： 『吹夢』字極奇。（詞評）

［九］清・陸次雲　章昞輯《見山亭古今詞選》康熙年間刻本（卷二，第一七頁），收作歐陽修詞。

校記

調題： 調同範詞。題作『閨情』。

正文： 皆同範詞。

附録： 無。

［一〇］清・嚴沆等參訂《古今詞匯初編》清康熙十八年刻本（卷四，第二八頁），收作歐陽修詞。

校記

調題： 調同範詞。題作『閨情』。調下注：『第二體。一名《賣花聲》』。

正文： 『峰』作『封』。

附録： 無。

［一一］清・沈時棟輯《古今詞選》康熙刻本（卷二，第二五頁），收作歐陽修詞。

校記

調題：調同範詞。題作『閨情』。

正文：皆同範詞。

附録：無。

［一二］清・吴綺 程洪同選 茅麟（麐）較（原署）《記紅集》清康熙刊本（卷之一，雙調小令，第四〇頁），收作歐陽修詞。

校記

調題：調同範詞。題作『閨情』。調下注：『第一體，一名《賣花聲》、《過龍門》』。

正文：皆同範詞。

附録：無。

［一三］清・黄承勛存輯《歷代詞腴》光緒乙酉五月梓 黛山樓藏板（卷上，第一三頁），收作歐陽修詞。

校記

調題：皆同範詞。

正文：皆同範詞。

附録：無。

［一四］趙萬里輯《漱玉詞》，《校輯宋金元人詞》本（第一二頁），『附録一』收作『李清照 易安』『存疑』詞。

校記

調題：皆同範詞。

正文：皆同範詞。

附録：《詞林萬選》四、《詞綜》、《歷代詩餘》二十六。

按：《花草粹編》五，引此闕不注撰人。《詞林萬選》注云：『一作六一居士』，檢《醉翁琴趣》無之，未知升庵何據？

［一五］唐圭璋輯《全宋詞》中州古籍出版社 兩冊本（上，第一一三頁），收作歐陽修『存目詞』。

附録：出處：草堂詩餘續集卷上。 附注：無名氏詞，見詞林萬選卷四。

瑜注：筆者所見《四庫全書存目叢書》本《詞林萬選》、明楊慎輯《詞林萬選》之點校本俱收作李易安詞，并非無名氏詞，未知《全宋詞》所據何本？

［一六］唐圭璋輯《全宋詞》中州古籍出版社　兩冊本（上，第六四九頁），收作李清照『存目詞』。

附録：出處：詞林萬選卷四。附注：無名氏詞，見楊金本草堂詩餘前集卷下。

［一七］唐圭璋輯《全宋詞》中州古籍出版社　兩冊本（上，第六八九頁），收作幼卿『存目詞』。

附録：花草粹編卷五載有幼卿浪淘沙『簾外五更風』一首，據楊金本草堂詩餘前集卷下，乃無名氏作品。

［一八］中華書局編《李清照集》（第四五頁），『附録』收之。

附録：按：《花草粹編》引此闋不注撰人。《詞林萬選》注云：『一作六一居士。』檢《醉翁琴趣》無之。

［一九］王仲聞《李清照集校注》人民文學出版社（第八五頁），收為李清照『存疑』詞。

附録：……楊慎《詞林萬選》誤題撰人姓名之詞極多，殊不可據，清《四庫全書總目·詞林萬選提要》疑其書為後人所偽託。此書所著『一作某某。』不似楊慎原著，殆為毛晉刻《詞苑英華》時所加。

［二〇］黃墨谷《重輯李清照集》齊魯書社（卷三，第四九頁），『附』録收之。

附録：刊削意見：此詞《詞林萬選》作李詞，并注一作六一居士。《花草粹編》則作幼卿詞。宋代總集均未録，風格也不類清照，茲不録。

［二一］徐北文主編《李清照全集評注》濟南出版社（第一五五頁），收作李清照『存疑詞』。

◎**瑜按：**

綜上，牽涉此詞之撰者有三：李清照、歐陽修、幼卿。首先，歷代二十五種載籍著録為李易安（清照）詞。其中清江標抄《李清照漱玉詞》汲古閣未刻詞二十二家本，為有重大影響之抄本。其次，亦有不少載籍著録為歐陽修（字永叔，號六一居士）詞。然查《景刊宋金元明本詞》本《景宋吉州本欧阳文忠公近體樂府》、欧阳修撰《景宋本醉翁琴趣外篇》、《續修四庫全書》影汲古閣本《宋名家詞》之歐陽修撰《六一詞》、唐圭璋輯《全宋詞》之歐陽修詞皆不載。這就排除了歐陽修詞的可能性。再次，查唐圭璋輯《全宋詞》幼卿詞亦未收。這又排除了幼卿詞之可能。牽涉之三撰者用排除法排除了兩位，撰者非李易安（清照）莫屬，茲入《漱玉詞》。

【注釋】

［一］**畫樓：**彩繪得非常美麗的樓房。唐溫庭筠《蕃女怨》：『畫樓離恨錦屏空。杏花紅。』宋晏幾道《清平樂》：『此後錦書休寄，畫樓雲雨無憑』。

［二］玉釵：參見《菩薩蠻》（歸鴻聲斷）『鳳釵』注。

［三］寶篆：篆香。參見《滿庭霜》（小閣藏春）注。

［四］紫金峰：山名，國有紫金山七處，分布各省。其中『即江蘇江寧縣之鐘山。晉元帝未渡江時，望之上有紫氣，故名』（見《中國古今地名大辭典》）。此詞中指紫金峰即江蘇南京鐘山之稱謂。

［五］征鴻：見《念奴嬌·春情》注。

【品鑒】

據黃盛璋《趙明誠、李清照夫婦年譜》，建炎三年（公元一一二九）二月，趙明誠罷守江寧（今江蘇南京），是年三月乘舟去蕪湖，入姑孰（今當塗），準備擇居贛水邊上，結束了約二年的江寧生活。至池陽（今安徽貴池），明誠被詔守湖州。他匆匆安家池陽，六月，隻身去江寧參謁皇帝。一路酷暑，疲憊，染疾，一到江寧便病臥床褥。七月，李清照聞訊來建康，明誠已病入膏肓。八月，明誠卒于建康。李清照茫然不知所之。于是年十一月，因金兵進犯，她不得不離開建康。此詞蓋為李清照辭別親夫葬地建康的近春之作。

『簾外五更風。吹夢無踪。』作者開頭從『簾外』景象着筆，而落墨簾内。『三更』為半夜，『五更』，天將拂曉之時。從時間而言，這是個春夜將曉的時候；從地點而言，這是在住所的『簾外』。發生了什麼事？颳起了浩蕩的春風。它好比遠來早到的客人拍打着門窗，驚醒了正在夢中的女主人，把夢境驅趕得無影無踪。夢是生活的折光，往往是白天想什麼，夜裏就夢見什麼。那麼，女主人整日想的是什麼呢？夜間又夢見什麼呢？雖然作者在這裏没有明確告訴我們，但是下三句，還是透露了個中端倪。開頭用『漸入』法，從『簾外』寫到『簾内』，從『風』寫到『夢』，由物及人。此詞開頭在構思上與南唐李煜《浪淘沙》開頭：『簾外雨潺潺。春意闌珊。羅衾不耐五更寒』有相似之處，都從『簾外』起筆，時間均在『五更』，也是由天氣寫到人，也用『漸入』法。但簾外所發生的事情不同，一個是『風』，一個是『雨』。雖然都寫到『夢』，但一個是夢見愛人，一個是夢見故國。首句，化用宋秦觀《如夢令》：『無緒。無緒。簾外五更風雨』句，天然渾成。《草堂詩餘續集》（卷上）評曰：『「吹夢」奇。』正説明易安設想的奇特，富有創新的精神。

『畫樓重上與誰同。記得玉釵斜撥火，寶篆成空。』承前，一面暗示『夢』的有關内容，一面回憶夫妻相依為命的溫馨愛情生活。女主人夢醒之後，躺在床上，一睁眼便想到，今後將與誰一同登上彩繪的閣樓呢？我那心愛的人再也不能跟我一同登上那美麗的彩樓了。這更是女主人白日所想，夜間所夢的。用反詰句肯定了正面的意思。這與李清照《蝶戀花》：『酒意詩情誰與共」，易安存疑詞《青玉案》：「錦瑟年華誰與度」的句法和意思基本相同。唐溫庭筠《菩薩蠻》有「畫樓相望久。欄外垂絲柳」。又如：「畫梁語燕驚殘夢」（五代牛嶠《菩薩蠻》），「畫堂深，紅焰小」（五代張泌《酒泉子》），「香閣掩芙蓉。畫屏山幾重」（易安存疑詞《菩薩蠻》），其中的「畫樓」、「畫梁」、「畫堂」、「畫屏」等的「畫」字，皆為雕刻、彩繪之意。由思念而引起「記得」的往事之回憶。記得無數個夜晚，夫妻在昏黃的燈光底下，有時欣賞金石，有時讀書作詩，有時撰寫《金石録》，有時夜話人生，有時縱論國事……燈油熬乾了，再續添；燈芯燼結了，便用玉釵傾斜着撥亮燈焰；點燃的名貴篆香，一次次成為灰燼。這一切，一幕一幕，都清晰地在腦海中閃過。這些甜美溫馨的愛情生活，儘管回憶起來使她感到幸福，但是還要盡力控制自己不要去回憶，因為那樣衹能增加自己的痛苦。但那些刻骨銘心的生活畫面的出現，不是用理智所能左右得了的，女主人記得的「玉釵斜撥火，寶篆成空」，并非是一個兩個晚間的情景，似乎是一部愛情生活的電視連續劇。上片，寫詞人在五更時從夢中被風驚醒之後，對以往愛情生活的回憶，心懷酸楚，情不自禁。

「回首紫金峰。雨潤烟濃。一江春浪醉醒中。」換頭，陡然振起，轉寫回顧所見，實際上是明轉暗承。「回首」，與南唐李煜《虞美人》：「小樓昨夜又東風。故國不堪回首月明中」，宋辛弃疾《永遇樂》：「可堪回首，佛狸祠下，一片神鴉社鼓」中的「回首」都是回頭望的意思。「江寧」，北宋時為江寧，建炎三年五月八日改為建康，即今天的南京市，是趙明誠的母親壽終之地，也是明誠所知之地，又是夫婦所居之地，也是明誠病卒之地，或者説，這是與清照的生命息息相關之地，她怎能忘記這個地方？這是李清照的心上人長眠之地，她怎能不流連？回首遥望紫金山——那值得記憶，值得留戀，值得懷念的地方，如今我遠離了你。那茫茫的細雨浸濕了紫金山的山峰，浸濕了建康的大地，浸濕了丈夫的陵墓，那濃重的烟雲凄凄迷迷。「一江春浪醉醒中」，這裏的「江」指長江，建康在長江邊上。「春」點出節序。春日那滔滔東去的大江，多麼像一個喝醉酒的人躺在那裏，在半夢半醒中飄飄悠悠地流去。言外之意，回首一切往事，都像滔滔東去的長江之水，一去不復返了。而人對于世事，又像一個醉酒的人處在似乎沉昏、又似乎清醒之中。這裏，作者賦予大江以人的行為感知，這是擬人的手法。她看到的「紫金峰」、「雨潤烟濃」、「一江春浪」，也衹能是想象中的，意念中的景象而已。是虛寫，并非實景。但寫得茫遠而有神韵，頗有渾灝之氣。

「留得羅襟前日泪，彈與征鴻。」由情入景，收束全詞。「留得」，表示對悼亡之泪無比的珍視。「羅襟」，指羅衣的前襟。「前日」猶言不久以前，并非前天。「前日泪」指明誠病歿建康時，易安那種悲傷的泪水。易安《金石録後序》：「（明誠）病危在膏肓。余悲泣」，可以想見，明誠病逝，易安該是多麼的悲傷了。「征鴻」，遠飛的大雁，正應前句的「春」字。春日正是大雁北歸的時候，作者把她為明誠吊喪時落在羅衣前襟上的泪水留下來，彈給遠飛的大雁，將它帶到建康，灑在明誠的墓前。女主人自知這無法實現，但生動、形象、婉曲地表達出對亡夫深切的悼念之情。《漢書·蘇武傳》：『教使者謂單于，言天子射上林中，得雁，足有系帛書，言武等在某澤中』，這是雁足傳書之本，歷來被文人所援用，如五代李珣《望遠行》：『玉郎一去負佳期。水雲迢遞雁書遲。』此詞的『雁書』就是運用雁足傳書的典故。易安并非一成不變地襲用雁足傳書這個典故，而是將它進行了改造。明誠新亡，由于金兵的進犯，她不得不帶着摧肝裂膽似的痛苦，帶着無法忍受的悲哀，帶着孤獨絶望離開了丈夫的葬地建康。路越行越遠，晝夜遞嬗，日夜如梭，春回江南。她聽到雁聲嘹唳，望着征鴻，心裏想着明誠，不能捎信了，『人間天上，没個人堪寄』，衹好把昔日遺留着的悼亡眼泪彈給征鴻，托它帶到建康，灑在明誠的墓前，表示深切的悼念吧！不讓征鴻傳書，而是讓它傳泪，這一改造，是以作者自身生活獨特變化為依據，為了表達悼念亡夫之情的需要，自然地化用了雁足傳書的典故，多麽新鮮，多麽輕靈。化俗為雅，化陳腐為新奇。

上片，寫五更春風驚夢，她于床上懷念丈夫。

下片，寫她回首遥望建康的紫金峰，設想把羅襟上遺留的悼亡之泪彈與征鴻，深表悼念之情。

此詞是用賦體鋪陳來寫悼念亡夫之情的。用陳述之法，直陳其事，而又不把情説露，既勁直，又哀婉。此詞寫悼念之情，却不着一個『念』、『愁』、『傷』、『悲』、『哀』之類的詞，而哀傷、緬懷之情却充塞字裏行間，溢于言表。清陳廷焯《白雨齋詞話》評曰：『凄艷不忍卒讀』，説明此詞有催人泪下、感人肺腑、令人迴腸蕩氣之藝術魅力。

此詞，表現了李清照藝術上的獨創精神。『簾外五更風。吹夢無踪』，本來是春風吹打門窗之簾作響，驚醒了女主人，破壞了夢境，但作者偏不這麽説，却琢煉成『吹夢無踪』四個字。夢境是虚無縹緲的，像一片輕紗，被風一吹，飄然而去，給人一種美的享受。這是一種創造，『亭然以奇』，難怪《草堂詩餘續集》贊道：『「吹夢」奇』，并非虚譽之詞。

化用雁足傳書的典故為鴻雁傳泪，造語新警，更有青出于藍之奇。易安《武陵春》：『衹恐雙溪舴艋舟。載不動、許多愁』，化用宋張元幹『載取暮愁歸去』、宋蘇軾『衹載一船離恨、向西州』之句，又賦予『愁』以重量，這是個創造，是個發展。《而庵詩話》云：『呆人能以一棒打盡從來佛祖，方是個宗門大漢子；詩人能以一筆掃盡從來窠臼，方是個詩家大作者』，李清照不落俗套，是勇于創新的詞壇大家。

【選評】

〔一〕　明·沈際飛：『吹夢』奇。　幻想异姿。（《草堂詩餘續集》）

［二］**明・錢允治等**：此詞極與後主相似。（《類編箋釋續選草堂詩餘》）

［三］**明・卓人月　徐世俊**：雁傳書事，化得新奇。（《古今詞統》）

［四］**清・許寶善**：句亦生峭。（《自怡軒詞選》）

［五］**清・陳世焜（廷焯）**：凄艷不忍卒讀。情詞凄絶，多少血泪。（《雲韶集》）

［六］**清・陳廷焯**：凄艷不忍卒讀，其為德父作乎？（《詞則》）

［七］**清・況周頤**：《玉梅詞隱》曰：『前《孤雁兒》云：「吹簫人去玉樓空，腸斷與誰同倚。一枝折得，人間天上，没個人堪寄」，此闋云：「畫樓重上與誰同。記得玉釵斜撥火，寶篆成空」，皆悼亡詞也。其清才也如彼，其深情也如此。玉臺晚節之誣，忍令斯人任受耶？（《漱玉詞箋》）

［八］**王　瑶**：這詞寫得極其凄惋，感傷成分濃厚，可是讀後并不感到消沉頹喪，反而被其流注于字裏行間的真情實感所打動，引起共鳴，寄予同情，原因何在？一方面，與專主情致的悼亡之作有關。這類作品，因受題材——家常瑣細，寫法——今昔相比的制約，類多追思往事，叙寫夢境，或表哀思，或訴衷腸，字字句句，無不從肺腑中出，以是感情真摯深厚，語調委婉低回，故爾極饒情致，扣人心弦。（《李清照研究叢稿・吹夢無踪　彈泪征鴻》）

［九］**侯健　吕智敏**：上片寫曉風驚夢，初醒后的心情。……夢境中是暖意融融，夢醒後却是凄凉陰冷。『寶篆成空』一句，將凄冷環境的描繪與悼夫之情的表達融為了一體，開拓了凄婉空絶的意境。下片回首往事。那籠罩在雨霧中的紫金峰正是過去伉儷偕同巡覽的勝景。如今觸景傷情，『一江春浪醉醒中』句將詞人因極度悲慟所陷入的精神迷惘狀態表現得淋漓盡致。這裏化用李煜詞句，融想象、比喻、誇張于一爐，將詞人流不盡的泪水與斬不斷的哀愁與那滚滚長江匯成一體，無形的悲愁被形象而深邃的表現了出來。結尾處，作者刻劃出彈泪征鴻的奇絶形象，使人感到字字血泪，直如清人陳廷焯《白雨齋詞話》所評，使人『凄艷不忍卒讀』。（《李清照詩詞評注》）

［一〇］**徐培均**：此詞感情深摯，技巧高超，前人曾以之與李後主相比，陳廷焯、況周頤評價極高，非有李清照之遭遇與才情，絶不能寫出。應為清照所作，并世無第二人足以當之。（《李清照集箋注》）

點絳唇

蹴罷鞦韆，起來慵整纖纖手。露濃花瘦。薄汗輕衣透。　見有人來，襪剗金釵溜。和羞走。倚門回首。却把青梅嗅。

——《御選歷代詩餘》

【考辨】

◎歷代載籍著録此闋之詞調、題目：

調作《點絳唇》。題作『鞦韆』、『佳人』。

◎歷代此闋著録為李清照（易安）詞之載籍：

［一］　明·楊慎輯《詞林萬選》，《四庫全書存目叢書》影印汲古閣刻《詞苑英華》本（卷四，第二頁），收作李易安詞。

校記

調題：皆同範詞。

正文：『有人』作『客入』。

附録：無。

［二］　清·周銘編集　金成棟重校《林下詞選》，《四庫全書存目叢書補編》第二册（卷一，第二頁），收作李清照詞。

校記

調題：皆同範詞。

正文：『有人』作『客入』。

附録：無。

［三］清・沈辰垣等編《御選歷代詩餘》影印康熙内府本（卷五，第二六頁），收作『宋媛　李清照』詞。

校記

調題： 調作《點絳唇》。無題。

正文： 原『脣』、『秋』、『千』、『韈』、『齅』，茲改為正字『唇』、『鞦』、『韆』、『襪』、『嗅』。（擇為範詞，底本）

附録： 無。

［四］清・陳夢雷　蔣廷錫等輯《欽定古今圖書集成》明倫彙編閨媛典　中華書局影印本（第二〇卷，閨媛總部，第三九六冊之四四葉），收作李清照詞。

校記

調題： 皆同範詞。

正文： 皆同範詞。

附録： 無。

［五］清・江標抄《李清照漱玉詞》汲古閣未刻詞二十二家本（手抄，不分卷頁，第一八首），上海圖書館藏，收作『宋易安居士李氏清照』詞。

校記

調題： 皆同範詞。調下注：『或作無名氏，此從詞林』。

正文： 『輕』作『沾』；『有』作『客』。

附録： 無。

［六］清・葉申薌輯《天籟軒詞選》清嘉慶間刊本（卷五，第四九頁），收作李易安詞。

校記

調題： 皆同範詞。

正文： 皆同範詞。

附録： 無。

［七］　清・汪玢箋《漱玉詞彙抄》問遽廬正本（手抄，不分卷頁，第四三首），復旦大學圖書館藏，收作『宋李氏清照易安』詞。

校記

調題： 皆同範詞。

正文： 『有人』作『客入』。

附録： 無。

［八］　清・莫友芝家抄《漱玉詞》（手抄，不分卷頁，第三二首），復旦大學圖書館藏，收作『宋李氏清照易安』詞。

校記

調題： 皆同範詞。調下注：『《草堂詩餘續集》及《詞綜》并録』。

正文： 『有人』作『客入』。

附録： 無。

［九］　清・李佳撰《左庵詞話》，《詞話叢編》本（卷下，第三一六七頁），《李後主詞》，著録為李易安詞。

校記

調題： 無調。無題。

正文： 僅收録『倚門回首。却把青梅嗅』兩句（見下『附録』）。

附録： 《李後主詞》李後主詞：『爛嚼紅絨，笑向檀郎唾。』李易安詞：『倚門回首，却把青梅嗅。』汪肇麟詞：『待他重與畫眉時，細數郎輕薄。』皆酷肖小兒女情態。（詞評）

［一〇］　清・王鵬運輯《漱玉詞》，《四印齋所刻詞》本（第七頁），收作『李清照　易安』詞。

校記

調題： 皆同範詞。

正文： 皆同範詞。

附録： 無。

［一一］　清・楊文斌輯録《三李詞》光緒庚寅夏香海閣刊本（卷三，第二頁），收作李清照詞。

校記

調題：皆同範詞。

正文：皆同範詞。

附録：無。

［一二］清・蕙風簃主箋《漱玉詞箋》中華圖書館石印本　中華民國四年六月版（不分卷，第一一頁），收作李清照詞。

校記

調題：皆同範詞。

正文：皆同範詞。

附録：按此闋《皺水軒詞筌》作無名氏。（尾注）

［一三］木石居士選輯　絳雲女史参校《歷代名媛詞選》民國十六年石印本（卷二，小令二，未注頁碼），收作李清照詞。

校記

調題：皆同範詞。

正文：皆同範詞。

附録：無。

［一四］李文裿輯《漱玉集》冷雪盦叢書本（卷三，第一頁），收作李清照詞。

校記

調題：皆同範詞。

正文：皆同範詞。

附録：《歷代詩餘》、《詞林萬選》、四印齋本《漱玉詞》。（尾注）

［一五］徐培均《李清照集箋注》上海古籍出版社（第一頁），收作李清照詞。

◎歷代此闋著録他人或無名氏及存疑詞之載籍：

［一］明・茅暎遠士評選《詞的》清萃閔堂抄本《四庫未收書輯刊》影印（卷之一，第一四頁），收作周邦彦詞。

校記

調題：調同範詞。題作『鞦韆』。

正文：『有人』作『客入』。

附録：《崔徽傳奇》中儘人調戲，句意本此。（眉批）

瑜注：《崔徽傳奇》，徽為唐蒲中（今山西永濟）娼女。唐元稹有《崔徽歌》（見《全唐詩》上海古籍出版社影印，上，第一〇三三頁）。《續修四庫全書》影汲古閣本《宋名家詞》之《淮海詞》有《調笑令》十首并詩，第三首詩《崔徽》：『蒲中有女號崔徽。輕似南山翡翠兒。使君當日最寵愛，坐中對客常擁持。一見裴郎心似醉。夜解羅衣與門吏。西門寺裏樂未央，樂府至今歌翡翠』（第三頁）。詞《調笑令》：『翡翠。好容止。誰使庸奴輕點綴。裴郎一見心如醉。笑裏偷傳深意。羅衣深夜與門吏。暗結城西幽會』（第四頁）。可知故事内容梗概。與《西廂記》崔鶯鶯故事不同，崔徽與崔鶯鶯莫混淆。元王實甫《西廂記》之《元和令》有『他那裏儘人調戲軃着香肩，衹將花笑捻』句（新文藝出版社第一本　第一折　第八頁），『儘人調戲』并非《崔徽傳奇》之語。

[二]　明・毘陵長湖外史類輯　姑蘇天羽居士評箋《草堂詩餘續集》明萬賢樓自刻本（卷上，第六頁），收作無名氏詞。

校記

調題：調同範詞。題作『鞦韆』。

正文：『慵整』作『整頓』；『有人』作『客入』。

附録：片時意態，淫夷萬變。美人則然，紙上何遽能爾。（眉批）

唐詩：『剗襪下香階』。　拾遺録：『佳人舞徹金釵溜』，『惡時拈花蕊嗅』耳。（尾注）

[三]　明・錢允治箋釋　陳仁錫校閲（内署）《類編箋釋續選草堂詩餘》明萬曆刻本《續修四庫全書》影印（卷之上，第五頁），收作無名氏詞。

校記

調題：調同範詞。題作『鞦韆』。

正文：『慵整』作『整頓』；『有人』作『客入』。

附録：曲盡情悰。（詞評）

[四]　宋・何士信輯《草堂詩餘前集二卷後集二卷》明嘉靖三十三年楊金刻本（卷下前，第七頁），收作蘇子瞻詞。

校記

調題：調同範詞。題作『佳人』。

正文：『慵整』作『整頓』；『有人』作『客入』。

附録：無。

［五］明・陳耀文纂（原署）《花草粹編》影印明刊十二卷本（卷一，第六三頁）收録，未注撰人，與秦少游詞《點絳脣・天臺》連排。

校記

調題：皆同範詞。

正文：『有人』作『客入』。

附録：無。

［六］明・陳耀文輯《花草粹編》文淵閣《欽定四庫全書》二十四卷本（卷二，第三〇頁）收録，未注撰人，與秦少游詞《點絳脣・天臺》連排，有『二』銜接。

校記

調題：皆同範詞。

正文：『有人』作『客入』。

附録：無。

［七］明・陳耀文編（原署）《花草粹編》文津閣《欽定四庫全書》二十四卷本（卷二，總第六四六頁）收録，未注撰人。

校記

調題：皆同範詞。

正文：『有人』作『客入』。

附録：無。

［八］明・卓人月彙選　徐世俊參評《古今詞統》（又名陳繼儒評選《草堂詩餘》、《詩餘廣選》），《續修四庫全書》本

（卷四，第五頁），收作無名氏詞。

校記

調題：調同範詞。題作『鞦韆』。

正文：『慵整』作『整頓』；『有人』作『客入』。

附録：入若士《紫釵記》。（眉批）

［九］明·馬嘉松輯《花鏡雋聲》明天啓刻本（雋聲七卷，詩餘，第一〇頁），收作無名氏詞。

校記

調題：調同範詞。題作『鞦韆』。

正文：『慵整』作『整頓』；『有人』作『客入』。

附録：無。

［一〇］明·潘游龍輯《精選古今詩餘》（《古今詩餘醉》）清乾隆壬午秋鐫（卷一二，第二六頁），收作無名氏詞。

校記

調題：調同範詞。題作『鞦韆』。

正文：『慵整』作『整頓』；『有人』作『客入』。

附録：『和羞走』下如畫。（詞評）

［一一］清·嚴沆等參訂《古今詞匯初編》清康熙十八年刻本（卷一，第二九頁），收作無名氏詞。

校記

調題：調同範詞。題作『鞦韆』。

正文：『慵整』作『整頓』；『有人』作『客入』。

附録：無。

［一二］清·夏秉衡輯《清綺軒詞選》乾隆巾箱本（卷三，第四頁），撰者『闕名』。

校記

調題：調同範詞。題作『鞦韆』。

正文：『慵整』作『整頓』；『有人』作『客入』。

附録：無。

［一三］清・陳鼎輯《同情集詞選》乾隆三十九年刊本（卷四，第八頁），收作無名氏詞。

校記

調題：調同範詞。題作『鞦韆』。

正文：『慵整』作『整頓』；『有人』作『客入』。

附録：無。

［一四］清・陳世焜（廷焯）選《雲韶集》手抄本（卷一〇，第一二頁），收作無名氏詞。

校記

調題：皆同範詞。

正文：『慵整』作『整頓』；『有人』作『客入』。

附録：旎邐叙來，情態如畫，自是妙作。（眉批）

［一五］清・陳廷焯選評《詞則》上海古籍出版社影印本　閑情集（卷二，第一四頁），收作無名氏詞。

校記

調題：皆同範詞。

正文：『慵整』作『整頓』；『有人』作『客入』。

附録：情態如畫，微傷莊雅。（眉批）

［一六］趙萬里輯《漱玉詞》，《校輯宋金元人詞》本（第一〇頁），『附録一』收作李清照『存疑』詞。

校記

調題：皆同範詞。

正文：『有人』作『客入』。

附録：《詞林萬選》四、《歷代詩餘》五。（尾注）

按：詞意淺薄，不似他作，未知升庵何據？

［一七］唐圭璋輯《全宋詞》中州古籍出版社　兩冊本（上，第六四九頁），收作李清照『存目詞』。

［一八］唐圭璋輯《全宋詞》中州古籍出版社　兩冊本（下，第二五六七頁），收為無名氏詞。

［一九］中華書局編《李清照集》（第四二頁），『附録』收之。

［二〇］王仲聞《李清照集校注》人民文學出版社（第八三頁），收為『存疑』之作。

附録：按一九五九年出版之北京大學學生編寫之《中國文學史》第五編第四章，斷定此首為李清照作，評價頗高，恐未詳考。《詞林萬選》中不可靠之詞甚多，誤題作者姓名之詞約有二三十首，非審慎不可也。

按：『儘人調戲』乃王實甫《西厢記》中語。崔徽事出張君房《麗情集》（此書已佚，見宋人所引）與《西厢記》崔鶯鶯無涉。《西厢記》不得云：《崔徽傳奇》。

［二一］黄墨谷《重輯李清照集》齊魯書社（卷三，第五〇頁），『附』録收之。

附録：刊削意見：此詞《詞林萬選》作李詞，《續草堂詩餘》作無名氏作，宋代總集均不録，詞筆膚淺，不類清照少作，茲不録。此詞趙萬里《漱玉詞》亦未録，輯在附録一存疑。

［二二］徐北文主編《李清照全集評注》濟南出版社（第一五二頁），收作李清照存疑詞。

◎ 瑜按：

此詞汲古閣未刻本《漱玉詞》等约十五種載籍收作李易安（清照）詞。又二十餘種載籍收為他人或無名氏及存疑詞。另牽涉三撰者：首先，《詞的》收作周邦彦詞，查周邦彦撰《清真集》（四印齋本）、查唐圭璋輯《全宋詞》之周邦彦詞均無此詞。其次，楊金本《草堂詩餘》收作蘇軾詞，查蘇軾撰《東坡樂府》（四印齋本）、《續修四庫全書》影汲古閣本《宋名家詞》之《東坡詞》，其本詞皆未收。再次，《花草粹編》收録，與秦少游詞連排无撰者，查秦觀撰《淮海居士長短句》（宋乾道刻本）、《續修四庫全書》影汲古閣本《宋名家詞》之《淮海詞》，其本詞皆未收。周、蘇、秦詞之可能性已不復存在，別集俱不收。趙萬里云：『詞意淺薄，不似他作』，即便是最杰出的詩人，也不能每首都是杰作。排除了幾個疑竇，輯入《漱玉詞》。

【注釋】

［一］**蹴：**這裏是脚踏的意思。唐杜甫《清明二首》：『十年蹴踘將雛遠，萬里鞦韆習俗同。』元鄭奎妻孫氏《春詞》：『鞦韆蹴罷鬢鬖髿，粉汗凝香沁緑紗』。

〔二〕 **慵整**：倦怠地整理之意。宋黄忠《瑞鶴仙》：『憶篆鼎香銷，起來慵整』。宋秦觀《木蘭花》：『玉纖慵整銀箏雁。紅袖時籠金鴨暖』。

〔三〕 **襪剗**：襪底着地走路，不穿鞋子。南唐李煜《菩薩蠻》：『剗襪步香階。手提金縷鞋。』宋秦觀《河傳》有『鬢雲松，羅襪剗』句。

【品鑒】

鞦韆之戲，據傳齊桓公從北方山戎族引至中原。『鞦韆』原名『千秋』，漢武帝在後庭祈禱千秋之壽，為避忌諱，改為『鞦韆』。《开元天宝遗事》載：『天寶宫中至寒食節，競竪鞦韆，令宫嬪輩笑以為宴樂，帝呼為半仙之戲，都中士民相與仿之』。唐杜甫《清明二首》云：『十年蹴踘將雛遠，萬里鞦韆習俗同。』可見唐代宫中、民間均尚鞦韆之戲。宋詞中也常見對蕩鞦韆的描繪。宋蘇軾《蝶戀花》云：『牆裏鞦韆牆外道。牆外行人，牆裏佳人笑』；宋張先《木蘭花》詞云：『龍頭舴艋吴兒競。筍柱鞦韆游女并。』可見宋時蕩鞦韆的習俗亦很普通。生性活潑、勇敢、喜歡游玩的少女李清照就很愛這種游戲。《點絳唇》詞寫一個蕩鞦韆少女，這少女實際上就是她自己。

『蹴罷鞦韆，起來慵整纖纖手。』『纖纖手』，指細柔嬌嫩的少女之手。與《古詩十九首·迢迢牽牛星》：『纖纖擢素手』，唐韋莊《河傳》：『翠娥争勸臨邛酒。纖纖手』中的『纖纖……素手』、『纖纖手』同意。李清照年輕時，大抵開懷的事都要做得盡興的。其《如夢令》云：『昨夜雨疏風驟。濃睡不消殘酒』，昨天夜裏，濃睡未能消除殘存的酒意。可見飲酒之多，是盡興的。另一首《如夢令》云：『興盡晚回舟，誤入藕花深處』，游興已盡，很晚纔泛舟回轉，錯誤地划到荷花的深處。説明易安的賞游也是要盡興的。玩耍呢，蕩鞦韆也如此。用力蕩平鞦韆，一次又一次。那『玉指纖纖嫩剥葱』（宋歐陽修《减字木蘭花》語），被鞦韆的彩繩勒得發紅、發木、發脹。因為過于疲倦，一面喘息，一面倦怠地整理着細嫩的雙手。

『露濃花瘦。薄汗輕衣透。』『露濃』，朝露濃重，説明這是個早晨。『花瘦』，鮮花有些衰萎了，『人間四月芳菲盡』，暗示這是初夏的早晨。濃濃的露華，潤濕了媚柳嬌楊，潤濕了假山怪石，潤濕了鞦韆的畫架、彩繩、踏板，也潤濕了將要凋落的花卉。一層輕汗浸透了少女輕柔的薄衣。作者點染了環境，暗示了季節時間，也寫出了她活動的激烈。

上片，寫女主人盡興地蕩完鞦韆，怡然休憩。

宋人洪覺範《鞦韆》詩云：『畫架雙栽翠絡偏，佳人春戲小樓前。飄揚血色裙拖地，斷送玉容入青天。花板潤沾紅杏雨，彩繩斜挂緑楊烟。下來閑處從容立，疑是蟾宫謫降仙』，寫出小樓庭院景物的明麗和佳人蕩鞦韆立地的如仙姿容，可謂匠心獨運。着實是一幅『春日佳人蕩鞦韆圖』。但此詩與易安該詞内容不同，該詞上片着意渲染蕩鞦韆的盡興，疲倦，弛然小憩，而不是寫如何蕩韆，故從『蹴罷鞦韆』開筆，為下文忽有人來的窘迫、緊張作了敷陳和鋪墊。

『見有人來，襪剗金釵溜。和羞走。』封建社會中婦女是受禁錮的，尤其是豪門閨秀，往往是大門不出，二門不邁，長期如此她們益加羞見生人。女主人蕩完鞦韆，正在綠陰旁，畫架下，花草間放心休息，由于疲倦，鞋也未穿，衣襟微敞，散着汗。這時，突然見到有個陌生人闖進園裏來了。在意想不到毫無準備的情況下，她手忙脚亂，不知所措，已經來不及穿鞋理衣，衹好襪底着地，霍然跑回屋門，忙得連頭上的金釵也滑脱了。南唐李煜《浣溪沙》有『佳人舞點金釵溜』句，宋劉過《賀新郎》有『看舞徹、金釵微溜』句，其中的『金釵溜』都是寫美人翩舞而使頭上的金釵滑落。易安的『金釵溜』不是因為舞蹈，而是快跑顛蕩所致，但我們仍然可以想象得出那飄然優美的芳姿。『和羞走』，含着羞跑了。作者用攝神之筆，把少女心地的純真、性格的活潑、肢體的輕靈寫得形神生鮮。

『倚門回首。却把青梅嗅。』『倚門』，這是詩詞裏常見的形象，如五代毛熙震《河滿子》：『獨倚朱扉閑立，誰知別有深情』；五代牛嶠《望江怨》：『倚門立，寄語薄情郎』；唐韋莊《清平樂》：『含愁獨倚金扉』，多寫含情脉脉的情態。易安『回首』做什麽？顯然是想弄清闖進來的是誰？是什麽樣的人？或是出于禮貌，或是出于害羞的心理，總是不能直巴巴地看人，趕快折取青梅，一面嗅着，一面遮掩窘態，一面窺察來者，神靈姿秀，嫵媚動人。

作者在寥寥的四十一字中，塑造了一個純潔、活潑、聰敏、勇敢、多情的少女形象。特别是通過人物的行動：『蹴』、『起來』、『慵整』、『見』、『剗』、『走』、『溜』、『倚』、『回首』、『嗅』和肖像描寫：『薄汗輕衣透』、『和羞』、『金釵溜』等，揭示了人物的精神韵致及内心的情愫，文筆清新而細膩，平淡而奇横，使作品產生了強烈的藝術魅力。

上闋，寫蕩韆的盡興，疲倦，怡然小憩，這是『弛』；下闋，寫忽見人來的緊張、回避、及倚門回頭嗅梅窺視的情態。這是『張』。上下一弛一張，相映成趣。

此詞也有所本。唐人韓偓《偶見》（一作《鞦韆》）詩云：『鞦韆打困解羅裙，指點醍醐索一樽。見客入來和笑走，手搓梅子映中門』（《全唐詩》六八三頁，韓偓四）。其中『鞦韆打困解羅裙』，這與易安詞『蹴罷鞦韆，起來慵整纖纖手』，光着襪子休息相類似，都是寫打鞦韆困倦情狀的。韓詩的『見客入來』與李詞『見有人來』文字、句意逼肖。韓詩的『和笑走』與李詞『和羞走』衹一字之差，句式也完全相同。韓詩的『映中門』與李詞的『倚門』，人物的動作都没有離開門，衹是一個隱着（『映』，《説文解字》釋為『隱』也），一個靠着。韓詩的『手搓梅子』與李詞的『却把青梅嗅』，人物動作所及都是『梅』，不過一個是『搓』，一個是『嗅』。從比較看出，李詞與韓詩逼似，難道是易安妙手偶得嗎？巧合的可能性是很小的。但并非踏襲，這是明顯的。韓偓詩寫少女打畢鞦韆疲乏了，『解羅裙』休憩，呼要一杯精製的乳汁，充饑解渴。正在這時，忽有客人闖入，穿裙子已來不及，她含着笑逃跑了，手里揉搓着梅子，隱蔽在中門的後面。易安詞意，踏完鞦韆，倦怠了，『慵整纖纖手』，『薄汗輕衣透』，光着襪子休息，在這時發現有生人來此，已經來不及穿鞋，多麽不體面不好意思呀，衹好襪底着地、含羞逃走了，頭上的金釵也滑脱了。靠着門回頭，一面嗅着青梅，一面窺視來者。兩詩詞神似，衹是人物的具體行動情態有所不同。在類似的環境、場合，『羞』字比『笑』字更能揭示少女的内心世界，更能突現緊張窘迫情況下少女的情狀。因此，『羞』較『笑』卓犖。韓詩《偶見》結句：『手搓梅子映中門』也没有易安《點絳唇》結句：『倚門回首。却把青梅嗅』那樣少女的形象神韻靈秀，姿態嫻雅，含情脉脉，令人回味無窮，有青出于藍之奇。易安運化唐詩渾如天成，如同己出。

古今詩人墨客，隱括前人詩意，點化前人詩句，雖大家不能免。唐人王勃《滕王閣序》名句：『落霞與孤鶩齊飛，秋水共長天一色』，由南北朝庾信《馬射賦》：『落花與芝蓋齊飛，楊柳共春旗一色』脱化而來，却獨絶千古。晋無名氏《且住为佳帖》云：『天氣殊未佳，汝定成行否。寒食近，且住為佳爾』，宋辛弃疾《霜天曉角》云：『明日万花寒食，得且住，為佳耳』，由前翻出。

《詞苑叢談》評曰：『晋人語本入妙，而詞又融化之如此，可謂珠璧相照耳』。魯迅《自嘲》名句：『横眉冷對千夫指，俯首甘為孺子牛』由清洪亮吉《北江詩話》一楹聯：『酒酣或化莊生蝶，飯飽甘為孺子牛』換骨。元人鄭奎妻《春詞》：『鞦韆蹴罷鬢鬖髿，粉汗凝香沁緑紗』，蓋本易安此詞。

文學上這種化用、隱括、脱胎換骨，絲毫不能損害作家的形象，降低作品的價值，正反映文學的繼承和發展、相互藉鑒的關係。

此詞，語新意雋，纖穠典雅，風韻動人。從格調上看當屬早期詞作。

【選評】

[一]　**明·茅暎**：《崔徽傳奇》中儘人調戲，句意本此。（《詞的》）

[二]　**明·沈際飛**：片時意態，淫夷萬變。美人則然，紙上何遽能爾。（《草堂詩餘續集》）

[三]　**明·錢允治等**：曲盡情悰。（《類編箋釋續選草堂詩餘》）

［四］ **明·卓人月　徐士俊**：入若士《紫釵記》。（《古今詞統》）

［五］ **明·潘游龍等**：『和羞走』下如畫。（《古今詩餘醉》）

［六］ **清·賀　裳**：至無名氏『見客入來，襪剗金釵溜。和羞走。倚門回首，却把青梅嗅』，直用『見客入來和笑走，手搓梅子映中門』二語演之耳。語雖工，終智出人後。（《皺水軒詞筌》）

［七］ **清·李　佳**：李後主詞：『爛嚼紅絨，笑向檀郎唾。』李易安詞：『倚門回首，却把青梅嗅。』汪肇麟詞：『待他重與畫眉時，細數郎輕薄。』皆酷肖小兒女情態。（《左庵詞話》）

［八］ **清·陳世焜（廷焯）**：旎邐叙來，情態如畫，自是妙作。（《雲韶集》）

［九］ **清·陳廷焯**：情態如畫，微傷莊雅。（《詞則》）

［一〇］ **唐圭璋**：且清照名門閨秀，少有詩名，亦不致不穿鞋而着襪行走。含羞迎笑，倚門回首，頗似市井婦女之行徑，不類清照之為人，無名氏演韓偓詩，當有可能。（《詞學論叢·讀李清照詞札記》）

［一一］ **馬興榮**：有人大約就是以封建社會的深閨少女總是遵守『禮』的，溫順的，循規蹈矩的，羞答答的這個尺度來衡量李清照《點絳唇》這首詞，所以懷疑它不像大家閨秀李清照的作品。我想，追求自由的李清照假如地下有知的話，她是會笑這些人未免太封建了。

又：李清照這首《點絳唇》語言質樸，形象生動逼真，不但有心理描寫，而且有一定的深意，的確是一首寫封建社會的少女（詞人的自我寫照）的好作品。它和李清照的著名詞作《一剪梅》（『紅藕香殘玉簟秋』）、《醉花陰》（『薄霧濃雲愁永晝』）、《武陵春》（『風住塵香花已盡』）、《聲聲慢》（『尋尋覓覓』）等完全可以媲美。（《唐宋詞鑒賞集·語樸·形真·意深》）

［一二］ **《中國文學史》**：她的《點絳唇》非常傳神地塑造了一個頑皮、活潑而美麗的少女的形象，情調却是健康明快的。（北大一九五五級集體編寫）

［一三］ **艾治平**：在作者用她的藝術彩筆為自己刻繪的衆多的『肖像畫』裏面，這一幅有其特殊的格調。從綫條上看，可能有點稚嫩，但并不纖弱；從構圖上看，雖是輕淺的勾勒，但它生動傳神：眉眼盈盈的少女，顯示出了她的靈心慧性。（《宋詞的花朵》）

［一四］徐永端：因此像『眼波纔動被人猜』（《浣溪沙》）、『見客入來，襪剗金釵溜』（《點絳脣》），雖則頗生動，但詞意淺顯，不類易安手筆。須知她固然以『尋常語』作詞，但表達的是深意深情，描繪的是清新意境，不似這般淺俗。（《易安詞淺論》）

攤破浣溪沙

揉破黃金萬點輕。剪成碧玉葉層層。風度精神如彥輔，大鮮明。　梅蕊重重何俗甚，丁香千結苦粗生。熏透愁人千里夢，却無情。

——影印明刊十二卷本之《花草粹編》

【考辨】

◎歷代載籍著録此闋之詞調、題目：

調作《攤破浣溪沙（紗）》、《山花子》。無題。

◎歷代此闋著録為李清照（易安）詞之載籍：

［一］明・陳耀文纂（原署）《花草粹編》影印明刊十二卷本（卷四，第二六頁），收作李易安詞。

校記

調題：調作《攤破浣溪沙》。無題。目録調下小注：『《山花子》十二』。瑜注：『《山花子》即《浣溪沙》之別體。不過多三字兩結句，移其韵于結句耳。此所以有添字攤破之名』（《欽定詞譜》）。原雙調《浣溪沙》四十二字，前後結句各為七字，現各增三字，各成十字，又各分成兩句，為『攤』。更移韵新結句尾。總之，打『破』了原《浣溪沙》之體格，故稱此調為《攤破浣溪沙》。凡冠之以『添字』、『攤破』之詞調來源皆相類，別為一體。

正文：（此詞『大』原作『犬』，疑誤，據文淵閣《欽定四庫全書》本《花草粹編》更正）。『麄』同『麤』，『粗』的异體字。原『黙』、『犬』、『蘂』、『麄』、『夣』、『却』，兹改為正字『點』、『大』、『蕊』、『粗』、『夢』、『却』。（擇為範詞，底本）

附録：無。

［二］　明·陳耀文輯《花草粹編》文淵閣《欽定四庫全書》二十四卷本（卷七，第三三頁），收作李易安詞。

校記

調題：皆同範詞。

正文：皆同範詞。

附録：無。

［三］　明·陳耀文編（原署）《花草粹編》文津閣《欽定四庫全書》二十四卷本（卷七，總第六頁），收作李易安詞。

校記

調題：皆同範詞。

正文：『大』作『太』。

附録：無。

［四］　清·江標抄《李清照漱玉詞》汲古閣未刻詞二十二家本（手抄，不分卷頁，第二七首），上海圖書館藏，收作『宋易安居士李氏清照』詞。

校記

調題：調作《山花子》。無題。

正文：『輕』作『明』；『大』作『太』。

附録：無。

［五］　清·王鵬運輯《漱玉詞·補遺》，《四印齋所刻詞》本（第一頁），收作『李清照　易安』詞。

校記

調題：皆同範詞。調下注：『見汲古閣未刻本及《花草粹編》』。

正文：『輕』作『明』；『熏』作『巢』。

附録：無。

［六］　清·蕙風簃主箋《漱玉詞箋·補遺》中華圖書館石印本　中華民國四年六月版（不分卷，第一四頁），收作李清照詞。

校記

調題： 皆同範詞。

正文： 「輕」作「明」；「大」作「太」；「千結」作「初結」。

附録： 無。

［七］李文徛輯《漱玉集》冷雪盦叢書本（卷三，第四頁），收作李清照詞。

校記

調題： 皆同範詞。

正文： 「熏」作「薰」。

附録： 《花草粹編》。（尾注）

［八］趙萬里輯《漱玉詞》，《校輯宋金元人詞》本（第三頁），收作「李清照　易安」詞。

校記

調題： 皆同範詞。

正文： 皆同範詞。

附録： 《花草粹編》四。（尾注）

按：汲古閣未刻本《漱玉詞》收之。「輕」作「明」；「大」作「太」。

［九］唐圭璋輯《全宋詞》中州古籍出版社　兩冊本（上，第六四八頁），收作李清照詞。

［一〇］中華書局編《李清照集》（第八頁），收作李清照詞。

［一一］王仲聞《李清照集校注》人民文學出版社（第七二頁），收作李清照詞。

［一二］徐北文主編《李清照全集評注》濟南出版社（第一一九頁），收作李清照詞。

［一三］徐培均《李清照集箋注》上海古籍出版社（第一六〇頁），收作李清照詞。

◎歷代此闋著録他人或無名氏及存疑詞之載籍：

［一］黄墨谷《重輯李清照集》齊魯書社（卷三，第五二頁），「附」録收之。

附録： 刊削意見：此詞僅見《花草粹編》，詞意淺薄，不類清照之作。且清照所作咏梅之詞，情意深厚，有「此花不與群花比』之句，而此詞則云『梅蕊重重何俗甚』，非清照之作明矣。茲不録。

◎瑜按：

此詞有十餘種載籍收作李易安（清照）詞，黃墨谷祇是一家之疑，并無实據。撰者無异名，茲入《漱玉詞》。

【注釋】

［一］**精神**：見《新荷葉》（薄露初零）注。

［二］**彥輔**：即東晉樂廣，字彥輔。《世説新語·品藻》載：劉令言評諸名士：『王夷甫（衍）太鮮明，樂彥輔我所敬』（中州古籍版，第二〇二頁）。『太鮮明』此處係贊王衍而非彥輔。然樂廣亦是其敬仰的人。《晉書·樂廣傳》：『性冲約，有遠識。寡嗜欲，與物無競。廣與王衍俱宅心事外，名重于時。故天下言風流者，謂王、樂為稱首焉』（《二十五史精華》第二冊，第五七頁），并頌王、樂為『天下風流』之『首』。以名士風度精神比桂花，故云。

［三］**梅蕊**：指梅花的花蕊。唐杜甫《江梅》：『梅蕊臘前破，梅花年後多』。

［四］**丁香千結**：丁香結的花蕾繁多。宋蔡伸《念奴嬌》：『茂綠成陰春又晚，誰解丁香千結』。五代毛文錫《更漏子》：『偏怨別。是芳節。庭下丁香千結』。

［五］**苦粗生**：意謂產生很大的苦味。

【品鑒】

此詞是咏物詞。贊美桂花金黃的色澤，輕而小的花朵，層層的碧葉，沁人心脾的芳香。不僅贊揚她的『形』，而且贊揚她卓然的『神』。

頭兩句：『揉破黃金萬點輕。剪成碧玉葉層層。』寫桂花的形象。分別用『揉』、『剪』兩個動詞冠領，贊美桂花似有人工的藝術美。滿樹的黃色花朵，好像人揉碎了黃金撒滿了桂樹，隨風輕颺閃動。層層的碧葉綴滿了桂枝，好像是人用碧玉剪成。作者把小而輕的黃色桂花比成『金』粒，把綠色的桂葉比成『碧玉』片，這是比喻手法。贊揚了桂花的高貴，金花玉葉，黃綠輝映，旖旎動人。這是贊美桂花的自然美。

次兩句：『風度精神如彥輔，大鮮明。』『風度精神』為人類所共有，『風度精神如彥輔』，這是擬人手法，審美移情作用。使桂花的形神形成一個物我同一的藝術境界，給人以強烈的美感享受。他平和淡泊，不與群芳争艷。其『風度精神』像晉代樂廣（彥輔）一樣德高望重，一代風流。故詞人盛贊桂花這種『風度精神』太『鮮明』了。

上片，作者既稱頌桂花的形態美，又贊揚桂花的精神美。

換頭：『梅蕊重重何俗甚，丁香千結苦粗生。』轉而寫梅花。梅花『重重』的花瓣，從形態上看没有什麼突出之處，因而顯得凡庸。易安詞云：『此花不與群花比』（《漁家傲》）、『不知蘊藉幾多香，但見包藏無限意』（《玉樓春》），這都是對梅花贊美的佳句。此詞，與桂花相比而言，『梅』花顯得太庸俗，用以反襯桂花的超拔。丁香花簇簇擁結在一起，顯得太粗陋。詞人貶抑梅花、丁香，都是為了反襯桂花的卓爾不群。

結句：『熏透愁人千里夢，却無情。』是説，不僅桂花的形態逸群，而芳香更是濃烈襲人，致使愁人悠遠的『夢』境被『熏』破。不直説花香，而説香氣能熏破夢境，則桂花之香自見。這樣寫把花和人聯繫起來，更情味盎然。這與易安詞句：『酒醒熏破春睡，夢遠不成歸』（《訴衷情》）同一機杼。『却無情』，字面似責怪桂花的無情，實際是贊頌桂花的奇香無比。

上片頭二句，寫桂花的『形』，用比喻手法；次二句，轉寫桂花的『神』，用擬人手法。下片，頭二句，寫梅花、丁香的『形』，從側面反襯桂花的『形』；次兩句，寫桂花的芳香品質，用擬人手法。結構嚴緊，層次晰然，藝術手法可賞可鑒。

【選評】

［一］**黄墨谷**：此詞僅見《花草粹編》，詞意淺薄，不類清照之作。且清照所作咏梅之詞情義深厚，有『此花不與群花比』之句，而此詞則云『梅蕊重重何俗甚』，非清照之作明矣，茲不録。（《重輯李清照集》）

［二］**祝　誠**：這首《攤破浣溪沙》也是咏桂詞，同樣給予超乎梅花的評價。這甚至令人對其是否系清照所作産生懷疑。（見黄墨谷《重輯李清照集》）其實，同一詞人在不同的時刻，不同的場合，對同一事物給予不同乃至相反的評價，并無不可，『此亦一是非，比亦一是非』也。反之，如若衹準此詞人有一種單一的固定不變的審美意思、審美情趣、審美判斷，稍加變化便疑為僞作，這對已故詞人意味着什麼呢？我以為，這首《攤破浣溪沙》咏桂詞，正是易安從一個全新的視角出發，給予桂花以全新的關照和透視，從而發掘出了桂花的『風度精神』，進而體現了女詞人獨具特色的審美觀念。謂予不信，請一讀此詞。（《李清照作品賞析集》）

［三］**侯健　呂智敏**：全詞的重筆落在結句『熏透愁人千里夢，却無情』上，極寫桂花之濃香。詞人言其能熏透、潛入愁人的睡夢之中，把夢游千里、思親懷鄉的愁人熏醒，這種帶有誇張的想象可謂將桂花之香寫透寫絶，但詞人的筆致又是迴

環婉轉的，她責怪桂花把愁人從神游的美夢中熏醒是『太無情』，似乎是在貶抑桂花，其實不然，詞人的用意是在故作反語中顯示出桂花使人消魂攝魄的強烈魅力，以曲筆的手段進一步贊頌桂花芳馨的品格，于咏物中寄託了自己的情操與志趣。（《李清照詩詞評注》）

[四] **溫紹堃　錢光培**：這首詞通篇都用比喻，藉助這串珠般的巧筆妙喻，不僅把桂花、桂葉的顏色、形態、特點、精神、風度都寫得非常生動具體，真實傳神；同時也把她自己的感受、態度、好惡以及愁苦的情懷，委婉曲折地顯示了出來。另外，桂花的風度精神能如人的品格，桂花的撲鼻濃香能如人一般去破壞愁人的思鄉美夢，這種擬人手法，就更能突出事物的特徵和人物的心情。尤其最後一句，十分形象、真切地讓人感受到詞人對北國家園深摯的懷戀之情，真是寫得情真辭切，凄婉動人！（《李清照名篇賞析》）

[五] **徐培均**：此詞咏丹桂（金桂），蓋作于南渡以後，故歇拍云『熏透愁人千里夢，却無情』。按建炎年間，易安生活動蕩不定，此詞較閑雅，雖亦思鄉，然不如建炎時激烈，當作于紹興中定居杭州時。因繫于紹興十年（一一四〇）前後。（《李清照集箋注》）

[六] **王英志**：詞先從形態與『精神』兩個方面寫金桂：花如『黃金萬點』，葉如『碧玉』層層，均顯華貴之態；更有『風度精神』朗徹不俗，極其出色。詞人于金桂可謂不吝贊美之詞。然後則以金桂和『梅蕊』與『丁香』作比，褒此而貶彼。向來為清照所欣賞的梅花被貶為『俗甚』，丁香更是粗糙不堪，皆不可與金桂相媲美。出人意料的是歇拍却以『無情』否定了金桂，造成巨大跌宕，似匪夷所思。實際是金桂花香太濃烈，薰醒了夢中詞人，打擾了詞人千里思鄉美夢也。此詞寫對金桂的贊譽之詞以及與梅花、丁香作比較，都十分誇張，目的在于突顯思鄉之情。（《李清照集》）

攤破浣溪沙

病起蕭蕭兩鬢華。臥看殘月上窗紗。豆蔻連梢煎熟水，莫分茶。　枕上詩書閑處好，門前風景雨來佳。終日向人多蘊藉，木樨花。

——影印明刊十二卷本之《花草粹編》

【考辨】

◎歷代載籍著録此闋之詞調、題目：

調作《攤破浣溪沙（紗）》、《南唐浣溪沙》、《山花子》。無題。

◎歷代此闋著録為李清照（易安）詞之載籍：

［一］　明·陳耀文纂（原署）《花草粹編》影印明刊十二卷本（卷四，第二六頁），收作李易安詞。瑜注：李易安《攤破浣溪沙》（揉破黃金萬點輕）與此首連排，用『二』字銜接，衹前一首署名，此首撰者亦應為李易安，詳見《品令》（急雨驚秋曉）之『瑜按』。

校記

調題：調作《攤破浣溪沙》。無題。目録調下小注：『《山花子》十二』。瑜注：《山花子》，為《浣溪沙》的別體。詳見前《攤破浣溪沙》（揉破黃金萬點輕）【考辨】所收載籍：明陳耀文纂《花草粹編》（影印明刊本）之『瑜注』。

正文：此詞『煎』原似『剪』或『翦』，不清，徑改。『木』原作『朮』，疑誤，據文淵閣《欽定四庫全書》本《花草粹編》更正。原『蕭』、『鬢』、『窓』、『剪』、『處』、『朮犀』，茲改為正字『蕭』、『鬢』、『窗』、『煎』、『處』、『木樨』。（擇為範詞，底本）

附録：無。

［二］明・陳耀文輯《花草粹編》文淵閣《欽定四庫全書》二十四卷本（卷七，第三三頁），收作李易安詞。瑜注：李易安《攤破浣溪沙》（揉破黄金萬點輕）與此首連排，用『二』字銜接，衹前一首署名，此首撰者亦應為李易安，詳見《品令》（急雨驚秋曉）之『瑜按』。

校記

調題：皆同範詞。

正文：『煎』作『剪』。

附録：無。

［三］明・陳耀文編（原署）《花草粹編》文津閣《欽定四庫全書》二十四卷本（卷七，總第六頁），收作李易安詞。瑜注：李易安《攤破浣溪沙》（揉破黄金萬點輕）與此首連排，用『二』字銜接，衹前一首署名，此首撰者亦應為李易安，詳見《品令》（急雨驚秋曉）之『瑜按』。

校記

調題：皆同範詞。

正文：『梢』作『枝』；『煎』作『剪』（旁注：似『煎』或『煮』，不清）。

附録：無。

［四］清・沈辰垣等編《御選歷代詩餘》影印康熙内府本（卷一八，第九六頁），收作『宋媛　李清照』詞。

校記

調題：調作《南唐浣溪沙》。無題。

正文：『熟』作『熱』；『書』作『篇』。

附録：無。

［五］清・江標抄《李清照漱玉詞》汲古閣未刻詞二十二家本（手抄，不分卷頁，第二八首），上海圖書館藏，收作『宋易安居士李氏清照』詞。

校記

調題：調作《山花子》。無題。

正文：『書』作『詞』。

附録：無。

［六］清·葉申薌輯《天籟軒詞選》清嘉慶間刊本（卷五，第四九頁），收作李易安詞。

校記

調題：調作《山花子》。無題。

正文：『熟』作『熱』；『書』作『篇』。

附録：無。

［七］清·王鵬運輯《漱玉詞》，《四印齋所刻詞》本（第七頁），收作『李清照　易安』詞。

校記

調題：皆同範詞。

正文：『熟』作『熱』；『書』作『篇』。

附録：無。

［八］清·楊文斌輯録《三李詞》光緒庚寅夏香海閣刊本（卷三，第五頁），收作李清照詞。

校記

調題：調作《南唐浣溪沙》。無題。

正文：『熟』作『熱』；『書』作『篇』。

附録：無。

［九］清·蕙風簃主箋《漱玉詞箋》中華圖書館石印本　中華民國四年六月版（不分卷，第一二頁），收作李清照詞。

校記

調題：皆同範詞。

正文：『熟』作『熱』；『書』作『篇』。

附録：無。

［一〇］木石居士選輯　絳雲女史參校《歷代名媛詞選》民國十六年石印本（卷六，小令六，未注頁碼），收作李清照詞。

校記

調題： 皆同範詞。

正文： 『書』作『篇』。

附録： 無。

［一一］ 李文猗輯《漱玉集》冷雪盦叢書本（卷三，第五頁），收作李清照詞。

校記

調題： 皆同範詞。

正文： 『熟』作『熱』；『書』作『篇』；『向』作『何』。

附録： 《歷代詩餘》。（尾注）

按：此闋《歷代詩餘》題《南唐浣溪沙》，據《詞律》云：此調本以《浣溪沙》原調結句破七字為十字故名《攤破浣溪沙》；後人因唐李主詞『細雨小樓』二句膾炙千古，竟名為《南唐浣溪沙》云云。

［一二］ 趙萬里輯《漱玉詞》，《校輯宋金元人詞》本（第三頁），收作『李清照　易安』詞。

校記

調題： 皆同範詞。

正文： 『熟』作『熱』。

附録： 《花草粹編》四、《歷代詩餘》十八。（尾注）

［一三］ 唐圭璋輯《全宋詞》中州古籍出版社　兩冊本（上，第六四八頁），收作李清照詞。

［一四］ 中華書局編《李清照集》（第八頁），收作李清照詞。

［一五］ 王仲聞《李清照集校注》人民文學出版社（第七二頁），收作李清照詞。

［一六］ 黃墨谷《重輯李清照集》齊魯書社（卷三，第三六頁），收作李清照詞。

［一七］ 徐北文主編《李清照全集評注》濟南出版社（第一一七頁），收作李清照詞。

［一八］ 徐培均《李清照集箋注》上海古籍出版社（第一一八頁），收作李清照詞。

◎歷代此闋著録他人或無名氏及存疑詞之載籍：

雖廣徵博采而未見。

◎ **瑜按：**

綜上，此詞近二十種載籍收作李易安（清照）詞，且撰者無异名，玆入《漱玉詞》。

【注釋】

［一］**蕭蕭：** 見《清平樂》（年年雪裏）注。

［二］**豆蔻：** 多年生草本植物，開淡黄色花，仁、花可入藥。明李時珍《本草綱目》載，豆蔻『仁』主治『溫中、心腹痛、嘔吐……』，『花』主治『下氣、止嘔逆、除霍亂……』多種疾病。五代毛文錫《中興樂》：『豆蔻花繁烟艷深。丁香軟結同心。』宋程垓《雨中花令》：『豆蔻濃时，酴醿香处，试把菱花照』。

［三］**熟水：** 宋時的一種飲品。《事林廣記》別集（卷七）載《造熟水法》云：『夏月，凡造熟水，先傾百煎滾湯在瓶器內，然後將所用之物投入，密封瓶口，則香倍矣。』此詞易安煎制的為『豆蔻熟水』，其製作方法于《事林廣記》別集（卷七）載：『白豆蔻殼揀净，投入沸湯瓶中，密封片時用之，極妙。每次用七個足矣，不可多用，多則香濁。』（宋陳元靚編，中華書局影印）

［四］**分茶：** 見《轉調滿庭芳》（芳草池塘）注。

［五］**蘊藉：** 見《玉樓春》（紅酥肯放瓊苞碎）注。

［六］**木樨花：** 即桂花。宋程垓《滿江紅》：『待歸來、閑把木樨花，重熏却』。宋洪適《生查子》：『一掬木樨花，泛泛玻璃盞』。

【品鑒】

趙明誠于公元一一二九年（建炎三年乙酉）八月十八日卒于建康，平時夫婦恩深情篤，每次分別，對他們都是一場災難。易安又哪堪明誠的永訣！摧肝裂膽，痛不欲生，這是自然的。于是她得了重病。《金石録後序》載：『葬畢，余無所之……余又大病，僅存喘息。』可見明誠卒及清照病都在秋天。此詞中所言之『病起』，又在『木樨花』即桂花開放的秋日，這在季節上説與明誠卒後清照大病時節是相符的。《金石録後序》又云：『獨餘少輕小卷軸書帖，寫本李、杜、韓、柳集，世説、鹽鐵論，漢、唐石刻副本數十軸，三代鼎鼐十數事，南唐寫本書數篋，偶病中把玩，搬在卧內者，巋然獨存』，其中『偶病中把玩』，與此詞中的『病起蕭蕭兩鬢華』、『枕上詩書閑處好』，又是相符的，縱上觀之，此詞的寫作時代，當在明誠卒後，清照之大病初愈。

『病起蕭蕭兩鬢華。』『病起』，從病中挺起身。作者没寫為何而病？病情怎樣？而是從一場病的結果寫起。女主人經過床褥的輾轉，病痛的折磨，與疾病的頑强鬥争，終于戰勝了病魔，挺起了身。身體的衰弱不必説，經過這場病，女主人兩邊耳際的頭髮，短而稀疏，并且生出了白髮。『蕭蕭』，頭髮短而稀疏的樣子。此詞的開頭，與易安《武陵春》開頭，『風住塵香花已盡』，《好事近》開頭：『風定落花深』，有相似之處，都是從一件事情的結局寫起。《武陵春》、《好事近》開頭，使讀者從『塵香花已盡』、『落花深』，油然而聯想起風勢之狂暴，昔日百花競放、姹紫嫣紅等種種景象。此詞的首句，會自然引起讀者的神思飛越：女主人為什麽病？病情如何？産生了一系列的問號和想象。這種開頭，耐人尋味。從病的結果『蕭蕭兩鬢華』上看，病情是夠嚴重的了，頭髮有脱落的迹象。『華』，説明不僅是病促成的，還有一種『愁』的成分在里邊。唐李白《秋浦歌》（十五）：『白髮三千丈，緣愁似個長』，説明『愁』與『白髮』的因果關係。這種『愁』，又可能是造成『病的主要原因。一病起來，兩『鬢』白了，髮白并非旦夕之事，説明病的時間之長。

『卧看殘月上窗紗。』『卧看』，躺在床上望。與唐羅隱《新月》：『禁鼓初聞第一敲，卧看新月出林梢』，其中的『卧看』意同。『殘月上窗紗』，與五代魏承班《漁歌子》：『窗外曉鶯殘月』，頗似，蓋寫早晨的景象。『殘月』，殘缺的月亮。唐杜牧《秋夕》：『天階夜色凉如水，卧看牽牛織女星』，寓意遥深。孤寂的宫女，夜間倒在床上望着牽牛織女星，心里絶對不是滋味，兩星尚能一年一度一相逢，自己却常處冷宫，無機緣相見，綿綿怨愁，其何能已。作者寫風寫雨，筆無虚設，這裏突出宫女的幽怨，凄寂的心境。此詞，作者寫『卧看殘月』亦是別有用意的，運意深婉。『花好月圓』象徵着人們的幸福美滿。女主人望着殘缺的月亮，心境陣陣酸楚，自己心愛的丈夫新亡，溫馨的愛情生活受到徹底的破壞，自己又遭到疾病的折磨，多麽像一個虧損蒼白的殘月。此言揭示出女主人隱秘的内心世界。我以為，頭兩句為倒裝，先『卧看』，後『病起』。這是寫拂曉女主人卧看殘月，從病中挺起的情景。

『豆蔻連梢煎熟水，莫分茶。』女主人雖然從大病中挺起身，但身體依然虧損虚弱得厲害，需繼續用藥、將養和休息。女主人服用的是用豆蔻連同枝葉一起煎制的熟水，即『豆蔻熟水』。『豆蔻』，藥性去寒濕；『茶』性，據説是助濕，藥性相反，故『莫分茶』，即不沏茶之意。

上片，寫大病初愈，服藥將養的情景。

『枕上詩書閑處好，門前風景雨來佳。』過變，用一對偶句寫出令人開懷的兩幅畫面。女主人在病中，不能下地做事，挺起身坐在床上，故稱『閑處』；倚在枕上作詩讀書是很令人解悶的，故贊其『好』。門前的風光景物經過一場雨的冲洗之後格外清新，秀爽，旖旎。易安之病似乎因為明誠病逝而過度哀傷，北國的淪喪，金寇的進犯，個人和國家的前景渺茫等多種因素釀成的，女主人的心情可想而知。但作者所寫的兩幅畫面，一個曰『好』，一個曰『佳』，似乎『情』與『景』格格不入，不諧調一致。我總覺得，這是女主人盡力往好處想，往佳處看，一種自我開解的方式。本來『大病，僅存喘息』，再去哀傷憂愁，人是很危險的。也正因為如此，纔使女主人從大病中挺起，可見女主人自我克制的剛毅和曠達的性格。

『終日向人多蘊藉，木樨花。』女主人從病中挺起，坐在床上，望着窗外盛開的桂花。庭院中，還會有奇樹异卉，作者衹把注意力放在桂花上，説明女主人對桂花是有特殊的感情和興趣的。易安的《鷓鴣天》：『暗淡輕黄體性柔。情疏迹遠衹香留。何須淺碧深紅色，自是花中第一流』；《攤破浣溪沙》：『揉破黄金萬點輕。剪成碧玉葉層層。風度精神如彥輔，大鮮明』，都表明她對桂花別是一般的贊賞。病中為了開解，使心情敞亮，心境曠達，有時在枕上看書寫詩，有時望望門前雨後格外清新的風光。為了引起自己的興致，她不斷更換觀察點，又把注意力轉到桂花上。女主人眼裏的桂花是個什麼樣子呢？

『終日向人多蘊藉』。『蘊藉』，易安《玉樓春》也有『不知蘊藉幾多香，但見包藏無限意』句，其中的『蘊藉』，都是含蓄寬容不顯露之意。作者在這裏賦予桂花以人的感情。似乎木樨花終日含情脉脉，向着人默默不語，蘊涵着無限的情意。作者在這裏贊賞桂花的是『蘊藉』，即一種含蓄的美。易安之所以稱她『自是花中第一流』，因為她『暗淡輕黄』，似乎不甚濃艷，不特別媚人眼目，體態輕盈，性格柔和，但蘊蓄着濃郁的芳香。非菊花、梅花所能比擬的。桂花的精神風度，多麽像東晉的樂廣（彥輔），淡泊溫雅，與世無争，似乎不怎樣引人注意，但確是個天下風流，名垂于世的。從作者在下片寫的『枕上詩書閑處好』、『門前風景雨來佳』、『終日向人多蘊藉』的木樨花三個令人欣悦、振奮的圖景來看，女主人是在追求一種精神上的寬慰和解脱，藉以戰勝病魔。

上片，寫大病初起，服藥將養的情景。下片，寫病中挺起見到的美好景象，以求解脱，振起。

作者所擷取的都是家庭生活中的一些事物：『病起』、『卧看』、『窗紗』、『豆蔻』、『分茶』、『枕』、『門』、『木樨花』，故此詞充滿濃郁的生活氣息。讀者容易産生共鳴，獲得意想不到的藝術感受。

病中對周圍環境的贊賞，這是一種自我寬慰，一種自我排遣，一種自我解脱，反映了女主人那種自我克制的剛毅性格。從『病起蕭蕭兩鬢華。卧看殘月上窗紗』兩句來看，在令人開懷的景物背後，隱含着女主人深沉濃重的哀愁，這正是女主人致病的原因。但這種哀愁是藏而未露的，耐人尋味的。恩格斯説作家的思想感情，『應該從場面和情節中自然而然地流露出來，而不應當特別把它指點出來』（《致敏娜·考茨基》），這樣的文藝作品纔是高超的。此詞體現了委婉含蓄的藝術美質。

此外，擬人手法、對偶句的運用，在表達上也取得了良好的效果。

【選評】

[一] **周篤文**：這是一首病後遣懷之作，却寫得從容暇豫，自然湊泊，沒有一點蹙額鎖眉之苦態。在漱玉後期作品中，可謂別具一格。《攤破浣溪沙》一名《山花子》。是將《浣溪沙》之兩結七字句，破為七、三兩句式。變其伶仃祇句式的結尾為偶句式，仍用平韵。略加變化，便顯得參差錯落，活潑有態了。這首小詞寫了女詞人的聞見與感受。時間不過一天，範圍不離病榻。它沒有什麼動人的情節和新奇的事物。用的是平常的口語，寫的是日常的生活，却章法謹嚴，能以淡語傳神頗饒理趣，令人回味不禁。（《李清照詞鑒賞》）

[二] **溫紹堃　錢光培**：全詞章法謹嚴，跌宕有致。上片重在寫詞人飽經憂患，貧病交加的情態和感時傷世的愁腸；下片則極寫其自尋解脱、自我寬慰，同時文字也愈趨平淡、愈趨舒緩。但是，在這恬静閑適的話語中，却仍然暗寓着悱惻難言的憂思；在這紆徐平淡的筆墨里始終蘊含着詞人不盡的辛酸。（《李清照名篇賞析》）

[三] **王思宇**：清照當宋室南渡之後，丈夫病死，孤身漂泊于杭州、越州（今浙江紹興市）、台州（今浙江臨海縣）、金華等處，所作多危苦之詞。或許由于久病初癒，使人欣慰吧，此詞格調輕快，心境怡然自得，與同時其他作品很不相同。通篇全用白描，語言樸素自然，讀來情味深長，有如詞中贊美的木樨一樣醞藉有致。（《唐宋詞鑒賞辭典》上海辭書出版社）

[四] **平慧善**：本詞為病後所作，寫的是病後初癒的日常生活。上片寫晚上。詞人久病坐起，發現形容頓減。『卧看殘月上窗紗』，表現了療養者的静觀之趣。以豆蔻熟水療疾代茶，也恰是詞人病榻生涯的寫照。下片寫白天，病中閑日，枕上閱詩書解悶，又欣賞門前細雨飄香的景色，『雨來佳』，表現出天氣炎熱，秋雨送爽的喜悦心情。『桂花』三四句移情入景，透露出病後生機。本詞明白如話，自然渾成。（《李清照詩文詞選譯》）

[五] **侯健　吕智敏**：此詞描寫晚年生活，雖不似《聲聲慢》那般『凄凄慘慘戚戚』，也不似《武陵春》那樣『欲語泪先流』，但通篇都籠罩着一片淡淡的閑愁。筆調和舒平緩，不作驚人之筆，也沒有強烈的感情波瀾，貌似平淡索然，但反複品誦，却很耐人尋味。（《李清照詩詞評注》）

[六] **徐培均**：《金石録後序》謂趙明誠建炎三年（一一二九）八月十八日因病痁（瘧疾）而卒于建康，『葬畢，余無所之

……余又大病，僅存喘息。』此詞歇拍云『木樨花』時令相合，因知當作于是歲八月。（《李清照集箋注》）

［七］王英志：上片是記事，下片則基本是議論，表白自己竭力減輕悲痛的方法：一是以于僻静卧室，枕上作新詞，以宣泄情緒；二是觀賞門前秋雨綿綿之景，平撫心境；三是把那株桂花樹擬人化當成伴侣，向其傾述心聲。當然，詞人的悲痛短時間是無法消除的，祇有時間纔是醫治痛苦的醫師。詞人心情雖然『杞婦之悲深』（《祭趙湖州文》），但此詞却寫得很平淡，因為最痛苦的階段已過去，開始平静地對待命運了。（《李清照集》）

慶清朝

禁幄低張，彤欄巧護，就中獨占殘春。容華淡伫綽約，俱見天真。待得群花過後，一番風露曉妝新。妖嬈艷態，妒風笑月，長殢東君。　東城邊、南陌上，正日烘池館，競走香輪。綺筵散日，誰人可繼芳塵。更好明光宮殿，幾枝先近日邊勻。金樽倒，拚了盡燭，不管黄昏。

——影印明刊十二卷本之《花草粹編》

【考辨】

◎歷代載籍著録此闋之詞調、題目：

調作《慶清朝》、《慶清朝慢》。無題。

◎歷代此闋著録為李清照（易安）詞之載籍：

［一］　明·陳耀文纂（原署）《花草粹編》影印明刊十二卷本（卷一〇，第一頁），收作李易安詞。

校記

調題：調作《慶清朝》。無題。瑜注：據《欽定詞譜》此體為『雙調九十七字，前後段各十句，四平韵』。上此調已九十八字，『妖嬈艷態』，應為三字，多一『艷』字。

正文：原『竚』、『畨』、『粧』、『妬』、『竟』、『㡬』、『匀』、『拚』，茲改為正字『伫』、『番』、『妝』、『妒』、『競』、『幾』、『勻』、『拚』（瑜注：《現代漢語規範詞典》：『同「拼」。現在一般寫作「拼」』）。（擇為範詞，底本）

附録：無。

［二］明・陳耀文輯《花草粹編》文淵閣《欽定四庫全書》二十四卷本（卷一九，第二頁），收作李易安詞。

校記

調題：皆同範詞。

正文：皆同範詞。

附録：無。

［三］明・陳耀文編（原署）《花草粹編》文津閣《欽定四庫全書》二十四卷本（卷一九，總第九二頁），收作李易安詞。

校記

調題：皆同範詞。

正文：皆同範詞。

附録：無。

［四］清・沈辰垣等編《御選歷代詩餘》影印康熙内府本（卷六四，第三二四頁），收作「宋媛　李清照」詞。

校記

調題：調作《慶清朝慢》。無題。

正文：「彤」作「雕」；「伫」作「泞」；「艷態」作「態」；「散日」作「散目」；「殿」作「裹」；「近」作「向」；「盡」作「晝」。

附録：無。

［五］清・王奕清等纂修《欽定詞譜》影印康熙内府刻本（卷二五，第二二頁），收作李清照詞。

校記

調題：皆同範詞。調下注：「一作《慶清朝慢》」。

正文：「伫」作「泞」；「艷態」作「態」；「拚」作「拌」；「管」作「愛」。

附録：略（瑜注：詞調解説）。

［六］清・江標抄《李清照漱玉詞》汲古閣未刻詞二十二家本（手抄，不分卷頁，第四八首），上海圖書館藏，收作「宋

易安居士李氏清照」詞。

校記

調題： 皆同範詞。

正文： 「彤」作「雕」；「待得」作「得待」；「妖嬈艷態」作「妖嬌嬈態」；「散日」作「日散」；「殿」作「裏」。

附録： 無。

［七］清・王鵬運輯《漱玉詞》，《四印齋所刻詞》本（第八頁），收作「李清照　易安」詞。

校記

調題： 調作《慶清朝慢》。無題。

正文： 「彤」作「雕」；「伫」作「沱」；「艷態」作「態」；「散日」作「散目」；「殿」作「裏」；「近」作「向」；「盡」作「畫」。

附録： 無。

［八］清・楊文斌輯録《三李詞》光緒庚寅夏香海閣刊本（卷三，第一七頁），收作李清照詞。

校記

調題： 調作《慶清朝慢》。無題。

正文： 「彤」作「雕」；「伫」作「泞」；「艷態」作「態」；「殿」作「裏」；「近」作「向」。

附録： 無。

［九］清・蕙風簃主箋《漱玉詞箋》中華圖書館石印本　中華民國四年六月版（不分卷，第一二頁），收作李清照詞。

校記

調題： 調作《慶清朝慢》。無題。

正文： 「彤」作「雕」；「伫」作「沱」；「艷態」作「態」；「散日」作「散目」；「殿」作「裏」；「近」作「向」；「盡」作「畫」。

附録： 無。

［一〇］木石居士選輯　絳雲女史參校《歷代名媛詞選》民國十六年石印本（卷一三，長調二，未注頁碼），收作李清

照詞。

校記

調題：調作《慶清朝慢》。無題。

正文：「彤」作「雕」；「艷態」作「態」；「散日」作「散目」；「殿」作「裏」；「近」作「向」；「黄昏」作「殘春」。

附録：無。

［一一］李文裿輯《漱玉集》冷雪盦叢書本（卷四，第五頁），收作李清照詞。

校記

調題：調作《慶清朝慢》。無題。

正文：「彤」作「雕」；「伫」作「沱」；「艷態」作「能」；「散日」作「散目」；「殿」作「裏」；「近」作「向」；「盡」作「畫」。

附録：《花草粹編》、《歷代詩餘》、四印齋本《漱玉詞》。（尾注）

［一二］趙萬里輯《漱玉詞》，《校輯宋金元人詞》本（第九頁），收作「李清照　易安」詞。

校記

調題：調作《慶清朝慢》。無題。

正文：皆同範詞。

附録：《花草粹編》十、《歷代詩餘》六十四、《詞譜》二十五。（尾注）

［一三］王官壽輯《宋詞抄》中華民國十一年排印本（卷八，第二五頁），收作李清照詞。

校記

調題：皆同範詞。

正文：「彤」作「雕」；「伫」作「濘」；「艷態」作「態」；「散日」作「散目」；「殿」作「裏」；「近」作「向」。

附録：無。

［一四］唐圭璋輯《全宋詞》中州古籍出版社　兩冊本（上，第六四八頁），收作李清照詞。

［一五］中華書局編《李清照集》（第三五頁），收作李清照詞。

［一六］王仲聞《李清照集校注》人民文學出版社（第七五頁），收作李清照詞。

［一七］黄墨谷《重輯李清照集》齊魯書社（卷二，第二八頁），收作李清照詞。

［一八］徐北文主編《李清照全集評注》濟南出版社（第四三頁），收作李清照詞。

［一九］徐培均《李清照集箋注》上海古籍出版社（第二九頁），收作李清照詞。

◎歷代此闋著録他人或無名氏及存疑詞之載籍：

雖廣徵博采而未見。

◎瑜按：

此詞是咏牡丹的。總前，近二十種載籍收為李易安（清照）詞，撰者無异名，兹入《漱玉詞》。

【注釋】

［一］**禁幄：**宫廷保護花的帷幕。宋陳著《聲聲慢》：『珍叢鳳舞，曾是宣和，春風送歸禁幄』。

［二］**容華：**容顔。三國曹植《美女篇》：『容華耀朝日，誰不希令顔。』五代魏承班《訴衷情》：『雲雨別吴娃。想容華』。

［三］**淡伫：**淡雅安静地久立。宋李子正《減字木蘭花》：『瀟瀟細雨。雨歇芳菲猶淡伫。』宋無名氏《枕屏兒》：『水亭邊，山驛畔，一枝風措。十分似、那人淡伫』。

［四］**綽約：**形容女子姿態柔媚美好。唐韋莊《河傳》：『青娥殿脚春妝媚，輕雲裏。綽約司花妓。』宋陳亮《思佳客》：『花拂欄杆柳拂空，花枝綽約柳鬖松。』也用此詞形容花的柔和美麗。

［五］**天真：**天然純真。唐白居易《觀稼》：『言動任天真，未覺農人惡』。宋張先《慶春澤》：『風韵好天真，畫毫難上』。

［六］**妖嬈：**嫵媚動人。宋晏幾道《南鄉子》：『橋上女兒雙笑靨，妖嬈，倚着欄杆弄柳條。』宋王禹偁《海仙花詩》：『春憎窈窕教無子，天為妖嬈不與香』。

［七］**殢：**糾纏。宋柳永《歸去來》：『殢樽酒，轉添愁緒。』宋晁補之《金鳳鈎》：『一簪華髮，少歡饒恨，無計殢春且住』。

［八］**東君：**見《玉樓春》（臘前先報）注。

［九］**香輪：**飄着香味的車子。輪，指車子。宋晁端禮《一斛珠》『又被香輪，碾破青青草』。宋賀鑄《浣溪沙》：『九渠池邊楊柳陌，香輪軋軋馬簫簫』。

［一〇］**綺筵：**華貴的筵席。唐陳子昂《春夜別友人》：『銀燭吐清烟，金樽對綺筵』。五代魏承班《菩薩蠻》：『相見綺筵時。深情暗共知』。

［一一］明光宮：漢宮殿名。宋程大昌《雍録》：『漢明光宮有三：一在北宮與長樂相連，一在甘泉宮中，一為尚書奏事之地。』《三輔黃圖》：『桂宮在未央北，中有明光殿……』可見宮中有宮，宮中有殿。後世一般藉指皇宮。唐高適《塞下曲》：『畫圖麒麟閣，入朝明光宮』。宋蘇軾《劉莘老》：『再見明光宮，峨冠挹搢紳』。

［一二］日邊：指皇帝身邊。唐李白《永王東巡歌》：『南風一掃胡塵静，西入長安到日邊。』唐陳光《長安新柳》：『不同天苑景，先得日邊春』。

［一三］匀：匀稱。宋李之儀《早梅芳》：『嫩苞匀點綴，緑萼輕裁剪。』宋竇月《惜雙雙》：『仔細看、粉匀無迹』。

［一四］金樽：見《漁家傲》（雪裏已知）注。

【品鑒】

這是一首咏花詞。作者所咏為何花，却没有直述。上片『待得群花過後，一番風露曉妝新』與唐皮日休詩：『落盡殘紅始吐芳』（《牡丹》）同意；下片寫人們『競走香輪』，傾城晝夜激賞名花，這與唐劉禹錫詩：『唯有牡丹真國色，花開時節動京城』（《賞牡丹》）、宋邵雍詩：『須是牡丹花盛發，滿城方始樂無涯』（《洛陽春吟》）的情景相同，故此詞當是咏牡丹的。

開頭三句：『禁幄低張，彤欄巧護，就中獨占殘春。』作者從花幄花欄着筆，寫人們對牡丹愛護殊甚。『禁幄』罩着，并且『低張』，説明對花的格外珍惜。不僅如此，在它的外面還有『彤欄巧護』，『巧』，突出保護方法之妙，進一步説明人們對牡丹愛護備至。暮春時節，衆芳凋零，然牡丹却傲然怒放，表現出無限生機，仿佛獨占了殘存的春光，因此顯得更加可愛可貴。

次四句：『容華淡佇綽約，俱見天真。待得群花過後，一番風露曉妝新。』寫牡丹花的風采。她那清麗的容顏，挺拔的體態，柔美的姿質，都顯示她的天然美。群芳飄落了，牡丹經過了一番風吹露洗，却像早晨新妝的美女。這裏用擬人手法直接描寫了素色牡丹的秀媚婀娜。

後三句：『妖嬈艷態，妒風笑月，長殢東君。』又從側面反映了紅色牡丹的芳姿艷質，超群絶倫，討人垂愛。

換頭四句：『東城邊、南陌上，正日烘池館，競走香輪。』寫白天婦女競相打扮，争着乘車去栽培展覽牡丹的池館觀賞。『東城邊、南陌上』，寫賞客的紛至沓來。『烘』，一面表明陽光的暖煦，一面表明場面的熱鬧非凡。『競』，説明觀賞者的争先恐後，興致勃勃。

次四句：『綺筵散日，誰人可繼芳塵。更好明光宮殿，幾枝先近日邊匀。』白天飲酒賞花的豪華筵席已經散了，如果有人繼續觀賞牡丹那更好，開禁的明光殿裏有幾枝牡丹幸蒙皇帝的恩澤而先放，國色天香，雍容華貴，可以前去觀賞。從『日邊』及此詞的内容判斷，作者所寫的是北宋皇都汴梁觀賞牡丹的盛景。

結句：『金樽倒，拚了盡燭，不管黃昏。』寫人們夜以繼日飲酒觀花，不惜耗盡蠟燭，掌燈欣賞牡丹，興致極濃。

此詞上片寫各色牡丹的綽約妖嬈及人們對其分外珍惜和愛護；下片寫人們白日夜晚競賞牡丹的盛況及興高采烈的情致。清劉熙載云：『山之精神寫不出，以烟霞寫之；春之精神寫不出，以草樹寫之』（《藝概・詩概》）。下片作者極力渲染人們紛至沓來，驅動香輪，晝夜激賞牡丹，這是烘雲托月的寫法。以萬人空巷觀賞牡丹的盛況，襯托花中之王卓逸的自然美和超然的魅力。

此詞咏牡丹，又不露『牡丹』，不離不露，耐人玩味。文筆空靈，有一氣渾成之妙。

【選評】

[一] **岳國鈞**：這是一首咏芍藥的詞，作者把芍藥的生長環境寫在御花園中，是有明顯用意的。她筆下的芍藥，格調雖然不高，但却『獨占殘春』，贏得君王的寵愛和看花者的追慕，顯極一時。這種寫法，跟劉禹錫用玄都觀裏的桃花來影射朝中新貴的手法一樣，是用芍藥來影射北宋末年的官僚貴族。（《李清照研究論文集・略論李清照的詞》）

[二] **喻朝剛**：詞中對芍藥花的描繪，可以說是惟妙惟肖，生動傳神。作者不僅形象地刻畫了它那千姿百態的外貌，而且將其擬人化，賦予它以豐富的感情和美好的品格。展現在讀者眼前的，既是珍貴的名花，仿佛又是一位端麗莊敬的貴族少女。詞人對芍藥的咏贊，寄託了她的審美理想，融入了自己早年生活的體驗和情愫。在藝術構思方面，本篇層次井然，脉絡清晰。上片繪景狀物，下片叙事抒情。全詞雖未出現芍藥二字，但無論正面描寫還是側面烘托，處處都是圍繞着『獨占殘春』的芍藥花而展開的，含蓄藴藉，餘味無窮，給人以美的享受。（《宋詞精華新解》）

[三] **侯健　呂智敏**：據宋人錢易的《南部新書》記載，宋時有『三月十五日兩街看牡丹，奔走車馬』的風俗。李清照這首詞就記述了她青年時代于京城汴梁觀賞牡丹時的情景。……結句處，詞人極寫人們通宵達旦飲酒賞花如癡如狂的興致，淋漓酣暢地繪出秉燭宴飲賞花的熱鬧場面，抒發了詞人欣喜歡樂的情懷。（《李清照詩詞評注》）

[四] **陳祖美**：這首《慶清朝》也并不是咏牡丹，而是咏芍藥，何以見得呢？詞中有一處可作為內證的是：『就中獨占殘春』，也就是説此花在春末夏初開放。又説它『待得群花過後，一番風露曉妝新……常殢東君』，即又一次交代此花開在『群花』之後，能把春天留住。這不是芍藥是什麽？（《李清照詞新釋輯評》）

[五] **孫秋克**：這首詞并無詞題，也未明言所咏花名，但意態時節，應為咏牡丹花。關于這一點，有學者作過考證，我認為有理，故從之。（徐北文主編《李清照全集評注》本詞鑒賞，濟南出版社一九九〇年版）。（《李清照詩詞選》）

減字木蘭花

賣花擔上。買得一枝春欲放。泪染輕匀。猶帶彤霞曉露痕。　怕郎猜道。奴面不如花面好。雲鬢斜簪。徒要教郎比并看。

——影印明刊十二卷本之《花草粹編》

【考辨】

◎歷代載籍著録此闋之詞調、題目：

調作《減字木蘭花》。無題。

◎歷代此闋著録為李清照（易安）詞之載籍：

［一］明·陳耀文纂（原署）《花草粹編》影印明刊十二卷本（卷二，第六〇頁），收作李易安詞。

校記

調題：調作《減字木蘭花》。無題。

正文：原『淚』、『染』、『勻』、『鬢』、『簪』、『並』，兹改為正字『泪』、『染』、『匀』、『鬢』、『簪』、『并』。（擇為範詞，底本）

附録：無。

［二］明·陳耀文輯《花草粹編》文淵閣《欽定四庫全書》二十四卷本（卷四，第三二頁），收作李易安詞。

校記

調題：皆同範詞。

正文： 皆同範詞。

附録： 無。

［三］明・陳耀文編（原署）《花草粹編》文津閣《欽定四庫全書》二十四卷本（卷四，總第六六〇頁），收作李易安詞。

校記

調題： 皆同範詞。

正文： 皆同範詞。

附録： 無。

［四］清・江標抄《李清照漱玉詞》汲古閣未刻詞二十二家本（手抄，不分卷頁，第二三首），上海圖書館藏，收作『宋易安居士李氏清照』詞。

校記

調題： 皆同範詞。

正文： 『染』作『點』。

附録： 無。

［五］清・王鵬運輯《漱玉詞・補遺》，《四印齋所刻詞》本（第一頁），收作『李清照　易安』詞。

校記

調題： 皆同範詞。調下注：『見汲古閣未刻本及《花草粹編》』。

正文： 『染』作『點』。

附録： 無。

［六］清・蕙風簃主箋《漱玉詞箋・補遺》中華圖書館石印本　中華民國四年六月版（不分卷，第一四頁），收作李清照詞。

校記

調題： 皆同範詞。調下注：『見《花草粹編》』。

正文： 『染』作『點』。

附録： 無。

［七］ 李文裿輯《漱玉集》冷雪盦叢書本（卷三，第三頁），收作李清照詞。

校記

調題： 皆同範詞。

正文： 皆同範詞。

附録： 《花草粹編》、四印齋本《漱玉詞》。（尾注）

［八］ 唐圭璋輯《全宋詞》中州古籍出版社　兩冊本（上，第六四八頁），收作李清照詞。

［九］ 王仲聞《李清照集校注》人民文學出版社（第七一頁），收作李清照詞。

［一〇］ 徐北文主編《李清照全集評注》濟南出版社（第一〇七頁），收作李清照詞。

［一一］ 徐培均《李清照集箋注》上海古籍出版社（第九頁），收作李清照詞。

◎歷代此闋著録他人或無名氏及存疑詞之載籍：

［一］ 趙萬里輯《漱玉詞》，《校輯宋金元人詞》本（第一一頁），『附録一』收作『李清照　易安』『存疑』詞。

校記

調題： 皆同範詞。

正文： 皆同範詞。

附録： 《花草粹編》二。（尾注）

按：汲古閣未刻本《漱玉詞》收之，『染』作『點』。詞意淺顯，亦不似他作。

［二］ 中華書局編《李清照集》（第四三頁），『附録』收之。

附録： 按：此詞汲古閣未刻本《漱玉詞》及《花草粹編》收之，然詞意淺顯，疑非易安作。

［三］ 黄墨谷《重輯李清照集》齊魯書社（卷三，第五一頁），『附』録收之。

附録： 刊削意見：此詞僅見《花草粹編》，宋代總集均未録。詞筆膚淺儇薄，不類易安少作，玆不録。此詞趙萬里《漱玉詞》亦未録，輯入附録一存疑。

◎瑜按：

综上，趙萬里、中華書局、黄墨谷僅為疑慮，并無實證。趙萬里云：『詞意淺顯，亦不似他作』。僅『以詞意判斷真

僞』，似不足據信。最偉大的文學家，其作品也不能篇篇精粹。此詞十餘種載籍收為李易安（清照）詞，撰者無异名，茲入《漱玉詞》。

【注釋】

［一］**一枝春**：南朝陸凱《贈范曄》詩：『折梅逢驛使……聊贈一枝春』，詩人遂以『一枝春』代梅花。宋黄庭堅《劉邦直送早梅水仙》：『欲問江南近消息，喜君貽我一枝春』。

［二］**泪染**：眼泪濡濕，這裏指露水浸染之意。宋沈端節《南歌子》：『泪染羅巾猶帶、舊時香。』明陳子龍《點絳唇》：『春無主。杜鵑啼處。泪染胭脂雨』。

［三］**彤霞**：紅色彩霞。唐張碧《惜花三首》：『千枝萬枝占春開，彤霞着地紅成堆。』宋史浩《采蓮舞》：『彤霞出水弄幽姿。娉婷玉面相宜』。

［四］**猜**：窺見。宋歐陽修《南鄉子》：『花下相逢，忙走怕人猜』（見《宋元語言詞典》）。宋朱淑真《清平樂》：『嬌癡不怕人猜。隨群暫遣愁懷』。

［五］**簪**：名詞作動詞，即插于髮中。宋蘇軾《吉祥寺賞牡丹》：『人老簪花不自羞，花應羞上老人頭。』明林鴻《素馨花》：『素馨花發暗香飄，一朵斜簪近翠翹』。

［六］**徒**：空，白白地。唐李白《贈孟浩然》：『高山安可仰，徒此揖清芬。』漢無名氏《長歌行》：『少壯不努力，老大徒傷悲』。

［七］**比并**：這裏是比量的意思。敦煌詞《蘇幕遮》：『莫把潘安，才貌相比并。』宋葛長庚《滿江紅》『把他人比并，我還不錯』。

【品鑒】

此詞從内容和情調上看當屬李清照年輕時的詞作，表現了女主人對春花的喜愛，對美及愛情的追求。

上片：『賣花擔上。買得一枝春欲放。泪染輕勻。猶帶彤霞曉露痕。』『春』字點出節序。作者具體描繪了『花』的形象：含苞『欲放』，顏色如同『彤霞』，上面還點染着『曉露』。作者把花『帶彤霞曉露痕』，比成妍麗女子的『泪染輕勻』，這是擬人手法，亦花亦人，形神俱似，對花的贊美熱愛之情溢于言表。

下片：『怕郎猜道。奴面不如花面好。雲鬢斜簪。徒要教郎比并看。』寫女主人的心理活動。她以為自己的容貌美能勝過鮮花之美，但又擔心丈夫不能正確評價，于是她『雲鬢斜簪』，把鮮花放在臉側，讓丈夫『比并看』，希望丈夫作出使自己心滿意足的評價，并博得他深切的愛。

上片側重寫花美，是下片的襯墊，主要采用擬人的手法。這是明寫，實寫；下片側重寫人美，她堅信人面能勝過鮮花，襯托容貌之美，主要采用心理描寫的方法。這是暗寫，虛寫。上下實虛相生，明暗相濟，相得益彰。上有『烘雲』之巧，下有『托月』之妙。

此詞蓋祖于唐無名氏《菩薩蠻》：『牡丹帶露真珠顆。佳人折向庭前過。含笑問檀郎。花強妾貌強。檀郎故相惱。衹道花枝好。一面發嬌嗔。碎挼花打人。』主題相同。唐詞以人物對話及行動，表現夫妻間『打情鬥俏』的愛情生活，活靈活現，栩栩如生。易安此詞以人物心理活動及行動，表現夫妻間的『鬥俏』之愛情生活。雖說『雲鬢斜簪，徒要教郎比并看』，但這臨去的那一瞥，實際就是讓讀者看的，品評是人美花美？還是人面勝花容？給人以無窮之想象。二詞使人毫無雷同之感，各臻其妙。然易安詞以餘味勝出。

此詞活潑、清新、淺俗。其風格頗類『易安體』，與易安早期詞《怨王孫》（湖上風來波浩渺）、《小重山》（春到長門春草青）等甚似。其内容大膽歌頌愛情，似與李清照的愛情詞同一機杼。

此詞多種載籍均以為李清照所作。趙萬里輯《漱玉詞》以為此詞『詞意淺顯，亦不似他作』，王仲聞云：『以詞意斷判真偽，恐不甚妥』（《李清照集校注》），説得有道理。

【選評】

［一］**趙萬里**：詞意淺顯，亦不似他作。（《校輯宋金元人詞》之《漱玉詞》）

［二］**王仲聞**：以詞意判斷真偽，恐不甚妥，茲仍作清照詞，不列人存疑詞内。（《李清照集校注》）

［三］**梁乙真**：易安因生活環境之變易，故所作詞亦隨而异其色彩。四十六歲以前之詞決不同于晚年之凄凉頹廢也。觀上詞『如今憔悴，風鬟霧鬢』之語句，何等衰颯，回憶少女之生活『怕郎猜道，奴面不如花面好。雲鬢斜簪，徒要教郎比并看。』將不勝『人生幾何』之感矣！（《中國婦女文學史綱》）

又：『怕郎猜道，奴面不如花面好。雲鬢斜簪，徒要教郎比并看。』（減字木蘭花）此種描寫直能將少女情緒，和盤托出，而『眼波纔動被人猜。』抑又何其妖艷也。（同上）

［四］**侯健　吕智敏**：統觀全篇，筆法虛實相映，直接寫花處即間接寫人處，直接寫人處即間接寫花處；春花即是少女，少女即是春花，兩個藝術形象融成了一體。近人趙萬里認為『詞意淺顯，亦不似他作』，故將此指為偽作。（趙萬里輯《漱玉詞》）這種看法是没有道理的。從詞風來看，它明麗婉約，與早期易安詞《如夢令·常記溪亭日暮》等格調逼似，從

觀察生活的細膩，刻畫少女心理活動的真切以及提煉口語入詞的能力等方面看，更非他人所能相比。趙氏之説，恐系過分拘于禮教陳規，而厭弃此作描寫女子心理之大膽率真所致。（《李清照詩詞評注》）

［五］**徐培均**：全篇通過買花、賞花、戴花、比花，生動地表現了年輕詞人天真的態度、愛美的心情和好勝的脾性。讀後頗覺生動活潑，富有濃郁的生活氣息。（《唐宋詞鑒賞辭典》上海辭書出版社）

又：詞乃新婚後作。李清照《金石録後序》：『余建中辛巳，始歸趙氏。時……侯年二十一，在太學作學生。』建中辛巳，即徽宗建中靖國元年（一一〇一）。時清照年十八，故『閭巷荒淫之語，肆意落筆』（王灼《碧雞漫志》卷二），盡情表現青春氣息與新婚之樂。（《李清照集箋注》）

［六］**王英志**：此詞曾被趙萬里譏為『詞意淺顯』、不類李清照他作。『詞意淺顯』説明此詞有民歌風味，詞本來就是從民間來的，不足為奇；而且『淺顯』本為詞之一體，并非每首詞都須有微言奧意。若以此而否定此詞為李清照之作，實乃大謬。（《李清照集》）

瑞鷓鴣　雙銀杏

風韵雍容未甚都。樽前甘橘可為奴。誰憐流落江湖上，玉骨冰肌未肯枯。　誰教并蒂連枝摘，醉後明皇倚太真。居士擘開真有意，要吟風味兩家新。

——影印明刊十二卷本之《花草粹編》

【考辨】

◎**歷代載籍著録此闋之詞調、題目：**

調作《瑞鷓鴣》。題作『雙銀杏』、『銀杏』。瑜注：《欽定詞譜》云：『《宋史·樂志》《中呂調》，元高拭詞注《仙呂調》。《苕溪詞話》云：唐初歌詞多五言詩，或七言詩，今存者，止《瑞鷓鴣》七言八句詩。猶依字易歌也。按《瑞鷓鴣》原本七言律詩，因唐人歌之，遂成詞調。名曰：《舞東風》、《桃花落》、《鷓鴣詞》、《拾菜娘》、《天下樂》、《太平樂》、《五拍》。後有添字體、慢詞體，『皆與七言八句者不同』。此詞《瑞鷓鴣》（風韵雍容）調與五代馮延巳《瑞鷓鴣》（纔罷嚴妝）：『雙調五十六字，前段四句，三平韵；後段四句，二平韵』同。『此詞本律詩體，七言八句，宋詞皆同，其小异者，惟各句平仄耳』。已很明瞭。

◎**歷代此闋著録為李清照（易安）詞之載籍：**

［一］　明·陳耀文纂（原署）《花草粹編》影印明刊十二卷本（卷六、第一七頁），收作李易安詞。

校記

調題：調作《瑞鷓鴣》。題作『雙銀杏』。

正文：原『韻』、『廿』、『怜』、『氷』、『並』、『蔕』、『摘』、『倚』，茲改為正字『韵』、『甘』、『憐』、『冰』、『并』、『蒂』、

『摘』、『倚』。（擇為範詞，底本）

附録： 無。

［二］明・陳耀文輯《花草粹編》文淵閣《欽定四庫全書》二十四卷本（卷一一，第二一頁），收作李易安詞。

校記

調題： 皆同範詞。

正文： 皆同範詞。

附録： 無。

［三］明・陳耀文編（原署）《花草粹編》文津閣《欽定四庫全書》二十四卷本（卷一一，總第三五頁），收作李易安詞。

校記

調題： 調同範詞。題作『銀杏』。

正文： 皆同範詞。

附録： 無。

［四］清・王鵬運輯《漱玉詞・補遺》，《四印齋所刻詞》本（第一頁），收作『李清照　易安』詞。

校記

調題： 皆同範詞。調下注：『見《花草粹編》』。

正文： 皆同範詞。

附録： 無。

［五］清・蕙風簃主箋《漱玉詞箋・補遺》中華圖書館石印本　中華民國四年六月版（不分卷，第一四頁），收作李清照詞。

校記

調題： 皆同範詞。調下注：『見《花草粹編》』。

正文： 皆同範詞。

附録： 無。

［六］李文徛輯《漱玉集》冷雪盦叢書本（卷三，第八頁），收作李清照詞。

校記

調題：皆同範詞。

正文：『連』作『蓮』。

附録：《花草粹編》、四印齋本《漱玉詞》。（尾注）

［七］唐圭璋輯《全宋詞》中州古籍出版社　兩冊本（上，第六四八頁），收作李清照詞。

附録：按：趙萬里氏注云：虞真二部，詩餘絶少通葉，極似七言絶句，與《瑞鷓鴣》詞體不合。

［八］王仲聞《李清照集校注》　人民文學出版社　（第七三頁），收作李清照詞。

附録：按《花草粹編》收此篇作《瑞鷓鴣》，必非無據，尚未能斷為詩，茲乃編入詞内。

［九］徐北文主編《李清照全集評注》濟南出版社（第一二一頁），收作李清照詞。

按：上海新編《李清照集》以為此首乃歷來懷疑不是李清照之作品，未知何據。趙萬里僅疑其非詞而已。

◎歷代此闋著録他人或無名氏及存疑詞之載籍：

［一］趙萬里輯《漱玉詞》，《校輯宋金元人詞》本（第一二頁），『附録一』收作『李清照　易安』『存疑』詞。

校記

調題：皆同範詞。

正文：皆同範詞。

附録：《花草粹編》六。（尾注）

按：虞、真二部，詩餘絶少通葉。極似七言絶句，與《瑞鷓鴣》詞體不合。

［二］中華書局編《李清照集》（第四六頁），『附録』收之。

［三］黄墨谷《重輯李清照集》齊魯書社（卷三，第五三頁），『附』録收之。

附録：刊削意見：此詞僅見《花草粹編》。《瑞鷓鴣》通首一韵，此首上片真韵，下片虞韵，真虞通押，音韵不和諧。且上片第三句有『誰憐』句法，過變又用『誰教』，上下片詞意不連貫，茲不録。此詞趙萬里《漱玉詞》亦未録，録在附録一存疑，并謂似二絶句。

［四］徐培均《李清照集箋注》上海古籍出版社（第一七四頁），『存疑辨證』收之。

◎ 瑜按：

上多種載籍收作李清照（易安）詞。據《欽定詞譜》，此詞《瑞鷓鴣》（風韵雍容）調與五代馮延巳《瑞鷓鴣》（纔罷嚴妝）：『雙調五十六字，前段四句，三平韵；後段四句，二平韵』同。『此詞本律詩體，七言八句，宋詞皆同，其小异者，惟各句平仄耳』（詳見此詞【考辨】『歷代載籍著録此闋之詞調、題目』）。趙萬里輯《漱玉詞》認為：『按虞、真二部，詩餘絶少通葉。極似七言絶句，與《瑞鷓鴣》詞體不合。』這是一家之言，其收為李清照存疑詞是因詞體問題，是在格律上，不是撰者歸屬問題。即上諸多載籍在此詞撰者歸屬上并同，屬李清照詞無疑，兹入《漱玉詞》。

【注釋】

［一］**風韵雍容未甚都**：風韵：見《多麗》（小樓寒）注。雍容：溫文和雅，《昭明文選・吴質答魏太子箋》：『凡此數子，于雍容侍從，實其人也。』都：美好漂亮，《詩經・鄭風，有女同車》：『彼美孟姜，洵美且都』。

［二］**樽前甘橘可為奴**：明李時珍《本草綱目》（柑『釋名』）：『漢李衡植柑于武陵洲上，號為木奴焉』（重慶大學版，第三二〇頁）。酈道元《水經注》載：『龍陽之泛洲長二十餘里，吴丹陽太守李衡植桔于其上，臨死勅其子曰：「吾洲裏有木奴千頭，不責衣食，歲絹千匹……」』唐柳宗元《種柑樹》詩：『方同楚客憐皇樹，不學荊州利木奴。』前兩句是説，從表面上看銀杏的形象不怎麽突出，因此就把酒杯之前的柑橘也稱為『奴』，這樣貶低他們是不合情理的。

［三］**江湖**：這裏指四面八方五湖四海，即各地而言。唐白居易《村中留李三固言宿》：『明年身若健，便擬江湖去。』宋陳與義《除夜二首》：『萬里江湖憔悴身，冬冬街鼓不饒人』。

［四］**玉骨冰肌**：骨格如玉般高貴，肌膚如冰般美麗純潔。隱寓趙明誠李清照夫婦兩人之卓越品格，高尚情操。宋姚述堯《行香子》：『天賦仙姿。玉骨冰肌。』宋劉塤《賀新郎》：『玉骨冰肌，猶帶孤山瑞露』。

［五］**明皇醉後倚太真**：明皇，指唐明皇，即玄宗李隆基。楊貴妃，名玉環，號太真。周勛初《唐人遺事彙編・唐玄宗》：『明皇與貴妃幸華清宮。因宿酒初醒，憑妃子肩同看木芍藥。上親折一枝，與妃子同嗅其艷』（卷二，第一〇〇頁，第二一二條）。此句是寫雙銀杏的情態，宛若醉酒之後的唐明皇倚偎着楊貴妃。

［六］**誰教**：誰使，誰讓。唐白居易《山中問月》：『為問長安月，誰教不相離』。宋蘇軾《虞美人》：『誰教風鑒在塵埃，醖造一場煩惱送人來』。

［七］**居士**：居士，未做官之士人；在家奉佛的人都稱居士。後來多以居士為別號，如『清容居士』、『湛然居士』、『香山居士』等。李清照自稱『易安居士』。唐白居易《香山居士寫真詩》：『今為老居士，寫貌寄香山。』宋陸游《自咏》：『華髮蕭蕭居士身，江頭風雨折烏巾』。

〔八〕**擘開**：掰開。用手使力把東西分開。唐曹鄴《奉命齊州推事畢寄本府尚書》：『截斷奸吏舌，擘開冤人腸。』唐唐顏謙《蟹》：『一斗擘開紅玉滿，雙螯囉出瓊酥香』。

【品鑒】

此闋為咏物詞，是咏『雙銀杏』的。從『流落江湖上』，『玉骨冰肌未肯枯』，影射之内容看，是李清照趙明誠因朝庭黨争受趙父的牽連而流落青州家鄉，屏居青州時所作。

開端兩句：『風韵雍容未甚都。樽前甘橘可為奴。』如果把銀杏比作人，他的儀態不是很有風采韵致，也不是很溫文和雅的。因此就把酒杯之前的柑橘也稱為『奴』了。前兩句是説，衹從表面上看銀杏的形象不怎麼突出，酒杯之前的柑橘也稱為『奴』，這樣貶低他們是不合情理的。這衹是看皮象，而不是看内在之品質。

次兩句：『誰憐流落江湖上，玉骨冰肌未肯枯。』有誰會因為他們有流落五湖四海，雖歷盡磨難，但冰肌玉骨不肯枯萎的特質而去憐愛贊頌他們呢？他們有骨力如玉，堅不可摧，他們有肌肉，如冰一般純潔美麗。李清照趙明誠因朝庭黨争受趙父的牽連而流落青州家鄉，堅持寫金石録，創作詩詞，屏居十年，『雖處憂患困窮，而志不屈』，這是『流落江湖上，玉骨冰肌未肯枯』的最好注脚。清沈祥龍云：『咏物之作，在藉物以寓性情，凡身世之感，君國之憂，隱然藴于其内，斯寄託遥深，非沾沾焉咏一物矣。』此詞就是李清照藉咏『雙銀杏』而隱寓其夫婦兩人之卓越品格，高尚情操。是深有寄託了。『未肯』，表現他們雖流落家鄉，而矢志不移之高貴骨格。

再次兩句：『誰教并蒂連枝摘，醉後明皇倚太真。』詞人驚奇地發問誰使并蒂之雙銀杏連枝一起折下來了，仔細觀察雙銀杏的情態，多麼像醉酒之後的唐明皇倚偎着楊貴妃，恩恩愛愛。藉雙銀杏的情態描寫，隱喻李清照趙明誠夫婦篤深的愛情生活。『誰憐』、『誰教』，設問以醒明題旨，避免平鋪直叙，增強表達效果。

結兩句：『居士擘開真有意，要吟風味兩家新。』筆者以為此句『意』，并非用『薏』（蓮子之心）的諧音，是作者直接表達，意思是我把『并蒂連枝』之雙銀杏用手掰開，分成兩個個體，確實是别具心思，深有情意的。『擘開』照應『并蒂連枝』。并非是將『雙銀杏』剥皮，食肉，砸核，取心。這與『醉後明皇倚太真』情調不合，本意相背。『要吟風味兩家新』，是要吟咏詩詞贊頌兩個銀杏各自不同的風采韵致，相互的深情和愛意。

劉坡公《學詞百法》云：『咏物之詞，最不易作。體認太真，則拘而不暢。摹寫稍遠，則晦而不明。惟能不脱不黏，方為恰到好處。」「風韵雍容未甚都」，「流落江湖上」，「玉骨冰肌未肯枯」，「醉後明皇倚太真」，這是寫銀杏之本身，即「不脱」「不離」所咏之物。但我們聯系李清照趙明誠夫婦之生平經歷，便發現這些描寫正隱寓他們本人之遭際，高尚品格，美麗情操，幸福愛情，在咏銀杏之同時也使讀者感覺是在咏人，咏詞人自己。這是「不黏」「不即。」成就高超之咏物詞，作者之筆墨總是游走在「不脱不黏」「不離不即」之間。故李清照這首咏「雙銀杏」「方為恰到好處」了。李清照是深得咏物之妙訣。毛澤東《卜算子・咏梅》，宋陸游《卜算子・咏梅》，皆爲古今咏梅詩詞之極品，其寫法亦花亦人，「不脱不黏」，「不離不即」。李清照這首咏「雙銀杏」亦銀杏亦人，「不脱不黏」，「不離不即」，同妙。

【選評】

[一] **趙萬里**：虞、真二部，詩餘絶少通葉。極似七言絶句，與《瑞鷓鴣》詞體不合。（《校輯宋金元人詞》之《漱玉詞》）

[二] **黄墨谷**：此詞僅見《花草粹編》。《瑞鷓鴣》通首一韵，此詞上片真韵，下片虞韵，真虞通押，音韵不和諧。且上片第三句有「誰憐」句法，過變又用「誰教」，上下片詞意不連貫，兹不録。此詞趙萬里《漱玉詞》亦未録，輯在附録一存疑，并謂似二絶句。（《重輯李清照集》）

[三] **吴更舜**：李清照對詞體極有研究，用韵一般較嚴，但「宋人協韵比唐人較寬」（方成培《香研居詞麈》卷三），所以不能因虞、真二韵在詞中「絶少通葉」而懷疑此詞原為兩首絶句，而且詞體的特徵不限于用韵，它還應包括平仄、句式等。北宋詞，《瑞鷓鴣》有三體，一體六十四字，如晏殊「江南殘臘欲歸時」一首；又一體八十八字，如柳永「寶髻瑶簪」一首；第三體五十六字，如杜世安「夜來風雨損群芳」一首。南渡前後，第三體盛行，用這一形式寫詞的有唐庚、葛勝仲、張元幹、鄧肅、葛立方、侯置等。李清照生當其時，選用此體以咏雙銀杏就不足為奇了。（《李清照詞鑒賞》）

[四] **侯健　吕智敏**：上片是泛寫銀杏，下片具體寫雙銀杏。首先抓住其「并蒂連枝」的特點寫出了雙銀杏相依相偎的姿態和連枝連理的親緣關係，并用明皇醉依太真共賞牡丹的形態作比，形象十分鮮明生動，使人對雙銀杏生出一片愛憐之意，與前片「誰憐」緊密呼應，詞人的主觀感情色彩深深地滲入到客觀描寫之中，更增添了雙銀杏形象可親可愛的誘人魅力。（《李清照詩詞評注》）

[五] **陳祖美**：詞之下片結拍的「居士擘開真有意，要吟風味兩家新」二句，意謂將并蒂而生的雙銀杏擘開一看，它就像蓮

子生有薏蕊一樣，其『心』中也有意『薏』；而『兩家新』諧寓『兩顆心』。接連上文就是説，主人公和她丈夫之間，猶如當年唐明皇之于楊貴妃，彼此心心相印，愛憐有意。這不僅表現了詞人夫婦相得之歡，還體現出作者對李、楊關係的看法不囿于成見，豈非説明李清照關于歷史和愛情的觀念，比歷代的許多『鬚眉』更具新見？（《李清照詞新釋輯評》）

［六］**王英志**：此詞表現手法甚豐富，運用擬人、用事、比喻、諧音等修辭格皆純熟自如，恰到好處。此詞有人疑為是兩首絶句，亦有人認為此調本是七言律詩，因唐人歌之，而成為詞調，可供參考。但此詞為李清照之作已被很多人認可。（《李清照集》）

［七］**范英豪**：這首咏銀杏的詞，表現了詞人身處逆境，不屈從世俗，潔身自好的品格。詞上片寫銀杏的高潔品行和不幸遭遇，是詞人自我形象的寫照。先以橘來襯托銀杏的質樸和高貴，再以『誰憐』句寓詞人經歷艱難的遭遇，而『未肯枯』表達了她頑強不屈，直面人生的勇氣，感情飽滿，語氣強勁，極富表現力。詞下片專咏并蒂銀杏，表達了詞人對生活的祝願，以明皇貴妃并肩賞花來擬銀杏相依之態，寫活了銀杏，也寄託了詞人對夫妻恩愛的懷念。結句以『擘開真有意』的習俗寄託了對新一年生活的美好祝願，表達了詞人在經過磨難後對未來的信心。（《李清照詩詞選》）

品令

急雨驚秋曉。今歲較、秋風早。一觴一咏，更須莫負、晚風殘照。可惜蓮花已謝，蓮房尚小。汀蘋岸草。怎稱得、人情好。有些言語，也待醉折、荷花向道。道與荷花，人比去年總老。

——影印明刊十二卷本之《花草粹編》

【考辨】

◎歷代載籍著録此闋之詞調、題目：

調作《品令》。無題。

◎歷代此闋著録為李清照（易安）詞之載籍：

［一］明・陳耀文纂（原署）《花草粹編》影印明刊十二卷本（卷七，第五〇頁）收録。與李易安（下小注『曾公衮』）《品令》（零落殘紅）連排，即第二首《品令》，但未署撰者。瑜注：《花草粹編》文淵閣、文津閣《欽定四庫全書》二十四卷本皆有『二』字銜接。影印明刊十二卷本所收二詞之間雖無『二』字，但所收二詞相同，被推論為銜接的第二首詞亦為李易安詞。詳見下『瑜按』。

校記

調題： 調作《品令》。無題。

正文： 原『詠』、『歳』、『湏』、『巳』、『揔』，茲改為正字『咏』、『歲』、『須』、『已』、『總』。（擇為範詞，底本）

附録： 無。

［二］明·陳耀文輯《花草粹編》文淵閣《欽定四庫全書》二十四卷本（卷一四，第一八頁）收録。與李易安（下小注『曾公衮』）《品令》（零落殘紅）連排，用『二』銜接，即第二首《品令》，但未署撰者。瑜注：此闋被筆者推論為李易安詞。詳見此詞『瑜按』。

校記

調題：皆同範詞。

正文：皆同範詞。

附録：無。

［三］明·陳耀文編（原署）《花草粹編》文津閣《欽定四庫全書》二十四卷本（卷一四，總第五五頁）收録。與李易安《品令》（零落殘紅）連排，用『二』銜接，即第二首《品令》，但未署撰者。瑜注：此闋文淵閣本、文津閣本《花草粹編》所録全同，都是用『二』銜接，未署撰者，皆被筆者推論為李易安詞。理由詳見此詞『瑜按』。

校記

調題：皆同範詞。

正文：皆同範詞。

附録：無。

［四］清·王奕清等纂修《欽定詞譜》影印康熙内府刻本（卷九，第三二頁），收作李清照詞。

校記

調題：皆同範詞。

正文：皆同範詞。

附録：無。

［五］李文椅輯《漱玉集》冷雪盦叢書本（卷四，第一頁），收作李清照詞。

校記

調題：皆同範詞。

正文：皆同範詞。

附録：《花草粹編》、《欽定詞譜》。（尾注）

［六］黄墨谷《重輯李清照集》（卷二，第二六頁），收作李清照詞。

附録：此詞本《花草粹編》七，雖系孤證，然詞意風格頗近清照，因為録入。《詞譜》云：宋人填《品令》者，句讀不一，擇其尤雅者，各以類列。《詞譜》列此詞與黄山谷詞為一類，此詞為正體，黄詞為變格。

◎**歷代此闋著録他人或無名氏及存疑詞之載籍：**

［一］趙萬里輯《漱玉詞》，《校輯宋金元人詞》本（第一四頁），『附録二　辨僞』收之。

校記

調題：皆同範詞。

正文：皆同範詞。

附録：《詞譜》九。（尾注）

按：《花草粹編》七引與前一闋銜接，不注撰人。《詞譜》以為李作，失之。

［二］唐圭璋輯《全宋詞》中州古籍出版社　兩冊本（上，第六五〇頁），收作李清照『存目詞』。

［三］中華書局編《李清照集》（第五二頁），『附録』收之。

［四］王仲聞《李清照集校注》人民文學出版社（第三三七頁），『附録』收為『誤題李清照撰之作品』。

◎**瑜按：**

綜上，該闋撰者衹署李清照，無异名，但有歧見。此詞《欽定詞譜》收作李清照詞，未詳出處。其餘皆標明出自《花草粹編》。按古今書籍編排慣例，尤其是詩詞，第一篇署撰者名，同一撰者作品銜接連排其後皆不再署名，但皆歸屬第一署名撰者。為此《花草粹編》此詞應歸屬李易安。《花草粹編》文淵閣、文津閣《欽定四庫全書》二十四卷本與影印明刊十二卷本相比，前者更完善，更具權威性，故引以為據。考證如次：明陳耀文輯《花草粹編》文淵閣《欽定四庫全書》二十四卷本就是將同一撰者之作品編在一起，衹第一篇署名，其餘不再署名，衹用數字銜接連排之方法編排。例一：此書收柳耆卿：《看花回》（屈指勞生；玉城金階）二首（卷一四，第一八頁），中間用『二』銜接，那麼銜接詞未署名，是否為柳耆卿詞？檢柳耆卿撰《樂章集》（汲古閣本，第十一、十二頁）二首皆收。查唐圭璋輯《全宋詞》（中州古籍出版社，兩冊本，上，第一三頁），此二詞亦收爲柳耆卿詞。例二：此書收晏同叔（殊）：《殢人嬌》（玉樹微凉；二月春風）二首

（卷一四，第三四頁），中間用『二』銜接，那麼銜接詞未署名，是否為晏同叔詞？檢晏殊撰《珠玉詞》（汲古閣本，第三四頁）二首全收。查唐圭璋輯《全宋詞》（中州古籍出版社，兩冊本，上，第六八頁），二首皆收爲晏同叔詞。例三：此書收秦觀《江城子》（西城楊柳；南來飛燕；棗花金釧）三首（卷一四，第三七頁），中間用『二』、『三』銜接，那麼銜接詞皆未署名，是否為秦觀詞？檢秦觀撰《淮海詞》（汲古閣本，第十九、二十頁）三首皆收。查唐圭璋輯《全宋詞》（中州古籍出版社，兩冊本，上，第三一九頁），此三闋亦收爲秦觀詞。例四：此書收小山（晏叔原）：《蝶戀花》（醉別西樓；欲減羅衣；碧落秋風；碧玉高樓；夢入江南；黄菊開時）六闋（卷一三，第二三頁——二四頁）。中間用『二』、『三』、『四』、『五』、『六』銜接，那麼銜接詞皆未署名，是否為小山（晏幾道）詞？檢晏幾道撰《小山詞》（汲古閣本，第五——八頁）六首皆收。查唐圭璋輯《全宋詞》（中州古籍出版社，兩冊本，上，第一五八——一五九頁），此六闋亦皆收爲晏幾道詞。這與文津閣《欽定四庫全書》二十四卷本同。百例不止，僅舉此四例，足證文淵閣本及文津閣本，就是將同一撰者詞編在一起，祇第一篇署名，其餘不再署名，祇用數字銜接連排之法編排。銜接連排之詞皆歸屬第一署名撰者。雄辯地證明此詞與署名之李易安《品令》（零落殘紅）連排，用『二』字銜接于後，此詞撰者就是李易安（清照）。兹入《漱玉詞》。不是所有載籍銜接連排未署名之作，都歸屬第一署名撰者，要具體問題具體分析，避免主觀武斷。趙萬里：『《詞譜》以為李作，失之』；唐圭璋認定：『無名氏作』；中華書局輯本：『附録』收之；王仲聞收為：『誤題李清照撰之作品』，蓋皆未詳考矣！

【注釋】

[一] **觴**：古代喝酒用的酒器。唐李白《金陵酒肆留別》：『金陵子弟來相送，欲行不行各盡觴。』唐杜甫《贈衛八處士》：『主稱會面難，一舉累十觴』。

[二] **咏**：抑揚頓挫地吟唱。唐杜甫《壯游》：『七齡思即壯，開口咏鳳凰。』唐韋應物《秋夜寄丘員外》：『懷君屬秋夜，散步咏涼天』。

[三] **蓮房**：即蓮蓬。蓮花莖上包蓮子的託盤。唐王勃《采蓮賦》：『聽菱歌兮幾曲，視蓮房兮幾株。』宋黄機《菩薩蠻》：『池落開遍蓮房老。秋聲已入梧桐表』。

[四] **汀**：見《怨王孫》（湖上風來波浩渺）注。

[五] **蘋**：見《怨王孫》（湖上風來波浩渺）注。

[六] **稱**：見《轉調滿庭芳》（芳草池塘）注。

［七］　向道：這裏指通向荷花生長的水岸邊上的道路。唐貫休《送衲僧之江西》：『如逢梅嶺旦，向道祇寧馨』。宋陸游《晚至新塘》：『城頭層塔凌空立，浦口孤舟并岸横。向道有詩渾不信，為君擁鼻作吴聲』。

【品鑒】

此詞寫初秋的景物，表現詞人對衰敗景象的哀憐，對壯麗晚景的熱愛，對美好年華的渴求。是一首咏荷之詞。

上片，發端直起：『急雨驚秋曉。今歲較、秋風早。』點出節令『秋』和時序『曉』。應『季』候的『秋風』比往年來得早。早晨的『急雨』也下得突然。『驚』，表明很大。寫今年初秋早晨季候天氣的驟然變化情况，寫景造勢，漸引。

次兩句：『一觴一咏，更須莫負、晚風殘照。』詞人日暮面對着秋風颯爽夕陽紅艷，其酒意詩情大發，飲一杯美酒誦一首詩歌，不能辜負這美好的黄昏晚景，為什麽？美好的時光不再呀！『夕陽無限好，祇是近黄昏』。寫情。

看吧：『可惜蓮花已謝，蓮房尚小。』觸景生情，發出『可惜』的慨嘆！人豈不如此呼！點題。

下片，承轉，『汀蘋岸草。怎稱得、人情好。』水中乾地蘋的敗花，岸邊的衰草，又怎能適宜人要有好心情的追求呢？這是個反問句，肯定了正面的意思，即人看到它不能給人帶來好的心情。

次三句：『有些言語，也待醉折、荷花向道。』有些話語，也等來年醉酒的時候走到通往折取荷花的路徑，做什麽呢？我要『道與荷花，人比去年總老。』作結，要對荷花説：人比去年都老了些！『今歲』『蓮花已謝』，『可惜』；『汀蘋岸草』不能使『人情好』，心曠神怡；祇有來年荷花盛開『醉折』時『道與荷花』，令人歡欣鼓舞。今年又何嘗不是『人比去年總老』？詞人雖没有肆意渲染秋日蕭瑟衰殺的景色，從『可惜』，『怎稱得、人情好』，已透露對秋天衰敗景象哀憐的感情基調。尤其對今秋之『荷花』、『汀蘋岸草』没有『言語』，既使自己老了，也不願面對頹萎之景象言老。衰老之人看衰敗之景，豈能『人情好』而不『可憐』？人老了這是自然規律，不能像荷花那樣來年重開，但願對着盛開的荷花言老，以求『人情好』，興致勃發，以利長壽，足矣！這就是詞人的心路。突顯對可貴年華的渴求和對美好事物的熱愛。

此詞與李清照《怨王孫》有相同之處，都是來水邊游賞。《怨王孫》所寫『湖上風來波浩渺。秋已暮、紅稀香少』，『蓮子已成荷葉老。清露洗、蘋花汀草』，晚秋早晨湖上景象；此詞所寫『今歲較、秋風早』，『晚風殘照』，『蓮花已謝，蓮房尚小』，寫早秋水邊景象。相同之處都寫了水邊、秋、風、荷、花、汀、蘋、草、人。時節景象不同：晚秋『蓮子已成荷葉老』；早秋『蓮花已謝，蓮蓬尚小』，微妙之差异，反映詞人的寫實筆法，令人嘆服。雖然都寫相同的秋日景物但着『我』的色彩不同，前詞『水光山色與人親，説不盡、無窮好』，滿腔的贊嘆之情；此詞『可惜蓮花已謝』，『怎稱得、人情好』，顯然的凄傷之感，但閃光之處是堅執要『道與荷花』，表現對壯麗年華的渴望和美好事物的追求。結尾類似，但各有特色。前詞『眠沙鷗鷺不回頭，應也恨、人歸早。』，擬人手法，原本詞人不願歸去，偏説鷗鷺恨她歸得早，賦予鷗鷺以人的思想感情行為。此詞『道與荷花，人比去年總老』，也是把荷花比成人了，能知情達理，討人喜歡。兩詞結句皆為審美移情，擬人手法，曲折達意，意味盎然，悠悠不盡。

結構嚴緊，意脉顯豁。上片，『一觴一咏，更須莫負、晚風殘照』，是值得的；『可惜蓮花已謝，蓮房尚小』，則不值得。下片，『有些言語』，呼應前『一咏』，『醉』呼應前『一觴』，面對敗花蓑草，不能『稱得、人情好』，則不值得；面對盛開的荷花，『道與荷花，人比去年總老』，任可晚一年也值得，足見作者的價值觀。詞旨昭然。清梁章鉅《退庵隨筆》：『朱子嘗言：「文須錯綜見意，曲折生姿」』，詞亦然。

跌宕曲折，隨轉益深。上片，開篇直寫『急雨』『秋曉』，『驚』；次轉，寫『晚風殘照』，『一觴一咏』，喜；再轉，寫『蓮花已謝，蓮房尚小』，『可惜』。下片，轉寫『汀蘋岸草』，『人情』不『好』；次轉寫『荷花』，『言語』、『醉』，愛；再寫『道與荷花』，至愛。轉折跌宕。詞人寫的景物變化多端：依次，『急雨』『秋曉』、『晚風殘照』、『蓮花已謝，蓮房尚小』、『汀蘋岸草』、『荷花』、明年『道與荷花』。不沾不滯。詞人的感情隨着景物之變而變化：依次，『驚』、喜、『可惜』、『人情』不『好』、愛、至愛。感情動蕩，喜哀無處。從時序上説，由『曉』寫到『晚』，從節序上説，由今『秋』寫到明年，乍近乍遠。跌宕有致，揮灑自如。清毛先舒云：『嘗論詞貴開宕，不欲沾滯，忽悲忽喜，乍遠乍近，斯為妙耳。……李春情詞本閨怨，結云：「多少游春意，更看今日晴未。」忽爾宕開，不但不為題束，并不為本意所苦，直如行雲舒卷自如，人不覺耳』（《詞苑叢談》引《詩辨坻》）。越轉越深，清劉熙載《藝概·詞曲概》：『一轉一深，一深一妙，此騷人三昧』。以斯二論評此詞為高妙。趣味横生，筆墨超然。

【選評】

［一］**王仲聞**：此首見《花草粹編》卷七，無撰人姓名，與前《品令》『零落殘紅』一首相銜接。《詞譜》誤作李清照詞。（《李清照集校注》）

［二］**黃墨谷**：此詞本《花草粹編》七，雖系孤證，然詞意風格頗近清照，因為録入。（《重輯李清照集》）

點絳唇　閨思

寂寞深閨，柔腸一寸愁千縷。惜春春去。幾點催花雨。　倚遍欄杆，祇是無情緒。人何處。連天芳草。望斷歸來路。

——《詩詞雜俎》之《漱玉詞》

【考辨】

◎歷代載籍著録此闋之詞調、題目：

調作《點絳唇》。題作『閨怨』、『閨思』。

◎歷代此闋著録為李清照（易安）詞之載籍：

［一］明·茅暎遠士評選《詞的》清萃閔堂抄本《四庫未收書輯刊》影印（卷之一，第一五頁），收作李清照詞。

校記

調題：調同範詞。題作『閨怨』。

正文：『芳』作『衰』。

附録：易安往矣，不可復得。每作詞時，為酹一杯酒。（眉批）

［二］明·毘陵長湖外史類輯　姑蘇天羽居士評箋《草堂詩餘續集》明萬賢樓自刻本（卷上，第六頁），收作李易安詞。

校記

調題：皆同範詞。

正文：皆同範詞。

附録：簡當。（眉批）

［三］明·錢允治箋釋　陳仁錫校閲（内署）《類編箋釋續選草堂詩餘》明萬曆刻本《續修四庫全書》影印（卷之上，第六頁），收作李易安詞。

校記

調題：皆同範詞。

正文：『芳』作『衰』。

附録：草滿長途，情人不歸，空攬寸腸耳。（詞評）

［四］明·陳耀文纂（原署）《花草粹編》影印明刊十二卷本（卷一，第六八頁），收作李易安詞。

校記

調題：皆同範詞。

正文：『芳』作『衰』。

附録：無。

［五］明·陳耀文輯《花草粹編》文淵閣《欽定四庫全書》二十四卷本（卷二，第三五頁），收作李易安詞。

校記

調題：皆同範詞。

正文：『芳』作『衰』。

附録：無。

［六］明·陳耀文編（原署）《花草粹編》文津閣《欽定四庫全書》二十四卷本（卷二，總第六四七頁），收作李易安詞。

校記

調題：皆同範詞。

正文：『芳』作『衰』。

附録：無。

［七］明·毛晉訂《漱玉詞》影印汲古閣初刻《詩詞雜俎》本（第五頁），收作『李氏　清照』詞。

校記

調題： 調作《點絳唇》。題作『閨思』。

正文： 原『桒』、『點』、『闌』、『干』、『祇』，茲改為正字『柔』、『點』、『欄』、『杆』、『祇』。（擇為範詞，底本）

附録： 無。

［八］明·鄭文昂編輯《古今名媛彙詩》，《四庫全書存目叢書》影印明刊本（卷一七，第七頁），收作李清照詞。

校記

調題： 調同範詞。題作『閨怨』。

正文： 『芳』作『衰』。

附録： 無。

［九］明·趙世杰選輯　許肇文參閱《古今女史》明崇禎刊本（卷一二，詩餘，第二頁），收作李易安詞。

校記

調題： 調同範詞。題作『閨怨』。

正文： 『芳』作『衰』。

附録： 無。

［一〇］明·潘游龍輯《精選古今詩餘》（《古今詩餘醉》）清乾隆壬午秋鐫（卷一〇，第二六頁），收作李易安詞。

校記

調題： 皆同範詞。

正文： 『縷』作『結』。

附録： 無。

［一一］明·陸雲龍評選　陸人龍較定《詞菁》翠娱閣評選行笈必携十種本（卷二，閨詞，第八頁），收作李易安詞。

校記

調題： 調同範詞。無題。

正文：『芳』作『衰』。

附録：春盡個中。（眉批）

［一二］清·周銘編集　金成棟重校《林下詞選》，《四庫全書存目叢書補編》第二冊（卷一，第二頁），收作李清照詞。

校記

調題：皆同範詞。

正文：皆同範詞。

附録：無。

［一三］清·陸次雲　章昞輯《見山亭古今詞選》康熙年間刻本（卷一，第二六頁），收作李清照詞。

校記

調題：皆同範詞。

正文：皆同範詞。

附録：無。

［一四］清·朱彝尊編《詞綜》，《欽定四庫全書薈要》集部（卷二五，第六頁），收作李清照詞。

校記

調題：調同範詞。無題。

正文：『草』作『樹』。

附録：無。

［一五］清·嚴沆等參訂《古今詞匯初編》清康熙十八年刻本（卷一，第二八頁），收作李清照詞。

校記

調題：皆同範詞。

正文：皆同範詞。

附録：無。

［一六］　清・沈辰垣等編《御選歷代詩餘》影印康熙内府本（卷五，第二六頁），收作李清照詞。

校記

調題：調同範詞。無題。

正文：『草』作『樹』。

附録：無。

［一七］　清・陳夢雷　蔣廷錫等輯《欽定古今圖書集成》明倫彙編閨媛典　中華書局影印本（第二〇卷，閨媛總部，第三九六册之四四葉），收作李清照詞。

校記

調題：調同範詞。無題。

正文：『草』作『樹』。

附録：無。

［一八］　清・江標抄《李清照漱玉詞》汲古閣未刻詞二十二家本（手抄，不分卷頁，第三首），上海圖書館藏，收作『宋易安居士李氏清照』詞。

校記

調題：調同範詞。無題。

正文：『草』作『樹』。

附録：無。

［一九］　清・陸昶評選《歷朝名媛詩詞》紅樹樓藏版　乾隆癸巳新鐫（卷一一，第九頁），收作李清照詞。

校記

調題：調同範詞。無題。

正文：『草』作『樹』。

附録：無。

［二〇］　清・陳鼎輯《同情集詞選》乾隆三十九年刊本（卷四，第一一頁），收作李清照詞。

校記

調題：調同範詞。無題。

正文：『草』作『樹』。

附録：無。

〔二一一〕清・汪玢箋《漱玉詞彙抄》問遽廬正本（手抄，不分卷頁，第一六首），復旦大學圖書館藏，收作『宋李氏清照易安』詞。

校記

調題：皆同範詞。

正文：皆同範詞。

附録：無。

〔二一二〕清・莫友芝家抄《漱玉詞》（手抄，不分卷頁，第三六首），復旦大學圖書館藏，收作『宋李氏清照易安』詞。

校記

調題：皆同範詞。題下注：『綜録』。

正文：『惜春春去』作『惜春去』。

附録：無。

〔二一三〕清・王鵬運輯《漱玉詞》，《四印齋所刻詞》本（第八頁），收作『李清照　易安』詞。

校記

調題：調同範詞。無題。

正文：『草』作『樹』。

附録：無。

〔二一四〕清・楊文斌輯録《三李詞》光緒庚寅夏香海閣刊本（卷三，第二頁），收作李清照詞。

校記

調題：調同範詞。無題。

正文：『草』作『樹』。

附録：無。

［二一五］　清・陳世焜（廷焯）選《雲韶集》手抄本（卷一〇，第二一頁），收作李清照詞。

校記

調題：調同範詞。無題。

正文：『草』作『樹』。

附録：情詞并勝，神韵悠然。（眉批）

［二一六］　清人輯《斷腸漱玉詞合刊》之《漱玉詞》光緒庚子石印本（第三頁），收作李清照詞。

校記

調題：皆同範詞。

正文：皆同範詞。

附録：無。

［二一七］　清・蕙風簃主箋《漱玉詞箋》中華圖書館石印本　中華民國四年六月版（不分卷，第一一頁），收作李清照詞。

校記

調題：調同範詞。無題。

正文：『草』作『樹』。

附録：無。

［二一八］　木石居士選輯　絳雲女史參校《歷代名媛詞選》民國十六年石印本（卷二，小令二，未注頁碼），收作李清照詞。

校記

調題：調同範詞。無題。

正文：『草』作『樹』。

附録：無。

［二一九］　李文裿輯《漱玉集》冷雪盦叢書本（卷三，第二頁），收作李清照詞。

校記

調題：皆同範詞。

正文：『縷』作『里』；『草』作『樹』。

附録：《歷代詩餘》、《花草粹編》、文津閣本《漱玉詞》、四印齋本《漱玉詞》、《歷朝名媛詩詞》。（尾注）

[三〇] 趙萬里輯《漱玉詞》，《校輯宋金元人詞》本（第一頁），收作『李清照 易安』詞。

校記

調題：調同範詞。無題。調下注：『《花草粹編》題作「閨思」，《草堂詩餘續集》同；《古今女史》題作「閨怨」』。

正文：『芳』作『衰』。

附録：《花草粹編》一、《草堂詩餘續集》上、《古今女史》、《詞綜》二十五、《歷代詩餘》五。（尾注）

按：《詩詞雜俎》本《漱玉詞》收之，題作『閨思』。『衰草』作『芳草』，與草堂續集同。

[三一] 王官壽輯《宋詞抄》中華民國十一年排印本（卷一，第一七頁），收作李清照詞。

校記

調題：調同範詞。無題。

正文：『草』作『樹』。

附録：無。

[三二] 唐圭璋輯《全宋詞》中州古籍出版社 兩冊本（上，第六四七頁），收作李清照詞。

[三三] 中華書局編《李清照集》（第二頁），收作李清照詞。

[三四] 王仲聞《李清照集校注》人民文學出版社（第七〇頁），收作李清照詞。

[三五] 黄墨谷《重輯李清照集》齊魯書社（卷一，第九頁），收作李清照詞。

[三六] 徐北文主編《李清照全集評注》濟南出版社（第七九頁），收作李清照詞。

[三七] 徐培均《李清照集箋注》上海古籍出版社（第七三頁），收作李清照詞。

◎歷代此闋著録他人或無名氏及存疑詞之載籍：

雖廣徵博采而未見。

◎ 瑜按：

總之，此詞近四十種載籍收作李清照（易安）詞，撰者無异名，輯入《漱玉詞》。

【注釋】

［一］**閨：** 過去婦女居住的内室。唐杜甫《月夜》：『今夜鄜州月，閨中衹獨看』。唐王昌齡《閨怨》：『閨中少婦不知愁，春日凝妝上翠樓』。

［二］**催花雨：** 這裏指摧花凋落的雨。宋陳從古《蝶戀花》：『去似朝霞無定所。那堪更着催花雨』。宋李彌遜《虞美人》：『海棠開後春誰主。日日催花雨』。

［三］**無情緒：** 心懷抑鬱惆悵。宋陳梅莊《述懷》：『黄鸝知我無情緒，飛過花梢禁不聲。』宋周紫芝《浣溪沙》：『多病嫌秋怕上樓。苦無情緒懶抬頭』。

［四］**芳草：** 見《轉調滿庭芳》（芳草池塘）注。

［五］**望斷：** 以極多次數凝望，一直望到看不見。唐韋莊《木蘭花》：『獨上小樓春欲暮。望斷玉關芳草路。』宋秦觀《踏莎行》：『霧失樓臺，月迷津渡。桃源望斷無尋處』。

【品鑒】

宋晏殊《玉樓春・春恨》：『緑楊芳草長亭路。年少抛人容易去。樓頭殘夢五更鐘，花底離情三月雨。無情不似多情苦。一寸還成千萬縷。天涯地角有窮時，衹有相思無盡處。』寫出多情詞人的離愁别苦，是一首傷離之作。此詞構思新穎奇巧，古今傳誦，當屬詞林佳制。李清照這首《點絳唇》與晏詞有相同的内容，那就是『傷離』，還有個别頗似的詞句。但也有不同之處，易安詞兼有『傷春』的内容。此詞的構思亦很别致，熔『傷春』與『傷離』于一爐。《雲韶集》評此詞時説：『情詞并勝，神韵悠然』，并非過譽。

『寂寞深閨，柔腸一寸愁千縷。』開端直抒胸臆，猛傾愁腸，正命意本旨所在，總領全詞。『閨』，其前着一『深』字，寫出閨闈的幽邃，凄清。又以『寂寞』一詞冠領，將冷清的氣氛、無聊的意緒籠罩全篇，寫出了女主人閨房獨守的孤寂。『一寸』，或言其小，或言其少。此詞中『一寸』，極言其小。唐李商隱《無題》：『春心莫共花争發，一寸相思一寸灰』，其中的『一寸』極言其少。『千』是虚數，極言其多。『縷』，一般指絲綫，這裏指思緒。『柔腸』，指軟弱的心腸。此二句是説，女主人深閨索居身隻影孤，落寞無聊，一寸軟弱的心腸就有無限的愁緒。『柔腸一寸愁千縷』一句，運化唐韋莊《應天長》：『别來半歲音書絶。一寸離腸千萬結』句，其意境是相同的。易安為表達自己的真實思想感情需要，根據自己的獨特生活感受，衹改三字。韋詞

『離』與『別來半歲音書絶』，意義重複。易安改為『柔』字，突出表現女主人的多情善感，感情脆弱，禁受不住離別造成的打擊，極為切當，傳神。『縷』字較『結』字更為生動、形象、恰當地表達愁思的千頭萬緒，心情的繚亂不堪。儘管易安于前句寫出女主人深閨索居的苦況，但何以如此，是蘊藉含蓄的，這較韋詞的一覽無餘，更有韵味。又南唐李煜《蝶戀花》云：『一片芳心千萬緒。人間没個安排處』，宋晏殊《玉樓春・春恨》：『無情不似多情苦。一寸還成千萬縷』，從這些詩句的類似之處和不同之處，可見文學藝術繼承和發展的關係。從這些詞句的高下看，雖各有千秋，然易安詞兩句以含蓄雋永略勝諸家一籌。頭韵的『愁』字，似乎是個疑團，設了個懸念。何以如此，開了下韵。

『惜春春去。幾點催花雨。』古今中外的人們，幾乎没有不熱愛春天不贊美春天的。春天陽光燦爛，惠風和暢，它是美好事物的象徵；春天，冰消雪融，萬物復蘇，這是力量的象徵；春天，繁花似錦，姹紫嫣紅，將意味碩果累累，它是幸福、希望的象徵。因此，人們對春天的逝去，幾乎無不感到痛惜。所以，在一些古代的詩詞中，詩人們抒發了他們對春天珍惜、熱愛、追尋的思想感情。宋周邦彦《六醜》云：『願春暫留，春歸如過翼。一去無迹。』詞人通過對春光的挽留，表現了他對春天的熱愛之情。春天的逝去，這是自然規律决定的必然，怎麼挽留得住？詩人也是懂得的，宋楊炎正《蝶戀花》：『萬點飛花愁似雨。峭殺輕寒，不會留春住。』于是多情的詩人便抒發了無可奈何的惆悵情懷，宋歐陽修（五代馮延巳）在《蝶戀花》中嘆道：『雨横風狂三月暮。門掩黄昏，無計留春住。』好心的詞人天真地想，春天去了，如有人知道它的去處，把它召唤回來該多好。宋黄庭堅在他的《清平樂》中寫道：『春歸何處。寂寞無行路。若有人知春去處。唤取歸來同住。』這又怎麼能夠辦到。于是詞人又想入非非，既然春天留也不住，唤也不回，拗它不過，那衹有讓人們去主動追尋它好了。于是宋王觀《卜算子》詞云：『若到江南趕上春，千萬和春住。』表現詞人對春天的癡情幻想，孜孜追求，執著熱愛。難道我們衹是單純地理解詩人們追求的僅僅是季節之春？不，使我們很自然地聯想到詩人們追求的是蒸騰向上、生機勃勃、幸福美好的事物。易安的『惜春春去』，是托物言情，嘆惋『酒意詩情誰與共』及『錦瑟年華』的流逝，在憐惜美好事物的消失。

『幾點催花雨』，女主人對催花速開迅落的雨懷有無限的幽怨。嘆『花』之衰敗就是惜春。宋晏殊的『無可奈何花落去』，宋辛弃疾的『惜春長怕花開早，何况落紅無數』，皆其例。實際上此韵為倒裝，通過藝術形象來説明『愁』的原因。原因不啻其一，尚有其二，開了下片，血脉貫通。

『倚遍欄杆，衹是無情緒。』在古典詩詞中，『倚欄』這是個常用形象。常用形象往往有特定的含義。比如在詩詞中出現女主人懶畫眉、遲梳洗的形象時，此詩詞往往是寫她的怨愁的。如唐溫庭筠《菩薩蠻》：「懶起畫蛾眉，弄妝梳洗遲」，易安《武陵春》：「風住塵香花已盡，日晚倦梳頭」，皆如此。又如在詩詞中出現「紅豆」的形象時，此詩詞大多是寫相思內容的，如唐王維《相思》云：「紅豆生南國，春來發幾枝？願君多采擷，此物最相思」，五代牛希濟《生查子》：「紅豆不堪看，滿眼相思泪」，皆其例。「倚欄」這個人物形象，一般用以表現主人公的傷離懷遠等悒鬱怊悵的情懷。南唐李璟《浣溪沙》：「多少泪珠何限恨，倚欄杆」，易安《念奴嬌》：「樓上幾日春寒，簾垂四面，玉欄杆慵倚」，均其例。「遍」，説明倚欄的次數之多，懷想之情殊切，并非一日之事。此詞兩句意思是説，一個時期以來，倚遍了欄杆的每一個地方，凝眸遠眺，望眼欲穿，雙撐盼眸仍得不到半點安慰。情懷悵悵，心緒落寞。

「人何處。連天芳草。望斷歸來路。」承前。「人何處。」用反詰句，引人注意，達到正面肯定的意思：心愛的人兒是難以尋覓的。「連天芳草」，繁盛清香的綠草連着天際。「望斷」，回應「倚遍」。心上的人兒在什麼地方呢？芳香的綠草生得如此繁茂，一直延伸到天際，天連草，草連天。我急切盼望你的歸來，欄杆倚遍，不住地翹首凝神企望你那歸來的道路，望極天涯不見你的芳踪，盼得我好苦啊！誠如《類編箋釋續選草堂詩餘》（卷上）所云：「草滿長途，情人不歸，空攬寸腸耳」，語意甚愴，悠悠不盡。

上片：寫女主人深閨愁濃，哀憐春光逝去。下片：寫女主人倚欄凝望及情侶未歸的悵惘。

此詞構思別致。旖旎的春天歸去了，意味着不可多得的青春年華之流逝。明媚的春光寶貴的年華不能與愛人同度，韶光不再，痛惜低徊，情侶未歸，抑鬱怊悵。熔「傷春」、「傷離」于一爐。因「惜春」倍「傷離」，因「傷離」益「惜春」。相輔相成，相得益彰。

上片，頭韵總領，「寂寞深閨，柔腸一寸愁千縷。」何以如此？「惜春」、「傷離」所致，故次韵承寫「惜春」。下片轉寫「傷離」，意脉井井，思路赫然。

運化前人詩句，為神妙之境，慰貼無迹。「柔腸一寸愁千縷」，由「一寸離腸千萬結」、「一片芳心千萬緒」、「一寸還成千萬縷」脱化而來。

「倚遍欄杆」，是古詩詞的常用形象，這與宋歐陽修《玉樓春》：「欄杆倚遍使人愁」，宋張耒《秋蕊香》：「朱欄倚遍黄昏後」的意境是相同的。

情中有景，景中有情。『幾點催花雨』，似乎是景語，但『催』字蘊涵有對『花』的憐惜之情。『連天芳草』，好像寫景，又蘊蓄王孫不歸之意。『倚遍欄杆』，似乎是情語，又露出『欄杆』這一景物來。情景交煉，『互藏其宅』。

易安寫惜春、傷離念遠之詞何以這樣撥動人的心弦？字字釀造于心肝流出于肺腑，是至潔至純的真情剖白。傅庚生先生在《中國文學欣賞舉隅》中說：『讀情真之作，如食橄欖，初尚疑其苦澀，回味始覺如飴，而其芳馨永留齒頰間；非然者如嚼甘蔗，初似崖蜜輪甜，忽已殘渣在口，既無餘味，吐之為爽矣。』是很有道理的。

【選評】

[一] **明·茅　暎**：易安往矣，不可復得。每作詞時，為酹一杯酒。（《詞的》）

[二] **明·黃河清**：夫詞體纖弱，壯夫不為。獨惜篇什寂寥，彼歌《金縷》、唱《柳枝》者，其聲宛轉易窮耳。所刻《續集》中如李後主之『秋閨』，李易安之『閨思』，晏叔原之『春景』……以此數闋，授一小青蛾，撥銀箏，倚緑窗，作曼聲，則繞梁遏雲，亦足令多情人魂銷也。（《草堂詩餘續集·序》）

[三] **明·沈際飛**：簡當。（《草堂詩餘續集》）

[四] **明·錢允治等**：草滿長途，情人不歸，空攬寸腸耳。（《類編箋釋續選草堂詩餘》）

[五] **明·陸雲龍**：春盡個中。（《詞菁》）

[六] **清·陳世焜（廷焯）**：情詞并勝，神韵悠然。（《雲韶集》）

[七] **曹紀平**：這首小詞結構簡當，條理清楚。上片是由情及景，在抒情中寫景；下片是在寫景中抒情，全篇情景融為一體。詞人從閨房轉到户外，由深閨相思寫到憑欄遠眺，緊扣住離別相思。起寫深閨寂寞之愁，結寫切盼歸來之情，前後照應，一氣貫注。而手法白描，不用典故，不假藻飾，充分體現了她詞作明白如話、語淺情深的藝術特色。（《李清照詞鑒賞》）

[八] **侯健　呂智敏**：全詞由寫寂寞之愁，到寫傷春之愁，到寫傷別之愁，到寫盼歸之愁，全面地、層層深入地表現了女子心中愁情沉澱積纍的過程。到煞尾處，感情已積聚達到最高峰，全詞也隨之達到了高潮。《雲韶集》盛贊此作『情詞并勝，神韵悠然』，實非過譽之詞。（《唐宋詞鑒賞辭典》上海辭書出版社）

[九] **陳祖美**：此首……寫作地點在青州的可能性更大，甚至可以説，這首詞的規定情景衹能在趙明誠離開青州以後。寫作

時間大致在清明過後的『花事了』的季節。此詞的立意又與《鳳凰臺上憶吹簫》有所銜接。也就是説，當初不論是對『武陵人』之『念』，抑或對『烟鎖秦樓』的自身孤寂之嘆，都還是在擬想之中。但到寫這首《點絳唇》時，『人』已遠走高飛，閨中更加孤獨寂寞，對『人』的思念更加深切。其斷腸之『念』，恰與韋莊《應天長》之情思相彷彿。（《李清照詞新釋輯評》）

浣溪沙

髻子傷春慵更梳。晚風庭院落梅初。淡雲來往月疏疏。　玉鴨熏爐閑瑞腦，朱櫻斗帳掩流蘇。遺犀還解辟寒無。

——《詩詞雜俎》之《漱玉詞》

【考辨】

◎歷代載籍著録此闋之詞調、題目：

調作《浣溪沙》（一名《山花子》）。題作『閨情』。

◎歷代此闋著録為李清照（易安）詞之載籍：

［一］明・毘陵長湖外史類輯　姑蘇天羽居士評箋《草堂詩餘續集》明萬賢樓自刻本（卷上，第一一頁），收作李易安詞。

校記

調題：調同範詞。題作『閨情』。

正文：皆同範詞。

附録：話頭好。淵然。（眉批）

花木譜：深紅者，名朱櫻；黄者，名臘櫻。　開元中，交趾國，獻辟寒犀，暖氣襲人。（尾注）

［二］明・錢允治箋釋　陳仁錫校閲（内署）《類編箋釋續選草堂詩餘》明萬曆刻本《續修四庫全書》影印（卷之上，第一〇頁），收作李易安詞。

校記

調題： 調同範詞。題作『閨情』。

正文： 皆同範詞。

附録： 古有辟寒犀。(尾注)

[三]　明・陳耀文纂（原署）《花草粹編》影印明刊十二卷本（卷二，第二九頁）收録，未注撰者。瑜注：文津閣本《花草粹編》所收三首：第一首署名李易安詞《浣溪沙》（小院閑窗）、第二首《浣溪沙》（淡蕩春光）、第三首，即此闋，皆未署名。其與影印明刊本、文淵閣本《花草粹編》所收此三首詞調、内容、順序全同，皆是第一首署名李易安，其餘不再署名。但文津閣本有銜接序號『二』、『三』。影印明刊本與文淵閣本《花草粹編》所收此三首詞同，衹有序號『二』，無序號『三』。然文津閣本第三首即此首，已被推斷為第一署名撰者李易安詞，故此處雖無『三』之序號和署名，仍以李易安詞視之。詳見《品令》（急雨驚秋曉）之『瑜按』，筆者考辨四例文津閣本《花草粹編》所收銜接連排之詞，第一首署撰者名，其餘不再署名，衹標明序號『二』、『三』、『四』……者，其歸屬皆為第一署名撰者。百例不止，編排體例如此。可證。

校記

調題： 調同範詞。題作『閨情』。

正文： 皆同範詞。

附録： 無。

[四]　明・陳耀文輯《花草粹編》文淵閣《欽定四庫全書》二十四卷本（卷三，第三六頁）收録，未注撰者。瑜注：文淵閣本《花草粹編》所收與影印明刊本《花草粹編》同，故皆按李易安詞收之，詳見前。

校記

調題： 調同範詞。題作『閨情』。

正文： 皆同範詞。

附録： 無。

[五]　明・陳耀文編（原署）《花草粹編》文津閣《欽定四庫全書》二十四卷本（卷三，總第六五四頁），收作李易安詞。

瑜注：詳見前［三］明陳耀文纂（原署）《花草粹編》影印明刊十二卷本所收此詞之『瑜注』。

校記

調題：皆同範詞。

正文：皆同範詞。

附録：無。

［六］明・毛晉訂《漱玉詞》影印汲古閣初刻《詩詞雜俎》本（第四頁），收作『李氏　清照』詞。

校記

調題：調作《浣溪沙》。無題。瑜注：此詞調與《欽定詞譜》之《浣溪沙》『第一體』韓偓詞（宿醉離愁）：『雙調四十二字，前段三句，三平韵；後段三句，兩平韵』同。

正文：原『疎』、『薰』，茲改為正字『疏』、『熏』。（擇為範詞，底本）

附録：無。

［七］明・卓人月彙選　徐世俊參評《古今詞統》（又名陳繼儒評選《草堂詩餘》、《詩餘廣選》），《續修四庫全書》本（卷四，第二四頁），收作李清照詞。

校記

調題：調同範詞。題作『閨情』。調下注：『一名《山花子》』。

正文：皆同範詞。

附録：開元中，交趾獻辟寒犀，暖氣襲人。（尾注）

［八］明・宋祖法修　葉承宗纂《崇禎歷城縣志》友聲堂刻本（卷一五，藝文，詩餘，第七頁），收作『宋　李清炤』（下有小注『易安　邑人』）詞。

校記

調題：調同範詞。題作『閨情』。

正文：『鴨』作『暢』；『瑞腦』作『瑪瑙』。

附録：無。

［九］明・潘游龍輯《精選古今詩餘》（《古今詩餘醉》）清乾隆壬午秋鐫（卷一〇，第一三頁），收作李易安詞。

校記

調題：調同範詞。題作『閨情』。

正文：皆同範詞。

附録：無。

［一〇］清・周銘編集　金成棟重校《林下詞選》，《四庫全書存目叢書補編》第二冊（卷一，第二頁），收作李清照詞。

校記

調題：調同範詞。題作『閨情』。

正文：皆同範詞。

附録：無。

［一一］清・朱彝尊編《詞綜》，《欽定四庫全書薈要》集部（卷二五，第六頁），收作李清照詞。

校記

調題：皆同範詞。

正文：『慵』作『懶』；『遺』作『通』。

附録：無。

［一二］清・沈辰垣等編《御選歷代詩餘》影印康熙内府本（卷七，第三五頁），收作李清照詞。

校記

調題：皆同範詞。

正文：『慵』作『懶』；『遺』作『通』。

附録：無。

［一三］清・江標抄《李清照漱玉詞》汲古閣未刻詞二十二家本（手抄，不分卷頁，第四首），上海圖書館藏，收作『宋易安居士李氏清照』詞。

校記

調題：皆同範詞。

正文：皆同範詞。

附録：無。

［一四］清・陸昶評選《歷朝名媛詩詞》紅樹樓藏版　乾隆癸巳新鐫（卷一一，第八頁），收作李清照詞。

校記

調題：皆同範詞。

正文：『慵』作『惱』；『遺』作『通』。

附録：無。

［一五］清・汪玢箋《漱玉詞彙抄》問遽廬正本（手抄，不分卷頁，第一三首），復旦大學圖書館藏，收作『宋李氏清照易安』詞。

校記

調題：皆同範詞。

正文：『熏』作『金』；『遺』作『通』。

附録：無。

［一六］清・莫友芝家抄《漱玉詞》（手抄，不分卷頁，第三四首），復旦大學圖書館藏，收作『宋李氏清照易安』詞。

校記

調題：調同範詞。題作『閨情』。題下注：『下四首并見《草堂詩餘續集》，毛本并有，綜録此首』。

正文：皆同範詞。

附録：無。

［一七］清・譚獻輯《復堂詞録》稿本（卷八，宋集七，未注頁碼），收作李清照詞。

校記

調題：皆同範詞。

正文：『慵』作『懶』；『遺』作『通』。

附録：無。

［一八］　清・王鵬運輯《漱玉詞》，《四印齋所刻詞》本（第一〇頁），收作『李清照　易安』詞。

校記

調題：皆同範詞。

正文：『慵』作『懶』；『遺』作『通』。

附録：無。

［一九］　清・楊文斌輯録《三李詞》光緒庚寅夏香海閣刊本（卷三，第三頁），收作李清照詞。

校記

調題：皆同範詞。

正文：『慵』作『懶』；『遺』作『通』。

附録：無。

［二〇］　清・陳世焜（廷焯）選《雲韶集》手抄本（卷一〇，第二一頁），收作李清照詞。

校記

調題：皆同範詞。

正文：『慵』作『懶』；『遺』作『通』。

附録：清麗之句（瑜注：指『淡雲來往月疏疏』）。　宛約（瑜注：指末句）。（眉批）

［二一］　清・陳廷焯選評《詞則》上海古籍出版社影印本　別調集（卷二，第二八頁），收作李清照詞。

校記

調題：皆同範詞。

正文：『慵』作『懶』；『遺』作『通』。

附録：清麗，出『朦朧淡月雲來去』之右，結句沉着。（眉批）

［二二］　清人輯《斷腸漱玉詞合刊》之《漱玉詞》光緒庚子石印本（第三頁），收作李清照詞。

校記

調題：皆同範詞。

正文：『斗帳掩』作『丹帳奄』；『辟』作『璧』。

附録：無。

［二一三］清・何震彝輯《詞苑珠塵》清光緒三十三年鉛印本（不分卷，第二三頁），著録為李清照詞句。

校記

調題：無調。集為詩句。詩題作『閨怨十二首』。

正文：僅收録『髻子傷春懶更梳』一句。『慵』作『懶』。

附録：無。

［二一四］清・何震彝輯《詞苑珠塵》清光緒三十三年鉛印本（不分卷，第二七頁），著録為李清照詞句。

校記

調題：無調。集為詩句。詩題作『無題十六首』。

正文：僅收録『朱櫻斗帳掩流蘇』一句。

附録：無。

［二一五］清・蕙風簃主箋《漱玉詞箋》中華圖書館石印本　中華民國四年六月版（不分卷，第八頁），收作李清照詞。

校記

調題：皆同範詞。

正文：『慵』作『懶』；『初』作『務』；『遺』作『通』。

附録：無。

［二一六］木石居士選輯　絳雲女史參校《歷代名媛詞選》民國十六年石印本（卷三，小令三，未注頁碼），收作李清照詞。

校記

調題：皆同範詞。

正文：『慵』作『懶』；『遺』作『通』。

附録：無。

〔二七〕李文裿輯《漱玉集》冷雪盦叢書本（卷三，第二頁），收作李清照詞。

校記

調題：皆同範詞。

正文：「慵」作「懶」；「遺」作「通」。

附録：《歷代詩餘》、《詞綜》、四印齋本《漱玉詞》、《歷朝名媛詩詞》。（尾注）

〔二八〕趙萬里輯《漱玉詞》，《校輯宋金元人詞》本（第二頁），收作李清照詞。

校記

調題：皆同範詞。調下注：「《花草粹編》題作「閨情」，《草堂詩餘續集》、《古今詞統》并同」。

正文：「慵」作「懶」。

附録：《花草粹編》二、《草堂詩餘續集》上、《古今詞統》四、《詞綜》、《歷代詩餘》七。（尾注）

按：《詩詞雜俎》本《漱玉詞》收之，與《花草粹編》同。

〔二九〕唐圭璋輯《全宋詞》中州古籍出版社　兩冊本（上，第六四八頁），收作李清照詞。

〔三〇〕中華書局編《李清照集》（第四頁），收作李清照詞。

〔三一〕黃墨谷《重輯李清照集》齊魯書社（卷一，第八頁），收作李清照詞。

〔三二〕徐北文主編《李清照全集評注》濟南出版社（第九三頁），收作李清照詞。

〔三三〕徐培均《李清照集箋注》上海古籍出版社（第七〇頁），收作李清照詞。

◎歷代此闋著録他人或無名氏及存疑詞之載籍：

〔一〕王仲聞《李清照集校注》人民文學出版社（第九〇頁），收作李清照「存疑」詞。

附録：按：此首別見《花草粹編》卷二，無撰人姓氏，其前為李清照「淡蕩春光寒食天」《浣溪沙》一闋。《續草堂詩餘》等以為李清照作，未知何據。

◎瑜按：

總之，此詞三十餘種載籍收為李清照（易安）詞，撰者無异名。文津閣本、文淵閣本、明刊本《花草粹編》皆收三首

連排《浣溪沙》。第一首《浣溪沙》（小院閑窗）署名李易安；第二首《浣溪沙》（淡蕩春光）未署撰者，與第一首之間用［二］銜接。三種版本并同。所不同之處：文淵閣本、明刊本第二首《浣溪沙》（淡蕩春光）與第三首《浣溪沙》（髻子傷春）之間不僅未署名，也未用『三』銜接。唯文津閣本有『三』銜接，決定了此本此詞歸屬李易安，參見《品令》（急雨驚秋曉）之『瑜按』及上［三］明陳耀文纂《花草粹編》影印明刊十二卷本所收此詞之『瑜注』。王仲聞：『其前為李清照「淡蕩春光寒食天」《浣溪沙》一闋』說法不確切，『前「淡蕩春光寒食天」《浣溪沙》一闋』書面上亦未署撰人姓名。王仲聞『《續草堂詩餘》等以為李清照作，未知何據』之說祇是疑問，不影响歸屬，茲入《漱玉詞》。

【注釋】

［一］**髻子**：古代婦女的一種髮式。宋張先《醉落魄》：『雲輕柳弱。內家髻子新梳掠。』宋秦觀《臨江仙》：『髻子偎人嬌不整，眼兒失睡微重』。

［二］**玉鴨熏爐**：玉製（或白瓷制）的點燃熏香的鴨形香爐。熏爐形狀各式各樣，有麒麟形、獅子形、鴨子形等；質料也有金、黃銅、鐵、玉、瓷等不同。易安《鳳凰臺上憶吹簫》中『香冷金猊』的『金猊』，蓋為金或黃銅制的獅形熏爐。五代顧敻《浣溪沙》：『翠幃金鴨炷香平』，其《臨江仙》：『香爐暗銷金鴨冷』，其中的『金鴨』即為金或黃銅制的鴨形熏爐。

［三］**瑞腦**：見《浣溪沙》（莫許杯深琥珀濃）注。

［四］**朱櫻斗帳**：朱櫻，《唐本草》：『（櫻桃）熟時深紅色者謂之朱櫻』，這裏形容斗帳的顏色。斗帳，覆斗形的帳子。宋張孝祥《滿江紅》：『斗帳高眠。寒窗静，瀟瀟雨意』。

［五］**流蘇**：指帳子下垂的穗兒，一般用五色羽毛或彩綫盤結而成。唐韋莊《菩薩蠻》：『紅樓別夜堪惆悵。香燈半捲流蘇帳』。唐王維《扶南曲》：『翠羽流蘇帳，春眠曙不開』。

［六］**遺犀**：遺，給予，南北朝王融《游仙詩》：『遺珮出長浦，舉袂望增城。』犀，指犀牛角，傳說為靈异之物。《開元天寶遺事》：『交趾國進犀角一株，色黃似金。使求請以金盤置于殿中，溫溫然有暖氣襲人。上問其故。使對曰：「此辟寒犀也」』。唐李商隱《無題》：『身無彩鳳雙飛翼，心有靈犀一點通』。

【品鑒】

這首小詞，是易安年輕時的作品。作者用了白描的藝術手法，繪製了兩幅清淡典雅的圖畫：一是室外『閨婦夜晚傷春圖』，一是室內『閨婦夜晚懷人圖』。兩幅畫面互相映襯，相得益彰，妙趣橫生，突出了詞旨。

『髻子傷春慵更梳。』首句，開宗明義，袒露自己的傷春情懷，也寫出傷春的情態。『慵更梳』，這是傷春的惆悵情懷在人行為上的表露。懶于梳洗打扮，這在古典詩詞裏是一種常用的形象。婦女或因傷春，或因懷人，或因某種變故，她們没有心思去梳洗打扮。作者捕捉到這一形象，用來揭示人物的内心世界，是頗為經濟而又巧妙的方法。讀者一看到這種情況便知道女主人的心理，容易取得良好的藝術效果。但是，這裏作者没有讓我們去猜測，而是明確告訴我們，其『慵更梳』的原因是『傷春』。唐江采萍原是唐玄宗的愛妃，後因楊貴妃得寵而被冷落。玄宗曾賜給她一些珍珠，她不受，并寫《謝賜珍珠》詩一首，以表情懷。詩云：『桂葉雙眉久不描，殘妝和泪污紅綃。長門盡日無梳洗，何必珍珠慰寂寥』，這種『雙眉久不描』、『殘妝』、『盡日無梳洗』，便是女主人的愛、思、怨、愁、恨等多種思想感情在行為上的體現。唐人李冶《得閻伯均書》有『情來對鏡懶梳頭，暮雨蕭蕭庭樹秋』句，五代孫光憲《浣溪沙》有『攬鏡無言泪欲流。凝情半日懶梳頭』句，都是典型的例子。

『晚風庭院落梅初。』作者從寫人物的情態轉而寫外面的環境，這是由人及物。女主人看到了什麽？可能看到的事情很多，諸如牆外的房舍、高大的樹木等等，但不能全寫，必須經過抉擇、揀選。寫什麽？寫庭院。這是什麽樣的庭院呢？『晚』字，道出了一天的具體時間，庭院處在夜色的朦朧中，『風』字告訴我們，天氣是颳着春風的。作者雖然没有寫風勢的大小，但我們從『初』字看出，庭院裏的梅花是經過春風的摇曳而剛剛謝落的。風究竟有幾級，我們不必去推究，但其風勢是足能摧落梅花的，這裏似乎在補叙首句『傷春』之所由。

『淡雲來往月疏疏。』承寫夜晚的環境。從寫地下，到寫天上。『淡雲來往』，輕淡的雲彩來回飄動，這説明晚來的風勢是不小的，并且是非定向的，梅花會受到更大的摧折。『疏疏』，與明人馮琦《葡萄》：『的的紫房含雨潤，疏疏翠幄向風開』，宋人張耒《秋蕊香》：『簾幕疏疏風透。一綫香飄金獸』中的『疏疏』都是稀疏的意思。女主人望着天空，春風戲弄着輕淡的雲彩，使它飄來飄去，月亮灑下稀疏的光輝。

上片，寫女主人為大好的春光將盡而感到哀傷，連頭上的髮髻也懶得再梳理。晚上，院裏颳着春風，摇蕩着庭樹，梅花剛剛被吹落。天上輕淡的雲彩隨風飄來飄去，月亮投下稀疏的光輝。作者寫環境，一方面補叙『慵更梳』的原因，一方面襯托女主人那種凄寂的心境。《蓮子居詞話》云：『言情之詞，必藉景色映托。乃具深宛流美之致』，是有道理的。

『玉鴨熏爐閑瑞腦』，换頭，轉而寫閨房的環境。『瑞腦』，前面冠之以『閑』字，説明這種香料是放置熏爐裏，没有點燃。『瑞腦』應該點燃而不點，這反映女主人打不起精神，對周圍事物都不感興趣的百無聊賴的情態。平時女主人喜燃熏香，喜歡觀賞景物，然而現在却一反常態，這説明女主人的心事沉重，思想活動的激烈。

『朱櫻斗帳掩流蘇。』深紅櫻桃色斗帳遮蓋着帳下裝點的穗子。本來『流蘇』是為了點綴帳子，使其更美麗漂亮，可是她現在却把美的東西遮蓋住也不顧惜，這表現女主人已經無心思美化了。這裏，作者用一對偶句寫出女主人愛嗅的東西不嗅了，愛看的東西也不顧惜了，反映了抑鬱惆悵的情懷。

『遺犀還解辟寒無。』女主人躺在床上斗帳裏覺得格外凄清，雖有丈夫離別時留給她的辟寒靈犀挂在帳上，安能解除心靈的凄寒。

上片，寫閨房外面的環境，以襯托女主人傷春的情懷。由情入景。

下片，寫閨房裏面的環境，以襯托女主人懷念心上人的意緒。由景入情。

作者用環境描寫渲染氣氛，揭示主人公的思想感情、精神狀態。這樣的詩詞姿態生動，深婉流美，輕靈自然。這是詩詞中常見的一種藝術手法。李清照嫻熟地運用這種手法所寫的環境没有雷同，即使寫同一些東西。《浣溪沙》：『玉爐沉水裊殘烟』，《醉花陰》：『瑞腦消金獸』，《孤雁兒》：『沉香斷續玉爐寒』，《鳳凰臺上憶吹簫》：『香冷金猊』，這些詞中的句子都是寫香爐和熏香的，但狀態各异，妙趣無窮。易安在寫室内環境時，也寫熏爐，也寫帳，但寫法也不同。《醉花陰》：『薄霧濃雲愁永晝。瑞腦消金獸。佳節又重陽，玉枕紗厨，半夜凉初透』；《孤雁兒》：『藤床紙帳朝眠起。説不盡、無佳思。沉香斷續玉爐寒，伴我情懷如水』。《醉花陰》寫的是整日發愁的女主人枯坐在閨房，瑞腦這種熏香，在金或黄銅鑄的獸形香爐裏燃盡。晚上躺在紗帳裏睡覺，半夜裏有些凉意透過。這是寫女主人秋天日夜的離愁。雖然也寫室内的環境，時間發生在白天與黑夜，選寫的是瑞腦在玉爐裏燃盡，凉意透過紗橱。《孤雁兒》寫的是女主人在藤床上梅花紙帳中醒來，心緒很不好，斷斷續續地往玉爐裏添香，一直到香料燃盡，玉爐冰凉。衹有冰凉的玉爐伴着她像水那樣的情懷。這是寫她對丈夫沉哀入髓的悼念之情。作者雖然也寫的是室内環境，但時間是早晨，選寫的室内景物，一是梅花紙帳，一是斷續燃盡瑞腦的冰凉玉爐，女主人的情懷如水。此詞寫的室内環境，時間是入夜時分，擺的是玉鴨形熏爐，裏面的瑞腦没有點燃，她睡在朱櫻斗帳裏，心頭的寒意難以解除。寫的是懷念丈夫時悵惘的情懷。雖然都是寫室内環境，都寫擺設的『爐』、住的『帳』、心情的凄凉，但意境却不相同。由于時間的不同，生活的變化，周圍環境的改變，即使都寫『愁』，但具體的感受也有所不同。所以同是寫室内環境，可我們絲毫没有重複、雷同、索味的感覺。易安詞意是婉約含蓄的，有時用環境描寫暗示給我們。

此詞在内容上、風格上，從文學史的角度來看，受唐五代一些詞的影響是很深的。五代張泌《浣溪沙》：『翡翠屏開綉幄紅。

謝娥無力曉妝慵。錦幃鴛被宿香濃。微雨小庭春寂寞，燕飛鶯語隔簾櫳。杏花凝恨倚東風。』此詞中作者選取的典型材料：『綉幄』、『曉妝慵』、『小庭』、『杏花』、『春寂寞』，與易安詞中的『斗帳』、『髻子』、『慵更梳』、『庭院』、『落梅』、『傷春』，基本相同。五代顧敻《浣溪沙》：『雁響遥天玉漏清。小紗窗外月朧明。翠幃金鴨炷香平。何處不歸音信斷，良宵空使夢魂驚。簟涼枕冷不勝情。』此詞中作者選取典型材料：『遥天』、『月朧明』、『翠幃』、『金鴨』、『香』、『冷』，與易安此詞中選取的材料：『淡雲』、『月疏疏』、『斗帳』、『玉鴨』、『瑞腦』、『寒』頗似。這樣的例子在《花間集》中并不少見。這説明易安詞受唐五代詞的影響較深。清譚仲修（譚獻）《復堂詞話》云：『易安居士獨此篇有唐調』，我以為不僅如此。易安此詞的内容和選材，與上基本相同，但我們却毫無重複之感，亦無覺因襲之嫌。這是因為作者不同，每人的心境不同，對相同事物的具體感受也不同。不同感受與基本相同的材料和不同的材料熔為一爐，因此形成了各自獨具特色的意境。

【選評】

［一］**明·沈際飛**：話頭好。淵然。（《草堂詩餘續集》）

［二］**清·陳世焜（廷焯）**：清麗之句（瑜注：指『淡雲來往月疏疏』）。宛約（瑜注：指末句）。（《雲韶集》）

［三］**清·陳廷焯**：清麗，出『朦朧淡月雲來去』之右，結句沉着。（《詞則》）

［四］**清·譚仲修**：易安居士獨此篇有唐調。選家爐冶，遂標此奇。（《復堂詞話》）

［五］**蔡厚示**：傷春和悲秋，在中國古典文學作品中是習見的主題。但以往此類作品，大多數是男子寫的；常常是藉此題目另寓政治上的感慨。李清照却是以女詞人的身份用本色語直吐心曲，所以彌覺它真實動人。……整首詞寫得如泣，如訴，如怨，如慕。在表面平静的叙述中，蘊藏着極為豐富、複雜而又細膩的感情。末尾一句，更迸出了強烈的呼喊，發為直叩人心的詰問。（《李清照詞鑒賞》）

［六］**侯健　呂智敏**：這首詞抒寫傷春之情，主要通過室内外的環境、景物來烘托渲染。首句開門見山，直接點出『傷春』的題旨，并擷取了最能表達女子心理特徵的懶于梳妝的生活細節，將傷春的抽象情緒予以形象化的顯示。這『傷春』二字是全詞的詞眼，無論是風吹梅落、雲遮月暗的自然環境，還是寶爐香消、斗帳生寒的室内環境，無一不受着它的照映，染上了凄清傷感的色彩。全詞的筆調淡雅，節奏舒緩，更有助于傷春情緒的表達。（《李清照詩詞評注》）

浣溪沙

繡面芙蓉一笑開。斜飛寶鴨襯香腮。眼波纔動被人猜。一面風情深有韵，半箋嬌恨寄幽懷。月移花影約重來。

——《詩詞雜俎》之《漱玉詞》

【考辨】

◎歷代載籍著録此闋之詞調、題目：

調作《浣溪沙》、《山花子》。題作『閨情』。

◎歷代此闋著録為李清照（易安）詞之載籍：

［一］明·茅暎遠士評選《詞的》清萃閔堂抄本《四庫未收書輯刊》影印（卷之一，第二一頁），收作李清照詞。

校記

調題：調同範詞。題作『閨情』。

正文：皆同範詞。

附録：無。

［二］明·毘陵長湖外史類輯 姑蘇天羽居士評箋《草堂詩餘續集》明萬賢樓自刻本（卷上，第一二頁），收作李易安詞。

校記

調題：調同範詞。題作『閨情』。

正文：皆同範詞。

附録：昔有老僧參『臨去秋波』一句，試參此。又一個『月上柳梢』、『人約黄昏』矣，可嘆。（眉批）

［三］明・錢允治箋釋　陳仁錫校閲（内署）《類編箋釋續選草堂詩餘》明萬曆刻本《續修四庫全書》影印（卷之上，第一一頁），收作李易安詞。

校記

調題：調同範詞。題作『閨情』。

正文：皆同範詞。

附録：無。

［四］明・毛晋訂《漱玉詞》影印汲古閣初刻《詩詞雜俎》本（第五頁），收作『李氏　清照』詞。

校記

調題：調作《浣溪沙》。無題。

正文：原『繡』、『韻』、『牋』，茲改為正字『綉』、『韵』、『箋』。（擇為範詞，底本）

附録：無。

［五］明・楊肇祉輯《詞壇艷逸品》明刻本（亨，第三頁），收作李易安詞。

校記

調題：調作《山花子》。題作『閨情』。

正文：『蓉』作『容』；『飛』作『雲』。

附録：無。

［六］明・鄭文昂編輯《古今名媛彙詩》，《四庫全書存目叢書》影印明刊本（卷一七，第七頁），收作李清照詞。

校記

調題：調同範詞。題作『閨情』。

正文：皆同範詞。

附録：無。

［七］　明・王象晋纂輯《二如亭群芳譜》虎丘禮宗書院藏板（卷二，天譜，第三六頁），收作李易安詞。

校記

調題： 調作《山花子》。無題。

正文： 皆同範詞。

附録： 無。

［八］　明・馬嘉松輯《花鏡雋聲》明天啓刻本（雋聲七卷，詩餘，第三頁），收作李易安詞。

校記

調題： 調作《山花子》。題作『閨情』。

正文： 皆同範詞。

附録： 無。

瑜注：《花鏡雋聲・花鏡韵語》（第二頁，風態），僅收録李易安此詞『一面風情深有韵』一句。

［九］　明・卓人月彙選　徐世俊參評《古今詞統》（又名陳繼儒評選《草堂詩餘》、《詩餘廣選》），《續修四庫全書》本（卷四，第二五頁），收作李清照詞。

校記

調題： 調同範詞。題作『閨情』。調下注：『一名《山花子》』。

正文： 皆同範詞。

附録： 朱淑真云：『嬌癡不怕人猜』，便太縱矣。（眉批）

［一〇］　明・趙世杰選輯　許肇文參閱《古今女史》明崇禎刊本（卷一二，詩餘，第三頁），收作李易安詞。

校記

調題： 調同範詞。題作『閨情』。

正文： 皆同範詞。

附録： 摹寫嬌態，曲盡如畫。（眉批）　更入趣（瑜注：『眼波纔動』之旁批）。

［一一］　明・潘游龍輯《精選古今詩餘》（《古今詩餘醉》）清乾隆壬午秋鐫（卷一〇，第一三頁），收作李易安詞。

校記

調題： 調同範詞。題作『閨情』。

正文： 『纔』作『方』。

附録： 無。

［一二］清・周銘編集　金成棟重校《林下詞選》，《四庫全書存目叢書補編》第二冊（卷一，第二頁），收作李清照詞。

校記

調題： 皆同範詞。

正文： 皆同範詞。

附録： 無。

［一三］清・沈辰垣等編《御選歷代詩餘》影印康熙内府本（卷七，第三五頁），收作李清照詞。

校記

調題： 皆同範詞。

正文： 『面』作『幕』；『飛』作『偎』。

附録： 無。

［一四］清・陳夢雷　蔣廷錫等輯《欽定古今圖書集成》明倫彙編閨媛典　中華書局影印本（第二〇卷，閨媛總部，第三九六冊之四四葉），收作李清照詞。

校記

調題： 皆同範詞。

正文： 『面』作『幕』；『飛』作『偎』。

附録： 無。

［一五］清・江標抄《李清照漱玉詞》汲古閣未刻詞二十二家本（手抄，不分卷頁，第五首），上海圖書館藏，收作『宋易安居士李氏清照』詞。

校記

調題：皆同範詞。

正文：皆同範詞。

附録：無。

〔一六〕清・汪玢箋《漱玉詞彙抄》問蘧廬正本（手抄，不分卷頁，第一四首），復旦大學圖書館藏，收作「宋李氏清照易安」詞。

校記

調題：皆同範詞。

正文：皆同範詞。

附録：無。

〔一七〕清・莫友芝家抄《漱玉詞》（手抄，不分卷頁，第三五首），復旦大學圖書館藏，收作「宋李氏清照易安」詞。

校記

調題：調同範詞。題作「閨情」。

正文：「移」作「明」。

附録：無。

〔一八〕清・王鵬運輯《漱玉詞》，《四印齋所刻詞》本（第九頁），收作「李清照　易安」詞。

校記

調題：皆同範詞。

正文：「面」作「幕」；「飛」作「偎」。

附録：此尤不類，明明是淑真「月上柳梢」、「人約黄昏」詞意，蓋既污淑真又污易安也。（詞評）

〔一九〕清・楊文斌輯録《三李詞》光緒庚寅夏香海閣刊本（卷三，第三頁），收作李清照詞。

校記

調題：皆同範詞。

正文：『面』作『幕』；『飛』作『偎』。

附録：無。

［二一〇］清人輯《斷腸漱玉詞合刊》之《漱玉詞》光緒庚子石印本（第三頁），收作李清照詞。

校記

調題：皆同範詞。

正文：皆同範詞。

附録：無。

［二一一］清・何震彝輯《詞苑珠塵》清光緒三十三年鉛印本（不分卷，第三一頁），著録為李清照詞句。

校記

調題：無調。集為詩句。詩題作『吴趨雜詩十首』。

正文：僅收録『綉幕芙蓉一笑開』一句。『面』作『幕』。

附録：無。

［二一二］清・何震彝輯《詞苑珠塵》清光緒三十三年鉛印本（不分卷，第三五頁），著録為李清照詞句。

校記

調題：無調。集為詩句。詩題作『艷情二十首』。

正文：僅收録『斜偎寶鴨襯香腮』一句。『飛』作『偎』。

附録：無。

［二一三］清・蕙風簃主箋《漱玉詞箋》中華圖書館石印本　中華民國四年六月版（不分卷，第五頁），收作李清照詞。

校記

調題：皆同範詞。

正文：『面』作『幕』；『飛』作『偎』。

附録：《古今詞話》：賀裳曰：『詞雖以險麗為宗，實不及本色語之妙。如李清照云：「眼波纔動被人猜」，蕭淑蘭云：「去也不教知，怕人留戀伊」，魏夫人云：「為報歸期須及早，休誤妾，一春閑」，吴淑姬云：「一春不忍上高樓，為怕見

分携處」，覺「紅杏枝頭」，費許大氣力，安排得一「鬧」字。」（詞評）

《蓮子居詞話》：易安「眼波纔動被人猜」，矜持得妙。淑真「嬌癡不怕人猜」，放誕得妙。均善于言情。（詞評）

［二四］木石居士選輯　絳雲女史參校《歷代名媛詞選》民國十六年石印本（卷三，小令三，未注頁碼），收作李清照詞。

校記

調題： 皆同範詞。

正文：「面」作「幕」；「飛」作「偎」。

附録： 無。

［二五］李文裿輯《漱玉集》冷雪盦叢書本（卷三，第二頁），收作李清照詞。

校記

調題： 皆同範詞。

正文：「面」作「幕」；「飛」作「偎」。

附録：《歷代詩餘》、四印齋本《漱玉詞》。（尾注）

［二六］唐圭璋輯《全宋詞》中州古籍出版社　兩冊本（上，第六四八頁），收作李清照詞。

［二七］徐北文主編《李清照全集評注》濟南出版社（第八七頁），收作李清照詞。

［二八］徐培均《李清照集箋注》上海古籍出版社（第一一頁），收作李清照詞。

◎歷代此闋著録他人或無名氏及存疑詞之載籍：

［一］趙萬里輯《漱玉詞》，《校輯宋金元人詞》本（第一一頁），「附録一」收作「李清照　易安」「存疑」詞。

校記

調題： 皆同範詞。調下注：「《草堂詩餘續集》題作「閨情」，《古今女史》、《古今詞統》并同」。

正文： 皆同範詞。

附録：《草堂詩餘續集》上、《古今女史》、《古今詞統》四、《歷代詩餘》七。（尾注）

按：《金瓶梅》第十三回引上闋不注撰人，《詩詞雜俎》本《漱玉詞》收之，「面」作「幕」。詞意儇薄，不類易安他作，王鵬運已疑之。未詳所出。

[二] 中華書局編《李清照集》（第四二頁），『附録』收之。

附録：按：此詞《詩詞雜俎》本《漱玉詞》收之，詞意膚淺，不類易安他作。王鵬運已疑之。

[三] 王仲聞《李清照集校注》人民文學出版社（第九一頁），收作李清照『存疑之作』。

附録：四印齋本《漱玉詞》注：「此尤不類明明是淑真「月上柳梢頭，人約黄昏後」詞意蓋既污淑真又污易安也。」趙萬里輯《漱玉詞》云：『按《金瓶梅》第十三回引上闋，不著撰人。《詩詞雜俎》本《漱玉詞》收之，「面」作「幕」。詞意儇薄，不類易安他作。王鵬運已疑之，未詳所出』。

[四] 黄墨谷《重輯李清照集》齊魯書社（卷三，第四八頁），『附』録收之。

附録：刊削意見：此詞僅見《草堂詩餘續集》上，宋代總集均不録。且詞筆膚淺，半塘老人《漱玉詞》已言其不類，趙萬里《漱玉詞》亦未録，輯在附録一存疑。茲不録。

◎ 瑜按：

綜前，約三十種載籍著録為李清照（易安）詞。王鵬運、趙萬里等之疑無確據。趙萬里『詞意儇薄，不類易安他作』，不能影響詞的歸屬，最杰出的文學家其作品亦不能篇篇是杰作。故輯入《漱玉詞》。

【注釋】

[一] **綉面**：唐宋以前流行婦女面額或頰上畫妝。如六朝以後上層社會婦女流行在額上畫五瓣梅花，稱梅花妝。唐白居易《東南行一百韵寄通州元九侍御澧州李十一》：『綉面誰家婢？鴉頭幾歲奴？』唐胡直鈞《太常觀閲驃國新樂》：『轉規回綉面，曲折度文身』。五代牛嶠《紅薔薇》：『若綴壽陽公主額，六宫争肯學梅妝。』為綉面之一種。

[二] **芙蓉**：荷花，此處比喻面容很好看。唐白居易《憶江南》：『吴酒一杯春竹葉，吴娃雙舞醉芙蓉。早晚復相逢。』元王實甫《西厢記》附録《摘翠百咏小春秋》（五）《生見鶯鶯》：『給孤園裏遇神仙，掩映芙蓉面』。

[三] **寶鴨**：指兩頰所綴鴉形圖案，或以為指釵頭形狀為鴨形的寶釵。釵，古代婦女頭上的飾物。

[四] **香腮**：美麗芳香的面頰。唐溫庭筠《菩薩蠻》：『小山重疊金明滅。鬢雲欲度香腮雪』。宋陳師道《菩薩蠻》：『玉腕枕香腮。荷花藕上開』。

[五] **眼波**：眼光波動傳情。宋劉一止《踏莎行》：『眉黛分愁，眼波傳信』。宋呂渭老《蝶戀花》：『醉笑眼波横一寸。微微酒色生紅暈』。

[六] **猜**：見《減字木蘭花》（賣花擔上）注。

[七] **一面**：整個臉上。宋袁綯《傳言玉女》：『一面笑開，向月斜裹珠箔』。

［八］**風情**：男女愛慕之情。宋歐陽修《夜行船》：『佯嬌佯醉索如今，這風情、怎教人禁』。宋柳永《雨霖鈴》：『便縱有、千種風情，更與何人説』。

［九］**韵**：情致，風度。宋周輝《清波雜志》卷六引《明節和文貴妃墓志》文：『六宫稱之曰韵』。并云：『蓋時以婦人有標致者為韵。』宋張震《驀山溪》：『小立背鞦韆，空悵望、娉婷韵度。』宋蔡伸《驀山溪》：『冷艷與清香，似一個、人人標韵』。

［一〇］**箋**：紙，指信箋、詩箋。宋晏殊《鵲踏枝》：『欲寄彩箋兼尺素。山長水闊知何處』。宋孫夫人《燭影摇紅》：『若見賓鴻試問。待相將彩箋寄恨』。

［一一］**月移花影**：這裏指約會的時間，即月斜之際。宋王安石《春夜》：『春色惱人眠不得，月移花影上欄杆。』宋李彭老《醉太平》：『月移花影西厢。數流螢過牆』。

【品鑒】

此詞是寫一位風韵韶秀的女子與心上人幽會，并寫信相約心上人再會的情景。

首二句：『綉面芙蓉一笑開。斜飛寶鴨襯香腮。』起得突兀。以『綉面』開筆，描繪了女主人的肖像。這好比影視藝術中的特寫鏡頭，這個畫面是活動的，立體的。濃妝粉面的女主人嫣然一笑，好像清水芙蓉忽然開放一樣。唐白居易《長恨歌》有『太液芙蓉未央柳，芙蓉如面柳如眉』句。元王實甫《西厢記》有『游絲牽惹桃花片，珠簾掩映芙蓉面』句。這是一種比擬，把漂亮女子的『一笑』，比作荷花開綻那麽美。『一笑開』，也頗有白居易《長恨歌》：『回眸一笑百媚生』的意味。女主人雲鬢上斜插的釵頭寶鴨振翅欲飛，襯托着嬌媚芳香的臉龐。這是用襯托手法寫『香腮』。此詞的『飛寶鴨』，與易安存疑詞《菩薩蠻》：『緑雲鬢上飛金雀』中『飛金雀』的意思是一致的。『眼波纔動被人猜。』女主人那含情脉脉的明眸，是她心靈的鏡子，剛剛轉動，就被人窺測到她的心意，這是心理描寫。開始的肖像描寫，細膩生動，使讀者獲得强烈、清晰、深刻的印象。『芙蓉一笑開』、『斜飛寶鴨』、『眼波纔動』，創造出一種活動神俊的藝術畫面。上片，女主人的肖像描寫是十分出色的。

換頭：『一面風情深有韵』，有總前啓下之妙。上片恰恰寫的就是『一面風情深有韵』，她滿臉的風采情致，深有韵味，儀容俏麗。『半箋嬌恨寄幽懷。月移花影約重來。』女主人拿了一張信箋，用其一半寫了因為心上人對自己的愛不能盡善盡美而産生的嗔怪之情，寄寓自己的一片深情蜜意。她在信中相約，在月明之夜，在花影婆娑的時候，再來相會。元王實甫《西厢記》（第三本第二折）：『待月西厢下，迎風户半開。隔牆花影動，疑是玉人來』，其情境深受此詞影響。故《西厢記》附《摘翠百咏小春秋》（第三十六《生赴鶯約》）：『月移花影上窗虚，静院閑凝佇』之句。

這首詞所寫的是愛情，是一對戀人的幽會和相約。愛情是個古老的主題，在中國封建社會中封建禮教的種種桎梏下，詞中的女主人能夠自由幽會，女主人主動寫信給自己的心上人傾述衷腸，并提出『月移花影』時再來會面的要求，這無疑是對封建禮教的蔑視和反抗，是難能可貴的。

此詞在對女主人進行肖像描寫的時候，運用了多種藝術手法：『綉面芙蓉一笑開』，這是比擬，用開綻的芙蓉花比做女主人的笑臉；『斜飛寶鴨襯香腮』，這是襯托手法，用漂亮的寶鴨襯托香腮的美麗；『眼波纔動被人猜』，用心理描寫的藝術手法，寫出女主人的目透心靈，聰穎純潔，風情無限。

此詞語言自然、活潑，格調歡快、俊朗，有其自己的特色。

古人對此詞很是贊賞，清徐釚《詞苑叢談》云：『詞雖以險麗為工，實不如本色語之妙。如李易安「眼波纔動被人猜」。』稱其為『本色語』；清吴衡照《蓮子居詞話》云：『易安「眼波纔動被人猜」，矜持得妙。淑真「嬌癡不怕人猜」，放誕得妙。均善于言情。』評得有道理。

【選評】

〔一〕**明·沈際飛**：昔有老僧參『臨去秋波』一句，試參此。又一個『月上柳梢』、『人約黄昏』矣，可嘆。（《草堂詩餘續集》）

〔二〕**明·趙世杰　許肇文**：摹寫嬌態，曲盡如畫。（眉批）　更入趣（瑜注：『眼波纔動』句旁批）。（《古今女史》）

〔三〕**清·沈　謙**：『喚起兩眸清炯炯』、『閑里覷人毒』、『眼波纔動被人猜』、『更無言語空相覷』，傳神阿堵，已無剩美。（《詞話叢編·填詞雜説》）

〔四〕**清·沈　雄**：賀裳曰：詞雖以險麗為宗，實不及本色語之妙。如李清照云：『眼波纔動被人猜。』蕭淑蘭云：『去也不教知，怕人留戀伊。』魏夫人云：『為報歸期須及早，休誤妾，一春閑。』吴淑姬云：『一春不忍上高樓，為怕見分携處。』覺紅杏枝頭，費許大氣力，安排得一鬧字。（《詞話叢編·古今詞話·詞品》）

〔五〕**清·田同之**：《賀裳論詞中本色語》：詞中本色語，如李易安『眼波纔動被人猜』，蕭淑蘭『去也不教知，怕人留戀伊』，孫光憲『留不得、留得也應無益』，嚴次山『一春不忍上高樓，為怕見分携處』，觀此種句，即可悟詞中之真色生香。（《西圃詞説》）

［六］**清・吴衡照**：易安『眼波纔動被人猜』，矜持得妙。淑真『嬌癡不怕人猜』，放誕得妙。均善于言情。（《蓮子居詞話》）

［七］**清・王鵬運**：此尤不類，明明是淑真『月上柳梢』、『人約黄昏』詞意。蓋既污淑真，又污易安也。（四印齋本《漱玉詞》）

［八］**趙萬里**：詞意儇薄，不類易安他作，王鵬運已疑之。未詳所出。（《漱玉詞》，《校輯宋金元人詞》本）

［九］**傅庚生**：吴子津《蓮子居詞話》云：『易安「眼波纔動被人猜」，矜持得妙；淑真「嬌癡不怕人猜」，放誕得妙；均善于言情。』言情之所以善，亦各從其環境所觸發之性靈耳。易安歸湖州守趙明誠，文苑雙鑣，深閨綉闥，輒不免工愁善媚，有似水柔情；故綺情結于矜持之態。淑真所嫁非偶，市井之民家，粗俗無堪共語者，言出率性，輒憑氣于剛骨，故慧心發為放誕之詞。（《中國文學欣賞舉隅・巧拙與剛柔》）

［一〇］**陳邇冬**：過去封建文人，把李清照『眼波纔動被人猜』（《浣溪沙》句）一些詞説成非她的作品，那是由于他們心目中衹有女『神』和女『奴』，没有平等的女『人』的原故。（《宋詞縱談》）

采桑子

晚來一陣風兼雨，洗盡炎光。理罷笙簧。却對菱花淡淡妝。絳綃縷薄冰肌瑩，雪膩酥香。笑語檀郎。今夜紗櫥枕簟涼。

——《御選歷代詩餘》

【考辨】

◎歷代載籍著録此闋之詞調、題目：

調作《醜奴兒》、《采桑子》、《醜奴兒令》、《羅敷媚》（又名《羅敷令》）。題作『夏意』、『新涼』、『夏閨』。

◎歷代此闋著録為李清照（易安）詞之載籍：

［一］　明・楊慎輯《詞林萬選》，《四庫全書存目叢書》影印汲古閣刻《詞苑英華》本（卷四，第二頁），收作李易安詞。

校記

調題：調作《醜奴兒》。無題。

正文：皆同範詞。

附録：無。

［二］　清・周銘編集　金成棟重校《林下詞選》，《四庫全書存目叢書補編》第二冊（卷一，第三頁），收作李清照詞。

校記

調題：調作《醜奴兒》。無題。

正文：皆同範詞。

附録：無。

［三］清・沈辰垣等編《御選歷代詩餘》影印康熙內府本（卷一〇，第五三頁），收作『宋媛 李清照』詞。

校記

調題：調作《采桑子》。無題。瑜注：此詞調與《欽定詞譜》之《采桑子》正體，和凝詞（蝤蠐領上）：『雙調四十四字，前後段各四句三平韵』合。

正文：原『笑』、『幮』，茲改為正字『笑』、『櫥』。（擇為範詞，底本）

附録：無。

［四］清・陳夢雷 蔣廷錫等輯《欽定古今圖書集成》明倫彙編閨媛典 中華書局影印本（第二〇卷，閨媛總部，第三九六冊之四四葉），收作李清照詞。

校記

調題：皆同範詞。

正文：皆同範詞。

附録：無。

［五］清・葉申薌輯《天籟軒詞選》清嘉慶間刊本（卷五，第四九頁），收作李易安詞。

校記

調題：皆同範詞。

正文：『笙』作『絲』。

附録：無。

［六］清・汪玢箋《漱玉詞彙抄》問遽廬正本（手抄，不分卷頁，第四二首），復旦大學圖書館藏，收作『宋李氏清照易安』詞。

校記

調題：調作《醜奴兒》。無題。調下注：『以下三闋見《詞林萬選》』。

正文：『笑』作『芙』。

附録：無。

［七］清·莫友芝家抄《漱玉詞》（手抄，不分卷頁，第三一首），復旦大學圖書館藏，收作『宋李氏清照易安』詞。

校記

調題：調作《醜奴兒》。無題。

正文：皆同範詞。

附録：無。

［八］清·王鵬運輯《漱玉詞》，《四印齋所刻詞》本（第九頁），收作『李清照　易安』詞。

校記

調題：皆同範詞。

正文：皆同範詞。

附録：此闋詞意膚淺，不類易安手筆。（詞評）

［九］清·楊文斌輯録《三李詞》光緒庚寅夏香海閣刊本（卷三，第四頁），收作李清照詞。

校記

調題：皆同範詞。

正文：『却』作『恰』。

附録：無。

［一〇］清·何震彝輯《詞苑珠塵》清光緒三十三年鉛印本（不分卷，第二九頁），著録為李清照詞句。

校記

調題：無調。集為詩句。詩題作『無題十六首』。

正文：僅收録『恰對菱花淡淡妝』一句。『却』作『恰』。

附録：無。

［一一］清·蕙風簃主箋《漱玉詞箋》中華圖書館石印本　中華民國四年六月版（不分卷，第一一頁），收作李清照詞。

校記

調題：調作《醜奴兒》。無題。

正文：皆同範詞。

附録：無。

［一二］木石居士選輯　絳雲女史參校《歷代名媛詞選》民國十六年石印本（卷四，小令四，未注頁碼），收作李清照詞。

校記

調題：皆同範詞。

正文：皆同範詞

附録：無。

［一三］李文裿輯《漱玉集》冷雪盦叢書本（卷三，第三頁），收作李清照詞。

校記

調題：皆同範詞。

正文：皆同範詞

附録：《歷代詩餘》、四印齋本《漱玉詞》。（尾注）

按：半塘云：此闋詞意膚淺，不類易安手筆。

◎歷代此闋著録他人或無名氏及存疑詞之載籍：

［一］明·茅暎遠士評選《詞的》清萃閔堂抄本《四庫未收書輯刊》影印（卷之一，第二七頁），收為無名氏詞。

校記

調題：調作《醜奴兒》。題作『新凉』。

正文：皆同範詞。

附録：無。

［二］宋·何士信輯《草堂詩餘前集二卷後集二卷》明嘉靖三十三年楊金刻本（卷下後，第二七頁）收録，未注撰者。與張子野《醉落魄》（紅牙板歇）連排。

校記

調題：調作《醜奴兒》。題作「夏意」。

正文：「陣」作「霎」。

附録：無。

[三]　明・鱅溪逸史選編《彙選歷代名賢詞府全集》明嘉靖丁己（巳）一得山人跋抄本（卷一，第二九頁），收作康伯可詞。

校記

調題：調作《醜奴兒令》。題作「夏意」。調下注：「一名《羅敷媚》、一名《采桑子》」。

正文：「陣」作「霎」；「郎」作「香」。

附録：無。

[四]　明・陳耀文纂（原署）《花草粹編》影印明刊十二卷本（卷二，第六九頁），收作康伯可詞。

校記

調題：調同範詞。題作「夏意」。調下注：「一名《羅敷令》、《醜奴兒令》」。

正文：「陣」作「霎」；「郎」作「香」；「今」（不清）。

附録：無。

[五]　清・沈時棟輯《古今詞選》康熙刻本（卷一，第二三頁），收作無名氏詞。

校記

調題：調作《羅敷媚》。無題。

正文：「晚」作「曉」。

附録：無。

[六]　清・趙式輯　陳維崧等評點《古今別腸詞選》清康熙間遺經堂之刻本（卷一，小令，第四二頁），收作魏大中詞。

校記

調題：調同範詞。題作「夏閨」。

正文：『陣』作『霎』；『淡淡妝』作『卸淡妝』。

附録：無。

[七] 趙萬里輯《漱玉詞》，《校輯宋金元人詞》本（第一一頁），『附録一』收作『李清照　易安』『存疑』詞。

校記

調題：皆同範詞。

正文：皆同範詞。

附録：《詞林萬選》四、《歷代詩餘》十。（尾注）

按：上闋詞意儇薄，不似他作。未知升庵何據？王鵬運云：不類易安手筆。

[八] 唐圭璋輯《全宋詞》中州古籍出版社　兩冊本（上，第九〇四頁），收録為康與之（伯可）詞。

附録：按：此首別作李清照詞，見詞林萬選卷四。趙萬里云：詞意儇薄，或為康與之作。此首別又誤作魏大中作，見古今別腸詞選卷一。

[九] 中華書局編《李清照集》（第四三頁）『附録』收之。

附録：按：此闋見《詞林萬選》、《歷代詩餘》。王鵬運云：『詞意膚淺，不類易安手筆。』《花草粹編》作康與之詞。

[一〇] 王仲聞《李清照集校注》人民文學出版社（第八二頁），收為李清照『存疑之作』。

附録：四印齋本《漱玉詞》注：『此闋詞意膚淺，不類易安手筆』。趙萬里輯《漱玉詞》云：『按：上闋詞意儇薄，不似他作。未知升庵何據？』

按：此首別見《彙選歷代名賢詞府全集》卷一，《花草粹編》卷二，題康伯可作。……又見楊金本《草堂詩餘》後集卷下、《詞的》卷二、《古今詞選》卷一，俱無撰人姓氏。《古今別腸詞選》卷一又誤以此首為魏大中詞。此詞疑實為康與之詞。

[一一] 黃墨谷《重輯李清照集》齊魯書社（第五〇頁），『附』録收之。

附録：刊削意見：此詞《詞林萬選》作李詞，《花草粹編》作康伯可詞。伯可工閨詞，其《長相思》、《賣花聲》諸閨詞均膾炙人口，此詞與康伯可詞風格較近，從《花草粹編》作康詞。

[一二] 徐北文主編《李清照全集評注》濟南出版社（第一三九頁），收作李清照『存疑』詞。

[一三] 徐培均《李清照集箋注》上海古籍出版社（第一八一頁），『存疑辨證』收之。

◎瑜按：

綜前，此詞撰者异名有三：李清照、康伯可、魏大中。有十餘種載籍收為李清照詞。《彙選歷代名賢詞府全集》、《花草粹編》等收作康伯可詞，但未詳所出。《全宋詞》從之。然查趙萬里《校輯宋金元人詞》之康與之（伯可）撰《順庵樂府》并無此詞，即否定了此闋為康詞之説。《古今別腸詞選》收作魏大中詞。大中明人。檢《明詞彙刊》之《明詞綜》（卷五，第四頁）衹録其詞《臨江仙》（蘶没錢塘歌吹裏）一闋。查饒宗頤、張璋纂《全明詞》（第三册，一三九五頁）亦僅收魏詞一首，同前，然并無此詞。又排除魏詞之説。此首衹落李清照（易安）名下。事實勝于王鵬運等『詞意膚淺，不類易安手筆』之主觀看法。茲入《漱玉詞》。

【注釋】

［一］**炎光**：高溫暑氣。唐白居易《香山寺石樓潭夜浴》：『炎光晝方熾，暑氣宵彌毒』。宋柳永《二郎神》：『炎光謝。過暮雨、芳塵輕灑』。

［二］**風兼雨**：風雨齊到。唐李郢《雨中看山榴落花》『盡日風兼雨，春渠擁作堆。』南唐李煜《烏夜啼》：『昨夜風兼雨，簾幃颯颯秋聲』。

［三］**笙簧**：笙内發聲的金屬片。五代李洵《中興樂》：『休開鸞鏡學宮妝。可能更理笙簧。』五代歐陽炯《春光好》：『空遣横波傳意緒，對笙簧』。

［四］**菱花**：鏡子。古代銅鏡後往往刻四瓣菱花，故稱鏡子為菱花。宋寇準《踏莎行》：『密約沉沉，離情杳杳。菱花塵滿慵將照。』宋陸睿《瑞鶴仙》：『對菱花與説相思，看誰瘦損』。

［五］**絳綃**：深紅色有花紋的薄生絲織品。宋陳濟翁《驀山溪》：『誰把絳綃衣，誤將他、胭脂漬透』。宋晁端禮《舜韶新》：『映絳綃、冰雪肌膚，自是清涼無暑』。

［六］**酥**：參見《玉樓春》（紅酥肯放瓊苞碎）『紅酥』注。

［七］**檀郎**：唐宋時對男子或丈夫之美稱。唐羅隱《七夕》詩：『應傾謝女珠璣篋，盡寫檀郎錦綉篇。』南唐李煜《一斛珠》：『爛嚼紅茸，笑向檀郎唾』。

【品鑒】

此詞寫一個妙齡女子盛夏傍晚的生活情景，表現她體態的美麗。

頭兩句：『晚來一陣風兼雨，洗盡炎光。』寫一陣『風兼雨』，洗盡了白日蒸騰的暑氣，天氣涼爽得很。用賦的方法。

次二句：『理罷笙簧。却對菱花淡淡妝。』寫女主人弄罷樂器後，繼而對着鏡子扮『淡淡』的晚妝。表現了女主人某種生活的情趣和文化素質。上片寫傍晚的天氣及女主人活動的情景。用賦的方法。

換頭：『絳綃縷薄冰肌瑩，雪膩酥香。』寫睡前的情景。身着深紅色有花紋的薄薄絲綢睡衣，透露出白晰晶瑩的皮膚，象乳製品那般柔膩芳香。着重描寫了女主人的衣着和靡顏膩理之美麗。『冰肌瑩，雪膩酥香』，為比喻之筆。

結二句：『笑語檀郎。今夜紗櫥枕簟涼。』女主人笑着對郎君説，今晚在紗帳裏枕席上多麽涼爽。『笑』字給詞注入生命的活力，有活靈活現之效，境界全出。王國維《人間詞話》：『「紅杏枝頭春意鬧」，着一「鬧」字，而境界全出。「雲破月來花弄影」，着一「弄」字，而境界全出』。此詞『笑』與『鬧』、『弄』同妙。下片寫女主人的美麗嬌媚和今夜『紗櫥枕簟』的愜意。

綜上，『理』『笙簧』，『對菱花淡淡妝』，表明女主人的生活情趣和文化素質。用直接描寫的方法即『賦』法。『絳綃縷薄冰肌瑩，雪膩酥香』，突顯女主人身着彩色薄薄絲綢睡衣，透露靡顏膩理散發出香味，妖嬈動人。用喻筆。『笑語檀郎。今夜紗櫥枕簟涼。』用對話表現女主人的嬌媚和欣悦之情。至此一個愛好樂器、梳好淡妝、穿着薄彩睡衣、靡顏膩理、妖嬈嬌媚的女主人公形象便躍然紙上。

作者寫女主人晚間的活動，實質上是在攝取她的美麗，用賦法、喻筆。又用對話表現她的嬌媚和欣悦。都是可藉鑒處。

宋嚴羽云：『語忌直，意忌淺，脉忌露，味忌短，音韵忌散緩，亦忌迫促』（《滄浪詩話》）。此詞似有語直、意淺、脉露、味短之弊。

【選評】

[一] **清·王鵬運**：此闋詞意膚淺，不類易安手筆。（四印齋本《漱玉詞》）

[二] **黄盛璋**：像這一類的句子（指此詞及《浣溪沙》綉面芙蓉一笑開）與清照批評柳永的『詞語塵下』究相差有幾，還能談上典重？無怪乎道學先生如王鵬運等就極力為她辯護，説『詞意膚淺，不類易安手筆』，但他們忘記與她同時的王灼早就如此説她：『作長短句能曲折盡人意，輕巧尖新，姿態百出，閭巷荒淫之語，肆意落筆，自古縉紳之家能文婦女，未見如此無顧忌也。』而這兩首詞清新淺近，并未違反她的創作風格，除了封建的觀點以外，没有什麽理由能説不是她的作品。王灼批評她的作品為『輕巧尖新』，恰恰就和『典重』相反對。（《李清照與其思想》）

[三] **黄墨谷**：此詞《詞林萬選》作李詞，《花草粹編》作康伯可詞。伯可工閨詞，其《長相思》、《賣花聲》諸閨詞均膾炙人口，此詞與康伯可詞風格較近，從《花草粹編》作康詞。（《重輯李清照集》）

［四］**侯健　呂智敏**：此詞寫一個女子在凉爽的夏夜里，吹笙管，着紅妝，與丈夫一起納凉取樂。作者極力描寫女子的嬌艷外貌，其目的是襯托結尾的『笑語檀郎』。全詞筆致淺顯直露，格調不高。（《李清照詩詞評注》）

［五］**王英志**：此詞作者有康與之、李清照兩説，為存疑之作。詞寫夏日雨後女子生活小景，并表達伉儷恩愛的生活情趣。上片寫夏日雨後難得清凉，女子面對明鏡梳妝，可見『女為悦己者容』。女子經過打扮，身着薄綢衫，肌如冰雪，分外迷人。她不僅美麗，而且調皮大膽。『笑語檀郎』寫其欣喜之意，為的是『今夜紗櫥枕簟凉』。此言意思曖昧，當是今夜幽會之約也。故有人評『此闋詞意膚淺，不類易安之筆』，還有人認為風格與工闈詞的康與之較近。（《李清照集》）

［六］**范英豪**：詞全篇以家常筆調，寫閨中日常生活，詞意清新舒展，具有濃郁的生活氣息。詞上片開篇寫氣候，殘夏夜雨洗盡暑熱，人物心情寧静閑適，因而有調試笙簧，對鏡上妝的情趣。詞下片緊接上片之『淡淡妝』，描繪了妝后少婦綽約的姿容。『笑語檀郎』句則回答了上文潛藏的問題：『女為誰而容？』而笑對夫婿説的話，也不過是告訴他今晚上天要凉了，與詞開篇之風雨洗炎光相對應，同時，生動地營造了一個平淡而深有情致的家庭氛圍，體現了詞人恬適安樂，熱愛生活的心境。（《李清照詩詞選》）

木蘭花令

沉水香消人悄悄。樓上朝來寒料峭。春生南浦水微波，雪滿東山風未掃。金樽莫訴連壺倒。捲起重簾留晚照。為君欲去更憑欄，人意不如山色好。

——《天機餘錦》

【考辨】

◎歷代載籍著録此闋之詞調、題目：

調作《木蘭花令》。無題。瑜注：《新校正詞律全書》葉夢得《木蘭花》（花殘却是），詞後解説：『前後俱七字四句，此宋體也……其七字八句者，名《玉樓春》。至宋則皆用七言，而或名之曰《玉樓春》，或名之曰《木蘭花》，又或加「令」字，兩體遂合為一……』（詞律部分，卷七，第八頁）。此體與《欽定詞譜》顧敻《玉樓春》（拂水雙飛）『雙調五十六字，前後段各四句，三仄韵』（卷十二，第八頁）合。

◎歷代此闋著録為李清照（易安）詞之載籍：

［一］　明・程敏政編　今・王兆鵬　黄文吉　童向飞校點《天機餘錦》新世紀萬有文庫　辽宁教育出版社　二〇〇〇年版（卷之二，第一七三頁），收作李易安詞。

校記

調題：調作《木蘭花令》。無題。

正文：原『楼』、『来』、『满』、『东』、『风』、『扫』、『诉』、『连』、『壶』、『卷』、『帘』、『为』、『凭栏』，茲改為繁體正字『樓』、『來』、『滿』、『東』、『風』、『掃』、『訴』、『連』、『壺』、『捲』、『簾』、『為』、『憑欄』。（擇為範詞，底本）

附録： 無。

［二］　徐北文主編《李清照集評注》濟南出版社（第二八頁），收作李清照詞。

［三］　徐培均《李清照集箋注》上海古籍出版社（第八二頁），收作李清照詞。

◎歷代此闋著録他人或無名氏及存疑詞之載籍：

雖廣徵博采而未見。

◎瑜按：

總之，此闋易安詞衹有孤證，録自明陳敏政編，今王兆鵬、黄文吉、童向飞校點《天機餘錦》。徐北文主編《李清照集評注》、徐培均《李清照集箋注》皆收作李清照詞。無疑，兹入《漱玉詞》。

【注釋】

［一］　**沉水：** 見《孤雁兒》（藤床紙帳朝眠起）『沉香』注。

［二］　**悄悄：** 見《訴衷情》（夜來沉醉卸妝遲）注。

［三］　**料峭：** 有些寒威。宋蘇拭《定風波》：『料峭春風吹酒醒。微冷。山頭斜照却相迎。』宋劉克莊《祝英臺近》：『雨凄迷，風料峭。情緒被花惱』。

［四］　**南浦：** 送別的南面水邊。楚屈原《楚辭·九歌·河伯》：『子交手兮東行，送美人兮南浦』。後成為送別之地。唐白居易《南浦別》：『南浦凄凄別，西風裊裊秋』。

［五］　**東山：** 見《新荷葉》（薄露初零）『東山高蹈』注。

［六］　**訴：** 推辭、避開。宋蔡伸《菩薩蠻》：『杯深君莫訴，醉袖歌金縷』。宋陸游《蝶戀花》：『鸚鵡杯深君莫訴。他時相遇知何處』。

［七］　**留晚照：** 留下夕陽的光輝照耀。宋宋祁《木蘭花》：『為君持酒勸斜陽，且向花間留晚照』。

［八］　**憑欄：** 見《殢人嬌》（玉瘦香濃）注。

【品鑒】

明誠讀罷太學，『出世宦，便有飯蔬衣綀，窮遐方絶域，盡天下古文奇字之志，日就月將，漸益堆積』，後屏居青州十年，仍常外出訪古迹考金石，後編著《金石録》。據載，大約在政和六年丙申（一一一六）早春時節，趙明誠為此告別青州之家，李清照寫詞，以寄離情別緒。

發端兩句：『沉水香消人悄悄。樓上朝來寒料峭。』自然平起，寫室內早晨的情況。『朝』，點明時序。香料已經燃盡，悄無人聲。樓上有些料峭的春寒，環境寂靜而冷清。此時無聲勝有聲，她心中充滿纏綿悱惻的情思，思什麼？沒有告訴我們。

次兩句：『春生南浦水微波，雪滿東山風未掃。』轉，寫室外的環境，『春』點明節令。春天已降臨大地，南浦的碧水泛起漣漪。『南浦』一詞透露出離別之意，明誠將出發遠行。和暖的春風尚未將東山的白雪化盡。『東山』，用典，指隱者隱居之地。據黃盛璋《李清照事蹟考辨》，大觀元年（一一〇七）三月蔡京復相，明誠之父趙挺之罷相。留京城，五日卒。後三日被蔡京陷害，親友近臣多被捕入獄，明誠難免，并罷官。查無實據，七月放明誠及其母郭氏、清照于青州鄉里。歸隱十年。至寫此詞之時，冤案未雪，故有『雪滿東山風未掃』之大怨，隱喻深藏。宋陳騤《文則》：『二曰隱喻。其文雖晦，義則可尋』。有『水』、『山』、『雪』、『風』，更是絶好的早春景物的描繪。上片寫離別時早春室内外的情景。

換頭兩句：『金樽莫訴連壺倒。捲起重簾留晚照。』轉而寫情。連連用酒壺往珍貴的酒杯中傾倒美酒。『莫訴』，不推託不回避，即積極主動。『連壺倒』，酒多量大，表明送別的酒意濃深別情厚重。酒興鼎盛之時，捲起層層的窗門之簾，讓夕陽光輝照到惜別的酒桌廳堂，留下美好的時光和記憶。『晚』字點明時序，這是傍晚。

結句：『為君欲去更憑欄，人意不如山色好。』合。你將離家而去，我又將像以前分別時一樣靠着欄杆眺望，盼着你的歸來呀！『更』字説明不僅一次。没完没了的日夜挂牽、思念、盼望，滋味是難以承受的，這是詞人難耐的繾綣愁情。青山的嫵媚妖嬈，這是詞人喜愛的美景。詞人把難耐的離情別苦之心理感受與看到青山嫵媚妖嬈的美感享受加以對比，自然是『人意不如山色好』了。詞人用樂景比哀情，用樂景哀情的美感差异，突顯離別給女詞人帶來的痛苦。藝術表達效果卓然。卒章顯其志。明王夫之《薑齋詩話》：『以樂景寫哀，以哀景寫樂，一倍增其哀樂』。結尾由『人意』不好，轉出『山色好』，令人開心的美好境界，可謂『宕出遠神』。下片寫設晚宴餞行，表現別時的憂傷和別後的思念。

此詞寫李清照趙明誠將要離別的一天早晚的生活情景。上片，寫離別時早春室内外的環境。『人悄悄』，此時無聲勝有聲，祇『南浦』透露送別之意，究竟如何？將其真意隱藏，給人以追思想象的餘地。下片，寫設晚宴餞行，表現別後的思念和憂傷。『為君欲去』『金樽』『連壺倒』，『憑欄』盼歸，『人意』不好，都是直述，顯露給讀者。李清照有些詞，總體藝術構思之特色：先隱後顯。從藝術心理學來看，先在上片用隱藏的方式，為下片的顯露渲泄作感情和認識上的蓄勢。即『欲露先藏』。如易安《小重山》（春到長門春草青）、《添字采桑子》（窗前誰種芭蕉樹）、《菩薩蠻》（風柔日薄春猶早）、《鷓鴣天》（寒日蕭蕭上鎖窗）等與此詞同一機抒，皆為先隱後顯，同妙。此詞，上早下晚，上景下情，先隱後顯，結構嚴謹而晰然。

此詞無香艷綺羅之狀，無鏤玉錯金之墨，樸實自然，真色生香。清馮金伯《詞苑萃編・品藻》：『詞之佳者，正以本色漸近自然，不在縷金錯采（鏤金錯彩）為工也』（尤悔庵）。

此詞用典，『南浦』暗示離別，『東山』用事，『雪滿東山風未掃』，隱喻家庭遭遇誣陷而歸隱的冤情尚未昭雪。已融化不澀，如『水中着鹽，飲水仍知鹽味』（杜少陵語），無迹可尋，高妙，亦使詞意含蓄深化。都是此詞的藝術特色。

【選評】

［一］　**徐培均**：此詞蓋作于屏居青州期間。于譜載政和六年丙申（一一一六）三月四日，明誠復過長清縣靈巖寺，有題名一則。當于半月前自青州出發，氣候尚冷，故清照詞云『樓上朝來寒料峭』，『為君欲去更憑欄』也。（《李清照集箋注》）

［二］　**徐北文等**：此詞蓋是易安夫婦屏居青州時，明誠外出小別之作。這一時期，明誠多次至齊州附近以及泰山等地訪碑考文，雖非遠游，也增棖觸。寫詞以寄此情懷，以此種平常自然之文句道之，不熅不火，恰如其分，其風度吐實可賞。（《李清照全集評注》）

佚句

詞調 未載

條脱閑揎繫五絲。——《歲時廣記》

【考辨】

◎歷代載籍著録此闋、句之詞調、題目：

無調。無題。

◎歷代此闋、句著録為李清照（易安）詞、句之載籍：

〔一〕宋・陳元靚編《歲時廣記》清劉氏嘉蔭簃抄本（卷第二一，未注頁碼），『端午上』之『雙條達』著録為『易安居士詞』句。

校記

調題： 無調。無題。

正文： 僅録『條脱閑揎繫五絲』一句，與前佚句同。

附録： 『雙條達』：《風俗通》五月五日，以雜色綫織條脱，一名條達，纏于臂上。王沂公作《夫人閣端午帖子》云：『繞臂雙條達，紅紗晝夢驚』。易安居士詞云：『條脱閑揎繫五絲』（《歲時廣記》）。（出處）

〔二〕李文裿輯《漱玉集》冷雪盦叢書本（卷四，第八頁），著録為李清照詞句。

校記

調題： 無調。無題。

正文： 僅録『條脱閑揎繫五絲』一句，與前佚句同。

附録： 《歲林（時）廣記》卷二十一。（出處）

［三］趙萬里輯《漱玉詞》，《校輯宋金元人詞》本（第一〇頁），著録為『李清照　易安』詞句。

校記

調題： 無調。無題。

正文： 僅録『條脱閑揎繫五絲』一句，與前佚句同。

附録： 《歲時廣記》二十一。（出處）

［四］唐圭璋輯《全宋詞》中州古籍出版社　兩冊本（上，第六四六頁），著録為李清照詞句。

［五］王仲聞《李清照集校注》人民文學出版社（第七六頁），著録為李清照詞句。

［六］徐北文主編《李清照全集評注》濟南出版社（第一三九頁），著録為李清照詞句。

［七］徐培均《李清照集箋注》上海古籍出版社（第一九二頁），著録為李清照詞句。

◎歷代此闋、句著録他人或無名氏及存疑詞、句之載籍：

［一］中華書局編《李清照集》（第六一頁），『附録』收之。

◎瑜按：

上諸多載籍皆根據《歲時廣記》（卷二一）所載，將此佚句歸屬李易安（清照），撰者無异名。茲入《漱玉詞・佚句》。

詞調　未載

——《歲時廣記》

瑞腦烟殘，沉香火冷。

【考辨】

◎歷代載籍著録此闋、句之詞調、題目：

無調。題作『元旦』。

◎歷代此闋、句著録為李清照（易安）詞、句之載籍：

[一]　宋・陳元靚編《歲時廣記》清劉氏嘉蔭簃抄本（卷第四〇，未注頁碼），『歲除』之『設火山』，著録為李易安詞句。

校記

調題：無調。題作『元旦』。

正文：僅録『瑞腦烟殘，沉香火冷。』兩句，下見附録。

附録：『設火山』：《紀聞》唐貞觀初，天下又安，百姓富贍。時屬除夜，太宗盛飾宮掖，明設燈燭。殿内諸房，莫不綺麗。盛奏歌樂，乃延蕭后觀之。樂闋，帝謂蕭后曰：『朕施設孰愈隋主？』蕭后笑而答曰：『彼乃亡國之君。陛下開基之主，奢儉之事，固不同年。』帝曰：『隋主何如？』蕭后曰：『隋主享國十有餘年，妾常侍從，見其淫侈。每一除夜，殿前諸院設火山數十，盡沉香木根也。每夜，山皆焚沉香數車，火光暗則以甲煎沃之，焰起數丈。沉香甲煎之香，傍聞數十里。一夜之中用沉香二百餘乘，甲煎過二百石。』歐陽公詩云：『隋宮守夜沉香火，楚俗驅神爆竹聲。』又李易安『元旦』詞云：『瑞腦烟殘，沉香火冷』（《歲時廣記》）。（出處）

[二]　李文裿輯《漱玉集》冷雪盦叢書本（卷四，第八頁），著録為李清照詞句。

校記

調題： 無調。無題。

正文： 僅録『瑞腦烟殘，沉香火冷。』兩句，與前佚句同。

附録： 《歲時廣記》卷四十。（出處）

［三］趙萬里輯《漱玉詞》，《校輯宋金元人詞》本（第一〇頁），著録為『李清照　易安』詞句。

校記

調題： 無調。題作『元旦』。

正文： 僅録『瑞腦烟殘，沉香火冷。』兩句，與前佚句同。

附録： 《歲時廣記》四十引『元旦』詞。（出處）

［四］唐圭璋輯《全宋詞》中州古籍出版社　兩冊本（上，第六四六頁），著録為李清照詞句。

［五］王仲聞《李清照集校注》人民文學出版社（第七七頁），著録為李清照詞句。

附録： 按：王建《宫詞》：『金吾除夜進儺名。畫袴朱衣四隊行。院院燒燈如白晝，沉香火底坐吹笙。』清照蓋用此事也。又《歲時廣記》所引紀聞原出《太平廣記》卷二百三十六文字稍有出入。

［六］徐北文主編《李清照全集評注》濟南出版社（第一三九頁），著録為李清照詞句。

［七］徐培均《李清照集箋注》上海古籍出版社（第一九三頁），著録為李清照詞句。

◎歷代此闋、句著録他人或無名氏及存疑詞、句之載籍：

［一］中華書局編《李清照集》（第六一頁），『附録』收之。

◎瑜按：

此佚句歸屬李易安（清照），撰者無异名。茲入《漱玉詞·佚句》。

詞調 未載

猶將歌扇向人遮。
水晶山枕象牙床。
彩雲易散月長虧。
幾多深恨斷人腸。
羅衣消盡恁時香。
閑愁也似月明多。
直送凄凉到畫屏。

——胡偉《宫詞》七集句

【考辨】

◎歷代載籍著録此闋、句之詞調、題目：

皆未載。

◎歷代此闋、句著録為李清照（易安）詞、句之載籍：

［一］宋·胡偉《宫詞》田中玉重刊《十家宫詞》臨榆田氏景宋刊本，著録為李易安詞句。

校記

調題：無調。無題。

正文：猶將歌扇向人遮。（第四卷，第二頁）

水晶山枕象牙床。（第四卷，第四頁）

彩雲易散月長虧。（第四卷，第七頁）

幾多深恨斷人腸。（第四卷，第八頁）

羅衣消盡恁時香。（第四卷，第八頁）

閑愁也似月明多。（第四卷，第九頁）

直送淒涼到畫屏。（第四卷，第一〇頁）

附録：無。

[二] 宋・李龏集句《梅花衲》臨安府棚北大街睦親坊南陳齋書籍鋪印《叢書集成三編》四一　新文豊出版公司印行（不分卷，第一一頁），著録為李易安之句。

校記

調題：無調。無題。

正文：僅收録『幾多深意斷人腸』一句，下見附録。『恨』作『意』。

附録：瘦倚疏篁半出墻，幾多深意斷人腸。不如醉裏風吹盡，踏作花泥透脚香。作者：釋惠璉、李易安、杜子美、楊廷秀。

[三] 唐圭璋輯《全宋詞》中州古籍出版社　兩冊本（上，第六四六頁），著録為李清照七詞句。

附録：以上俱見胡偉宮詞集句所引。　按胡偉所集，有詩句亦有詞句。清照以詞名，且此七句依其格調，似是詞句，故收入于此。（詞評）

[四] 王仲聞《李清照集校注》人民文學出版社（第一四四頁），收為李清照詞『失題』佚句七則。

附録：以上斷句俱見宋人胡偉集句《宮詞》，衹『幾多深意斷人腸』一句，亦見李龏《梅花衲》中。胡氏所集有詩句，也有詞句，但俱未注明。此七句不見于傳世清照作品中，亦從未見人稱引，蓋隱晦已久。此七句究為詩句或詞句，其用韵相同者是否屬于同一作品，無法考定。又胡偉所集，有時割裂原句，如李後主：『自是人生長恨水長東』一句，胡偉集作『人生長恨水長東』。此七句是否俱為完整之句，亦不得而知。以各句風調觀之，似是詞句。傳世清照詩，與之不甚相近。

（詞評）

胡偉字元邁，乃南宋人，《苕溪漁隱叢話》作者胡仔之從兄弟。其《宮詞》收入《十家宮詞》中。有汲古閣精抄影宋臨安府陳道人書籍鋪本，有康熙間據宋本重刻本，又有乾隆刻本，乃宋人舊籍。所引清照斷句，决非僞作。此次輯《李清照集》，由于徵引未廣，新發現者僅此斷句七句而已。（本事）

［五］徐北文主編《李清照全集評注》濟南出版社（第一六二頁），著録為李清照詞句。

［六］徐培均《李清照集箋注》上海古籍出版社（第二六一頁），著録為李清照詞句。

◎歷代此闋、句著録他人或無名氏及存疑詞、句之載籍：

雖廣徵博采而未得。

◎瑜按：

據《全宋詞》胡偉《宮詞》集句所引李清照七佚句，《全宋詞》：『李清照以詞名，且此七句依其格調，似是詞句，故收入于此』，可從，撰者無异名。茲入《漱玉詞・佚句》。

李清照詞上十佚句（有兩句為一首）。證明尚有九闋李清照佚詞存在，期盼學界有所發現。

漱玉詞全璧

存疑詞

詞二七闋
佚句四則

沁園春

山驛蕭疏，水亭清楚，仙姿太幽。望一枝穎脱，寒流林外，為傳春信，風定香浮。斷送光陰，還同昨夜，葉落從知天下秋。憑欄處，對冰肌玉骨，姑射來游。無端品笛悠悠。似怨感、長門人泪流。奈微酸已寄，青青杪助，當年太液，調鼎和饈。樵嶺漁橋，依稀精彩，又何藉紛紛俗士求。孤標在，想繁紅鬧紫，應與包羞。

——《楝亭十二種》之《梅苑》

校記

調題：皆同範詞。

正文：皆同範詞。

附録：《梅苑》。（尾注）

【考辨】

◎歷代載籍著録此闋之詞調、題目：

調作《沁園春》。無題。

◎歷代此闋著録為李清照（易安）詞之載籍：

［一］　李文裿輯《漱玉集》冷雪盦叢書本（卷四，第七頁），收作李清照詞。

◎歷代此闋著録他人或無名氏及存疑詞之載籍：

［一］宋・黄大輿輯《梅苑》、《楝亭十二種》本（卷一，第八頁）收録。未注撰者。與署名的李易安詞《孤雁兒》（藤床紙帳）銜接連排，第二首。

校記

調題： 調作《沁園春》。無題。瑜注：此體一百一十五字，疑多一「又」字，與《欽定詞譜》之《沁園春》詞調第一體一百一十四字吻合。與其餘多體格律不合。

正文： 原「踈」、「闌」、「遊」、「淚」，兹改為正字「疏」、「欄」、「游」、「泪」。（擇為範詞，底本）

附録： 無。

［二］宋・黄大輿輯《梅苑》文淵閣《欽定四庫全書》本（卷一，第一一頁）收録。未注撰者。與署名的李易安詞《孤雁兒》（藤床紙帳）銜接連排，第二首。

校記

調題： 皆同範詞。

正文： 皆同範詞。

附録： 無。

［三］唐圭璋輯《全宋詞》中州古籍出版社　兩冊本（下，第二四一五頁），收作無名氏詞。

［四］中華書局編《李清照集》（第六〇頁），「附録」收作《梅苑》無名氏詞。

附録： 按：以上十一首，僅見《梅苑》。瑜注：「十一首」指《搗練子》（欺萬木）、《喜團圓》（輕攢碎玉）、《清平樂》（寒溪過雪）、《玉樓春》（臘前先報）、《泛蘭舟》（霜月亭亭）、《遠朝歸》（金谷先春）、《遠朝歸》（新律纔交）、《十月梅》（千林凋盡）、《真珠髻》（重重山外）、《擊梧桐》（雪葉紅凋）、《沁園春》（山驛蕭疏）。

［五］王仲聞《李清照集校注》人民文學出版社（第三四一頁），「附録」收作「誤題李清照撰之作品」。

附録： 按：此二首俱無名氏作，見《梅苑》卷一。李文裿輯《漱玉集》卷一并誤作李清照詞。

◎**瑜按：**

此闋歷代載籍祇李文裿輯《漱玉集》收為李清照詞。其餘載籍皆收作無名氏詞（未署撰者）或收作「誤題李清照撰之作品」。筆者考辨此闋最有可能是李清照（易安）撰之詞作，惜無確據（詳見是書《序》），俟考，兹入「存疑詞」。

【注釋】

［一］**驛**：指驛站，古驛站負責傳送文書的人稱驛使。古漢、唐等朝建制三十里設一驛站，供驛使行使公務、居住、行人歇脚之用（見辭典）。唐崔顥《渭城少年行》：『揚鞭走馬城南陌，朝逢驛使秦川客』。宋侯寘《青玉案》：『驛使來時望佳句。我拚歸休心已許』。

［二］**蕭疏**：冷落淒清，稀稀拉拉。唐裴夷直《夜意》詩：『蕭疏盡地林無影，浩蕩連天月有波』。唐白居易《答夢得秋庭獨坐見贈》：『林梢隱映夕陽殘，庭際蕭疏夜氣寒』。

［三］**仙姿**：仙女般婀娜的姿態。這裏形容環境的幽美。宋張孝祥《鷓鴣天》：『月地雲階歡意闌，仙姿不合住人間』。元白樸《木蘭花慢》：『誰堪歲寒為友，伴仙姿、孤瘦雪霜痕』。

［四］**穎脱**：原指從外殼外層突露而出，後引申為超出一般突顯出來。漢司馬遷《史記·平原君傳》：『……毛遂曰：「臣乃今日請處囊中耳。使遂蚤得處囊中，乃穎脱而出，非特其末見而已。」』唐李白《自廣平乘醉走馬六十里至邯鄲登城樓覽古書懷》：『毛君能穎脱，二國且同盟』。

［五］**斷送**：這裏指消磨，打發。宋黄庭堅《西江月》：『断送一生惟有，破除万事无过。』宋管鑒《滿江紅》：『十日狂風，都斷送、杏花紅去』。

［六］**憑欄**：見《殢人嬌》（玉瘦香濃）注。

［七］**冰肌玉骨**：冰的肌，玉的骨，形容白梅高潔晶瑩美麗。宋陳允平《側犯》：『冰肌玉骨，襯體紅綃瑩』。宋蘇軾《洞仙歌》：『冰肌玉骨，自清凉無汗』。

［八］**姑射**：傳説中的仙人。《莊子·逍遥游》：『藐姑射之山，有神人居焉，肌膚若冰雪，綽約如處子。不食五穀，吸風飲露。乘雲氣，御飛龍，而游乎四海之外。』宋無名氏《相思引》：『姑射仙人風韵，天與肌膚常素嫩』。

［九］**無端**：無緣由。宋辛弃疾《漢宫春·立春》：『無端風雨，未肯收盡餘寒』。元丁鶴年《紅梅》：『無端半夜東風起，化作江南第一花』。

［一〇］**品**：指演奏。宋吕渭老《薄倖》：『盡無言，閑品秦箏。』多用于吹奏笛、簫等管樂。元王丹桂《憶王孫》：『疏盡塵緣散盡愁。閑品羌笛駕白牛』。

［一一］**長門**：見《小重山》（春到長門春草青）注。

［一二］**奈微酸已寄**：忍耐被打入冷宫的孤獨寂寞離别思念的痛苦，并把這種心境托司馬相如寫在《長門賦》裏，傳遞給孝武帝。

［一三］**青青杪助**：『青青』與『卿卿』音同。『卿』，指司馬長卿，即司馬相如。陳皇后曾托人求馬司相如寫《長門賦》寄給孝武皇帝，帝被感悟，她重得寵倖（詳見前『長門』注）。故稱『青青杪助』，『杪』，微小。《後漢書·馮衍傳》：『闊略杪小之禮，蕩佚人間之事』（《漢語大字典》）。惟此解詞意貫通，筆者妄注。

［一四］**太液**：指漢宫中太液池。武帝時建，在建章宫北，今長安縣西。唐白居易《長恨歌》：『歸來池苑皆依舊，太液芙蓉未央柳』。宋仇遠

〔一五〕《眼兒媚》：『分明仿佛，未央楊柳，太液芙蓉』。

調鼎和鹺：調鼎、調鼎鼐、調羹、和羹、和鹺、調鹽、調梅等，皆指宰相之職。典出《尚書·商書·説命上》：『命之曰：「朝夕納誨，以輔臺德。若金，用汝作礪；若濟巨川，用汝作舟楫；若歲大旱，用汝作霖雨。……」』，意思是商王武丁任命傅曰時説：你早晚給我以教誨，使我有更好的德行。如果我是金屬，就用你作磨石；如果我要渡過大河，就以你為船槳；如果遇天大旱，就用你作甘霖。其《説命下》：『尒惟訓于朕志，若作酒醴，尒惟麴蘖；若作和羹，尒惟鹽梅。』意思是商王武丁又説：你要訓導我，使我有高遠的志向；如果我要釀造美酒，就用你作酒麯和糠麩；如果我要作美味的羹湯，就用你作咸鹽和酸梅來調味。後來，就演化成很好地輔佐君王，同心協力治理國家的宰相之職。這裏比喻司春之神輔佐天帝治理大事有非凡的才能。宋韓元吉《鵲橋仙》：『調一鼎、和羹為壽』。無名氏《雙頭蓮》：『調鼎鼐，試作和羹，佳名方顯』。宋朱淑真《念奴嬌》：『待出和羹金鼎手，为把玉鹽飄撒』。『羹』，羹湯；『鹺』，美食，皆佳餚也。

〔一六〕**依稀**：模糊不清。唐賈島《青門裏作》：『泉樹一為別，依稀三十秋』。宋陸游《過野人家有感》：『世態十年看爛熟，家山萬里夢依稀』。

〔一七〕**何藉**：為什麼憑藉。宋蘇籀《酴醾一絶》：『試開秦趙當年目，何藉珠簾翡翠屏』。宋王結《賀新郎》：『鴻鵠高飛横四海，何籍區區圍綺』。

〔一八〕**孤標**：獨特的格調風範。《辭源》解為『清峻特出』。宋趙長卿《驀山溪》：『孤標獨立，占斷世間香』。宋無名氏《踏歌》：『孤標迥、不與群芳列』。

〔一九〕**繁紅鬧紫**：盛開的萬紫千紅之各種鮮花。

〔二〇〕**與**：使、讓、叫。唐韓溉《鵲》：『若教顔色如霜雪，應與清平作瑞來』。宋曹勛《朝中措》：『應與君家却暑，冷看白滿群山』。

〔二一〕**包羞**：忍受羞辱。唐杜牧《題烏江亭》：『勝敗兵家事不期，包羞忍恥是男兒』。宋黃庭堅《宫亭湖》：『平生來往湖上舟，一官四十已包羞』。

【品鑒】

此咏梅詞，寫山驛水亭景色如仙境般幽美。一枝梅花冒寒先放，以傳春訊。憑欄處面對着高潔晶瑩美麗的梅花有神仙來暢游激賞。贊頌梅花。

上片，開端三句，『山驛蕭疏，水亭清楚，仙姿太幽。』景起，用賦的方法，即直接描寫：山上的驛站蕭條冷寂，水邊的亭子清晰透徹，美如仙境。有身臨其境之藝術效果。抒發對環境的贊美之情，抓住『山驛』、『水亭』兩種典型景物來寫，既概括又突出。

次四句，『望一枝穎脱，寒流林外，為傳春信，風定香浮。』引出本旨，對梅的描寫。但未點破『梅』題。在仙境中寒氣流動的林外，看到一枝梅花破萼而放，為了傳達春天的訊息，風停了，但馨香依然浮動着。從視覺嗅覺形象贊梅，這是由梅開而知天下春。

再次三句，『斷送光陰，還同昨夜，葉落從知天下秋。』憶往昔，為了消磨時光，觀賞景物，從落葉便知天下秋天來了，同理今天我們從一枝初放的梅花可知春降大地。前結三句，『憑欄處，對冰肌玉骨，姑射來游。』靠着欄杆面對開放的白梅，望那高潔晶瑩美麗的風韵，宛若姑射仙人來春游。從視覺形象贊梅，審美的移情作用，擬人擬仙，亦花亦人亦仙。上片寫白梅為報春訊一枝先放，對冰肌玉骨，姑射仙人欲來游玩觀賞。

下片，換頭兩句，『無端品笛悠悠。似怨感、長門人泪流。』承前，是誰無緣無故地隨意吹奏梅笛，聲音悠悠不絶，似為陳皇后因忌妒被打入冷宫所感動而流泪，而哀怨。次四句，『奈微酸已寄，青青杪助，當年太液，調鼎和羹。』她忍耐長門宫冷落孤獨離別的痛苦，屢次求人托司馬相如，寫了《長門賦》，得到了他的幫助。把這種感受傳給孝武皇帝，最終感動了皇上，她纔復得寵幸，得以重新伴皇帝在太液池畔的宫殿處理國家大事。『品笛悠悠』，咏梅詞的『笛』，奏出的都是梅花落的哀怨曲調，此詞傳出的是『長門』人失寵的哀怨情調，用典不落窠臼，匠心獨運，為下文的基墊。

再次三句：『樵嶺漁橋，依稀精彩，又何藉紛紛俗士求。』轉，議論。表意承前，樵嶺可以打柴，橋邊可以捕魚，生活方便景色宜人，可怡然自樂，那是很好的，憑什麽非要紛紛托那些庸俗之人求司馬相如寫《長門賦》去感動皇帝重得親幸呢？寓意啓後，梅開在樵嶺上漁橋邊，其朦朧之影自然之美是很精彩的，何必非得要博得庸俗之人前來觀賞纔好呢？意義雙關。李清照《鷓鴣天》：『騷人可煞無情思，何事當年不見收』，屈原可是無情思之人，為什麽當年寫《離騷》對許多花進行贊賞，唯獨没有桂花呢？李清照存疑詞《遠朝歸》（新律纔交）：『春光付與，尤是見欺桃李』，這是詞人之不平和議淪。桃李之花也是絢爛嬌艷婀娜多姿的，可為什麽讓她晚開？這不是欺辱她嗎？豈不是『春光』的過失？皆表現了詞人的價值觀，使詞興味盎然。

結句：『孤標在，想繁紅鬧紫，應與包羞。』總束全篇。獨具標格之梅花風範存在，那些紅色盛開的凡花俗卉，争奇鬥艷，想『鬧』得發紫，都應該包羞忍恥啊！卒章顯志，極力贊賞梅花，梅的標格是無法超越的。宋宋祁《玉樓春》：『紅杏枝頭春意鬧』，評家贊曰，着一『鬧』字境界全出。此詞『鬧』字絶人。競争誰紅得最紫，『繁紅』争鬥奪『紫』冠，即『鬧』的目標是『紫』，比亂哄哄的『鬧』更智高一籌。清先著、程洪《詞潔輯評》：『「無奈苕溪月，又唤我扁舟東下」是唤字着力。「二十四橋仍在，波心蕩，冷月無聲」是蕩字着力。所謂一字得力，通首光彩，非煉字不能然，煉亦未易到』。説明一字琢煉得精彩，可為全篇争輝，甚至卓絶千古。下片寫品笛傳出『長門』人的哀怨情調，如泣如述，通過議論推崇揄揚梅花。

此詞傳統寫法賦、比、興的運用出神入化。發端運用直接描寫，即賦的方法。寫梅亦花亦人亦仙，運用比喻擬人之法，即比的方法。融情入景，『仙姿太幽』、『冰肌玉骨』、『姑射來游』、『品笛悠悠』、『繁紅鬧紫』，情景交融。詞中述長門事如泣如述。『樵嶺』三句，議論；煞尾三句，議論抒情融合，皆為興的方法。

王國維《宋元戲曲考》：『何以謂之有意境？曰：「寫情則沁人心脾，寫景則在人耳目，述事則如其口出是也。古詩詞之佳者，無不如是」』。此詞寫景如在眼前，身臨其境；寫情感人肺腑；述長門事如泣如訴，夾叙夾議，給人啓迪，不僅有『意境』，而且意境幽邃。

唐齊己著名《早梅》詩：『前村風雪裏，昨夜一枝開』，此詞有『一枝穎脱』，透露此詞可能寫梅；又唐李白著名《與史郎中欽聽黄鶴樓上吹笛》詩：『黄鶴樓中吹玉笛，江城五月落梅花』，此詞有『品笛悠悠』，又透露此詞可能寫梅；李易安另一首存疑咏梅詞《搗練子》（欺萬木）：『孤標韵，暗香奇。』此詞有『孤標在』，再一次透露可能寫梅。三種可能所指相同，故可以斷定此詞絶對是咏梅詞。但詞人并没點出『梅』字，讓讀者玩味索解，含蓄有致，耐人咀嚼。

此外運用神話、典故，自然渾化，增强了表達的藝術效果。

【選評】

力求而未得。

遠朝歸

金谷先春，見乍開江梅，晶明玉膩。珠簾院落，人静雨疏烟細。横斜帶月，又別是、一般風味。金樽裏。任遺英亂點，殘粉低墜。　惆悵杜隴當年，念水遠天長，故人難寄。山城倦眼，無緒更看桃李。當時醉魄，算依舊、徘徊花底。斜陽外。謾回首畫樓十二。

——《楝亭十二種》之《梅苑》

【考辨】

◎歷代載籍著録此闋之詞調、題目：

調作《遠朝歸》。題作『梅』。瑜注：影印明刊十二卷本之《花草粹編》此闋題位注二字，不清，疑為『梅花』。

◎歷代此闋著録為李清照（易安）詞之載籍：

［一］李文裿輯《漱玉集》冷雪盦叢書本（卷四，第四頁），收作李清照詞。

校記

調題：皆同範詞。

正文：皆同範詞。

附録：《梅苑》。（尾注）

◎歷代此闋著録他人或無名氏及存疑詞之載籍：

［一］宋・黄大輿輯《梅苑》，《楝亭十二種》本（卷一，第九頁）收録。未注撰者。與署名的李易安詞《孤雁兒》（藤床紙帳）銜接連排，第四首。

校記

調題：調作《遠朝歸》。無題。

正文：原『靜』、『疎』、『煙』、『橫』、『尊』、『裴』、『回』，茲改為正字『静』、『疏』、『烟』、『横』、『樽』、『徘』、『徊』。

（擇為範詞，底本）

附録：無。

[二]　宋・黄大輿輯《梅苑》文淵閣《欽定四庫全書》本（卷一，第一二頁）收録。未注撰者。與署名的李易安詞《孤雁兒》（藤床紙帳）銜接連排，第四首。

校記

調題：皆同範詞。

正文：皆同範詞。

附録：無。

[三]　宋・黄大輿輯《梅苑》武進李氏聖譯樓校刊宋人選宋詞十種之一（卷一，第八頁），收作趙耆孫詞。

校記

調題：皆同範詞。

正文：皆同範詞。

附録：無。

[四]　宋・黄大輿輯《梅苑》高郵宣氏　清光緒末刻本（卷一，第一一頁），收作趙耆孫（係後人所補）詞。復旦大學圖書館藏。

校記

調題：皆同範詞。

正文：皆同範詞。

附録：無。

[五]　明・陳耀文纂（原署）《花草粹編》影印明刊十二卷本（卷八，第七四頁），收作趙耆孫詞。

校記

調題：調同範詞。題位注二字，不清，疑為『梅花』。

正文：『晶明玉膩』作『玉膩』；『又別是』作『別是』。

附録：無。

〔六〕明・陳耀文輯《花草粹編》文淵閣《欽定四庫全書》二十四卷本（卷一六，第三九頁），收作趙耆孫詞。

校記

調題：皆同範詞。

正文：『晶明玉膩』作『玉膩』；『又別是』作『別是』；『杜』作『秦』。

附録：無。

〔七〕明・陳耀文編（原署）《花草粹編》文津閣《欽定四庫全書》二十四卷本（卷一六，總第七五頁），收作趙耆孫詞。

校記

調題：皆同範詞。

正文：『晶明玉膩』作『玉膩』；『又別是』作『別是』。

附録：無。

〔八〕清・朱彝尊編《詞綜》，《欽定四庫全書薈要》集部（卷二二，第八頁），收作趙耆孫詞。

校記

調題：調同範詞。題作『梅』。

正文：『晶明玉膩』作『玉膩』；『又別是』作『別是』；『杜』作『秦』。

附録：無。

〔九〕清・孫致彌輯　樓儼補訂《詞鵠初編》清康熙四十四年自刻本（卷六，第二八頁），收作趙耆孫詞。

校記

調題：皆同範詞。

正文：『晶明玉膩』作『玉膩』；『又別是』作『別是』；『杜』作『秦』；『謾』作『慢』（同，見【注釋】，下皆不出校）。

附録： 無。

［一〇］清・沈辰垣等編《御選歷代詩餘》影印康熙内府本（卷五三，第二七二頁），收作趙耆孫詞。

校記

調題： 調同範詞。題作『梅』。

正文： 『晶明玉膩』作『玉膩』；『又別是』作『別是』；『杜』作『秦』。

附録： 無。

［一一］清・王奕清等纂修《欽定詞譜》影印康熙内府刻本（卷二二，第二五頁），收作趙耆孫詞。

校記

調題： 皆同範詞。調下注：『調見《梅苑》詞。雙調九十二字，前段十句五仄韵，後段九句五仄韵』。

正文： 皆同範詞。

附録： 此調祇有趙詞及無名氏『新律纔交』詞，故此詞可平可仄，悉參無名氏詞。《花草粹編》本此詞，第三句脱去『晶明』二字，今從《梅苑》詞本校正。（解説）

［一二］清・孫平叔先生鑒定　葉申薌編次《天籟軒詞譜》清道光九年刊本（卷三，第二五頁），收作趙耆孫詞。

校記

調題： 皆同範詞。調下注：『九十二字仄十韵』。

正文： 『江』作『紅』；『烟』作『風』；『杜』作『秦』；『天』作『山』；『謾』作『漫』（同，見【注釋】，下皆不出校）。

附録： 無。

［一三］清・賴以邠著《填詞圖譜・續集》，《四庫全書存目叢書》本（卷中，第二二頁），收作趙耆孫詞。

校記

調題： 皆同範詞。

正文： 『晶明玉膩』作『玉膩』；『又別是』作『別是』；『杜』作『秦』。

附録： 無。

〔一四〕　清・萬樹論次　徐本立纂《新校正詞律全書》民國合刊本　詞律部分（卷一三，第九頁），收作趙耆孫詞。

校記

調題：皆同範詞。調下注：『八十九字』。

正文：『晶明玉膩』作『玉膩』；『又別是』作『別是』；『杜』作『秦』。

附録：……按《梅苑》『江梅玉膩』四字作『江梅晶明玉膩』六字，『又別是一般風味』句『別』字上有『又』字，均應遵改。（解説）

〔一五〕　唐圭璋輯《全宋詞》中州古籍出版社　兩冊本（上，第六九一頁），收作趙耆孫詞。

附録：景宋本梅苑卷一。

〔一六〕　中華書局編《李清照集》（第五八頁），『附録』收作《梅苑》無名氏詞。

附録：『按』略。瑜注：共按見《沁園春》（山驛蕭疏）。

◎**瑜按**：

綜上，筆者所考楝亭本《梅苑》收録之兩首《遠朝歸》（金谷先春）、《遠朝歸》（新律纔交）皆未署撰者姓名。文淵閣《欽定四庫全書》本《梅苑》（除异體字、頁數）與楝亭本所録并同。僅李文裿輯《漱玉集》收此兩闋為李清照（易安）詞。

河南伊川縣城關鎮窑底村出土之王拱辰夫人薛氏墓志銘：『孫女三人，長適奉議郎、校對秘書省黄本書籍李格非。』（洛陽市第二文物工作隊編《洛阳新獲墓志》第三三九頁）。此墓志銘，可據，證明《宋史》記載之真實性。宋莊綽撰《雞肋編》：『岐國公王珪，在元豐中為丞相。父準，祖贄，曾祖景圖，皆登進士第。……又漢國公準子四房，孫婿九人：余中、馬玿、李格非……』（卷中，第四十八頁）。又宋李清臣撰《王文恭公珪神道碑》：『女，長適鄆州教授李格非，早亡』（《欽定四庫全書》本《名臣碑傳琬琰之集》上，卷八，第十八頁）。上述四種記載均不能否認。如何解釋呢？據黄盛璋《趙明诚、李清照夫婦年譜》李格非由『鄆州教授』升遷京城為官太學，清照已三歲，説明清照生于其父作『鄆州教授』之時。這與宋李清臣撰《王文恭公珪神道碑》：『女，長適鄆州教授李格非，早亡』相合。可見李格非前妻清照生母為王準孫女。作『鄆州教授』在前，在京城為『左奉議郎校對秘書省黄本書籍』（宋王拱辰夫人薛氏墓志銘）在後。王拱辰孫女為李清照繼母，可定。説明李格非為王拱辰孫女婿，李清照繼曾外祖父。拱辰死，『夫人即護公喪以其家還洛，洛中里第舊有林園水竹之勝。夫人既終制，即道裝燕服游處其中，淡然仿佯于塵垢之外』（《洛陽新獲墓志》）。可知『洛中里第』是李清照外婆家，自然是常來常往，『有林園水竹之勝』，印象極為深刻。李清照父親李格非在京城為朝官，家居開封。李清照與趙明誠婚後亦居開封，對那裏的記憶更是不可磨滅。其青少年時代就是在那裏度過。故宋張端義《貴耳集》云：『南渡以來，常懷京洛舊事』。李格非寫《洛陽名園記》，其政治意义如『格非自跋云：「天下之治亂，候于洛陽之盛衰；洛陽之盛衰，候于園圃之興廢」』（《欽定四庫全書·提要》）。然對那裏的園林名勝如此之熟悉，情有獨鐘，原因是那裏為夫人的家鄉。李清照喜歡游覽風景名勝，游洛陽西北的金谷園舊址，憑吊唐代偉大詩人李白、杜甫，并賦《遠朝歸》（金谷先春）詞，也是可能的、自然的。內容風格類易安，乃大家手筆，亦為輔證。

上十三種載籍收為趙耆孫詞。上海圖書館藏《梅苑》，標明『武進李氏聖譯樓校刊宋人選宋詞十種之一』，《遠朝歸》（金谷先春）撰者趙耆孫。《全宋詞》从之，僅存此闋，其生平不詳，疑此家之有無。《花草粹編》收作趙耆孫詞，未詳所本。又復旦大學圖書館藏《梅苑》高郵宣氏刻本，此詞撰者『趙耆孫』，字體及颜色與正文明顯不同，為後人所補，皆不足為憑。考辨證明此兩闋最有可能是李清照（易安）撰之詞作（詳見是書《序》），惜無確據，茲入存疑詞，待考。

【注釋】

[一] **金谷**：指金谷澗。據載在古洛陽縣西北。晉石崇（公元二四九——三〇〇年），官至散騎常衛、荊州刺史等，為當時首富，財產為貪污受賄搶掠而來，生活極度豪奢，荒淫無度，在金谷澗建私人花園，故名。其《金谷詩序》：『餘有別廬，在河南界金谷澗中。清泉茂樹衆果竹柏藥物備具。又有水碓魚池』（《中國古今地名大辭典》『金谷園』條）。景色幽美。此園據載約始建晉元康初年（公元二九二年左右），完好存在祇十餘載。至唐廢址尚存。到作者觀光的宋代僅斷磚片瓦，後遺址亦蕩然無存。唐杜牧《金谷園》：『繁華事散逐香塵，流水無情草自春。日暮東風怨啼鳥，落花猶似墜樓人。』唐陳通方《金谷園懷古》：『緩步洛城下，軫懷金谷園。昔人隨水逝，舊樹逐春繁』。唐韋應物《金谷園歌》：『石氏滅，金谷園中水流絶。當時豪右爭驕侈，錦為步障四十里』。

[二] **江梅**：見《滿庭霜》（小閣藏春）注。

[三] **晶明**：像水晶般明潔。唐王維《賦得秋日懸清光》：『寥廓涼天静，晶明白日秋』。唐李子卿《望終南春雪》：『輝耀銀峰逼，晶明玉樹親』。

[四] **玉膩**：像美玉般滑潤。宋王千秋《浣溪沙》：『兩臂輕籠燕玉膩，一胸斜露塞酥溫』。元馬鈺《恣逍遥》『繼重陽韵』：『忽見真容，如同玉膩』。

[五] **珠簾院落**：旅次客舍或民院，垂挂以珠穿成或以珠為飾的簾子，顯富貴華麗。唐劉恂《嶺表録异》：『昔梁氏之女（指緑珠，石崇之愛妾）

有容貌，石季倫（崇）為交趾采訪使，以珍珠三斛買之』。石崇生活極度豪奢，其金谷園別墅門窗以珍珠簾為飾當是可能的。此飾或成風氣傳至宋代也是可能的。詞人或是懷舊或是寫實。

［六］**金樽**：見《漁家傲》（雪裏已知）注。

［七］**遺英**：落花。宋蘇軾《次韻陳四雪中賞梅》：『獨秀驚凡目，遺英卧逸民』。『英』，花瓣。晉陶淵明《桃花園記》：『芳草鮮美，落英繽紛』。

［八］**惆悵**：感傷失意的樣子。唐溫庭筠《更漏子》：『虛閣上，倚欄望。還似去年惆悵。』宋晏殊《清平樂》：『鴻雁在雲魚在水，惆悵此情難寄』。

［九］**杜隴當年**：指唐代偉大詩人杜甫（公元七一二——七七〇年）居秦州時期。《說文解字》：『隴山，天水大阪也。』又《中國古今地名大辭典》：『秦州改天水郡，唐稱秦州。』秦州即甘肅天水，在隴右道東，隴山西。杜甫于公元九五七年為避安史之亂，攜妻小度隴山入秦州，流居此地。

［一〇］**故人難寄**：典見《孤雁兒》（藤床紙帳朝眠起）『一枝折得』注。

［一一］**山城**：唐杜甫《秦州雜詩》：『莽莽萬重山，孤城山谷間。』故稱秦州為『山城』。

［一二］**醉魄**：指人醉酒時的精神狀態。唐代偉大詩人李白（公元七〇一——七六二年），風流豪放，狂歌痛飲，號稱『酒仙』、『詩仙』。唐皮日休《七愛詩》『李翰林（白）』：『竟遭腐脅疾，醉魄歸八極』。宋王奕《沁園春》：『白骨青山，美人黃土，醉魄吟魂安在否』。

［一三］**謾**：見《漁家傲》（天接雲濤）注。

［一四］**畫樓十二**：傳説我國昆侖山為仙山，神仙所居之地。漢東方朔《十洲記》：『……其一處有積金為天墉城，四方千里，城上安金臺五所，玉樓十二』。《漢書注》：『昆侖玄圃，五城十二樓，仙人之所常居。』這裏指彩繪的高樓宮殿，神仙之居所，仙境。宋王千秋《水調歌頭》：『畫樓十二，梁塵驚墜彩雲留』。宋無名氏《踏青游》：『同倚畫樓十二。倚了又還重倚』。

【品鑒】

這首咏梅之詞，寫金谷澗江梅先放的旖旎、幽院梅花的別具風韵，樽前憑吊贊頌唐代偉大詩人李白和杜甫的深厚情誼。詞人早春時節，暢游洛陽的金谷澗，晉代石崇的名園金谷園就曾在其中。見到野生的梅花初放，感慨萬千，搦筆寫就此詞。

開端三句，漸入，『金谷先春』，點出地點節序。這是金谷澗影視的廣角鏡頭。『見乍開江梅』，落筆擒題，首先撲入讀者視野的影視畫面是一種剛剛開放的野生梅花，寫景。它什麼樣呢？『晶明玉膩』，像水晶般明潔，像美玉般滑潤，用形象的比喻描寫贊頌其麗質，融情入景。

次二句：『珠簾院落，人静雨疏烟細。』移步景遷，描寫庭院。雖然金谷澗中晉石崇的別墅早已蕩然無存，但為招攬游客的旅次候館還是存在的。換了影視畫面，什麼樣？『珠簾院落』，庭院裏的門窗都裝飾着珍珠做的簾子，顯得一派豪華。『人静雨疏烟細』，悄無人聲，下着稀疏的小雨，籠罩着輕輕的烟霧。『珠簾』、『静』、『疏』、『細』，描寫工緻，這是寫白天旅館的環境，景語皆情語。

再次三句：『横斜帶月，又別是、一般風味。』影視畫面又轉換：天氣向晚，雲散雨停，明月朗照院裏横斜的梅枝。這不是江梅，是人工培植修剪過的梅枝。不禁使詞人想起宋林逋《山園小梅》的著名咏梅詩句：『疏影横斜水清淺，暗香浮動月黄昏』，贊美此時庭院裏的風味別是一般，特別是與白天在金谷澗裏看到的野梅乍開的風味迥然而异啊！情景交融。

前結：『金樽裏。任遺英亂點，殘粉低墜。』詞人觸景生情，酒興大發。讓凋零的梅花紛紛灑灑任意飄入貴重的酒樽裏，讓殘留的花粉任意墜落在金杯中。詞人為這珠簾院落横斜帶月的風物特別的格調而深深陶醉，情景相生。于是她浮想聯翩，憑吊起與此地有關的古代名人，開了下闋。上片，詞人將金谷野梅、珠簾庭院的景物人情寫得很美，情景悠然，堪稱妙境。

下片，換頭，轉，『惆悵杜隴當年』，『杜』指唐代偉大詩人杜甫。不必説宋代以前的歷史人物，就是文學界有大成就者也是群星璀燦，為何憑吊杜甫，是有淵源的。據馮至《杜甫傳》載，杜甫河南鞏縣人，距洛陽衹有一百四十里。杜甫的童年基本上是在洛陽的二姑母家度過；杜甫從山東回洛陽，曾在附近的陽首山一帶居住，更長時間住在洛陽；他的遠祖晋杜預、祖父杜審言都葬在洛陽一帶；外祖父母也葬在洛陽北邙山，故洛陽一帶到處都有他的足迹。唐杜甫在中國文學史上赫赫有名，家喻户喻，被譽為『詩史』、『詩聖』，文人墨客無不景仰，故當他們踏上洛陽這片土地時第一個想到的就是杜甫，寫詩文憑吊，亦為自然。由杜甫由然想到唐代另一個偉大詩人李白，兩個人曾在洛陽相遇，并結下深厚的友誼，傳為文壇佳話。被文人雅士所推崇贊賞，憑吊頌揚順理成章。詞人為杜甫居秦州時候而傷感。為何？『念水遠天長，故人難寄。』懷念遥遠的朋友李白，衹知身處江南，互不確知各在什麼地方，音訊杳然，即使江南有梅也很難像南朝江南的陸凱寄梅給長安的范曄那樣寄給故人杜甫呀！據載公元七四五年唐偉大詩人李白（四十四歲）與杜甫（三十三歲）兩位友人在山東兖州分別，李白從公元七五五年在江南生活八年，至公元七五八年杜甫流寓秦州，未曾見面。公元七五八年李白因參加永王李璘幕府，在江西被捕入潯陽獄。後被流放貴州夜郎，經洞庭，入三峽，尚未達夜郎，于公元七五九年遇赦釋放。當時杜甫乍居秦州，衹知李白被逐而不知被赦，傳聞不一，生死不明，殷殷思念，曾寫《天末懷李白》：『……鴻雁幾時到，江湖秋水多。……應共冤魂語，投詩贈汨羅』，連夢三次，寫《夢李白兩首》：『死別已吞生，生別常惻惻。江南瘴癘地，逐客無消息。……浮雲終日行，游子久不至。……江湖多風波，舟楫恐失墜。』真乃天長水遠，信息難通。江南有梅，『故人難寄』。化用典故。

次兩句：『山城倦眼，無緒更看桃李。』承，因為生活在群山環抱的山城，經常看山，而不能引人注目了，也是一種審美疲勞吧！兵荒馬亂，生活艱難，更主要是思念友人，情緒淒愴，哪有心思觀賞桃李花啊！寫杜甫在秦州對李白的擔憂思念。

再次兩句：『當時醉魄，算依舊、徘徊花底。』轉，『當時』呼應『當年』。唐代偉大詩人李白風流豪放，倜儻不羈，狂歌痛飲，號稱『詩仙』、『酒仙』，如今尚有《太白醉酒》的戲劇在舞臺上演出，佳話流傳，千古不衰。常在月下花間飲酒，寫了許多以飲酒為內容的詩。常言道：『李白斗酒詩百篇』。《月下獨酌四首》其一：『花間一壺酒，獨酌無相親。舉杯邀明月，對影成三人。……我歌月徘徊，我舞影凌亂。醒時同交歡，醉後各分散……』。『醉魄』，指李白醉酒時的精神狀態。二句意思是，推想杜甫當年居秦州時，李白同時在江南留連花下，醉酒賦詩，衹不過兩不相知而已。

煞尾：『斜陽外。謾回首畫樓十二。』據載李白游俠求仙是他人生的主要活動，十五歲學劍術，二十歲為俠客。他遨游四方求仙訪道，天臺司馬子微稱他有『仙風道骨』。後到長安，詩人賀知章稱他為『天上謫仙人』（見馮至《杜甫傳》）。漫游山東曾登泰山求仙拜神，寫《游泰山》，想象夜間仙人來游等情景，末兩句：『明晨坐相失，但見五雲飛』。李白于公元七四五年曾寫《夢游天姥吟留別》，寫神仙境界的情景，表現對其想往和渴求，其中有『忽魂悸以魄動，恍驚起而長嗟。惟覺時之枕席，失向來之烟霞。世間行樂亦如此，古來萬事東流水』，上所引詩句，就是此詞結句的最好注脚。末句：『謾回首畫樓十二』，是說夕陽外李白回頭一看，空空如也，他當時所追求的仙境根本就不存在。詞人也是游樂者，也同李白的詩句『世間行樂本如此，古來萬事東流水』產生了共鳴，作結。

結尾別出心裁，『畫樓十二』，詞終似影視一個精彩的鏡頭或一個畫面，看來這是一個彩繪得非常美麗的十二層級之巍峨大樓，矗立在讀者的面前，引人入勝。然詞人用的是典故，就賦予了它蘊含的豐富內容和象徵的意義，寬廣而深厚，令人神思飛越，想象狂騰，其意境甚為奇倔。清李漁《閑情偶寄》：『收場一出，即勾魂攝魄之具。使人看過數日，而猶覺聲音在耳，情形在目者，全虧此出撒嬌，作「臨去秋波那一轉」也』，此詞結尾似有李漁所論戲劇收場該有的那種藝術效果，給讀者以不盡的審美聯想。下片憑吊唐代兩位偉大詩人杜甫和李白深情厚誼，表現杜甫對李白的思念關懷和擔憂及李白的行骸放浪倜儻不羈和詞人的感喟。

此詞意脉清晰，結構嚴緊。上片開端寫金谷先春乍開江梅的美麗；繼寫庭院的白天細雨幽境，晚上月照院梅的別具風味；

前結寫詞人為佳境而淘醉，任梅花瓣蕊飄落金樽。下片面對良辰美景憑吊唐偉大詩人杜甫；其次憑吊唐偉大詩人李白。由上片的淘醉而引發下片的憑吊，聯繫緊密而自然。上片從野梅寫到院梅，進而為月下的梅花而淘醉，即上片為咏梅，情景交融，境妙；下片以梅為依託而憑吊唐代兩位偉大詩人，抒寫了詞人的心志情懷，情景交融，誼深情濃。『横斜帶月』、『故人難寄』、『畫樓十二』用典。豐富了詞的内涵深化了詞旨，擴大了欣賞者的視野和情致，使其產生無限的審美聯想，獲得更多的美感享受。此詞『章法貴渾成，又貴變化』。

【選評】

［一］　**清·許昂霄：**祇珠簾二語絕佳，惜前後不稱。（《詞綜偶評》）

遠朝歸

新律纔交，早舊梢南枝，朱污粉膩。烟籠淡妝，恰值雨膏初細。而今看了，記他日、酸甜滋味。多應是。伴玉簪鳳釵，低揑斜墜。

迤邐對酒當歌，眷戀得芳心，竟日何際。春光付與，尤是見欺桃李。叮嚀寄語，且莫負、樽前花底。拚沉醉。儘銅壺漏傳三二。

——《楝亭十二種》之《梅苑》

【考辨】

◎歷代載籍著録此闋之詞調、題目：

調作《遠朝歸》。無題。

◎歷代此闋著録為李清照（易安）詞之載籍：

［一］李文裿輯《漱玉集》冷雪盦叢書本（卷四，第四頁），收作李清照詞。

校記

調題：皆同範詞。

正文：『揑』作『桱』；『拚』作『弁』；『三二』作『一二』。

附録：《梅苑》。（尾注）

◎歷代此闋著録他人或無名氏及存疑詞之載籍：

［一］宋・黃大輿輯《梅苑》，《楝亭十二種》本（卷一，第九頁）收録。未注撰者。與署名的李易安詞《孤雁兒》（藤床紙帳）銜接連排，第五首。

校記

調題： 調作《遠朝歸》。無題。

正文： 原『拚』，規範繁體漢字『拚』，『拚命』猶『拚命』（《辭源》）。原『污』、『煙』、『尊』、『拚』、『沈』，茲改為正字『污』、『烟』、『樽』、『拼』（瑜注：《現代漢語規範詞典》：『同「拚」。現在一般寫作「拼」』）、『沉』。（擇為範詞，底本）

附録： 無。

〔二〕宋·黄大輿輯《梅苑》文淵閣《欽定四庫全書》本（卷一，第一三頁）收録。未注撰者。與署名的李易安詞《孤雁兒》（藤床紙帳）銜接連排，第五首。

校記

調題： 皆同範詞。

正文： 『控』作『空』。

附録： 無。

〔三〕宋·黄大輿輯《梅苑》武進李祖年署專（卷一，第八頁）收録，未注撰者。與署名的趙耆孫詞《遠朝歸》（金谷先春）連排，用『二』銜接。

校記

調題： 皆同範詞。

正文： 皆同範詞。

附録： 無。

〔四〕宋·黄大輿輯《梅苑》高郵宣氏　清光緒末刻本（卷一，第一一頁）收録，未注撰者。復旦大學圖書館藏，與署名的趙耆孫（係後人所補）詞《遠朝歸》（金谷先春）連排，用『又』銜接。

校記

調題： 皆同範詞。

正文： 皆同範詞。

附録：無。

［五］明・陳耀文纂（原署）《花草粹編》影印明刊十二卷本（卷八，第七五頁）收録，未注撰者。與署名的趙耆孫詞《遠朝歸》（金谷先春）連排，用『二』銜接。

校記

調題：皆同範詞。

正文：『枝』作『校』（瑜注：誤）。

附録：無。

［六］明・陳耀文輯《花草粹編》文淵閣《欽定四庫全書》二十四卷本（卷一六，第四〇頁）收録，未注撰者。與署名的趙耆孫詞《遠朝歸》（金谷先春）連排，用『二』銜接。

校記

調題：皆同範詞。

正文：皆同範詞。

附録：無。

［七］明・陳耀文編（原署）《花草粹編》文津閣《欽定四庫全書》二十四卷本（卷一六，總第七五頁）收録，未注撰者。與署名的趙耆孫詞《遠朝歸》（金谷先春）連排，用『二』銜接。

校記

調題：皆同範詞。

正文：皆同範詞。

附録：無。

［八］唐圭璋輯《全宋詞》中州古籍出版社　兩冊本（上，第六九二頁），收作趙耆孫『存目詞』。

附録：花草粹編卷八載趙耆孫遠朝歸『新律纔交』一首，乃梅苑卷一無名氏詞。

［九］中華書局編《李清照集》（第五八頁），『附録』收作《梅苑》無名氏詞。

附録：『按』略。瑜注：共按見《沁園春》（山驛蕭疏）。

◎瑜按：

綜上，此詞牽涉撰者有二：趙耆孫、李易安（清照）。首先，翻檢唐圭璋輯《全宋詞》之趙耆孫詞未收此首，這就排除了趙詞的可能。其次，李清照者出自李文裿輯《漱玉集》冷雪盦叢書本，此外古今各戴籍此詞撰者俱無署李易安（清照）者。『楝亭本』所録此詞除頁數和一個字不同，其餘與『四庫本』全同。筆者考辨此闋最有可能是李清照（易安）撰之詞作（詳見此書《序》及《遠朝歸》（金谷先春）『瑜按』），待考確證，茲入『存疑詞』。

【注釋】

〔一〕**律**：見《河傳》（香苞素質）注。

〔二〕**污**：這裏為染的意思。《吕氏春秋・不侵》：『萬乘之嚴主辱其使者，退而自刎也，必以其血污其衣。』唐張祜《集靈臺二首》：『却嫌脂粉污顏色，淡掃蛾眉朝至尊』。宋王安國《清平樂》：『滿地殘紅宮錦污，昨夜南園風雨』。

〔三〕**膩**：見《漁家傲》（雪裏已知）注。

〔四〕**淡妝**：清淡雅致的妝飾。宋辛弃疾《眼兒媚》：『淡妝嬌面，輕注朱唇，一朵梅花』。金元好問《鳳凰臺上憶吹簫》：『想淡妝無語，孤影昏黄』。

〔五〕**雨膏**：雨如膏，油。常言道：『春雨貴如油』，即及時寶貴的雨。宋陳三聘《三登樂》：『鼓東風、雨膏為洗』。宋柳永《剔銀燈》：『艶杏夭桃，垂楊芳草，各鬥雨膏烟膩』。

〔六〕**玉簪**：玉製別頭髪的首飾。宋辛弃疾《水龍吟・登建康賞心亭》：『遥岑遠目，獻愁供恨，玉簪螺髻』。宋黄子行《賀新郎》：『向醉里、玉簪輕落』。

〔七〕**鳳釵**：見《菩薩蠻》（歸鴻聲斷）注。

〔八〕**揑**：壓。《西游記》第九十回：『把三個小妖怪輕輕一揑，就揑作三個肉餅』。《廣群芳譜・菜譜五》：『却輕擘開根頭，揑入巴豆肉一粒在根裏』。（《漢語大字典》）。

〔九〕**迤邐**：曲折綿延，陸陸續續。宋賀鑄《天香》：『烟絡横林，山沉遠照，迤邐黄昏鐘鼓』。宋王之望《風流子》：『江國東風早，芳菲又、迤邐報寒梅』。

〔一〇〕**對酒當歌**：這裏是面對着酒互相唱和之意。『當』對的意思。魏曹操《短歌行二首》（之一）：『對酒當歌，人生幾何』。唐杜牧《湖南正初招李郢秀才》：『行樂及時時已晚，對酒當歌歌不成』。

〔一一〕**眷戀**：懷念留戀。晉潘岳《在懷縣作》詩：『徒懷越鳥志，眷戀相南枝』。宋白君瑞《念奴嬌》：『聞與俊逸嬉游，笙歌叢裏，眷戀中華國』。

〔一二〕芳心：美好的愛心。《梅苑》無名氏《勝勝慢》：『清態為誰脉脉，芳心向人似語。』宋程垓《蝶戀花》：『歸路月痕彎一寸。芳心衹為東風損』。

〔一三〕竟日：整天。唐杜甫《獨坐二首》：『竟日雨冥冥，雙崖洗更青』。宋周邦彥《憶舊游》：『但滿眼京塵，東風竟日吹露桃』。

〔一四〕尤：過失。《詩經·小雅·四月》：『廢為殘賊，莫知其尤』。宋陳仁杰《沁園春》：『嘆風寒楚蜀，百年受病，江分南北，千載歸尤』。

〔一五〕見：被、受到。唐韓愈《駑驥》：『有能必見用，有德必見收』。唐柳宗元《覺衰》：『久知老會至，不謂便見侵』。

〔一六〕叮嚀：囑咐。宋康與之《滿江紅》：『鎮日叮嚀千百遍，衹將一句頻頻説』。宋蔡伸《謁金門》：『別語叮嚀和泪説。羅巾沾泪血』。

〔一七〕寄語：傳遞話語。唐劉希夷《晚春》詩：『寄語同心伴，迎春且薄妝』。唐崔顥《遼西作》：『寄語洛陽使，為傳邊塞情』。

〔一八〕樽：參見《漁家傲》（雪裏已知）『金樽』注。

〔一九〕拚：同『拼』，不顧、不怕。宋周邦彥《解連環》：『拚今生、對花對酒，為伊泪落』。宋晏幾道《鷓鴣天》：『彩袖殷勤捧玉鐘，當年拚卻醉顏紅』。

〔二〇〕沉醉：見《如夢令》（常記溪亭日暮）注。

〔二一〕銅壺：指漏壺，古代滴水計時盛水的銅質器具。五代馮延巳《壽山曲》：『銅壺滴漏初盡，高閣雞鳴半空。』宋陳與義《梅花》：『一枝斜映佛前燈，春入銅壺夜不冰』。

【品鑒】

此詞寫詞人觀梅花盛開之景象，回憶起往昔與女伴共同賞梅的情景，表現莫負樽前花底盡情歡愉的情懷。

上片，開端：『新律纔交，早舊梢南枝，朱污粉膩。』新的季候剛交替，過去的梅稍、向陽的梅枝早已染成紅色，花粉也厚重了。直接描寫，漸入擒題。用『賦』的方法。『纔』、『早』暗示寫的是梅花，梅花頂雪冒寒先放。

次兩句：『烟籠淡妝，恰值雨膏初細。』承，描寫正處在春季寶貴的初次細雨籠罩之下的梅花，宛若淡妝女郎那朦朧之美。『膏』如『雨』，比喻。『淡妝』比梅花，擬人。融情入景，用『比』『興』之法。

再次兩句：『而今看了，記他日、酸甜滋味。』看了眼前的景象，勾引起對過去那些美好的和不愉快的往事之回憶。『酸甜滋味』為何？引人神思飛越。形轉實續，換角度寫梅。

前結：『多應是。伴玉簪鳳釵，低揠斜墜。』回應上句。大多的時光該是陪伴着頭插玉簪戴着鳳釵儀態萬方的心愛女子，壓低橫斜欲墜的梅枝而共賞梅花。『斜』透露出梅花。詞人認為梅以橫斜為美。宋林逋名詩《山園小梅》：『疏影橫斜水清淺，暗香浮動月黃昏』。

下片，換頭：『迤邐對酒當歌，眷戀得芳心，竟日何際。』承前回憶。歷經曲折纏綿，面對着美酒相互唱和。依戀不捨，得到了她美好的愛心。整日如此哪有時限？抒情。此前皆寫『他日』情景。次兩句，轉，『春光付與，尤是見欺桃李。』梅的『早』、『朱污粉膩』是『春光付與』，總前；啓後寫『而今』之事。『尤是見欺桃李』，引起詞人之不平和議論。桃李之花也是芬芳馥郁婀娜多姿的，可為什麽讓她晚開？這不是欺辱她嗎？豈不是『春光』的過失？李清照《鷓鴣天》：『騷人可煞無情思，何事當年不見收』，屈原可是無情思之人，為什麽當年寫《離騷》對許多花進行贊賞，唯獨没有桂花呢？皆為詞中議論，有异曲同工之妙。詞人的議論和不平，表明他對桃李也是贊賞的，開了下文：『叮嚀寄語，且莫負、樽前花底。』再三囑咐傳話給『同心伴』，衹要在酒杯之前在花的底下，不必拘泥梅花，桃李之花也很好，不要辜負大好時光，詩情酒意要盡興。

結句，『拚沉醉。儘銅壺漏傳三二。』不顧一切拼得大醉，一直喝到美酒净盡，漏聲傳告三更二更之時。明謝榛《四溟詩話》：『凡起句當如爆竹，驟響易徹；結句亦如撞鐘，清音有餘』，這是關于開頭結尾的著名論斷。此詞漏聲傳告三更二更，仍會不休止的滴響下去，不絕如縷。酒停與不停，耐人遐思，有餘韵裊裊之效。表現詞人賞梅愛梅而不局限于梅，衹要在樽前花下就須狂歌豪飲，其風流倜儻可見。

宋沈義父《樂府指迷》：『作詞與詩不同，縱是花卉之類，亦須略用情意，或要入閨房之意』，否則為題目所束，拘爾不暢，呆板木納，索然寡味，難有感情深厚，旨意高遠，卓絶千古的咏物詞。此詞不是單純枯燥地寫梅，而是把梅納入詞人的生活活動中來，描寫、抒情、議論，揮灑自如，内容擴大，詞意深化，情景交融，渾然天成。李清照《孤雁兒》（藤床紙帳朝眠起）是著名的咏梅詞，也是把咏梅與對亡夫的緬懷悼念之情結合起來，寫法相類。易安《清平樂》（年年雪裏），上片回憶南渡前與梅花有關的往事，下片感慨而今年老漂泊，國勢岌岌可危。此詞上片寫回憶『他日』的酸甜滋味，與『同心伴』賞梅的情景，下片寫『而今』寄語『同心伴』，莫拘泥梅花，衹要在樽前花下盡須狂歌痛飲的情景。兩梅詞都上片寫回憶，下片寫而今，結構相似，同妙。

此詞運用賦、比、興的寫法。詞旨為咏梅，但衹點出桃李，梅却含而未露，有種含蓄之美。

力求而未得。

【選評】

擊梧桐

雪葉紅凋，烟林翠減，獨有寒梅難并。瑞雪香肌，碎玉奇姿，迥得佳人風韵。清標暗折芳心，又是輕泄江南春信。最好山前水畔，幽閑自有，橫斜疏影。　盡日憑欄，尋思無語，可惜飄瓊飛粉。但悵望、王孫未賞，空使清香成陣。怎得移根帝苑，開時不許衆芳近。免教向、深岩暗谷，結成千萬恨。

——《楝亭十二種》之《梅苑》

【考辨】

◎歷代載籍著録此闋之詞調、題目：

調作《擊梧桐》。無題。

◎歷代此闋著録為李清照（易安）詞之載籍：

［一］　李文裿輯《漱玉集》冷雪盦叢書本（卷四，第七頁），收作李清照詞。

校記

調題： 皆同範詞。

正文： 『肌』作『肥』；『許』作『與』。

附録： 《梅苑》。（尾注）

◎歷代此闋著録他人或無名氏及存疑詞之載籍：

［一］宋・黄大輿輯《梅苑》，《楝亭十二種》本（卷一，第九頁）收録。未注撰者。與署名的李易安詞《孤雁兒》（藤床紙帳）銜接連排，第六首。

校記

調題： 調作《擊梧桐》。無題。

正文： 原「減」、「煙」、「竝」、「逈」、「韻」、「洩」、「横」、「疎」、「凭」、「闌」、「巖」，兹改為正字「減」、「烟」、「并」、「迥」、「韵」、「泄」、「横」、「疏」、「憑」、「欄」、「岩」。（擇為範詞，底本）

附録： 無。

［二］宋・黄大輿輯《梅苑》文淵閣《欽定四庫全書》本（卷一，第一三頁）收録。未注撰者。與署名的李易安詞《孤雁兒》（藤床紙帳）銜接連排，第六首。

校記

調題： 皆同範詞。

正文： 皆同範詞。

附録： 無。

［三］清・王奕清等纂修《欽定詞譜》影印康熙内府刻本（卷三四，第三一頁），收為「《梅苑》無名氏」詞。

校記

調題： 皆同範詞。

正文： 「凋」作「雕」；「瓊」作「瑶」。

附録： 無。

［四］唐圭璋輯《全宋詞》中州古籍出版社　兩冊本（下，第二四一五頁），收為無名氏詞。

附録： 梅苑卷一。

［五］中華書局編《李清照集》（第六〇頁），「附録」收作《梅苑》無名氏詞。

附録： 「按」略。瑜注：共按見《沁園春》（山驛蕭疏）。

［六］王仲聞《李清照集校注》人民文學出版社（第三四一頁），『附録』收為『誤題李清照撰之作品』。

◎ **瑜按：**

總上，此詞各載籍同出一源《梅苑》，除李文裿輯《漱玉集》外，他本概無撰者。筆者考辨此闋最有可能是李清照（易安）撰之詞作（詳見此書《序》），俟考實據，茲入『存疑詞』。

【注釋】

［一］**雪葉紅凋：**雪落植物葉子上，鮮花凋零了。『紅』，指花朵，即與李清照《如夢令》：『緑肥紅瘦』的『紅』，同意。

［二］**烟林翠減：**如烟的樹林翠緑的顏色減褪了。

［三］**難并：**難以等同的意思。唐齊己《禪庭蘆竹十二韵呈鄭谷郎中》：『松姿真可敵，柳態薄難并。』宋李彌遜《十月桃》：『梨花帶雨難并，似玉妃、寂寞微潸』。

［四］**瑞雪：**有吉祥之氣的好雪。常言道：『瑞雪兆豐年』。唐盧照鄰《登封大酺歌》：『日觀仙雲隨風輦，天門瑞雪照龍衣。』宋蔡襄《好事近》：『瑞雪滿京都，宮殿盡成銀闕』。

［五］**香肌：**這裏指芳香的花瓣。宋陳著《柳梢青》：『料想香肌，不禁畏日，翠蓋兒遮』。宋無名氏《念奴嬌》：『不藉鉛華，枝頭雪霽，愈見香肌白』。

［六］**碎玉：**喻開綻的花瓣。宋方千里《掃花游》：『正楊花碎玉，滿城雪舞。』宋蔣捷《木蘭花慢》：『晚風又起，但時聽、碎玉落檐頭』。

［七］**迥：**相比差异顯著。唐杜甫《冬日洛城北謁玄元皇帝廟》：『翠柏深留景，紅梨迥得霜』。宋程珌《傾杯樂》：『漸曙色、曉風清迥』。

［八］**風韵：**見《多麗》（小樓寒）注。

［九］**清標：**高潔的標準風格。宋姚述堯《醜奴兒》：『先遣司花來報春。清標自是蓬萊客，冰玉精神』。宋陳仁杰《沁園春》：『如此清標，依然香性，長在凄凉索寞中』。

［一〇］**折：**折服，佩服。唐李白《送王屋山人魏萬還王屋》：『辯折田巴生，心齊魯連子』。唐白居易《贈楊秘書巨源》：『不用更教詩過好，折君官職是聲名』。

［一一］**芳心：**見《遠朝歸》（新律纔交）注。

［一二］**横斜疏影：**横斜的梅枝，稀疏的影像。用宋林逋《山園小梅》：『疏影横斜水清淺，暗香浮動月黄昏』句。元白樸《木蘭花慢》：『疏影横斜何處，暗香浮動誰家』。

［一三］**憑欄：**見《殢人嬌》（玉瘦香濃）注。

［一四］**瓊**：美玉。宋郭應祥《念奴嬌》：『瓊苞玉屑，問天公、底事亂抛輕墜』。宋蔣捷《白苧》：『瓊苞未剖，早是東風作惡』。

［一五］**悵望**：失意地望。唐白居易《酬鄭二司》：『相對喜歡還悵望，同年衹有此三人』。宋孫浩然《離亭燕》：『悵望倚層樓，紅日無言西下』。

［一六］**王孫**：公子。《楚辭・招士隱》：『王孫游兮不歸，春草生兮萋萋。』唐王維《同比部楊員外十五夜游有懷静者季》：『陌頭馳騁盡繁華。王孫公子五侯家』。

［一七］**成陣**：指香味濃烈，成陣勢不斷襲來。宋李曾伯《水龍吟》：『向壺天清暑，風梳露洗，塵不染、香成陣』。宋曹勛《二色蓮》：『頻宴賞，香成陣、瑶池任晚』。

［一八］**帝苑**：帝王的園林。南唐李煜《夢江南》：『還似舊時游上苑，車如流水馬如龍。』『上苑』即『帝苑』。唐王維《奉和聖制幸玉真公主山莊因題石壁十韵之作應》：『如何連帝苑，別自有仙家』。

［一九］**教**：讓、使、令。唐王昌齡《閨怨》：『閨中少婦不知愁，春日凝妝上翠樓。忽見陌頭楊柳色，悔教夫婿覓封侯。』唐金昌緒《春怨》：『打起黄鶯兒，莫教枝上啼。啼時驚妾夢，不得到遼西』。

［二〇］**向**：見《七娘子》（暗香浮動）注。

［二一］**岩**：陡峭的山崖。唐李白《夢游天姥吟留別》：『千岩萬轉路不定，迷花倚石忽已暝』。宋陸游《樵夫》：『酸澀澗邊果，青紅岩際花』。

【品鑒】

此詞贊賞寒梅卓然的風采韵致，寫出人們對她的鍾愛，和詞人的聯想及美好的心願。

發端，用賦的方法。『雪葉紅凋，烟林翠減』，對偶句領起，『整練工巧』。雪落在植物的葉子上，鮮花凋零了，如烟的樹林緑色也減退了。寫廣袤的大自然衰敗冷落的景象。這是側入，襯筆。『獨有寒梅難并』，破題，唯獨嚴寒中的梅花没有與其等同。寫出嚴寒雪域中的衰煞景象，這是『烘雲』之墨，衹有梅特异超拔，這是『托月』之筆，抒贊梅之情，有烘雲托月之妙。

次三句，承題，寫梅花的儀態：『瑞雪香肌，碎玉奇姿』，宛若靡顔膩理的女子，雪白的肌膚散發香味，花瓣的風姿像小塊的美玉般奇絶。『迥得佳人風韵』，顯然是得到了美人的風采韵致。擬人手法。詞人審美的移情作用，將俊俏的梅花融注了麗人的風韵特質，寫得亦花亦人，贊美之意溢于言表。

再次二句：『清標暗折芳心，又是輕泄江南春信。』承前，寫梅花高潔的風範格調暗自使妙齡女子的情懷折服傾倒，又泄露了春到江南的信息。用她人對梅花的暗自傾心折服突顯梅花驚人的魅力和價值。

前結三句：『最好山前水畔，幽閑自有，横斜疏影。』因題興發，直抒胸臆，最好是在山前水邊自己享有一片幽雅静謐的疏影橫斜之梅林，表明詞人對梅花的特別珍愛。詞旨升華。上片寫梅花的風姿韵致及人們對她的鍾愛。

下片，過變三句：『盡日憑欄，尋思無語，可惜飄瓊飛粉。』承前啓後。仰承『寒梅』；俯注『尋思』。南北朝劉勰《文心雕龍·神思》：『寂然凝慮，思接千載；悄然動容，視通萬里』，詞人終日依靠着欄杆，默默無語地『尋思』什麽呢？開了下文。覺得梅花如玉的花瓣凋落了，芳香的花粉隨風飄飛了，實在是太可惜了！『盡日』，表遐思之長。『無語』，表心情沉重，此時無聲勝有聲。『可惜』，表無限嘆惋之情。

次二句：『但悵望、王孫未賞，空使清香成陣。』『但』字轉折提頓，讓詞人心情不爽大失所望的是，那些公子哥兒們未能前來欣賞，使片片梅花白白地散發着陣陣的幽香，是何等的可惜和遺憾啊！以題興發，為詞中抒情議論。再次二句：『怎得移根帝苑，開時不許衆芳近。』承前，怎樣得以把梅花的根移到帝王的花園裏栽培，在開花時不與凡花俗卉接近，讓其有充分的空間供帝王將相才子佳人觀賞。

煞尾，總前結論：『免教向、深岩暗谷，結成千萬恨。』免得讓在陡峭的山崖上、幽暗的深谷裏生長的衆多梅花釀成無數的遺恨。詞以複意為工，咏物以寄託取勝。清況周頤《蕙風詞話》：『詞貴有寄託』。清沈祥龍《論詞隨筆》：『咏物之作，在藉物以寓性情。凡身世之感，君國之優，隱然蕴于其內，斯寄託遥深，非沾沾焉咏一物矣』。宋陳亮《水龍吟》：『恨芳菲世界，游人未賞，都付與、鶯和燕』，也是有寄託的，有人認為『芳菲世界』指北部的大好河山，該詞中的『念遠』，指懷念淪陷區及廣大人民。

此詞讓讀者體味到另外隱含象徵的深意，寄託高遠：那些如花似玉的妙齡男女，由于所生環境的限制，得不到應有的賞識。天生人而不能盡其才，地長物而不能盡其用，這是最大的悲哀。應該想辦法改變這種境遇，給他們營造一個充分展示自我，充分得到人的賞識，并能人盡其才的環境，免得讓他們虚度年華白白活過一生。否則那纔是衆人最大的遺恨呢！寫作者的聯想和美好的心願，議論。寄意是積極可贊的。

清龔自珍《病梅館記》：『嗚呼！安得使予多暇日，又多閑田，以廣貯江寧、杭州、蘇洲之病梅，窮予生之光陰以療梅也哉』，『縱之，順之。毀其盆，悉埋于地，解其棕縛。以五年為期，必復之全之』，盡畢生之力，欲解放梅花，讓其自由健全地生長發育，影射人才的培養理應如此。此詞作者在近千年前，苦思瞑想的是：為了讓風姿綽約的梅花物盡其用，充分發揮它的作用，讓人盡情的觀賞，給人以美的享受；盡聞其芳馨，給人以精神的愉悦，就必須改變或營造一個好的生存發展而能發揮作用的環境和空間，否則就會有如『深岩暗谷』的梅花，『王孫未賞』，『空使清香成陣』，『可惜飄瓊飛粉』，造成多多的遺憾。暗喻應該改變妙齡男女惡劣的生活環境，營造一個能充分展示個人才華的讓人賞識的場所去自我實現人生的價值，人盡其才，物盡其用。否則人白白活過一生，生命對人祇有一次，那纔是無限的遺恨呢？龔自珍的議論，隱喻象徵主張讓人才自由健全的充分發展，是一個層面；此詞議論，隱喻象徵如何人盡其才，物盡其用，是兩個層面，更難能可貴。下片寫詞人苦思瞑想所發出的議論主張。

上片直接描寫，運用襯筆、擬人等手法；下片隱喻寄託，『可惜……』、『悵望……』為抒情；『怎得……』為議論，是比、興的手法。總之，就全詞而論，是描寫、抒情、議論相融合。

此詞咏梅立意高遠。用隱喻議論，寄託遥邃，『怎得』一詞令人震耳發聵，提出一個彼時難以解決的社會問題，物盡其用，人盡其才，祇有在如今的中華盛世纔能實現。設想大膽而卓越，令人驚嘆。在衆多咏梅詞中熠熠生輝。

【選評】

力求而未得。

泛蘭舟

霜月亭亭時節，野溪開冰灼。故人信付江南，歸也仗誰托。寒影低横，輕香暗度，疏籬幽院，何在秦樓朱閣。稱簾幕。　　携酒共看，依依承醉更堪作。雅淡一種天然，如雪綴烟薄。腸斷相逢，手捻嫩枝，追思渾似，那人淺妝梳掠。

——《楝亭十二種》之《梅苑》

【考辨】

◎歷代載籍著録此闋之詞調、題目：

調作《泛蘭舟》。無題。

◎歷代此闋著録為李清照（易安）詞之載籍：

［一］　李文裿輯《漱玉集》冷雪盦叢書本（卷四，第三頁），收作李清照詞。

校記

調題：皆同範詞。

正文：皆同範詞。

附録：《梅苑》。（尾注）

◎歷代此闋著録他人或無名氏及存疑詞之載籍：

［一］　宋·黄大輿輯《梅苑》，《楝亭十二種》本（卷一，第一〇頁）收録。未注撰者。與署名的李易安詞《孤雁兒》（藤床紙帳）銜接連排，第七首。

校記

調題： 調作《泛蘭舟》。無題。

正文： 原『横』、『踈』、『幙』、『攜』、『煙』、『撚』，茲改為正字『横』、『疏』、『幕』、『携』、『烟』、『捻』。（擇為範詞，底本）

附録： 無。

〔二〕　宋・黄大輿輯《梅苑》文淵閣《欽定四庫全書》本（卷一，第一三頁）收録。未注撰者。與署名的李易安詞《孤雁兒》（藤床紙帳）銜接連排，第七首。

校記

調題： 皆同範詞。

正文： 皆同範詞。

附録： 無。

〔三〕　明・陳耀文纂（原署）《花草粹編》影印明刊十二卷本（卷八，第四一頁）收録，未注撰者，與沈會宗詞連排。

校記

調題： 皆同範詞。

正文： 『江南』作『南』。

附録： 無。

〔四〕　明・陳耀文輯《花草粹編》文淵閣《欽定四庫全書》二十四卷本（卷一六，第一頁）收録，未注撰者，與沈會宗詞連排。

校記

調題： 皆同範詞。

正文： 『江南』作『南』。

附録： 無。

〔五〕　明・陳耀文編（原署）《花草粹編》文津閣《欽定四庫全書》二十四卷本（卷一六，總第六九頁），收作無名氏詞。

校記

調題：皆同範詞。

正文：「江南」作「南」。

附録：無。

［六］清・王奕清等纂修《欽定詞譜》影印康熙内府刻本（卷二〇，第三三頁），收作「《梅苑》無名氏」詞。

校記

調題：皆同範詞。調下注：雙調八十三字，前段八句三仄韵；後段九句四仄韵。

正文：「灼」作「汋」；「依依承」作「新詩乘」。

附録：換頭句「稱簾幕」三字，舊刻俱作前投結句。今從《詞緯》本改定。其平仄亦無別詞可校。（解説）

［七］清・萬樹論次　徐本立纂《新校正詞律全書》民國合刊本　拾遺部分（卷三，第五頁），收作無名氏詞。

校記

調題：皆同範詞。調下注：「八十三字」。

正文：「灼」作「汋」；「在」作「似」；「依依承」作「新詩和」。

附録：略（瑜注：詞調解説語）。

［八］唐圭璋輯《全宋詞》中州古籍出版社　兩冊本（下，第二四一五頁），收為無名氏詞。

附録：以上梅苑卷一（瑜注：包括此詞）。

［九］中華書局編《李清照集》（第五八頁），「附録」收作《梅苑》無名氏詞。

附録：「按」略。瑜注：共按見《沁園春》（山驛蕭疏）。

［一〇］王仲聞《李清照集校注》人民文學出版社（第三三九頁），「附録」收為「誤題李清照撰之作品」。

附録：按：此首無名氏詞，見《梅苑》卷一。李文裿輯《漱玉集》誤作李清照詞。

◎**瑜按**：

《花草粹編》此詞未署撰者，未詳所出。其餘各載籍同出自《梅苑》，一源而已。惟李文裿輯《漱玉集》此詞收為李清照詞，他本皆未署撰者。筆者考辨此闋最有可能是李清照（易安）撰之詞作（詳見此書《序》），俟考確證，玆入「存疑詞」。

【注釋】

［一］**霜月**：寒冷的月亮。南北朝鮑照《和王護軍秋夕詩》：『散漫秋雲遠。蕭蕭霜月寒』。宋李昴英《水調歌頭》：『寶劍孤横星動，鐵笛一聲雲裂，霜月冰宫袍』。

［二］**亭亭**：高而遠之意。宋李昴英《賀新郎》：『碧雲深，亭亭月上，水明溪曲。』宋周密《花犯・水仙花》：『香雲隨步起，漫記得、漢宫仙掌，亭亭明月底』。

［三］**灼**：花怒放的樣子。《詩經・周南・桃夭》：『桃之夭夭，灼灼其華』。唐蕭穎士《菊榮一篇五章》：『紫英黄萼，照灼丹墀』。

［四］**江南**：典見《孤雁兒》（藤床紙帳朝眠起）『一枝折得』注。

［五］**秦樓**：見《鳳凰臺上憶吹簫》（香冷金猊）注。

［六］**稱**：見《轉調滿庭芳》（芳草池塘）注。

［七］**依依**：見《訴衷情》（夜來沉醉）注。

［八］**承**：乘、趁。魏曹植《遠游篇》：『大魚若曲陵，承浪相經過』。唐白居易《座上贈盧判官》：『把酒承花花落頻，花香酒味相和春』。

［九］**雅淡**：雅致而色淺。宋張炎《卜算子》：『雅淡淺深黄，顧影敧秋雨。』宋丘密《洞仙歌》：『豐肌膩體，雅淡仍嬌貴』。

［一〇］**天然**：天賦予的，或自然而非人工形成的。唐皮日休《五貺詩・太湖硯》：『求于花石間，怪狀乃天然。』宋曹冠《水龍吟》：『此花獨賦，天然標致，于中超越』。

［一一］**腸斷**：見《孤雁兒》（藤床紙帳）注。

［一二］**捻**：見《訴衷情》（夜來沉醉）注。

［一三］**渾似**：全像。五代孫光憲《更漏子》：『求君心、風韵別。渾似一團烟月。』宋曹組《臨江仙》：『雪明渾似曉，香重欲成雲』。

［一四］**淺妝**：淡妝，妝扮得不濃艷。宋晏幾道《菩薩蠻》：『花月鏡邊情，淺妝匀未成』。宋沈端節《朝中措》：『解道淺妝濃抹，從來惟有坡翁』。

［一五］**梳掠**：梳妝。宋韓玉《賀新郎》：『零亂雲鬟慵梳掠，傍菱花、羞對孤鸞影』。宋無名氏《惜花春起早慢》：『鄰雞唱曉，驚覺來、連忙梳掠』。

【品鑒】

此詞是首咏梅詞，把咏梅和寫人巧妙地結合起來，表現對梅花的喜愛及對故人的懷想之情。

上片，開端景起：『霜月亭亭時節，野溪開冰灼。』以『奇景奪目』，當嚴寒的月亮高遠地挂在碧空的時節，曠野江河上的怒放的冰花開化了。劉坡公《學詩百法》：『先藉他物説起，以引申所咏之物。』此詞藉『霜月』、『野溪冰』景，為『陪筆』，引出詞旨。也是下文的鋪墊。次兩句：『故人信付江南，歸也仗誰托。』寄給江南故人的信發出了，他靠誰的托護歸來？這是想象故人如何歸來的情景。

再次五句：『寒影低横，輕香暗度，疏籬幽院，何在秦樓朱閣。稱簾幕。』寫故人將歸共同賞梅的環境。在稀疏的籬笆圍護的静謐庭院，冷峭的梅枝低低横斜，輕淡的香味暗自飄動，景象不是很好嗎？何必一定需要有華美高貴的秦樓朱閣呢？反問句肯定正面的意思，饒有興味。更適宜在簾幕中飲酒共賞。前結有『奔馬收韁，尚存後面地步，有往而不住之勢』，寫故人欲歸幽院賞梅，有『往』之勢，自然引起如何賞梅的聯想，開啓下文，又有『不住之勢』。

下片，换頭二句，承，『携酒共看，依依承醉更堪作。』寫想象中與故人賞梅的情景。相互依偎，趁着醉意賞梅是最好而可行的舉動。次二句，承，『雅淡一種天然，如雪綴烟薄。』描繪白梅，色彩輕淡而雅致，這是一種天然的姿質，象白雪點綴着薄烟。寫想象中與故人欣賞白梅的情景。

煞尾四句：『腸斷相逢，手捻嫩枝，追思渾似，那人淺妝梳掠。』我們是經過如斷腸般的痛苦思念之後相逢，情深意濃，用手賞玩着梅的嫩枝。回想一下，淺妝的故人完全像這雅淡天然的梅花。擬人寫法。宛若影視的結尾鏡頭：一個像天然雅淡的白色梅花那般美麗的女子伫立在觀衆面前，真乃絶代佳人，傾城傾國。不覺鏡頭移了，但影像久久鎸刻在人們的腦海裏，并引起無窮的審美聯想，使欣賞者獲得豐富的美感享受。這就是『臨去秋波那一轉』，攝魂勾魄的藝術魅力。清李漁《閑情偶談》：『收場一出，即勾魂攝魄之具。使人看過數日，而猶覺聲音在耳，情形在目者，全虧此出撒嬌，作「臨去秋波那一轉」也』，戲劇與詩詞結尾的要訣道理是一致的。

章法精密，構思巧妙。充分采用想象：信到江南、歸來托誰、幽院賞梅、簾幕共飲、欣賞白梅、淺妝疏掠，都是想象『故人』歸來的種種情景，景虚，情實，以實運虚，以虚藴實，虚景實寫，虚實相生。黑格爾《美學》：想象是『最杰出的藝術本領』，妙哉！

『前有浮聲』——『故人』，『後有切響』——『那人』，前後照應。巧用南朝陸凱寄故人范曄梅花的典故，渾化無迹，正是筆墨超逸處。詞的主旨是咏梅，但不着『梅』字，而是用『江南』、『寒影低横，輕香暗度』、『嫩枝』等透露給讀者。含蓄藴藉，餘味不盡。咏梅又不是單純寫梅，而且把咏梅與懷念故人有機結合起來，不同凡俗，意味雋永。這與李清照《孤雁兒》（藤床紙帳朝眠起）、《訴衷情》（夜來沉醉卸妝遲）在寫法上有异曲同工之神妙。寫梅寫景皆注入作者的熱愛之情，情景兼勝。是一首獨具特色的咏梅詞。

【選評】

力求而未得。

十月梅

千林凋盡，一陽未報，已綻南枝。獨對霜天，冒寒先占花期。清香映月浮動，臨淺水、疏影斜欹。孤標不似，緑李夭桃，取次成蹊。　縱壽陽妝臉偏宜。應未笑、天然雅態冰肌。寄語高樓，憑欄羌管休吹。東君自是為主，調鼎鼐、終付他時。從今點綴，百草千花，須待春歸。

——《楝亭十二種》之《梅苑》

【考辨】

◎歷代載籍著録此闋之詞調、題目：

調作《十月梅》。無題。

◎歷代此闋著録為李清照（易安）詞之載籍：

［一］李文裿輯《漱玉集》冷雪盦叢書本（卷四，第五頁），收作李清照詞。

校記

調題：皆同範詞。

正文：皆同範詞。

附録：《梅苑》。（尾注）

◎歷代此闋著録他人或無名氏及存疑詞之載籍：

［一］宋・黃大輿輯《梅苑》，《楝亭十二種》本（卷一，第一〇頁）收録。未注撰者。與署名的李易安詞《孤雁兒》（藤床紙帳）銜接連排，第八首。

校記

調題： 調作《十月梅》。無題。

正文： 原『疎』、『凭』、『欄』，茲改為正字『疏』、『憑』、『欄』。（擇為範詞，底本）

附録： 無

［二］宋・黃大輿輯《梅苑》文淵閣《欽定四庫全書》本（卷一，第一四頁）收録。未注撰者。與署名的李易安詞《孤雁兒》（藤床紙帳）銜接連排，第八首。

校記

調題： 皆同範詞。

正文： 皆同範詞。

附録： 無。

［三］明・陳耀文纂（原署）《花草粹編》影印明刊十二卷本（卷一〇，第八頁）收録。未署撰者。署名位注：『《梅苑》』。

校記

調題： 皆同範詞。

正文： 皆同範詞。

附録： 無。

［四］明・陳耀文輯《花草粹編》文淵閣《欽定四庫全書》二十四卷本（卷一九，第一一頁）收録，未署撰者，署名位注：『《梅苑》』。

校記

調題： 皆同範詞。

正文： 皆同範詞。

附録：無。

[五] 明・陳耀文編（原署）《花草粹編》文津閣《欽定四庫全書》二十四卷本（卷一九，總第九四頁），收作黃大輿詞。

校記

調題：皆同範詞。

正文：皆同範詞。

附録：無。

[六] 清・王奕清等纂修《欽定詞譜》影印康熙內府刻本（卷二七，第二六頁），收為『《梅苑》無名氏』詞。

校記

調題：調作《十月桃》。無題。調下注：『調見《樂府雅詞》，賦十月桃，即以為名。《梅苑》無名氏詞，咏十月梅，即名「《十月梅》」』。

正文：『付』作『負』。

附録：此詞衹有《樂府雅詞》及《梅苑》詞可校，故可平可仄，悉參二詞。（解説）

[七] 唐圭璋輯《全宋詞》中州古籍出版社　兩冊本（下，第二四一六頁），收為無名氏詞。

附録：以上梅苑卷一（瑜注：包括此詞）。

[八] 中華書局編《李清照集》（第五九頁），『附録』收作《梅苑》無名氏詞。

附録：『按』略。瑜注：共按見《沁園春》（山驛蕭疏）。

[九] 王仲聞《李清照集校注》人民文學出版社（第三四〇頁），『附録』收為『誤題李清照撰之作品』。

附録：按：此首無名氏詞，見《梅苑》卷一。李文裿輯《漱玉集》卷四誤作李清照詞。

◎ **瑜按**：

此闋，歷代載籍衹李文裿輯《漱玉集》收為李清照詞。明陳耀文編《花草粹編》文津閣《欽定四庫全書》二十四卷本收為宋黃大輿詞，然唐圭璋輯《全宋詞》之黃大輿詞未收。上多種載籍皆注明收自《梅苑》無名氏詞。筆者考辨此闋最有可能是李易安（清照）撰之詞作，詳見是書《序》。茲輯入『存疑詞』，俟考實據。

【注釋】

[一] **一陽**：一：忽而。清孫經世《經傳釋詞補》卷一：『一，猶忽也。』《公孫龍子・迹府》：『然而王一以為臣，一不以為臣，則向之所謂士

者，乃非士乎？」（見《漢語大辭典》）陽：指陽月，陰曆稱十月為陽月。《爾雅·釋天》：「十月為陽。」唐宋之問《題大庾嶺北驛》：「陽月南飛雁，傳聞至此回」。

〔二〕**清香映月浮動，臨淺水、疏影斜攲**：兩句，化用宋林逋《山園小梅》詩句：「疏影橫斜水清淺，暗香浮動月黃昏」。

〔三〕**斜攲**：傾向一側。宋洪邁《踏莎行》：「釵鳳斜攲，鬢蟬不整」。

〔四〕**孤標**：見《沁園春》（山驛蕭疏）注。

〔五〕**綠李夭桃，取次成蹊**：漢司馬遷《史記·李將軍傳·贊》：「諺曰：『桃李無言，下自成蹊』」。後為成語：「桃李無言，下自成蹊」，桃李的花果雖然默默無語，但招引衆人前來觀賞，樹下自然被踏成了小道。「取次」，隨便。宋朱敦儒《減字木蘭花》：「月喚霜催，不肯人間取次開」。

〔六〕**壽陽妝臉**：參見《河傳》（香苞素質）「壽陽粉面」注。

〔七〕**偏宜**：見《鷓鴣天》（寒日蕭蕭）注。

〔八〕**憑欄**：見《殢人嬌》（玉瘦香濃）注。

〔九〕**羌管**：見《臨江仙·梅》（……雲窗霧閣春遲）注。

〔一〇〕**東君**：見《玉樓春》（臘前先報）注。

〔一一〕**調鼎鼐**：見《沁園春》（山驛蕭疎）「調鼎和鹺」注。

【品鑒】

這是一首詠梅詞，贊美十月梅獨對霜天冒寒先放的特質和清香浮動、疏影橫斜、雅態冰肌的天然香艷和風姿及彼時開放的可貴，讓人們特別珍愛十月梅。此詞隱括前人詩句、典故的運用、含蓄蘊藉都是本詞顯著的藝術特色，使其活脱、內涵豐富、旨意深化。

上片，發端三句：「千林凋盡，一陽未報，已綻南枝。」滿目蕭索凄寂。渲染了荒凉冷落的氣氛。尚未來得及報告冬季到來的訊息，向陽的梅枝花兒却已經開放。很快填補了大自然的缺憾，增加了大自然的生命力和美感。領句寫季候景物，有曠遠蒼茫之衰煞氣象，為襯筆。「千林凋盡」，惟「南枝」「已綻」，卓然不群。「一陽未報，已綻南枝」，題旨暗點。

次二句，承筆，「獨對霜天，冒寒先占花期。」「獨」，獨一而無二。「冒」，頂，主觀意識，積極強烈，顯示無所畏懼，勇于挑戰寒威。「先」，争先恐後。一年四季，大自然都給鮮花開放提供機遇。十月「千林凋盡」，植物零落無餘，大有灰飛烟滅，摧枯拉朽之勢。惟有梅花勇于頂霜冒寒，敢于挑戰大自然，争先恐後，有明知山有虎，偏向虎山行的英雄氣概，獨占了十月鮮花開放的時節。『獨占』，顯示一種英武王道霸氣。贊頌了十月梅的超然標格。

再次兩句：『清香映月浮動，臨淺水、疏影斜欹。』承題，在月光的照映下，梅花的幽香浮動，寫梅花的嗅覺形象；靠近岸邊的淺水稀疏的梅影横斜着，這是寫梅花的視覺形象。皆化用宋林逋《山園小梅》：『疏影横斜水清淺，暗香浮動月黄昏』的著名詩句，寫梅花的馨香和風姿。

前結：『孤標不似，緑李夭桃，取次成蹊。』轉為議論，梅花是以其獨特之格調風範招引人們特觀激賞的，這與桃李是截然不同。人們觀賞桃李的花果，樹下的小道是人們不經意隨便踏成的。以對比，贊揚梅花的超然而抑桃李。上片寫梅花卓犖的獨特標格，馨香和風采。清江順詒《詞學集成》：『凡詞兩結最為緊要。前結如奔馬收繮，尚存後面地步，有往而不住之勢』，纔好。詞寫到此一氣呵成，前結，如『奔馬收繮』，『住』了，而又以議論開了下片，『尚存後面地步』，大有『不住』之勢。精絶。

下片，换頭，『縱壽陽妝臉偏宜。應未笑、天然雅態冰肌。』形轉，實承議論。换一個角度贊美梅花。即使壽陽公主的漂亮臉龐扮成梅花妝是意想不到的美麗，也該不要譏笑那有天然優雅形態、有如冰一樣明潔花瓣的梅花芳姿，因為她太妖嬈别致了。為此逼出次兩句：『寄語高樓，憑欄羌管休吹。』這裏隱括唐李白《與史中郎欽聽黄鶴樓上吹笛》：『黄鶴樓中吹玉笛，江城五月落梅花』馳名詩句。詞人擔心美景不再，特地向高樓傳話，依靠欄杆之時千萬不要吹奏梅笛，那哀怨的曲調會催促梅花凋落的，言外之意，讓她永存人間，供人觀賞，給人美的享受，表現對梅花的别樣珍愛。

再次三句，轉，『東君自是為主，調鼎鼐、終付他時。』司春之神自然是主管春事的，但是處理有關春天的事宜，終究得要給他時間。將四季交替春日到來，神化人性化，這是審美的移情作用，擬人手法。

結三句：『從今點綴，百草千花，須待春歸。』從今以後給大自然點綴無邊的芳草萬紫千紅的鮮花還得春天歸來的時候。漫長的冬季將是凄凉寒冷索然無味的。故我們要充分欣賞愛護獨占花期的十月梅。合，扣題。曉之以理，動之以情，以情理總束全篇。下片進一步贊揚十月梅的天然雅態，告訴人們要特别珍愛十月梅的道理。清江順詒《詞學集成》：『後結如泉流歸海，回環通首源流，有盡而不盡之意』方妙。詞終至此，如『泉流歸海』，結句：『百草千花，須待春歸』，為『流』，呼應首句：『千林凋盡』，『源』。斗轉星移，後為前發展而來，故似『回環通首源流』。詞終：『須待春歸』，那是『百草千花』，雖經萬劫而又復蘇，萬象更新，姹紫嫣紅，花團錦簇，鳥語花香的季節，是美好的象徵，力量的象徵，希望的象徵，使讀者産生無窮的審美聯想，獲得美感享受，故有『有盡而不盡之意』。正是『結得有「不愁明月盡，自有夜珠來」之妙』（清馮金伯《詞苑萃編·旨趣》）。『羌管休吹』，詞人贊頌的『孤標』欲去，但莫『愁』，『百草千花』萬紫千紅的美麗春天正姗姗走近，『自有夜珠來』之妙。

此詞：『清香映月浮動，臨淺水、疏影斜欹。』隱括宋林逋《山園小梅》詩句：『疏影横斜水清淺，暗香浮動月黄昏』；『寄語高樓，憑欄羌管休吹。』隱括唐李白詩句：『黄鶴樓中吹玉笛，江城五月落梅花』，為已所用，渾化無迹。又多處用典，『緑李夭桃，取次成蹊』、『壽陽妝臉』、『東君……調鼎鼐』等，增加了詞的豐富內涵，擴大了審美的範圍，使其精彩紛呈，增強詞的藝術美和感染力。使詞旨深而意遠。

再其次，與許多咏梅詞一樣，咏梅而不露梅，李清照《玉樓春》（紅酥肯放瓊苞碎）是咏紅梅的，但詞中不露『梅』字。其《鷓鴣天》（暗淡輕黄體性柔）是咏桂花的，但詞中不露『桂花』兩字，含蓄蘊藉，耐人咀嚼，同妙。有一種朦朧之美，誘發人們去想象，使讀者獲得更多的美感，很有審美價值。

【選評】

［一］　王仲聞：按：此首無名氏詞，見《梅苑》卷一。李文裿輯《漱玉集》卷四誤作李清照詞。（《李清照集校注》）

搗練子

欺萬木，怯寒時。倚欄初認月宮姬。拭新妝，披素衣。　孤標韵，暗香奇。冰容玉艷綴瓊枝。藉陽和，天付伊。

——《楝亭十二種》之《梅苑》

【考辨】

◎歷代載籍著録此闋之詞調、題目：

調作《搗練子》。無題。

◎歷代此闋著録為李清照（易安）詞之載籍：

［一］李文椅輯《漱玉集》冷雪盦叢書本（卷三，第一頁），收作李清照詞。

校記

調題：皆同範詞。

正文：皆同範詞。

附録：《梅苑》。（尾注）

◎歷代此闋著録他人或無名氏及存疑詞之載籍：

［一］宋·黃大輿輯《梅苑》，《楝亭十二種》本（卷八，第一〇頁）收録。未注撰者。與署名的李易安詞《玉樓春》（紅酥肯放）銜接連排，第四首。

校記

調題：調作《搗練子》。無題。

正文：原『欄』、『韻』、『豔』、『借』，茲改為正字『欄』、『韵』、『艷』、『藉』。（擇為範詞，底本）

附録：無。

［一］宋·黄大輿輯《梅苑》文淵閣《欽定四庫全書》本（卷八，第一三頁）收録。未注撰者。與署名的李易安詞《玉樓春》（紅酥肯放）銜接連排，第四首。

校記

調題：皆同範詞。

正文：皆同範詞。

附録：無。

［三］唐圭璋輯《全宋詞》中州古籍出版社　兩冊本（下，第二四三六頁），收為無名氏詞。

［四］中華書局編《李清照集》（第五六頁），『附録』收作《梅苑》無名氏詞。

附録：『按』略。瑜注：共按見《沁園春》（山驛蕭疏）。

［五］王仲聞《李清照集校注》人民文學出版社（第三三八頁），『附録』收為『誤題李清照撰之作品』。

瑜注：此詞與《喜團圓》（輕攢碎玉）同一按語，詳見《喜團圓》【考辨】所收王仲聞《李清照集校注》此詞『按』。

◎瑜按：

此闋，歷代載籍祇有李文裿輯《漱玉集》冷雪盦叢書本收作李清照詞。他本皆未署撰者，有稱『無名氏』或『誤題李清照撰之作品』者。此詞之源《梅苑》。筆者考辨此闋最有可能為李易安（清照）之詞作，理由見是書《序》，然無實據。茲收入『存疑詞』備考。

【注釋】

［一］**欺**：欺淩，摧殘。宋史達祖《綺羅香·咏春雨》：『做冷欺花，將烟困柳，千里偷催春暮。』宋李邴《漢宮春·梅》：『東君也不愛惜，雪壓霜欺』。

［二］**萬木**：大地的各種樹木。唐劉禹錫《酬樂天揚州初逢席上見贈》：『沉舟側畔千帆過，病樹前頭萬木春』。唐齊己《早梅》：『萬木凍欲折，孤根暖獨回』。

［三］**怯**：害怕，畏懼。唐王維《秋夜曲》：『銀箏夜久殷勤弄，心怯空房不忍歸。』宋辛弃疾《木蘭花慢·滁州送范倅》：『老來情味減，對別酒，怯流年』。

［四］**月宮姬**：即神話故事中的月宮仙女嫦娥等。

［五］**素衣**：白色綢絹的衣服。唐駱賓王《咏塵》：：『凌波起羅襪，含風染素衣』。宋陳伯康《阮郎歸》：『欲歸回首未成歸。黄塵滿素衣』。

［六］**孤標**：見《沁園春》（山驛蕭疏）注。

［七］**韵**：見《玉樓春》（臘前先報）注。

［八］**暗香**：見《七娘子》（暗香浮動）注。

［九］**冰容玉艷**：容顏像冰一樣明潔，像玉一般滑潤。宋向子諲《浣溪沙》：『折得一枝歸緑鬢，冰容玉艷不相饒』。

［一〇］**瓊枝**：見《漁家傲》（雪裏已知）注。

［一一］**陽和**：陽氣上生，溫暖融和。唐方幹《除夜》：『煦育誠非遠，陽和又欲升。』唐暢當《春日過奉誠園》：『帝里陽和日，游人到御園』。

［一二］**伊**：他、她、它，代詞。宋柳永《蝶戀花》：『衣帶漸寬終不悔，為伊消得人憔悴。』宋周邦彥《解連環》：『拚今生、對花對酒，為伊泪落』。

【品鑒】

此首咏梅詞寫梅冒寒頂雪開放，贊頌她的孤標逸韵。

上片，發端：『欺萬木，怯寒時。倚欄初認月宮姬。』首兩句展現一個廣袤冷峻的世界，所有的樹木花草都受到嚴寒的欺凌摧殘，這是人和動植物都畏懼的寒冷時節。寫天氣的寒威。『驟響易徹』，『欺』、『怯』，渲染的寒冷氛圍籠罩全篇。『倚欄初認月宮姬』，『初認』，開始認識月宮中仙女嫦娥，什麼樣呢？『拭新妝，披素衣』，她上新妝，穿上白色的綢衣。『初』、『新』，這是今年前所未有。『素衣』，為什麼突然看到而前所未見，這種截然的變化，意味着什麼？詞人没有告訴我們。睹影知竿，『初』、『新』暗示我們年來大地剛剛下了一場雪，皚皚的雪光反射到月面，使月亮的陰影都呈現白色了。設想新奇。

故結拍稱『拭新妝，披素衣。』承筆，見影知竿，含蓄蘊藉。天降初雪，而不直説，用月宮神仙『試新妝，披素衣』，這種浪漫主義的構思，曲折達意，獨出心裁，巧奪天工。增強了意境之美，寫法卓犖。明謝榛《四溟詩話》：『賦詩要有英雄氣象，人不敢道，我則道之，人不肯為，我則為之。厲鬼不能奪其正，利劍不能折其剛』，創新精神殊為可貴。明袁宏道《答李元善書》：『文章新奇，無定格式，衹要發人所不能發。句法、字法、調法，一一從自已胸中流出，此真新奇也』。清葉燮《原詩》：

『詩，末技耳，必言前人所未言，發前人所未發，而後為我之詩。若徒以效顰效步為能事，曰：「此法也。」不但詩亡，而法亦且亡矣』，説明創新的必要性。有創新纔能發展，否則不進則退，直至消滅。

上片寫環境，寒上加雪。避實就虛。

下片，過變，『孤標韵，暗香奇。冰容玉艷綴瓊枝。』轉寫梅花。清沈祥龍《論詞隨筆》：『詞換頭處謂之過變，須辭意斷而仍續，合而仍分。前虛則後實，前實則後虛，過變乃虛實轉捩處』。此句為前虛寫轉為實寫的關捩，意脉相連。當寒欺萬物，雪虐大地，惟有她不懼寒威，戰勝冰雪，傲然開放。故詞人贊嘆道：『孤標韵』，真是獨有的標格風範，超群絶倫，蓋世無雙。『暗香奇』，其馨香奇特，從嗅覺形象激賞。『冰容玉艷』，面容像冰一樣明潔，皮膚像玉一般滑潤。擬人的手法，審美的移情作用，亦人亦梅。『綴瓊枝』，點綴着美玉般枝條。『容』美、『枝』美，從視覺形象稱賞梅花。此句為嗅覺、視覺形象的諧美統一。

結尾兩句：『藉陽和，天付伊。』梅花的這般景象是憑藉着大地陽氣的上升，是老天賦予它的。以對梅得天獨厚，無出其右的論定收總全詞。

上片寫嚴寒，初雪。寫雪而不露雪字，采用浪漫主義的構思，用月宫仙女『試新裝，披素衣』，反射而出，奇巧絶妙，是下片的襯墊。避實就虛，實景虛寫；下片，贊頌梅花，也運用擬人手法，亦梅亦人。實景實寫。上虛下實，虛實相生。

此詞咏梅而不露『梅』字，咏物詞大抵如此。宋沈義父《樂府指迷》：『咏物不可直説』，『咏物最忌説出題字』，為什麽？清吴景旭《歷代詩話》説明了這一道理：『凡詩惡淺露而貴含蓄，淺露則陋，含蓄則旨，令人再三吟咀而有餘味。久之，而其句與意之微，乃可得而晰也』，詞亦然。含而不露，創造的是朦朧之美的藝術境界，誘發調動人的想象、追尋、探求等活動，從而在欣賞中獲得美感的享受。

全詞寫初雪、梅花出神入化，意境幽美。天寒地坼，萬木畏寒而凋零，再加增一場雪，雪虐風饕，環境异常惡劣。絶無僅有，獨有梅花戰寒鬥雪傲然開放，襯托出梅的孤標奇韵。增強了藝術的表達效果。

【選評】

力求而未得。

喜團圓

輕攢碎玉，玲瓏竹外，脱去繁華。尤殢東君，最先點破，壓倒群花。瘦影生香，黄昏月館，深淺溪沙。仙標淡濘，偏宜幺鳳，肯帶栖鴉。

——《欽定詞譜》

【考辨】

◎歷代載籍著録此闋之詞調、題目：

調作《喜團圓》、《與團圓》。無題。瑜注：據《欽定詞譜》：《喜團圓》調出自《小山樂府》。《花草粹編》影印明刊本（卷四，第五六頁）有此調無名氏詞（絞綃霧縠），此詞末句是『與個團圓』，故又名《與團圓》。該詞（輕攢碎玉）據『目録』仍調為《喜團圓》。

◎歷代此闋著録為李清照（易安）詞之載籍：

［一］李文裿輯《漱玉集》冷雪盦叢書本（卷三，第三頁），收作李清照詞。

校記

調題：皆同範詞。

正文：『殢』前無『尤』；『先』前無『最』；『壓』後無『倒』；『深』作『清』；『濘』作『伫』。

附録：《梅苑》。（尾注）

◎歷代此闋著録他人或無名氏及存疑詞之載籍：

［一］宋・黃大輿輯《梅苑》，《楝亭十二種》本（卷八，第一〇頁）收録。未注撰者。與署名的李易安詞《玉樓春》（紅酥肯放）銜接連排，第五首。

校記

調題：皆同範詞。

正文：「殢」前無「尤」；「先」前無「最」；「壓」後無「倒」；「深」作「清」；「濘」作「伫」。

附録：無。

［二］宋・黄大輿輯《梅苑》文淵閣《欽定四庫全書》本（卷八，第一四頁）收録。未注撰者。與署名的李易安詞《玉樓春》（紅酥肯放）銜接連排，第五首。

校記

調題：皆同範詞。

正文：「殢」前無「尤」；「先」前無「最」；「壓」後無「倒」；「深」作「清」；「濘」作「伫」。

附録：無。

［三］明・陳耀文纂（原署）《花草粹編》影印明刊十二卷本（卷四，第五六頁）收録。與晏叔原詞連排，未注撰者。

校記

調題：皆同範詞。

正文：「殢」前無「尤」；「先」前無「最」；「壓」後無「倒」；「深」作「清」；「濘」作「伫」。

附録：無。

［四］明・陳耀文輯《花草粹編》文淵閣《欽定四庫全書》二十四卷本（卷八，第一七頁）收録，未注撰者。

校記

調題：調作《與團圓》。瑜注：此闋前調名《與團圓》（絞綃霧縠），用「二」銜接，故名。無題。

正文：「殢」前無「尤」；「先」前無「最」；「壓」後無「倒」；「深」作「清」；「濘」作「伫」。

附録：無。

［五］明・陳耀文編（原署）《花草粹編》文津閣《欽定四庫全書》二十四卷本（卷八，總第一三頁）收録，未注撰者，與晏叔原《喜團圓》「危樓静鎖」詞連排，用「三」銜接。

校記

調題： 皆同範詞。

正文： 『殢』前無『尤』；『先』前無『最』；『壓』後無『倒』；『深』作『清』；『濘』作『伫』。

附録： 無。

[六] 清・王奕清等纂修《欽定詞譜》影印康熙內府刻本（卷七，第一六頁），收作『《梅苑》無名氏』詞。

校記

調題： 調作《喜團圓》。調下注：『又一體，雙調四十八字，前後段各六句，兩平韵』。無題。

正文： 原『點』、『羣』、『黄』、『淡』、『泞』、『棲』，茲改為正字『點』、『群』、『黄』、『深』、『濘』、『栖』。（擇為範詞，底本）

附録： 此亦晏詞體，前段第四五句，攤破句法，作四字三句异。《花草粹編》，前段第四五六句，作『殢東君，先點破，壓群花』，今從《梅苑》改定。（解説）

[七] 唐圭璋輯《全宋詞》中州古籍出版社 兩冊本（下，第二四三六頁），收為無名氏詞。

附録： 按：趙琦美小山詞補遺誤以此首為晏幾道作。

[八] 中華書局編《李清照集》（第五七頁），『附録』收作《梅苑》無名氏詞。

附録： 『按』略。瑜注：共按見《沁園春》（山驛蕭疏）。

[九] 王仲聞《李清照集校注》人民文學出版社（第三三八頁），『附録』收為『誤題李清照撰之作品』。

附録： 按：此二首（瑜注：另首指《搗練子》）俱無名氏詞，見《梅苑》卷八。第二首（瑜注：指此詞）又誤作晏幾道詞，見朱之赤舊藏抱經齋抄本《小山詞》補遺引《花草粹編》。李文裿輯《漱玉集》卷三此二首俱誤作李清照詞。

◎**瑜按：**

綜上，此闋古今載籍多收作無名氏（未署撰者）詞。有作或疑作晏幾道詞者，但查《續修四庫全書》影汲古閣《宋名家詞》之晏幾道撰《小山詞》不收，又《全宋詞》之晏幾道詞亦未載，收為無名氏詞，這就否定了其為晏詞之説。李文裿輯《漱玉集》收作李清照詞，源自《梅苑》。筆者考辨此闋最有可能為李易安（清照）詞之作品，理由見是書《序》。期冀確據之出現，茲入『存疑詞』俟考。

【注釋】

[一]**攢**：聚、積。唐杜審言《和韋承慶過義陽公主山池其四》：『攢石當軒倚，懸泉度牖飛』。唐公乘億《賦得秋菊有佳色》：『翠攢千片葉，金剪一枝花』。

[二]**玲瓏**：形容玉碰撞的聲音。這裏指寒冷的季節風吹竹葉如玉片碰撞之聲。唐賈島《就峰公宿》：『殘月華晻曖，遠水響玲瓏』。宋鄧肅《臨江仙》：『單于吹未徹，門外響玲瓏』。

[三]**繁華**：盛開的鮮花。魏曹植《朔風詩》『繁華將茂，秋霜悴之。』宋陳與義《望燕公樓下李花》：『燕公樓下繁華樹，一日遥看一百回』。

[四]**尤殢**：這裏是軟纏，再三懇求之意。宋柳永《促拍滿路花》：『最是嬌癡處，尤殢檀郎，未教拆了鞦韆。』宋晁端禮《江城子》：『長恁嬌癡，尤殢怎生禁』。

[五]**東君**：見《玉樓春》（臘前先報）注。

[六]**月館**：望月的館舍。據傳舜時曾在衡山山麓建館以觀月，故稱月館。晉王嘉《拾遺記·高辛》：『舜遷寶甕于衡山之上，故衡山之岳有寶露壇。舜于壇下起月館，以望夕月……』，唐鮑溶《隋帝陵下》：『白露沾衣隋主宫，雲亭月館楚淮東』。宋黄公度《青玉案》：『霜橋月館，水村烟市，總是思君處』。

[七]**仙標**：仙人的風範格調。宋陳允平《桂枝香》：『甚賦得、仙標道骨。』元劉志淵《江梅引·贈李元法》：『神妙器成堪中選，向仙院，奪仙標，第一籌』。

[八]**淡濘**：清明純净。宋柳永《木蘭花·杏花》：『天然淡濘好精神，洗盡嚴妝方見媚。』又《受恩深》：『黄花開淡濘。細香明艷盡天與』。

[九]**偏宜**：見《鷓鴣天》（寒日蕭蕭）注。

[一〇]**幺鳳**：一種鳥，五色羽毛，體型小，似傳説中的鳳凰。常在桐花開時群集其上，故亦稱桐花鳳（見《辭源》）。宋蘇軾《次韵李公擇梅花》：『故山亦何有，桐花集幺鳳』。元張翥《六州歌頭·孤山尋梅》：『又苔枝上，香痕沁，幺鳳語』。

【品鑒】

此咏梅詞，用對比、襯染、擬人、含蓄等手法贊頌梅花的出類拔萃，無以倫比。

上片，開端：『輕攢碎玉，玲瓏竹外，脱去繁華。』側入，大地輕輕點點積纍如碎玉般謝落的花瓣，竹林外又傳來風吹竹葉如同美玉碰撞的玲瓏之聲，盛開的鮮花也凋零了。宋沈義父《樂府指迷》：『大抵起句便見所咏之意，不可泛入閑事，方入主意。咏物尤不可泛』，然此詞首句未『見所咏之意』，且首句用『碎玉』暗喻落花，用『玲瓏』玉聲，暗喻風吹竹葉之聲。絲毫未着

『花』字，更不必説『梅』了。含而不露。此三句寫的是衆香國裏已『脱去繁華』，景象衰煞。妙在用褒義詞『碎玉』、『玲瓏』、『繁華』等寫哀景。令人耳目一新，實感驚絶，為襯染之筆。

次三句：『尤殢東君，最先點破，壓倒群花。』主題暗破，梅是司春之神偏愛，優先點破令其開放，居群芳之首，卓然超然。上片亦即宋林逋《山園小梅》：『衆芳摇落獨暄妍』的景象。用大地『脱去繁華』與『東君』『最先點破』的對比，所存在的美感差异，突顯梅花的『壓倒群芳』。

下片，過片承上啓下，『瘦影生香，黄昏月館，深淺溪沙。』三句隱括宋林逋《山園小梅》：『疏影横斜水清淺，暗香浮動月黄昏』詩意。此詩為千古絶唱，也是由五代江為『竹影横斜水清淺，桂香浮動月黄昏』點化而來，亦可稱隱括江詩。清馮金伯《詞苑萃編》：『東坡隱括歸去來辭，山谷隱括醉翁亭記，倆人固是詞家好手』，詩詞創作的點化、藉用、隱括，雖大家亦不能免，關鍵要自然妥貼，渾化無迹，如出諸己，要創造新奇的意境方妙。寫『瘦影』，即疏影。清龔自珍《病梅館記》云：『梅以疏為美，密則無態』，他以為這是一些文人雅士的審美觀，這限制了梅的個性發展。影射清王朝對人才的扼殺。客觀看來，因疏而營養充足，花兒産生的香味也格外芬馨，即『瘦影生香』之理。惟其如此，幽香在美麗的黄昏中，在明月輝耀的館舍内外，在深淺不同的溪水旁，在鬆軟的沙灘上飄動。嗅覺的感受助視覺形象『瘦影』、『黄昏月館，深淺溪沙』的美景更旖旎動人，境界别具。

結尾三句，『仙標淡濘，偏宜幺鳳，肯帶栖鴉。』此花有花仙的風範格調，最適宜高貴的幺鳳或願意帶來些鴉類栖息生活。突顯此花深受名鳥和一般的鳥兒喜愛，成為他們的家園和俱樂部。這與宋林逋《山園小梅》：『霜禽欲下先偷眼，粉蝶如知合斷魂』，有异曲同工之妙，都是從一個新的角度，用動物的感知，不僅人激賞，連動物也鍾愛，尤其是吸引最稀有更高貴的鳥類來栖息，贊頌梅花的超凡。這是襯托之筆，稱賞其至高無上。

清沈義父《樂府指迷·論作詞之法》：『下字欲其雅，不雅則近乎纏令之體。用字不可太露，露則直突而無深長之味。發意不可太高，高則狂怪而失柔婉之意』。此篇用『碎玉』、『玲瓏』、『繁華』，『瘦影生香，黄昏月館，深淺溪沙』，描寫景物，優雅之致，没有民間説唱詞體之弊端。咏梅詞，不着一個『梅』字。用『最先點破』暗示寫的是梅花。又用過片三句隱括宋林逋咏梅的著名詩句，透露給讀者，蘊藉含蓄，意味深長，而無直露乏味之感。『發意』亦無『狂怪而失柔婉』之弊。故此詞最得作詞之妙法。

結構井嚴，布局勻稱。此詞上下片各六句，每句四字，成對稱之式。有格式的整齊美，音律的合諧美。過片承前啓後，血脈貫穿。

寫『瘦影』，即疏影。『最先點破，壓倒群花』本是天氣節候使然，寫成『尤殢東君』布施，擬仙擬人手法鮮活動人。梅等的視覺形象嗅覺形象寫得很感人，頗有審美價值。襯染法的妙用等，都是此詞的重要品鑒之點。

【選評】

力求而未得。

清平樂

寒溪過雪。梅蕊春前發。照影弄姿香苒苒。臨水一枝風月。　夢游仿佛仙鄉。綠窗曾見幽芳。事往無人共説，愁聞玉笛聲長。

——《楝亭十二種》之《梅苑》

【考辨】

◎歷代載籍著録此闋之詞調、題目：

調作《清平樂》。無題。

◎歷代此闋著録為李清照（易安）詞之載籍：

［一］李文裿輯《漱玉集》冷雪盦叢書本（卷三，第四頁），收作李清照詞。

校記

調題：皆同範詞。

正文：皆同範詞。

附録：《梅苑》。（尾注）

◎歷代此闋著録他人或無名氏及存疑詞之載籍：

［一］宋·黄大輿輯《梅苑》，《楝亭十二種》本（卷九，第八頁）收録。未注撰者。與署名的李易安詞《清平樂》（年年雪裏）連排，有『又』字銜接，即第二首《清平樂》。

校記

調題：調作《清平樂》。無題。瑜注：此詞與《欽定詞譜》李白《清平樂》（禁闈清夜）韻律合：『雙調四十六字，前段四句四仄韻，後段四句三平韻』。

正文：原『蘂』、『遊』、『髣』、『髴』，茲改為正字『蕊』、『游』、『仿』、『佛』。（擇為範詞，底本）

附録：無。

校記

[二] 宋·黃大輿輯《梅苑》文淵閣《欽定四庫全書》本（卷九，第一一頁）收録。未注撰者。與署名的李易安詞《清平樂》（年年雪裏）連排，有『又』字銜接，即第二首《清平樂》。

調題：皆同範詞。

正文：皆同範詞。

附録：無。

[三] 唐圭璋輯《全宋詞》中州古籍出版社　兩冊本（下，第二四三八頁），收為無名氏詞。

[四] 中華書局編《李清照集》（第五七頁），『附録』收作《梅苑》無名氏詞。

附録：『按』略。瑜注：共按見《沁園春》（山驛蕭疏）。

[五] 王仲聞《李清照集校注》人民文學出版社（第三三八頁），『附録』收為『誤題李清照撰之作品』。

◎瑜按：

李文裿輯《漱玉集》冷雪盦叢書本收作李清照詞。其餘古今載籍收作無名氏（未署撰者）或『誤題李清照撰之作品』。此闋源之《梅苑》，筆者考辨其最有可能為李易安（清照）撰之詞作，理由見是書《序》。茲入『存疑詞』，以備確考。

【注釋】

[一] **蕊：**見《真珠髻》（重重山外）注。

[二] **苒苒：**這裏指香味漸漸地飄散。唐白居易《有木》：『有木香苒苒，山頭生蘖。』宋賀鑄《思越人》：『香苒苒，夢依依。天涯寒盡減春衣』。

[三] **風月：**這裏指男女間情愛之事。宋歐陽修《玉樓春》：『人生自是有情癡，此恨不關風與月。』宋鄧肅《長相思》：『雁已西飛人未還。一簾風月閑』。

[四] **仙鄉：**神仙生活的地方。漢劉徹《思奉車子侯歌》：『至人逝兮仙鄉，天路遠兮無期。不覺涕下兮沾裳』。宋蔡伸《水龍吟》：『望仙鄉、水

雲無際』。

［五］**綠窗**：綠色的窗子。唐韋莊《菩薩蠻》：『勸我早歸家，綠窗人似花』。宋徐君寶妻《滿庭芳》：『綠窗朱户，十里爛銀鈎』。

［六］**玉笛**：玉製的笛子。『玉』，也可解為笛的美稱。唐李白《與史郎中欽聽黄鶴樓上吹笛》：『黄鶴樓中吹玉笛，江城五月落梅花。』唐皇甫松《楊柳枝》：『如今柳向空城綠，玉笛何人更把歡』。

【品鑒】

此咏梅詞歌頌梅花不畏懼并戰勝寒摧雪虐，傲然開放的精神品格，贊賞其影姿綽約，香味卓然。表現詞人對梅花的憐愛之情。上片：『寒溪過雪。梅蕊春前發。』陡然以『寒』字領起，添加『雪』字，既『寒』又『雪』，環境嚴酷。落筆擒題，梅花冒寒頂雪，在春天到來之前開放，突現其不畏嚴寒冰雪，挑戰嚴寒冰雪，戰勝嚴寒冰雪的超然獨立，舉世無雙的崇高精神和品格。

次兩句：『照影弄姿香苒苒。臨水一枝風月。』這裏寫的不是一個用鏡子上下左右前後照映自己的芳顏身段，擺弄美好的姿態，香氣襲人，風韵韶麗的美女嗎？但這不也是寫梅花、皎月映在水裏，風吹梅影變幻多姿，香味飄動沁人心脾的梅花嗎？審美移情，亦花亦人。靠近水邊，『一枝』告訴我們詞人寫的是梅花，但他又説其好似富有情愛的綽約靚女呀！寫梅花的影、姿、香、美感，情景交融，亦花亦人。意境幽美超詣。清劉熙載《藝概・詞曲概》：『嚴滄浪云：「妙處透徹玲瓏，不可凑泊，如水中之月，鏡中之象。」此皆論詩也，詞亦以得此境為超詣』，評論甚精。無妖言艷語，『設色貴雅』。

下片，换頭兩句：『夢游仿佛仙鄉。綠窗曾見幽芳。』轉，將我們帶入美輪美奂，虚無縹紗的神仙境界。詞人在夢境中遨游神仙生活的地方，仿佛在一個綠色的窗子裏曾經見過幽芳這個梅花仙子。亦花亦人亦仙，情景渾然。激發讀者無窮的審美想象和聯想，使其獲得創造性的美感享受。

結尾兩句：『事往無人共説，愁聞玉笛聲長。』可是玉笛裏奏出《梅花落》的哀怨曲調，將我驚醒，那個美麗的梅花仙子不見了，往事我不能與其共説，衷腸向誰傾述。我無限的凄楚悵惋。以浪漫主義的手法，游仙的方式，寫出對梅的珍愛之情。『立意貴新』。李清照《漁家傲》：『仿佛夢魂歸帝所。聞天語。殷勤問我歸何處』，也用的相同手法。仙境是人們所追求的理想境界，『超凡性、無限性、自由性、永恒性』，惟其所嚮往，實際并不存在，祇有在夢中游玩其境，或與境中人，即所謂仙人一起活動。詩人常以此，突出表現自已的遠大理想和美好追求。魏曹植、東晋郭璞、唐曹唐等都寫過著名的游仙詩。作為浪漫主義手法，常被後人所樂用。毛澤東《蝶戀花・答李淑一》：『問訊吴剛何所有。吴剛捧出桂花酒。寂寞嫦娥舒廣袖。萬里長空，且為忠魂舞。……』就是如此。是革命的浪漫主義和現實主義相結合的光輝典範，把這種手法發揮到極至。

『言情貴含蓄』，言有盡而意無窮！『往事』，都包括什麽事？令人浮想聯翩。『玉笛聲長』，喻示着美好的青春年華的消逝，以悠悠不盡的笛聲作結，餘韵繞梁。李清照《好事近》結句：『魂夢不堪幽怨，更一聲啼鴂』、李清照詞《行香子》：『聞砧聲搗，蛩聲細，漏聲長』等，似同出一爐。

『構局貴變』，構思高超精巧。先直接寫梅，物態；次隱喻寫梅，『照影』『風月』亦梅亦人，人化；再次游仙方式寫梅，亦梅亦仙，仙化。方法多變。把静物寫得活靈活現，亦花亦人亦仙，筆墨隽逸。情景交融，境界神妙。令人贊嘆不已。

清沈謙《填詞雜説》：論『作詞要訣』時説『詞要不亢不卑，不觸不悖。驀然而來，悠然而逝。立意貴新，設色貴雅，構局貴變，言情貴含蓄。如驕馬弄銜而欲行，粲女窺簾而未出，得之矣』。此詞梅花仙子『寒溪過雪』驀然而來，又在玉笛聲中悠然而逝。上片梅花仙子風致情韵楚楚動人，似『驕馬弄銜而欲行』那般俊美；下片，『仙鄉』『緑窗曾見幽芳』，虚無縹渺，似有『粲女窺簾而未出』那般朦朧蘊藉之美。此詞又有『新』、『雅』、『變』、『含蓄』等藝術特色，説明此詞深得作詞之『要訣』。

【選評】

力求而未得。

二色宫桃

鏤玉香苞酥點萼。正萬木、園林蕭索。惟有一枝雪裏開，江南有、信憑誰托。　前年記賞登高閣。嘆年來、舊歡如昨。聽取樂天一句云，花開處、且須行樂。

——《楝亭十二種》之《梅苑》

【考辨】

◎歷代載籍著録此闋之詞調、題目：

調作《二色宫桃》、《思歸樂》。無題。瑜注：《詞律》云：『此（《二色宫桃》）與《柳摇金》俱與《思歸樂》相似，雖字句微有不同，恐是一調。』《欽定詞譜》云：『《二色宫桃》雙調五十六字，前後段各四句，三仄韵。』與『《思歸樂》：雙調五十六字，前後段各四句，四仄韵。』衹一仄韵之异。影印明刊十二卷本《花草粹編》卷六目録『《思歸樂》二』首，查内文所載詞調兩首：前為《思歸樂》，後為《二色宫桃》，即編者已將二异名詞調看作同調。

◎歷代此闋著録為李清照（易安）詞之載籍：

［一］　李文裿輯《漱玉集》冷雪盦叢書本（卷三，第七頁），收作李清照詞。

校記

調題：皆同範詞。

正文：皆同範詞。

附録：《梅苑》、《欽定詞譜》。（尾注）

◎歷代此闋著録他人或無名氏及存疑詞之載籍：

［一］宋・黄大輿輯《梅苑》，《楝亭十二種》本（卷九，第九頁）收録。未注撰者。與署名的李易安詞《清平樂》（年年雪裏）銜接連排，第五首。

校記

調題：調作《二色宫桃》。無題。

正文：原『點』、『蕚』、『歎』，茲改為正字『點』、『萼』、『嘆』。（擇為範詞，底本）

附録：無。

［二］宋・黄大輿輯《梅苑》文淵閣《欽定四庫全書》本（卷九，第一二頁）收録。未注撰者。與署名的李易安詞《清平樂》（年年雪裏）銜接連排，第五首。

校記

調題：皆同範詞。

正文：皆同範詞。

附録：無。

［三］明・陳耀文纂（原署）《花草粹編》影印明刊十二卷本（卷六，第三〇頁）收録，未注撰者。與柳耆卿詞《思歸樂》銜接。

校記

調題：皆同範詞。

正文：『閣』作『樓』。

附録：無。

［四］明・陳耀文輯《花草粹編》文淵閣《欽定四庫全書》二十四卷本（卷一一，第三七頁）收録，未注撰者，與柳耆卿詞《思歸樂》連排。

校記

調題：皆同範詞。

正文：『閣』作『樓』。

附録：無。

［五］明·陳耀文編（原署）《花草粹編》文津閣《欽定四庫全書》二十四卷本（卷一一，總第三八頁）收録，未注撰者，與柳耆卿詞《思歸樂》連排。

校記

調題：調作《思歸樂》。調位注：『前調』。（瑜注：『前調』即柳耆卿詞《思歸樂》），下小注：『《十月桃》』。無題。

正文：『閣』作『樓』。

附録：無。

［六］清·王奕清等纂修《欽定詞譜》影印康熙内府刻本（卷一二，第二四頁），收作『《梅苑》無名氏』詞。

校記

調題：皆同範詞。調下注：『雙調五十六字，前後段各四句，三仄韻』。

正文：『苞』作『葩』；『有』作『信』；『信』作『更』。

附録：此與《玉欄杆》异者，在前段起句，平仄全异，及第二句上三下四句法耳。填此體者辨之。

［七］清·萬樹論次　徐本立纂《新校正詞律全書》民國合刊本　拾遺部分（卷二，第一四頁），收作無名氏詞。

校記

調題：皆同範詞。調下注：『五十六字』。

正文：『苞』作『葩』；『酥』作『初』；『有』作『信』；『信』作『更』。

附録：略（瑜注：詞調解説）。

［八］唐圭璋輯《全宋詞》中州古籍出版社　兩冊本（下，第二四三九頁），收作無名氏詞。未云出處。

［九］中華書局編《李清照集》（第五三頁），『附録』收之。

附録：按：此詞見《梅苑》及《詞譜》，云係李作，但詞體不類。

［一〇］王仲聞《李清照集校注》人民文學出版社（第三三八頁），『附録』收為『誤題李清照撰之作品』。

附録：按：此二首俱無名氏作，見《梅苑》卷九。李文裿輯《漱玉集》卷三誤作李清照詞。瑜注：另首指《清平樂》（寒溪過雪）。

◎瑜按：

此闋惟李文裿輯《漱玉集》收作李清照詞。其餘古今載籍收作無名氏（未署撰者）詞或『誤題李清照撰之作品』。其前載籍中此闋皆源自《梅苑》。筆者考辨其最有可能為李易安（清照）撰之詞作，詳見是書《序》。茲輯入『存疑詞』，俟考。

又：前十首皆為楝亭本《梅苑》之無名氏詞，與李易安署名詞銜接，連排其後（見前各首【考辨】）。筆者考辨此十闋最有可能為李清照（易安）撰之詞作（詳見是書《序・試考辨鼇清楝亭本〈梅苑〉之李易安詞『六』》），本想編入《漱玉詞》，然欠實據，為嚴謹故，猶輯入『存疑詞』，待考。

【注釋】

［一］**鏤玉**：像用美玉雕刻而成。宋辛弃疾《西江月》：『鏤玉裁冰著句，高山流水知音。』宋無名氏《柳初新》：『天匠與、雕瓊鏤玉，淡然非、人間標格』。

［二］**酥**：參見《玉樓春》（紅酥肯放瓊苞碎）『紅酥』注。

［三］**蕭索**：冷落淒涼。唐白居易《長恨歌》：『黄埃散漫風蕭索，雲棧縈紆登劍閣。』宋柳永《曲玉管》：『一望關河蕭索，千里清秋，忍凝眸』。

［四］**江南**：典見《孤雁兒》（藤床紙帳朝眠起）『一枝折得』注。

［五］**『聽取』**句：樂天，唐偉大詩人白居易之字。其詩《勸歡》云：『火急歡娱慎勿遲，眼看老病悔難追。樽前花下歌筵裏，會有求來不得時』，《嘆老三首》：『壯歲不歡娱，長年當悔悟』。《花下對酒二首》：『況吾頭半白，把鏡非不見。何必花下杯，更待他人勸』，《短歌行》：『勸君且強笑一面，勸君且強飲一杯。人生不得長歡樂，年少須臾老到來』，《長安道》：『美人勸我急行樂，自古朱顏不再來』，《題西亭》：『幸有酒與樂，及時歡且娱』，《達哉樂天行》：『或伴游客春行樂，或隨山僧夜坐禪』，《會昌二年春題池西小樓》：『雖貧眼下無妨樂，縱病心中不與愁。自笑靈光巋然在，春來游得且須游』，等詩表現了白居易及時行樂，年華不再的消極思想。此處用白居易詩意。

【品鑒】

這首咏梅詞，詞人通過咏梅表達了對遠行親人的懷念及其忠告：『花開處、且須行樂。』，表現詞人對人生的一種感悟和理念。上片寫由賞梅引起對遠方友人的懷念。下片，撫今追昔，告誡友人。

上片，發端開門見山，落筆擒題：『鏤玉香苞酥點萼。正萬木、園林蕭索。』芳香的花苞像美玉雕成的，點點的花萼像乳製品那般柔膩。從嗅、視兩個角度來描寫。正是各種樹木花草凋零衰敗、園林冷落淒涼的時節。惟紅梅開放，顯出勃然的生機。由點及面。次兩句，承題，『惟有一枝雪裏開』，化用唐齊己《早梅》：『前村風雪裏，昨夜一枝開』。『江南有、信憑誰托』，化用南朝陸凱寄友人范曄的詩句：『江南無所有，聊贈一枝春』。皆渾化無迹。宋張鎡《詩學規範》：『《名賢詩話》言杜少陵云：作詩用事，要用釋語；水中着鹽，飲水乃知鹽味。此說詩家秘密藏也。』乍看不覺用事，仔細體味方知，此乃用事的最高境界。見到衹有一枝梅花在雪裏開放，遥望江南有梅花亦有朋友，可是靠誰來傳遞象徵友情的梅花呢？詰句的運用，加強正面肯定的表達效果，憂悒之情倍增。由近及遠。上片寫由賞梅引起對遠方友人的懷念。下片，『前年記賞登高閣。嘆年來、舊歡如昨。』過變，轉，回憶前年與友人登上高閣觀景賞梅的情景，慨嘆經年以來，過去一起歡樂的事情如發生在昨天，歷歷在目。雖今我們天各一方，但我的志趣毫無改變，衹有遥致美好的祝願了。

結句：『聽取樂天一句云，花開處、且須行樂。』關合首句『鏤玉香苞酥點萼』，正欲『花開』，前呼；結『且須行樂』，後應。此句為詞眼，命意卒顯，警策之語，晉陸機《文賦》：『立片言而居要，乃一篇之警策』。清劉熙載《藝概·詞曲概》：『餘謂眼乃神光所聚，故有通體之眼，有數句之眼，前前後後無不待眼光照映』，此結為全詞『神光所聚』，『通體之眼』也！用唐白居易的詩句忠告朋友切記并踐行。白樂天《勸歡》：『火急歡娱慎勿遲，眼看老病悔難追。樽前花下歌筵裏，會有求來不得時』，非常緊急小心謹慎刻不容緩，眼看年老多病後悔莫追。在酒前花下歌舞筵會裏，想親自參與歡樂已覺力不從心而不得時宜了。詞人以白居易詩意告誡朋友要在美好的環境下及時行樂。筆者認為人生不應以追求行樂為目的，把其當作求得心身健康的一種手段。身心康健的人要有積極正確的人生觀價值觀，去自我實現。如宋文天祥所云：『人生自古誰無死，留取丹心照汗青』，力求為祖國為民族做一番大事業，力爭輝煌，越轟轟烈烈越好，青史留名更好。下片，撫今追昔，告誡友人。

本詞最明顯的藝術特色，就是化用南朝陸凱、唐齊己及唐白居易的詩句，自然渾成。其次，直接描寫，如頭四句：『鏤玉香苞……雪裏開』；暢抒胸臆，如結句：『聽取樂天一句云，花開處、且須行樂』，警策而挺拔。這是此詞另一特色。但直接描寫，却直不出一個『梅』字；暢抒胸臆，痛快淋漓，終淋漓不出一個『梅』字，直、抒皆有節有度。然又讓讀者從『鏤玉香苞酥點萼』和化用前人著名咏梅詩的詞句中『一枝雪裏開』、『江南信』，準確無誤地領會到詞人是在咏梅，這是匠心獨出的一種表現，有含蓄的朦朧美，為此詞藝術特色之三。

【選評】

〔一〕　**中華書局**：此詞見《梅苑》及《詞譜》，云係李作，但詞體不類。（《李清照集》）

玉燭新

早梅

溪源新臘後。見數朵紅梅，剪裁初就。暈酥砌玉，芳英嫩、故把春心輕漏。前村昨夜，想弄月黄昏時候。孤岸峭、疏影横斜，濃香暗沾襟袖。　樽前賦與多才，問嶺外風光，故人知否。壽陽漫鬥。終不似、照水一枝清瘦。風嬌雨秀。好亂插繁華盈首。須信道、羌笛無情，看看又奏。

——《御選歷代詩餘》

【考辨】

◎**歷代載籍著録此闋之詞調、題目：**

調作《玉燭新》。題作『早梅』、『梅花』、『咏梅』。

◎**歷代此闋著録為李清照（易安）詞之載籍：**

［一］　宋・黄大輿輯《梅苑》，《楝亭十二種》本（卷三，第一〇頁），收作李易安詞。

校記

調題：　調同範詞。無題。

正文：　『數』作『幾』；『紅』作『江』；『剪裁』作『裁剪』；『峭』作『悄』；『漫』作『謾』（同，見【注釋】，下皆不出校）；『好亂插』作『好插』；『須信道』作『須信』。

附録：　無。

［二］宋・黃大輿輯《梅苑》文淵閣《欽定四庫全書》本（卷三，第一四頁），收作李易安詞。

校記

調題： 調同範詞。無題。

正文： 『數』作『幾』；『紅』作『江』；『剪裁』作『裁剪』；『峭』作『悄』；『好亂插』作『好插』；『須信道』作『須信』。

附録： 無。

［三］清・汪玢箋《漱玉詞彙抄》問遽廬正本（手抄，不分卷頁，第三八首），復旦大學圖書館藏，收作『宋李氏清照易安』詞。

校記

調題： 調同範詞。無題。

正文： 『數』作『幾』；『紅』作『江』；『剪裁』作『裁剪』；『峭』作『悄』；『好亂插』作『好插』；『須信道』作『須信』。

附録： 無。

［四］清・王鵬運輯《漱玉詞・補遺》，《四印齋所刻詞》本（第二頁），收作『李清照　易安』詞。

校記

調題： 調同範詞。無題。調下注：『見《梅苑》，一作周美成』。

正文： 『數』作『幾』；『紅』作『江』；『剪裁』作『裁剪』；『好亂插』作『好插』；『笛』作『篴』。

附録： 無。

［五］清・蕙風簃主箋《漱玉詞箋》中華圖書館石印本　中華民國四年六月版（不分卷，第一一頁），收作李清照詞。

校記

調題： 調同範詞。無題。

正文： 『數朵紅梅』作『幾朵江梅』；『剪裁』作『裁剪』；『好亂插』作『好插』；『笛』作『篴』。

附録： 無。

［六］　李文裿輯《漱玉集》冷雪盦叢書本（卷四，第六頁），收作李清照詞。

校記

調題： 調同範詞。無題。

正文： 『數』作『幾』；『紅』作『江』；『剪裁』作『裁剪』；『峭』作『悄』；『好亂插』作『好插』；『須信道』作『須信』。

附録： 《梅苑》、四印齋本《漱玉詞》。（尾注）

◎歷代此闋著録他人或無名氏及存疑詞之載籍：

［一］　宋・周邦彥撰《清真集》，《四印齋所刻詞》本（清真下，第一一頁），收作周邦彥詞。

校記

調題： 皆同範詞。

正文： 『紅』作『江』；『華』作『花』；『笛』作『管』。

附録： 無。

［二］　宋・周邦彥撰《片玉詞》汲古閣《宋名家詞》本《續修四庫全書》影印（卷下，總第五〇頁），收作周邦彥詞。

校記

調題： 皆同範詞。

正文： 『笛』作『莞』。

附録： 無。

［三］　宋・無撰人《草堂詩餘》文淵閣《欽定四庫全書》本　集部（卷三，第三四頁），收作周美成詞。

校記

調題： 調同範詞。題作『梅花』。

正文： 『紅』作『江』；『賦』作『付』；『華』作『花』；『須信』後缺文。

附録： 按：孫濟師有『落梅』詞《菩薩蠻》云：『一聲羌笛吹嗚咽。玉溪半夜梅翻雪。江月正茫茫。斷橋流水香。　含章春

欲暮。落日千山雨。一點著枝酸，吴姬先齒寒』，亦是用羌笛奏落梅之事，今并附見于此。（尾注）

[四] 宋・無撰人《草堂詩餘》文津閣《欽定四庫全書》本　集部（卷三，總第五八四頁），收作周美成詞。

校記

調題： 調同範詞。題作『梅花』。

正文： 『紅』作『江』；『賦』作『付』；『華』作『花』。

附録： 略（瑜注：尾注，内容除『一聲』作『數聲』不同，其餘與此書此詞【考辨】所收宋無撰人《草堂詩餘》文淵閣《欽定四庫全書》本『附録』全同）。

[五] 宋・建安古梅何士信君實編選《妙選箋注群英詩餘》（《增修箋注妙選群英草堂詩餘》）前集二卷後集二卷　影元至正辛卯孟夏雙璧陳氏刊行本（餘後下，第一八頁），收作周美成詞。

校記

調題： 調同範詞。無題。

正文： 『臘』作『蠟』；『紅』作『江』；『華』作『花』；『笛』作『管』。

附録： 略（瑜注：尾注，内容除『著』作『看』不同，其餘與此書此詞【考辨】所收宋無撰人《草堂詩餘》文淵閣《欽定四庫全書》本『附録』全同）。

[六] 宋・佚名輯　何士信增注《增修箋注妙選群英草堂詩餘》，《景刊宋金元明本詞》本（洪武本，餘後下，第一八頁），收作周美成詞。

校記

調題： 調同範詞。無題。

正文： 『臘』作『蠟』；『紅』作『江』；『華』作『花』；『笛』作『管』。

附録： 略（瑜注：尾注，内容除『著』作『看』不同，其餘與此書此詞【考辨】所收宋無撰人《草堂詩餘》文淵閣《欽定四庫全書》本『附録』全同）。

[七] 宋・佚名輯　何士信增注《增修箋注妙選群英草堂詩餘》（内名），《四部叢刊》影印涵芬樓本（後集，卷下，第八〇頁），收作周美成詞。

校記

調題： 調同範詞。無題。

正文： 『臘』作『蠟』；『紅』作『江』；『華』作『花』；『笛』作『管』。

附録： 略（瑜注：尾注，内容除『玉』作『干』；『落日』作『洛日』；『著』作『着』；『姬』作『媚』不同，其餘與此書此詞【考辨】所收宋無撰人《草堂詩餘》文淵閣《欽定四庫全書》本『附録』全同）。

［八］宋・陳元龍集注《景宋本詳注周美成詞片玉集》，《景刊宋金元明本詞》本（片玉七，第三頁），收作周邦彦詞。

校記

調題： 調同範詞。題作『梅花』。調下注『《爾雅》云：四時調和謂之玉燭』。

正文： 『紅』作『江』；『才』作『材』；『華』作『花』；『笛』作『管』。

附録： 無。

［九］明・顧從敬類選　沈際飛評正《草堂詩餘正集》明萬賢樓自刻本（卷四，第三一頁），收作周美成詞。

校記

調題： 皆同範詞。

正文： 『紅』作『江』；『砌』作『破』；『華』作『花』；『笛』作『管』。

附録： 語豈不佳久習成套。　全是一團梅花精靈。　壽陽宮主猶不似，譽梅極矣！愛梅極矣！（眉批）

岑參詩：『數枝清瘦出疏籬』。　杜詩：『安得健步移遠梅，亂插繁花向晴昊』。（尾注）

［一〇］明・周瑛撰《詞學筌蹄》，《續修四庫全書》本（卷八，總第四六四頁），收作周美成詞。

校記

調題： 皆同範詞。

正文： 『紅』作『江』；『峭』作『悄』；『才』作『材』；『華』作『花』；『須信道』作『須道』；『笛』作『管』。

附録： 無。

［一一］明・陳鐘秀校刊《精選名賢詞話草堂詩餘》，《四印齋所刻詞》本（草堂下，第五九頁），收作周美成詞。

校記

調題： 調同範詞。無題。

正文： 『紅』作『江』；『華』作『花』；『笛』作『管』。

附録： 略（瑜注：尾注，内容與此書此詞【考辨】所收宋無撰人《草堂詩餘》文淵閣《欽定四庫全書》本『附録』基本相同）。

[一二] 明・楊慎批點　閔暎璧校訂《草堂詩餘》明閔暎璧刻朱墨套印本（卷四，第四五頁），收作周美成詞。

校記

調題： 調同範詞。題作『梅花』。

正文： 『紅』作『江』；『華』作『花』；『笛』作『管』。

附録： 一語為梅花傳神。（眉批）

[一三] 明・楊慎批點《草堂詩餘》明萬曆《詞壇合璧》刊本（卷四，第四五頁），收作周美成詞。

校記

調題： 調同範詞。題作『梅花』。

正文： 『紅』作『江』；『華』作『花』；『笛』作『管』。

附録： 一語為梅花傳神。（眉批）

[一四] 明・武陵逸史編次　開雲山農校正《類編草堂詩餘》明嘉靖二十九年顧汝所刻本（卷之三，第三五頁），收作周美成詞。

校記

調題： 調同範詞。題作『梅花』。

正文： 『臘』作『蠟』；『紅』作『江』；『華』作『花』。

附録： 略（瑜注：尾注，内容除『著』作『着』不同，其餘與此書此詞【考辨】所收宋無撰人《草堂詩餘》文淵閣《欽定四庫全書》本『附録』全同）。

[一五] 明・武陵逸史編次　上元崑石山人校輯《類編草堂詩餘》（《新刻注釋草堂詩餘》）古吳陳長卿梓（卷之三，第六九頁），收作周美成詞。

校記

調題：調同範詞。題作『梅花』。

正文：『臘』作『蠟』；『紅』作『江』；『華』作『花』；『笛』作『管』。

附録：略（瑜注：尾注，内容除『著』作『着』不同，其餘與此書此詞【考辨】所收宋無撰人《草堂詩餘》文淵閣《欽定四庫全書》本『附録』全同）。

[一六] 明·顧從敬編次　韓俞臣校正《類編草堂詩餘》古吳博雅堂梓行本（卷之三，第三三頁），收作周美成詞。

校記

調題：調同範詞。題作『梅花』。

正文：『紅』作『江』；『賦』作『付』；『華』作『花』。

附録：略（瑜注：尾注，内容除『云一聲』作『云云聲』；『著』作『着』不同，其餘與此書此詞【考辨】所收宋無撰人《草堂詩餘》文淵閣《欽定四庫全書》本『附録』全同）。

[一七] 明·唐順之解注　田一雋精選《類編草堂詩餘》金陵書坊張氏東川綉梓　萬曆甲申年重刊本（卷之三，第六九頁），收作周美成詞。

校記

調題：調同範詞。題作『梅花』。

正文：『臘』作『蠟』；『紅』作『江』；『華』作『花』。

附録：略（瑜注：尾注，内容除『著』作『着』不同，其餘與此書此詞【考辨】所收宋無撰人《草堂詩餘》文淵閣《欽定四庫全書》本『附録』全同）。

[一八] 明·顧從敬類選　陳繼儒重校　陳仁錫參訂（内署）《類選箋釋草堂詩餘》明萬曆刻本《續修四庫全書》影印　集部詞類（卷之四，第二九頁），收作周美成詞。

校記

調題：調同範詞。題作『梅花』。

正文：『臘』作『蠟』；『紅』作『江』；『華』作『花』；『笛』作『管』。

附録：略（瑜注：尾注，内容除『著』作『着』不同，其餘與此書此詞【考辨】所收宋無撰人《草堂詩餘》文淵閣《欽定四庫全書》本『附録』全同）。

［一九］宋・何士信輯《草堂詩餘前集二卷後集二卷》明嘉靖三十三年楊金刻本（卷下後，第一七頁），收作周美成詞。

校記

調題：調同範詞。題作『梅花』。

正文：『臘』作『蠟』；『紅』作『江』；『華』作『花』；『笛』作『管』。

附録：略（瑜注：調下左側注，内容除『落梅』作『落花』；『梅翻雪』作『寒翻雪』；『先』作『沁』不同，其餘與此書此詞【考辨】所收宋無撰人《草堂詩餘》文淵閣《欽定四庫全書》本『附録』全同）。

［二〇］明・鱅溪逸史選編《彙選歷代名賢詞府全集》明嘉靖丁己（巳）一得山人跋抄本（卷之六，第三一頁），收作周美成詞。

校記

調題：皆同範詞。

正文：『紅』作『江』；『砌』作『破』；『問』作『向』；『華』作『花』；『笛』作『管』。

附録：無。

［二一］明・吴承恩輯《花草新編》明抄本（殘卷，卷之五，長調，第一一四頁），上海圖書館藏，收作周美成詞。

校記

調題：調同範詞。題作『梅花』。

正文：『紅』作『江』；『華』作『花』。

附録：無。

［二二］明・陳耀文纂（原署）《花草粹編》影印明刊十二卷本（卷一一，第一頁），收作周美成詞。

校記

調題：皆同範詞。

正文：『紅』作『江』；『砌』作『破』；『問』作『向』；『華』作『花』；『笛』作『管』。

附録：無。

［二三］明·陳耀文輯《花草粹編》文淵閣《欽定四庫全書》二十四卷本（卷二一，第一頁），收作周美成詞。

校記

調題：皆同範詞。

正文：『紅』作『江』；『砌』作『破』；『問』作『向』；『華』作『花』；『笛』作『管』。

附録：無。

［二四］明·陳耀文編（原署）《花草粹編》文津閣《欽定四庫全書》二十四卷本（卷二一，總第一〇七頁），收作周美成詞。

校記

調題：皆同範詞。

正文：『紅』作『江』；『砌』作『破』；『問』作『向』；『華』作『花』；『笛』作『管』。

附録：無。

［二五］明·徐師曾輯《文體明辨附録》明萬曆間吴江壽檜堂刻本（卷九，詩餘二〇，第二頁），收作『宋周邦彦』詞。

校記

調題：調同範詞。題作『梅花』。

正文：『紅』作『江』；『賦』作『付』；『華』作『花』。

附録：無。

［二六］明·張綖　謝天瑞撰《詩餘圖譜·補遺》明萬曆二十七年刻本《續修四庫全書》影印　集部　詞類（卷一〇，第二一頁），收作周美成詞。

校記

調題：皆同範詞。

正文：『紅』作『江』；『砌』作『破』；『春』作『芳』；『問』作『向』；『華』作『花』；『笛』作『管』。

附録：無。

［二七］明・董其昌評訂　曾六德參釋《新鋟訂正評注便讀草堂詩餘》明萬曆三十年喬山書舍刻本（卷六，頁不清），收作周美成詞。

校記

調題：調同範詞。題作『梅花』。

正文：『臘』作『蠟』；『數朵紅梅』作『數點江梅』；『月』作『玉』；『華』作『花』；『信』作『更』；『笛』作『管』。

附録：林甫（逋）詩：『衆芳搖落獨鮮妍，占斷風情向小園。疏影横斜水清淺，暗香浮動月黄昏。』可為此評。杜子美詩：『樹枝清瘦出疏籬』。　李賀詩：『羌笛奏落梅』。（眉批）

［二八］明・武陵逸史編　隱湖小隱訂《草堂詩餘》明末毛氏汲古閣刻《詞苑英華》本（卷三，第三六頁），收作周美成詞。

校記

調題：調同範詞。題作『梅花』。

正文：『紅』作『江』；『華』作『花』。

附録：無。

［二九］明・胡桂芳重輯（原宋・何士信輯）《類編草堂詩餘》明萬曆三十五年黄作霖等刻本（卷之下，第一六頁），收作周美成詞。

校記

調題：調同範詞。題作『梅花』。

正文：『紅』作『江』；『華』作『花』；『笛』作『管』。

附録：無。

［三〇］明・李廷機批評　翁正春校正　徐憲成梓行《新刻注釋草堂詩餘評林》明萬曆三十六年戊申起秀堂刊本（冬景六卷，第一二頁），收作周美成詞。

校記

調題：調同範詞。題作『梅花』。

正文：『臘』作『蠟』；『數朵紅梅』作『數點江梅』；『華』作『花』；『信』作『更』；『笛』作『管』。

附録：林甫（逋）詩：『衆芳摇落獨鮮妍，占盡風情向小園。疏影横斜水清淺，暗香浮動月黄昏。』可為此評。（眉批）

尾注，略（瑜注：内容除『著』作『着』，『用』作『咏』不同，其餘與此書此詞【考辨】所收宋無撰人《草堂詩餘》文淵閣《欽定四庫全書》本『附録』全同）。

〔三一一〕　明・李攀龍補遺　陳繼儒校正　余文杰綉梓《新刻題評名賢詞話草堂詩餘》明萬曆四十三年書林自新齋余文杰刻本（六卷，第一〇頁），收作周美成詞。

校記

調題：調同範詞。題作『梅花』。

正文：『數朵紅梅』作『數點江梅』；『華』作『花』；『笛』作『管』。

附録：林逋詩：『衆芳摇落獨鮮妍，占斷風情向小園。疏影横斜水清淺，暗香浮動月黄昏。』可為此評。（眉批）

〔三一二〕　明・吴從先　寧野甫彙編《新刻李于麟先生批評注釋草堂詩餘雋》師儉堂蕭少衢依京板刻（卷之四，第五三頁），收作周美成詞。

校記

調題：調同範詞。題作『梅花』。

正文：『數朵紅梅』作『數點江梅』；『華』作『花』；『信』作『更』；『笛』作『管』。

附録：上品江梅有疏影度窗之神思，而下寄語嶺客有清聲映水之景界。（詞前評語）

漏春心亦宜在黄昏時候。　賦多才問故人，吹着梅花樹樹生矣。（眉批）

按孫濟師有『落梅』詞《菩薩蠻》：『一聲羌笛吹嗚咽。玉溪半夜梅翻雪。江月正茫茫。斷橋流水香。　含章春欲暮。落日千山雨。一點着枝酸，吴姬先齒寒』，亦是咏羌笛奏落梅之事，今并附見于此。（尾注）

『衆芳摇落獨鮮妍，占斷風情向小園。疏影横斜水清淺，暗香浮動月黄昏。』當與此并傳。（詞後評語）

〔三一三〕　明・楊肇祉輯《詞壇艷逸品》明刻本（利，第九頁），收作周美成詞。

校記

調題：調同範詞。題作「梅花」。

正文：「數朵紅梅」作「數點江梅」；「似」作「是」；「華」作「花」；「笛」作「管」。

附録：無。

［三四］明・程明善纂輯《嘯餘譜》，《續修四庫全書》集部　詞類（卷四，詩餘二〇，第一頁），收作周邦彥詞。

校記

調題：調同範詞。題作「梅花」。

正文：「紅」作「江」；「賦」作「付」；「好亂插」作「亂插」；「華」作「花」。

附録：無。

［三五］明・潘游龍輯《精選古今詩餘》（《古今詩餘醉》）清乾隆壬午秋鎸（卷一三，第五頁），收作周美成詞。

校記

調題：皆同範詞。

正文：「紅」作「江」；「砌」作「破」；「華」作「花」；「笛」作「管」。

附録：前段略不可人，後則全是一團梅花精靈。至壽陽猶不似（瑜注：有作「是」者），則譽極愛極矣。（詞評）

［三六］清・鄭元慶選《三百詞譜》清康熙魚計亭刻本（長調四，第一五頁），收作周邦彥詞。

校記

調題：皆同範詞。

正文：「紅」作「江」；「砌」作「破」；「賦」作「付」；「秀」作「媚」；「好亂插繁華」作「亂插繁花」；「羌笛」作「慶管」。

附録：無。

［三七］清・孫致彌輯　樓儼補訂《詞鵠初編》清康熙四十四年自刻本（卷九，第二一頁），收作周邦彥詞。

校記

調題：調同範詞。題作「咏梅」。

正文：「紅」作「江」；「賦」作「付」；「華」作「花」。

附録：無。

[三八]　清・沈辰垣等編《御選歷代詩餘》影印康熙内府本（卷七三，第三六四頁），收作周邦彦詞。

校記

調題：調作《玉燭新》。題作「早梅」。

正文：原「朶」、「翦」、「疎」、「尊」、「鬭」，茲改為正字「朵」、「剪」、「疏」、「樽」、「鬥」。（擇為範詞，底本）

附録：無。

[三九]　清・郭鞏撰《詩餘譜式》清康熙可亭刻本《四庫未收書輯刊》影印（後卷，第三一頁），收作周邦彦詞。

校記

調題：調同範詞。題作「梅花」。

正文：「紅」作「江」；「賦」作「付」；「好亂插」作「亂插」；「華」作「花」。

附録：無。

[四〇]　清・王奕清等纂修《欽定詞譜》影印康熙内府刻本（卷二九，第二〇頁），收作周邦彦詞。

校記

調題：調同範詞。無題。

正文：「紅」作「江」；「賦」作「付」；「華」作「花」。

附録：無。

[四一]　清・吴綺　程洪同選　茅麟（麐）較（原署）《記紅集》清康熙刊本（卷之三，長調，第三〇頁），收作周邦彦詞。

校記

調題：皆同範詞。

正文：「臘」作「蠟」；「紅」作「江」；「砌」作「破」；「華」作「花」；「笛」作「管」。

附録：無。

[四二]　清・夏秉衡輯《清綺軒詞選》乾隆巾箱本（卷一一，第二九頁），收作周邦彦詞。

校記

調題： 皆同範詞。

正文： 『紅』作『江』；『砌』作『破』；『華』作『花』；『笛』作『管』。

附録： 無。

［四三］清・孫平叔先生鑒定　葉申薌編次《天籟軒詞譜》清道光九年刊本（卷四，第四頁），收作周邦彦詞。

校記

調題： 調同範詞。無題。調下注：『百一字仄十一韵』。

正文： 『紅』作『江』。

附録： 無。

［四四］清・賴以邠著《填詞圖譜》，《四庫全書存目叢書》本（卷五，第五六頁），收作周邦彦詞。

校記

調題： 調同範詞。無題。

正文： 『紅』作『江』；『砌』作『破』；『賦』作『付』；『好亂插』作『亂插』；『華』作『花』；『羌笛』作『慶管』。

附録： 無。

［四五］趙萬里輯《漱玉詞》，《校輯宋金元人詞》本（第一四頁），『附録二辨僞』收之。

校記

調題： 調同範詞。無題。

正文： 『數』作『幾』；『紅』作『江』；『剪裁』作『裁剪』；『峭』作『悄』；『須信道』作『須信』。

附録： 《梅苑》三。（尾注）

按：此周邦彦詞，見《片玉詞》七，今本《梅苑》誤作李詞，疑出後人竄改。

［四六］王官壽輯《宋詞抄》中華民國十一年排印本（卷九，第三四頁），收作周邦彦詞。

校記

調題： 皆同範詞。

正文：『笛』作『莞』。

附録：無。

［四七］唐圭璋輯《全宋詞》中州古籍出版社　兩冊本（上，第六四九頁），收作李清照『存目詞』。

附録：出處：梅苑苑（瑜注：誤，應為卷）三。　周邦彥作，見片玉集卷七。瑜注：《全宋詞》兩冊本（上，第四二四頁）收作周邦彥詞。

［四八］中華書局編《李清照集》（第五二頁），『附録』收之。

附録：按：此闋見《梅苑》，一作周邦彥詞，見《片玉詞》。今本《梅苑》作李詞，疑出後人竄改。

［四九］王仲聞《李清照集校注》（第三三二頁），『附録』收作『誤題李清照撰之作品』。

附録：按：此首乃周邦彥作，見宋本《詳注周美成詞片玉集》卷七。《梅苑》誤作李清照詞。

◎瑜按：

綜之，此詞撰者异名有二：近五十種載籍著録周邦彥（美成）詞，六種載籍收作李清照（易安）詞。首先，王鵬運輯《漱玉詞》補遺雖有疑、李文裿輯《漱玉集》，也都收作李清照詞，皆源自宋黃大輿輯《梅苑》。棟亭本《梅苑》也收録，撰者李易安。四庫本《梅苑》亦收為李易安詞，兩本所收相同，衹同調有异名：棟亭本《滿庭霜》、《古記》，四庫本作《滿庭芳》、《如夢令》等。《漱玉詞彙抄》、《漱玉詞箋》亦收作李易安詞；其次，上宋《清真集》、《片玉詞》、《景宋本詳注周美成詞片玉集》收録，俱撰者周邦彥，為本人別集。同一首詞，著録在同一時代幾種載籍中，作者却不同，孰為撰者？此詞撰者周邦彥之可能性大。趙萬里：『今本《梅苑》作李詞疑出後人竄改』，中華書局編《李清照集》等也作如是説，然證據安在？茲存疑待考。

【注釋】

［一］**臘**：見《玉樓春·蠟梅》（臘前先報東君信）注。

［二］**暈酥**：如乳製品那樣滑潤有光澤。宋李彌遜《水龍吟》：『化工收拾芳菲，暈酥剪彩迎春禊』。宋劉燾《花心動》：『澹粉暈酥，多少功夫，到得壽陽宮額』。『暈』，指梅花外現的光澤。『酥』，見《玉樓春》（紅酥肯放瓊苞碎）『紅酥』注。

［三］**砌玉**：像堆積的玉一般。宋吳潛《疏影》：『寒梢砌玉。把膽瓶頓了，相伴孤宿』。宋黃子行《賀新郎》：『開遍寒梅萼。正東皇、排酥砌玉，幻成樓閣』。

［四］**故**：故意，特意。唐杜牧《題揚州禪智寺》：『青苔滿階砌，白鳥故遲留』。宋曹勛《錦標歸》：『却梅花、知我心情，故把飛英飄墜』。

［五］**弄月**：指與月亮、月光、月影玩弄、逗趣、游戲、觀賞等。唐李白《峨眉山月歌送蜀僧晏入中京》：『一振高名滿帝都，歸時還弄峨眉月。』元管道升《漁父詞》：『争得似，一扁舟。弄月吟風歸去休』。

［六］**疏影横斜**：見《擊梧桐》（雪葉紅凋）『横斜疏影』注。

［七］**嶺**：見《七娘子》（暗香浮動到黄昏）『嶺頭』注。

［八］**壽陽**：參見《河傳》（香苞素質）『壽陽粉面』注。

［九］**漫**：見《漁家傲》（天接雲濤）注。

［一〇］**須信道**：必須知道。宋管鑒《洞仙歌》：『須信道、欲買青春無價』。元程文海《摸魚兒》：『春幾處。須信道、甘棠樹樹含清露』。

［一一］**羌笛**：見《臨江仙》（……雲窗霧閣春遲）『羌管』注。

【品鑒】

此詞寫溪源、想象的前村、嶺外的梅花景象。表現作者愛梅及對梅之命運必然零落的悵惘之情。運用由近及遠，由實到虛的寫法。先寫溪源紅梅，是實寫；前村、嶺外的景象是虛寫，即想象中的。隱用了典故及前人的詩句。

發端三句，平入，『溪源新臘後』，點明地點和時間。『見數朵紅梅，剪裁初就』，點題，寫的是『紅梅』，并且剛剛修剪完畢。次三句，承筆，『暈酥砌玉，芳英嫩』，花朵像乳製品那般滑潤而有光澤，像堆積的美玉一般漂亮，芳香的花瓣很是嬌嫩。情景交融，『酥』、『玉』、『芳』、『嫩』，融入贊美之情。『故把春心輕漏』，故意把春情輕輕透露出來。擬人手法，審美的移情作用，賦予了人的行為思想感情，把梅寫活了，給讀者以强烈的美感享受，令人心魂震蕩，為入神之句。前六句這是審美感官的近視覺形象。再次兩句，時空變化，形轉實續。『前村』、『昨夜』，隱括唐齊己《早梅》：『前村風雪裏，昨夜一枝開』詩句。『想弄月黄昏時候』，隱括宋林逋《山園小梅》詩句：『暗香浮動月黄昏』，都是膾炙人口的著名咏梅詩，用典渾化無迹，妙如己出。暗示承寫梅花，轉換賞梅的時間地點和環境。

前結：『孤岸峭』，溪岸有個地方很陡峭，生長着梅花。『孤』、『峭』表明孤高突兀。『疏影横斜』，用宋林逋《山園小梅》：『疏影横斜水清淺』詩句，稀疏的梅影傾斜着。詞人的審美觀依然是梅『以疏為美，密則無態』，『以欹為美，正則無景』（清龔自珍《病梅館記》）。上兩句是審美感官的視覺形象。『濃香暗沾襟袖』，這是審美感官的嗅覺形象。『濃』，寫香之烈；『暗』，寫香之强。詞人筆下的梅花給讀者以很大的美感享受，從視覺味覺兩個角度寫的。

下片，換頭，轉，明轉暗連，『樽前賦與多才，問嶺外風光，故人知否。』我在杯酒面前寫詞給多才的朋友，問梅嶺之外的景象如何？你知道嗎？用設問句提振欣賞者的注意，波瀾峰起，以激發強化讀者的審美活動。

次五句：『壽陽漫鬭。終不似、照水一枝清瘦。風嬌雨秀。好亂插繁華盈首。』回應。扮梅花妝争奇鬥艷是徒然的。到底不像嶺上的一枝梅花映在水裏的倒影那麽清麗，不像嶺上梅花在春風春雨中那樣嬌美那麽娟秀，好好將簇簇梅花插戴滿頭，這是梅花妝没法比擬的。這是逆筆，正筆是直寫嶺外梅花如何，這裏用『不似』逆説。用『不似』排除諸多好樣的，剩下的衹能是不中意的了。李清照《鳳凰臺上憶吹簫》：『新來瘦，非干病酒，不是悲秋』，用『非干』、『不是』排除兩種可能，那麽剩下的原因就是離愁了。同是不正説，用排除法，提供廣闊的空間，充滿調動讀者的審美想象，追索『瘦』的原因。『嶺外』梅花景象如何？從而獲得審美的愉悦。

結尾：『須信道、羌笛無情，看看又奏。』合。必須知道，梅笛是無情的，看看吧，又吹奏起來了！無論溪源的、前村的、嶺上的、嶺外的，梅花的謝落是不可避免的。欣賞者看到『羌笛……又奏』的字樣，通過審美移情的作用，似乎就有梅花落的哀怨曲調在耳中迴響，悠悠不絶。此種結尾如同明謝榛《四溟詩活》所説：『當如撞鐘，清音有餘』，撞鐘動作停止了，而餘音裊裊。有很高的審美價值。

清劉熙載《藝概・詞曲概》：『詞以煉章法為隱，煉字句為秀。秀而不隱，是猶百琲明珠而無一綫穿也』，説明詞須隱秀的道理。此詞章法嚴謹精妙。上片寫梅為實寫，下片是虚寫，以虚補實，使梅花形象更為完美。這是琢煉章法之功力。詞人贊美梅花，把審美客體梅花寫得很美，清麗嬌秀。『暈酥砌玉，芳英嫩』、『疏影橫斜，濃香暗沾襟袖』、『照水一枝清瘦。風嬌雨秀』等，傳神寫照。還有『月黄昏』、『孤岸峭』的背景襯托，風致昵人，很有藝術魅力，這是詞煉章法琢字句的功效。此詞既『隱』又『秀』，給欣賞者以滿意的美感享受。

【選評】

［一］**明・顧從敬　沈際飛**：語豈不佳久習成套。　全是一團梅花精靈。　壽陽宫主猶不似譽梅極矣！　愛梅極矣！（《草堂詩餘正集》）

［二］**明・楊慎**：一語為梅花傳神。（批點《草堂詩餘》）

［三］**明・董其昌　曾六德**：林甫詩：『衆芳摇落獨鮮妍，占斷風情向小園。踈影橫斜水清淺，暗香浮動月黄昏。』可為此

評。（《新鍥訂正評注便讀草堂詩餘》）

［四］**明・李于麟（攀龍）**：上品江梅有疏影度窗之神思，而下寄語嶺客有清聲映水之景界。（詞前評語） 漏春心亦宜在黃昏時候。 賦多才問故人，吹着梅花樹樹生矣。（眉批） 『衆芳搖落獨鮮妍，占斷風情向小園。疏影橫斜水清淺，暗香浮動月黃昏。』當與此并傳（詞後評語）。（明吴從先、寧野甫彙編《新刻李于麟先生批評注釋草堂詩餘雋》）

［五］**明・潘游龍**：前段略不可人，後則全是一團梅花精靈。至壽陽猶不似，則譽極愛極矣。（《精選古今詩餘》又名《古今詩餘醉》）

玉堂春

後園春早。殘雪尚濛烟草。數樹寒梅，欲綻香英。小妹無端，折盡釵頭朵，滿把金樽細細傾。　憶得往年同伴，沉吟無限情。惱亂東風，莫便吹零落，惜取芳菲眼下明。

——《御選歷代詩餘》

【考辨】

◎**歷代載籍著録此闋之詞調、題目：**

調作《玉堂春》、《小桃紅》。瑜注：詞體與《玉堂春》合，與《小桃紅》不合。《欽定詞譜》：『《玉堂春》調見《珠玉詞》』。『按：《珠玉詞》，晏（殊）詞三首，前段第一、二句，俱押仄韵，當是定格，填者遵之』。此調為『雙調六十一字，前段七句，兩仄韵，兩平韵；後段五句，兩平韵』，該詞（後園春早）正合此體。『又一首，前段第二句：「殘雪尚濛烟草」，「殘」字平聲。後段第一句：「憶得往年同伴」，「往」字仄聲。譜内可平可仄據此』。可見《欽定詞譜》以此《玉堂春》（後園春早）為例來説明該詞的格律。故此詞之調應為《玉堂春》無疑。無題。

◎**歷代此闋著録為李清照（易安）詞之載籍：**

［一］　李文裿輯《漱玉集》冷雪盦叢書本（卷四，第二頁），收作李清照詞。

校記

調題：　調作《小桃紅》。無題。調下注：『今見《珠玉詞》』。

正文：　『雪尚濛』作『朧朦』；『惱亂』作『祗惱』。

附録：　《梅苑》。（尾注）

◎歷代此闋著録他人或無名氏及存疑詞之載籍：

［一］宋・晏殊撰《珠玉詞》汲古閣《宋名家詞》本《續修四庫全書》影印（第二七頁），收作晏殊詞。

校記

調題：皆同範詞。

正文：皆同範詞。

附録：無。

［二］宋・黄大輿輯《梅苑》，《楝亭十二種》本（卷八，第一〇頁）收録，未注撰者。與署名的李易安詞《玉樓春》（紅酥肯放）銜接連排，第三首。

校記

調題：調作《小桃紅》。無題。調下注：『今見《珠玉詞》』。

正文：『雪尚濛』作『朧朦』；『惱亂』作『口惱』。

附録：無。

［三］宋・黄大輿輯《梅苑》文淵閣《欽定四庫全書》本（卷八，第一三頁）收録，未注撰者。與署名的李易安詞《玉樓春》（紅酥肯放）銜接連排，第三首。

校記

調題：調作《小桃紅》。無題。調下注：『今見《珠玉詞》』。

正文：『雪尚濛』作『朧朦』；『惱亂』作『懊惱』。

附録：無。

［四］明・陳耀文纂（原署）《花草粹編》影印明刊十二卷本（卷七，第一頁）收録。瑜注：此闋與晏同叔詞《玉堂春》（帝城春暖）連排，第二首，與前詞間有『二』字，意為晏殊詞，參見《品令》（急雨驚秋曉）『瑜按』。

校記

調題：皆同範詞。

正文：皆同範詞。

附録： 無。

［五］明・陳耀文輯《花草粹編》文淵閣《欽定四庫全書》二十四卷本（卷一三，第二頁）收録。瑜注：此闋與晏同叔詞《玉堂春》（帝城春暖）連排，第二首，與前詞間有『二』字，意為晏殊詞，參見《品令》（急雨驚秋曉）『瑜按』。

校記

調題： 皆同範詞。

正文： 皆同範詞。

附録： 無。

［六］清・沈辰垣等編《御選歷代詩餘》影印康熙内府本（卷四一，第二一〇），收作晏殊詞。

校記

調題： 調作《玉堂春》。無題。

正文： 原『煙』、『朶』、『尊』，茲改為正字『烟』、『朵』、『樽』。（擇為範詞，底本）

附録： 無。

［七］清・王奕清等纂修《欽定詞譜》影印康熙内府刻本（卷一三，第三一頁），著録為晏殊詞。

校記

調題： 皆同範詞。調下注：『雙調六十一字，前段七句，兩仄韵，兩平韵；後段五句，兩平韵』。

正文： 僅著録兩句『殘雪尚濛烟草』、『憶得往年同伴』，與範詞同。

附録： 按：《珠玉詞》晏詞三首……又一首，前段第二句『殘雪尚濛烟草』，『殘』字平聲。後段第一句『憶得往年同伴』，『往』字仄聲。譜内可平可仄據此。（解説）

［八］唐圭璋輯《全宋詞》中州古籍出版社　兩冊本（上，第七三頁），收作晏殊詞。

［九］中華書局編《李清照集》（第五四頁），『附録』收之。

附録： 按：此闋《梅苑》作易安詞（瑜注：不知所用何本？筆者所見楝亭本、文淵閣本《梅苑》等未作易安詞），但今見《珠玉詞》。

[一〇] 王仲聞《李清照集校注》人民文學出版社（第三三九頁），『附録』收為『誤題李清照撰之作品』。

附録：按：此首乃晏殊《玉堂春》詞，見《珠玉詞》。《梅苑》卷八誤作無名氏詞。李文裿輯《漱玉集》又誤作李清照詞。

◎瑜按：

綜上，多種載籍，特别是晏殊撰《珠玉詞》收作晏殊詞。為本人詞集，屬晏詞的可能性較大。李文裿《漱玉集》等收為李清照詞，源自《梅苑》。《梅苑》之《小桃紅》調下注：『今見《珠玉詞》』，而不是注在下面詞作者署名的位置，這説明編者認為這是李易安詞，故排其後，是慣用之法。如果編者認為是晏殊詞何不直接在作者署名之位置明署晏殊？可見編者在説明另有《珠玉詞》也收入此詞是可疑之處。如果編者認為是晏殊詞，何不直接編入《梅苑》晏丞相（晏殊）名下。《梅苑》上，卷二，（第八——九頁）晏丞相（晏殊）名下連排三首詞，《梅苑》下，卷八，（第四——五頁）晏丞相（晏殊）名下一首詞，為何皆不見此首？偏偏編在李易安詞之後？存疑待考。

【注釋】

[一] **香英**：芳香的花朵。宋管鑒《桃源憶故人》：『壽芽初長香英嫩。拾翠芳洲春近』。宋李子正《減蘭十梅》：『香英微吐。折贈一枝人已去』。

[二] **無端**：見《沁園春》（山驛蕭疎）注。

[三] **釵**：參見《菩薩蠻》（歸鴻聲斷）『鳳釵』注。

[四] **金樽**：見《漁家傲》（雪裏已知春信至）注。

[五] **沉吟**：低聲吟誦。唐白居易《經溱洧》：『落日駐行騎，沉吟懷古情』。唐元稹《遣行十首》：『慘切風雨夕，沉吟離別情』。

[六] **惱**：惱恨。宋劉辰翁《念奴嬌》：『惱恨兒童，攀翻頂戴，不到先生髮』。宋程垓《宴清都》：『又豈關、春去春來，花愁花惱』。

[七] **便**：就、即，表示動作時間的副詞。宋陸游《梅仙塢小飲》：『弄橈莫便尋歸路，湖静無風日未低』。宋吴文英《夜合花》：『當時夜泊，溫柔便入深鄉』。

[八] **惜取**：愛得。唐杜秋娘《金縷衣》：『勸君莫惜金縷衣，勸君惜取少年時。』宋陸游《高秋亭》：『從今惜取觀書眼，長看天西萬叠青』。

[九] **芳菲**：這裏指鮮花。唐白居易《大林寺桃花》：『人間四月芳菲盡，山寺桃花始盛開。』宋辛弃疾《賀新郎》：『啼到春歸無啼處，苦恨芳菲都歇』。

【品鑒】

此咏梅詞，寫早春後園寒梅欲放，引起小妹對往事的深情回憶及傒倖鬱紆的情緒。愛惜春光，渴望留得姹紫嫣紅的衆芳永存人間光彩耀眼。上片，隱；下片，露。『無端』、『折盡』、『滿』、『細細』等詞語，揭示出人物複雜的心理活動。情景交融。

上片，發端：『後園春早。殘雪尚濛烟草。』以季候景物平起，漸引。清劉熙載《藝概・詞曲概》：詞『大抵起句非漸引即頓入，其妙在筆未到而氣已吞』。後園的春天來得早，未盡的臘月餘寒籠罩着如烟的草地。是直接描寫的方法，鋪襯之筆，氛圍籠罩。

次兩句：『數樹寒梅，欲綻香英。』破題。『香』，透露對寒梅的喜愛之情，『數樹』如此，感情色彩濃重，融情入景，承寫後園早春的景象：每棵春寒中的梅樹都將開放芳艷的花朵。頭四句似影視令人驚喜的一個『後園』畫面。

再次三句：『小妹無端，折盡釵頭朵，滿把金樽細細傾。』轉，寫不知小妹是什麼緣故，將首飾釵頭上的花朵全部折損，又非常仔細地把珍貴的酒杯倒滿了酒，自斟自酌。似影視無聲的人物活動之畫面。這是為什麼？作者没有告訴我們。『無端』，讓人莫名其妙，提出一個懸念，吊起讀者的胃口，迫切索解其緣由；『折盡』，無餘，表明情緒之大；『滿』，顯示心事沉重；『細細』，體現情思的纏綿。詞人通過人物行動凝練的描寫，揭示出其複雜的心理活動。李清照咏梅詞《訴衷情》，用『沉醉』、『卸妝遲』、『酒醒』、『熏破』、『夢遠』、『挼殘蕊』、『撚餘香』等人物活動來開掘人物的內心世界，表現對丈夫殷切思念之情，其藝術手法與該詞相同，此時無聲勝有聲，真乃异曲同工之妙。上片寫後園早春梅欲放，引起小妹的心潮澎湃，為何事？隱而不露。

下片，是上片小妹的心理發露。『憶得往年同伴，沉吟無限情。』換頭，回憶起昔年她與同伴的一些往事，似脱離前結『滿把金樽細細傾』，深沉地嘆惜，風情萬種，懷思無限。然這又是小妹上片行動的原因，回應，似脱而未脱，似黏而未明黏，意脉相連，一氣貫注。清徐釚《詞苑叢談》：『中調長調轉換處，不欲全脱，不欲明黏。如畫家開合之法，須一氣而成，則神味自足』（引《詞釋》），該換頭正合此論。

結三句：『惱亂東風，莫便吹零落，惜取芳菲眼下明。』她惱恨春風的無情，不要就把嫵媚的鮮花吹得凋零飄落，要珍惜留得萬紫千紅的鮮花，令其在人們的眼前閃光耀彩。詞人藉小妹之口呼喚人們要珍惜青春，那不可再得的如花似錦之爛漫時光。情深而旨遠。

這與唐杜秋娘《金縷衣》：『歡君莫惜金縷衣，勸君惜取少年時。花開堪折直須折，莫待無花空折枝』的創意相同。『小妹』亦值『少年』之時，『惜取芳菲眼下明』，與『勸君惜取少年時』，含意相同。其思想精神是積極的，可取的。結尾堪稱『豹尾』，遒勁而有力，是詞人思想精華的凝聚點，爆發點，卒章旨顯，啓人心智。

上片，隱蓄，『小妹無端……』，懸念；下片，直露，『惱亂東風……』，釋疑。此詞采用第三人稱的寫法，寫女主人小妹對梅花及群芳的珍愛憐惜之情。以小妹的行動來揭示人物的心理，也是此詞的顯著藝術特色之一。

【選評】

［一］ **王仲聞：** 此首乃晏殊《玉堂春》詞，見《珠玉詞》。《梅苑》卷八誤作無名氏詞。李文掎輯《漱玉集》又誤作李清照詞。（《李清照集校注》）

品令

零落殘紅。似胭脂顔色。一年春事，柳飛輕絮，笋添新竹。寂寞幽對，小園嫩緑。登臨未足。悵游子、歸期促。他年清夢，千里猶到，城陰溪曲。應有凌波，時為故人凝目。

——《校輯宋金元人詞》之《漱玉詞》

【考辨】

◎歷代載籍著録此闋之詞調、題目：

調作《品令》。題作『暮春』。

◎歷代此闋著録為李清照（易安）詞之載籍：

［一］明・陳耀文纂（原署）《花草粹編》影印明刊十二卷本（卷七，第五〇頁），收作李易安（下小注：『曾公衮』）詞。

校記

調題：皆同範詞。

正文：『清夢』作『夢魂』。

附録：無。

［二］明・陳耀文輯《花草粹編》文淵閣《欽定四庫全書》二十四卷本（卷一四，第一七頁），收作李易安（下小注：『曾公衮』）詞。

校記

調題：皆同範詞。

正文：『清夢』作『夢魂』。

附録：無。

［三］明・陳耀文編（原署）《花草粹編》文津閣《欽定四庫全書》二十四卷本（卷一四，總第五五頁），收作李易安詞。

校記

調題：皆同範詞。

正文：『園』作『窗』；『清夢』作『夢魂』。

附録：無。

［四］明・馮夢龍編《警世通言・一窟鬼癩道人除怪》作家出版社（卷一四，第一八五頁），著録為李易安詞。

校記

調題：調同範詞。題作『暮春』。

正文：全詞收録。皆同範詞。

附録：李易安曾有『暮春』詞寄《品令》：『零落殘紅……時為故人凝目』。（引）

［五］明・佚名輯《京本通俗小説》商務印書館發行　中華民國十四年三月版（第一二卷，第一頁），著録為李易安詞。

校記

調題：調同範詞。題作『暮春』。

正文：全詞收録。皆同範詞。

附録：李易安曾有『暮春』詞寄《品令》：『零落殘紅……時為故人凝目』。（引）

［六］清・江標抄《李清照漱玉詞》汲古閣未刻詞二十二家本（手抄，不分卷頁，第四一首），上海圖書館藏，收作『宋易安居士李氏清照』詞。

校記

調題：皆同範詞。

正文：『似胭脂顏色』作『恰似胭脂色』；『寂寞幽對，小園嫩緑』作『寂寞幽閨，坐對小園嫩緑』；『清夢』作『魂莫』；

『凝』作『留』。

附録：無。

［七］清・王鵬運輯《漱玉詞・補遺》，《四印齋所刻詞》本（第二頁），收作『李清照　易安』詞。

校記

調題：皆同範詞。調下注：『見汲古閣未刻本及《花草粹編》，一作曾公衮』。

正文：『似胭脂顏色』作『恰渾似燕脂色』；『寂寞幽對，小園嫩緑』作『寂寞幽閨，坐對小園嫩緑』；『他年清夢』作『它年魂夢』；『凝』作『留』。

附録：無。

［八］木石居士選輯　絳雲女史參校《歷代名媛詞選》民國十六年石印本（卷一〇，中調二，未注頁碼），收作李清照詞。

校記

調題：皆同範詞。

正文：『零落殘紅。似胭脂顏色』作『殘紅零落。恰渾似胭脂色』；『寂寞幽對』作『寂寞幽閨坐對』；『清』作『魂』；『凝』作『留』。

附録：無。

［九］李文裿輯《漱玉集》冷雪盦叢書本（卷四，第一頁），收作李清照詞。

校記

調題：皆同範詞。

正文：『園』作『窗』；『清夢』作『夢魂』。

附録：《花草粹編》、四印齋本《漱玉詞》。

◎歷代此闋著録他人或無名氏及存疑詞之載籍：

［一］宋・曾慥輯《樂府雅詞》影印涵芬樓手抄本（樂下，第二二頁），收作曾公衮詞。

校記

調題：皆同範詞。

正文：『零落殘紅。似胭脂顏色』作『紋漪漲緑。疏靄連孤鶩』；『寂寞幽對，小園嫩緑』作『寂寞幽花，獨殿小園嫩緑』。

附録：無。

[二] 宋・曾慥編（原署）《樂府雅詞》文淵閣《欽定四庫全書》本 集部（卷下，第二五頁），收作曾公袞詞。

校記

調題：皆同範詞。

正文：『零落殘紅。似胭脂顏色』作『紋漪漲緑。疏靄連孤鶩』；『寂寞幽對，小園嫩緑』作『寂寞幽花，獨殿小園嫩緑』。

附録：無。

[三] 清・王奕清等纂修《欽定詞譜》影印康熙内府刻本（卷九，第三二頁），收作曾紆詞。

校記

調題：皆同範詞。

正文：『零落殘紅。似胭脂顏色』作『紋漪漲渌。疎靄連孤鶩』；『寂寞幽對，小園嫩緑』作『寂寞幽花，獨殿小園嫩緑』。

附録：無。

[四] 趙萬里輯《漱玉詞》，《校輯宋金元人詞》本（第一三頁），『附録二　辨僞』收之。

校記

調題：調作《品令》。無題。

正文：原『臙』、『綠』、『遊』，茲改為正字『胭』、『緑』、『游』。（擇為範詞，底本）

附録：《京本通俗小説》十二《西山一窟鬼》、《花草粹編》七。（尾注）

按：此曾紆詞，見《樂府雅詞》下，汲古閣未刻本《漱玉詞》收之，非是。

[五] 唐圭璋輯《全宋詞》中州古籍出版社　兩冊本（上，第五一三頁），收為曾紆詞。

附録：按京本通俗小説西山一窟鬼此首誤作李清照詞。

[六] 中華書局編《李清照集》（第五一頁），『附録』收之。

附録：按：此闋見《花草粹編》，李易安署名下有曾公袞字樣。《樂府雅詞》亦作曾紆詞。汲古閣未刻本《漱玉詞》收之，非是。

［七］王仲聞《李清照集校注》人民文學出版社（第三三二頁），『附録』收為『誤題李清照撰之作品』。

附録：按：此首乃曾紓詞，見《樂府雅詞》卷下。《京本通俗小説》所引多傅會之説，不足據。

［八］徐培均《李清照集箋注》上海古籍出版社（第一八九頁），收為李清照『存疑辨證』詞。

◎**瑜按：**

綜上，此闋撰者异名有二：一為李易安（清照），一為曾紓（公衮）。冷雪盦叢書本此詞收作李清照詞源之《花草粹編》、四印齋本；四印齋本此詞出之汲古閣未刻本及《花草粹編》。汲古閣未刻本及《花草粹編》、《京本通俗小説》、《警世通言》著録為李易安（清照）詞，但皆未指明各載籍詞之所出，難以追本溯源加以考定。王仲聞『按：此首乃曾紓詞，見《樂府雅詞》卷下』。查《全宋詞》此首確收作宋曾紓（公衮）詞，指明出處《樂府雅詞》。《李清照集校注》、《全宋詞》兩書此詞一源，乃為孤證。是書又何據？亦證無所本。陈耀文《花草粹編》（文淵閣本、影印明刊本）此詞撰者李易安下小注『曾公衮』，又王鵬運輯《漱玉詞》收為『李清照　易安』詞，下小注『一作曾公衮』，皆收為李清照（易安）詞的同時，俱疑為曾公衮之作。歸屬難斷，存疑待考。

【注釋】

［一］**零落：**指花兒凋謝花瓣飄落。宋陸游《卜算子》：『零落成泥碾作塵，衹有香如故。』宋秦觀《畫堂春》：『杏花零落燕泥香。睡損紅妝』。

［二］**胭脂：**一種顔料。五代馬縞《中華古今注·燕脂》：『蓋起自紂，以紅藍花汁凝作燕脂。以燕國所生，故曰燕脂。塗之作桃花妝。』見《辭源》。唐白居易《任氏行》：『燕脂漠漠桃花淺，青黛微微柳葉新』。唐崔塗《初識梅花》：『燕脂桃頰梨花粉，共作寒梅一面妝』。

［三］**春事：**見《青玉案》（一年春事）注。

［四］**悵：**不愉快，傷感。唐戴叔倫《寄劉禹錫》：『五年不見西山色，悵望浮雲隱落霞』。宋張元幹《賀新郎·寄李伯紀丞相》：『悵望關河空吊影，正人間鼻息鳴鼉鼓』。

［五］**游子：**出游的或流寓在外的人。魏曹植《送應氏二首》：『游子久不歸，不識陌與阡。』唐杜甫《桔柏渡》：『孤光隱顧眄，游子悵寂寥』。

［六］**城陰溪曲：**城牆背陰處和小溪的彎曲處。

［七］**凌波：**指女子輕盈的脚步。魏曹子建《洛神賦》：『凌波微步，羅襪生塵。』宋侯寘《菩薩蠻》：『黄昏曾見凌波步，無端暝色催人去』。

［八］**凝目：**目不轉睛地看。宋晁補之《訴衷情》：『下山南畔，畫舸笙歌逐。愁凝目。』宋洪適《滿江紅》：『凝目處、清漪拍岸，四山堆碧』。

【品鑒】

此詞寫暮春時節女主人對游子的懷想之情。

上片，發端：『零落殘紅。似胭脂顏色。』直入，描寫鮮花的凋落，用比喻手法寫其褪變成胭脂色，姹紫嫣紅的景象没有了。這都是描繪春日的衰敗景象。再次兩句，鋪叙一種新的景象『柳飛輕絮，笋添新竹。』意味着春日將盡夏季的到來。南北朝劉勰《文心雕龍·物色》：『歲有其物，物有其容』，『物色之動，心亦摇焉』，一年四季都有不同的物態形貌，這物態形貌的變化，能使人的心情摇蕩，故『情以物遷，辭以情發』，詞人看到暮春景象自然引起春閨怨情的抒發。前結，寫女主人『寂寞幽對』，孤凄。『小園嫩緑』，在閨房裏呆坐悒悒，索莫無語，面對着窗外的小園主基調為嫩緑的草樹，花團錦簇的景象消失了，象徵美好青春年華的春光流逝了。她心懷凄切，『剪不斷。理還亂』。都想了些什麽，給讀者充分想象的餘地，耐人玩味。用環境景物中的人物活動，來展示人物的心理。『零落殘紅』、『柳飛輕絮』，『紅瘦』之景，固然令『寂寞幽對』惜春之人悵惘感傷，但『笋添新竹』、『小園嫩緑』，『緑肥』之象，是一種生命力量的象徵，成長壯大的顯現，是希望之所在，令人興奮鼓舞。流露出女主人美好的期待之情。上片側重寫景，緣情布景，情景交融。

在上片的餘韻中開了下片，過變三句：『登臨未足。悵游子、歸期促。』由寫景轉為寫情。游子游興未盡，但歸期在催促，其心境是惆悵的。這是女主人對游子心情的推想。

次三句：『他年清夢，千里猶到，城陰溪曲』，寫女主人的心情，仍然像往年一樣，離别時因為思念游子，夢魂夜夜在其出游的那城牆陰下或是溪流彎曲處縈繞。『他年』，表明往年也曾出游，魂夢也相隨，而今依舊，情愛纏綿。

結兩句：『應有凌波，時為故人凝目。』你旅游的那地方應該會有步履輕盈的女子出現，時時要留神注目，那女子便是我呀！年年月月盼歸而不歸，日日夜夜盼回而未回，我要在夢魂中變成一個漂亮的女子，到你旅游的地方去會你，請你時時注意看哪！千萬不要錯過機會呀！清李漁《閑情偶寄·語求肖似》：『我欲做官，則傾刻之間便臻榮貴；我欲致仕，則轉盼之際又入山林；我欲做人間才子，即為李白、杜甫之後身。……若非夢往神游，何謂設身處地』，此詞女主人欲與久别未歸的游子相見，衹能夢往神游纔能實現，設想新奇而浪漫，作為『臨去秋波那一轉』，頗有『攝魂勾魄』之藝術魅力。下片用鋪叙抒情之法，側重寫情。

上片側重寫景，下片側重寫情，情景交融。下結：『應有凌波，時為故人凝目』，魂夢相見，圓合照應前結：『寂寞幽對，小園嫩緑』，幽閨思念。

浪漫主義的構思。日有所想夜有所夢，是人潛意識的反映，可以折射出人的各種思想和情緒，反映出人的理想、期盼和追求。故文學作品多用夢境來抒其胸臆言其心志。李清照《漁家傲》（天接雲濤連曉霧），『記夢』表現對南宋黑暗社會現實的不滿，對理想境界的追求和嚮往。宋陸游《十一月四日風雨大作》：『夜闌卧聽風吹雨，鐵馬冰河入夢來』，夢境表現愛國詞人雖年老，但依然想上戰場英勇殺敵，收復失地的豪情壯志。元王實甫《西厢記・驚夢》，女主人鶯鶯在夢中與心上人張生相會，實現了現實中無法實現的理想追求。此詞女主人夢中追尋心上人，渴望相見，表現情愛之摯着深篤。各臻其妙。

李清照《浣溪沙》：『瑞腦香消魂夢斷……醒時空對燭花紅』、《春光好》：『空使行人腸欲斷，駐馬徘徊』、此詞『寂寞幽對，小園嫩緑』，手法同一機杼，都是用人物在環境景物中的活動來開掘人物心理，取得此時無聲勝有聲的藝術效果。

此詞用『零落殘紅』、『柳飛輕絮』、『笋添新竹』、『小園嫩緑』，寫節序，睹影知竿，使讀者認識到這是暮春景象，但詞人没有説破。清劉熙載《藝概・詩概》：『正面不寫寫反面，本面不寫寫對面、旁面，須如睹影知竿乃妙』。詞的主旨是寫思念之情，然不露思念一字，都呈現一種含蓄之美，不着一字盡得風流。

【選評】

［一］**徐培均**：經查《欽定詞譜》卷九，此詞為『又一體』，與《梅苑》無名氏『山重雲起』格律基本相同，即『雙調，六十四字，前後段各七句，四仄韻。』而曾紆一首，也被列為『又一體』，末注：『此與《梅苑》詞同，惟前段第二句五字异。』蓋為他人所改。（《李清照集箋注》）

［二］**王英志**：此詞作者有曾紆、李清照兩説，為存疑之作。詞寫閨怨，『寂寞』是詞的感情基調。上片寫殘紅零落、柳絮輕飛、笋添新竹，皆女主人公幽閨寂寞時所見暮春之景，是其百無聊賴，藉以解悶之景象。她為何『寂寞』，于過片點明，乃『游子』未歸。因『游子』長期不歸，故癡情女子生浪漫奇想：將來自己夢魂將飛越『千里』，尋『游子』到『城陰溪曲』處；在溪上出現而引起『故人留目』的凌波女子，那就是自己！（《李清照集》）

浣溪沙

樓上晴天碧四垂，樓前芳草接天涯。勸君莫上最高梯。　新笋看成堂下竹，落花都入燕巢泥。忍聽林表杜鵑啼。

——影印涵芬樓手抄本之《樂府雅詞》

【考辨】

◎歷代載籍著録此闋之詞調、題目：

調作《浣溪沙（紗）》（又名《浣沙溪》、《山花子》）。題作「春暮」、「春景」。

◎歷代此闋著録為李清照（易安）詞之載籍：

［一］　明・顧從敬類選　沈際飛評正《草堂詩餘正集》明萬賢樓自刻本（卷一，第八頁），收作李易安（下有小注：「一刻周」）詞。

校記

調題： 調同範詞。調下注：「多三字即《山花子》，一作《浣沙溪》」。題作「春暮」，下小注：「一作「春景」非」。

正文： 「入」作「上」。

附録： 粗鄙。　沾泥花不韵矣，上燕巢翻成韵處。（眉批）

《燕詩》：「落花徑裹得泥香」。（尾注）

［二］　明・董其昌評訂　曾六德參釋《新鍥訂正評注便讀草堂詩餘》明萬曆三十年喬山書舍刻本（卷三，頁不清），收作李易安詞。

校記

調題： 調同範詞。題作『春暮』。

正文： 『樓前』作『接前』；『入』作『上』。

附録： 鳥啼花落，九十春光去矣。林次崖詩：『晴天捲片雲』。　杜詩：『落花徑里得泥香』。（眉批）

[三] 明・毛晉訂《漱玉詞》影印汲古閣初刻《詩詞雜俎》本（第四頁），收作『李氏　清照』詞。

校記

調題： 調同範詞。題作『春暮』。

正文： 『入』作『上』。

附録： 無。

[四] 明・李廷機批評　翁正春校正　徐憲成梓行《新刻注釋草堂詩餘評林》明萬曆三十六年戊申起秀堂刊本（春景三卷，第三五頁），收作李易安詞。

校記

調題： 調同範詞。題作『春暮』。

正文： 『入』作『上』。

附録： 鳥啼花落九十（原文）春光去矣（眉批）

[五] 明・卓人月彙選　徐世俊參評《古今詞統》（又名陳繼儒評選《草堂詩餘》、《詩餘廣選》），《續修四庫全書》本（卷四，第二五頁），收作李清照（上有小注：『一刻周美成』）詞。

校記

調題： 皆同範詞。調下注：『一名《山花子》』。

正文： 『入』作『上』。

附録： 為落花增氣色。（眉批）

[六] 明・李攀龍補遺　陳繼儒校正　余文杰綉梓《新刻題評名賢詞話草堂詩餘》明萬曆四十三年書林自新齋余文杰刻本（三卷，第三〇頁），收作李易安詞。

校記

調題：調同範詞。題作『春暮』。

正文：『入』作『上』。

附録：鳥啼花落九十春光去矣（眉批）

［七］明·吴從先　寧野甫彙編《新刻李于麟先生批評注釋草堂詩餘雋》師儉堂蕭少衢依京板刻（卷之二，第六四頁），收作李易安詞。

校記

調題：調同範詞。題作『春暮』。

正文：『入』作『上』。

附録：上是愁看草色碧，下是怕聽鳥聲喧。（詞前評語）

九十春光去矣，何以為情。（眉批）

草色連天秀，鳥喜送春歸。是然春歸盡，安得不感時興思。（詞後評語）

［八］明·宋祖法修　葉承宗纂《崇禎歷城縣志》友聲堂刻本（卷一五，藝文，詩餘，第七頁），收作『宋　李清炤』（下有小注：『易安　邑人』）詞。

校記

調題：皆同範詞。

正文：『入』作『作』。

附録：無。

［九］明·潘游龍輯《精選古今詩餘》（《古今詩餘醉》）清乾隆壬午秋鐫（卷二，第六頁），收作李易安詞。

校記

調題：調同範詞。題作『春暮』。

正文：『入』作『上』。

附録：《燕詩》：『落花徑裏得泥香』。（尾注）

［一〇］清・周銘編集　金成棟重校《林下詞選》，《四庫全書存目叢書補編》第二冊（卷一，第三頁），收作李清照（下小注『一本誤刻周美成』）詞。

校記

調題：皆同範詞。

正文：『入』作『上』。

附録：無。

［一一］清・陸次雲　章昞輯《見山亭古今詞選》康熙年間刻本（卷一，第三二頁），收作李清照詞。

校記

調題：皆同範詞。

正文：『入』作『上』。

附録：無。

［一二］清・朱彝尊編《詞綜》，《欽定四庫全書薈要》集部（卷二五，第五頁），收作李清照詞。

校記

調題：皆同範詞。

正文：『看』作『已』。

附録：無。

［一三］清・沈時棟輯《古今詞選》康熙刻本（卷一，第一五頁），收作李清照詞。

校記

調題：皆同範詞。

正文：『都入』作『多上』。

附録：無。

［一四］清・沈辰垣等編《御選歷代詩餘》影印康熙内府本（卷七，第三五頁），收作李清照詞。

校記

調題：皆同範詞。

正文：『勸君』作『傷心』；『看』作『已』。

附録：無。

［一五］清・江標抄《李清照漱玉詞》汲古閣未刻詞二十二家本（手抄，不分卷頁，第六首），上海圖書館藏，收作『宋易安居士李氏清照』詞。

校記

調題：皆同範詞。調下注：『見草堂又見周美成集』。

正文：『入』作『上』。

附録：無。

［一六］清・葉申薌輯《天籟軒詞選》清嘉慶間刊本（卷五，第四九頁），收作李易安詞。

校記

調題：皆同範詞。

正文：『勸君』作『傷心』；『看』作『已』；『杜鵑』作『子規』。

附録：無。

［一七］清・陸昶評選《歷朝名媛詩詞》紅樹樓藏版　乾隆癸巳新鐫（卷一一，第八頁），收作李清照詞。

校記

調題：皆同範詞。

正文：『看』作『已』。

附録：無。

［一八］清・汪玢箋《漱玉詞彙抄》問遽廬正本（手抄，不分卷頁，第一二首），復旦大學圖書館藏，收作『宋李氏清照易安』詞。

校記

調題：調同範詞。題作『春暮』。

正文：『入』作『上』。

附録：此闋亦見周邦彥《片玉詞》。（尾注）

［一一九］清・莫友芝家抄《漱玉詞》（手抄，不分卷頁，第二五首），復旦大學圖書館藏，收作『宋李氏清照易安』詞。

校記

調題：調同範詞。題作『春暮』。調下注：『此下四首據《草堂詩餘》録，毛刻《漱玉集》（瑜注：「集」應為「詞」）并有。毛本《草堂詩餘》以此首為周美成作。顧從敬本係之易安，注云：一刻周。《詞綜》亦録，係易安』。

正文：『入』作『上』。

附録：無。

［一二〇］清・譚獻輯《復堂詞録》稿本（卷八，宋集七，未注頁碼），收作李清照詞。

校記

調題：皆同範詞。

正文：『看』作『已』。

附録：無。

［一二一］清・王鵬運輯《漱玉詞》，《四印齋所刻詞》本（第一〇頁），收作『李清照　易安』詞。

校記

調題：皆同範詞。

正文：『勸君』作『傷心』；『看』作『已』。

附録：無。

［一二二］清・楊文斌輯録《三李詞》光緒庚寅夏香海閣刊本（卷三，第三頁），收作李清照詞。

校記

調題：皆同範詞。

正文：『勸君』作『傷心』；『看』作『已』。

附録：無。

[二三] 清・陳世焜（廷焯）選《雲韶集》手抄本（卷一〇，第二一頁），收作李清照詞。

校記

調題：皆同範詞。

正文：『看』作『已』。

附録：神味宛然。凄艷似叔原。（眉批）

[二四] 清・陳廷焯選評《詞則》上海古籍出版社影印本　别調集（卷二，第二八頁），收作李清照詞。

校記

調題：皆同範詞。

正文：『看』作『已』。

附録：凄涼怨慕，言為心聲。（眉批）

[二五] 清人輯《斷腸漱玉詞合刊》之《漱玉詞》光緒庚子石印本（第二頁），收作李清照詞。

校記

調題：調同範詞。題作『春暮』。

正文：『晴』作『青』；『入』作『上』。

附録：無。

[二六] 清・何震彝輯《詞苑珠塵》清光緒三十三年鉛印本（不分卷，第二七頁），著録為李清照詞句。

校記

調題：無調。集為詩句。詩題作『無題十六首』。

正文：僅收録『樓前芳草接天涯』一句。

附録：無。

[二七] 清・蕙風簃主箋《漱玉詞箋》中華圖書館石印本　中華民國四年六月版（不分卷，第八頁），收作李清照詞。

校記

調題：皆同範詞。

正文：『看』作『已』。

附録：《花草蒙拾》：『樓上晴天碧四垂』，本韓侍郎『泪眼倚樓天四垂』，不妨并佳。歐陽文忠『拍堤春水四垂天』，劉員外『目斷四天垂』，皆本韓句而意致少減。（詞評）

《珠花簃詞話》：此詞前段與稼軒『休去倚危欄，斜陽正在烟柳斷腸處』約略同意。李極輕清，辛便穠摯。南北宋之判，消息可參。（詞評）

［二八］木石居士選輯　絳雲女史參校《歷代名媛詞選》民國十六年石印本（卷三，小令三，未注頁碼），收作李清照詞。

校記

調題：皆同範詞。

正文：『入』作『上』。

附録：無。

［二九］李文裿輯《漱玉集》冷雪盦叢書本（卷三，第二頁），收作李清照詞。

校記

調題：皆同範詞。

正文：『入』作『上』。

附録：《歷代詩餘》、《歷朝名媛詩詞》、四印齋本《漱玉詞》。（尾注）

［三〇］王官壽輯《宋詞抄》中華民國十一年排印本（卷一，第一九頁），收作李清照詞。

校記

調題：皆同範詞。

正文：『看』作『已』。

附録：無。

◎歷代此闋著録他人或無名氏及存疑詞之載籍：

［一］宋·周邦彦撰《清真集》，《四印齋所刻詞》本（清真上，第一一頁）收作周邦彦詞。

校記

調題： 皆同範詞。

正文： 「看」作「已」；「入」作「上」。

附録： 無。

［二］宋・曾慥輯《樂府雅詞》影印涵芬樓手抄本（樂中，第七頁），收作周美成詞。

校記

調題： 調作《浣溪沙》。無題。

正文： 原「埀」、「鵑」，茲改為正字「垂」、「鵑」。（擇為範詞，底本）

附録： 無。

［三］宋・曾慥編（原署）《樂府雅詞》文淵閣《欽定四庫全書》本　集部（卷中，第九頁），收作周美成詞。

校記

調題： 皆同範詞。

正文： 皆同範詞。

附録： 無。

［四］宋・曾慥撰（原署）《樂府雅詞》文津閣《欽定四庫全書》本（卷中，總第四五四頁），收作周美成詞。

校記

調題： 皆同範詞。

正文： 「都」作「却」。

附録： 無。

［五］宋・無撰人《草堂詩餘》文淵閣《欽定四庫全書》本　集部（卷一，第七頁），收作周美成詞。

校記

調題： 調同範詞。題作「春暮」。調下注：「一名《山花子》」。

正文： 「入」作「上」。

附録：無。

［六］宋・無撰人《草堂詩餘》文津閣《欽定四庫全書》本　集部（卷一，總第五六七頁），收作周美成詞。

校記

調題：調同範詞。題作『春暮』。調下注：『一名《山花子》』。

正文：『入』作『上』。

附録：無。

［七］宋・何士信編《增修箋注妙選群英草堂詩餘》前集二卷　影元至正癸未廬陵泰宇書堂新刊本（餘前上，第三一頁），收作周美成詞。

校記

調題：調同範詞。題作『春暮』。

正文：『入』作『上』。

附録：無。

［八］宋・建安古梅何士信君實編選《妙選箋注群英詩餘》（《增修箋注妙選群英草堂詩餘》）前集二卷後集二卷　影元至正辛卯孟夏雙璧陳氏刊行本（餘前上，第二八頁），收作周美成詞。

校記

調題：調同範詞。題作『春暮』。

正文：『入』作『上』。

附録：無。

［九］宋・佚名輯　何士信增注《增修箋注妙選群英草堂詩餘》，《景刊宋金元明本詞》本（洪武本，餘前上，第二八頁），收作周美成詞。

校記

調題：調同範詞。題作『春暮』。

正文：『入』作『上』。

附録：無。

［一〇］宋・佚名輯　何士信增注《增修箋注妙選群英草堂詩餘》（内名），《四部叢刊》影印涵芬樓本（前集，卷之上，第三七頁），收作周美成詞。

校記

調題：調同範詞。題作『春暮』。

正文：『入』作『上』。

附録：無。

［一一］宋・陳元龍《景宋本詳注周美成詞片玉集》，《景刊宋金元明本詞》本（卷三，第五頁），收作周美成詞。

校記

調題：皆同範詞。

正文：『看』作『已』；『入』作『上』。

附録：無。

［一二］明・周瑛撰《詞學筌蹄》，《續修四庫全書》本（卷五，總第四三〇頁），收作周美成詞。

校記

調題：調同範詞。題作『春暮』。

正文：『垂』作『圍』；『入』作『上』。

附録：無。

［一三］明・陳鐘秀校《精選名賢詞話草堂詩餘》，《四印齋所刻詞》本（草堂上，第一八頁），收作周美成詞。

校記

調題：皆同範詞。調下注：『王按又見』。

正文：『入』作『上』。

附録：無。

［一四］明・楊慎批點　閔暎璧校訂《草堂詩餘》明閔暎璧刻朱墨套印本（卷一，第七頁），收作周美成詞。

校記

調題： 調同範詞。題作『春景』。

正文：『入』作『上』。

附録： 無。

［一五］　明·楊慎批點《草堂詩餘》明萬曆《詞壇合璧》刊本（卷一，第七頁），收作周美成詞。

校記

調題： 調同範詞。題作『春景』。

正文：『入』作『上』。

附録： 無。

［一六］　明·武陵逸史編次　開雲山農校正《類編草堂詩餘》明嘉靖二十九年顧汝所刻本（卷之一，第五頁），收作周美成詞。

校記

調題： 調同範詞。調下注：『一名《山花子》』。題作『春暮』。

正文：『入』作『上』。

附録： 無。

［一七］　明·武陵逸史編次　上元崑石山人校輯《類編草堂詩餘》（《新刻注釋草堂詩餘》）古吳陳長卿梓（卷之一，第一〇頁），收作周美成詞。

校記

調題： 調同範詞。調下注：『一名《山花子》』。題作『春暮』。

正文：『入』作『上』。

附録： 無。

［一八］　明·顧從敬編次　韓俞臣校正《類編草堂詩餘》古吳博雅堂梓行本（卷之一，第五頁），收作周美成詞。

校記

調題：調同範詞。調下注：『一名《山花子》』。題作『春暮』。

正文：『入』作『上』。

附録：無。

［一九］明・唐順之解注　田一雋精選《類編草堂詩餘》金陵書坊張氏東川綉梓　萬曆甲申年重刊本（卷之一，第一〇頁），收作周美成詞。

校記

調題：調同範詞。調下注：『一名《山花子》』。題作『春暮』。

正文：『入』作『上』。

附録：無。

［二〇］明・顧從敬類選　陳繼儒重校　陳仁錫參訂（内署）《類選箋釋草堂詩餘》明萬曆刻本《續修四庫全書》影印　集部　詞類（卷之一，第七頁），收作周美成詞。

校記

調題：調同範詞。調下注：『一名《山花子》』。題作『春景』。

正文：『入』作『上』。

附録：無。

［二一］宋・何士信輯《草堂詩餘前集二卷後集二卷》明嘉靖三十三年楊金刻本（卷上後，第一六頁），收作周美成詞。

校記

調題：皆同範詞。

正文：『入』作『上』。

附録：無。

［二二］明・鏞溪逸史選編《彙選歷代名賢詞府全集》明嘉靖丁己（巳）一得山人跋抄本（卷之一，第二〇頁），收作周美成詞。

校記

調題：調同範詞。題作『春暮』。

正文：『入』作『上』。

附録：無。

［一二三］明・陳耀文纂（原署）《花草粹編》影印明刊十二卷本（卷二，第一八頁）收録，未注撰者，與周美成詞連排，用『六』銜接。應視為周美成詞，參見《品令》（急雨驚秋曉）之『瑜按』。

校記

調題：皆同範詞。

正文：『看』作『已』。

附録：無。

［一二四］明・陳耀文輯《花草粹編》文淵閣《欽定四庫全書》二十四卷本（卷三，第二一頁）收録，未注撰者，與周美成詞連排，用『六』銜接。應視為周美成詞，參見《品令》（急雨驚秋曉）之『瑜按』。

校記

調題：皆同範詞。

正文：『看』作『已』。

附録：無。

［一二五］明・陳耀文編（原署）《花草粹編》文津閣《欽定四庫全書》二十四卷本（卷三，總第六五一頁）收録，未注撰者，與周美成詞連排，用『六』銜接。應視為周美成詞，參見《品令》（急雨驚秋曉）之『瑜按』。

校記

調題：皆同範詞。

正文：『看』作『已』；『堂下』作『堂上』。

附録：無。

［一二六］明・武陵逸史編　隱湖小隱訂《草堂詩餘》明末毛氏汲古閣刻《詞苑英華》本（卷一，第六頁），收作周美成詞。

校記

調題：調同範詞。題作『春暮』。

正文：『入』作『上』。

附録：無。

［二七］明・胡桂芳重輯（原宋・何士信輯）《類編草堂詩餘》明萬曆三十五年黄作霖等刻本（卷之上，第一三頁），收作周美成詞。

校記

調題：調同範詞。題作『春暮』。

正文：『入』作『上』。

附録：無。

［二八］明・陸雲龍評選　陸人龍較定《詞菁》翠娱閣評選行笈必携十種本（卷一，節序，第七頁），收作周美成詞。

校記

調題：皆同範詞。

正文：『入』作『上』。

附録：遠景滿眼。　歲月如流，可奈何。（眉批）

［二九］趙萬里輯《漱玉詞》，《校輯宋金元人詞》本（第一三頁），『附録二辨僞』收之。

校記

調題：皆同範詞。

正文：『入』作『上』。

附録：《古今詞統》四、《詞綜》、《歷代詩餘》七。（尾注）

按：此周邦彦詞，見《片玉詞》三。《詩詞雜俎》本《漱玉詞》收之，題作『春暮』。《古今詞統》、《歷代詩餘》并以為李作，失之。

［三〇］唐圭璋輯《全宋詞》中州古籍出版社　兩冊本（上，第六五〇頁），收作李清照『存目詞』。

［三一］中華書局編《李清照集》（第四九頁），『附録』收之。

［三二］徐培均《李清照集箋注》上海古籍出版社（第一七九頁），收作『存疑辨證』詞。

附録：校記：……夢窗艱澀，清照綿婉，風格判然，此詞則近清照，故以存疑為宜。

◎**瑜按：**

綜上，此詞撰者异名有二：一為李清照（易安），一為周邦彦（美成）。上多種宋代載籍收為周邦彦（美成）詞，與李清照同一時代，是最早的，又有本集《片玉詞》、《清真集》為證，可信度較大。前列舉收作李清照詞的載籍三十種，皆为明、清及其後的輯本。但不乏著名的載籍：《詩詞雜俎》之《漱玉詞》、汲古閣未刻詞之《漱玉詞》、《草堂詩餘正集》、《御選歷代詩餘》、《四印齋所刻詞》之《漱玉詞》、《雲韶集》等。雖較晚，然其輯者均為詞學大家，必有所據，又緣何竟然不具出處？存疑俟考。

【注釋】

［一］**碧四垂：**碧藍的天空像巨大的簾幕四面垂下。宋魏夫人《阮郎歸》：『夕陽樓外落花飛。晴空碧四垂』。

［二］**芳草：**見《轉調滿庭芳》（芳草池塘）注。

［三］**林表：**樹林的頂端。南朝齊謝朓《休沐重還道中詩》：『雲端楚山見，林表吴岫微。』唐杜甫《信行遠修水筒（引水筒）》：『雲端水筒坼，林表山石碎』。

［四］**杜鵑：**見《好事近》（風定落花深）：『鴂』注。

【品鑒】

此詞寫春末夏初的景象，表現詞人傷春及期盼遠離的心上人歸來的意緒。

上片，開端：『樓上晴天碧四垂，樓前芳草接天涯。』有大氣磅礴之勢，『貴突兀籠罩』。兩句對偶，『貴從容整煉』。寫高樓遥望天空地上的景象，氣象甚為壯闊。使我們仿佛感到整個天宇都被籠罩在四垂的巨大帷幕裏，詞人孑然一身，正值其間。地上茵茵的碧草延伸到天邊，宛若一個漫無邊際的大地毯。這看是非常精彩的春日景象之描寫，天高無極，地闊無垠，這一横一竪，天上地下一統的『傷心碧』，何也？正是『有人樓上愁』啊！『王孫游兮不歸，春草生兮萋萋』。詞人没有直説，而是用典，『芳草接天涯』透露出女主人對心上人的想念盼歸之情。頭兩句寫景，透露悱惻的情思。

前結：『勸君莫上最高梯。』女主人勸他此時此景千萬不要登上最高的樓梯眺望，為什麼？没有告訴我們，含而不露，給讀者留有充分的探求想象的空間。言外之意，那樣會與我同樣感到傷心的，表現出對其殷切的關愛之情。正是『一種相思，兩處閑愁。此情無計可消除，纔下眉頭，却上心頭』（李清照《一剪梅》）。此句情景交融。

過片，『新笋看成堂下竹，落花都入燕巢泥。』兩句對偶，『看成』、『都入』，皆為完成的過去詞。新笋成竹，落花入巢，這是影；暗示時光荏苒，物換星移，春日已逝，這是竿。詞人没有明説，多麽醖藉，呈現睹影知竿曲折含蓄的藝術美。兩句寫景，寄託愛惜青春年華之情。

煞尾：『忍聽林表杜鵑啼。』杜鵑常在春末夏初時啼鳴，其啼聲宣示着春光已盡，美好的青春年華也隨着消逝，『惜春常怕花開早』况『新笋看成堂下竹，落花都入燕巢泥』？惜春熱愛青春年華的女主人對杜鵑的啼聲本是不堪入耳，可為什麽又強忍着聽呢？因為杜鵑的啼聲似『不如歸去』，即在哀傷陰沉的心底尚有一個興奮的亮點，那就是心上人歸來的期冀啊！詞人都没有直説，連同上片『芳草接天涯』，都是通過用典及人物行動的描寫曲折含蓄地道出，給讀者留下無限玩味的餘地。清沈謙《填詞雜説》：『填詞結句，或以動蕩見奇，或以迷離稱雋，着一實語，敗矣』。以『杜鵑啼』聲飄蕩而不絶作結，就是『以動蕩見奇』的結尾。

此詞，上下片各三句，每句七個字，頭二句對偶。并列齊整工巧。上片『碧四垂』，頂天接地；『接天涯』，横無邊際；『最高梯』，巍峨高聳。景象闊大而高遠。下片『新笋看成堂下竹，落花都入燕巢泥』，景象幽雅而恬謐。景表情裏。『垂』、『接』、『成』、『入』，四個動詞使兩個對句流動活脱。清沈祥龍《論詞隨筆》：『詞中對句』很難，『貴整煉工巧，流動脱化』，此詞正是。

上下片結句，景含深情。不露『思念』、『盼歸』一字。睹影知竿，妙用典故，全詞具有含蓄之美的藝術風格，這是非常出色的。清方東樹《昭昧詹言》：『語貴含蓄。坡公云：「言有盡而意無窮，天下之至言也。」意中有景，景中有意。』此詞堪稱詞林上品。

【選評】

〔一〕**明·沈際飛**：粗鄙。沾泥花不韵矣，上燕巢翻成韵處。（《草堂詩餘正集》）

〔二〕**明·董其昌等**：鳥啼花落，九十春光去矣。林次崖詩：『晴天捲片雲』。杜詩：『落花徑裏得泥香』。（《新鍥訂正評注便讀草堂詩餘》）

〔三〕**明・卓人月　徐士俊**：為落花增氣色。（《古今詞統》）

〔四〕**明・李于麟（攀龍）**：上是愁看草色碧，下是怕聽鳥聲喧。（詞前評語）　九十春光去矣，何以為情。（眉批）草色連天秀，鳥喜送春歸。是然春歸盡，安得不感時興思（詞後評語）。（明吴從先、寧野甫彙編《新刻李于麟先生批評注釋草堂詩餘雋》）

〔五〕**清・王士禛**：『樓上晴天碧四垂』，本韓侍郎『泪眼倚樓天四垂』，不妨并佳。歐陽文忠『拍堤春水四垂天』，劉員外『目斷四天垂』，皆本韓句，而意致少減。（《花草蒙拾》）

〔六〕**清・許昂霄**：此詞大旨，衹是慨春色已去耳，玩第三句及結句自明。『新笋已成堂下竹，落花都入燕巢泥。』眼前景物，自成佳聯。（《詞綜偶評》）

〔七〕**清・陳世焜（廷焯）**：神味宛然。　凄艷似叔原。（《雲韶集》）

〔八〕**清・陳廷焯**：凄凉怨慕，言為心聲。（《詞則》）

〔九〕**清・蕙風簃主（况周頤）**：《珠花簃詞話》：此詞前段與稼軒『休去倚危欄，斜陽正在烟柳斷腸處』約略同意。李極輕清，辛便穠摯。南北宋之判，消息可參。（《漱玉詞箋》）

〔一〇〕**周篤文**：從構思角度看，這首詞的時空處置，很有特色。在空間上，它以樓臺為中心，將上下内外的景物，如碧天、芳草、嫩竹、燕泥之類，捕捉出來，并把它交織到一個特定的時間——登樓的瞬間上。顯得十分緊凑和集中。在聲情的錘煉上，作者拈取了綿密低徊的齊齒聲字迴環相押，這對于表現凄迷婉轉的鄉情，真有笙磬之合了。（《唐宋詞鑒賞辭典》上海辭書出版社）

鷓鴣天　春閨

枝上流鶯和淚聞。新啼痕間舊啼痕。一春魚鳥無消息，千里關山勞夢魂。　無一語，對芳樽。安排腸斷到黄昏。甫能炙得燈兒了，雨打梨花深閉門。

——洪武本《增修箋注妙選群英草堂詩餘》

【考辨】

◎歷代載籍著録此闋之詞調、題目：

調作《鷓鴣天》（又名《思佳客》、《剪朝霞》、《醉梅花》、《思越人》）。題作『春閨』。

◎歷代此闋著録為李清照（易安）詞之載籍：

［一］　清・江標抄《李清照漱玉詞》汲古閣未刻詞二十二家本（手抄，不分卷頁，第三三首），上海圖書館藏，收作『宋易安居士李氏清照』詞。

校記

調題：調同範詞。無題。調下注：『草堂作秦少游，而秦集無』。

正文：皆同範詞。

附録：無。

◎歷代此闋著録他人或無名氏及存疑詞之載籍：

［一］　宋・秦觀撰《淮海詞》汲古閣《宋名家詞》本《續修四庫全書》影印（第三〇頁），收作秦觀詞。

校記

調題： 調同範詞。無題。調下注：『舊刻逸』。

正文： 皆同範詞。

附録： 無。

［二］宋·楊湜撰《古今詞話》，《詞話叢編》本（第四九頁），著録為無名氏詞。

校記

調題： 皆同範詞。

正文： 全詞收録。皆同範詞。

附録： 此詞形容愁怨之意最工。如後叠『甫能炙得燈兒了，雨打梨花深閉門』，頗有言外之意。（詞評）

按：上闋至正本草堂詩餘引與秦少游畫堂春銜接，類編本即以為秦作，失之。

［三］宋·無撰人《草堂詩餘》文淵閣《欽定四庫全書》本　集部（卷一，第二九頁），收作秦少游詞。

校記

調題： 皆同範詞。

正文： 『枝』作『枕』。

附録： 《古今詩話》（瑜注：應為《古今詞話》）：此詞形容愁怨之意最工。如後叠『甫能炙得燈兒了，雨打梨花深閉門』，頗有言外之意。（詞評）

［四］宋·無撰人《草堂詩餘》文津閣《欽定四庫全書》本　集部（卷一，總第五七〇頁），收作秦少游詞。

校記

調題： 皆同範詞。

正文： 皆同範詞。

附録： 《古今詩話》（瑜注：應為『詞』話）：此詞形容愁怨之意最工。如後叠『甫能炙得燈兒了，雨打梨花深閉門』，頗有言外之意。（詞評）

［五］宋·何士信編《增修箋注妙選群英草堂詩餘》前集二卷　影元至正癸未盧陵泰宇書堂新刊本（餘前下，第二頁）收録，未注撰者，與秦少游詞連排，第二首。

校記

調題： 皆同範詞。

正文： 皆同範詞。

附録： 《古今詞話》：此詞形容愁怨之意最工。如後叠『甫能炙得燈兒了，雨打梨花深閉門』，頗有言外之意。（詞評）

［六］宋・建安古梅何士信君實編選《妙選箋注群英草堂詩餘》（《增修箋注妙選群英草堂詩餘》）前集二卷後集二卷　影元至正辛卯孟夏雙璧陳氏刊行本（餘前下，第二頁）收録，未注撰者，與秦少游詞連排，第二首。

校記

調題： 皆同範詞。

正文： 皆同範詞。

附録： 《古今詞話》：此詞形容愁怨之意最工。如後叠『甫能炙得燈兒了，雨打梨花深閉門』，頗有言外之意。（詞評）

［七］宋・佚名輯　何士信增注《增修箋注妙選群英草堂詩餘》，《景刊宋金元明本詞》本（洪武本，餘前下，第二頁）收録，未注撰者，與秦少游詞連排，第二首。

校記

調題： 調作《鷓鴣天》。題作『春閨』。

正文： 原『涙』、『関』，茲改為正字『泪』、『關』。（擇為範詞，底本）

附録： 《古今詞話》：此詞形容愁怨之意最工。如後叠『甫能炙得燈兒了，雨打梨花深閉門』，頗有言外之意。（詞評）

［八］宋・佚名輯　何士信增注《增修箋注妙選群英草堂詩餘》（内名），《四部叢刊》影印涵芬樓本（前集，卷下，第五〇頁）收録，未注撰者，與秦少游詞《畫堂春・春怨》（東風吹柳）連排，第二首。

校記

調題： 皆同範詞。

正文： 『鳥』作『雁』。

附録： 《古今詞話》：此詞形容愁怨之意最工。如後叠『甫能炙得燈兒了，雨打梨花深閉門』，頗有言外之意。（詞評）

［九］明・茅暎遠士評選《詞的》清萃閔堂抄本《四庫未收書輯刊》影印（卷之二，第二二頁），收作秦觀詞。

校記

調題：皆同範詞。

正文：皆同範詞。

附録：『梨花』句與《憶王孫》同，才如少游，豈亦自襲耶？抑愛而不覺其重耶！（眉批）

［一〇］明・顧從敬類選　沈際飛評正《草堂詩餘正集》明萬賢樓自刻本（卷一，第三八頁），收作秦少游詞。

校記

調題：皆同範詞。

正文：『鳥』作『雁』。

附録：『安排腸斷』三句，十二時中無間矣，深于閨怨者。未（瑜注：應為末）用李詞，古人愛句不嫌相襲。（眉批）

［一一］明・周瑛撰《詞學筌蹄》，《續修四庫全書》本（卷五，總第四三二頁），收作秦少游詞。

校記

調題：皆同範詞。

正文：『泪』作『戾』；『排』作『俳』；『閉』作『閑』。

附録：無。

［一二］明・陳鐘秀校刊《精選名賢詞話草堂詩餘》，《四印齋所刻詞》本（草堂上，第二四頁），收作秦少游詞。

校記

調題：調同範詞。無題。

正文：皆同範詞。

附録：《古今詞話》：此詞形容愁怨之意最工。如後叠『甫能炙得燈兒了，雨打梨花深閉門』，頗有言外之意。（詞評）

［一三］明・楊慎批點　閔暎璧校訂《草堂詩餘》明閔暎璧刻朱墨套印本（卷二，第二頁），收作秦少游詞。

校記

調題：皆同範詞。調下注：『鄭口詩：「春（四字不清），家在鷓鴣天」，今詞名本此』。

正文：皆同範詞。

附録：無限含愁，説不得。（眉批）

［一四］明·楊慎批點《草堂詩餘》明萬曆《詞壇合璧》刊本（卷二，第二頁），收作秦少游詞。

校記

調題：皆同範詞。

正文：皆同範詞。

附録：無限含愁，説不得。（眉批）

［一五］明·武陵逸史編次　開雲山農校正《類編草堂詩餘》明嘉靖二十九年顧汝所刻本（卷之一，第二六頁），收作秦少游詞。

校記

調題：皆同範詞。

正文：皆同範詞。

附録：《古今詩（詞）話》：此詞形容愁怨之意最工。如後叠『甫能炙得燈兒了，雨打梨花深閉門』，頗有言外之意。（詞評）

［一六］明·武陵逸史編次　上元崑石山人校輯《類編草堂詩餘》（《新刻注釋草堂詩餘》）古吳陳長卿梓（卷之一，第四七頁），收作秦少游詞。

校記

調題：皆同範詞。

正文：皆同範詞。

附録：《古今詩（詞）話》：此詞形容愁怨之意最工。如後叠『甫能炙得燈兒了，雨打梨花深閉門』，頗有言外之意。（詞評）

［一七］明·顧從敬編次　韓俞臣校正《類編草堂詩餘》古吳博雅堂梓行本（卷之一，第一六頁），收作秦少游詞。

校記

調題：皆同範詞。

正文：皆同範詞。

附録：《古今詩（詞）話》：此詞形容愁怨之意最工。如後叠『甫能炙得燈兒了，雨打梨花深閉門』，頗有言外之意。（詞評）

［一八］明・唐順之解注　田一雋精選《類編草堂詩餘》金陵書坊張氏東川綉梓　萬曆甲申年重刊本（卷之一，第四七頁），收作秦少游詞。

校記

調題：**皆同範詞。**

正文：皆同範詞。

附録：《古今詩（詞）話》：此詞形容愁怨之意最工。如後叠『甫能炙得燈兒了，雨打梨花深閉門』，頗有言外之意。（詞評）

［一九］明・顧從敬類選　陳繼儒重校　陳仁錫參訂（内署）《類選箋釋草堂詩餘》明萬曆刻本《續修四庫全書》影印集部　詞類（卷之一，第三六頁），收作秦少游詞。

校記

調題：皆同範詞。

正文：皆同範詞。

附録：《古今詩（詞）話》：按詞形容愁怨之意最工。如後叠『甫能炙得燈兒于，雨樣梨花深閉門』（原文），頗有言外之意。（詞評）

［二〇］宋・何士信輯《草堂詩餘前集二卷後集二卷》明嘉靖三十三年楊金刻本（卷上前，第七頁），撰者處有不成形墨迹。與晏叔原《鷓鴣天》（彩袖殷勤）連排，第二首。

校記

調題：調同範詞。無題。

正文：皆同範詞。

附録：無。

［二一］明・鯆溪逸史選編《彙選歷代名賢詞府全集》明嘉靖丁己（巳）一得山人跋抄本（卷之二，第二七頁），收作秦少游詞。

校記

調題：皆同範詞。

正文：皆同範詞。

附録：無。

［一一二］明・陳耀文纂（原署）《花草粹編》影印明刊十二卷本（卷五，第五四頁），收為秦少游詞。

校記

調題：皆同範詞。調下注：『一名《思佳客》、《剪朝霞》、《醉梅花》、《思越人》』。

正文：皆同範詞。

附録：無。

［一一三］明・陳耀文輯《花草粹編》文淵閣《欽定四庫全書》二十四卷本（卷一〇，第二七頁），收作秦少游詞。

校記

調題：皆同範詞。調下注：『一名《思佳客》、《剪朝霞》、《醉梅花》、《思越人》』。

正文：皆同範詞。

附録：無。

［一一四］明・陳耀文編（原署）《花草粹編》文津閣《欽定四庫全書》二十四卷本（卷一〇，總第二九頁），收作秦少游詞。

校記

調題：調同範詞。調下注：『一名《思佳客》、《剪朝霞》、《醉梅花》、《思越人》』。無題。

正文：皆同範詞。

附録：無。

［一一五］明・王世貞撰《弇州四部稿》文淵閣《欽定四庫全書》本（卷一五二，第五頁），著録為秦少游詞。

校記

調題：無調。無題。

正文：僅著録三句（下見附録）。與範詞同。

附録： 秦少游『安排腸斷到黄昏。甫能炙得燈兒了，雨打梨花深閉門』，則十二時無間矣。此非深于閨恨者不能也。（詞評）

［二一六］明・徐師曾輯《文體明辨附録》明萬曆間吴江壽檜堂刻本（卷五，詩餘九，第三四頁），收作『宋秦觀』詞。

校記

調題： 皆同範詞。

正文： 皆同範詞。

附録： 無。

［二一七］明・張綖　謝天瑞撰《詩餘圖譜》明萬曆二十七年刻本《續修四庫全書》影印　集部　詞類（卷之二，第一〇頁）收録。未注撰者。署撰者名處注『詩餘』。

校記

調題： 調同範詞。無題。

正文： 皆同範詞。

附録： 無。

［二一八］明・張綖撰　游元涇增訂《增正詩餘圖譜》明萬曆二十九年游元涇刻本（上卷，第『三十乙』頁），收作秦少游詞。

校記

調題： 皆同範詞。

正文： 『枝』作『枕』。

附録： 無。

［二一九］明・董其昌評訂　曾六德參釋《新鍥訂正評注便讀草堂詩餘》明萬曆三十年喬山書舍刻本（卷二，頁不清），收作秦少游詞。

校記

調題： 皆同範詞。

正文： 『枝』作『枕』；『鳥』作『雁』。

附録： 《古今詩（詞）話》：此詞形容愁怨之意最重，如後段『甫能炙得燈兒了』二句，頗有言外之意。（眉批）

［三〇］明・武陵逸史編　隱湖小隱訂《草堂詩餘》明末毛氏汲古閣刻《詞苑英華》本（卷一，第二七頁），收作秦少游詞。

校記

調題：皆同範詞。

正文：皆同範詞。

附録：無。

［三一］明・胡桂芳重輯（原宋・何士信輯）《類編草堂詩餘》明萬曆三十五年黄作霖等刻本（卷之上，第三七頁），收作秦少游詞。

校記

調題：皆同範詞。

正文：皆同範詞。

附録：無。

［三二］明・李廷機批評　翁正春校正　徐憲成梓行《新刻注釋草堂詩餘評林》明萬曆三十六年戊申起秀堂刊本（春景二卷，第一五頁），收作秦少游詞。

校記

調題：皆同範詞。

正文：『枝』作『枕』；『鳥』作『雁』。

附録：此詞叙春閨之怨，最為委婉。（眉批）

《古今詩（詞）話》：此詞形容愁怨之意最重，如後段『甫能炙得燈兒了，雨打梨花深閉門』兩句，頗有言外之意。（詞評）

［三三］明・卓人月彙選　徐世俊參評《古今詞統》（又名陳繼儒評選《草堂詩餘》、《詩餘廣選》），《續修四庫全書》本（卷七，第二五頁），收作秦觀詞。

校記

調題： 皆同範詞。

正文： 『枝』作『枕』。

附録： 韋莊：『新揾舊啼痕』更勝此。（眉批）

『枕』訛作『枝』。唐小説：『舊日聞簫處，高樓當月宮。梨花寒食夜，深閉翠微中。』又李重元詞：『雨打梨花深閉門』。（尾注）

［三四］明・李攀龍補遺　陳繼儒校正　余文杰綉梓《新刻題評名賢詞話草堂詩餘》明萬曆四十三年書林自新齋余文杰刻本（二卷，第一三頁），收作秦少游詞。

校記

調題： 皆同範詞。

正文： 『枝』作『枕』；『烏』作『雁』。

附録： 此詞叙春閨之怨最為委婉。（眉批）

《古今詞話》：此詞形容愁怨之意最重，如後段『甫能炙得燈兒了，雨打梨花深閉門』兩句，頗有言外意。（詞評）

［三五］明・竹溪主人彙選　南陽居士評閲《豐韵情書》附《詩餘風韵情詞》明萬曆刻本（卷五，第四頁），收作秦少游詞。

校記

調題： 皆同範詞。

正文： 『烏』作『雁』。

附録： 灑灑落落之語，凄凄宛宛之意，具見此詞。（詞評）

［三六］明・吴從先　寧野甫彙編《新刻李于鱗先生批評注釋草堂詩餘雋》師儉堂蕭少衢依京板刻（卷之一，第五三頁），收作秦少游詞。

校記

調題： 皆同範詞。

正文： 『枝』作『枕』；『烏』作『雁』。

附録： 上是音信杳然意，下是深夜獨對景。（詞前評語）

新痕間舊痕，一字一血。結兩句有言外無限深思。（眉批）

形容閨中愁怨，如少婦自吐肝膽語。（詞後評語）

［三七］ 明・汪氏輯《詩餘畫譜》明萬曆刊本 浙江人民美術出版社影印（不分卷，第七二頁），收作秦少游詞。

校記

調題：皆同範詞。

正文：『鳥』作『雁』。

附録：無。

［三八］ 明・程明善纂輯《嘯餘譜》，《續修四庫全書》集部 詞類（卷三，詩餘九，第二五頁），收作秦觀詞。

校記

調題：皆同範詞。

正文：『鳥』作『雁』。

附録：無。

［三九］ 明・潘游龍輯《精選古今詩餘》（《古今詩餘醉》） 清乾隆壬午秋鐫（卷六，第六頁），收作秦少游詞。

校記

調題：皆同範詞。

正文：『鳥』作『雁』。

附録：『安排腸』三句，是深于閨怨者，末用李詞，可見古今愛句，不嫌相襲。（詞評）

［四〇］ 明・陸雲龍評選 陸人龍較定《詞菁》翠娱閣評選行笈必携十種本（卷二，閨詞，第一〇頁），收作秦少游詞。

校記

調題：調同範詞。無題。

正文：『閉』作『閑』。

附録：錦心綉口，出語皆菁。（眉批）

［四一］ 清・陸次雲 章昞輯《見山亭古今詞選》康熙年間刻本（卷二，第二〇頁），收作秦觀詞。

校記

調題： 皆同範詞。

正文：『枝』作『枕』。

附録： 無。

［四二］清・雲山卧客選《詩餘神髓》豐草齋選抄本（不分卷頁，小令），收作秦少游詞。

校記

調題： 皆同範詞。

正文：『鳥』作『雁』。

附録： 無。

［四三］清・沈辰垣等編《御選歷代詩餘》影印康熙内府本（卷二七，第一四三頁），收作秦觀詞。

校記

調題： 調同範詞。無題。

正文：『枝』作『枕』。

附録： 無。

［四四］清・趙式輯　陳維崧等評點《古今别腸詞選》清康熙間遺經堂之刻本（卷二，小令，第四〇頁），收作秦觀詞。

校記

調題： 皆同範詞。

正文： 皆同範詞。

附録： 無。

［四五］清・吴綺輯《選聲集》清大來堂刻本（小令，第二九頁），中國人民大學圖書館藏，收作秦觀詞。

校記

調題： 調同範詞。無題。調下注：『一名《思佳客》』。

正文： 皆同範詞。

附録：無。

［四六］清・許寶善輯《自怡軒詞譜》乾隆刊本（卷二，第一三頁），收作秦觀詞。

校記

調題：調同範詞。無題。

正文：『枝』作『枕』。

附録：無。

［四七］清・陳鼎輯《同情集詞選》乾隆三十九年刊本（卷九，第二四頁），收作秦觀詞。

校記

調題：皆同範詞。

正文：『千』作『萬』。

附録：無。

［四八］清・賴以邠著《填詞圖譜》，《四庫全書存目叢書》本（卷二，第三九頁），收作秦觀詞。

校記

調題：調同範詞。無題。

正文：『鳥』作『雁』；『千』作『萬』。

附録：無。

［四九］清・譚獻輯《復堂詞録》稿本（卷三，宋集二，未注頁碼），收作秦觀詞。

校記

調題：調同範詞。無題。

正文：『鳥』作『雁』。

附録：沈雄詞話云：『頗有言外之意』。（詞評）

［五〇］清・王鵬運輯《淮玉詞・補遺・按》，《四印齋所刻詞》本（第二頁），著録為秦少游詞。

校記

調題： 調同範詞。無題。

正文： 僅收録『枝上流鶯』四字（下見附録），與範詞同。

附録： 按毛抄本尚有《鷓鴣天》（枝上流鶯）一闋，《青玉案》（一年春事）一闋，注云：《草堂》作少游、永叔，而秦、歐集無。今按此二闋別本無作李詞者，當是秦、歐之作，且膾炙人口，故未附録。（尾注）

［五一］清・陳廷焯選評《詞則》上海古籍出版社影印本　別調集（卷一，第二二頁），收作秦觀詞。

校記

調題： 調同範詞。無題。

正文： 皆同範詞。

附録： 不經人力，自然合拍。（眉批）

［五二］清・萬樹論次　徐本立纂《新校正詞律全書》民國合刊本　詞律部分（卷八，第八頁），收作秦觀詞。

校記

調題： 調同範詞。無題。調下注：『五十五字，又名《思佳客》』。

正文： 『枝』作『枕』。

附録： 略（瑜注：詞調解説）。

［五三］清・何震彝輯《詞苑珠塵》清光緒三十三年鉛印本（不分卷，第四七頁），著録為秦觀詞句。

校記

調題： 無調。集為詩句。詩題作『春閨雜咏四首』。

正文： 僅收録『安排腸斷到黃昏』一句。

附録： 無。

［五四］梁令嫻抄《藝蘅館詞選》上海中華書局印行　民國二十五年再版（乙卷，北宋詞，第五三頁），收作秦觀詞。

校記

調題： 調同範詞。無題。

正文： 『鳥』作『雁』。

附録：無。

[五五] 王官壽輯《宋詞抄》中華民國十一年排印本（卷四，第三頁），收作秦觀詞。

校記

調題：調同範詞。無題。

正文：皆同範詞。

附録：無。

[五六] 唐圭璋輯《全宋詞》中州古籍出版社　兩冊本（上，第三二九頁），收作秦觀『存目詞』。

附録：出處：類編草堂詩餘卷一。　附注：無名氏詞，見草堂詩餘前集卷上。

[五七] 唐圭璋輯《全宋詞》中州古籍出版社　兩冊本（上，第六五〇頁），收作李清照『存目詞』。

附録：出處：四印齋本漱玉詞引汲古閣未刻本漱玉詞。　附注：無名氏作，見草堂詩餘前集卷下。

[五八] 王仲聞《李清照集校注》（卷一，第九四頁），收作李清照『存疑之作』。

附録：汲古閣未刻詞本《漱玉詞》原書未見。此詞從《類編草堂詩餘》卷一録出。其文字與汲古閣未刻詞本《漱玉詞》是否相同，不得而知。

[五九] 徐北文主編《李清照全集評注》濟南出版社（第一六〇頁），收作李清照『存疑』詞。

[六〇] 徐培均《李清照集箋注》上海古籍出版社（卷一，第一八四頁），收作李清照『存疑辨證』之詞。

附録：均按：……也就是說共有二十三種皆題此詞為秦少游作，似不能一概否定。

◎**瑜按**：

总之，此詞撰者异名有二：一為李清照（易安），一為秦觀（少游）。上此詞收作李清照（易安）詞之載籍一種，即為清江標抄《李清照漱玉詞》汲古閣未刻詞二十二家本。然此未刻本《漱玉詞》收為李清照詞肯定會有根據，惜未标明。鬱悶。上收為秦觀詞的載籍有宋代多種，與秦觀同時。尤其是秦觀撰《淮海詞》收録，為其本集，是个力證。上著録此闋收為秦觀詞之歷代載籍近五十種，故屬秦觀詞的可能性較大。然唐圭璋輯《全宋詞》（兩冊本）之秦觀詞却未收，收作秦觀『存目詞』，何也？更納悶。姑存疑待考。

【注釋】

〔一〕**流鶯**：指黃鶯啼聲圓美婉囀。唐白居易《惜花》：「今日流鶯來舊處，百般言語泥空枝。」宋王禹偁《杏花》：「祇有流鶯偏稱意，夜來偷宿最繁枝」。

〔二〕**和泪**：應和着泪水。唐韋莊《上行杯》：「惆悵异鄉雲水。滿酌一杯勸和泪。」五代李存勗《憶仙姿》（又名《如夢令》）：「長記別伊時，和泪出門相送」。

〔三〕**魚鳥**：指書信。漢蔡邕《飲馬長城窟行》：「客從遠方來，遺我雙鯉魚。呼兒烹鯉魚，中有尺素書」，指魚能傳遞書信；鳥，指傳書的青鳥。《山海經·海內北經》：「西王母梯几而戴勝，其南有三青鳥為西王母取食」。《藝文類聚》（總一五七七頁）引《漢武故事》曰：「七月七日，上于承華殿齋。正中，忽有一青鳥從西方來，集殿前，上問東方朔。朔曰：「此西王母欲來也。」有傾，王母至，有兩青鳥如烏，俠侍王母旁。」後來演化成三青鳥為西王母的使者，又藉指傳書帶信之人或使者。宋賀鑄《訴衷情》：「年來鏡湖風月，魚鳥兩相忘」。宋陸游《八月二十三夜夢中作》：「江山千里互明晦，魚鳥十年相往還」。

〔四〕**芳樽**：散發醇香的華貴酒杯。唐陳子昂《送梁李二明府》：「復此窮秋日。芳樽別故人。」宋方千里《解語花》：「對好景、芳樽滿把」。

〔五〕**甫能**：方纔。宋蔡伸《點絳唇》：「甫能得睡。夢到相思地。」元段成己《鷓鴣天》：「甫能望得春消息，一夜東風特地」。

〔六〕**炙得燈兒了**：猶言將燈油熬盡。

【品鑒】

此詞是寫對丈夫的思念之情的。誠如唐李季蘭《相思怨》云：「海水尚有涯，相思渺無畔」。「枝上流鶯和泪聞。新啼痕間舊啼痕。」作者以「枝上流鶯」開筆。春光融融，花香飄溢，嬌鶯在樹枝上啼囀。清王士禛《漁洋詩話》云：「一滴水可知大海味也。」此詞作者以「流鶯」告訴讀者，這是萬紫千紅、鳥語花香的美麗春天。這是「以小見大」的寫法。李清照《如夢令》云：「緑肥紅瘦」，以海棠的緑肥紅瘦推知大自然的春色已減少了幾分，也是以小見大的寫法。「流鶯」，這本來是賞心樂事，但是女主人含着眼泪來傾聽，用美景愁情的巨大反差，襯托女主人心緒之哀傷，即所謂樂景寫哀情。一句中用兩個「啼痕」，一個「新」，一個「舊」。這與元王實甫《西廂記·醋葫蘆》：「我將這新痕把舊痕湮透，正是一重愁翻做兩重愁」的意境類似，說明女主人一個時期以來都在悲傷流泪。

「一春魚鳥無消息，千里關山勞夢魂。」承前，「一春」拍合「枝上流鶯」。心上人遠行千里，關山阻隔，日日思念，夜夜在睡夢中與心上人相見。作者用一對偶句寫出「新啼痕間舊啼痕」的因由。

『無一語，對芳樽。安排腸斷到黃昏。』女主人孤凄一人，默默無語，自斟自飲，來排遣綢繆離情，用這種辦法耐到黃昏。説明女主人從早到晚都是被離別的苦痛所折磨着。

『甫能炙得燈兒了，雨打梨花深閉門。』承前，黃昏之後，女主人的心情也没有平静，仍然不能很快躺下，而是以燈為伴，一人呆坐着，直到把燈油熬光。作者表面是寫女主人的點燈熬油，實質上是開掘女主人的内心世界。『雨打梨花深閉門』，宋李重元《憶王孫》也有『欲黄昏，雨打梨花深閉門』句，可見詞人之相互學習。女主人把燈油熬盡，也未能開釋綿綿的相思之情，又忽然聽到重門緊閉的深深庭院裏，下起了雨，傳來了雨打梨花的悲切聲響。『梨花』在暮春開放，雨催梨花凋落，春日將歸，意味着部分美妙青春的流逝。良人未回，更添幾分愁緒，強化了女主人的悲哀色彩。『深閉門』，寫出庭院的冷落凄森，環境襯托愁情。此詞以景結情，含有悠悠不盡之意。這與唐劉方平《春怨》：『紗窗日落漸黄昏，金屋無人見泪痕。寂寞空庭春又晚，梨花滿地不開門』的意境很相近，但此詞所表現的相思之情更真，意更切，境更深。

此詞上片寫春日心上人未歸，女主人的深情思念。下片寫女主人不僅離情難遣，反因『雨打梨花』而倍增。

此詞的時間綫索是清晰的：上片，『勞夢魂』，透露這是早晨；『安排腸斷到黃昏』，從早到黃昏；『炙得燈兒了』，這是夜晚。

這首小詞玲瓏别致，活潑跳脱。運用『以少總多』，『樂景寫哀』等藝術手法。

【選評】

［一］**宋·楊　湜：** 此詞形容愁怨之意最工。如後叠『甫能炙得燈兒了，雨打梨花深閉門』，頗有言外之意。（《古今詞話》）

［二］**明·茅　暎：**『梨花』句與《憶王孫》同，才如少游，豈亦自襲耶？抑愛而不覺其重耶！（《詞的》）

［三］**明·沈際飛：**『安排腸斷』三句，十二時中無間矣，深于閨怨者。未（應為末）用李詞，古人愛句不嫌相襲。（《草堂詩餘正集》）。

［四］**明·楊　慎：** 無限含愁，説不得。（批點《草堂詩餘》）

［五］**明·李廷機：** 此詞叙春閨之怨，最為委婉。（眉批）（《新刻注釋草堂詩餘評林》）

［六］明·卓人月　徐士俊：韋莊：『新揾舊啼痕』更勝此。（《古今詞統》）

［七］**明·竹溪主人彙選　南陽居士評閲：** 灑灑落落之語，凄凄宛宛之意，具見此詞。（《豐韵情書》附《詩餘風韵情詞》）

［八］明・李于麟（攀龍）：上是音信杳然意，下是深夜獨對景。（詞前評語）　新痕間舊痕，一字一血。　結兩句有言外無限深思。（眉批）　形容閨中愁怨，如少婦自吐肝膽語（詞後評語）。（明吴從先、寧野甫彙編《新刻李于麟先生批評注釋草堂詩餘雋》）

［九］**明・陸雲龍**：錦心綉口，出語皆菁。（《詞菁》）

［一〇］**清・黄蓼園**：孤臣思婦，同難為情。『雨打梨花』句，含蓄得妙，超詣也。（《蓼園詞評》）

［一一］**清・陳廷焯**：不經人力，自然合拍。（《詞則》）

［一二］**清・沈祥龍**：詞雖濃麗而乏趣味者，以其但知作情景兩分語，不知作景中有情、情中有景語耳。『雨打梨花深閉門』、『落紅萬點愁如海』，皆情景雙繪，故稱好句，而趣味無窮。（《論詞隨筆》）

［一三］**蔣凡　徐樺**：這首詞還有一個好處，就是因聲傳情，聲情并茂。詞人一開頭就抓住鳥鳴鶯囀的動人旋律，巧妙地溶入詞調，通篇宛轉流暢，環環相扣，起伏跌宕，一片宫商。清人陳廷焯稱其『不經人力，自然合拍』（《詞則・别調集》評），可謂知音。細細玩索，不是正可以體會到其中的韵味嗎？（《唐宋詞鑒賞辭典》上海辭書出版社）

生查子

去年元夜時，花市燈如晝。月到柳梢頭，人約黃昏後。　今年元夜時，月與燈依舊。不見去年人，泪滿春衫袖。

——影印涵芬樓手抄本之《樂府雅詞》

【考辨】

◎歷代載籍著録此闋之詞調、題目：

調作《生查子》。題作『元月有懷』、『元夕』、『感舊』。

◎歷代此闋著録為李清照（易安）詞之載籍：

［一］　宋・紫陽虛谷居士方回撰《瀛奎律髓》中華再造善本　明代編　集部（卷一六，第七頁），著録為李易安詞。

校記

調題：無調。無題。

正文：僅收録『月上柳梢頭』一句，『到』作『上』。

附録：樂天以長慶二年冬十月杭州到任，長慶四年元宵詩也。杭自唐固已盛矣，然終未若京都長安之盛。三四佳句也，如李易安：『月上柳梢頭』，則詞意邪僻矣。（瑜注：此係『元宵詩』附録，『元宵詩』指：白樂天《正月十五夜月》：『歲熟人心樂，朝游復夜游。春風來海上，明月在江頭。燈火家家市，笙歌處處樓。無妨思帝里，不合厭杭州。』）

［二］　宋・方虛谷（方回）編　清・紀曉嵐批點《唐宋詩三千首——瀛奎律髓》掃葉山房藏版　中國書店影印　一九九〇

年版（卷一六，第四頁），著録為李易安詞。

校記

調題：無調。無題。

正文：僅收録『月上柳梢頭』一句，『到』作『上』。

附録：（瑜注：『元宵詩』指：白居易《正月十五夜月》：『歲熟人心樂，朝游復夜游。春風來海上，明月在江頭。燈火家家市，笙歌處處樓。無妨思帝里，不合厭杭州。』）樂天以長慶二年冬十月杭州到任，長慶四年元宵詩也。杭自唐固已盛矣，然終未若京都長安之盛。三四佳句也，如李易安：『月上柳梢頭』，則詞意邪僻矣。（原批，方回，號虛谷）

『月上柳梢頭』一闋，乃歐公小詞。後人竄入朱淑真，以為冤，抑此更移之李易安，尤非。　此詞邪僻在下句『人約黃昏後』五字，若『月上柳梢頭』乃是常景，有何邪僻？此論未是。（眉批，紀曉嵐）

［三］明・茅暎遠士評選《詞的》清萃閔堂抄本《四庫未收書輯刊》影印（卷之一，第一一頁），收作李易安詞。

校記

調題：調同範詞。題作『元夜有懷』。

正文：『到』作『在』。

附録：籬緒凄斷。（眉批，瑜注：『籬，離也』。見《漢語大字典》）。

◎歷代此闋著録他人或無名氏及存疑詞之載籍：

［一］宋・歐陽修撰《歐陽文忠公近體樂府》景宋吉州本（樂府一，第一二頁），收作歐陽修詞。

校記

調題：皆同範詞。

正文：皆同範詞。

附録：無。

［二］宋・歐陽修撰《六一詞》汲古閣《宋名家詞》本《續修四庫全書》影印（第八頁），收作歐陽修詞。

校記

調題：皆同範詞。調下注：『或刻秦少游』。

正文：皆同範詞。

附録：無。

[三] 宋・歐陽修撰《文忠集》景印文淵閣四庫全書 集部四二 別集類（卷一三一，第一三頁），台灣商務印書館發行，收作歐陽修詞。

校記

調題： 皆同範詞。

正文： 皆同範詞。

附録： 無。

[四] 宋・曾慥輯《樂府雅詞》影印涵芬樓手抄本（樂上，第三一頁），收作歐陽永叔詞。

校記

調題： 調作《生查子》。無題。

正文： 原『栁』、『淚』，茲改為正字『柳』、『泪』。（擇為範詞，底本）

附録： 無。

[五] 宋・曾慥編（原署）《樂府雅詞》文淵閣《欽定四庫全書》本 集部（卷上，第三八頁），收作歐陽永叔詞。

校記

調題： 皆同範詞。

正文： 皆同範詞。

附録： 無。

[六] 宋・曾慥撰（原署）《樂府雅詞》文津閣《欽定四庫全書》本 集部（卷上，總第四四九頁），收作歐陽永叔詞。

校記

調題： 皆同範詞。

正文： 皆同範詞。

附録：無。

［七］元・陶宗義撰《説郛》文淵閣《欽定四庫全書》本（卷二〇，下，第一三頁），著録為歐陽居士詞。

校記

調題：無調。無題。

正文：僅收録『月在柳梢頭，人約黄昏後』兩句，『到』作『在』。

附録：如『月在柳梢頭，人約黄昏後』一詞，正歐陽居士所作。（詞評）

［八］明・毘陵長湖外史類輯　姑蘇天羽居士評箋《草堂詩餘續集》明萬賢樓自刻本（卷上，第四頁），收作朱淑真（下有小注：『刻少游誤』）詞。

校記

調題：調同範詞。題作『元夜有懷』。

正文：『到』作『上』。

附録：王實甫詞本此。　調甚佳，非良家婦所宜有。（眉批）

按：淑真又有『元夕』詩：『火樹銀花觸目紅。極天歌吹暖春風。新歡入手愁忙裏，舊事經心憶夢中。但願暫成人繾綣，不妨長任月朦朧。賞燈那得工夫醉，未必明年此會同。』與詞意相合，此行可知矣。（尾注）

［九］明・楊慎撰《詞品》，《詞話叢編》本（卷二，總第四五一頁），《朱淑真元夕詞》，著録為朱淑真詞。

校記

調題：調同範詞。題作『元夕』。

正文：全詞録入。『到』作『上』；『滿』作『濕』。

附録：朱淑真元夕生查子云：『去年元夜時……』，詞則佳矣，豈良人家婦所宜耶。又其元夕詩云：『火樹銀花觸目紅。極天歌吹暖春風。新歡入手愁忙裏，舊事經心憶夢中。但願暫成人繾綣，不妨長任月朦朧。賞燈那得功夫醉，未必明年此會同。』與其詞意相合，則其行可知矣。（按：元夕詞乃歐陽修作，見《廬陵集》卷一百三十一）。（詞評）

［一〇］明・楊慎（升庵）評選《百琲明珠》，《明詞彙刊》（百五，第一頁），收作朱淑真詞。

校記

調題：皆同範詞。

正文：「到」作「上」。

附録：無。

［一一］明・蔣一葵編《堯山堂外紀》明刊本（卷五四，第二三頁），著録為朱淑真詞。

校記

調題：調同範詞。題作「元夕」。

正文：全詞録入，「到」作「上」；「滿」作「濕」。

附録：朱淑真「元夕」《生查子》云：「去年元夜時……」，又「元夕」詩云：「火樹銀花觸目紅。極天歌吹暖春風。新歡入手愁忙裏，舊事經心憶夢中。但願暫成人繾綣，不妨長任月朦朧。賞燈那得功夫醉，未必明年此會同。」與其詞意相合。（詞評）

［一二］明・錢允治箋釋　陳仁錫校閱（内署）《類編箋釋續選草堂詩餘》明萬曆刻本《續修四庫全書》影印（卷之上，第四頁），收作秦少游詞。

校記

調題：調同範詞。題作「元夜有懷」。

正文：「到」作「在」。

附録：感今懷昔，皆情至之語。（詞評）

［一三］宋・何士信輯《草堂詩餘前集二卷後集二卷》明嘉靖三十三年楊金刻本（卷下前，第二五頁），收作秦少游詞。

校記

調題：調同範詞。題作「感舊」。

正文：「到」作「在」。

附録：無。

［一四］明・鱅溪逸史選編《彙選歷代名賢詞府全集》明嘉靖丁己（巳）一得山人跋抄本（卷之一，第八頁），收作秦少游詞。

校記

調題：調同範詞。題作『元夜有懷』。調下注：『雙韵名《醉公子》』。

正文：『到』作『在』。

附録：無。

［一五］明・陳耀文纂（原署）《花草粹編》影印明刊十二卷本（卷一，第四七頁），收作歐陽永叔詞。

校記

調題：皆同範詞。

正文：『到』作『在』。

附録：無。

［一六］明・陳耀文輯《花草粹編》文淵閣《欽定四庫全書》二十四卷本（卷二，第一四頁），收作歐陽永叔詞。

校記

調題：皆同範詞。

正文：『到』作『在』。

附録：無。

［一七］明・陳耀文編（原署）《花草粹編》文津閣《欽定四庫全書》二十四卷本（卷二，總第六四三頁），收作歐陽修詞。

校記

調題：皆同範詞。

正文：『到』作『上』；『滿』作『濕』。

附録：無。

［一八］明・陳耀文撰《正楊》明隆慶三年刻本（卷四，第三六頁），著録為朱淑真詞。

校記

調題：調同範詞。題作『元夕』。

正文：全詞收録。『到』作『上』；『滿』作『濕』。

附録：辭則佳矣，豈良人家婦所宜耶！其行可知。　此永叔辭耶，或云少游，指為淑真不重誣人耶！（詞評）

〔一九〕明・毛晉訂《詩詞雜俎》之《斷腸詞》（第二頁），收作『朱氏 淑真』詞。

校記

調題： 調同範詞。題作『元夕』。題下注：『見升庵《詞品》』。

正文： 『到』作『上』；『滿』作『濕』。

附録： 無。

〔二〇〕明・卓人月彙選 徐世俊參評《古今詞統》（又名陳繼儒評選《草堂詩餘》、《詩餘廣選》），《續修四庫全書》本（卷三，第三三頁），收作朱淑真詞。

校記

調題： 調同範詞。題作『元夕』。

正文： 『到』作『上』；『滿』作『濕』。

附録： 元曲之稱絕者，不過得此法。（眉批）

《詞品》曰：『詞則佳矣……則其行可知矣。』（略，瑜注：詳見此書此詞【考辨】所收載籍《詞品》『附録』）。（詞評）

女史云：錢塘朱淑真所從非偶，詩多憂怨，名《斷腸集》。（詞評）

〔二一〕明・潘游龍輯《精選古今詩餘》（《古今詩餘醉》）清乾隆壬午秋鐫（卷一，第九頁），收作朱淑真詞。

校記

調題： 調同範詞。題作『元夜有懷』。

正文： 『到』作『上』。

附録： 無。

〔二二〕清・周銘編集 金成棟重校《林下詞選》，《四庫全書存目叢書補編》第二冊（卷一，第九頁），收作朱淑真詞。

校記

調題： 調同範詞。題作『元夕』。

正文： 『到』作『上』；『滿』作『濕』。

附録： 無。

[二三] 清・朱彝尊編《詞綜》，《欽定四庫全書薈要》集部（卷二五，第九頁），收作朱淑真詞。

校記

調題： 調同範詞。題作『元夕』。

正文： 『到』作『上』；『滿』作『濕』。

附録： 無。

[二四] 清・徐釚撰《詞苑叢談》康熙刊本　上海古籍出版社出版（卷三，第六五頁），著録為朱淑真詞。

校記

調題： 皆同範詞。

正文： 全詞録入。『到』作『上』；『滿』作『濕』。

附録： 錢塘朱淑真，所從非偶，詩多嗟怨，名《斷腸集》。嘗元夜賦《生查子》詞云：『去年元夜時……泪濕春衫袖。』楊升庵《詞品》云：『詞則佳矣，豈良人婦所宜耶。』（本事，詞評）《詞品》卷二　按：此歐公詞，《詞品》誤。（尾注）

[二五] 清・王世禎撰《池北偶談》文淵閣《欽定四庫全書》本（卷一四，第二頁），著録為『歐陽（修）詞』。

校記

調題： 皆同範詞。

正文： 僅收録『去年元夜時，花市燈如晝』兩句，與範詞同。

附録： 今世所傳女郎朱淑真『去年元夜時，花市燈如晝』《生查子》詞見《歐陽文忠集》一百三十一卷，不知何以訛為朱氏之作？世遂因此詞疑淑真失婦德。紀載不可不慎也。（詞評）

[二六] 清・雲山卧客選《詩餘神髓》豐草齋選抄本（不分卷頁，小令），收作朱淑真詞。

校記

調題： 調同範詞。題作『元夜有懷』。

正文： 『到』作『上』；『滿』作『濕』。

附録： 無。

［二七］清・孫致彌輯　樓儼補訂《詞鵠初編》清康熙四十四年自刻本（卷一，第二〇頁），收作朱淑真詞。

校記

調題： 皆同範詞。

正文： 『到』作『上』；『滿』作『濕』。

附録： 無。

［二八］清・陳鼎輯《同情集詞選》乾隆三十九年刊本（卷三，第二八頁），收作朱淑真詞。

校記

調題： 調同範詞。題作『元夕』。

正文： 『到』作『上』；『滿』作『濕』。

附録： 無。

［二九］清・馬端臨撰《欽定續文獻通考・朱淑真別集類》文淵閣《欽定四庫全書》本（卷一九八，第四六頁），著録為朱淑真詞。

校記

調題： 皆同範詞。

正文： 僅收録『月上柳稍頭，人約黃昏後』兩句，『到』作『上』。

附録： 臣等謹按：陳振孫《書録解題》載有是編，世久不傳。今本為毛晋所刊其《生查子》一闋，有『月上柳稍頭，人約黃昏後』句，晋跋遂指為白璧微瑕，然此闋見歐陽修《廬陵集》中，不知何以竄入。晋不考正，亦誣甚矣。（詞評）

［三〇］清・紀昀等《欽定四庫全書總目提要・斷腸詞》集部十（第三頁），著録為歐陽修詞。

校記

調題： 皆同範詞。

正文： 僅收録『月上柳梢頭，人約黃昏後』兩句，『到』作『上』。

附録： 楊慎升庵《詞品》載其《生查子》一闋，有『月上柳梢頭，人約黃昏後』語，晋跋遂稱為白璧微瑕，然此詞今載歐陽修《廬陵集》第一百三十一卷中。不知何以竄入淑真集内，誣以桑濮之行，慎收入《詞品》，既為不考，而晋刻《宋名家詞》六十一種《六一詞》，即在其內，乃于《六一詞》漏注互見《斷腸詞》，已自亂其例，于此集更不置辨，且證實為『白璧微瑕』，益魯莽之甚。今刊此一篇，庶免于厚誣古人，貽九泉之憾焉。（詞評）

［三一］清・葉申薌輯《天籟軒詞選》清嘉慶間刊本（卷一，第四頁），收作歐陽永叔詞。

校記

調題：皆同範詞。

正文：皆同範詞。

附録：無。

［三二］清・周之琦（金粱夢月外史）輯《晚香室詞録》清抄本（卷七，未注頁碼），收作朱淑真詞。

校記

調題：皆同範詞。

正文：『到』作『上』；『滿』作『濕』。

附録：《詞林紀事》：此詞歐陽文忠集中，不知何以訛為朱氏之作，世遂因此疑淑真失婦德。《池北偶談》辨證甚明，但楊升庵《詞品》又傳朱有『但願暫成人繾綣，不妨長任月朦朧』之句，未知信否？（尾注）

［三三］清・楊希閔撰録《詞軌》同治二年手抄本（卷四，第二七頁），收作歐陽修詞。

校記

調題：皆同範詞。

正文：皆同範詞。

附録：此詞一刻少游，今從曾端伯《樂府雅詞》。（尾注）

［三四］清・譚獻輯《復堂詞録》稿本（卷二，宋集一，未注頁碼），收作歐陽修詞。

校記

調題：皆同範詞。

正文：皆同範詞。

附録：無。

［三五］　清·譚獻輯《復堂詞録》稿本（卷八，宋集七，未注頁碼），收作朱淑真詞。

校記

調題： 調同範詞。題作『元夕』。題下注：『已見歐陽修』。

正文：『到』作『上』；『滿春衫』作『濕羅衫』。

附録： 無。

［三六］　清·陳世焜（廷焯）選《雲韶集》手抄本（卷一〇，第二三頁），收作朱淑真詞。

校記

調題： 調同範詞。題作『元夕』。

正文：『到』作『上』；『滿』作『濕』。

附録： 按：此詞非淑真作，漁洋辨之于前，雲伯辨之于後。俱有挽扶風教之心。余著白雨齋筆談詳辨此詞，及李易安再適之污。（眉批）

陳雲伯大令云：宋人小説，往往誣蔑賢者。如四朝聞見録之于朱子，東軒筆録之于歐陽公，比比皆是。又謂『去年元夜』一詞，本歐陽公作，後人誤編入《斷腸集》，遂疑朱淑真為泆女，皆不可不辯。（詞評）

［三七］　清·陳廷焯選評《詞則》上海古籍出版社影印本　閑情集（卷二，第一五頁），收作朱淑真詞。

校記

調題： 調同範詞。題作『元夕』。

正文：『到』作『上』；『今年元夜』作『今年元夕』；『滿』作『濕』。

附録： 此詞一云歐陽公作。漁洋辨之于前，雲伯辨之于後。俱有挽扶風教之心。然淑真本非佚女，不得以一詞短之。（眉批）

［三八］　清人輯《斷腸漱玉詞合刊》之《斷腸詞》光緒庚子石印本（第一頁），收作朱淑真詞。

校記

調題： 調同範詞。題作『元夕』。

正文：『到』作『上』；『滿』作『濕』。

附録： 無。

[三九]　木石居士選輯　絳雲女史參校《歷代名媛詞選》民國十六年石印本（卷二，小令二，未注頁碼），收作朱淑真詞。

校記

調題：調同範詞。題作『元夜有懷』。

正文：『到』作『上』；『滿』作『濕』。

附録：無。

[四〇]　唐圭璋輯《全宋詞》中州古籍出版社　兩冊本（上，第八七頁），收作歐陽修詞。

附録：按：此首別又誤作朱淑真詞，見詞品卷二。又誤作秦觀詞，見續選草堂詩餘卷上。方回瀛奎律髓卷十六又引『月上柳梢頭』句以為李清照作，亦誤。

[四一]　唐圭璋輯《全宋詞》中州古籍出版社　兩冊本（上，第三二九頁），收為秦觀『存目詞』。

附録：出處：楊金本草堂詩餘前集卷下。附注：歐陽修詞，見近體樂府卷一。

[四二]　唐圭璋輯《全宋詞》中州古籍出版社　兩冊本（上，第六五〇頁），收為李清照『存目詞』。

附録：出處：詞的卷一。附注：歐陽修詞，見近體樂府卷一。

[四三]　唐圭璋輯《全宋詞》中州古籍出版社　兩冊本（上，第九七二頁），收為朱淑真『存目詞』。

附録：出處：詞品卷二。附注：歐陽修詞，見近體樂府卷一。

[四四]　王仲聞《李清照集校注》人民文學出版社（第三三六頁），『附録』收為『誤題李清照撰之作品』。

附録：按：此首乃歐陽修詞，見《歐陽文忠公近體樂府》卷一，《詞的》誤作李清照詞。又《彙選歷代名賢詞府全集》卷一、《續草堂詩餘》卷上誤以此首為秦觀詞，《詞品》卷二誤以此首為朱淑真詞。《堯山堂外紀》……等俱誤從之。《見山亭古今詞選》卷一又誤作無名氏詞。《瀛奎律髓》卷十六王謳《觀燈》詩，方回注云：『如李易安「月上柳梢頭」，則邪僻矣。』是宋人已誤以此詞為清照作矣。

◎瑜按：

綜前，此詞有异名撰者四：一李易安（清照）；二歐陽修（歐陽永叔、六一居士、歐陽文忠公）；三朱淑真；四秦少游（秦觀、淮海）。首先，《歐陽文忠公近體樂府》、《樂府雅詞》收作歐陽修詞，二書都是宋代成書，與作者同一時代，

較早，前一本又是他的別集，屬歐詞的可能性大。《欽定四庫全書總目》『提要』以『此詞今載歐陽修《廬陵集》第一百三十一卷中』而論定此首為歐陽修詞。其次，宋本朱淑真詞集久無傳本，明毛晉訂《斷腸詞》雖然也是朱淑真詞集，與明《草堂詩餘續集》、明《古今詞統》等書的出現較晚，屬朱淑真詞的可能性次之。再次，《類編箋釋續選草堂詩餘》等收作秦少游詞。查秦觀撰《淮海詞》、《淮海居士長短句》、《全宋詞》之秦觀詞皆未收此闋，排除秦詞之可能。再其次，《詞的》收作李易安詞；宋方虛谷編、清紀曉嵐批點《瀛奎律髓》原批將此詞視作李易安詞，即著録李清照（易安）詞的兩個載籍皆未詳所出。茲俟考為是，輯入存疑詞。

王仲聞《李清照集校注》此詞『按』中説：『《瀛奎律髓》卷十六王諲《觀燈》詩，方回注云：如李易安「月上柳梢頭」，則邪僻矣。是宋人已誤以此詞為清照作矣。』宋方虛谷（方回）編、清紀曉嵐批點《唐宋詩三千首——瀛奎律髓》掃葉山房藏版（卷一六，第四頁），唐白居易《正月十五夜月》附原批有『如李易安「月上柳梢頭」，則詞意邪僻矣』句。王諲《觀燈》詩与白居易詩銜接，在前。此批是方回对白居易詩之批，非对前王諲詩之批，故附白居易詩後。王仲聞將方回對白居易詩之批，誤作對王諲詩之批。王仲聞又引方回注云：『……則邪僻矣』，而方回原批為：『……則詞意邪僻矣』，漏掉『詞意』關鍵詞。皆仲聞疏漏處。王諲《觀燈》詩：『暫得金吾夜，通看火樹春。停車傍明月，走馬入紅塵。妓雜歌偏勝，場移舞更新。應須盡記取，説向不來人。』方回（原批）：『此詩但尾句十字佳，凡觀元宵之人必多村翁癡子欲盡記所見，以詩與不能同來者，此意得之。』而非『如李易安「月上柳梢頭」，則邪僻矣』之句。

【注釋】

［一］ **元夜**：元宵節之夜。農曆正月十五，稱無宵節、元夕節、上元節等，中國傳統節日，歷史悠久，來源説法不一。規模盛大，熱鬧非凡，延續至今。十五為滿月，滿月的日子稱『望』日。滿月，象徵着美滿、團圓、幸福。人們在這一天祭祀天神，祈求幸福、争取團圓、過得美滿。宋孟元老《東京夢華録》卷六『元宵』載：『正月十五日元宵……開封府絞縛山棚……游人已集御街兩廊下。奇術异能，歌舞百戲，鱗鱗相切，樂聲嘈雜十餘里……』。這是北宋汴京元宵節的盛況。南宋京城臨安的元宵盛況，《武林舊事·元夕》所載更為詳盡。宋無名氏（失調名）：『帝里元宵風光好，勝仙島蓬萊。玉動飛塵，車喝綉轂，月照樓臺。三官此夕歡諧。金蓮萬盞，撒向天街。訝鼓通宵，花燈競起，五夜齊開。』此為詞人筆下京城元夜盛況，南北宋略同。唐李郢《中元夜》：『江南水寺中元夜，金粟欄邊見月娥』。宋陳東《驀山溪》：『半生羈旅，幾度經元夜』。

［二］ **花市**：買賣花的場所，亦可順便觀賞。宋李邴《女冠子》：『帝城三五。燈光花市盈路。』宋毛滂《踏莎行·元夕》：『花市無塵，朱門如綉』。

【品鑒】

這是一首元宵詞。文人墨客，大都居住在一國的政治、經濟、文化的中心京城。姑且看一看南宋京城武林，即臨安，杭州元宵佳節的盛況。《武林舊事》載：『禁中常令作琉璃燈山，其高五丈，人物皆用機關活動，結大彩樓貯之』，『山燈凡數千百種，極其新巧，怪怪奇奇，無所不有』，可見都城燈節之奢華。『終夕天街鼓吹不絕。都民市女，羅綺如雲』，『婦人皆戴珠翠、鬧娥、玉梅、雪柳、菩提葉、燈球……』，游人衆多裝飾華貴。宋白石（姜夔）詩云：『貴客鈎簾看御街，市中珍品一時來。簾前花架無行路，不得金錢不肯回』，描寫御街花市的繁華。『翠簾銷幕，絳燭籠紗，遍呈舞隊，密擁歌姬，脆管清吭，新聲交奏，戲具粉嬰，鬻歌售藝者，紛然而集』，熱鬧非凡。『宮漏既深，始宣放烟火百餘架，于是樂聲四起，燭影縱横……大率效宣和盛際』，南北宋京城元夜盛況大致相同。白石（姜夔）又詩云：『南陌東城盡舞兒，畫金刺綉滿羅衣。也知愛惜春游夜，舞落銀蟾不肯歸』，可見武林元夕是個沸騰之夜，狂歡之夜，不眠之夜。此詞寫的元夕情事很可能就發生在這裏。

發端：『去年元夜時』，點明情事發生的時間。『元夜』，即一年一度的元宵佳節。『都民市女，羅綺如雲』，競相打扮。游者傾城，張燈結彩，觀燈、賞花……有燈市、花市、各種游藝活動，商業活動等，鼓吹樂奏，徹夜不絕。古老的節日延續至今。『花市燈如畫。』『花市』，『市中珍品』，聚集而來，『簾前花架無行路』，擺得滿滿的，游人難通。『燈如畫』，燈火通明，猶如白晝。寫出『去年元夜』『花市』的盛況。起二句，自然明快，月圓燈亮花明，景物燦然，堪稱『鳳頭』。

次兩句：『月到柳梢頭，人約黄昏後。』『月』，十五的月亮為滿月，亦稱『望月』，『望月』的日子稱『望日』，象徵團圓美滿幸福吉祥。在這狂歡之夜，相約戀人或親友，在月上『柳梢頭』的時候，去逛燈會，看百戲，更主要的是去花市觀賞，或買一簇美麗的鮮花贈與心愛的戀人。這是他們最喜歡的去處。上片，寫詞人回憶去年元夕與戀人或親友相約同游花市的情景。

下片，過片，『今年元夜時，月與燈依舊。』以『去年』和『今年』元宵佳節的盛況相對比，『月』與『燈』依然如故，這是仍然未變的。『不見去年人，泪滿春衫袖。』衹是『去年』相『約』同去觀賞的『人』已經『不見』了。眼前出現的空間，物是人非的現狀，猛烈震撼他的心靈，致使其情不自禁，而泪涌如泉了。『春』，一面是指季節之春，一面暗示詞中人物是穿年輕人衣服的年輕人。由此可以推斷『去年』相約『花市』賞花的那個『人』是年輕的戀人。『滿』字説明悲慟欲絕，更是有力的助證。下片，表現了物是人非，失去戀人或親友的哀戚慘怛的心情。

此詞上下片為『重頭』格式，并列對照。在表現手法上，運用『去年』和『今年』的對比，突出今年的缺憾。用不變的元宵之夜的狂熱，用『如晝』輝煌的明『燈』和象徵幸福圓滿的『柳梢頭』的圓『月』等美景突顯今年缺『人』的哀傷，即所謂樂景寫哀情，運用審美感受的差异，很好地增強了詞的藝術表達效果。這使我們想起了李清照《南歌子》詞，也是『重頭』格式，『舊時天氣舊時衣。衹有情懷、不似舊家時』，用『舊時天氣舊時衣』，與今時天氣今時衣相比没有任何變化，來突顯『衹有情懷』的惡變，表現了南渡後國破家亡，喪夫漂零，孤苦無依的痛苦悲涼之心境，手法同出一轍。

從總體藝術構思而言，此詞用的是白描的藝術手法。白描是中國傳統繪畫藝術的技法，衹用墨綫勾勒，不傅顏色。用在文學創造上，魯迅先生説得很精闢：『「白描」却并没有秘訣。……有真意，去粉飾，少做作，勿賣弄而已』。此詞清真自然，衹『燈如晝』，略加渲染。清沈謙《填詞雜説》：『白描不可近俗，修飾不得太文』，白描中稍帶修飾是可以的，但不要過于渲染。此文正是。

作者用『年』、『元夜時』、『月』、『燈』、『人』等詞循環往復，使詞意轉深，而音律節奏更美。亦為顯著的藝術特色。

【選評】

[一] **明·毛　暎**：籬緒凄斷。（瑜注：『籬，離也』。見《漢語大字典》）。（《詞的》）

[二] **明·沈際飛**：王實甫詞本此。　調甚佳，非良家婦所宜有。（《草堂詩餘續集》）

又：淑真又有元夕詩：『火樹銀花觸目紅。極天歌吹暖春風。新歡入手愁忙裏，舊事經心憶夢中。但願暫成人繾綣，不妨長任月朦朧。賞燈那得工夫醉，未必明年此會同。』與詞意相合，此行可知矣。（同上）

[三] **明·楊　慎**：朱淑真元夕生查子云：『去年元夜時……』，詞則佳矣，豈良人家婦所宜耶。又其元夕詩云：『火樹銀花觸目紅。極天歌吹暖春風。新歡入手愁忙裏，舊事經心憶夢中。但願暫成人繾綣，不妨長任月朦朧。賞燈那得功夫醉，未必明年此會同。』與其詞意相合，則其行可知矣。（按：元夕詞乃歐陽修作，見《廬陵集》卷一百三十一）。（《詞品》）

[四] **明·錢允治等**：感今懷昔，皆情至之語。（《類編箋釋續選草堂詩餘》）

[五] **明·陳耀文**：辭則佳矣，豈良人家婦所宜耶！其行可知。　此永叔辭耶，或云少游，指為淑真不重誣人耶！（《正楊》）

[六] **明·卓人月　徐士俊**：元曲之稱絶者，不過得此法。（《古今詞統》）

[七] **清·紀昀等**：楊慎升庵《詞品》載其《生查子》一闋，有『月上柳梢頭，人約黃昏後』語，晋跋遂稱為白璧微瑕，然此詞今載歐陽修《廬陵集》第一百三十一卷中。不知何以竄入淑真集内，誣以桑濮之行，慎收入《詞品》，既為不考，而晋刻

《宋名家詞》六十一種《六一詞》，即在其內，乃于《六一詞》漏注互見《斷腸詞》，已自亂其例，于此集更不置辨，且證實為『白璧微瑕』，益魯莽之甚。今刊此一篇，庶免于厚誣古人，貽九泉之憾焉。（《欽定四庫全書總目提要·斷腸詞》）

［八］**清·葉申薌**：『去年元夜時……泪滿春衫袖。』此六一居士詞，世有傳為朱秋娘作，遂疑朱為失德女子，亟為辯之。秋娘名希真，與朱敦儒之字正同。（《本事詞》）

［九］**清·陳世焜（廷焯）**：此詞非淑真作，漁洋辨之于前，雲伯辨之于後。俱有挽扶風教之心。余著白雨齋筆談詳辨此詞，及李易安再適之污。（《雲韶集》）

又：陳雲伯大令云：宋人小説，往往誣衊賢者。如四朝聞見録之于朱子，東軒筆録之于歐陽公比比皆是。又謂『去年元夜』一詞，本歐陽公作，後人誤編入《斷腸集》，遂疑朱淑真為泆女，皆不可不辯。（同上）

［一〇］**清·陳廷焯**：此詞一云歐陽公作。漁洋辨之于前，雲伯辨之于後。俱有挽扶風教之心。然淑真本非佚女，不得以一詞短之。（《詞則》）

［一一］**清·況周頤**：歐陽永叔生查子元夕詞，誤入朱淑真集。升庵引之，謂非良家婦所宜。欽定四庫全書提要，辨之詳矣。魏端禮斷腸集序云：『蚤歲父母失審，嫁為市井民妻，一生抑鬱不得志。』升庵之説，實原于此。（《蕙風詞話》）

［一二］**虢壽麓**：這首詞是節日懷舊之作。上段寫去年節日共聚之歡，下段寫今年節日相離之感，內容重點就燈、月、人三方面寫。上段用描繪法，如對燈、月、人，都是分開描摹的。下段兼用概括法，燈月改用合寫，人則仍用單描。『依舊』指出景物不殊，『不見』説明人事已變。通過前後對比，逼出『泪濕春衫』一語，見其傷感之甚。文章以錯綜見妙。（《歷代名家詞百首賞析》）

［一三］**沈家莊**：此為戀情詞。上元節之熱鬧燈市一筆帶過，純以口語筆法，寫出兩度元宵節之情感經歷，富生活實感，表現出一往情深、乍聚永別的戀情創痛。『月到柳梢頭，人約黄昏後。』典型環境的典型生活情節，概括凝練，韵味雋永。『去年』與『今年』，物是人非，對比中藴含着動人的藝術魅力。此首或作朱淑真詞，誤。（《宋詞大辭典》）

［一四］**張燕瑾　楊鐘賢**：在宋代，理學盛行，對婦女的束縛很多，比起漢唐時代來，她們的自由相對地少了。但是，人心是鎖不住、是關不牢的。她們會利用各種機會，衝破種種羈絆，逾越禮教鴻溝，去爭取自身的歡樂和幸福。正月十五元宵夜就是這樣的機會之一。（《唐宋詞選析》）

青玉案

凌波不過橫塘路。但目送、芳塵去。錦瑟年華誰與度。月樓花院，綺窗朱户。惟有春知處。
碧雲冉冉蘅皋暮。彩筆空題斷腸句。試問閑愁知幾許。一川烟草，滿城風絮。梅子黄時雨。

——《精選名賢詞話草堂詩餘》

【考辨】

◎歷代載籍著録此闋之詞調、題目：

調作《青玉案》（一名《一年春》）。題作『春晚』、『春暮』、『春景』、『姑蘇橫塘小築』、『題橫塘路』、『橫塘路』。

◎歷代此闋著録為李清照（易安）詞之載籍：

［一］宋・何士信編《增修箋注妙選群英草堂詩餘》前集二卷　影元至正癸未廬陵泰宇書堂新刊本（餘前上，第三二頁）收録，未署撰者。與署名的李易安詞《如夢令》（昨夜雨疏）連排，第四首。筆者認定編選者是以李易安詞收之，理由詳見是書所收《武陵春》（風住塵香）【考辨】『歷代此闋著録為李清照（易安）詞之載籍』『［三］』『瑜注』。

校記

調題：皆同範詞。

正文：『蘅』作『衡』。

附録：世稱方回所作『梅子黄時雨』為絶唱，蓋用寇萊公語也。寇云：『杜鵑啼處血成花，梅子黄時雨如霧』。（詞評）

［二］宋・建安古梅何士信君實編選《妙選箋注群英詩餘》（《增修箋注妙選群英草堂詩餘》）前集二卷後集二卷　影元至正辛卯孟夏雙璧陳氏刊行本（餘前上，第二九頁）收録，未署撰者。與署名的李易安詞《如夢令》（昨夜雨疏）連

排，第四首。筆者認定編選者是以李易安詞收之，理由詳見是書所收《武陵春》（風住塵香）【考辨】『歷代此闋著録為李清照（易安）詞之載籍』『［三］』『瑜注』。

校記

調題：皆同範詞。

正文：『蘅』作『衡』。

附録：世稱方回所作『梅子黄時雨』為絶唱，蓋用寇萊公語也。寇云：『杜鵑啼處血成花，梅子黄時雨如霧』。（詞評）

［三］宋・佚名輯　何士信增注《增修箋注妙選群英草堂詩餘》，《景刊宋金元明本詞》本（洪武本，餘前上，第二九頁）收録，未署撰者。與署名的李易安詞《如夢令》（昨夜雨疏）連排，第四首。筆者認定編選者是以李易安詞收之，理由詳見是書所收《武陵春》（風住塵香）【考辨】『歷代此闋著録為李清照（易安）詞之載籍』『［三］』『瑜注』。

校記

調題：皆同範詞。

正文：皆同範詞。

附録：世稱方回所作『梅子黄時雨』為絶唱，蓋用寇萊公語也。寇云：『杜鵑啼處血成花，梅子黄時雨如霧』。（詞評）

［四］宋・佚名輯　何士信增注《增修箋注妙選群英草堂詩餘》（内名），《四部叢刊》影印涵芬樓本（前集，卷之上，第三八頁）收録，未署撰者。與署名的李易安詞《如夢令》（昨夜雨疏）連排，第四首。筆者認定編選者是以李易安詞收之，理由詳見是書所收《武陵春》（風住塵香）【考辨】『歷代此闋著録為李清照（易安）詞之載籍』『［三］』『瑜注』。

校記

調題：皆同範詞。

正文：『蘅』作『衡』。

附録：世稱方回所作『梅子黄時雨』為絶唱，蓋用寇萊公語也。寇云：『杜鵑啼處血成花，梅子黄時雨如霧』。（詞評）

［五］明・周瑛撰《詞學筌蹄》，《續修四庫全書》本（卷五，總第四三三頁），收作李易安詞。

校記

調題：調同範詞。題作『春晚』。

正文：『蘅』作『衡』。

附録：無。

◎歷代此闋著録他人或無名氏及存疑詞之載籍：

［一］宋・賀鑄撰《東山寓聲樂府》，《四印齋所刻詞》本（東山詞，第二〇頁），收作賀鑄詞。

校記

調題：調同範詞。題作『題橫塘路』。

正文：『年華』作『華年』；『月樓花院』作『月橋花榭』；『綺』作『瑣』（瑜注：此處『瑣』字按規範繁體字應為『鎖』）；『惟』作『衹』；『暮』作『莫』（瑜注：此處字音、字義同，見《漢語大字典》）；『空』作『新』；『知』作『都』。

附録：無。

［二］宋・賀鑄撰《慶湖遺老詩集》文淵閣《欽定四庫全書》『提要』集部三　別集類二（提要，第二頁），著録為賀鑄詞。

校記

調題：皆同範詞。

正文：僅收録『梅子黄時雨』一句。

附録：鑄以填詞名家，世傳其《青玉案》『梅子黄時雨』句，有『賀梅子』之稱。（本事）

［三］宋・潘淳（子真）撰《潘淳詩話》，《宋詩話全編》本　江蘇古籍出版社（總第六七二頁），第『二二』，『梅子黄時雨』條，著録為賀方回詞。

校記

調題：無調。無題。

正文：僅收録『梅子黄時雨』一句，下見附録。

附録：世推方回所作『梅子黄時雨』為絶唱，蓋用寇承公語也，寇詩云：『杜鵑啼處血成花，梅子黄時雨如霧。』（詞評）

［四］宋・魏慶之撰《詩人玉屑》文淵閣《欽定四庫全書》本　集部（卷二〇，第二七頁），著録為賀方回詞。（引《冷齋夜話》）

校記

調題：皆同範詞。

正文：全詞收録。「芳塵」作「飛鴻」；「年華」作「華年」；「誰」作「口」；「月樓花院」作「口口幽徑」；「惟」作「祇」；「蘅」作「衡」；「閑」作「離」；「知」作「都」。

附録：略（瑜注：詞評，内容與此書此詞【選評】魏慶之引《冷齋夜話》一段同）。

［五］宋・曾慥輯《樂府雅詞》影印涵芬樓手抄本（樂中，第一八頁），收作賀方回詞。

校記

調題：皆同範詞。

正文：「年華」作「華年」；「月樓花院」作「月臺花榭」；「綺」作「鎖」；「空」作「新」；「知」作「都」。

附録：無。

［六］宋・曾慥編（原署）《樂府雅詞》文淵閣《欽定四庫全書》本　集部（卷中，第二〇頁），收作賀方回詞。

校記

調題：皆同範詞。

正文：「年華」作「華年」；「月樓花院」作「月臺花榭」；「綺」作「鎖」；「空」作「新」；「知」作「都」。

附録：無。

［七］宋・曾慥撰（原署）《樂府雅詞》文津閣《欽定四庫全書》本　集部（卷中，總第四五六頁），收作賀方回詞。

校記

調題：皆同範詞。

正文：「年華」作「華年」；「月樓花院」作「月臺花榭」；「綺」作「鎖」；「彩」作「緑」；「空」作「新」；「知」作「都」。

附録：無。

〔八〕宋・花庵詞客（黄升）編集（原署）《唐宋諸賢絶妙詞選》掃葉山房刊本（卷四，第五頁），收作賀方回詞。

校記

調題： 皆同範詞。調下注：「山谷稱此詞云：『解到江南斷腸句，世間祇有賀方回』」。

正文： 『月樓花院』作『月臺花榭』；『綺』作『瑣』；『空』作『新』；『知』作『都』。

附録： 無。

〔九〕宋・龔明之撰《中吴紀聞》文淵閣《欽定四庫全書》本　史部（卷三，第一八頁），著録為賀方回詞。

校記

調題： 皆同範詞。

正文： 全詞收録。『年華』作『華年』；『月樓花院』作『月橋仙館』；『惟』作『唯』；『蘅』作『衡』；『空』作『新』。

附録： 略（瑜注：詞評、本事，内容與此書此詞【選評】《中吴紀聞》所録同）。

〔一〇〕宋・無撰人《草堂詩餘》文淵閣《欽定四庫全書》本　集部（卷二，第一三頁），收作賀方回詞。

校記

調題： 調同範詞。題作『春暮』。

正文： 『蘅』作『衡』。

附録： 無。

〔一一〕宋・無撰人《草堂詩餘》文津閣《欽定四庫全書》本　集部（卷二，總第五七五頁），收作賀方回詞。

校記

調題： 調同範詞。題作『春暮』。

正文： 『蘅』作『衡』；『川』作『州』。

附録： 無。

〔一二〕宋・羅大經撰《鶴林玉露》文淵閣《欽定四庫全書》本　子部（卷七，第一〇頁），著録為賀方回詞。

校記

調題： 無調。無題。

正文： 僅收録『試問閑愁知幾許。一川烟草，滿城風絮。梅子黄時雨』四句。與範詞同。

附録： 略（瑜注：詞評，内容與此書此詞【選評】《鶴林玉露》所録同）。

［一三］宋・鄭虎臣編《吴都文粹》文淵閣《欽定四庫全書》本　集部（卷一〇，第五二頁），收作賀鑄詞。

校記

調題： 調同範詞。題作『題横塘路』。

正文： 『綺』作『鎖』；『惟』作『祗』；『碧』作『飛』；『空』作『新』；『試』作『若』；『愁』作『情』；『知』作『都』。

附録： 無。

［一四］明・茅暎遠士評選《詞的》清萃閔堂抄本《四庫未收書輯刊》影印（卷之三，第二一頁），收作賀鑄詞。

校記

調題： 調同範詞。題作『春暮』。

正文： 『蘅』作『衡』。

附録： 煞語奕然。（眉批）

［一五］明・顧從敬類選　沈際飛評正《草堂詩餘正集》明萬賢樓自刻本（卷二，第二五頁），收作賀方回詞。

校記

調題： 調同範詞。題作『春暮』。

正文： 『月樓花院』作『月臺花榭』；『空』作『新』；『知』作『都』。

附録： 知我者，其天乎！一般口氣。　叠寫三句閑愁，真絶唱。　山谷嘗稱云：『解到江南斷腸句，世間惟有賀方回』。

寇平仲有云：『杜鵑啼處血成花，梅子黄時雨如霧』。潘子冥（真）以為賀用寇語，抑知前人久已有之。（眉批）

尾注：略（瑜注：皆係引古人之句注釋『横塘』、『凌波』、『芳塵』、『錦瑟』、『蘅臯』、『彩筆』、『斷腸』等詞的出處）。

［一六］明・陳鐘秀校《精選名賢詞話草堂詩餘》，《四印齋所刻詞》本（草堂上，第三四頁），收作賀方回詞。

校記

調題： 調作《青玉案》。無題。

正文： 原『横』、『臯』、『綵』、『煙』、『黄』，兹改為正字『橫』、『皋』、『彩』、『烟』、『黃』。（擇為範詞，底本）

附録： 無。

〔一七〕明·張綖輯《草堂詩餘別録》嘉靖戊戌抄本　上海圖書館複製（第一一頁），收作賀方回詞。

校記

調題： 皆同範詞。

正文： 『蘅』作『衡』。

附録： 無點録。方回以此詞得名，號『賀梅子』。山谷云：『解到江南斷腸句，衹今惟有賀方回』。（詞評）

〔一八〕明·楊慎批點　閔暎璧校訂《草堂詩餘》明閔暎璧刻朱墨套印本（卷三，第一三頁），收作賀方回詞。

校記

調題： 調同範詞。題作『春暮』。

正文： 『蘅』作『衡』。

附録： 情景欲絶。（眉批）

〔一九〕明·楊慎批點《草堂詩餘》明萬曆《詞壇合璧》刊本（卷三，第一三頁），收作賀方回詞。

校記

調題： 調同範詞。題作『春暮』。

正文： 『蘅』作『衡』。

附録： 情景欲絶。（眉批）

〔二〇〕明·蔣一葵編《堯山堂外紀》明刊本（卷五四，第八頁），收作賀方回詞。

校記

調題： 皆同範詞。

正文： 『蘅』作『衡』。

附録： 略（瑜注：詞評，内容與此書此詞【選評】《堯山堂外紀》所録同）。

［二二一］明·武陵逸史編次　開雲山農校正《類編草堂詩餘》明嘉靖二十九年顧汝所刻本（卷之二，第一一頁），收作賀方回詞。

校記

調題： 調同範詞。題作『春暮』。

正文： 『蘅』作『衡』。

附録： 無。

［二二二］明·武陵逸史編次　上元崑石山人校輯《類編草堂詩餘》（《新刻注釋草堂詩餘》）古吳陳長卿梓（卷之二，第一九頁），收作賀方回詞。

校記

調題： 調同範詞。題作『春暮』。

正文： 『蘅』作『衡』。

附録： 《潘子真詩話》：世稱方回所作梅子黄時雨為絶唱，盖用寇萊公語也。寇云：『杜鵑啼處血成花，梅子黄時雨如霧。』（詞評）

［二二三］明·顧從敬編次　韓俞臣校正《類編草堂詩餘》古吳博雅堂梓行本（卷之二，第一一頁），收作賀方回詞。

校記

調題： 調同範詞。題作『春暮』。

正文： 『蘅』作『衡』。

附録： 無。

［二二四］明·唐順之解注　田一雋精選《類編草堂詩餘》金陵書坊張氏東川綉梓　萬曆甲申年重刊本（卷之二，第一九頁），收作賀方回詞。

校記

調題： 調同範詞。題作『春暮』。

正文： 『蘅』作『衡』。

附録：《潘子真詩話》：世稱方回所作梅子黃時雨為絕唱，蓋用寇萊公語也。寇云：『杜鵑啼處血成花，梅子黃時雨如霧。』

（詞評）

［二五］明・顧從敬類選　陳繼儒重校　陳仁錫參訂（內署）《類選箋釋草堂詩餘》明萬曆刻本《續修四庫全書》影印集部　詞類（卷之二，第二五頁），收作賀方回詞。

校記

調題：調同範詞。題作『春暮』。

正文：『蘅』作『衡』。

附録：略（瑜注：詞評，內容與此書此詞【選評】《潘淳詩話》選段同）。

［二六］宋・何士信輯《草堂詩餘前集二卷後集二卷》明嘉靖三十三年楊金刻本（卷上後，第二三頁），收作賀方回詞。

校記

調題：皆同範詞。調名左側注云：《潘子真詩話》云：『世稱方回新作「梅子黃時雨」為絕唱，蓋用寇萊公語也。寇云：「杜鵑啼處血成花，梅子黃時雨如霧」』。

正文：『蘅』作『衡』。

附録：無。

［二七］明・鱅溪逸史選編《彙選歷代名賢詞府全集》明嘉靖丁己（巳）一得山人跋抄本（卷之三，第二七頁），收作賀方回詞。

校記

調題：調同範詞。題作『暮春』。調下注：『一名《一年春》』。

正文：『蘅』作『衡』；『斷腸』作『腸斷』；『滿』作『蒲』。

附録：無。

［二八］明・吳承恩輯《花草新編》明抄本（殘卷，卷之三，中調，第一九頁），上海圖書館藏，收作賀方回詞。

校記

調題：調同範詞。題作『春莫』。

正文：皆同範詞。

附録：方回本右列，以薦得換文資。其長短句盛為前輩所賞，黄山谷詩云：『解道江南斷腸句，衹今惟有賀方回』人可知矣。此詞末後三言六義中比也。（尾注）

［二九］明・陳耀文纂（原署）《花草粹編》影印明刊十二卷本（卷七，第『又五五』頁），收作賀鑄詞。

校記

調題：皆同範詞。

正文：『年華』作『華年』；『花院』作『仙館』。

附録：略（瑜注：詞評，與此書此詞【選評】《花草粹編》附記同）。

［三〇］明・陳耀文輯《花草粹編》文淵閣《欽定四庫全書》二十四卷本（卷一四，第二五頁），收作賀鑄詞。

校記

調題：皆同範詞。

正文：『花院』作『仙館』。

附録：略（瑜注：詞評，與此書此詞【選評】《花草粹編》附記同）。

［三一］明・陳耀文編（原署）《花草粹編》文津閣《欽定四庫全書》二十四卷本（卷一四，總第五六頁），收作賀方回詞。

校記

調題：皆同範詞。

正文：『花院』作『仙館』。

附録：略（瑜注：詞評，與此書此詞【選評】《花草粹編》附記同）。

［三二］明・徐師曾輯《文體明辨附録》明萬曆間吴江壽檜堂刻本（卷八，詩餘一八，第三〇頁），收作『宋賀鑄』詞。

校記

調題：調同範詞。題作『春景』。

正文：『蘅』作『衡』。

附録：無。

［三三］明·張綖　謝天瑞撰《詩餘圖譜》明萬曆二十七年刻本《續修四庫全書》影印　集部　詞類（卷之三，第一七頁），收作賀方回詞。

校記

調題：皆同範詞。

正文：『蘅』作『衡』。

附録：無。

［三四］明·張綖撰　游元涇增訂《增正詩餘圖譜》明萬曆二十九年游元涇刻本（中卷，第一四頁），收作賀方回詞。

校記

調題：皆同範詞。

正文：『蘅』作『衡』。

附録：無。

［三五］明·董其昌評訂　曾六德參釋《新鋟訂正評注便讀草堂詩餘》明萬曆三十年喬山書舍刻本（卷三，頁不清），收作賀方回詞。

校記

調題：調同範詞。題作『春暮』。

正文：『蘅皋暮』作『衡舉閉』；『斷腸』作『腸斷』。

附録：略（瑜注：有眉批，皆為箋注）。

［三六］明·武陵逸史編　隱湖小隱訂《草堂詩餘》明末毛氏汲古閣刻《詞苑英華》本（卷二，第一二頁），收作賀方回詞。

校記

調題：調同範詞。題作『春暮』。

正文：『蘅』作『衡』。

附録： 無。

［三七］明・胡桂芳重輯（原宋・何士信輯）《類編草堂詩餘》明萬曆三十五年黄作霖等刻本（卷之上，第一六頁），收作賀方回詞。

校記

調題： 調同範詞。題作『春暮』。

正文：『蘅』作『衡』。

附録： 無。

［三八］明・李廷機批評　翁正春校正　徐憲成梓行《新刻注釋草堂詩餘評林》明萬曆三十六年戊申起秀堂刊本（春景三卷，第三三頁），收作賀方回詞。

校記

調題： 調同範詞。題作『春暮』。

正文：『蘅』作『衡』；『斷腸』作『腸斷』。

附録： 吴自江口沿淮築堤，謂之横塘。樓臺花木之盛，天下莫比。（眉批）

詞評：略（瑜注：内容與此書此詞【選評】《潘淳詩話》選段基本相同）。

［三九］明・程明善纂輯《嘯餘譜》，《續修四庫全書》集部　詞類（卷三，詩餘十八，第二三頁），收作賀鑄詞。

校記

調題： 調同範詞。題作『春景』。

正文：『惟』作『唯』；『蘅』作『衡』。

附録： 無。

［四〇］明・程明善纂輯《嘯餘譜》，《續修四庫全書》集部　詞類（卷八，南曲八，第二頁），收作賀方回詞。

校記

調題： 皆同範詞。

正文： 皆同範詞。

附録：略（瑜注：韵律解説）。

[四一] 明・卓人月彙選　徐世俊參評《古今詞統》（又名陳繼儒評選《草堂詩餘》、《詩餘廣選》），《續修四庫全書》本（卷一〇，第三二頁），收作賀鑄詞。

校記

調題：調同範詞。題作『姑蘇横塘小築』。

正文：『蘅』作『衡』。

附録：《拾遺記》：『石虎起樓四十丈，春雜寶异香為屑，風作則揚之，名曰芳塵臺』。（尾注）

沈天羽曰：『詞家以山喻愁以水喻愁多矣，末三句盡把烟草風絮梅雨為喻，真絶唱也』，當時號為賀梅子。山谷云：『解到江南腸斷句，世間唯有賀方回』，其見賞如此。（詞評）

[四二] 明・李攀龍補遺　陳繼儒校正　余文杰綉梓《新刻題評名賢詞話草堂詩餘》明萬曆四十三年書林自新齋余文杰刻本（三卷，第二八頁），收作賀方回詞。

校記

調題：調同範詞。題作『春暮』。

正文：『蘅皋暮』作『衡皋閉』；『斷腸』作『腸斷』。

附録：吴自江口沿淮築堤，謂之横塘。樓臺花木之盛，天下莫比。（眉批）

詞評：略（瑜注：内容與此書此詞【選評】《潘淳詩話》選段相同）。

[四三] 明・吴從先　寧野甫彙編《新刻李于麟先生批評注釋草堂詩餘雋》師儉堂蕭少衢依京板刻（卷之二，第六一頁），收作賀方回詞。

校記

調題：調同範詞。題作『春暮』。

正文：『綺』作『倚』；『蘅皋暮』作『衡皋閉』；『斷腸』作『腸斷』。

附録：上念及暮春已去景，下想到首夏方來時。（詞前評語）

懷春之情，不可令人到。　無人到處，正在懷春之時。（眉批）

《潘子真詩話》：世稱方回作『梅子黄時雨』為絶唱，蓋用寇萊公話也。寇云：『杜鵑啼處血成花，梅子黄時雨如霧』。（詞評）

送春歸迎夏至種種多情，真使人莫測。（詞後評語）

［四四］明・潘游龍輯《精選古今詩餘》（《古今詩餘醉》）清乾隆壬午秋鐫（卷二，第一〇頁），收作賀方回詞。

校記

調題：調同範詞。題作『春暮』。

正文：『月樓花院』作『月臺花榭』；『空』作『新』；『斷腸』作『腸斷』；『知』作『都』；『風』作『飛』。

附録：疊連三句閑愁，真絶唱。山谷嘗稱云：『解到江南斷腸句，世間惟有賀方回』。寇平仲有『杜鵑啼處血成花，梅子黄時雨如霧』，或謂賀用寇語，抑知前人久已有之。（詞評）

［四五］清・先著　程洪輯《詞潔》清康熙刻本（卷二，第四三頁），收作賀鑄詞。

校記

調題：皆同範詞。

正文：『月樓花院』作『月臺花榭』；『綺』作『瑣』；『空』作『新』；『知』作『都』。

附録：略（瑜注：詞評，内容與此書此詞【選評】《詞潔》選段同）。

［四六］清・陸次雲　章昞輯《見山亭古今詞選》康熙年間刻本（卷二，第七六頁），收作賀鑄詞。

校記

調題：皆同範詞。

正文：『蘅』作『衡』。

附録：無。

［四七］清・朱彝尊編《詞綜》，《欽定四庫全書薈要》集部（卷七，第二頁），收作賀鑄詞。

校記

調題：皆同範詞。

正文：『月樓花院』作『月臺花榭』；『綺』作『瑣』；『空』作『新』；『知』作『都』。

附録：略（瑜注：《中吴紀聞》一評語，與此書此詞【選評】《花草粹編》附記同。又録潘子真評語一段，與此書此詞【選評】《潘淳詩話》選段基本相同）。

[四八] 清・徐釚撰《詞苑叢談》康熙刊本 上海古籍出版社出版（卷三，第四五頁），著録為賀方回詞。

校記

調題：皆同範詞。

正文：全詞收録。皆同範詞。

附録：略（瑜注：詞評，與此書此詞【選評】《詞苑叢談》所録同）。

[四九] 清・孫致彌輯 樓儼補訂《詞鵠初編》清康熙四十四年自刻本（卷四，第一九頁），收作賀鑄詞。

校記

調題：皆同範詞。

正文：『冉冉』作『苒苒』。

附録：無。

[五〇] 清・沈辰垣等編《御選歷代詩餘》影印康熙内府本（卷四四，第二二六頁），收作賀鑄詞。

校記

調題：調同範詞。題作『題横塘路』。

正文：『月樓花院』作『月橋花榭』；『綺』作『瑣』；『惟』作『祇』；『空』作『新』；『知』作『添』。

附録：無。

[五一] 清・趙式輯 陳維崧等評點《古今別腸詞選》清康熙間遺經堂之刻本（卷三，中調，第二二頁），收作賀鑄詞。

校記

調題：調同範詞。題作『春暮』。

正文：『惟有春知』作『不見春歸』；『蘅』作『衡』；『斷腸』作『腸斷』。

附録：無。

[五二] 清・郭鞏撰《詩餘譜式》清康熙可亭刻本《四庫未收書輯刊》影印（後卷，第二五頁），收作賀鑄詞。

校記

調題：調同範詞。題作『春景』。

正文：『惟』作『唯』；『蘅』作『衡』。

附録：無。

［五三］清・王奕清等纂修《欽定詞譜》影印康熙内府刻本（卷一五，第九頁），收作賀鑄詞。

校記

調題：皆同範詞。

正文：皆同範詞。

附録：略（瑜注：前後詞調解説）。

［五四］清・王奕清等編次《御定曲譜》文淵閣《欽定四庫全書》本　集部（卷七，第三頁），收作賀方回詞。

校記

調題：皆同範詞。

正文：『院』作『苑』。

附録：略（瑜注：韵律解説）。

［五五］清・吴綺輯《選聲集》清大來堂刻本（中調，第七頁），中國人民大學圖書館藏，收作賀鑄詞。

校記

調題：皆同範詞。

正文：『蘅』作『衡』；『斷腸』作『腸斷』。

附録：無。

［五六］清・吴綺　程洪同選　茅麟（麐）較（原署）《記紅集》清康熙刊本（卷之二，中調，第一五頁），收作賀鑄詞。

校記

調題：調同範詞。題作『姑蘇横塘小築』。調下注：『第一體、第二體同，惟後段二句作八字』。

正文：『蘅』作『衡』。

附録：無。

［五七］清・陳夢雷　蔣廷錫等輯《欽定古今圖書集成》曆象彙編歲功典　中華書局影印本（第三五卷，季春部，第〇一八冊之一六葉），收作賀鑄詞。

校記

調題：調同範詞。題作『暮春』。

正文：『月樓花院』作『月橋花榭』；『綺』作『瑣』；『惟』作『唯』；『空』作『新』；『斷腸』作『腸斷』；『知』作『添』。

附録：無。

［五八］清・許寶善輯《自怡軒詞譜》乾隆刊本（卷一，第一一頁），收作賀鑄詞。

校記

調題：皆同範詞。

正文：『風』作『飛』。

附録：無。

［五九］清・黃氏（蘇）撰《蓼園詞評》，《詞話叢編》本（總第三〇五七頁），著録為賀方回詞。

校記

調題：皆同範詞。

正文：僅收録『凌波不過横塘路』一句，與範詞同。

附録：略（瑜注：詞評，内容與此書此詞【選評】《蓼園詞評》所録全同）。

［六〇］清・許寶善評選《自怡軒詞選》嘉慶元年六月間鐫　本衙之藏板（卷三，第四頁），收作賀鑄詞。

校記

調題：皆同範詞。

正文：『月樓花院』作『月臺花榭』；『綺』作『瑣』；『空』作『新』；『知』作『都』。

附録：《中吴紀聞》云：鑄有小築在姑蘇盤門外，地名横塘。方回往來其間，作此詞。後山谷有詩云：『解道江南斷腸句，

祇今唯有賀方回』，其為前輩推重如此。（本事，詞評）

［六一］清・孫平叔先生鑒定　葉申薌編次《天籟軒詞譜》清道光九年刊本（卷二，第四四頁），收作賀鑄詞。

校記

調題： 皆同範詞。調下注：『六十七字仄十韵』。

正文： 『知』作『都』。

附録： 前後第四韵有不押者。（解説）

［六二］清・葉申薌輯《天籟軒詞選》清嘉慶間刊本（卷五，第一三頁），收作賀方回詞。

校記

調題： 皆同範詞。

正文： 『月樓花院』作『月橋花榭』；『空』作『新』；『知』作『都』。

附録： 無。

［六三］清・周之琦（金梁夢月外史）輯《晚香室詞録》清抄本（卷三，未注頁碼），收作賀鑄詞。

校記

調題： 皆同範詞。

正文： 『月樓花院』作『月臺花榭』；『綺』作『瑣』；『知』作『今』。

附録： 周紫芝云：『方回有「梅子黄時雨」之句，人呼為賀梅子』。（本事）

［六四］清・賴以邠著《填詞圖譜》，《四庫全書存目叢書》本（卷三，第二九頁），收作賀鑄詞。

校記

調題： 皆同範詞。

正文： 『蘅』作『衡』。

附録： 無。

［六五］清・謝元淮輯《碎金詞譜》清道光刊本（卷三，南中吕宮，第一一頁），收作賀鑄（小注『方回』）詞。

校記

調題：調同範詞。題作『題横塘路』。調下注：略（瑜注：詞譜解説）。

正文：『風』作『飛』。

附録：略（瑜注：《歷代詞話》一評语，與此書此詞【選評】《歷代詞話》所録基本相同。又録潘子真評語一段，與此書此詞【選評】《潘淳詩話》選段基本相同）。

［六六］清·楊希閔撰録《詞軌》同治二年手抄本（卷五，第一二頁），收作賀鑄詞。

校記

調題：皆同範詞。

正文：『月樓花院』作『月臺花榭』；『綺』作『瑣』；『彩』作『采』；『知』作『深』。

附録：無。

［六七］清·周濟編《宋四家詞選》清人選評詞集三種本（第二四一頁），收作賀鑄詞。

校記

調題：皆同範詞。

正文：『月樓花院』作『月臺花榭』；『綺』作『瑣』；『朱』作『珠』；『空』作『新』；『知』作『深』。

附録：無。

［六八］清·譚獻輯《復堂詞録》稿本（卷三，宋集二，未注頁碼），收作賀鑄詞。

校記

調題：皆同範詞。

正文：『月樓花院』作『月臺花榭』；『綺』作『瑣』；『暮』作『莫』（瑜注：此處字音、字義同，見《漢語大字典》）。

附録：無。

［六九］清·黄承勛存輯《歷代詞腴》光緒乙酉五月梓黛山樓藏板（卷上，第二一頁），收作賀鑄詞。

校記

調題：皆同範詞。

正文：皆同範詞。

附録：無。

［七〇］清・陳世焜（廷焯）選《雲韶集》手抄本（卷三，第八頁），收作賀鑄詞。

校記

調題：皆同範詞。

正文：『月樓花院』作『月臺花榭』；『綺』作『瑣』；『知』作『都』。

附録：起筆飄逸，是賀公本色。較秦少游『春隨人意』更來得妙。　筆態翩翩，遺詞精秀，宜為當時所重。（眉批）

《中吴紀聞》云：『鑄有小築，在姑蘇盤門之内十餘里，地名横塘，方回往來其間。作此詞，後山谷有詩云：「解道江南腸斷句，祇今惟有賀方回」。其為前輩推重如此。』潘子真云寇萊公詩：『杜鵑啼處血成花，梅子黄時雨如霧』。世推方回所作『梅子黄時雨』為絶唱，蓋用寇萊公語也。（詞評、本事）

［七一］清・陳廷焯選評《詞則》上海古籍出版社影印本　大雅集（卷二，第一二頁），收作賀鑄詞。

校記

調題：皆同範詞。

正文：『月樓花院』作『月臺花榭』；『綺』作『瑣』；『空』作『新』；『知』作『都』。

附録：略（瑜注：《中吴紀聞》一評语，與此書此詞**【選評】**《花草粹編》附記同。又録潘子真評語一段，與此書此詞**【選評】**《潘淳詩話》選段基本相同）。

［七二］清・萬樹編次　徐本立纂《新校正詞律全書》民國合刊本　詞律部分（卷一〇，第三頁），收作賀鑄詞。

校記

調題：皆同範詞。調下注：『六十七字』。

正文：『蘅』作『衡』；『問』作『將』。

附録：略（瑜注：與此書此詞**【選評】**《新校正詞律全書》所録同）。

［七三］清・椒園主编《詞林摘錦》（内名《歷朝詞林摘錦》）光緒癸未七月守研山房開雕（不分卷，第一八頁），著録為賀鑄詞。

校記

調題：皆同範詞。
正文：僅摘録『凌波不過横塘路。但自送、芳塵去』，『一川烟草，滿城風絮。梅子黄時雨』。『目』作『自』。
附録：無。

［七四］ 梁令嫻抄《藝蘅館詞選》上海中華書局印行　民國二十五年再版（乙卷，北宋詞，第五八頁），收作賀鑄詞。

校記

調題：皆同範詞。
正文：『月樓花院』作『月臺花榭』；『綺』作『瑣』；『空』作『新』；『知』作『都』。
附録：《中吴紀聞》云：『鑄有小築，在姑蘇盤門之南十餘里，地名横塘，方回往來其間。作此詞，後山谷有詩云：「解唱江南腸斷句，秪今惟有賀方回」。其為前輩推重如此。』周少隱云：『方回有梅子黄時雨之句，人謂之賀梅子。方回寡髮，郭功甫指其髻謂曰，此真賀梅子也。』（詞評、本事）

［七五］ 王官壽輯《宋詞抄》中華民國十一年排印本（卷五，第二六頁），收作賀鑄詞。

校記

調題：皆同範詞。
正文：『月樓花院』作『月橋花榭』。
附録：無。

［七六］ 唐圭璋輯《全宋詞》中州古籍出版社　兩冊本（上，第三六〇頁），收作賀鑄詞。是書此詞題作『横塘路』。

［七七］ 唐圭璋輯《全宋詞》中州古籍出版社　兩冊本（上，第六五一頁），《訂補附記補》，收作李清照『存目詞』。
附録：出處：詞學筌蹄卷五。賀鑄作，見東山詞。

［七八］ 王仲聞《李清照集校注》人民文學出版社（第二三五頁），『附録』收為『誤題李清照撰之作品』。
附録：按……黄山谷有《寄賀方回》詩云：『少游醉卧古藤下，誰與愁眉唱一杯。解作江南斷腸句，秪今惟有賀方回』。見《山谷内集詩注》卷十八。宋人和方回此詞韵者甚多。此詞非賀鑄作莫屬。

◎瑜按：

綜上，此詞撰者异名有二：一為李易安（清照），一為賀鑄（方回）。此詞收為賀鑄詞之載籍有宋《東山寓聲樂府》、《樂府雅詞》、《唐宋諸賢絶妙詞選》、《草堂詩餘》（无撰人）等，俱是與賀鑄同時代成書的。《東山寓聲樂府》又是他本人之詞集，皆比較可靠，此詞屬賀鑄詞之可能性大。《增修箋注妙選群英草堂詩餘》此詞應被看作編者是以李易安（清照）詞收録的（詳見是書所收《武陵春》（風住塵香）【考辨】『歷代此闋著録為李清照（易安）詞之載籍』『［三］』『瑜注』）。《詞學筌蹄》亦收作李易安詞，但皆未詳所據，姑存疑俟考。

【注釋】

［一］**凌波**：見《品令》（零落殘紅）注。

［二］**横塘**：作者居地，于蘇州城南郊，築『企鴻居』。從賀鑄退隱蘇州横塘的歷史，及此詞寫男子對女子思念的内容而言，説此詞為賀鑄之作是有根據的。唐李嘉祐《傷吴中》：『館娃宫中春已歸，闔閭城頭鶯已飛。復見花開人又老，横塘寂寂柳依依』。宋陳三聘《蝶戀花》：『閶闔城西山四面。鴨緑鱗鱗，輕拍横塘岸』。

［三］**芳塵**：夾雜着帶香味的烟塵。晋王嘉《拾遺記》：『石虎起樓四十丈，舂雜寶异香為屑，風作則揚之，名曰芳塵臺』。宋方千里《宴清都》：『芳塵暗陌。殘花遍野，歲華空去』。明王冕《白梅》：『冰雪林中着此身，不同桃李混芳塵』。

［四］**錦瑟年華**：指美麗的青春時代。唐李商隱《錦瑟》：『錦瑟無端五十弦，一弦一柱思華年』。後演變成以『錦瑟年華』喻美麗的青春時代。宋張炎《臺城路》：『錦瑟年華，夢中猶記艷游處』。元張翥《六州歌頭·孤山尋梅》：『喚起春嬌扶醉，休孤負錦瑟年華』。

［五］**綺窗**：美麗的窗子。五代鹿虔扆《臨江仙》：『金鎖重門荒苑静，綺窗愁對秋空』。

［六］**朱户**：紅門。宋徐君寶妻《滿庭芳》：『緑窗朱户，十里爛銀鉤』。宋張先《蝶戀花》：『明月不諳離恨苦。斜光到曉穿朱户』。

［七］**冉冉**：緩慢地。晋葛洪《神仙傳·樂巴》『……冉冉如雲氣之狀，須庾失巴所在』。宋柳永《曲玉管》：『斷雁無憑，冉冉飛下汀洲。思悠悠』。

［八］**蘅皋**：水邊長滿蘅草的高地。『蘅』，草本植物名，開紫花，可入藥。『皋』，水邊高地。宋柳永《少年游》：『夕陽閑淡秋光老，離思滿蘅皋』。元劉秉忠《點絳唇》：『花褪殘紅，緑滿西城樹。蘅皋暮』。

［九］**彩筆**：此處指詞藻華麗、筆法高超。宋韓淲《浣溪沙》：『彩筆新題字字香。雁來時候燕空梁』。元段克己《訴衷情·初夏偶成》：『芭蕉新綻，徙湖山，彩筆題詩』。

［一〇］**斷腸**：形容人極度悲傷痛苦，揪斷柔腸。魏曹丕《燕歌行》：『群燕辭歸雁南翔，念君客游思斷腸』。元馬致遠《天净沙·秋思》：『夕陽西下。斷腸人在天涯』。

［一一］　**一川烟草**：整條江河兩邊如烟的不盡芳草。宋劉仙倫《菩薩蠻》：『東風去了秦樓畔。一川烟草無人管』。宋李邴《清平樂》：『又是危欄獨倚，一川烟草斜陽』。

［一二］　**梅子黄時雨**：參見《青玉案》（征鞍不見）『黄梅雨』注。

【品鑒】

此詞宋代已享有盛名，多以為賀鑄作。今以存疑詞收之。

清王弈清撰《歷代詞話》：『方回（賀鑄）小築在蘇（州）之横塘，有《青玉案》詞云：「凌波不過横塘路。……梅子黄時雨。」黄山谷贈以詩曰：「解道江南腸斷句，祇今惟有賀方回。」其為前輩推重如此』。説明此詞于宋代就得到詞壇名家黄庭堅的贊賞。又載：『小詞有「梅子黄時雨」之句，人呼為賀梅子。方回寡髮，郭功甫指其髻曰：「此真賀梅子也」』。説明作者以此詞此句而得名。此詞已千古膾炙，寫詞人對望見而没有謀面的風姿綽約儀態非凡之女子的鍾愛之情。

發端：『凌波不過横塘路。但目送、芳塵去。』開門見山，落筆擒題，宛若影視乍開的畫面鏡頭：一個風度翩翩的男子翹首注視着近處一位妙齡女子，她姍姍走到那横塘的邊上，却又未過池塘就折到旁處去了，那男人呆呆地目送着她與踏起的香塵一同遠去，他悻悻然為未能看到她的真面貌而深感遺憾和失望。這是一個人物活動的鏡頭，此時無聲勝有聲。引起觀衆或讀者許多的審美聯想：她多大年紀？什麽模樣？什麽打扮？從何處來？到何處去？他又是何人？家居多遠？等等，浮想聯翩。

次三句，陡轉，『錦瑟年華誰與度。月樓花院，綺窗朱户。』詞人是直接目擊者，望着那綽約女子的背影，引起的想象飛騰。『在詩中，想象是主要的活動力量，創作過程祇有通過想象纔能夠得到完成』（别林斯基語）。『文之思也，其神遠矣』，『思接千載』，『視通萬里』（南北朝劉勰《文心雕龍·神思》）。都説明想象在文學創作中的重大作用。儘管聯想豐富，但由于格調韻律的限制，不可一股腦兒都寫到詞裏去，必經檢選和濃縮，當然要選最典型，最突出，最想知道的事情入詞。詞人最關心最想知道的是：是誰與她共同度過美好的青春時光？她或許生活在皎月朗照，小橋流水，花團錦簇的庭院？或許住在連鎖形窗櫺紅色房門的屋子裏？像電影的蒙太奇的一個個畫面，雖然想得很多很多，但是詞人終究無法確知她的某些情況。『月樓花院，綺窗朱户』，僅八個字，便把想象中的女子生活的庭院渲染得如此美麗，可謂造語精妙！睹影知竿，表明那女子并非一般農婦，纔作如此想象。

結拍：『惟有春知處。』賦予『春』以超凡的感知和生命，這是浪漫的手法。祇有『春神』能夠曉得，司春之神又不真的存在。就等于説没人能夠知曉了。含有無限惆悵惋惜之情啊！『凌波』、『芳』，透露出那女子的非凡。上片寫詞人對一妙齡旖旎女子衹遠視而未曾面見所引發的聯想和悵惋之情。上片，前三句，目睹；後四句，聯想。

過變，异軍突起，『碧雲冉冉蘅皋暮。彩筆空題斷腸句。』意脉不斷，主人翁望着飄然而逝的女子之背影有多長時間？没有寫。都聯想了哪些情事？也没有完全告訴讀者，留給我們廣闊的想象空間。但從天時而言，已是彩雲飄飛，長滿蘅草的高地籠罩在蒼茫的暮色之中了！客觀説明凝想的時間長而事情多。使其心潮澎湃，激發了他的詩情詞興，按捺不住，提起那生花的妙筆，抒寫了令其極度哀傷的詞句。傾述什麼情感？開了下文。

結句：『試問閑愁知幾許。一川烟草，滿城風絮。梅子黄時雨。』此處用了設問句呼喚，又自問自答自應。説是『閑愁』，即是對女子無限的傾慕鍾愛之情。那麼此情此意有多少呢？詞人用了一組排比句來比喻，以其精彩誇張的筆墨極言其多而亂：像一條大江河上的烟霧籠罩着兩岸的緑草那樣漫無邊際，像春天滿城隨風飄飛的楊花柳絮那樣難以盡數，像黄梅時節的雨水那樣綿綿不已。對『幾許』的應答不是單純枯燥的數字，而是用三個想象的具體可感的浩浩茫茫迷離惝恍具有朦朧之美的畫面，而喻其多，心緒之亂，産生了巨大的藝術魅力。以幾種事物來比一個事物，為博喻，千古卓絶，使此詞成為歷來令人激賞的名篇。言其卓絶，就是將深藏内心的抽象情感，變成了具體可感的東西，即物化了。李清照《武陵春》：『衹恐雙溪舴艋舟。載不動、許多愁』，喻『愁』之重，南唐李煜《虞美人》：『問君能有幾多愁。恰似一江春水向東流』，喻『愁』之多，都是將感情物化了，皆妙。三層物化，喻『愁』多且亂，更是超邁。『一見鍾情』是國人常用之詞，多見之事，但對未曾謀面的陌生綽約女子竟如此鍾情，是罕見的，也許那女子的朦朧之美更感染詞人，搦筆成詞。

宋沈義父《樂府指迷》：『結句需要放開，含有餘不盡之意，以景結尾最好。』此詞結句的三種莽莽蒼蒼的自然景觀，并非是單純的景結，而是以此來比喻作品主人公的『閑愁』之濃、心緒之亂，『一切景語皆情語也』（王國維《人間詞話》），故此結為『以景結情』，造語甚為奇隽。清沈謙《填詞雜説》評此結時説：『不特善于喻愁，正以瑣碎為妙』。因此結句，而得『賀梅子』芳名。清先著、程洪輯《詞潔》：評此詞『工妙之至，無迹可尋，語句思路亦在目前，而千人萬人不能凑泊。山谷云：「解道江南腸斷句，衹今惟有賀方回」，其為當時稱許如此。』清劉熙載《藝概・詞曲概》：『賀方回《青玉案》詞收四句云：「試問閑愁都幾許？一川烟草，滿城飛絮，梅子黄時雨。」其末句好處，全在「試問」句呼起，及與上「一川」二句并用耳。或以方回有「賀梅子」之稱，專賞此句，誤矣。且此句原本寇萊公「梅子黄時雨如霧」詩句，然則何不目萊公為「寇梅子」耶。』

此評贊賞尾句『試問』的作用。然作者提出己見因結句來自寇準詩句，而不值『專賞』。筆者認為單句『梅子黄時雨』平平，并非隽語，警策之類，無抄襲之嫌。但重新組合成為博喻情采氣韵焕然，這是個發明創造，便成絶唱，十分可貴。古典詩詞中詩詞之句的仿效、點化、暗合、藉用等常見（參閲《武陵春》『欣賞』文），如宋秦觀《滿庭芳》：『寒鴉萬點，流水繞孤村』，祖于隋煬帝詩句：『寒鴉千萬點，流水繞孤村』；宋張舜民《賣花聲》：『回首夕陽紅盡處，應是長安』，本于唐白居易《題岳陽樓》詩句：『春岸緑時連夢澤，夕波紅處近長安』；李清照《一剪梅》：『纔下眉頭，却上心頭』源于范仲淹《御街行》：『都來此事，眉間心上，無計相回避』詞句；元劉秉忠《點絳唇》：『蘅皋暮。客愁何許。梅子黄時雨』，兩句來自賀詞；毛澤東《人民解放軍占領南京》：『天若有情天亦老』詩句引自唐李賀《金銅仙人辭漢歌》：『衰蘭送客咸陽道，天若有情天亦老』。不勝枚舉，但有一個原則，要有青出于藍而勝于藍之精絶，方妙。下片，前三句，黄昏題詞；後四句，博喻抒情。

此詞圓熟巧妙地運用聯想、想象、擬人、博喻等手法，詞彩飛揚，造語簡妙精絶，給人以很高的美感享受，頗有審美價值。

【選評】

[一] **宋·王灼**：賀方回初在錢塘，作《青玉案》，魯直喜之，賦絶句云：『解道江南斷腸句，衹今惟有賀方回。』賀集中，如《青玉案》者甚衆。大抵二公卓然自立，不肯浪下筆，予故謂語意精新，用心甚苦。（《碧雞漫志》）

[二] **宋·魏慶之**：賀方回妙于小詞，吐語皆蟬蜕塵埃之表。晏叔原、王逐客俱當溟涬然第之。山谷嘗手寫所作《青玉案》者，置之几研間，時自玩味。曰：『凌波不過横塘路……梅子黄時雨。』山谷云：『此詞少游能道之。作小詩曰：「少游醉卧古藤下，無復愁眉唱一杯。解道江南斷腸句，而今唯有賀方回。」』（《魏慶之詞話》引《冷齋夜話》）

[三] **宋·龔明之**：賀方回：賀鑄，字方回，本山陰人，徙姑蘇之醋坊橋。方回嘗游定力寺，訪僧不遇。因題一絶云：『破冰泉脉漱籬根，壞衲猶疑挂樹猿。蠟屐舊痕渾不見，東風先為我開門』。王荆公極愛之，自此聲價愈重。有小築在盤門之南十餘里，地名横塘。方回往來其間，嘗作《青玉案》詞云：『凌波不過横塘路……梅子黄時雨』。後山谷有詩云：『解道江南斷腸句，衹今唯有賀方回』，其為前輩推重如此。初方回為武弁李邦直為執政時力薦之，其略謂切見西頭供奉官賀某老于文學，泛觀古今，詞章議論迥出流輩，欲望改換一職，令入文資以示聖時育材進善之意，上可其奏，因易文階積官至正郎，終于常倅。（《中吴紀聞》）

［四］**宋·羅大經**：詩家有以山喻愁者，杜少陵云：「憂端如山來，澒洞不可掇」。趙嘏云：「夕陽樓上山重疊，未抵春愁一倍多」是也。有以水喻愁者，李頎云：「請量東海水，看取淺深愁。」李後主云：「問君都（能）有幾多愁？恰似一江春水向東流。」秦少游云：「落紅萬點愁如海」是也。賀方回云：「試問閑愁知幾許。一川烟草，滿城風絮。梅子黃時雨。」蓋以三者比愁之多也，尤為新奇。兼興中有比，意味更長。（《鶴林玉露》）

［五］**宋·周紫芝**：賀方回嘗作《青玉案》，有『梅子黃時雨』之句，人皆服其工，士大夫謂之『賀梅子』。（《竹坡詩話》）

［六］**宋·潘淳（子真）**：世推方回所作『梅子黃時雨』為絶唱，蓋用寇萊公語也。寇詩云：『杜鵑啼處血成花，梅子黃時雨如霧』。（《潘淳詩話》）

又：『杜鵑啼處血成花，梅子黃時雨如霧』，此寇萊公詩也。人但知『梅子黃時雨』為賀方回句。（《古今詞話》引）

［七］**明·沈際飛**：知我者，其天乎！一般口氣。　疊寫三句閑愁，真絶唱。　山谷嘗稱云：『解到江南斷腸句，世間惟有賀方回』。　寇平仲有云：『杜鵑啼處血成花，梅子黃時雨如霧』。潘子冥（真）以為賀用寇語，抑知前人久已有之。（《草堂詩餘正集》）

又：沈天羽曰：『詞家以山喻愁以水喻愁多矣。末三句盡把烟草風絮梅雨為喻真絶唱也。當時號為賀梅子，山谷云：「解到江南腸斷句，世間唯有賀方回。其見賞如此」』。（《古今詞統》引）

［八］**明·楊慎**：情景欲絶。（批點《草堂詩餘》）

［九］**明·蔣一葵**：賀方回有小築，在姑蘇盤門内，地名橫塘，方回時往來其間，作《青玉案》詞云：『凌波不過橫塘路……梅子黃時雨。』山谷見之極稱云：『解到江南腸斷句，世間祇有賀方回』當時因稱方回為賀梅子……（《堯山堂外紀》）

［一〇］**明·陳耀文**：《中吴紀聞》云：『鑄有小築，在姑蘇盤門之内十餘里，地名橫塘，方回往來其間，作此詞。後山谷有詩云：「解到江南腸斷句，祇今惟有賀方回」。其為前輩推重如此。』（《花草粹編》附記）

［一一］**明·李于麟（攀龍）**：上念及暮春已去景，下想到首夏方來時。（詞前評語）　懷春之情，不可令人到。　無人到處，正在懷春之時。（眉批）　送春歸，迎夏至，種種多情，真使人莫測（詞後評語）。（明吴從先、寧野甫彙編《新刻李于麟先生批評注釋草堂詩餘雋》）

〔一二〕清・先著 程洪：工妙之至，無迹可尋，語句思路亦在目前，而千人萬人不能湊泊。山谷云：『解道江南腸斷句，祇今惟有賀方回』，其為當時稱許如此。（《詞潔》）

〔一三〕清・徐 釚：賀方回（鑄）嘗作《青玉案》詞云：『凌波不過横塘路……梅子黄時雨。』山谷最稱之，有云：『解道江南腸斷句，世間祇有賀方回。』，僕壬之渡江題北征詞，亦有句云：『縱使紅鹽纔一曲，也應腸斷賀方回。』（按方回本山陰人，徙姑蘇之醋坊橋，有小築在横塘，嘗往來其間。一日，訪僧不遇，題絶句云：『破冰泉脉漱籬根，壞衲猶疑挂樹猿。蠟屐舊痕渾不見，東風先為我開門。』王荊公極愛之，詩載龔明之《中吴紀聞》。周少隱云：『方回有「梅子黄時雨」之句，人謂之賀梅子。方回寡髪，郭功甫指其髻曰，此真賀梅子也。』潘子真云：『寇萊公詩：「杜鵑啼處血成花，梅子黄時雨如霧。」世推方回所作為絶唱，蓋用萊公語也』）。（《詞苑叢談》）

〔一四〕清・沈 謙：賀方回《青玉案》：『試問閑愁知幾許。一川烟草，滿城飛絮。梅子黄時雨。』不特善于喻愁，正以瑣碎為妙。（《填詞雜説》）

〔一五〕清・王奕清等：方回少為武弁，以定力寺一絶句見賞王荊公，知名當世。小詞有『梅子黄時雨』之句，人呼為賀梅子。方回寡髪，郭功甫指其髻曰：『此真賀梅子也。』（《歷代詞話》引周紫芝）

又：賀鑄《東山樂府》，妙絶一世，盛麗如游金張之堂，妖冶如攬嬙施之祛，幽索如屈宋，悲壯如蘇李。（《歷代詞話》引張文潛）

〔一六〕清・王闓運：《青玉案》（凌波不過横塘路），一句一月，非一時也，不着一字故妙。（《湘綺樓評詞》）

〔一七〕清・劉熙載：賀方回《青玉案》詞收四句云：『試問閑愁都幾許？一川烟草，滿城飛絮，梅子黄時雨。』其末句好處，全在『試問』句呼起，及與上『一川』二句并用耳。或以方回有『賀梅子』之稱，專賞此句，誤矣。且此句原本寇萊公『梅子黄時雨如霧』詩句，然則何不目萊公為『寇梅子』耶。（《藝概・詞曲概》）

〔一八〕清・黄氏（蘇）：《潘子冥詩話》：世稱方回所作『梅子黄時雨』為絶唱。蓋用寇萊公語也。寇云：『杜鵑啼處血成花，梅子黄時雨如霧。』 沈際飛曰：叠寫三句閑愁，真絶唱。山谷嘗稱云：『解道江南斷腸句，世間惟有賀方回。』是也。 按方回有小築在姑蘇盤門内，地名横塘。時往來其間，有此作。方回以孝惠皇后族孫，元祐中，通判泗州，又倅太平州，退居吴下。是此詞作于退休之後也。自有一番不得意，難以顯言處。言斯所居横塘，斷無宓妃到。然波光清幽，亦常目送芳塵，第孤寂自守，無與為歡，惟有春風相慰藉而已。次闋言幽居腸斷，不盡窮愁。惟見烟草風絮，梅雨如霧，共此旦晚耳。無非寫其景之鬱勃岑寂也。（《蓼園詞評》）

［一九］**清・陳世焜（廷焯）**：起筆飄逸，是賀公本色。較秦少游『春隨人意』更來得妙。『惟有春知處』句，筆態翩翩，遺詞精秀，宜為當時所重。（《雲韶集》）

［二〇］**清・萬樹　徐本立**：……各調中惟此為中正之則，人因此詞呼為賀梅子。詞情詞律高壓千秋，無怪一時推服。涪翁（指黃山谷）有云：『解到江南腸斷句，世間唯有賀方回』，信非虛言……（《新校正詞律全書・詞律》）

孤鸞　早梅

天然標格。是小萼堆紅，芳姿凝白。淡佇新妝，淺點壽陽宮額。東君想留厚意，倩年年、與傳消息。昨夜前村雪裏，有一枝先拆。　念故人、何處水雲隔。縱驛使相逢，難寄春色。試問丹青手，是怎生描得。曉來一番雨過，更那堪、數聲羌笛。歸去和羹未晚，勸行人休摘。

——文淵閣《欽定四庫全書》本《草堂詩餘》

【考辨】

◎**歷代載籍著録此闋之詞調、題目：**

調作《孤鸞》。題作『早梅』。

◎**歷代此闋著録為李清照（易安）詞之載籍：**

［一］　明·顧從敬類選　沈際飛評正《草堂詩餘正集》明萬賢樓自刻本（卷四，第九頁），收作朱希真（下小注『誤刻李』）詞。瑜注：『誤刻李』，雖未詳何書，然王仲聞《李清照集校注》云：『蓋當時或以此首為李清照詞也。』故該載籍列此，以考究竟。

校記

調題：皆同範詞。

正文：皆同範詞。

附録： 佳處在筆筆蚤梅。　全類《玉燭新》梅花詞，後類劉方叔：『重聞塞管，何害』，『待到和羹，纔明底蘊』句。『莫待、單于吹老。便須折取歸來』（瑜注：此宋無名氏《絳都春》語），『寄驛人遥，和羹心在』，『誰為攀折』（瑜注：此宋朱敦儒《念奴嬌》語）。順友之殊。（眉批）

◎歷代此闋著録他人或無名氏及存疑詞之載籍：

［一］宋・朱敦儒撰《樵歌・補遺》，《四印齋所刻詞》本（樵補一），收作朱敦儒詞。

校記

調題： 皆同範詞。

正文：『拆』作『折』。

附録： 無。

［二］宋・無撰人《草堂詩餘》文淵閣《欽定四庫全書》本　集部（卷三，第二六頁），收作朱希真詞。

校記

調題： 調作《孤鸞》。題作『早梅』。

正文： 原『蕚』、『竚』、『粧』、『黙』、『畨』，茲改為正字『萼』、『伫』、『妝』、『點』、『番』。（擇為範詞，底本）

附録： 無。

［三］宋・無撰人《草堂詩餘》文津閣《欽定四庫全書》本　集部（卷三，總第五八二頁），收作朱希真詞。

校記

調題： 皆同範詞。

正文：『先拆』作『花折』

附録： 無。

［四］宋・建安古梅何士信君實編選《妙選箋注群英詩餘》（《增修箋注妙選群英草堂詩餘》）前集二卷後集二卷　影元至正辛卯孟夏雙璧陳氏刊行本（餘後下，第一八頁），未注撰者。

校記

調題： 皆同範詞。

正文：『拆』作『折』。

附録：無。

［五］宋・佚名輯　何士信增注《增修箋注妙選群英草堂詩餘》，《景刊宋金元明本詞》本（洪武本，餘後下，第一八頁），收作無名氏詞。

校記

調題：皆同範詞。

正文：『拆』作『折』。

附録：無。

［六］宋・佚名輯　何士信增注《增修箋注妙選群英草堂詩餘》（内名），《四部叢刊》影印涵芬樓本（後集，卷下，第八〇頁）收録，未著撰者。與周美成詞《花犯・梅花》（粉墻低）連排，第三首。

校記

調題：皆同範詞。

正文：『拆』作『折』。

附録：無。

［七］明・顧從敬類選　沈際飛評正《草堂詩餘正集》明萬賢樓自刻本（卷四，第九頁），收作朱希真（下小注：『誤刻李』）詞。

校記

調題：皆同範詞。

正文：皆同範詞。

附録：略（瑜注：眉批，與此書此詞【考辨】『歷代此闋著録為李清照（易安）詞之載籍』所收『［一］』之『附録』全同）。

［八］明・周瑛撰《詞學筌蹄》，《續修四庫全書》本（卷六，總第四四三頁），收作無名氏詞。

校記

調題：調同範詞。無題。

正文：『拆』作『折』；『羹』作『美』。

附録：無。

［九］明・陳鐘秀校《精選名賢詞話草堂詩餘》，《四印齋所刻詞》本（草堂下，第五九頁），收作朱希真詞。

校記

調題：調同範詞。無題。

正文：『拆』作『折』。

附録：無。

［一〇］明・楊慎批點　閔暎璧校訂《草堂詩餘》明閔暎璧刻朱墨套印本（卷四，第二七頁），收作李希真詞。

校記

調題：皆同範詞。

正文：『拆』作『折』。

附録：未見喪人處。（眉批）

［一一］明・楊慎批點《草堂詩餘》明萬曆《詞壇合璧》刊本（卷四，第二七頁），收作李希真詞。

校記

調題：皆同範詞。

正文：『拆』作『折』；『休』作『依』。

附録：未見喪人處。（眉批）

［一二］明・武陵逸史編次　開雲山農校正《類編草堂詩餘》明嘉靖二十九年顧汝所刻本（卷之三，第二一頁），收作朱希真詞。

校記

調題：皆同範詞。

正文：皆同範詞。

附録：無。

［一三］　明・武陵逸史編次　上元崑石山人校輯《類編草堂詩餘》（《新刻注釋草堂詩餘》）古吴陳長卿梓（卷之三，第四一頁），收作朱希真詞。

校記

調題：皆同範詞。

正文：皆同範詞。

附録：無。

［一四］　明・顧從敬編次　韓俞臣校正《類編草堂詩餘》古吴博雅堂梓行本（卷之三，第二一頁），收作朱希真詞。

校記

調題：皆同範詞。

正文：『拆』作『折』。

附録：無。

［一五］　明・唐順之解注　田一雋精選《類編草堂詩餘》金陵書坊張氏東川綉梓　萬曆甲申年重刊本（卷之三，第四一頁），收作朱希真詞。

校記

調題：皆同範詞。

正文：皆同範詞。

附録：無。

［一六］　明・顧從敬類選　陳繼儒重校　陳仁錫參訂（内署）《類選箋釋草堂詩餘》明萬曆刻本《續修四庫全書》影印集部　詞類（卷之四，第八頁），收作李希真詞。

校記

調題：皆同範詞。

正文：『拆』作『折』。

附録：無。

［一七］　宋・何士信輯《草堂詩餘前集二卷後集二卷》明嘉靖三十三年楊金刻本（卷下後，第三五頁）收録，未注撰者。與柳耆卿《望梅・咏梅》『小寒時節』連排。

校記

調題： 調同範詞。無題。

正文： 『拆』作『折』。

附録： 無。

［一八］　明・鯆溪逸史選編《彙選歷代名賢詞府全集》明嘉靖丁己（巳）一得山人跋抄本（卷之六，第二頁），收作周美成詞。

校記

調題： 皆同範詞。

正文： 『夜』作『日』；『拆』作『折』。

附録： 無。

［一九］　明・吴承恩輯《花草新編》明抄本（殘卷，卷之三，中調，第五三頁），上海圖書館藏，收作朱希真詞。

校記

調題： 皆同範詞。

正文： 『拆』作『折』。

附録： 無。

［二〇］　明・陳耀文纂（原署）《花草粹編》影印明刊十二卷本（卷一〇，第一三頁），收作朱希真詞。

校記

調題： 皆同範詞。

正文： 『夜』作『日』；『驛』作『馹』。

附録： 無。

［二一］　明・陳耀文輯《花草粹編》文淵閣《欽定四庫全書》二十四卷本（卷一九，第一六頁），收作朱希真詞。

校記

調題：皆同範詞。

正文：『夜』作『日』；『驛』作『馹』。

附録：無。

［二二］　明·陳耀文編（原署）《花草粹編》文津閣《欽定四庫全書》二十四卷本（卷一九，總第九四頁），收作朱希真詞。

校記

調題：皆同範詞。

正文：『夜』作『日』；『拆』作『折』。

附録：無。

［二三］　明·徐師曾輯《文體明辨附録》明萬曆間吴江壽檜堂刻本（卷九，詩餘二一，第二〇頁），收作『宋朱敦儒』詞。

校記

調題：皆同範詞。

正文：皆同範詞。

附録：無。

［二四］　明·張綖　謝天瑞撰《詩餘圖譜·補遺》明萬曆二十七年刻本《續修四庫全書》影印　集部　詞類（卷之一〇，第三頁），收作周美成詞。

校記

調題：皆同範詞。

正文：『夜』作『日』；『驛』作『馹』。

附録：無。

［二五］　明·彭大翼撰《山堂肆考》文淵閣《欽定四庫全書》本（卷一九八，第一七頁），『堆紅凝白』條，著録為朱希真詞。

校記

調題：皆同範詞。

正文：僅收録五句（下見附録）。『是小萼』作『小萼』。

附録：『堆紅凝白』：朱希真《孤鸞》詞咏『早梅』：『天然標格。小萼堆紅，芳姿凝白。淡佇新妝，淺點壽陽宫額』。（引）

[二六] 明・董其昌評訂　曾六德參釋《新鋟訂正評注便讀草堂詩餘》明萬曆三十年喬山書舍刻本（卷六，頁不清），收作朱希真詞。

校記

調題：皆同範詞。

正文：『拆』作『折』。

附録：古詩：『苦被東風着意吹，初無心事占春魁。年年為報南枝信，不許群芳作伴開』，可為此評。　古詩：『一番新雨潤寒梅』。（眉批）

[二七] 明・武陵逸史編　隱湖小隱訂《草堂詩餘》明末毛氏汲古閣刻《詞苑英華》本（卷三，第二〇頁），收作朱希真詞。

校記

調題：皆同範詞。

正文：皆同範詞。

附録：無。

[二八] 明・胡桂芳重輯（原宋・何士信輯）《類編草堂詩餘》明萬曆三十五年黄作霖等刻本（卷之下，第一四頁），收作朱希真詞。

校記

調題：皆同範詞。

正文：『想』作『相』；『拆』作『發』。

附録：無。

［二九］明・李廷機批評　翁正春校正　徐憲成梓行《新刻注釋草堂詩餘評林》明萬曆三十六年戊申起秀堂刊本（冬景六卷，第一〇頁），收作朱希真詞。

校記

調題：皆同範詞。

正文：『拆』作『折』。

附録：古詩：『苦被東風着意催，初无心事占春魁。年年為報南枝信，不許群芳作伴開』，可為此評。（眉批）

［三〇］明・李攀龍補遺　陳繼儒校正　余文杰綉梓《新刻題評名賢詞話草堂詩餘》明萬曆四十三年書林自新齋余文杰刻本（六卷，第八頁），收作朱希真詞。

校記

調題：皆同範詞。

正文：『拆』作『折』。

附録：古詩：『苦被東風着意催，初无心事占春魁。年年為報南枝信，不許群芳作伴開』，可為此評。（眉批）

［三一］明・吴從先　寧野甫彙編《新刻李于麟先生批評注釋草堂詩餘雋》師儉堂蕭少衢依京板刻（卷之四，第五〇頁），收作朱希真詞。

校記

調題：皆同範詞。

正文：『拆』作『折』。

附録：上咏紅白交映先報春信，下有調美之志衹恐聲落塵埃。（詞前評語）

東風初到梅信先傳。　　難寄難插和羹鼎鼐之才也。（眉批）

苦被東風着意吹，初無心事占春魁。年年為報南枝信，不許群芳作伴開。（詞後評語）

［三二］明・楊肇祉輯《詞壇艷逸品》明刻本（利，第七頁），收作朱希真詞。

校記

調題：皆同範詞。

正文：『倩』作『俏』；『拆』作『折』。

附録：無。

［三三］明・程明善纂輯《嘯餘譜》，《續修四庫全書》集部　詞類（卷四，詩餘二一，第一三頁），收作朱敦儒詞。

校記

調題：皆同範詞。

正文：『夜』作『日』。

附録：無。

［三四］明・趙世杰選輯　許肇文參閲《古今女史》明崇禎刊本（卷一二，詩餘，第二〇頁），收作朱希真詞。

校記

調題：皆同範詞。

正文：『額』作『頷』；『拆』作『折』。

附録：唐僧齊己詩句，俱見早梅之旨。（眉批）

［三五］清・孫致彌輯　樓儼補訂《詞鵠初編》清康熙四十四年自刻本（卷八，第一五頁），收作朱敦儒詞。

校記

調題：調同範詞。無題。

正文：『伫』作『濘』；『雪』作『雲』。

附録：無。

［三六］清・沈辰垣等編《御選歷代詩餘》影印康熙内府本（卷六五，第三三八頁），收作朱敦儒詞。

校記

調題：皆同範詞。

正文：『伫』作『濘』；『倩』作『借』；『夜』作『日』；『拆』作『拆』。

附録：無。

［三七］清・郭鞏撰《詩餘譜式》清康熙可亭刻本《四庫未收書輯刊》影印（後卷，第三五頁），收作朱敦儒詞。

校記

調題：皆同範詞。

正文：『夜』作『日』。

附録：無。

［三八］清・王奕清等纂修《欽定詞譜》影印康熙内府刻本（卷二六，第三〇頁），收作朱敦儒詞。

校記

調題：調同範詞。無題。調下注：『調見朱敦儒太平樵唱』，『雙調九十八字，前後段各九句，五仄韵』。

正文：『伫』作『濘』；『倩』作『借』；『夜』作『日』；『拆』作『拆』；『去』作『來』。

附録：略（瑜注：詞調解説）。

［三九］清・吴綺　程洪同選　茅麟（麐）較（原署）《記紅集》清康熙刊本（卷之三，長調，第一六頁），收作朱敦儒詞。

校記

調題：調同範詞。無題。

正文：『點』作『照』；『拆』作『折』。

附録：無。

［四〇］清・許寶善輯《自怡軒詞譜》乾隆刊本（卷三，第一〇頁），收作朱敦儒詞。

校記

調題：調同範詞。無題。

正文：『伫』作『濘』；『想』作『相』；『倩』作『借』；『夜』作『日』；『拆』作『拆』；『去』作『來』。

附録：無。

［四一］清・吴寶芝撰《花木鳥獸集類》文淵閣《欽定四庫全書》本，『花』之『梅花』（卷上，第三六頁），著録為朱希真詞。

校記

調題：皆同範詞。

正文： 僅著録五句（下見附録）。『是小萼』作『小萼』。

附録： 朱希真《孤鸞》詞咏『早梅』：『天然標格。小萼堆紅，芳姿凝白。淡佇新妝，淺點壽陽宮額』。（引）

［四二］ 清・孫平叔先生鑒定　葉申薌編次《天籟軒詞譜》清道光九年刊本（卷三，第五二頁），收作朱敦儒詞。

校記

調題： 調同範詞。無題。調下注：『九十八字仄十韵』。

正文： 『佇』作『濘』；『倩』作『借』；『夜』作『日』；『拆』作『坼』；『去』作『來』。

附録： 無。

［四三］ 清・賴以邠著《填詞圖譜》，《四庫全書存目叢書》本（卷五，第三四頁），收作朱敦儒詞。

校記

調題： 調同範詞。無題。

正文： 『羌』作『慶』。

附録： 無。

［四四］ 清・謝元淮輯《碎金詞譜》清道光刊本（卷八，南小石調，第三〇頁），收作朱敦儒詞。

校記

調題： 皆同範詞。調下注：『調見朱希真太平樵唱。雙調九十八字，前後段各九句，五仄韵』。

正文： 『佇』作『濘』；『倩』作『借』；『夜』作『日』；『拆』作『坼』；『去』作『來』。

附録： 無。

［四五］ 清・萬樹編次　徐本立纂《新校正詞律全書》民國合刊本　詞律部分（卷一五，第一四頁），著録為朱敦儒詞。

瑜注：　録自張榘《孤鸞》（荊溪清曉）詞後解説。

校記

調題： 調同範詞。無題。

正文： 僅收録四句（下見附録），與範詞同。

附録： 朱敦儒作譜圖俱注前云：『淡佇新妝，淺點壽陽宮額』，後云：『試問丹青手，是怎生描得』，前後互异，余則斷之

曰：『淡伫新妝淺』為一句也。（解説）

［四六］ 唐圭璋輯《全宋詞》中州古籍出版社 兩冊本（上，第六五一頁），收作李清照『存目詞』。

附録：以下據《訂補附記》補。

出處：草堂詩餘正集卷四，朱希真孤鸞詞注。 附注：無名氏作，見草堂詩餘後集卷下。

［四七］ 王仲聞《李清照集校注》人民文學出版社（第三三七頁），『附録』收作『誤題李清照撰之作品』。

附録：按：此首見《草堂詩餘正集》卷四：題朱希真撰，注：『誤刻李。』蓋當時或以此首為李清照詞也。此首實無名氏作，見《草堂詩餘》後集卷下、楊金本《草堂詩餘》後集卷下。陳鐘秀本《草堂詩餘》卷下、《類編草堂詩餘》卷三誤作朱敦儒詞，其後各選本多承其誤。

◎瑜按：

總前，此詞撰者异名有四：一朱敦儒（希真），二周美成（邦彥），三李清照（易安），四李希真。首先，此詞朱敦儒撰《樵歌》（補遺）收録，這是其個人詞集。又有諸多載籍收録為朱敦儒詞。屬朱的可能性大。其次，查周美成撰《片玉詞》、《清真集》、宋陳元龍《景宋本詳注周美成詞片玉集》均未收此首，這就排除了周詞之可能。再次，此詞撰者與李清照有何關聯？祇因沈際飛評正《草堂詩餘正集》署名『朱希真』，下有小注『誤刻李』，引出另一撰者李清照。但没有指明『刻李』之載籍為何本？故唐圭璋輯《全宋詞》收為『李清照存目詞』，王仲聞收為『誤題李清照撰之作品』。皆認為『誤刻李』之『李』即為李清照。《李清照集校注》此詞『按：……「誤刻李。」蓋當時或以此首為李清照詞也』。我們期盼唐圭璋、王仲聞所謂『刻李』載籍之燦然出現，以決歸屬。待考為是。再其次，筆者所見楊慎批點、閔暎璧校訂《草堂詩餘》、楊慎批點《草堂詩餘》、《詞壇合璧》本、顧從敬《類選箋釋草堂詩餘》所收此詞撰者皆為『李希真』。查《全宋詞》全部李氏詞人百餘，無名『希真』者。沈際飛評正《草堂詩餘正集》所收此詞撰者『朱希真』下注『誤刻李』，筆者理解其意，即撰人『朱希真』別本有誤刻『李希真』者，『朱』姓誤刻『李』姓了，并非『李』就是李清照。唐圭璋、王仲聞此解不知何據？因所考未詳，蓋誤解矣！

【注釋】

［一］ **天然**：見《泛蘭舟》（霜月亭亭時節）注。

［二］ **標格**：見《何傳》（香苞素質）注。

〔三〕**萼**：見《真珠髻》（重重山外）注。

〔四〕**凝白**：深白色，純白色。宋蘇轍《二月望日雪》：『聞道田中猶要雪，兼收凝白試山茶』，宋無名氏《柳初新》：『孤根回暖，前村雪裏，昨夜一枝凝白』。

〔五〕**淡伫**：見《慶清朝》（禁幄低張）注。

〔六〕**壽陽宮額**：參見《河傳》（香苞素質）『壽陽粉面』注。

〔七〕**東君**：見《玉樓春》（臘前先報）注。

〔八〕**拆**：綻開。宋呂渭老《滿江紅》：『春未透，梅先拆。』宋陸游《困甚戲書》：『雨餘幽花拆，亦可侑清樽』。

〔九〕**縱**：既使。宋蘇軾《江城子》：『縱使相逢應不識，塵滿面、鬢如霜』。宋辛弃疾《摸魚兒》：『千金縱買相如賦，脉脉此情誰訴』。

〔一〇〕**驛使**：見《沁園春》（山驛蕭疏）『驛』注。

〔一一〕**丹青**：『丹』，紅色；『青』，青色，兩種顔料名，代指繪畫，古稱畫家為『丹青手』。唐白居易《李夫人》：『丹青畫出竟何益？不言不笑愁殺人』。宋張掄《踏莎行》：『陰晴變化百千般，丹青難寫天然態』。

〔一二〕**怎生**：怎樣，如何。宋柳永《滿江紅》：『盡思量，休又怎生休得』。宋趙長卿《賀新郎》：『怕人人、驀地知時，怎生處置』。

〔一三〕**羌笛**：見《臨江仙》（……雲窗霧閣春遲）『羌管』注。

〔一四〕**和羹**：喻宰相之職。見《沁園春》（山驛蕭疎）『調鼎和鹺』注。

【品鑒】

此詠梅詞，贊賞梅花的天然標格，寫由雪裏一枝先綻的梅花而引起的對故人的懷念，表現了對梅花的珍愛之情。

上片，開端：『天然標格。是小萼堆紅，芳姿凝白。』開門見山，題旨暗摛。成堆的小小紅色萼片，潔白的美麗姿影，這是天然的格調風範。直起寫花，寫的什麼花？没有告訴我們，直而不露。有『紅』有『白』，落差甚大，有顯明的色彩美。

次兩句：『淡伫新妝，淺點壽陽宮額。』承題，壽陽公主新妝明潔清净，在額頭點綴這種淡色的梅花瓣，是最佳的選擇，此梅花宮妝是最雅致的。

再次兩句：『東君想留厚意，倩年年、與傳消息。』司春之神想留下濃重的情意，年年憑藉着先放的梅花向世間傳達春天的信息。寫出她的特殊功能及神、人對她的熱愛。

前結：『昨夜前村雪裏，有一枝先拆。』承題，化用唐齊己《早梅》：『前村風雪裏，昨夜一枝開』詩句，這正是春神的意旨及人們所切盼。襯托梅花的高貴超凡。結前啓後。把節候的變化引起草木的生、長、盛、衰、亡，神化，人化，生動、活脱、浪漫，引人入勝。

下片，過拍：『念故人、何處水雲隔。』宕開一筆，形轉實續。故人你在哪裏呢？緬懷朋友，萬水阻隔，重雲礙眼，相見不易。

次兩句：『縱驛使相逢，難寄春色。』用典，南朝宋陸凱與陝西長安的范曄交誼很深，江南梅花盛開的時節折梅寄給范曄，并寫《贈范曄》詩：『折花逢驛使，寄予隴頭人。江南無所有，聊贈一枝春』。詞人亦在梅花先放的時節，亦懷念故人，但他感嘆自己既使像陸凱那樣遇見驛使，折梅相寄可以，但難保春色！用典非順其旨而反其意，不落窠臼，突顯詞人的奇思妙想。

再次：『試問丹青手，是怎生描得。』用設問句振起，試問從事繪畫的人，是如何畫得春色的，以其寄予友人。設想別出心裁，但在情理之中。

再其次：『曉來一番雨過，更那堪、數聲羌笛。』一陣子朝雨過後，梅花受到摧殘的結果必然是『緑肥紅瘦』了，詞人寄予無限的憐惜之情，皆在無言之中。此時更令人難以忍受的是傳來數聲梅笛之音，是《梅花落》的哀怨曲調。詞人之情由憐惜轉為哀怨了。

煞尾：『歸去和羹未晚，勸行人休摘。』歸去如宰相處理國家大事不遲，先奉勸行人不要攀摘梅花。『歸去和羹未晚』，宕開一筆，末句『勸行人休摘』，繞回關合，瞻前而結，回顧兜裹全篇。表明對梅格外的愛惜珍重。清施補華《峴傭説詩》：『收處作回顧之筆，兜裹全篇』，方妙。

清王又華《古今詞論·賀黃公論詞》：作長調須『觸景生情，緣情布景，節節轉換，穠麗周密，譬之織錦家，真竇氏回文梭也』，此詞正是。梅『堆紅』、『凝白』，顔容綺麗；詞人因看『曉』『雨』打梅之無情而痛心；因聞『羌笛』《梅花落》的哀怨曲調而心更有所『不堪』；若再攀折致梅而亡情又將何以堪；結拍『歸去和羹未晚』，快歸去處理國家大事未為晚；『勸行人休摘』，仰前而結。表現對梅格外的愛惜珍重之情。觸景生情，緣情布景，詞情層層遞進。清王又華《古今詞論·毛稚黃論詞》：『長調如嬌女步春，旁去扶持，獨行芳徑，徒倚而前，一步一態，一態一變，雖有強力健足，無所用之』，形象説明長調構思布局的巧妙。此詞恰如此説。

此詞多次使事用典。用『東君想留厚意……』神話傳説、『昨夜前村雪裏……』，隱括唐齊已《早梅》詩意、用『壽陽宮額』、南朝宋陸凱《贈范曄》詩、『羌笛』、『和羹』等典故，擴大了詞的内函，豐富了詞的情趣，增强了詞的含蓄美。用典用事，無礙無澀，自然妥貼。

贊頌的是梅花，又不露『梅』字，用典故及前人咏梅詩等暗示讀者，情韵盎然。

【選評】

［一］**明·沈際飛**：佳處在筆筆奁梅。　全類《玉燭新》梅花詞，後類劉方叔：『重聞塞管，何害』，『待到和羹，纔明底藴』句。　『莫待、單于吹老。便須折取歸來』（瑜注：此宋無名氏《絳都春》語），『寄驛人遥，和羹心在』，『誰為攀折』（瑜注：此宋朱敦儒《念奴嬌》語）。順友之殊。（《草堂詩餘正集》）

［二］**明·楊慎**：未見喪人處。（批點《草堂詩餘》）

［三］**明·董其昌**：古詩：『苦被東風着意吹，初無心事占春魁。年年為報南枝信，不許群芳作伴開』，可為此評。　古詩：『一番新雨潤寒梅』。（《新鍥訂正評注便讀草堂詩餘》）

［四］**明·李于麟（攀龍）**：上咏紅白交映先報春信，下有調美之志只恐聲落塵埃。（詞前評語）　東風初到梅信先傳。難寄難插和羹鼎鼐之才也。（眉批）　苦被東風着意吹，初無心事占春魁。年年為報南枝信，不許群芳作伴開（詞後評語）。（明吴從先、寧野甫彙編《新刻李于麟先生批評注釋草堂詩餘雋》）

［五］**明·趙世杰　許肇文**：唐僧齊己詩句，俱見早梅之旨。（《古今女史》）

［六］**清·黄　氏**：按汪叔耕曰：希真詞多塵外之想。雖雜以微塵，而其情氣自不可没。黄叔暘曰：希真東都名士，詞章擅名。天資曠遠，有神仙風致。觀此詞後闋，幽思綿渺，一往而深。無一習見語擾其筆端，清雋處可奪梅魂矣。（《蓼園詞評》）

點絳唇

紅杏飄香，柳含烟翠拖金縷。水邊朱户。門掩黄昏雨。 燭影摇紅，一枕傷春緒。歸不去。鳳樓何處。芳草迷歸路。

——洪武本《增修箋注妙選群英草堂詩餘》

【考辨】

◎歷代載籍著録此闋之詞調、題目：

調作《點絳唇》（又名《南浦月》、《沙頭雨》）。題作『春晚』、『春暮』。

◎歷代此闋著録為李清照（易安）詞之載籍：

［一］宋・何士信編《增修箋注妙選群英草堂詩餘》前集二卷　影元至正癸未廬陵泰宇書堂新刊本（餘前上，第三二頁）收録，未署撰者。與署名的李易安詞《如夢令》（昨夜雨疏）連排，第五首。筆者認定編選者是以李易安詞收之，理由詳見是書所收《武陵春》（風住塵香）【考辨】『歷代此闋著録為李清照（易安）詞之載籍』『［三］』『瑜注』。

校記

調題：皆同範詞。

正文：皆同範詞。

附録：無。

［二］宋・建安古梅何士信君實編選《妙選箋注群英詩餘》（《增修箋注妙選群英草堂詩餘》）前集二卷後集二卷　影元至正辛卯孟夏雙璧陳氏刊行本（餘前上，第二九頁）收録，未署撰者。與署名的李易安詞《如夢令》（昨夜雨疏）連

排，第五首。筆者認定編選者是以李易安詞收之，理由詳見是書所收《武陵春》（風住塵香）【考辨】『歷代此闋著録為李清照（易安）詞之載籍』『［三］』『瑜注』。

校記

調題：皆同範詞。

正文：皆同範詞。

附録：無。

［三］宋·佚名輯　何士信增注《增修箋注妙選群英草堂詩餘》，《景刊宋金元明本詞》本（洪武本，餘前上，第二九頁）收録，未署撰者。與署名的李易安詞《如夢令》（昨夜雨疏）連排，第五首。筆者認定編選者是以李易安詞收之，理由詳見是書所收《武陵春》（風住塵香）【考辨】『歷代此闋著録為李清照（易安）詞之載籍』『［三］』『瑜注』。

校記

調題：調作《點絳唇》。無題。

正文：原『缕』、『楼』，茲改為正字『縷』、『樓』。（擇為範詞，底本）

附録：無。

［四］宋·佚名輯　何士信增注《增修箋注妙選群英草堂詩餘》（內名），《四部叢刊》影印涵芬樓本（前集，卷之上，第三九頁）收録，未署撰者。與署名的李易安詞《如夢令》（昨夜雨疏）連排，第五首。筆者認定編選者是以李易安詞收之，理由詳見是書所收《武陵春》（風住塵香）【考辨】『歷代此闋著録為李清照（易安）詞之載籍』『［三］』『瑜注』。

校記

調題：皆同範詞。

正文：皆同範詞。

附録：無。

［五］明·周瑛撰《詞學筌蹄》，《續修四庫全書》本（卷五，總第四三一頁），收作李易安詞。名下小注：『宋趙誠明妻，有《漱玉集》』。

校記

調題：調同範詞。題作『春晚』。

正文：皆同範詞。

附録：無。

◎歷代此闋著録他人或無名氏及存疑詞之載籍：

［一］宋・蘇軾撰《東坡詞》汲古閣《宋名家詞》本《續修四庫全書》影印（第四頁），收作蘇軾詞。

校記

調題：皆同範詞。『又』（指《點絳唇》），下注：『或刻賀方回』。

正文：『紅』作『風』。

附録：無。

［二］宋・賀鑄撰《東山寓聲樂府》，《四印齋所刻詞》本（東山詞，第二六頁），收作賀方回詞。

校記

調題：調同範詞。題作『春暮』。

正文：皆同範詞。

附録：無。

［三］宋・無撰人《草堂詩餘》文淵閣《欽定四庫全書》本　集部（卷一，第五頁），收作賀方回詞。

校記

調題：調同範詞。題作『春暮』。

正文：皆同範詞。

附録：無。

［四］宋・無撰人《草堂詩餘》文津閣《欽定四庫全書》本　集部（卷一，總第五六六頁），收作賀方回詞。

校記

調題：調同範詞。題作『春暮』。

正文：『拖』作『施』。

附録：無。

［五］明・茅暎遠士評選《詞的》清萃閔堂抄本《四庫未收書輯刊》影印（卷之一，第一四頁），收作賀鑄詞。

校記

調題：調同範詞。題作『春暮』。

正文：皆同範詞。

附録：無。

［六］明・顧從敬類選　沈際飛評正《草堂詩餘正集》明萬賢樓自刻本（卷一，第六頁），收作賀方回（下有小注：『一作東坡』）詞。

校記

調題：調同範詞。題作『春暮』。

正文：皆同範詞。

附録：有態。（眉批）　王禹偁詩：『翠葉拖烟縷』。（尾注）

［七］明・陳鐘秀校《精選名賢詞話草堂詩餘》，《四印齋所刻詞》本（草堂上，第一二頁），收作賀方回詞。

校記

調題：皆同範詞。

正文：皆同範詞。

附録：無。

［八］明・楊慎批點　閔暎璧校訂《草堂詩餘》明閔暎璧刻朱墨套印本（卷一，第五頁），收作賀方回詞。

校記

調題：調同範詞。題作『春暮』。調下注：『江淹詞：「明珠點絳唇」，詞名本此』。

正文：皆同範詞。

附録：無。

〔九〕明・楊慎批點《草堂詩餘》明萬曆《詞壇合璧》刊本（卷一，第五頁），收作賀方回詞。

校記

調題： 調同範詞。題作『春暮』。調下注：『江淹詞：「明珠點絳唇」，詞名本此』。

正文： 皆同範詞。

附録： 無。

〔一〇〕明・武陵逸史編次　開雲山農校正《類編草堂詩餘》明嘉靖二十九年顧汝所刻本（卷之一，第四頁），收作賀方回詞。

校記

調題： 調同範詞。題作『春暮』。

正文： 皆同範詞。

附録： 無。

〔一一〕明・武陵逸史編次　上元崑石山人校輯《類編草堂詩餘》（《新刻注釋草堂詩餘》）古吴陳長卿梓（卷之一，第七頁），收作賀方回詞。

校記

調題： 調同範詞。題作『春暮』。

正文： 皆同範詞。

附録： 無。

〔一二〕明・顧從敬編次　韓俞臣校正《類編草堂詩餘》古吴博雅堂梓行本（卷之一，第四頁），收作賀方回詞。

校記

調題： 調同範詞。題作『春暮』。

正文： 皆同範詞。

附録： 無。

〔一三〕明・唐順之解注　田一雋精選《類編草堂詩餘》金陵書坊張氏東川綉梓　萬曆甲申年重刊本（卷之一，第七頁），收作賀方回詞。

校記

調題：調同範詞。題作『春暮』。調下注：『又名《南浦月》、《沙頭雨》』。

正文：皆同範詞。

附録：無。

［一四］明・陳耀文纂（原署）《花草粹編》影印明刊十二卷本（卷一，第六三頁），收作賀方回詞。

校記

調題：皆同範詞。

正文：皆同範詞。

附録：無。

［一五］明・陳耀文輯《花草粹編》文淵閣《欽定四庫全書》二十四卷本（卷二，第三一頁），收作賀方回詞。

校記

調題：皆同範詞。

正文：皆同範詞。

附録：無。

［一六］明・陳耀文編（原署）《花草粹編》文津閣《欽定四庫全書》二十四卷本（卷二，總第六四六頁），收作賀方回詞。

校記

調題：皆同範詞。

正文：皆同範詞。

附録：無。

［一七］明・顧從敬類選　陳繼儒重校　陳仁錫參訂（内署）《類選箋釋草堂詩餘》明萬曆刻本《續修四庫全書》影印集部　詞類（卷之一，第五頁），收作賀方回詞。

校記

調題：調同範詞。題作『春暮』。

正文：皆同範詞。

附録：無。

［一八］宋・何士信輯《草堂詩餘前集二卷後集二卷》明嘉靖三十三年楊金刻本（卷下前，第五頁）收録，未注撰者。

校記

調題：皆同範詞。

正文：皆同範詞。

附録：無。

［一九］明・鱅溪逸史選編《彙選歷代名賢詞府全集》明嘉靖丁己（巳）一得山人跋抄本（卷之一，第一三頁），收作賀方回詞。

校記

調題：調同範詞。題作『春暮』。

正文：皆同範詞。

附録：無。

［二〇］明・董其昌評訂　曾六德參釋《新鍥訂正評注便讀草堂詩餘》明萬曆三十年喬山書舍刻本（卷三，頁不清），收作賀方回詞。

校記

調題：調同範詞。題作『春暮』。

正文：皆同範詞。

附録：略（瑜注：有眉批，皆為箋注）。

［二一］明・武陵逸史編　隱湖小隱訂《草堂詩餘》明末毛氏汲古閣刻《詞苑英華》本（卷一，第四頁），收作賀方回詞。

校記

調題：調同範詞。題作『春暮』。

正文：皆同範詞。

附録：無。

［一二二］明・胡桂芳重輯（原宋・何士信輯）《類編草堂詩餘》明萬曆三十五年黄作霖等刻本（卷之上，第一三頁），收作賀方回詞。

校記

調題：調同範詞。題作『春暮』。

正文：『歸不去』作『夢不去』。

附録：無。

［一二三］明・李廷機批評　翁正春校正　徐憲成梓行《新刻注釋草堂詩餘評林》明萬曆三十六年戊申起秀堂刊本（春景三卷，第三四頁），收作賀方回詞。

校記

調題：調同範詞。題作『春暮』。

正文：皆同範詞。

附録：暮春景物最是愁人，此作得之矣。（眉批）

［一二四］明・李攀龍補遺　陳繼儒校正　余文杰綉梓《新刻題評名賢詞話草堂詩餘》明萬曆四十三年書林自新齋余文杰刻本（三卷，第二九頁），收作賀方回詞。

校記

調題：調同範詞。題作『春暮』。

正文：皆同範詞。

附録：暮春景物最是愁人，此作得之矣。（眉批）

［一二五］明・吴從先　寧野甫彙編《新刻李于麟先生批評注釋草堂詩餘雋》師儉堂蕭少衢依京板刻（卷之二，第六三頁），收作賀方回詞。

校記

調題：調同範詞。題作『春暮』。

正文：皆同範詞。

附録：上是黃昏獨坐景，下是芳草馳思處。（詞前評語）　雨打梨花深閉門，再入鳳臺路不通。（眉批）　寫出望黃昏与芳草千嬌百媚，自有傾國傾城之態。（詞後評語）

［二六］明・潘游龍輯《精選古今詩餘》（《古今詩餘醉》）清乾隆壬午秋鐫（卷二，第六頁），收作賀方回詞。

校記

調題：調同範詞。題作『春暮』。

正文：皆同範詞。

附録：無。

［二七］明・陸雲龍評選　陸人龍較定《詞菁》翠娱閣評選行笈必携十種本（卷一，節序，第一二頁），收作賀方回詞。

校記

調題：調同範詞。題作『春暮』。

正文：皆同範詞。

附録：無。

［二八］清・沈辰垣等編《御選歷代詩餘》影印康熙内府本（卷五，第二三頁），收作賀鑄詞。

校記

調題：皆同範詞。

正文：『春』作『情』；『鳳』作『秦』。

附録：無。

［二九］清・趙式輯　陳維崧等評點《古今別腸詞選》清康熙間遺經堂之刻本（卷一，小令，第二五頁），收作賀鑄詞。

校記

調題：調同範詞。題作『春暮』。

正文：皆同範詞。

附録：無。

［三〇］清・陳夢雷　蔣廷錫等輯《欽定古今圖書集成》曆象彙編歲功典　中華書局影印本（第三五卷，季春部，第〇一八冊之一六葉），收作賀鑄詞。

校記

調題：調同範詞。題作『春暮』。

正文：『春』作『情』；『鳳』作『秦』。

附録：無。

［三一］清・陳鼎輯《同情集詞選》乾隆三十九年刊本（卷四，第三頁），收作賀鑄詞。

校記

調題：調同範詞。題作『春暮』。

正文：皆同範詞。

附録：無。

［三二］唐圭璋輯《全宋詞》中州古籍出版社　兩冊本（上，第三二五頁），收作蘇軾詞。

附録：按：此首類編草堂詩餘卷一，誤作賀鑄詞。

［三三］唐圭璋輯《全宋詞》中州古籍出版社　兩冊本（上，第三七九頁），收作賀鑄『存目詞』。

附録：出處：類編草堂詩餘卷一。附注：蘇軾作，見東坡詞拾遺。

［三四］唐圭璋輯《全宋詞》中州古籍出版社　兩冊本之《訂補附記》（上，第六五一頁），收作李清照『存目詞』。

附録：出處：詞學筌蹄卷五。附注：蘇軾作，見東坡詞拾遺。

［三五］王仲聞《李清照集校注》人民文學出版社（第三三四頁），『附録』收為『誤題李清照撰之作品』。

附録：按：此首乃蘇軾作，見曾慥本《東坡詞拾遺》。洪武本《草堂詩餘》前集卷上誤作無名氏詞。《類編草堂詩餘》卷一又誤作賀鑄詞，其後各選本俱誤從之。

◎**瑜按：**

綜上，此詞异名撰者有三：李易安（清照），蘇軾（東坡），賀方回（鑄）。首先，宋《增修箋注妙選群英草堂詩餘》、明《詞學筌蹄》收作李易安詞，但不知何據？其次，《東坡詞》是蘇軾詞集，宋代成書，此闋收為東坡詞。再次，此詞收為賀方回的載籍較多。《東山寓聲樂府》是賀鑄詞集，與無撰人《草堂詩餘》也是宋代成書，皆著録為賀詞。出現了該詞收録在宋代兩位著名詞人的本集中之證據，又別有載籍收作易安詞。撰者孰是？難斷，俟考。

【注釋】

［一］**朱户**：見《青玉案》（淩波不過横塘路）注。

［二］**鳳樓**：仙人或女子居所的美稱。典見《孤雁兒》（藤床紙帳）『吹簫人去玉樓空』注。唐白居易《三月三日祓禊洛濱》：『夜歸何用燭，新月鳳樓西。』南北朝鮑照《代陳思王京洛篇》：『鳳樓十二重，四户八綺窗』。

［三］**芳草**：見《轉調滿庭芳》（芳草池塘）注。

【品鑒】

此詞寫紅杏飄香，翠柳輕拂，水邊朱户黄昏風雨之時，詞人傷春念遠思歸之情。

上片，開端：『紅杏飄香』，色彩鮮艷，香味襲人，是視覺嗅覺形象的和諧完美統一。也暗示着春光逝去，已是夏季。『柳含烟翠拖金縷』，又有染着翠緑的烟柳拖曳輕颺的柳絲，使人有動態美的感受。頭兩句寫杏、柳，景物渲染得很美麗。可謂『鳳頭』，引人入勝。清李漁《閑情偶寄》：『開手筆機飛舞，墨勢淋漓，有自由自得之妙』，此詞開端正是。

次兩句：『水邊朱户。門掩黄昏雨。』寫景物的位置，在水邊紅色大門的院裏。『水』為環境增色，『朱』為景物添彩。原來整個環境是被風雨所籠罩着的。『黄昏』，交待了時序。上片寫景物：杏、柳、水、户、雨，暗寫『風』，但經詞人丹青妙筆的渲染，敷上『紅』、『翠』、『朱』、『黄』等色彩，把單體寡味的景物有機組合起來，融情入景，變成了水邊朱門庭院黄昏風雨的旖旎畫卷，為成功之筆墨。『色彩是生命的象徵，是對美的召唤；人們對色彩的追求，也是對生命的追求』（趙增鍇《藝術技巧與魅力》），説得很好。從美學角度而言，色彩能『引起觀賞者的生理和心理感應，觸動其情緒，從而獲得美感享受』（《美學詞典》）。

上片，寫户外黄昏的景象。下片，换頭，轉而寫室内的情景。『燭影摇紅，一枕傷春緒。』從時序而言這是夜晚，從空間而言這是室内。燭影隨風而摇動着，詞人枕在枕上，枕遍了每個方位，翻來覆去，總是排除不了傷春的情緒。點明『傷春』。

次三句：『歸不去。鳳樓何處。芳草迷歸路。』『歸不去』，頓宕，詞人倍增悵惋。『王孫游兮不歸，春草生兮萋萋』，抒懷歸之情。煞尾：『鳳樓何處。芳草迷歸路』，詞人想念的那個美人所居住的地方在哪裏？那麽遥遠渺茫。現在已到了春末夏初，再也不是『春草』『萋萋』，遥望回歸的道路，已經被繁盛的芳香野草所遮蓋，找不到方向了，相見無由。用典。詞人無限的迷惘惆悵，詞情發展到高潮。《填詞雜説》：『填詞結句，或以動蕩見奇，或以迷離稱雋，着一實語，敗矣』，此詞結句極盡惝怳迷離之狀，又設問句提振，更餘味繚繞。堪稱『迷離』之奇『雋』。上片寫景，户外，黄昏，是下片的鋪墊；下片寫情，室内，夜晚，傷春思歸懷人。詞旨昭然，情景交融。清劉熙載《藝概·詞曲概》：『詞或前景後情，或前情後景，或情景齊到，相間相隔，各有奇妙』。誠如是。意境融徹，有陰柔之美。典故的運用等，都是值得藉鑒之處。

【選評】

[一] **明·沈際飛**：有態。（《草堂詩餘正集》）

[二] **明·李廷機**：暮春景物最是愁人，此作得之矣。（《新刻注釋草堂詩餘評林》）

[三] **明·李于麟（攀龍）**：上是黄昏獨坐景，下是芳草馳思處。（詞前評語）　雨打梨花深閉門，再入鳳臺路不通。（眉批）　寫出望黄昏与芳草千嬌百媚，自有傾國傾城之態（詞後評語）。（明吴從先、寧野甫彙編《新刻李于麟先生批評注釋草堂詩餘雋》）

[四] **鄧小軍**：東坡此詞藝術造詣之妙，在于結構之迴環婉轉。歇拍、過片，兩人情境，一樣相思，無計團圓，前後映照。起句對杏香柳烟之一往情深，與結句芳草迷路之歸去無計，則相反相成，愈神往，愈凄迷。其結構迴環婉轉如此。此詞造詣之妙，又在于意境之凄美空靈。紅杏柳烟，屬相思中之境界，而春色宛然如畫。芳草歸路，象喻人間阻絶，亦具凄美之感。此詞結構、意境，皆深得唐五代宋初令詞傳統之神理。若論其造語，則和婉瑩秀，如『水邊朱户，盡卷黄昏雨』，『鳳樓何處，芳草迷歸路』，置于晏歐集中，真可亂其楮葉。東坡才大，其詞作之佳勝，又豈止横放杰出之一途而已。（《唐宋詞鑒賞辭典》上海古籍出版社）

柳梢青

子規啼血。可憐又是，春歸時節。滿院東風，海棠鋪綉，梨花飛雪。丁香露泣殘枝，算未比、愁腸寸結。自是休文，多情多感，不干風月。

——《欽定詞譜》

【考辨】

◎歷代載籍著録此闋之詞調、題目：

調作《柳梢青》。題作『春晚』、『春暮』。

◎歷代此闋著録為李清照（易安）詞之載籍：

［一］宋・何士信編《增修箋注妙選群英草堂詩餘》前集二卷　影元至正癸未廬陵泰宇書堂新刊本（餘前上，第三二頁）收録，未署撰者。與署名的李易安詞《如夢令》（昨夜雨疏）連排，第六首。筆者認定編選者是以李易安詞收之，理由詳見是書所收《武陵春》（風住塵香）【考辨】『歷代此闋著録為李清照（易安）詞之載籍』『［三］』『瑜注』。

校記

調題： 皆同範詞。

正文： 『算』作『誚』；『文』作『又』。

附録： 無。

［二］宋・建安古梅何士信君實編選《妙選箋注群英詩餘》（《增修箋注妙選群英草堂詩餘》）前集二卷後集二卷　影元至正辛卯孟夏雙璧陳氏刊行本（餘前上，第三〇頁）收録，未署撰者。與署名的李易安詞《如夢令》（昨夜雨疏）連

排，第六首。筆者認定編選者是以李易安詞收之，理由詳見是書所收《武陵春》（風住塵香）【考辨】『歷代此闋著録為李清照（易安）詞之載籍』『［三］』『瑜注』。

校記

調題： 皆同範詞。

正文： 『算』作『諳』；『文』作『又』。

附録： 無。

［三］宋・佚名輯　何士信增注《增修箋注妙選群英草堂詩餘》，《景刊宋金元明本詞》本（洪武本，餘前上，第三〇頁）收録，未署撰者。與署名的李易安詞《如夢令》（昨夜雨疏）連排，第六首。筆者認定編選者是以李易安詞收之，理由詳見是書所收《武陵春》（風住塵香）【考辨】『歷代此闋著録為李清照（易安）詞之載籍』『［三］』『瑜注』。

校記

調題： 皆同範詞。

正文： 『算』作『諳』；『文』作『又』。

附録： 無。

［四］宋・佚名輯　何士信增注《增修箋注妙選群英草堂詩餘》（內名），《四部叢刊》影印涵芬樓本（前集，卷之上，第三九頁）收録，未署撰者。與署名的李易安詞《如夢令》（昨夜雨疏）連排，第六首。筆者認定編選者是以李易安詞收之，理由詳見是書所收《武陵春》（風住塵香）【考辨】『歷代此闋著録為李清照（易安）詞之載籍』『［三］』『瑜注』。

校記

調題： 皆同範詞。

正文： 『算』作『諳』；『文』作『又』。

附録： 無。

［五］明・郎瑛著述《七修類稿》，《續修四庫全書》本（卷三四，第四頁），著録為李易安詞。

校記

調題： 調同範詞。題作『春晚』。

正文：全詞收録。『算』作『誚』。

附録：而李易安『春晚』者『子規啼血……不干風月』。（引）

［六］明・周瑛撰《詞學筌蹄》，《續修四庫全書》本（卷五，總第四二九頁），收作李易安詞。

校記

調題：調作《柳消（瑜注：為『梢』之誤）青》。題作『春晚』。

正文：『算』作『梢』；『多感』作『感慨』。

附録：無。

［七］李文裿輯《漱玉集》冷雪盦叢書本（卷三，第五頁），收作李清照詞。

校記

調題：皆同範詞。

正文：『算』作『誚』；『文』作『又』。

附録：《箋注群英草堂詩餘》、《七修類稿》、《欽定詞譜》。（尾注）

按：此詞詞譜作賀方回撰，不知何所依據。

◎歷代此闋著録他人或無名氏及存疑詞之載籍：

［一］宋・賀鑄撰《東山寓聲樂府》，《四印齋所刻詞》本（東山詞，第二七頁），收作賀鑄詞。

校記

調題：調同範詞。題作『春暮』。

正文：『泣』作『結』；『算』作『悄』。

附録：無。

［二］宋・蔡伸撰《友古詞》汲古閣《宋名家詞》本《續修四庫全書》影印（第二六頁），收作蔡伸詞。

校記

調題：皆同範詞。

正文：『子規啼血』作『數聲鶗鴂』；『飛』作『飄』。

附録：無。

［三］明・顧從敬類選　沈際飛評正《草堂詩餘正集》明萬賢樓自刻本（卷一，第二九頁），收作賀方回（下注：『一刻李』）詞。

校記

調題：調同範詞。題作『春暮』。題下注：『用仄韵』。

正文：『算』作『誚』。

附録：實語。（眉批）

［四］明・陳鐘秀校《精選名賢詞話草堂詩餘》，《四印齋所刻詞》本（草堂上，第三〇頁），收作賀方回詞。

校記

調題：皆同範詞。

正文：『泣』作『滴』；『算』作『悄』。

附録：無。

［五］明・楊慎批點　閔暎璧校訂《草堂詩餘》明閔暎璧刻朱墨套印本（卷一，第二五頁），收作賀方回詞。

校記

調題：調同範詞。題作『春暮』。

正文：『算』作『悄』；『寸』作『千』。

附録：無。

［六］明・楊慎批點《草堂詩餘》明萬曆《詞壇合璧》刊本（卷一，第二五頁），收作賀方回詞。

校記

調題：調同範詞。題作『春暮』。

正文：『算』作『悄』。

附録：無。

［七］明・武陵逸史編次　開雲山農校正《類編草堂詩餘》明嘉靖二十九年顧汝所刻本（卷之一，第二一頁），收作賀方回詞。

校記

調題： 調同範詞。題作『春暮』。

正文： 『算』作『誚』。

附録： 無。

[八] 明・武陵逸史編次　上元崑石山人校輯《類編草堂詩餘》（《新刻注釋草堂詩餘》）古吳陳長卿梓（卷之一，第三八頁），收作賀方回詞。

校記

調題： 調同範詞。題作『春暮』。

正文： 『算』作『誚』。

附録： 無。

[九] 明・唐順之解注　田一雋精選《類編草堂詩餘》金陵書坊張氏東川綉梓　萬曆甲申年重刊本（卷之一，第三八頁），收作賀方回詞。

校記

調題： 調同範詞。題作『春暮』。

正文： 『算』作『誚』。

附録： 無。

[一〇] 明・顧從敬類選　陳繼儒重校　陳仁錫參訂（内署）《類選箋釋草堂詩餘》明萬曆刻本《續修四庫全書》影印　集部　詞類（卷之一，第二九頁），收作賀方回詞。

校記

調題： 調同範詞。題作『春暮』。

正文： 『算』作『誚』。

附録： 無。

[一一] 宋・何士信輯《草堂詩餘前集二卷後集二卷》明嘉靖三十三年楊金刻本（卷上後，第二七頁）收録，未注撰者。

校記

調題：皆同範詞。

正文：『算』作『誚』。

附録：無。

［一二］明・鏞溪逸史選編《彙選歷代名賢詞府全集》明嘉靖丁己（巳）一得山人跋抄本（卷之二，第一二頁），收作賀方回詞。

校記

調題：未注調名。題作『春暮』。

正文：『算』作『誚』。

附録：無。

［一三］明・陳耀文纂（原署）《花草粹編》影印明刊十二卷本（卷四，第四九頁），收作賀方回詞。

校記

調題：調同範詞。題作『春暮』。

正文：『算』作『誚』。

附録：無。

［一四］明・陳耀文輯《花草粹編》文淵閣《欽定四庫全書》二十四卷本（卷八，第八頁），收作賀方回詞。

校記

調題：調同範詞。題作『春暮』。

正文：『算』作『誚』。

附録：無。

［一五］明・陳耀文編（原署）《花草粹編》文津閣《欽定四庫全書》二十四卷本（卷八，總第一一頁），收作賀方回詞。

校記

調題：皆同範詞。

正文：『算』作『誚』。

附録：無。

［一六］明・徐師曾輯《文體明辨附録》明萬曆間吴江壽檜堂刻本（卷一〇，詩餘二三中，第一二頁），收作『宋賀鑄』詞。

校記

調題：調同範詞。題作『春暮』。

正文：『算』作『悄』。

附録：無。

［一七］明・張綖撰　游元涇增訂《增正詩餘圖譜》明萬曆二十九年游元涇刻本（上卷，第二三頁），收作賀方回詞。

校記

調題：調同範詞。題作『春暮』。調下注：『前段六句三韵二十四字』。

正文：『算』作『悄』。

附録：無。

［一八］明・董其昌評訂　曾六德參釋《新鍥訂正評注便讀草堂詩餘》明萬曆三十年喬山書舍刻本（卷三，頁不清），收作賀方回詞。

校記

調題：調同範詞。題作『春暮』。

正文：『泣』作『血』；『算』作『誚』。

附録：略（瑜注：有眉批，為箋注）。

［一九］明・武陵逸史編　隱湖小隱訂《草堂詩餘》明末毛氏汲古閣刻《詞苑英華》本（卷一，第二三頁），收作賀方回詞。

校記

調題：調同範詞。題作『春暮』。

正文：『算』作『誚』。

附録：無。

［二一〇］明・胡桂芳重輯（原宋・何士信輯）《類編草堂詩餘》明萬曆三十五年黄作霖等刻本（卷之上，第一四頁），收作賀方回詞。

校記

調題：調同範詞。題作『春暮』。

正文：『算』作『悄』。

附録：無。

［二一一］明・李廷機批評　翁正春校正　徐憲成梓行《新刻注釋草堂詩餘評林》明萬曆三十六年戊申起秀堂刊本（春景三卷，第三四頁），收作賀方回詞。

校記

調題：調同範詞。題作『春暮』。

正文：『泣』作『血』；『算』作『誚』。

附録：當鳥啼花落春歸之侯，高人對此寧不動懷。（眉批）

［二一二］明・李攀龍補遺　陳繼儒校正　余文杰綉梓《新刻題評名賢詞話草堂詩餘》明萬曆四十三年書林自新齋余文杰刻本（三卷，第二八頁），收作賀方回詞。

校記

調題：調同範詞。題作『春暮』。

正文：『算』作『悄』。

附録：當鳥啼花落之候，高人對此寧不動懷。（眉批）

［二一三］明・吴從先　寧野甫彙編《新刻李于麟先生批評注釋草堂詩餘雋》師儉堂蕭少衢依京板刻（卷之二，第六二頁），收作賀方回詞。

校記

調題：調同範詞。題作『春暮』。

正文：『泣』作『血』；『算』作『誚』。

附録：上藉春暮奇花以送春，下托寸腸風月以鳴愁。（詞前評語）　杜鵑『啼血』為春歸，『不干風月』愁腸可掬。（眉批）　當鳥啼花落春歸之侯，高人對此寧不動懷。（詞後評語）

［二一四］明·程明善纂輯《嘯餘譜》，《續修四庫全書》集部　詞類（卷四，詩餘二三中，第九頁），收作賀鑄詞。

校記

調題：調同範詞。題作『春暮』。（調下解説略）。

正文：『算』作『悄』。

附録：無。

［二一五］明·汪氏輯《詩餘畫譜》明萬曆刊本　浙江人民美術出版社影印（不分卷，第五六頁），收作賀方回詞。

校記

調題：調同範詞。題作『春景』。

正文：『算』作『誚』。

附録：無。

［二一六］明·王象晋纂輯《二如亭群芳譜》虎丘禮宗書院藏板（卷一，歲譜，第六七頁），收作賀方回詞。

校記

調題：無調。無題。

正文：『東』作『春』；『算』作『悄』；『未』作『末』。

附録：無。

［二一七］明·潘游龍輯《精選古今詩餘》（《古今詩餘醉》）清乾隆壬午秋鐫（卷二，第六頁），收作賀方回詞。

校記

調題：調同範詞。題作『春暮』。

正文：『泣』作『拉』；『算』作『誚』。

附録：無。

［二八］明・陸雲龍評選　陸人龍較定《詞菁》翠娱閣評選行笈必携十種本（卷一，節序，第一三頁），收作賀方回詞。

校記

調題：調同範詞。題作『春暮』。

正文：『算』作『削』。

附録：無。

［二九］清・嚴沆等參訂《古今詞匯初編》清康熙十八年刻本（卷四，第五頁），收作蔡伸詞。

校記

調題：皆同範詞。

正文：『子規啼血』作『數聲啼鴂』；『飛』作『飄』。

附録：無。

［三〇］清・沈辰垣等編《御選歷代詩餘》影印康熙内府本（卷二〇，第一〇七頁），收作蔡伸詞。

校記

調題：皆同範詞。

正文：『子規啼血』作『數聲啼鴂』；『飛』作『飄』。

附録：無。

［三一］清・汪灝等編修《御定佩文齋廣群芳譜》文淵閣《欽定四庫全書》本（卷三，第二五頁），收作賀鑄詞。

校記

調題：皆同範詞。

正文：『東』作『春』；『算』作『悄』。

附録：無。

［三二］清・王奕清等纂修《欽定詞譜》影印康熙内府刻本（卷七，第三一頁），收作賀鑄詞。

校記

調題：調作《柳梢青》。無題。

正文： 原『繡』、『棃』，茲改為正字『綉』、『梨』。（擇為範詞，底本）

附録： 無。

［三三］ 清・陳夢雷　蔣廷錫等輯《欽定古今圖書集成》曆象彙編歲功典　中華書局影印本（第三五卷，季春部，第〇一八冊之一六葉），收作蔡伸詞。

校記

調題： 調同範詞。題作『春暮』。

正文： 『子規啼血』作『數聲啼鴂』。

附録： 無。

［三四］ 清・陳鼎輯《同情集詞選》乾隆三十九年刊本（卷七，第三三頁），收作賀鑄詞。

校記

調題： 調同範詞。題作『春暮』。

正文： 『算』作『悄』。

附録： 無。

［三五］ 清・賴以邠著《填詞圖譜》，《四庫全書存目叢書》本（卷二，第一三頁），收作賀鑄詞。

校記

調題： 皆同範詞。

正文： 『算』作『悄』。

附録： 無。

［三六］ 唐圭璋輯《全宋詞》中州古籍出版社　兩冊本（上，第三七九頁），收為賀鑄『存目詞』。

附録： 出處：類編草堂詩餘卷一。　附注：蔡伸作，見友古居士詞。

［三七］ 唐圭璋輯《全宋詞》中州古籍出版社　兩冊本（上，第六四九頁），收為李清照『存目詞』。

附録： 出處：七修類稿卷二十四（瑜注：筆者所用本為『三十四』）。　附注：蔡伸作，見友古居士詞。

［三八］ 唐圭璋輯《全宋詞》中州古籍出版社　兩冊本（上，第七〇八頁），收作蔡伸詞。

附録：按：此首別又誤作賀鑄詞，見類編草堂詩餘卷一。

［三九］中華書局編《李清照集》（第六〇頁），『附録』收之。

附録：按：此闋《草堂詩餘》、《七修類稿》均作易安詞。《詞譜》作賀方回詞，不知何據。

［四〇］王仲聞《李清照集校注》人民文學出版社（第三三四頁），『附録』收為『誤題李清照撰之作品』。

附録：按：此首乃蔡伸作，見《友古居士詞》。……上海新編《李清照集》云：『《草堂詩餘》作易安詞。』余所見各本《草堂詩餘》未有以此詞為李易安作者。……不知以此首為李易安作之《草堂詩餘》究為何本也。

◎瑜按：

綜上，此詞撰者异名有三：一為李易安（清照），二為賀鑄（方回），三為蔡伸。上數種載籍收作李易安（清照）詞。又諸多載籍收為賀方回詞。宋賀鑄撰《東山寓聲樂府》收作賀鑄詞，這是本人別集。又宋蔡伸撰《友古詞》收作蔡伸詞，這也是本人別集。同是宋代詞人，兩家的別集皆收入此詞，為互收。唐圭璋、王仲聞斷定為蔡伸詞，不是賀鑄，也非李易安（清照）詞，根據《友古詞》。若有人據《東山寓聲樂府》是賀鑄之本人別集而認定其為賀詞，我們憑何説非。李耶？賀耶？蔡耶？歸屬難定，茲存疑俟考。

【注釋】

［一］**子規啼血**：見前《好事近》（風定落花深）『鴂』注。子規即杜鵑，『常以立夏鳴，鳴時衆芳皆歇』，啼聲似『不如歸去』，啼時急切，嘴出血方休。唐李群玉《題二妃廟》：『黄陵廟前春已空，子規啼血滴松風』。宋吕渭老《柳梢青》：『遠簾籠月。誰見南陌，子規啼血』。

［二］**鋪綉**：如鋪陳錦綉一般。宋王雱《倦尋芳慢》：『翠逕鶯來，驚下亂紅鋪綉。』宋李邴《清平樂》：『滿地落紅鋪綉。風流何處疏狂』。

［三］**腸寸結**：人腸子打成一寸寸的結。形容人極度憂愁痛苦。宋歐陽修《玉樓春》：『離歌且莫翻新闋，一曲能教腸寸結』。

［四］**休文**：指南北朝著名文學家沈約（公元四四一至五一三年），字休文。今浙江德清人。據載自幼學而不厭，博覽群書。後為宋、齊、梁三朝高官。一生積勞成疾，體弱削瘦，文壇成就高名氣大，故沈約病瘦廣為流傳。『百日數旬，革帶常應移孔；以手握臂，率計月小半分』（《梁書·沈約傳》），遂成為文人筆下的典故。宋蘇軾《臨江仙》：『多病休文都瘦損，不堪金帶垂腰。』宋陸游《書懷》：『半分臂減休文瘦，七尺軀存曼倩饑』。

［五］**風月**：見《清平樂》（寒溪過雪）注。

【品鑒】

此詞寫春歸時節，詞人的多情多感，愁腸寸結的情景。

上片，『子規啼血。可憐又是，春歸時節。』開端突兀。『子規啼血』，聽覺形象起筆，子規叫聲急切，口邊流血，凄涼襲人，有『驟響易徹』之效。『春歸時節』令人『可憐』，痛惜感傷的氛圍籠罩全篇。『憐』，極富感情色彩，為全詞的基調。宋沈義父《樂府指迷》：『大抵起句便見所咏之意，不可泛入閑事，方入主意』，此詞正是。

次三句，承，『滿院東風，海棠鋪綉，梨花飛雪。』換了一個角度，寫視覺形象。滿院是浩蕩的春風，海棠花被吹得凋落了，地面的落花像鋪上錦綉一般。白色梨花花瓣也被風吹落，如同雪片在空中飄飛。院內的暮春景象寫得嬌嬈，融入一種『憐』愛的感情色彩。此三句為警策之語。看吧！院里充滿着駘蕩的春風，地上鋪着海棠花瓣組成的瑰麗錦綉，空中飛舞着雪片般的潔白梨花瓣，多麼像影視的鏡頭畫面，但這一切畢竟是『可憐』的『春歸』景象。情景交融。宋張炎《詞源》：『詞中句法，要平妥精粹。一曲之中，安能句句高妙』。宋吕本中《童蒙詩訓》：『陸士衡《文賦》：「立片言亦居要，乃一篇之警策」，此要論也，文章無警策，則不足以傳世，蓋不能竦動世人』，詞亦然。

下片，換頭，『丁香露泣殘枝，算未比、愁腸寸結。』續寫庭院景物，意脉相承。丁香殘枝上凝結着露珠，好像美人噙泪在那哭泣。為入神之句，這是一種審美移情，擬人手法。照應前『憐』字。丁香花是没有生命的，她的『泣』，『算未比』，估計肯定比不上我莫大的憂愁痛苦，使柔腸寸寸打結啊！此比無理而妙。清賀裳《皺水軒詞筌》『子野《一叢花》末句云：「沈恨細思，不如桃李，猶解嫁東風。」此皆無理而妙』，比法類同。此句轉折得巧，由寫庭院暮春的風花轉而寫主人公自己的情感。那麽詞人又為何『愁腸寸結』？直抒胸臆：『自是休文，多情多感，不干風月。』自然是如同沈約那樣多病而削瘦，是多情多感所致，與男女間情愛之事没有任何的關係。又一比喻，收束全篇，醒明題旨。化用宋歐陽修《玉樓春》：『人生自是有情癡，此恨不關風與月』詞句。『多情』有何種？『多感』又有何種？難道衹為傷春嗎？何致于『愁腸寸結』？皆為秘藏，令人玩味無窮。

上片寫景，先寫聽覺形象，後寫視覺形象，情景交融。下片側重寫情，餘味不盡。審美移情、典故的運用、化用前人詞句，都起到良好的藝術表達效果。真乃『造化入筆端，筆端奪造化』矣！

【選評】

［一］ **明·沈際飛**：實語。（《草堂詩餘正集》）

〔二〕明·李廷機：當鳥啼花落春歸之侯，高人對此寧不動懷。（《新刻注釋草堂詩餘評林》）

〔三〕明·李于鱗（攀龍）：上藉春暮奇花以送春，下托寸腸風月以鳴愁。（詞前評語）　杜鵑『啼血』為春歸，『不干風月』愁腸可掬。（眉批）　當鳥啼花落春歸之侯，高人對此寧不動懷（詞後評語）。（明吴從先、寧野甫彙編《新刻李于鱗先生批評注釋草堂詩餘雋》）

眉峰碧

蹙破眉峰碧。纖手還重執。鎮日相看未足時，便忍使、鴛鴦隻。　薄暮投村驛。風雨愁通夕。窗外芭蕉窗裏人，分明葉上、心頭滴。

——《古今詞統》

【考辨】

◎歷代載籍著録此闋之詞調、題目：

調作《卜算子》、《眉峰碧》。題作『惜別』。瑜注：據《欽定詞譜》杜安世《卜算子》（深院花鋪地）為此調的又一體：雙調四十六字，前後段各四句，三仄韵。《詞律》按：『此詞見王明清《玉照新志》，無別首可證。《詞譜》云：即《卜算子》。考《卜算子》杜壽域（安世）所作「深院花鋪地」一首，正與此同。惟杜詞後結：「細認取、斑點泪」六字，此作七字差异耳。又按：此詞首句有「眉峰碧」三字，疑即因此改立新名』。可知矣。

◎歷代此闋著録為李清照（易安）詞之載籍：

［一］清・李佳撰《左庵詞話・翻易安詞》，《詞話叢編》本（卷下，第三一七〇頁），著録為李易安詞。

［二］徐培均《李清照集箋注》（第一九四頁），以李清照詞佚句録入。

校記

調題：無調。無題。

正文：僅著録三句（下見附録）。皆同範詞。

附録：易安詞：『窗外芭蕉窗裏人，分明葉上、心頭滴』句久膾炙人口。（詞評）

◎歷代此闋著録他人或無名氏及存疑詞之載籍：

［一］宋・王明清撰《玉照新志・投轄録》涵芬樓影印本（卷二，第一頁），著録為無名氏詞。

校記

調題：無調。無題。

正文：全詞收録。『村』作『孤（下小注：「明本作村　學津本同」）』；『分明葉上』作『分葉上』（下小注：『明本有明字』）。

附録：祐（下小注：『明本作裕』）陵親書其後云：『此詞甚佳，不知何人作？奏來。』蓋以詢（下小注：『明本作詔』）曹組者，今宸翰尚藏其家（下小注：『此條明本在第一卷，宣和元年十一月乙未條下，元抄本與可送吏部句接寫』）。（詞評，本事）

［二］宋・王明清撰《玉照新志》文淵閣《欽定四庫全書》本（卷一，第一六頁），著録為無名氏詞。

校記

調題：無調。無題。

正文：全詞收録。皆同範詞。

附録：裕陵親書其後云：『此詞甚佳，不知何人作？奏來。』蓋以詔曹組者，今宸翰尚藏其家。（詞評，本事）

［三］元・陶宗儀撰《説郛》文淵閣《欽定四庫全書》本（卷三三下，第八頁），引《玉照新志》卷一，著録為無名氏詞。

校記

調題：無調。無題。

正文：全詞收録。皆同範詞。

附録：略（瑜注：詞評，本事，內容與前宋王明清撰《玉照新志》文淵閣《欽定四庫全書》本『附録』同）。

［四］明・陳耀文纂（原署）《花草粹編》影印明刊十二卷本（卷二，第三七頁），收作『裕陵時人』（無名氏）詞。

校記

調題：調作《卜算子》。無題

正文：『便忍』作『忍便』；『分明葉上』作『分葉上』。

附録：《玉照新志》：『裕陵親書其後云：「此書甚佳，不知何人作？奏來」。』（詞評）

［五］明·陳耀文輯《花草粹編》文淵閣《欽定四庫全書》二十四卷本（卷四，第四頁），收作『裕陵時人』（無名氏）詞。

校記

調題：調作《卜算子》。無題

正文：『便忍』作『忍便』；『分明葉上』作『分葉上』。

附録：《玉照新志》：『裕陵親書其後云：「此詞甚佳，不知何人作？奏來」。』（詞評）

［六］明·陳耀文編（原署）《花草粹編》文津閣《欽定四庫全書》二十四卷本（卷四，總第六五五頁）收録，未注撰人。

校記

調題：調作《卜算子》。無題

正文：『便忍』作『忍便』；『分明葉上』作『分葉上』。

附録：《玉照新志》：『裕陵親書其後云：「此書甚佳，不知何人作？奏來」。』（詞評）

［七］明·卓人月彙選　徐世俊參評《古今詞統》（又名陳繼儒評選《草堂詩餘》、《詩餘廣選》），《續修四庫全書》本（卷六，第九頁），收作無名氏詞。

校記

調題：調作《眉峰碧》。無題。

正文：原『睂』、『峯』、『隻』，茲改為正字『眉』、『峰』、『隻』。（擇為範詞，底本）

附録：與聶勝瓊《鷓鴣天》同看。（眉批）　宋徽宗手書此詞，問曹組云：『何人所作？』　組字元寵。（尾注）

［八］清·朱彝尊編《詞綜》，《欽定四庫全書薈要》集部（卷二四，第四頁），收作無名氏詞。

校記

調題：皆同範詞。

正文：『便忍』作『忍便』；『分明葉上』作『分葉上』。

附録：《玉照新志》：『裕陵親書其後：「此詞甚佳，不知何人所作？」』（詞評）

［九］清・徐釚撰《詞苑叢談》康熙刊本　上海古籍出版社出版（卷三，第五五頁），著録為無名氏詞。

校記

調題：皆同範詞。

正文：全詞收録。皆同範詞。

附録：無名氏《眉峰碧》云：『蹙破眉峰碧。……分明葉上、心頭滴。』宋徽宗極賞此詞，嘗手書以問曹組，不知何人作也。

（本事）

［一〇］清・嚴沆等參訂《古今詞匯初編》清康熙十八年刻本（卷三，第二四頁），收作無名氏詞。

校記

調題：皆同範詞。

正文：皆同範詞。

附録：無。

［一一］清・鄭元慶選《三百詞譜》清康熙魚計亭刻本（小令二，第二頁），撰者『失名』。

校記

調題：皆同範詞。

正文：皆同範詞。

附録：無。

［一二］清・孫致彌輯　樓儼補訂《詞鵠初編》清康熙四十四年自刻本（卷二，第二四頁），收作『宋　無名氏』詞。

校記

調題：皆同範詞。

正文：『便忍』作『忍便』；『分明葉上』作『分葉上』。

附録：無。

［一三］清・沈辰垣等編《御選歷代詩餘》影印康熙内府本（卷一二，第六六頁），收作無名氏詞。

校記

調題：皆同範詞。調下注：『以宋人詞中句名調，句法似《卜算子》之一體，并雙調四十六字，但以平仄有殊，別為一調』。

正文：『便忍』作『忍便』；『分明葉上』作『分葉上』。

附録：無。

［一四］清・沈辰垣等編《御選歷代詩餘》影印康熙内府本（卷一一四，第五〇五頁），收作無名氏詞。

校記

調題：皆同範詞。

正文：『破』作『損』；『便忍』作『忍便』。

附録：真州柳永少讀書時，遂以此詞題壁，後悟作詞章法……（尾注）

［一五］清・吴綺輯《選聲集》清大來堂刻本（小令，第一六頁），中國人民大學圖書館藏，收作無名氏詞。

校記

調題：皆同範詞。

正文：皆同範詞。

附録：無。

［一六］清・吴綺　程洪同選　茅麟（麐）較（原署）《記紅集》清康熙刊本（卷之一，雙調小令，第二〇頁），收作無名氏詞。

校記

調題：皆同範詞。

正文：皆同範詞。

附録：無。

［一七］清・夏秉衡輯《清綺軒詞選》乾隆巾箱本（卷五，第八頁），撰者『闕名』。

校記

調題：調同範詞。題作『惜別』。

正文『鴦』作『央』。

附録：無。

［一八］清・陳鼎輯《同情集詞選》乾隆三十九年刊本（卷七，第九頁），收作無名氏詞。

校記

調題：皆同範詞。

正文：『鴦』作『央』。

附録：無。

［一九］清・孫平叔先生鑒定　葉申薌編次《天籟軒詞譜》清道光九年刊本（卷一，第四三頁），撰者『闕名』。

校記

調題：皆同範詞。調下注：『四十七字仄六韻』。

正文：皆同範詞。

附録：無。

［二〇］清・周之琦（金粱夢月外史）輯《晚香室詞録》清抄本（卷七，未注頁碼），收作無名氏詞。

校記

調題：皆同範詞。

正文：『便忍』作『忍便』；『分明葉上』作『分葉上』。

附録：詞話：柳永少年時以無名氏《眉峰碧》詞題壁，因悟作詞法，然遂成屯田蹊徑。（本事）

［二一］清・陳世焜（廷焯）選《雲韶集》手抄本（卷一〇，第六頁），收作無名氏詞。

校記

調題：皆同範詞。

正文：皆同範詞。

附録：情致便足。情真語真，似唐人手筆。（眉批）　《玉照新志》：『裕陵親書其後：「此詞甚佳，不知何人所作？」』
（詞評）

〔一二二〕 清・陳廷焯選評《詞則》上海古籍出版社影印本　大雅集（卷四，第二〇頁），收作無名氏詞。

校記

調題：皆同範詞。

正文：『便忍』作『忍便』；『分明葉上』作『分葉上』。

附録：《玉照新志》：『裕陵親書其後：「此詞甚佳，不知何人所作？」』（詞評）

一本作：『分明葉上、心頭滴』，增一『明』字，不獨于調不合，且使『分』字精神全失，并『葉上』二字亦屬贅疣矣。（眉批）

〔一二三〕 清・萬樹編次　徐本立纂《新校正詞律全書》民國合刊本　詞律部分（卷四，第一八頁），收作無名氏詞。

校記

調題：皆同範詞。調下注：『四十七字』。

正文：皆同範詞。

附録：末句比前結多一字，餘同，首句用題名。（解説）

按：此詞見王明清《玉照新志》，無別首可證。《詞譜》云：即《卜算子》。考《卜算子》杜壽域（安世）所作『深院花鋪地』一首，正與此同。惟杜詞後結：『細認取、斑點泪』六字，此作七字差异耳。

又按：此詞首句有『眉峰碧』三字，疑即因此改立新名。應附于卷三杜安世《卜算子》詞後。

〔一二四〕 清・何震彝輯《詞苑珠塵》清光緒三十三年鉛印本（不分卷，第二〇頁），著録為無名氏詞句。

校記

調題：無調。集為詩句。詩題作『擬吴梅村新翻子夜歌十二首』。

正文：僅收録『風雨愁通夕』一句。

附録：無。

〔一二五〕 唐圭璋輯《全宋詞》中州古籍出版社　兩冊本（下，第二四五三頁），收作無名氏詞。

◎瑜按：

李佳撰《左庵詞話・翻易安詞》云：『易安詞：「窗外芭蕉窗裏人，分明葉上、心頭滴。」句久膾炙人口』。從題目和

詞句來看，李佳是將此詞作為易安詞來評論。身為著名詞學評論家，張冠李戴，妄加評騭的可能性很小。并云：『句久膾炙人口』，長久以來被人熟知贊美和傳誦。惜未詳所本。明沈際飛評正《草堂詩餘正集》之《孤鸞》（天然標格），署名朱希真，下有小注『誤刻李』，有人認為『李』即李易安，引出另一撰者李清照。宋方虛谷編《瀛奎律髓》白居易《正月十五夜月》附評：『三四佳句也，如李易安「月上柳梢頭」，則詞意邪僻矣』，產生《生查子》撰者的争議。同理《全璧》以李佳《左庵詞話·翻易安詞》之説首個將此詞全闋輯入，考辨真僞，確定歸屬。清沈雄《古今詞話》載：『真州柳永少讀書時遂以此詞題壁，後悟作詞章法』。詞人柳永約公元九八七年至一〇五三年在世，崇安人，舊屬福建建安道。真州，『宋置建安軍，升為真州』。故真州柳永，就是宋詞人柳永。李清照公元一〇八四年至一一五六年左右在世，在柳永逝世約三十一年後李清照降生。柳永少時讀書即以此詞題壁，果然如此，則絕非李清照作品；若此詞為李清照撰，則柳永必不能看到。姑收入存疑詞俟考。

【注釋】

[一] **蹙破**：眉峰緊皺欲裂，形容極度憂愁。宋李曾伯《沁園春》：『君知否，把眉峰蹙破，豈為身愁』。宋楊冠卿《如夢令》：『無力。無力。蹙破遠山愁碧』。宋無名氏《漢宮春》：『無聊強開強解，蹙破眉峰』。

[二] **眉峰碧**：《廣雅·釋器》：『碧，青也』。這裏，青，黑色。猶言眉峰似芳草碧樹的山峰般美麗，喻美眉年輕。宋毛滂《惜分飛》：『泪濕闌杆花着露，愁到眉峰碧聚』。宋陳允平《憶舊游》：『又眉峰碧聚，記得郵亭，人别中宵』。

[三] **纖手**：細柔嬌嫩的手。宋蘇軾《南歌子》：『共看剥蔥纖手、舞凝神』。宋賀鑄《清平樂》：『厭厭别酒。更執纖纖手』。

[四] **薄暮**：見《浣溪沙》（小院閑窗）注。

[五] **驛**：見《沁園春》（山驛蕭疏）注。

[六] **鎮日**：整日。宋葛長庚《謁金門》：『縹緲佳人何處。鎮日愁腸萬縷』。宋呂渭老《卜算子》：『眉為占愁多，鎮日長長斂』。

[七] **鴛鴦**：一對水鳥名，雄性稱『鴛』，此性稱『鴦』，生活在水邊，不離不弃，人們常用以比喻恩愛的夫妻。唐杜甫《佳人》：『合昏尚知時，鴛鴦不獨宿』。宋仇遠《望仙樓》：『愁種愁深多少。頭白鴛鴦老』。

【品鑒】

清徐釚撰《詞苑叢談》無名氏《眉峰碧》：『宋徽宗極賞此詞，嘗手書以問曹組，不知何人作也』。宋徽宗『深通百藝，尤工書畫』，書法『痩金書』體，獨創一格。繪畫傳至今日，更是價值連城，後人罕有超越。亦是個文學天才，著有《崇觀宸奎集》、《御制集》。尤擅長短句。有極高的藝術鑒賞水準。此詞能得到徽宗的欣賞，用其腴書體手寫示人，并詢問何人之作，說明此詞具有超凡的藝術魅力。

發端兩句：『蹙破眉峰碧。纖手還重執。』清李漁《閑情偶寄》：『開卷之初，當以奇句奪目，使之一見而驚，不敢弃去』，此詞首句便是如此。起句陡然而來，奇峰聳峙。呈現讀者面前是一個年輕美眉女子，她緊皺的眉峰似開裂的一般。這是個特寫鏡頭，不言愁而濃愁自現。但未説為何而愁。女子細柔嬌嫩的手重新握着男子的手不放。告訴我們這是寫一對年輕的情侶依依不捨，難離難分的情景。為離别而極度哀愁。『破』字寫『愁』甚，『愁』甚則愛深。『蹙破』，視為誇張之筆。

次兩句：『鎮日相看未足時，便忍使、鴛鴦隻。』承，整日看尚嫌時間短看不夠，怎麼忍受得了如形影不離相親相愛的鴦鴦突然失伴成了單隻呢？用『鴛鴦』鳥隱喻這是情愛纏綿的夫妻。『鎮日』也暗示讀者這并非一對情人。

前四句寫一對情愛篤深的年輕夫妻離别的情景。

再次兩句：『薄暮投村驛。風雨愁通夕。』形轉實承。落日的餘輝欲盡，投宿到野村的驛館。外面的風吹着雨點，他很想好好休息一番，排除一下疲頓，可濃重的離愁難譴，整個晚上翻來覆去怎麼也睡不着。本來不住的風雨令正常人都感到煩悶，對離愁滿懷的人更痛苦難耐呀！

結兩句：『窗外芭蕉窗裏人，分明葉上、心頭滴。』詞人躺在驛館裏，被離愁所煎熬着，窗外芭蕉被風雨摇打發出淒淒厲厲的聲響，每一聲響都宛若打在他的心上。作者寫村驛、風雨、芭蕉、通夕、人，用一離愁把其編織起來，融為一體，形成一幅通夕雨打芭蕉愁煞離人的攝人魂魄的畫卷。以景結情。

情景諧恰，往復摇曳。『窗外芭蕉』（景），『窗裏』離『人』（情）；『芭蕉』『葉上』風雨吹打（景），離人『心頭』别愁難譴（情）。外面『通夕』的『風雨』令人煩悶，使繾綣的離人倍增愁緒。即情景和諧，配搭巧妙，往復錯綜，情景相生。

唐司空圖《與王駕評詩書》：『王生寓居其間浸漬益久，五言所得，長于思與境諧，乃詩家之所尚者』。此詞中詞人的離愁别苦，與詞中所描寫之風雨通夕吹打芭蕉的景物妙合無垠，是此詞達到很高藝術境界的表現，為評家所推崇。

前四句，寫夫妻分别時的情景。後四句，寫村驛雨打芭蕉，通夕難耐的離愁。

宋沈义父《乐府指迷》：『結句需要放開，含有餘不盡之意，以景結尾最好』，此詞結句是哀景愁情的完美統一，創造一個絶好的情景交融的藝術境界，使讀者回味無窮，在回味中獲得美感的享受。難怪此詞博得宋徽宗的贊賞。

【選評】

［一］**宋・王明清**：裕陵親書其後云：『此詞甚佳，不知何人作？奏來。』蓋以詔曹組者，今宸翰尚藏其家。（《玉照新志》）

［二］**明・卓人月　徐士俊**：與聶勝瓊《鷓鴣天》同看。（《古今詞統》）

［三］**清・沈　雄**：宋無名氏眉峰碧詞云：『蹙損眉峰碧。……分明葉上心頭滴。』宋徽宗手書此詞以問曹組，組亦未詳。徽宗曰，朕粘于屏以悟作法。真州柳永少讀書時，遂以此詞題壁，後悟作詞章法。一妓向人道之，永曰：某亦頗變化多方也。然遂成屯田蹊徑。（《古今詞話》）

［四］**清・許昂霄**：第二句，亦從牛給事望江怨脱來。『窗外芭蕉窗裏人，分明葉上心頭滴。』似從飛卿『空階滴到明』化出。若聶勝瓊鷓鴣天結句，則又從此出藍耳。（《詞綜偶評》）

［五］**清・丁紹儀**：眉峰碧，按調即卜算子另體，因前起『蹙損眉峰碧』句，并前結『忍使鴛鴦隻』上衍一『便』字，誤為另調。（《聽秋聲館詞話》）

［六］**清・李　佳**：翻易安詞：『易安詞：「窗外芭蕉窗裏人，分明葉上心頭滴。」句久膾炙人口。或又云：「我自有愁眠未得，不關窗外種芭蕉。」已是翻却舊案。或又云：「愁多禁得雨瀟瀟，况又窗前窗後，密密種芭蕉。」是則翻而又翻矣。或更云：「斫盡芭蕉吹盡雨。看他還有愁如許。」執此類推，人果善用心思，自有翻空不窮之意。』（《左庵詞話》）

［七］**清・陳世焜（廷焯）**：情致便足。　情真語真，似唐人手筆。（《雲韶集》）

［八］**清・陳廷焯**：一本作：『分明葉上、心頭滴』，增一『明』字，不獨于調不合，且使『分』字精神全失，并『葉上』二字亦屬贅疣矣。（《詞則》）

［九］**謝桃坊**：這首小詞抓住一點羈旅離情表達得充分完滿。它以自我抒情方式傾瀉真摯強烈的內心情感，按照情感發展的順序一氣寫下，善于層層發掘，直至人物內心世界的深層。作者能切實把握富于特徵性的情節，整個藝術表現手法純樸而簡潔。這些成功的藝術經驗可能也是柳永曾經悟到的。（《唐宋詞鑒賞辭典》上海辭書出版社）

浪淘沙

素約小腰身。不耐傷春。疏梅影下晚妝新。裊裊婷婷何樣似，一縷輕雲。歌巧動朱唇。字字嬌嗔。桃花深徑一通津。悵望瑤臺清夜月，還照歸輪。

——《御選歷代詩餘》

【考辨】

◎歷代載籍著録此闋之詞調、題目：

調作《浪淘沙》、《雨中花》（又名《賣花聲》、《過龍門》、小説作《曲入冥》）。題作『閨情』。瑜注：據《欽定詞譜》：『至南唐李煜始制兩段令詞』。如其《浪淘沙令》（簾外雨潺潺）：『雙調五十四字，前後段各五句四平韵』，為正體。李清照詞（簾外五更風）、存疑詞（素约小腰身）體與李煜《浪淘沙令》（簾外雨潺潺）合。為什么不能稱《浪淘沙》？《浪淘沙》：原本『單調二十八字，四句三平韵』。又為什麼不能稱《雨中花》？《欽定詞譜》云：『宋人集中，每多誤刻，今照《花草粹編》所編，以兩結句五字者，為《雨中花》』。此詞體兩結句均為四字，與《雨中花》詞體不合。與《浪淘沙令》合。故不能稱《浪淘沙》和《雨中花》。

◎歷代此闋著録為李清照（易安）詞之載籍：

［一］明·毘陵長湖外史類輯　姑蘇天羽居士評箋《草堂詩餘續集》明萬賢樓自刻本（卷上，第三一頁），收作李易安詞。

校記

調題：調同範詞。題作『閨情』。

正文：『耐』作『奈』；『婷婷』作『聘婷』；『照』作『送』。

附録：「不奈」、「嬌嗔」，的確。　描就一個嬌娃。（眉批）

［二］明・錢允治箋釋　陳仁錫校閲（内署）《類編箋釋續選草堂詩餘》明萬曆刻本《續修四庫全書》影印（卷之上，第三〇頁），收作李易安詞。

校記

調題：調同範詞。題作「閨情」。

正文：「耐」作「奈」；「婷婷」作「聘婷」；「照」作「送」。

附録：無。

［三］明・毛晉訂《漱玉詞》影印汲古閣初刻《詩詞雜俎》本（第五頁），收作「李氏　清照」詞。

校記

調題：調作《雨中花》。題作「閨情」。

正文：「耐」作「奈」；「婷婷」作「聘婷」；「照」作「送」。

附録：無。

［四］明・楊肇祉輯《詞壇艷逸品》明刻本（亨，第一六頁），收作李易安詞。

校記

調題：調同範詞。題作「閨情」。

正文：「耐」作「柰」；「婷婷」作「聘婷」；「照」作「送」。

附録：無。

［五］明・王象晉纂輯《二如亭群芳譜》虎丘禮宗書院藏板（卷一，果譜，第二四頁），收作李易安詞。

校記

調題：調作《雨中花》。無題。

正文：「耐」作「奈」；「婷婷」作「聘婷」；「照」作「送」。

附録：無。

［六］明・馬嘉松輯《花鏡雋聲》明天啓刻本（雋聲七卷，詩餘，第三頁），收作李易安詞。

校記

調題： 調作《雨中花》。題作『閨情』。

正文： 『耐』作『奈』；『婷婷』作『聘婷』；『照』作『送』。

附録： 無。

瑜注：《花鏡雋聲・花鏡韵語》（第二頁，風態），僅收録李易安此詞『裊裊娉婷何樣似，一縷輕雲』二句。

［七］明・潘游龍輯《精選古今詩餘》（《古今詩餘醉》）清乾隆壬午秋鐫（卷一〇，第一五頁），收作李易安詞。

校記

調題： 調同範詞。題作『閨情』。

正文： 『耐』作『奈』；『婷婷』作『聘婷』；『照』作『送』。

附録： 『不奈傷春』、『字字嬌嗔』，描出一個嬌娃。（詞評）

［八］清・周銘編集　金成棟重校《林下詞選》，《四庫全書存目叢書補編》第二册（卷一，第四頁），收作李清照詞。

校記

調題： 調同範詞。題作『閨情』。

正文： 『耐』作『奈』；『婷婷』作『聘婷』；『照』作『送』。

附録： 無。

［九］清・歸淑芬等選輯《古今名媛百花詩餘》康熙二十三年刻本（孟冬卷，梅花類，第三頁），收作『宋李清照』詞。

校記

調題： 調作《雨中花》。無題。

正文： 『耐』作『奈』；『婷婷』作『娉婷』；『照』作『送』。

附録： 無。

［一〇］清・沈辰垣等編《御選歷代詩餘》影印康熙内府本（卷二六，第一四〇頁），收作『宋媛　李清照』詞。

校記

調題： 調作《浪淘沙》。無題。

正文：原『踈』、『脣』，茲改為正字『疏』、『唇』。（擇為範詞，底本）

附録：無。

［一一］清・陳夢雷　蔣廷錫等輯《欽定古今圖書集成》明倫彙編閨媛典　中華書局影印本（第二〇卷，閨媛總部，第三九六冊之四四葉），收作李清照詞。

校記

調題：皆同範詞。

正文：皆同範詞。

附録：無。

［一二］清・江標抄《李清照漱玉詞》汲古閣未刻詞二十二家本（手抄，不分卷頁，第一一首），上海圖書館藏，收作『宋易安居士李氏清照』詞。

校記

調題：皆同範詞。

正文：『耐』作『奈』。

附録：無。

［一三］清・汪玢箋《漱玉詞彙抄》問遽廬正本（手抄，不分卷頁，第一七首），復旦大學圖書館藏，收作『宋李氏清照易安』詞。

校記

調題：調作《雨中花》。題作『閨情』。

正文：『耐』作『奈』；『婷婷』作『娉婷』；『照』作『送』。

附録：無。

［一四］清・莫友芝家抄《漱玉詞》（手抄，不分卷頁，第三七首），復旦大學圖書館藏，收作『宋李氏清照易安』詞。

校記

調題：調同範詞。題作『閨情』。題下注：『毛本誤題《雨中花》』。

正文：『耐』作『奈』；『婷婷』作『聘婷』；『照』作『送』。

附録：無。

［一五］清·王鵬運輯《漱玉詞》，《四印齋所刻詞》本（第一〇頁），收作『李清照　易安』詞。

校記

調題：皆同範詞。

正文：皆同範詞。

附録：無。

［一六］清·楊文斌輯録《三李詞》光緒庚寅夏香海閣刊本（卷三，第八頁），收作李清照詞。

校記

調題：皆同範詞。

正文：皆同範詞。

附録：無。

［一七］清人輯《斷腸漱玉詞合刊》之《漱玉詞》光緒庚子石印本（第三頁），收作李清照詞。

校記

調題：調作《雨中花》。題作『閨情』。

正文：『耐』作『奈』；『婷婷』作『聘聘』；『照』作『送』。

附録：無。

［一八］清·蕙風簃主箋《漱玉詞箋》中華圖書館石印本　中華民國四年六月版（不分卷，第五頁），收作李清照詞。

校記

調題：皆同範詞。

正文：皆同範詞。

附録：無。

［一九］木石居士選輯　絳雲女史參校《歷代名媛詞選》民國十六年石印本（卷七，小令七，未注頁碼），收作李清

照詞。

校記

調題：皆同範詞。

正文：皆同範詞。

附録：無。

〔二〇〕李文裿輯《漱玉集》冷雪盦叢書本（卷三，第七頁），收作李清照詞。

校記

調題：調同範詞。題作『閨情』。

正文：皆同範詞。

附録：《歷代詩餘》、文津閣本《漱玉詞》、四印齋本《漱玉詞》。（尾注）

按：文津閣本調作《雨中花》，誤。

◎歷代此闋著録他人或無名氏及存疑詞之載籍：

〔一〕宋・趙子發撰《趙子發詞》，《校輯宋金元人詞》本（第二頁），收作『趙君舉　子發』詞。

校記

調題：皆同範詞。

正文：『素約』作『約素』；『耐』作『奈』；『婷婷』作『娉娉』；『徑』作『處』；『照』作『送』。

附録：《花草粹編》五引詞話。　按：《歷代詩餘》二十六誤作李易安詞辨見《漱玉詞》下。

〔二〕宋・楊湜撰《古今詞話》，《詞話叢編》本（第三五頁），著録為趙君舉詞。

校記

調題：皆同範詞。

正文：全詞收録。『素約』作『約素』；『耐』作『奈』；『婷婷』作『娉娉』；『徑』作『處』；『照』作『送』。

附録：約字清妙，遠勝束字。（詞評）　花草粹編五引詞話。（出處）

〔三〕明・陳耀文纂（原署）《花草粹編》影印明刊十二卷本（卷五，第三一頁），收作趙子發詞。

校記

調題：皆同範詞。調下注：『一名《賣花聲》，小説作《曲冥》』（目録調下注：『一名《賣花聲》、《過龍門》、小説作《曲入冥》』）。

正文：『素約』作『約素』；『耐』作『柰』；『婷婷』作『娉娉』；『嗔』作『真』；『徑』作『處』；『照』作『送』。

附録：《詞話》：『約』字輕妙，遠勝『束』字。（詞評）

［四］趙萬里輯《漱玉詞》，《校輯宋金元人詞》本（第一三頁），『附録二辨僞』收之。

校記

調題：皆同範詞。調下注：『《草堂詩餘續集》題作「閨情」』。

正文：『照』作『送』。

附録：《草堂詩餘續集》上、《歷代詩餘》二十六。（尾注）

按：《詩詞雜俎》本《漱玉詞》收之，題作『閨情』。《花草粹編》五引作趙子發詞，草堂續集以為李作，失之。

［五］唐圭璋輯《全宋詞》中州古籍出版社　兩冊本（上，第五一八頁），收作趙子發詞。

附録：花草粹編卷五引詞話。按：草堂詩餘續集卷上此首誤作李清照詞。

［六］唐圭璋輯《全宋詞》中州古籍出版社　兩冊本（上，第六五〇頁），收作李清照『存目詞』。

附録：出處：草堂詩餘續集卷上。附注：趙子發詞，見花草粹編卷五引古今詞話。

［七］中華書局編《李清照集》（第五〇頁），『附録』收之。

附録：按：此闋《詩詞雜俎》本《漱玉詞》、《歷代詩餘》、《草堂詩餘續集》收之，《花草粹編》作趙子發詞。

［八］王仲聞《李清照集校注》人民文學出版社（第九三頁），收作李清照『附存疑之作』。

附録：趙萬里輯《漱玉詞》云：『按《詩詞雜俎》本《漱玉詞》收之，題作「閨情」，《花草粹編》五引作趙子發詞。《草堂續集》以為李作，失之』。

［九］黄墨谷《重輯李清照集》齊魯書社（卷三，第四八頁），收作趙子發詞。

附録：刊削意見：此詞宋代諸總集及《草堂詩餘》均未録，《草堂詩餘續集》上作李詞，《花草粹編》作趙子發詞。清照少學《花間》，典重高華，風格與此迥异。從《粹編》作趙子發詞。此詞趙萬里《漱玉詞》亦不録，輯在附録二辨僞。

［一〇］徐培均《李清照集箋注》上海古籍出版社（第一八七頁），『存疑辨證』收之。

附録：校記：據底本録入。……《全宋詞》據《花草粹編》收為趙子發詞，是。

◎瑜按：

綜上，列舉收作李清照（易安）詞之載籍二十種。列舉收作趙子發（君舉）詞的載籍十種。不能以載籍的多少而定其歸屬。查趙萬里《校輯宋金元人詞》之《趙子發詞》確有此首，惟其别集。此詞歸屬趙子發的可能性很大。然上收作李清照詞的載籍《詩詞雜俎》之《漱玉詞》、《汲古閣未刻詞》之《漱玉詞》、《草堂詩餘續集》、《御選歷代詩餘》、《四印齋所刻詞》之《漱玉詞》等，都是著名而影響很大之輯本，為何皆録？也是考辨此闋歸屬之重要根據，惜俱未詳所出。存疑待考。

【注釋】

〔一〕**素約**：像用素絹束縛着的樣子，宋張炎《夜飛鵲》：『文簫素約，料相逢、依舊花陰。』宋周邦彦《瑞鶴仙》：『凌波步弱。過短亭、何用素約』。

〔二〕**不耐**：禁受不住。唐白居易《桐花》：『況吾北人性，不耐南方熱』。南唐李煜《浪淘沙》：『簾外雨潺潺。春意闌珊。羅衾不耐五更寒』。

〔三〕**裊裊婷婷**：形容女子儀態優美。唐杜牧《贈别二首（其一）》：『娉娉裊裊十三餘，豆蔻梢頭二月初。』宋陳師道《南鄉子》：『花樣腰身官樣立，婷婷』。

〔四〕**嬌嗔**：撒嬌生氣的樣子。宋柳永《少年游》：『當初為倚深深寵，無個事、愛嬌嗔。』明唐寅《妒花》：『佳人聞語發嬌嗔，不信死花勝活人』。

〔五〕**津**：渡口。唐張祜《題金陵渡》：『金陵津渡小山樓，一宿行人自可愁』。宋秦觀《踏莎行》：『霧失樓臺，月迷津渡。桃源望斷無尋處』。

〔六〕**悵望**：見《擊梧桐》（雪葉紅凋）注。

〔七〕**瑶臺**：神話傳説中神仙居處。晉王嘉《拾遺記·昆侖山》：『昆侖山者，西方曰須彌，山對七星之下，出碧海之中，上有九層。……第九層山形漸小狹，下有芝田蕙圃，皆數百頃，群仙種耨焉。傍有瑶臺十二，各廣千步，皆五色玉為臺基』（見《辭源》）。唐杜牧《梅》詩：『清盈照溪水，掩斂下瑶臺。』唐李白《清平調》：『若非群玉山頭見，會向瑶臺月下逢』。

【品鑒】

詞人用第三人稱，写出一位少女傷春、惆悵情懷及對美好神仙境界之嚮往。

此詞首句：『素約小腰身。不耐傷春。』概寫『我』眼中年輕女郎的風韵和情愫。她腰肢纖裊，亭亭玉立。美好的春光即將逝去，她格外感傷。那嬌小的身心似乎禁受不了這種刺激。『傷』字，為全詞定下了悒鬱的基調。

次三句：『疏梅影下晚妝新。裊裊婷婷何樣似，一縷輕雲。』承寫疏蕩的梅影，映襯着女郎新美的晚妝。她體態輕盈，婀娜多姿，在無邊的風月下，像一縷飄逸的輕雲。作者用月光梅影作襯托，用『輕雲』作比喻，用『何樣似』這一設問句強化了美感，把女主人寫得綽約多姿，儀態萬方，給人以強烈的審美愉悦。

上片寫出了女郎嫵媚動人和傷春的情懷。

換頭：『歌巧動朱唇。字字嬌嗔。』寫女郎歌聲的美妙及歌唱時的動人情態。她在月明之夜，在稀疏的梅影下，惆悵抑鬱，朱唇中情不自禁地唱出美妙悠揚的歌聲。她無比熱愛春光，然而無可奈何花落去，自然產生了嗔怪和幽怨。作者不僅寫視覺形象，而且寫聽覺形象。不但從聽覺形象揭示出女主人的内心情愫，而且表現出她唱歌時『嬌』、『嗔』的情態。一箭雙雕，筆墨超然。

末三句：『桃花深徑一通津。悵望瑶臺清夜月，還照歸輪。』寫『我』曾與那妙齡少女相遇，見她企望月下瑶臺那神仙居地，却在桃花仙境通往渡口幽深的小路上消失了。這莫非是個仙女，回到她的居處去了。『我』驚异地凝望着夜空，明月高懸，清輝籠罩，遐思無限。餘韵悠然。結句之『悵』字，照映首句之『傷』字。表現妙齡少女青春期常有的淡然的有時是纏綿的清愁。

此詞采用第三人稱，直接描寫的方法，運用襯托、比喻、設問等修辭格，把少女形象寫得頗為鮮明突出。『小腰身』、『不耐』、『一縷輕雲』、『歌巧』、『朱唇』、『嬌嗔』，一个清纯、嫻裊、歌美、嬌嬈之妙齡少女，躍然紙上，栩栩如活。明沈際飛《草堂詩餘續集》：『「不奈」、「嬌嗔」，的確。描就一個嬌娃。』這是對此詞少女形象描写成功之贊美和肯定。

【選評】

［一］ **宋·楊　湜**：約字清妙，遠勝東字。（《古今詞話》）

［二］ **明·沈際飛**：『不奈』、『嬌嗔』，的確。描就一個嬌娃。（《草堂詩餘續集》）

［三］ **侯健　吕智敏**：這首閨情詞構思新巧，形象優美，句句出畫面，畫面間又流動着無盡詩情，意境十分深幽縹緲。上片着意描繪少女的窈窕身材、輕盈步態和幽雅裝束，刻划出一個飄然欲仙的麗人形象。『不奈傷春』一句是點睛之筆，賦予了這個神仙般的形象以凡人女子的春情，姣好的外貌有了靈魂，行為舉止有了主宰，這就使作者筆下的形象更增添了

惹人憐愛的神韵。下片寫女子月夜吟歌賞花的步履神態。作者自然諧和地藉用桃源問津的典故，寫出了少女遥望清月，神交嫦娥，自哀自憐，渴望着愛情的複雜心理。（《李清照詩詞評注》）

［四］**王英志**：此詞作者有趙子發、李清照兩説，為存疑之作。此詞寫『傷春』思婦，但并不在其思夫之情上多費筆墨，而是以描寫思婦的美麗形象為主。無論是上片的『素約小腰』、新穎『晚妝』、『裊裊婷婷』似『輕雲』，還是下片的『朱唇』、『嬌嗔』，都意在勾畫一個妙色女子的姿色、風韵。正如明沈際飛所謂『描就一個嬌娃』（《草堂詩餘》正集）。惟有結尾纔寫其『悵望瑶臺』，期盼夜月『還照歸輪』，透露出思夫之情。但如此美艷『嬌娃』却獨守空閨，可見作者憐香惜玉之意。（《李清照集》）

［五］**范英豪**：這首詞描寫了一個美麗的青年女子形象，創造了一個縹緲幽怨的意境。詞的上片從形象上着力描繪女子纖細窈窕的倩影和輕盈綽約的風韵。『不奈傷春』既從側面加強了女子的弱柳扶風之貌，使人覺得楚楚可憐，又點明了女子內心的傷感憂鬱。配以疏梅晚妝，畫面更有一種雅致飄逸的仙氣。詞下片從聽覺上補足了畫面的沉寂，女子歌聲婉轉多情，而用桃源之典故，在實處點明了女子的惆悵無奈之原因，在虛處，世外桃源的意象使詞風更加遠離塵俗。女子最後遥望月亮西沉，使畫面定格于最無奈也最美麗的一瞬間，使人有悠思不盡的觸動。（《李清照詩詞選》）

菩薩蠻

緑雲鬢上飛金雀。愁眉斂翠春烟薄。香閣掩芙蓉。畫屏山幾重。窗寒天欲曙。猶結同心苣。啼粉污羅衣。問郎何日歸。

——景明正德仿宋本《花間集》

【考辨】

◎歷代載籍著録此闋之詞調、題目：

調作《菩薩蠻》（又名《子夜歌》、《重叠金》）。題作『閨情』。

◎歷代此闋著録為李清照（易安）詞之載籍：

［一］明・錢允治箋釋　陳仁錫校閱（内署）《類編箋釋續選草堂詩餘》明萬曆刻本《續修四庫全書》影印（卷之上，第一六頁），收作李易安詞。

校記

調題： 調同範詞。題作『閨情』。

正文： 『斂翠』作『翠斂』；『何日歸』作『歸幾時』。

附録： 無。

［二］明・卓人月彙選　徐世俊參評《古今詞統》（又名陳繼儒評選《草堂詩餘》、《詩餘廣選》），《續修四庫全書》本（卷五，第一七頁），收作李清照（上小注：『一刻牛嶠』）詞。

校記

調題： 調同範詞。題作『閨情』。調下注：『一名《子夜歌》、一名《重疊金》，楊升庵改「蠻」作「鬘」』。

正文： 『斂翠』作『翠斂』；『何日歸』作『歸幾時』。

附録： 低回婉轉，蘭香玉潤，六朝才子，恐不能擬。（眉批）

〔三〕清・周銘編集　金成棟重校《林下詞選》，《四庫全書存目叢書補編》第二冊（卷一，第三頁），收作李清照詞。

校記

調題： 調同範詞。題作『閨情』。題下注：『一本誤作牛嶠』。

正文： 『斂翠』作『翠斂』；『何日歸』作『歸幾時』。

附録： 無。

〔四〕清・王鵬運輯《漱玉詞・補遺》，《四印齋所刻詞》本（第一頁），收作『李清照　易安』詞。

校記

調題： 皆同範詞。調下注：『見詞統，一作牛嶠』。

正文： 『斂翠』作『翠斂』；『掩芙蓉』作『揜夫容』。

附録： 無。

〔五〕木石居士選輯　絳雲女史參校《歷代名媛詞選》民國十六年石印本（卷四，小令四，未注頁碼），收作李清照詞。

校記

調題： 皆同範詞。

正文： 『斂翠』作『翠斂』。

附録： 無。

〔六〕李文裿輯《漱玉集》冷雪盦叢書本（卷三，第三頁），收作李清照詞。

校記

調題： 皆同範詞。

正文： 『斂翠』作『翠斂』；『掩芙蓉』作『揜夫容』；『問』作『何』。

附録： 詞統。（尾注）

◎歷代此闋著録他人或無名氏及存疑詞之載籍：

［一］後蜀・趙崇祚輯《花間集》四印齋影印宋淳熙本（卷四，第四頁），收作牛嶠詞。

校記

調題： 皆同範詞。

正文：『蓉』作『容』。

附録： 無。

［二］後蜀・趙崇祚輯《花間集》雙照樓景明正德仿宋本（卷四，第四頁），收作牛嶠詞。

校記

調題： 調作《菩薩蠻》。無題。

正文： 原『鬢』、『煙』、『閣』、『窻』、『汚』，兹改為正字『鬢』、『烟』、『閣』、『窗』、『污』。（擇為範詞，底本）

附録： 無。

［三］明・毘陵長湖外史類輯　姑蘇天羽居士評箋《草堂詩餘續集》明萬賢樓自刻本（卷上，第一七頁），收作牛嶠（下小注『刻易安誤』）詞。

校記

調題： 調同範詞。題作『閨情』。

正文： 皆同範詞。

附録： 幽惻。（眉批）

［四］明・陳耀文纂（原署）《花草粹編》影印明刊十二卷本（卷三，第五頁）收録，未注撰者，與牛嶠詞連排，用『五』銜接。

校記

調題： 皆同範詞。調下注『一名《重叠金》、一名《子夜歌》』。

正文： 皆同範詞。

附録： 無。

［五］　明·陳耀文輯《花草粹編》文淵閣《欽定四庫全書》二十四卷本（卷五，第八頁）收録，未注撰者，與牛嶠詞連排，用『五』銜接。

校記

調題：皆同範詞。調下注「一名《重疊金》、一名《子夜歌》」。

正文：皆同範詞。

附録：無。

［六］　明·陳耀文編（原署）《花草粹編》文津閣《欽定四庫全書》二十四卷本（卷五，總第六六三頁）收録，未注撰者，與牛嶠詞連排，用『五』銜接。

校記

調題：皆同範詞。調下注「一名《重疊金》、一名《子夜歌》」。

正文：『苣』作『炬』。

附録：無。

［七］　明·董逢元輯《唐詞紀》，《四庫全書存目叢書》本，（與首都圖書館藏《唐詞紀》抄本同），（卷五，第二六頁），收作牛嶠詞。

校記

調題：皆同範詞。

正文：皆同範詞。

附録：無。

［八］　明·楊肇祉輯《詞壇艷逸品》明刻本（元，第一五頁），收作牛嶠詞。

校記

調題：皆同範詞。

正文：『蓉』作『容』；『苣』作『縷』。

附録：無。

[九] 明・潘游龍輯《精選古今詩餘》（《古今詩餘醉》）清乾隆壬午秋鎸（卷一〇，第一四頁），收作牛嶠詞。

校記

調題：調同範詞。題作『閨情』。

正文：皆同範詞。

附録：無。

[一〇] 清・朱彝尊編《詞綜》，《欽定四庫全書薈要》集部（卷二，第一三頁），收作牛嶠詞。

校記

調題：皆同範詞。

正文：『污』作『涴』。

附録：無。

[一一] 清・曹寅等編《全唐詩》康熙揚州詩局本縮印　上海古籍出版社（詞四，第一二函，第一〇冊，第八九二卷，總第二一七〇頁），收作牛嶠詞。

校記

調題：皆同範詞。

正文：『污』作『涴』。

附録：無。

[一二] 清・沈辰垣等編《御選歷代詩餘》影印康熙内府本（卷九，第四四頁），收作牛嶠詞。

校記

調題：皆同範詞。

正文：皆同範詞。

附録：無。

[一三] 清・陳夢雷　蔣廷錫等輯《欽定古今圖書集成》明倫彙編閨媛典　中華書局影印本（第一六卷，閨媛總部，第三九六冊之二四葉），收作牛嶠詞。

校記

調題： 皆同範詞。

正文： 『汚』作『涴』。

附録： 無。

［一四］清・陳鼎輯《同情集詞選》乾隆三十九年刊本（卷五，第二三頁），收作牛嶠詞。

校記

調題： 皆同範詞。

正文： 『苣』作『侣』；『汚』作『涴』。

附録： 無。

［一五］清・譚獻輯《復堂詞録》稿本（卷一，未注頁碼），收作牛嶠詞。

校記

調題： 皆同範詞。

正文： 『汚』作『涴』。

附録： 無。

［一六］清・陳世焜（廷焯）選《雲韶集》手抄本（卷一，第一五頁），收作牛嶠詞。

校記

調題： 皆同範詞。

正文： 『汚』作『涴』。

附録： 穠至。　結二語寫得又嬌癡，又苦惱。（眉批）

［一七］清・陳廷焯選評《詞則》上海古籍出版社影印本　大雅集（卷一，第九頁），收作牛嶠詞。

校記

調題： 皆同範詞。

正文： 『汚』作『涴』。

附録：詞選云：『「驚殘夢」一點，以下純是夢境，章法似《西洲曲》』。又云：『《花間集》七首，詞意頗雜，蓋非一時之作。《詞綜》刪存二首，章法絕妙』。

［一八］清·何震彝輯《詞苑珠塵》清光緒三十三年鉛印本（不分卷，第一頁），著録為牛嶠詞句。

校記

調題：無調。集為詩句。詩題作『早春訪湖上西園舊址』。

正文：僅收録『畫屏山幾重』一句。

附録：無。

［一九］清·何震彝輯《詞苑珠塵》清光緒三十三年鉛印本（不分卷，第三頁），著録為牛嶠詞句。

校記

調題：無調。集為詩句。詩題作『效玉臺體二十咏』。

正文：僅收録『香閨掩芙蓉』一句。

附録：無。

［二〇］趙萬里輯《漱玉詞》，《校輯宋金元人詞》本（第一三頁），『附録二辨僞』收之。

校記

調題：皆同範詞。調下注：『詞統題作「閨情」』。

正文：『斂翠』作『翠斂』。

附録：《古今詞統》五。（尾注）

按：此牛嶠詞，見《花間集》四。詞統以為李作，失之。

［二一］梁令嫻抄《藝蘅館詞選》上海中華書局印行　民國二十五年再版（甲卷，唐五代詞，第一八頁），收作牛嶠詞。

校記

調題：皆同範詞。

正文：『汚』作『涴』。

附録：無。

［二二］唐圭璋輯《全宋詞》中州古籍出版社　兩冊本（上，第六五〇頁），收作李清照『存目詞』。

附録：出處：草堂詩餘續集卷上。　附注：牛嶠作，見花間集卷四，詞附録于後。

［二三］中華書局編《李清照集》（第五〇頁），『附録』收之。

附録：按：此闋見《古今詞統》，《花間集》作牛嶠詞，《詞統》以為李作，失之。

［二四］王仲聞《李清照集校注》人民文學出版社（第三三六頁），『附録』收為『誤題李清照撰之作品』。

附録：按：此首乃五代時牛嶠所作，見《花間集》卷四。《續草堂詩餘》等誤。《林下詞選》注：『一本誤作牛嶠。』非。

［二五］曾昭岷等輯《全唐五代詞》中華書局（正編卷三，第五一一頁），收作牛嶠詞。

附録：按：《漱玉詞》及諸選本均未收此首作李清照詞。《古今詞統》顯系誤題。當從《花間集》作牛嶠詞。

瑜注：『《漱玉詞》及諸選本均未收此首作李清照詞』之説恐未詳考，上【考辨】之『歷代此闋著録為李清照（易安）詞之載籍』就有『《漱玉詞》及選本』六種收作李清照（易安）詞。

◎瑜按：

綜上，此詞撰者有异名，一為李清照（易安），一為牛嶠。牛嶠為花間詞人。該詞收為牛嶠詞或疑為牛嶠詞的載籍不少。屬牛詞的可能性較大。據載《花間集》成書于五代後蜀廣政（九三八——九六五）初年，『為詞中總集之始』，『皆兩宋婉約派之所導源也……先河後海』（華鐘彦《花間集注》『發凡』）。其藝術風格『婉約綿纏、嫵麗香艷』，『含蓄典重，布局嚴密堂皇』。李清照生于一〇八四年，遠在《花間集》成書百餘年之後。但少習《花間集》，其詞深受影響，被稱『婉約派之首』。此《菩薩蠻》就有『婉約』『典重』，『布局嚴密堂皇』之藝術特色，《花間集》氣味濃重。故單憑思想内容藝術風格難斷牛、李，況有一些載籍收為李清照（易安）詞，茲存疑待考。

【注釋】

［一］**緑雲鬢：**此喻女主人兩邊耳際的頭髮又多又黑。梁張隱《素馨詩》：『細花穿弱縷，盤向緑雲鬢。』宋晏殊《菩薩蠻》：『插向緑雲鬢。便隨王母仙』。

［二］**金雀：**這裏指女人金質的飛雀狀首飾。唐白居易《長恨歌》：『花鈿委地無人收，翠翹金雀玉搔頭』。唐溫庭筠《更漏子》：『金雀釵，紅粉面。花裏暫時相見』。

［三］**斂翠：**黑、緑、藍的顏色稱翠色。古代婦女用一種名為黛螺的青黑色顏料畫眉，故稱為翠眉。畫翠眉的婦女發愁時，眉峰收緊皺起，故稱斂

翠。五代孫光憲《酒泉子》：『泪掩紅，眉斂翠。恨沉沉。』五代顧敻《酒泉子》：『謝娘斂翠恨無涯。小屏斜』。

〔四〕**香閣**：這裏指有芳香氣息的女子卧室。『閣』，女人的卧室。唐李白《菩薩蠻》：『泣歸香閣恨。和泪淹紅粉』。五代顧敻《訴衷情》：『香閣掩。眉斂。月將沉』。

〔五〕**芙蓉**：見《浣溪沙》（綉面芙蓉一笑開）注。

〔六〕**同心苣**：綉結表示愛情的信物。苣，古代用蘆葦捆成的火把，點燃為炬。表示愛情之火如同心的火炬燃燒到底，白頭偕老。南朝梁沈約《少年新婚為之咏詩》：『錦履并花紋，綉帶同心苣。』一説指燈花（見《漢語大字典》）。唐段成式《嘲飛卿七首》：『愁機懶織同心苣，悶綉先描連理枝』。

【品鑒】

此詞思想内客藝術特色頗類花間詞。寫一個美麗的女子，對丈夫的深切思念和盼歸之情。

上片，發端：『緑雲鬢上飛金雀。愁眉斂翠春烟薄。』古人稱此類開篇為『鳳頭』，起得很漂亮。一個卓爾不群的女子，突然闖入讀者的視野。『緑雲鬢』，告訴我們這是個兩邊耳際頭髮烏黑而濃密的年輕女子。頭上插戴着欲飛的『金雀』首飾，説明是個貴族婦女。她那畫過的黑色眉峰皺起，愁對『春烟薄』，為什麼？茫茫大地姹紫嫣紅的春色衰褪了，淡薄了，説明到了暮春時節，意味着女子青春年華的逝去。即『王孫游兮不歸，春草生兮萋萋』。從空間而言這是寫户外的情景。這似一個影視『美女愁對暮春』的鏡頭畫面。

次兩句：『香閣掩芙蓉。畫屏山幾重。』轉，寫户内閨閣。在充滿芳香氣息的女人卧室裏掩藏着荷花般嬌媚的靚女。『芙蓉』，隱喻之筆，比的手法。遮擋的屏風上畫着重重的山峰。詞人筆無虛設，不要以為那是單純的幾重山，而是透露出女主人的心事如群山阻隔，障礙層層。為襯染之筆。這似影視的『香閣藏嬌』之鏡頭畫面。

下片，换頭兩句：『窗寒天欲曙。猶結同心苣。』女主人坐在卧室裏，寒氣透過窗子，天將亮了，還在綉結表達愛情的信物同心苣。『猶』字説明她一宿未睡，都在思念心上人，綉結同心苣，表現對愛情的執著和忠貞。清王士禎《花草蒙拾・花間字法》：『花間字法，最着意設色，异紋細艷，非後人纂組所及。如「泪沾紅袖黦」、「猶結同心苣」、「荳蔻花間趖晚日」、「畫梁塵黦」、「洞庭波浪颭晴天」，山谷所謂古藩錦者，其殆是耶』，贊賞幾句字面如宋詞人黄庭堅所説的似古代紗羅錦綉那麼美。

結尾兩句：『啼粉污羅衣。問郎何日歸。』卒章顯志，熱泪和着胭粉沾污了羅制的衣服，摯愛的心，盼歸之情所致。設問句結尾，『郎』歸與不歸，是近日歸還是長日歸？留有空間令讀者想象玩味。有辭盡而意不盡之妙。下片，似影視『美女永夜思郎』的鏡頭畫面。

章法絶妙。上片，『金雀』、『香閣』、『畫屏』、『粉』、『羅衣』，這是貴族歸女的裝扮和所用，點示身份。寫女主人戴的首飾，畫的眉，住的閣，用的屏，是一種鋪叙的手法，露出『愁』情，為何？隱而不顯。下片，也是鋪叙之法，直抒胸臆，盼郎早歸，率露。上隱下露，相映成趣。

此詞寫物狀：『畫屏山幾重』，表相逢的種種困難之意；情態：『愁眉斂翠』，表濃愁在心之意；行動：『猶結同心苣』，表愛情的忠貞之意；『啼粉污羅衣』，表情愛的深厚之意；語言：『問郎何日歸』，表思歸的殷切之意。上面的幾個『意』，就是内在的心意，皆通過種種的『態』，就是外在的表現，即外貌、動態、語言等意態來表達的，為傳神寫照之法。意内而態外，睹其『態』而知其『意』。

清沈雄『江尚質曰「花間詞狀物描情，每多意態，直如身履其地，眼見其人」』，就是稱贊花間詞多有『狀物描情』（《古今詞話·詞品》）的『意態』描寫，有身臨其境，活靈活現的藝術魅力。又例曰：『和凝之「幾度試香纖手暖，幾回嘗酒絳唇光」，孫光憲之「翠袂半將遮粉臆，寶釵長欲墜香肩」是也』。筆者以為此詞『花間詞的狀物描情，每多意態』，比古評家所舉例證，更為典型地説明花間詞的這一藝術特色。以此可見該詞似花間派詞人牛嶠之作。

清王弈清《歷代詞話》：『歐陽炯，即首序花間集者，每言愁苦之音易好，歡愉之語難工。其詞大抵婉約輕和，不欲強作愁思』。此詞風格也是『婉約輕和，不欲強作愁思』，詞人的情思，多以『意態』出之。

讀罷掩卷而思，此詞似影視的蒙太奇，由三個影視鏡頭畫面剪接而成：户外美女愁對暮春圖；香閣藏嬌圖；美女永夜思郎圖。渾然一體，古雅典重，甚為工緻。印象之所以不可磨滅，令人回味無窮，是此詞高邁的藝術表現力感染力使然。

【選評】

[一] **明·姑蘇天羽居士（沈際飛）**：幽惻。（《草堂詩餘續集》）

[二] **明·卓人月　徐士俊**：低回宛轉，蘭香玉潤。六朝才子，恐不能擬。（《古今詞統》）

[三] **清·王士禎**：花間字法，最著意設色，异紋細艷，非後人纂組所及。如『淚沾紅袖黦』、『猶結同心苣』、『荳蔻花間趖晚日』、『畫梁塵黦』、『洞庭波浪颭晴天』，山谷所謂古藩錦者，其殆是耶。（《花草蒙拾·花間字法》）

〔四〕**清·陳世焜（廷焯）**：穠至。　結二語寫得又嬌癡，又苦惱。（《雲韶集》）

〔五〕**曾昭岷**等：此首《古今詞統》卷五作宋李清照詞，注云：『一刻牛嶠。』按：《漱玉詞》及諸選本均未收此首作李清照詞。《古今詞統》顯系誤題。當從《花間集》作牛嶠詞』。（《全唐五代詞》）

生查子

年年玉鏡臺，梅蕊宮妝困。今歲不歸來，怕見江南信。　酒從別後疏，泪向愁中盡。遙想楚雲深，人遠天涯近。

——《御選歷代詩餘》

【考辨】

◎歷代載籍著録此闋之詞調、題目：

調作《生查子》。題作『閨情』、『春夜』。

◎歷代此闋著録為李清照（易安）詞之載籍：

〔一〕宋・何士信輯《草堂詩餘前集二卷後集二卷》明嘉靖三十三年楊金刻本（卷下前，第二四頁），收作李易安詞。

校記

調題：皆同範詞。

正文：『不歸來』作『未還家』。

附録：無。

〔二〕明・鯆溪逸史選編《彙選歷代名賢詞府全集》明嘉靖丁己（巳）一得山人跋抄本（卷之一，第一〇頁），收作李易安詞。

校記

調題：調同範詞。題作『閨情』。調下注：『雙韵名《醉公子》』。

正文：『不歸來』作『未還家』。

附録： 無。

[三] 明・起北赤心子輯《綉谷春容》明清善本小説叢刊　天一出版社印行（樂集，卷之二，彤管摭粹，名媛詞，頁不清），收作李易安詞。

校記

調題： 調同範詞。題作『閨情』。

正文： 『不歸來』作『未還家』。

附録： 無。

[四] 明・池上客選《歷朝烈女詩選名媛璣囊》（一名《名媛璣囊》）明萬曆二十三年書林鄭雲竹刻本（廉集三，第一七頁），收作李清照詞。

校記

調題： 調同範詞。題作『閨情』。

正文： 『不歸來』作『未還家』。

附録： 無。

[五] 明・鄭文昂編輯《古今名媛彙詩》，《四庫全書存目叢書》影印明刊本（卷一七，第五頁），收作李清照詞。

校記

調題： 調同範詞。題作『閨情』。

正文： 『不歸來』作『未還家』。

附録： 無。

[六] 明・趙世杰選輯　許肇文參閱《古今女史》崇禎本（卷一二，詩餘，第一頁），收作李易安詞。

校記

調題： 調同範詞。題作『閨情』。

正文： 『不歸來』作『未還家』。

附録： 曲盡無聊之況。（眉批）　是至情，是至語（旁批）。

［七］　清・周銘編集　金成棟重校《林下詞選》，《四庫全書存目叢書補編》第二冊（卷一，第一頁），收作李清照詞。

校記

調題： 皆同範詞。

正文： 皆同範詞。

附録： 無。

［八］　清・歸淑芬等選輯《古今名媛百花詩餘》康熙二十三年刻本（孟春卷，梅花類，第一頁），收作「宋李清照」詞。

校記

調題： 皆同範詞。

正文： 皆同範詞。

附録： 無。

［九］　清・沈辰垣等編《御選歷代詩餘》影印康熙内府本（卷四，第二〇頁），收作「宋媛　李清照」詞。

校記

調題： 調作《生查子》。無題。

正文： 原「歳」、「踈」、「涙」、「遙」，茲改為正字「歲」、「疏」、「泪」、「遥」。（擇為範詞，底本）

附録： 無。

［一〇］　清・王鵬運輯《漱玉詞》，《四印齋所刻詞》本（第八頁），收作「李清照　易安」詞。

校記

調題： 皆同範詞。

正文： 皆同範詞。

附録： 無。

［一一］　清・楊文斌輯録《三李詞》光緒庚寅夏香海閣刊本（卷三，第二頁），收作李清照詞。

校記

調題： 皆同範詞。

正文：皆同範詞。

附録：無。

[一二] 清・何震彝輯《詞苑珠塵》清光緒三十三年鉛印本（不分卷，第九頁），著録為李清照詞句。

校記

調題：無調。集為詩句。詩題作『寄意二十二首』。

正文：僅收録『泪向愁中盡』一句。

附録：無。

[一三] 清・何震彝輯《詞苑珠塵》清光緒三十三年鉛印本（不分卷，第九頁），著録為李清照詞句。

校記

調題：無調。集為詩句。詩題作『寄意二十二首』。

正文：僅收録『酒從別後疏』一句。

附録：無。

[一四] 清・蕙風簃主箋《漱玉詞箋》中華圖書館石印本　中華民國四年六月版（不分卷，第一二頁），收作李清照詞。

校記

調題：皆同範詞。

正文：皆同範詞。

附録：無。

[一五] 木石居士選輯　絳雲女史參校《歷代名媛詞選》民國十六年石印本（卷二，小令二，未注頁碼），收作李清照詞。

校記

調題：皆同範詞。

正文：皆同範詞。

附録：無。

[一六] 李文裿輯《漱玉集》冷雪盦叢書本（卷三，第一頁），收作李清照詞。

校記

調題： 皆同範詞。

正文： 皆同範詞。

附録：《歷代詩餘》、四印齋本《漱玉詞》。（尾注）

［一七］王官壽輯《宋詞抄》中華民國十一年排印本（卷一，第一二頁），收作李清照詞。

校記

調題： 皆同範詞。

正文： 皆同範詞。

附録： 無。

◎ **歷代此闋著録他人或無名氏及存疑詞之載籍：**

［一］宋・朱敦儒撰《樵歌拾遺》，《四印齋所刻詞》本（第一頁），收作朱敦儒詞。

校記

調題： 皆同範詞。

正文：『不歸來』作『未還家』；『酒』作『歡』。

附録： 無。

［二］元・楊朝英選集《樂府新編陽春白雪》影印元刻本（前集，卷之一，第四頁），收作朱淑真詞。

校記

調題： 皆同範詞。

正文：『不歸來』作『未還家』。

附録： 無。

［三］明・楊慎輯《詞林萬選》，《四庫全書存目叢書》影印汲古閣刻《詞苑英華》本（卷四，第三頁），收作朱希真詞。

校記

調題： 皆同範詞。

正文：『不歸來』作『未還家』。

附録：無。

［四］明·陳耀文纂（原署）《花草粹編》影印明刊十二卷本（卷一，第四八頁），收作朱敦儒詞。

校記

調題：皆同範詞。

正文：『不歸來』作『未還家』；『酒』作『歡』。

附録：無。

［五］明·陳耀文輯《花草粹編》文淵閣《欽定四庫全書》二十四卷本（卷二，第一五頁），收作朱敦儒詞。

校記

調題：皆同範詞。

正文：『不歸來』作『未還家』；『酒』作『歡』。

附録：無。

［六］明·陳耀文編（原署）《花草粹編》文津閣《欽定四庫全書》二十四卷本（卷二，總第六四四頁），收作朱敦儒詞。

校記

調題：皆同範詞。

正文：『不歸來』作『未還家』；『酒』作『歡』。

附録：無。

［七］明·毛晋訂《斷腸詞》影印汲古閣初刻《詩詞雜俎》本（第二頁），收作『朱氏　淑真』詞。

校記

調題：皆同範詞。『又』（指《生查子》）下注：『世傳大曲十首，朱淑真《生查子》居第八調，入大石此曲是也。集中不載，今收入此』。

正文：『不歸來』作『未還家』。

附録：無。

［八］清・朱彝尊編《詞綜》，《欽定四庫全書薈要》集部（卷二五，第九頁），收作朱淑真詞。

校記

調題：皆同範詞。

正文：『不歸來』作『未還家』。

附録：無。

［九］清・陸昶評選《歷朝名媛詩詞》紅樹樓藏版　乾隆癸巳新鐫（卷一一，第一二頁），收作朱淑真詞。

校記

調題：皆同範詞。

正文：『宮』作『官』；『不歸來』作『未還家』。

附録：無。

［一〇］清・譚獻輯《復堂詞録》稿本（卷八，宋集七，未注頁碼），收作朱淑真詞。

校記

調題：皆同範詞。

正文：『不歸來』作『未還家』。

附録：無。

［一一］清・陳世焜（廷焯）選《雲韶集》手抄本（卷一〇，第二三頁），收作朱淑真詞。

校記

調題：皆同範詞。

正文：『不歸來』作『未還家』。

附録：韵味自勝。以詞勝。　凄艷芊綿，情詞俱勝。（眉批）

［一二］清・陳廷焯選評《詞則》上海古籍出版社影印本　大雅集（卷四，第二四頁），收作朱淑真詞。

校記

調題：皆同範詞。

正文：『不歸來』作『未還家』。

附録：略（瑜注：眉批，與此書此詞【選評】《詞則》所録同）。

［一三］清人輯《斷腸漱玉詞合刊》之《斷腸詞》光緒庚子石印本（第一頁），收作朱淑真詞。

校記

調題：調同範詞。題作『春夜』。此闋為『「春景」十三闋』之六。注：『前題』。（瑜注：《斷腸詞》版式每首題目排上，詞調排其右下。前一首《生查子》亦注『前題』，再前一首為《浣溪沙》，題作『春夜』。）調下注：『前調世傳大曲十首，朱淑真《生查子》居第八調，入大石此曲是也』。

正文：『不歸來』作『未還家』。

附録：無。

［一四］趙萬里輯《漱玉詞》，《校輯宋金元人詞》本（第一三頁），『附録二辨僞』收之。

校記

調題：皆同範詞。調下注：『《古今女史》題作「閨情」』。

正文：『不歸來』作『未歸家』。

附録：《古今女史》、《歷代詩餘》四。（尾注）

按：此朱希真詞，見《樵歌拾遺》。楊朝英《陽春白雪》一，引作朱淑真詞。毛刻《斷腸詞》因云：『世傳大曲十首，朱淑真《生查子》居第八調』，淑真并當作希真。《古今女史》、《歷代詩餘》以為李作，失之。

［一五］唐圭璋輯《全宋詞》中州古籍出版社　兩冊本（上，第六〇四頁），收作朱敦儒『存目詞』。

附録：出處：詞林萬選卷四。　附注：朱淑真詞，見樂府新編陽春白雪卷一。

［一六］唐圭璋輯《全宋詞》中州古籍出版社　兩冊本（上，第六五〇頁），收作李清照『存目詞』。

附録：出處：楊金本草堂詩餘前集卷下。附注：朱淑真詞，見樂府新編陽春白雪卷一。

［一七］唐圭璋輯《全宋詞》中州古籍出版社　兩冊本（上，第九七〇頁），收作朱淑真詞。

附録：（調下注）世傳大曲十首，朱淑真生查子居第八，調入大石，此曲是也。集中不載，今收入此。

按：此首詞林萬選卷四誤作朱敦儒詞。別又誤作李清照詞，見楊金本草堂詩餘前集卷下。

［一八］中華書局編《李清照集》（第四八頁），『附録』收之。

附録： 按：此闋見《歷代詩餘》、《花草粹編》。《詞林萬選》作朱敦儒《樵歌》，楊朝英《陽春白雪》作朱淑真詞，淑真當作希真。《古今女史》、《歷代詩餘》以為李作，失之。

［一九］王仲聞《李清照集校注》人民文學出版社（第八一頁），『附存疑之作』。

附録： 按：此首別又作朱淑真詞，見元楊朝英《樂府新編·陽春白雪》卷一、《詞綜》卷二十五、金繩武本《花草粹編》卷二、《復堂詞録》卷八；別又作朱希真詞，見《詞林萬選》卷四、《花草粹編》卷一及四印齋所刻詞本《樵歌拾遺》。

［二〇］黄墨谷《重輯李清照集》齊魯書社（第四九頁），『附』録收之。

附録： 刊削意見：……細味詞意，似朱敦儒詞，非清照詞明矣。

［二一］徐北文主編《李清照全集評注》濟南出版社（第一四一頁），收作李清照『存疑』詞。

［二二］徐培均《李清照集箋注》上海古籍出版社（第一七六頁），録入『存疑辨證』。

附録： 校記：『……此為朱淑真詞或李清照詞。疑不能明』。

◎ **瑜按：**

此詞上述載籍著録撰者异名有三：李清照（易安），朱希真（敦儒），朱淑真。《樵歌拾遺》收作朱敦儒（希真）詞，但《全宋詞》朱敦儒詞却不收。誰是誰非？《樂府新編·陽春白雪》等著録為朱淑真詞。《斷腸詞》亦收為朱淑真詞。然約同期成書的《古今名媛彙詩》、《古今女史》等此詞均收作李清照（易安）詞。孰真孰僞？歸屬難定，姑存疑俟考。

【注釋】

［一］**玉鏡臺：** 南朝劉義慶《世説新語·假譎》：『溫公喪婦。從姑劉氏家值亂離散，唯有一女，甚為姿慧。姑以屬公覓婚，公密有自婚意，答云：佳胥難得，但如嶠比，云何？」姑云：「喪敗之餘，乞粗存活，便足慰吾餘年，何敢希汝比？」却後少日，公報姑云：「已覓得婚處，門地粗可，婿身名宦書不減嶠。」因下玉鏡臺一枚。姑大喜。既婚，交禮，女以手披紗扇，撫掌大笑曰：「我固疑是老奴，果如所卜。」玉鏡臺，是公為劉越石長史，北征劉聰所得。』（中州古籍版，第三六七頁）。宋葛勝仲《浣溪沙》：『玉鏡臺前呈國艷，沉香亭北映朝曦。』金元好問《紫牡丹》：『天上真妃玉鏡臺，醉中遺下紫霞杯。』此處用之，當指定情之物。

［二］**梅蕊宮妝：** 典見《河傳》（香苞素質）『壽陽粉面』注。五代牛嶠《紅薔薇》詩：『若綴壽陽公主額，六宮争肯學梅妝。』宋晏幾道《鷓鴣天》：『梅蕊新妝桂葉眉。小蓮風韵出瑤池』。

［三］**楚雲：** 典出自《文選·宋玉〈高唐賦〉序》、《文選·宋玉〈神女賦〉序》等，楚懷王游雲夢澤中楚臺觀高唐，『殆而晝寢，夢一婦人』，自

稱巫山之女，天帝小女，名瑶姬，死後葬巫山下。特來與楚王親昵。去時説：『妾在巫山之陽，高丘之阻，旦為朝雲，暮為行雨，朝朝暮暮，陽臺之下』。後楚襄王與宋玉來游高唐，也夢見了她。此故事後來演變為代指男女間之情事等。此詞『楚雲』，隱喻男女情愛之深。宋賀鑄《南歌子》：『蕭散楚雲巫雨、生此休。』宋毛滂《惜分飛》：『夢斷瑶臺曉。楚雲何處英英好。古寺黄昏人悄悄』。

【品鑒】

這是一首寫相思之情的詞作。

頭兩句：『年年玉鏡臺，梅蕊宫妝困。』以『年年』冠領，表明女主人的心上人離別已有很長時間了。她年年對着玉鏡梳妝，扮梅花妝本來是女主人非常喜歡的妝梳，然而現在她却感到慵懶而没有興致了。這反映了女主人情致的低落，心緒的不佳。

次兩句：『今歲不歸來，怕見江南信。』承寫出女主人六神無主，無精打采的原因。她雖然已盼多時，但今年仍然不見心上人歸來，她就愈加急切盼望他的歸來及其信息了。因為心上人該歸而不歸，她又害怕接到心上人從江南寄來的書信，擔心他在外遇到不測。作者對女主人這種曲折、複雜、矛盾心理的細微描寫，揭示出她對心上人那純潔、真摯、深沉的愛情。

换頭：『酒從别後疏，泪向愁中盡。』寫别後的情景。酒也少喝了，在愁思中流盡了眼泪。『盡』，極寫情愛之深，懷想之切，相思之苦。

結尾兩句：『遥想楚雲深，人遠天涯近。』『楚雲』回應上片『江南』。女主人在憂愁中朝朝暮暮思念羈旅江南的心上人，『楚地』像一片陰沉的愁雲在腦海中盤聚。由于離情悱惻纏綿，她無窮無盡地思念，而游子却遲遲不歸，于是，她便覺得心上人去的地方比『天涯』還要遥遠了。

此詞用簡筆勾勒，不事雕琢，如同繪畫衹用墨綫淡描，不敷色、無渲染的白描手法。以簡馭繁，以少總多，給人以充分想象聯想的餘地。

【選評】

[一] **明·趙世杰　許肇文：** 曲盡無聊之況。　是至情，是至語。（《古今女史》）

[二] **清·陳廷焯：** 朱淑真詞，才力不逮易安，然規模唐五代，不失分寸。如『年年玉鏡臺』及『春已半』等篇，殊不讓和凝、李珣輩。惟骨韵不高，可稱小品。（《白雨齋詞話》）

[三] **清·陳世焜（廷焯）：** 韵味自勝。以詞勝。　凄艷芊綿，情詞俱勝。（《雲韶集》）

〔四〕**清・陳廷焯**：宋婦人能詞者，自以易安為冠，淑真才力稍遜，然規模唐五代，不失分寸。轉為詞中正體。（《詞則》）

〔五〕**侯健　吕智敏**：結尾于平實的鋪叙中突起奇句，將丈夫的行踪與無邊的天涯并列對比，而且對比的結果不是丈夫的客居地與天涯一般遥遠，更不是天涯比丈夫的客居地遥遠，爲了極度誇張丈夫和自己距離的遥遠，竟把常人認為無限遥遠的天涯説成是比丈夫的客居地還要近。這種極度的誇張大大突破了一般懷人作品中喜用的『遠在天涯』的舊調，不但將思念的感情表現的更加深切，而且脱盡俗套，别開生面。此作不假雕琢，叙事質樸，感情深摯，别有一番動人之處。（《李清照詩詞評注》）

〔六〕**王英志**：此詞作者有李清照與朱敦儒兩説，為存疑之作。詞寫思念夫君之情。上片寫夫君因『怕見江南信』觸動離愁而『今歲不歸來』，十分新穎别致。下片『酒從』句寫出『飄零疏酒盞』（宋秦觀《千秋歲》），為暗寫離愁；『泪向』句則明寫離愁。詞人因思夫君而愁，又因愁而『遥想』夫君，『人遠天涯近』則道出夫君『今歲不歸來』的真正原因，并非『怕見江南信』也。詞雖短小，但構思新巧，頗具情致。（《李清照集》）

〔七〕**范英豪**：詞起句用典，恰當地點明了抒情主人公的思婦身份，打扮的十分華麗的女主人公却對着妝臺精神不振。『今歲』兩句，順着思婦的情思，如行雲般流露出不能承受的思念之重，竟到了連親人的信都怕見的地步，内心矛盾重重，忐忑不安，與『近鄉情更怯』有相似之妙，曲折表達，而情思更長久濃烈。詞下片叙别後愁苦之狀，酒少泪多，無從排遣。『遥想』句境界開闊，帶着讀者的想象向天邊延伸，而主人公情思之悠長，盼望之執着盡現眼底。全詞在極小的篇幅内于鋪叙中見出波瀾，令人玩味不盡。（《李清照詩詞選》）

如夢令　閨怨

誰伴明窗獨坐。和我影兒兩個。燈盡欲眠時，影也把人拋軃。無那。無那。好個悽惶的我。

——《類編箋釋續選草堂詩餘》

【考辨】

◎歷代載籍著録此闋之詞調、題目：

調作《如夢令》（又名《宴桃園》、《憶仙姿》、《古記》）。題作『閨怨』、『春閨』、『夜坐』。

◎歷代此闋著録為李清照（易安）詞之載籍：

[一]　明·錢允治箋釋　陳仁錫校閲（内署）《類編箋釋續選草堂詩餘》明萬曆刻本《續修四庫全書》影印（卷之上，第二頁），收作李易安詞。

校記

調題：調作《如夢令》。題作『閨怨』。

正文：原『窓』、『箇』，茲改為正字『窗』、『個』。（擇為範詞，底本）

附録：無。

[二]　明·卓人月彙選　徐世俊參評《古今詞統》（又名陳繼儒評選《草堂詩餘》、《詩餘廣選》），《續修四庫全書》本（卷三，第九頁），收作李清照（上有小注：『一刻向豐之』）詞。

校記

調題：皆同範詞。

正文：『和我』作『我共』。

附録：陡焉起，颯焉止，全不落宋人家數。（眉批）

［三］明·馬嘉松輯《花鏡雋聲》明天啓刻本（雋聲七卷，詩餘，第二頁），收作李易安詞。

校記

調題：皆同範詞。
正文：皆同範詞。
附録：無。

［四］明·陸雲龍評選　陸人龍較定《詞菁》翠娱閣評選行笈必攜十種本（卷二，閨詞，第七頁），收作李易安詞。

校記

調題：調同範詞。題作『春閨』。
正文：皆同範詞。
附録：悝而韵。（眉批）

［五］清·周銘編集　金成棟重校《林下詞選》，《四庫全書存目叢書補編》第二册（卷一，第一頁），收作李清照詞。

校記

調題：調同範詞。無題。『又』（指《如夢令》）下注『一本誤作向豐之』。
正文：『和我』作『我和』。
附録：無。

［六］清·陸次雲　章昞輯《見山亭古今詞選》康熙年間刻本（卷一，第一二頁），收作李清照詞。

校記

調題：皆同範詞。
正文：『和我』作『我共』。
附録：無。

［七］清·王鵬運輯《漱玉詞·補遺》，《四印齋所刻詞》本（第一頁），收作『李清照　易安』詞。

校記

調題： 調同範詞。無題。調下注：『見詞統，一作向豐之』。

正文： 『和我』作『我共』；『眠』作『瞑』；『恓』作『淒』。

附録： 無。

［八］木石居士選輯　絳雲女史參校《歷代名媛詞選》民國十六年石印本（卷一，小令一，未注頁碼），收作李清照詞。

校記

調題： 調同範詞。無題。

正文： 『和我』作『我共』；『恓惶』作『淒涼』。

附録： 無。

［九］李文裿輯《漱玉集》冷雪盦叢書本（卷三，第一頁），收作李清照詞。

校記

調題： 調同範詞。無題。

正文： 『窗』作『聰』；『和我』作『我共』；『眠』作『瞑』；『恓』作『淒』。

附録： 詞統。（尾注）

◎歷代此闋著録他人或無名氏及存疑詞之載籍：

［一］宋·向鎬撰《樂齋詞》，《續修四庫全書》本影印《宋金元人詞》本　集部　詞類（第六頁），收作『向鎬　豐之』詞。

［二］明·茅暎遠士評選《詞的》清萃閔堂抄本《四庫未收書輯刊》影印（卷之一，第五頁），收作向豐之詞。

校記

調題： 調同範詞。無題。

正文： 『盡』作『燼』；『的』作『底』。

附録： 無。

校記

調題： 皆同範詞。

正文： 皆同範詞。

附録： 無。

［三］明・毘陵長湖外史類輯　姑蘇天羽居士評箋《草堂詩餘續集》明萬賢樓自刻本（卷上，第二頁），收作向豐之（下有小注『刻易安誤』）詞。

校記

調題： 皆同範詞。

正文： 『和我』作『我和』。

附録： 陡焉起，颯焉止，全不落宋人家數。　似俚彌深。　近時吳歌有夜坐一篇增減。　此詞纔數字耳，看來風氣種種，有開必先。（眉批）　韓詩：『事往悲豈那』。（尾注）

［四］明・楊慎輯《詞林萬選》，《四庫全書存目叢書》影印汲古閣刻《詞苑英華》本（卷二，第二〇頁），收作向豐之詞。

校記

調題： 調同範詞。無題。

正文： 『盡』作『燼』。

附録： 無。

［五］明・鱅溪逸史選編《彙選歷代名賢詞府全集・補遺・小令》明嘉靖丁己（巳）一得山人跋抄本（卷九，第二四頁），收作向豐之詞。

校記

調題： 調同範詞。題作『夜坐』。

正文： 『盡』作『燼』。

附録： 無。

［六］　明・陳耀文纂（原署）《花草粹編》影印明刊十二卷本（卷一，第二二頁），收作向豐之詞。

校記

調題：調同範詞。無題。《花草粹編》目録調下注：「一名《宴桃園》、《古記》、《憶仙姿》」。書中此調下注：「一名《宴桃園》，一名《憶仙姿》，東坡改為《如夢令》（《古今詞話》）」。

正文：「和我」作「我和」。

附録：無。

［七］　明・陳耀文輯《花草粹編》文淵閣《欽定四庫全書》二十四卷本（卷一，第三〇頁），收作向豐之詞。

校記

調題：調同範詞。無題。調下注：「一名《宴桃園》，一名《憶仙姿》，東坡改為《如夢令》（《古今詞話》）」。

正文：「和我」作「我和」。

附録：無。

［八］　明・陳耀文編（原署）《花草粹編》文津閣《欽定四庫全書》二十四卷本（卷一，總第六三八頁），收作向豐之詞。

校記

調題：調同範詞。無題。

正文：「和我」作「我和」。

附録：無。

［九］　明・潘游龍輯《精選古今詩餘》（《古今詩餘醉》）清乾隆壬午秋鐫（卷一〇，第三〇頁），收作向豐之詞。

校記

調題：皆同範詞。

正文：「和我」作「我和」；「恓」作「凄」。

附録：無。

［一〇］　清・夏秉衡輯《清綺軒詞選》乾隆巾箱本（卷一，第二一頁），收作向鎬詞。

校記

調題：皆同範詞。

正文：『和我』作『我和』。

附録：無。

［一一］清・陳世焜（廷焯）選《雲韶集》手抄本（卷四，第一〇頁），收作向鎬詞。

校記

調題：調同範詞。無題。

正文：『和我』作『我和』。

附録：真妙，真妙。　『影也把人拋躲』，真妙。　真乃寫盡恓惶。（眉批）

［一二］清・陳廷焯選評《詞則》上海古籍出版社影印本　別調集（卷二，第三頁），收作向鎬詞。

校記

調題：調同範詞。無題。

正文：『和我』作『我和』。

附録：『影也把人拋躲』，真乃善寫栖惶。（眉批）

［一三］趙萬里輯《漱玉詞》，《校輯宋金元人詞》本（第一二頁），『附録二辨僞』收之。

校記

調題：調同範詞。無題。調下注：『詞統題作「閨怨」』。

正文：『和我』作『我共』；『恓』作『凄』。

附録：《古今詞統》三。（尾注）

按：此向鎬《樂齋詞》。詞統以為李作，失之。

［一四］唐圭璋輯《全宋詞》中州古籍出版社　兩冊本（上，第六五〇頁），收作李清照『存目詞』。

附録：出處：草堂詩餘續集卷上。　附注：向滈作，見樂齋詞。

［一五］唐圭璋輯《全宋詞》中州古籍出版社　兩冊本（上，第一〇四七頁），收為向滈詞。

附録： 按：此首別誤作李清照詞，見續選草堂詩餘卷上。

［一六］中華書局編《李清照集》（第四七頁），『附録』收之。

［一七］王仲聞《李清照集校注》人民文學出版社（第二三五頁），『附録』收為『誤題李清照撰之作品』。

附録： 按：此首乃向鎬作，見《樂齋詞》。《續草堂詩餘》誤作李清照詞。《林下詞選》注：『一本誤作向豐之。』非是。上海新出《李清照集》云：『《樂府雅詞》作向鎬《樂齋詞》。』而傳本《樂府雅詞》并無此詞，也無向鎬詞，不知何據，疑有錯誤。

◎ **瑜按：**

上此詞載籍撰者异名有二：李清照（易安）與向鎬（豐之）。宋向鎬撰《樂齋詞》等多種載籍收作向鎬詞，《樂齋詞》係向鎬本人詞集，故此闋為向詞之可能性較大。收為李清照詞之載籍近十種。有標明出處《古今詞統》者，然《古今詞統》等却未標明出處，儘管注明『一刻向豐之』，還是毅然收為李清照（易安）詞，或有所據？存疑待考。

【注釋】

［一］**拋嚲：** 拋弃分開。宋柳永《風定波》：『鎮相隨，莫拋躲。針綫閑拈伴伊坐』。

［二］**無那：** 無可奈何。宋柳永《風定波》：『無那，恨薄情一去，音書無個。』宋陳與義《點絳唇》：『不解鄉音，衹怕人嫌我。愁無那』。

［三］**恓惶：** 見《行香子》（天與秋光）『恓恓惶惶』注。

【品鑒】

此詞寫窗裏燈畔衹有主人與影子相伴；『燈盡欲眠時』連影也消失了，表現了主人公無限孤寂凄惶之情。

首句：『誰伴明窗獨坐。和我影兒兩個。』以設問句領起，『誰』字開篇，引人關切，注目。主人公求偶而未得，衹有在明窗底下與影兒相伴，形影相吊，或以動影為慰藉，長夜漫漫，情何以堪。影子雖然是虛幻的，但畢竟還有一個類人的形影相隨。這已經足夠孤凄和無奈了。

次兩句：『燈盡欲眠時，影也把人抛嚲。』承，但燈油燃盡燈光息滅之後，人要合眼欲睡之時却連影子也把他抛弃了，連那點虛幻的伴影也消失了。這可是徹底孤『獨』了。可謂『冷冷清清，凄凄慘慘戚戚』了，真是凄神、寒骨、冰髓了。這是進一層的寫法。『無那』一詞的叠用，固然是《如夢令》詞格律的要求，但從表達的意義上看，重複使詞人此時無可奈何心境的藝術表達效果倍增。

卒篇顯志：『好個悽惶的我。』這是情不自禁遏抑不住的孤凄心靈之疾聲呼喊，直剖胸臆。層層推進，篇末高潮，亦為此詞詞眼。『無那』的叠用，『我』、『影』兩字的重現，循環往復，增强了藝術表達效果和詞章的音律之美。

這首小令，以獨特、真率、天籟的風格美取勝。直寫暢抒真性情，『清水出芙蓉，天然去雕飾』。清沈祥龍《論詞隨筆》：『詞以自然為尚，自然者，不雕琢、不假藉、不着色相、不落言詮也』，此詞即是如此，實為本色語也。宋張炎《詞源》：『句法中有字面，蓋詞一個生硬字用不得，須是深加鍛煉，字字敲打得響，歌誦妥溜，方為本色語』，此詞正是。

此詞似與李清照兩首《如夢令》同一機杼，都是用白描的藝術手法。此小令簡潔明快自然妥溜，又以『作決絶語』而妙。開頭設問句領起，自問自答。古典詩詞以問句開頭不乏其篇，如唐李白《把酒問月》：『青天有月來幾時？我今停杯一問之』，宋蘇軾《水調歌頭》：『明月幾時有，把酒問青天』，但以自問自答形式開端相對較少。這是此詞一大藝術特色。

【選評】

［一］**明·姑蘇天羽居士（沈際飛）**：陡焉起，颯焉止，全不落宋人家數。　似俚彌深。　近時吴歌有夜坐一篇增減。此詞纔數字耳，看來風氣種種，有開必先。（《草堂詩餘續集》）

［二］**明·楊　慎**：向豐之，號樂齋，有《如夢令》一詞云：『誰伴明窗獨坐……』，詞似俚而意深，亦佳作也。（《詞品》）

［三］**清·月朗道人**：此詞無一相思句，而風流盡致，詞中之魁也。真極，詞中仙品也。（《古今才女子奇賞》）

［四］**清·沈　雄**：個，宋詞『我共影兒兩個』，『竹外錦鳩啼一個』，用珂和韵。（《古今詞話·詞品》）

［五］**清·陳世焜（廷焯）**：真妙，真妙。　『影也把人拋躲』，真妙。　真乃寫盡悽惶。（《雲韶集》）

［六］**清·陳廷焯**：『影也把人拋躲』，真乃善寫栖惶。（《詞則》）

［七］**李濟阻**：向滈詞以通俗、自然取勝。這首《如夢令》語言平易，即使今天的讀者讀來，也很少有難解的詞句。從構思方面講，它雖然有新巧的一面，但同時又不存在做作的痕迹。自個兒静静的坐在窗下，相伴的當然衹有影兒。到了『燈燼欲眠時』，當然影兒也就不見了。至于結尾處，實際上是照直説出了問題的原委。新巧與自然本是兩種難于調和的風格，向滈把它統一在一首小詞中，這是不容易的。（《唐宋詞鑒賞辭典》上海辭書出版社）

念奴嬌

朱門湖上，向淒風冷雨，為誰深閉。迤邐湖堤三十里，吹不斷水香花氣。繫馬垂楊，惱人狂絮，若個知風味。江南倦客，春晚又無梅寄。　常思一擲千金，評紅揀翠，醉把銀箏倚。不料而今添白髮，往事怕人説起。金谷花明，新豐酒美，到處還留意。故鄉書屋，不知江燕歸未。

——《坐隱先生精訂草堂餘意》

【考辨】

◎歷代載籍著録此闋之詞調、題目：

調作《念奴嬌》。無題。

◎歷代此闋著録為李清照（易安）詞之載籍：

［一］　明·陳大聲《坐隱先生精訂草堂餘意》，《明詞彙刊》本（草上，第一〇頁）收録，此詞署名「李易安」。

校記

調題： 調作《念奴嬌》。無題。

正文： 原「凄」、「迆逦」、「隄」、「箇」、「筝」，茲改為正字「淒」、「迤邐」、「堤」、「個」、「箏」。（擇為範詞，底本）

附録： 無。

◎歷代此闋著録他人或無名氏及存疑詞之載籍：

未見古今他本有著録此詞者。

◎瑜按：

凡署過李清照（易安）名字之詞作，《全璧》皆收録之。考辨真僞，昭示讀者。此詞僅見明陳大聲《坐隱先生精訂草堂餘意》。此書著録署名唐宋名家之詞不少，筆者考其七家詞，以辨真僞：

（一）考其所輯署名李太白詞全部：《憶秦娥》（聲嗚咽）、《搗練子》（金井冷）、《菩薩蠻》（幾家破屋人猶識），計三首。查曾昭岷等編著《全唐五代詞》（中華書局）李白詞俱不載。

（二）考其所輯署名柳耆卿詞全部：《鬥百花》（隔竹小桃鮮媚）、《過澗歇》（緑樹滿北鄰南里）、《慶春宮》（故里荒烟）、《尾犯》（驚夢錯疑人）、《玉蝴蝶》（一段江南秋色）、《白苧》（晚風漸）、《望遠行》（老梅近水），計七首。查唐圭璋輯《全宋詞》（兩冊本，中州古籍出版社）及《續修四庫全書》集部　詞類《宋名家詞》之柳永撰《樂章集》（汲古閣本）俱不載。

（三）考其所輯署名歐陽永叔詞全部：《浣溪沙》（窗外花枝上月輪）、《浣溪沙》（曲角紅蘭綉幕深）、《浪淘沙》（一夜雨和風）、《瑞鶴仙》（落紅誰印）、《阮郎歸》（夕陽樓上夢回時）、《如夢令》（翠幕玉鈎雙控）、《臨江仙》（斜日采蓮歌乍歇），計七首。查唐圭璋輯《全宋詞》（兩冊本，中州古籍出版社）及《續修四庫全書》集部　詞類《宋名家詞》之歐陽修撰《六一詞》（汲古閣本）俱不載。

（四）考其所輯署名蘇東坡詞全部：《蝶戀花》（花拂壺觴香徑小）、《洞仙歌》（殿角凉生）、《阮郎歸》（夕陽滿樹亂鳴蟬），計三首。查唐圭璋輯《全宋詞》（兩冊本，中州古籍出版社）及《續修四庫全書》集部　詞類《宋名家詞》之蘇軾撰《東坡詞》（汲古閣本）俱不載。

（五）考其所輯署名秦少游詞全部：《滿庭芳》（九十春光）、《望海潮》（芳草閑雲）、《如夢令》（枕滑玉釵斜溜）、《踏莎行》（細柳平橋）、《金明池》（細草熏衣）、《千秋歲》（斷虹雨外）、《浣溪沙》（金鴨烟消冷篆香）、《菩薩蠻》（彩雲夢斷珊瑚枕）、《菩薩蠻》（秋聲颯颯凋梧葉）、《桃源憶故人》（多愁短鬢經秋白）、《桃源憶故人》（多情自是風流種），計十一首。查唐圭璋輯《全宋詞》（兩冊本，中州古籍出版社）及《續修四庫全書》集部　詞類《宋名家詞》之秦觀撰《淮海詞》（汲古閣本）俱不載。

（六）考其所輯署名周美成詞全部：《瑞龍吟》（東風路）、《渡江雲》（小堂臨野意）、《丹鳳吟》（開樽何處）、《浣溪沙》（春柳樓前鎮日垂）、《應天長・寒食》（……江城又寒食）、《如夢令》（行到柳塘清處）、《隔浦蓮》（紅闌相映翠葆）、《滿庭芳》（醉傍清溪）、《塞翁吟》（小閣臨清景）、《法曲獻仙音》（水殿烟消）、《過秦樓》（午景移檐）、《拜星月慢》（冷雨鳴窗）、《宴清都》（永夜沉鐘鼓）、《氏州第一》（漫野蕭條）、《霜葉飛》（夜闌珊枕回孤夢）、《滿路花》（清歌聲入雲）、《早梅芳》（院宇深），計十七首。查唐圭璋輯《全宋詞》（兩冊本，中州古籍出版社）及《續修四庫全書》集部　詞類《宋名家詞》之周邦彥撰《片玉詞》（汲古閣本）俱不載。

（七）考其所輯署名康伯可詞全部：《憶秦娥》（人寂寞）、《風入松》（玉簫聲歇彩鸞歸）、《金菊對芙蓉》（山雨塗青）、《醜奴兒令》（銷金帳底人如玉），計四首。查唐圭璋輯《全宋詞》（兩冊本，中州古籍出版社）及《校輯宋金元人詞》之宋康與之伯可撰《順庵樂府》，皆不載。

綜上，考其所輯署名李太白詞三首、柳耆卿詞七首、歐陽永叔詞七首、蘇東坡詞三首、秦少游詞十一首、周美成詞十七首、康伯可詞四首，總計七家五十二首詞，在其別集及《全宋詞》中全都不載，説明其書所署撰者都是假託之名。假託者何人？從歷代其他載籍皆不見陳大聲《坐隱先生精訂草堂餘意》中其他詞家詞作而言，假託者即是陳大聲。此書録有不少陳氏之詞。而陳氏又按假託撰者其原調韵字填詞，即步哪家詞韵字就署哪家名字。原柳耆卿《鬥百花》（煦色韶光明媚）詞韵字：媚、樹、絮、緒、户、度、處、雨，此書署名柳耆卿之《鬥百花》（隔竹小桃鮮媚）詞韵字與前本詞韵字全同。原李清照《武陵春》（風住塵香花已盡）詞韵字：頭、休、流、舟、舟、愁，此書署名李易安之《武陵春》（汩汩離愁消不得）詞韵字與前本詞韵字全同。原李清照《念奴嬌》（蕭條庭院）詞韵字：閉、氣、味、寄、倚、起、意、未，此書署名之李易安《念奴嬌》（朱門湖上）詞韵字與前本詞韵字全同。足見《坐隱先生精訂草堂餘意》署名李易安之《武陵春》（汩汩離愁消不得）、《念奴嬌》（朱門湖上）詞，都是假託李易安名義之作，其真實作者乃為明陳鐸（大聲）。并非李易安（清照）之作。此兩詞之真偽已考辨清楚。

唐圭璋輯《詞話叢編・蕙風詞話》（卷五，總第四五一〇頁）載：『陳大聲詞，全明不能有二。坐隱先生草堂餘意，甲辰春，半塘假去，即付手民，盖亦契賞之至。寫樣甫竟，半塘自揚之蘇，嬰疾遽殁。元書及様本并失去，不復可求。其詞境約略在余心目中，兼樂章之敷腴，清真之沉著，漱玉之綿麗。南渡作者，非上駟未易方駕。明詞往往為人指摘，一陳先生掩百瑕而有餘。是書失傳，明詞之不幸。半塘之隱恫矣。大聲名鐸，別號七一居士，下邳人，家上元，睢寧伯陳文曾孫。正德間，襲濟州衛指揮。有秋碧軒集五卷、香月亭集、秋碧樂府二卷、梨雲寄傲詞、草堂餘意各一卷。……并見千頃堂書目。大聲精研宮律，人稱「樂王」。又善謔，嘗居京師，戲仿月令云云，見顧起元客座贅語。又有四時曲，與徐髯仙聯句」。

唐圭璋輯《詞話叢編・蕙風詞話續編》（卷二，總第四五六〇頁）載：「「陳鐸詞」：明陳鐸，字大聲，下邳人，官指揮使。其詞超澹疏宕，不琢不率。和何人韵，即仿其人體格。即如淮海、清真、漱玉諸大家，置本集中，雖識者不能辨。昔人謂詞絕于明，觀于大聲之作，斯言殆未為信。明詞綜僅録浣溪沙一闋」。

清朱彝尊、王昶輯《明詞綜》三泖漁莊藏板（卷三，第一一頁），祇收其詞《浣溪沙》（波映橫塘柳映橋）一闋。亦見《坐隱先生精訂草堂餘意》，其餘皆未收。讀《蕙風詞話》、《蕙風詞話續編》兩段記載，陳鐸（大聲）生平事迹略知矣！

【注釋】

[一] **迤邐**：這裏為彎彎曲曲接連不斷之意。宋陸游《漁家》：「海近岡巒多迤邐，天寒霧雨正霏微。」宋姜特立《滿江紅》：「迤邐躋攀登翠嶺，沉沉烟壑千峰列」。

[二] **梅寄**：寄梅，用典，見《孤雁兒》（藤床紙帳）「一枝折得」注。

[三] **若個**：這裏指人，疑問代詞，「義同何人，猶云那個也」（《詩詞曲語辭彙釋》）即「誰，哪個」之意。唐韓偓《早起探春》：「若個高情能似我，且應欹枕睡清晨。」宋賀鑄《采桑子》「若個芳心、真個會琴心」。

[四] **一擲千金**：本指豪賭，一投就是重金。現為成語，形容富有財大，揮霍無度。源自唐吴象之《少年行》：「一擲千金渾是膽，家無四壁不知貧。」唐李白《自漢陽病酒歸寄王明府》：「莫惜連船沽美酒，千金一擲買春芳」。

[五] **銀箏**：華美珍貴的箏。箏，一種彈奏樂器。唐王維《秋夜曲》：「銀箏夜久殷勤弄，心怯空房不忍歸。」宋曹良史《江城子》：「夜香燒了夜寒生。掩銀屏。理銀箏」。

[六] **金谷**：指金谷澗，見前《遠朝歸》（金谷先春）注。

[七] **新豐酒**：古代長安新豐產的一種名酒。唐李白《春日獨坐寄鄭明府》：「情人道來竟不來，何人共醉新豐酒。」唐王維《少年行（其一）》：「新豐美酒斗十千，咸陽游俠多少年。」漢高祖劉邦，生籍安徽沛縣豐邑。《漢書・地理志》：「京兆尹新豐，秦曰驪邑。」《應劭》云：「太上皇思東歸（想念家鄉），于是高祖改築城寺街里以象豐。徙豐民以實之，故曰新豐。」意思是如太上皇痛飲新豐美酒也排除不了思鄉之情啊！據《中國茶酒辭典》，此酒又產于江蘇丹陽境內，唐時代已有名氣。唐李白詩《出妓金陵子呈盧六其一》：「南國新豐酒，東山小歌妓」。

【品鑒】

此詞為陳大聲步李易安《念奴嬌》（蕭條庭院）詞韵而寫成，并署李易安之名。收在明陳大聲《坐隱先生精訂草堂餘意》之中。

上片，寫湖上景物，凄風冷雨中朱門深閉。長堤風光迤邐，不是人人都能理解其風韵特色的。『春晚』點出游覽之時節。詞人選取『凄風冷雨』、『迤邐湖堤』、『水香花氣』、『繫馬垂楊』、『惱人狂絮』湖上特色景物，寫出景色之幽美。

下片，憶往昔，錢大富有，生活放浪，醉了就憑銀筝抒發酒意詞情。即使金谷澗之花鮮艷，新豐之酒醇美，也不能使其忘記故鄉之書屋。突出對故鄉書屋的深厚熱愛之情。

宋姜夔《白石道人説詩》：『語貴含蓄。東坡云「言有盡而意無窮」者，天下之至言也』。宋何汶《竹莊詩話》引《漫齋語録》：『詩文皆要含蓄不露，便是好處，古人説「雄深雅健」，此便是含蓄不露也。』此詞仍寫得直而露，『梅寄』、『金谷花明』、『新豐酒美』，用典，較其《武陵春》（汩汩離愁）詞有些『餘意』。兩詞皆無深厚之內容。景物描寫典故運用尚有藉鑒之處。

【選評】

力求而未得。

武陵春

汩汩離愁消不得，閑步向大江頭。萬斛幾時休。江波日夜流。　去年曾踏江皋路，柳下送郎舟。今歲垂楊也繫舟。知又有、幾人愁。

——《坐隱先生精訂草堂餘意》

【考辨】

◎歷代載籍著録此闋之詞調、題目：

調作《武陵春》。無題。

◎歷代此闋著録為李清照（易安）詞之載籍：

［一］明·陳大聲《坐隱先生精訂草堂餘意》，《明詞彙刊》本（草上，第一八頁）收録，此詞署名『李易安』。

校記

調題：調作《武陵春》。無題。

正文：原『汩汩』，茲改為正字『汩汩』。（擇為範詞，底本）

附録：無。

◎歷代此闋著録他人或無名氏及存疑詞之載籍：

未見古今他本有著録此詞者。

◎瑜按：

《坐隱先生精訂草堂餘意》署名李易安之《武陵春》（汩汩離愁消不得）、《念奴嬌》（朱門湖上）詞，都是假託李易安名義之作，其真實作者乃為明陳鐸（大聲）。并非李易安之作。此二詞之真僞已考辨清楚，生平傳略皆見前《念奴嬌》（朱門湖上）『瑜按』。

【注釋】

[一] **汩汩**：急流水聲。比喻離愁勃發如激流不斷。唐韓愈《奉和虢州劉給事使君三堂新題二十一咏·流水》：『汩汩幾時休，從春復到秋。』元姬翼姬《鷓鴣天》：『清泉汩汩流塵外，白石岩岩賴醉眠』。

[二] **斛**：此處為我國古代容積單位。十斗為一斛，南宋末改為五斗。一石為兩斛。宋陳三聘《念奴嬌》：『滌洗胸中愁萬斛，莫問今宵何夕。』宋陳與義《題崇山》：『短蓬如鳧鷖，載我萬斛愁』。

[三] **皋**：見《青玉案》（凌波不過）『蘅皋』注。

【品鑒】

此詞，陳大聲步李清照（易安）《武陵春》（風住塵香）之詞韵字寫『離愁』。此書署名李易安之《武陵春》（汩汩離愁消不得）之詞韵字，與李清照（易安）《武陵春》（風住塵香花已盡）詞韵字：頭、休、舟、舟、愁完全相同。

上片，開端用『汩汩』相叠，渲染『離愁』之濃重。用『江波日夜流』比喻『離愁』多而不盡。『離愁』『萬斛』，把『愁』變成能盛裝度量的東西，也有所祖，宋羅大經《鶴林玉露》（卷七）云：『有以水喻愁者，李頎云：「請量東海水，看取淺深愁。」』藉鑒前人。又如宋蘇軾《和沈立之留別二首》：『試問別來愁幾許，春江萬斛若為量。』宋賀鑄《減字木蘭花》：『多情多病。萬斛閑愁量有剩。』宋高觀國《金人捧露盤》：『新愁萬斛，為春瘦、却怕春知。』皆其例。『閑步向大江』消憂，而不能奏效。其毛病是太露，直而顯。用李清照（易安）《武陵春》上片與其對比。『風住塵香花已盡』，是寫景，造境。狂暴的惡風已經停息，百花蕩然無存。寫出一幅凄涼衰敗的景象。此句，本無一字寫『愁』，但此景物透出『愁』情。作者緣情布景，所寫之景恰好要表達所抒之情。『物是人非』之悲傷痛苦心境與凄涼衰敗的景象相契合。作者寫景的目的，是用感情色彩濃厚的自然景觀，渲染蒼涼的氣氛，襯托作者愁苦抑鬱的心境。

『物是人非事事休，欲語淚先流』，國破，家亡，夫喪，文物書籍損失殆盡，痛苦悲涼充胸臆，欲傾述，話到舌尖又咽回，吞吐式，比全部傾述痛快霖漓更具表現力。大聲詞上片雖也以『汩汩』、『萬斛』形容『離愁』，然仍不能掩直而露之弊。易安詞含蓄醞藉，運用吞吐式表情叙事更顯藝術手法之高超。

大聲詞下片，回憶『去年』送離人的江皋路、柳、舟仍在，『垂楊』也能繫舟了，暗示時間推移，萬事變化，但思念的離人却不見了。深痛物是人非！李清照存疑詞《生查子》：『今年元夜時，月與燈依舊。不見去年人，淚滿春衫袖。』，同是『圓月』時節，『月』與『燈』依舊，可是去年一起觀燈之親人却不見了。亦物是人非，痛心疾首，寫法相同。李清照：『祇恐雙溪舴艋舟。載不動、許多愁』，對『愁』的描寫，創造了新的境地。把愁多，比作小船都無法載動，使人的感受更加強烈，產生了非凡的藝術魅力。比大聲之『離愁』『萬斛』，高出數籌。且看『祇恐雙溪舴艋舟。載不動、許多愁』的來龍去脉。見前《武陵春》品鑒文。亦是藉鑒前人，發展而來。易安此詞下片：『聞説……也擬……祇恐……載不動……』，言外之意是説國破，家亡，夫喪，文物書籍損失殆盡，痛苦悲凉已達到無以復加之程度，藉景是不能消除這種濃愁的。上下片皆用曲筆，『欲説還休』，欲游又止，揭示詞人深層的心理活動和痛苦的内心世界，非大聲之直露所能比擬的。

兩詞都寫『愁』，大聲之詞所寫祇是一般之離愁，李清照所寫之『愁』是無法排遣的，關乎國家興亡，自已前途命運之濃愁，是有本質區别的。

【選評】

力求而未得。

佚句

詞　調　未　載

——影印明刊十二卷本之《花草粹編》

教我甚情懷。

【考辨】

◎歷代載籍著録此闋、句之詞調、題目：

無調。無題。

◎歷代此闋、句著録為李清照（易安）詞、句之載籍：

〔一〕明・陳耀文纂（原署）《花草粹編》影印明刊十二卷本（卷二，第七〇頁），收録『朱秋娘　女郎』集句《采桑子》，其中著録有『李易安』詞句。

校記

調題：無調。無題。

正文：僅收録『教我甚情懷』一句。原詞：『王孫去後無芳草（朱淑真），緑遍香階（李季蘭）。塵滿妝臺（吴淑姬）。粉面羞搽泪滿腮（王幼玉）。教我甚情懷（李易安）。　去時梅蕊全然少（竇夫人），等到花開（蘇小小）。花已成梅（陶）。梅子青青又帶黄（胡夫人），兀自未歸來（王嬌姿）。』

附録：無。

〔二〕明・陳耀文輯《花草粹編》文淵閣《欽定四庫全書》二十四卷本（卷四，第四四頁），收録『朱秋娘　女郎』集句

《采桑子》，其中著録有『李易安』詞句。

校記

調題： 無調。無題。

正文： 僅收録『教我甚情懷』一句。原詞與影印明刊十二卷本《花草粹編》所録全同。

附録： 無。

[三] 明・陳耀文編（原署）《花草粹編》文津閣《欽定四庫全書》二十四卷本（卷四，總第六六二頁），收録『朱秋娘女郎』集句《采桑子》，其中著録有『李易安』詞句。

校記

調題： 無調。無題。

正文： 僅收録『教我甚情懷』一句。原詞與影印明刊十二卷本《花草粹編》所録全同。

附録： 無。

[四] 唐圭璋輯《全宋詞》中州古籍出版社　兩冊本（上，第六四八頁），收為李清照詞句。

附録： 花草粹編卷二，朱秋娘采桑子詞集句。

[五] 徐北文主編《李清照集評注》濟南出版社（第一六二頁），收為李清照詞佚句。

附録： 『教我甚情懷』，《花草粹編》（卷二）朱秋娘集句《采桑子》收録之，并注撰人姓名。朱秋娘集句《采桑子》也見《彤管遺編》，但未注每句出處。《彤管遺編》稱『朱秋娘』名為『希真』，恰與宋朱敦儒字『希真』同。《彤管遺編》、《古今女史》等所收朱希真（秋娘）詞多見于朱敦儒《樵歌》，少部分見于朱淑真《斷腸句》，朱秋娘其人之有無，很難説（詳見王仲聞《李清照集校注》）。

◎歷代此闋、句著録他人或無名氏及存疑詞、句之載籍：

[一] 明・酈琥采撰　顧廉校正《姑蘇新刻彤管遺編》明隆慶元年刻補修本《四庫未收書輯刊》影印（後集，卷之一二，第一〇頁），收作朱希真詞句。

校記

調題： 無調。題作『閨怨』集句。

正文：僅收録『教我甚情懷』一句。原詞：『王孫去後無芳草，緑遍香階。塵暗滴妝臺。粉面羞搽泪滿腮。教我甚情懷。去時梅蕊全然少，等到花開。花已成梅。梅子青青又待黄，兀自未歸來。』

附録：無。

[二] 清·王奕清等纂修《欽定詞譜》影印康熙内府刻本（卷五，第三頁），收録為朱淑真《采桑子》詞句。

校記

調題：無調。無題。集十句，包括『教我甚情懷』，為《采桑子》之『又一體』。

正文：僅收録『教我甚情懷』一句。原詞：『王孫去後無芳草，緑遍香階。塵滿妝臺。粉面羞搽泪滿腮。教我甚情懷。去時梅蕊全然少，等到花開。花已成梅。梅子青青又帶黄，兀自未歸來。』

附録：此詞見《花草粹編》選本，皆集唐宋女郎詩句也。較和凝詞，前後段各添五字一結句。采入以備一體。（解說）

[三] 王仲聞《李清照集校注》人民文學出版社（第九八頁），收為李清照存疑詞句。

附録：朱秋娘集句《采桑子》，亦載《彤管遺編》後集卷十二，未注每句出處。《花草粹編》所載則每句俱注有撰人，當别有所據。按：《彤管遺編》云朱秋娘名希真，與宋詞人朱敦儒之字希真相同。《彤管遺編》、《古今女史》等所載朱希真（秋娘）詞，又多見于朱敦儒《樵歌》。一部分詞則又見于朱淑真《斷腸詞》。朱秋娘有無其人，頗成疑問。所集詞句，未見可據。

[四] 徐培均《李清照集箋注》上海古籍出版社（第一九二頁），收作李清照存疑詞句。

附録：校記：此句失調名，録自明陳耀文《花草粹編》卷二朱秋娘集句《采桑子》，所集各句均有撰人姓名，此句原注李易安。亦載《彤管遺編》後集卷十二，題作『閨怨集句』，并云朱秋娘名希真。按：《彤管遺編》云：『朱希真，宋建康朱將仕女，小字秋娘。年十六，適同邑商人徐必用。徐頗解文義，久客不歸。希真作《閨怨詞》，有名于時。』王學初《李清照集校注》按云：（略。瑜注：内容與上王仲聞條『附録』中『按』同。）

[五] 劉乃昌等編《李清照志》之《李清照作品輯存》山東人民出版社（第一四五頁），收作李清照存疑詞句。

◎瑜按：此佚句，《花草粹編》著録為『李易安』詞句。《欽定詞譜》將集十句整體（包括『教我甚情懷』）收為朱淑真《采桑子》（又一體）詞句。撰者名誰？李易安、朱淑真、朱希真（秋娘）等，糾結不清。『李易安』詞句又未詳所本。王仲聞云：『朱秋娘有無其人，頗成疑問。所集詞句，未見可據。』難以斷定此佚句歸屬，存疑俟考。

詞調　未載

凝眸，兩點春山滿鏡愁。

——《花鏡雋聲》附《花鏡韵語》

【考辨】

◎歷代載籍著録此闋、句之詞調、題目：

無調。無題。

◎歷代此闋、句著録為李清照（易安）詞、句之載籍：

［一］明・馬佳松選《花鏡雋聲》附《花鏡韵語》明天啓刻本（第五頁，『山黛』），著録為李易安詞句。

校記

調題：無調。無題。

正文：僅收録『凝眸，兩點春山滿鏡愁』二句。

附録：無。

◎歷代此闋、句著録他人或無名氏及存疑詞、句之載籍：

［一］宋・周邦彦撰《清真集》，《四印齋所刻詞》本（清真上，第一〇頁），收録為周邦彦《南鄉子》之詞句。

校記

調題：無調。無題。

正文：僅收録『凝眸，兩點春山滿鏡愁』二句。原詞：『晨色動妝樓。短燭熒熒悄未收。自在開簾風不定，颼颼。池面冰澌趁水流。　早起怯梳頭。欲綰雲鬟又却休。不會沉吟思底事，凝眸。兩點春山滿鏡愁。』

附録：無。

［二］宋・周邦彥撰《片玉詞》汲古閣本（卷下，第五一頁），收作周邦彥《南鄉子》之詞句。

校記

調題：無調。無題。

正文：僅收録『凝眸，兩點春山滿鏡愁』二句。原詞與宋周邦彥撰《清真集》，《四印齋所刻詞》本所録同。

附録：無。

［三］宋・陳元龍集注《景宋本詳注周美成詞片玉集》，《景刊宋金元明本詞》本（片玉三，第三頁），收録為周邦彥（美成）《南鄉子》之詞句。

校記

調題：無調。無題。

正文：僅收録『凝眸，兩點春山滿鏡愁』二句。原詞與宋周邦彥撰《清真集》，《四印齋所刻詞》本所録同。

附録：無。

［四］唐圭璋輯《全宋詞》中華書局　簡體增訂五冊本（第二冊，第七七三頁），收為周邦彥《南鄉子》詞句。

［五］唐圭璋輯《全宋詞》中華書局　簡體增訂五冊本（第二冊，第一二一三頁），收為李清照『存目詞』句。

附録：出處：花鏡韵語。　附注：周邦彥南鄉子詞句，見片玉集卷三。

［六］王仲聞《李清照集校注》人民文學出版社（第三四二頁），『附録』收為『誤題李清照撰之作品』。

附録：此乃周邦彥《南鄉子》詞句，見陳元龍《景宋本詳注周美成詞片玉集》卷三。《花鏡雋聲》所附《花鏡韵語》以為李清照作，誤。

◎瑜按：

此佚句，宋周邦彥撰《清真集》、《片玉詞》、宋陳元龍集注《景宋本詳注周美成詞片玉集》之《南鄉子》（晨色動妝樓）著録為周邦彥詞句，為本人詞集，可靠。誤收為李清照詞句。收為存疑詞佚句，昭示讀者。

詞調　未載

——《衆香詞》禮集《浣溪沙》

幾日不來樓上望，粉紅香白已爭妍。

【考辨】

◎歷代載籍著録此闋、句之詞調、題目：

無調。無題。

◎歷代此闋、句著録為李清照（易安）詞、句之載籍：

［一］清·況周頤撰《蕙風詞話》之『李詞襲梅詩』，《詞話叢編》本（第五冊，總第四四三〇頁），著録為李易安詞句。

校記

調題：無調。無題。

正文：僅收録『幾日不來樓上望，粉紅香白已爭妍』二句。

附録：『李詞襲梅詩』：梅宛陵詩：『不上樓來今幾日，滿城多少柳絲黄。』晁氏客語記歐公云：『非聖俞不能到。』（宋無名氏愛日齋叢抄。）按李易安詞：『幾日不來樓上望，粉紅香白已爭妍。』由此脱胎，却自是詞筆。（王幼安云，此二句乃清人詞。）（詞評）

◎歷代此闋、句著録他人或無名氏及存疑詞、句之載籍：

［一］王鴻緒等定（徐樹敏　錢岳選）《衆香詞》毘陵董氏誦芬室重校上海大東書局景印（禮集，第一六頁），收作顧貞立《浣溪沙·和王仲英夫人韵》詞句。

校記

調題：無調。無題。

正文： 僅收録『幾日不曾樓上望，粉紅香白已争妍』兩句。『來』作『曾』。原詞：『百囀嬌鶯喚獨眠。起來慵自整花鈿。浣衣風日試衣天。 幾日不曾樓上望，粉紅香白已争妍。柳條金嫩滯春烟』。

附録： 無。

[二] 清・顧貞立撰《棲香閣詞》清道光刊本（卷上，第二頁），收作顧貞立《浣溪沙・和王夫人仲英韵》詞句。

校記

調題： 無調。無題。

正文： 僅收録『幾日不曾樓上望，粉紅香白已争妍』兩句。『來』作『曾』。原詞與前王鴻緒等定《衆香詞》所録同。

附録： 無。

[三] 唐圭璋輯《全宋詞》中州古籍出版社 兩冊本（上，第六五〇頁），收為李清照『存目詞』句。

[四] 王仲聞《李清照集校注》人民文學出版社（第三四二頁），收為誤題李清照詞佚句。

附録： 此二句乃清初顧貞立（顧貞觀之姊）《浣溪沙》詞句……《蕙風詞話》以為李清照詞句，失考。

[五] 程千帆等編《全清詞》順康卷（第七冊，總第三七五七頁），收作顧貞立《浣溪沙・和王夫人仲英韵》詞句。

◎**瑜按：** **此兩句誤收為李清照詞佚句，原本清顧貞立之《浣溪沙》詞句。茲入李清照存疑詞句。以備昭示讀者。**

詞調　未載

行人舞袖拂梨花。

——《古今小説》

【考辨】

◎**歷代載籍著録此闋、句之詞調、題目：**

無調。無題。

◎**歷代此闋、句著録為李清照（易安）詞、句之載籍：**

［一］明・馮夢龍編　許政揚校注《古今小説》卷三十三《張古老種瓜娶文女》人民文學出版社　一九五八年版（總第四八七頁），著録為『李易安夫人』詩詞之句。

校記

調題：無調。無題。

正文：僅收録『行人舞袖拂梨花』一句。

附録：李易安夫人曾道：『行人舞袖拂梨花。』（引原文）

◎**歷代此闋、句著録他人或無名氏及存疑詞、句之載籍：**

［一］王仲聞《李清照集校注》人民文學出版社（第一四六頁），收為李清照存疑詞佚句。附于卷二『詩』之後。

［二］徐北文主編《李清照全集評注》濟南出版社（第一六三頁），收為李清照詞存疑殘句。

［三］徐培均《李清照集箋注》上海古籍出版社（第二六五頁），收為李清照『存疑佚句』，于卷二『詩』之後。

◎ 瑜按：

據載《古今小説》為《喻世明言》之初刻本，二書内容四十篇全同，《張古老種瓜娶文女》等皆宋元之舊。其所引詩詞之句及作者應受到特別重視，有助輯佚工作。『李易安夫人曾道：行人舞袖拂梨花』，然無確據證明此句就歸屬李易安，又何文體？存疑待考。

漱玉詞全璧

附録

書録　序跋

詞論　總評

事輯　傳

一　漱玉詞、集書録

（一）宋・晁公武《郡齋讀書志》：李易安集十二卷　右皇朝李氏，格非之女，先嫁趙誠之，有才藻名。（昭德先生《郡齋讀書志》別集類下下，志四下，二十五頁。上海涵芬樓印）

（二）宋・花庵詞客（黄升）編集《花庵絕妙詞選》：李易安，趙明誠之妻，善為詞，有《漱玉集》三卷。（卷十，宋詞，第二頁。掃葉山房發行）

（三）宋・陳振孫撰《直齋書録解題》：《漱玉集》一卷　易安居士李氏清照撰。元祐名士格非文叔之女，嫁東武趙明誠德甫……別本分五卷。（卷二十一，歌詞類〔一〕，第六二一頁。點校本，上海古籍出版社）

（四）元・脱脱等撰《宋史・藝文志》：《易安居士文集》七卷，宋李格非女撰。又《易安詞》六卷。（《藝文志》，志第一百六十一，藝文七，總第五三七五頁。中華書局出版）

（五）明・焦竑撰《國史經籍志》：《李易安集》十二卷。（卷五，集類・別集，第七〇頁。曼山館刊本）

（六）明・陳第撰《世善堂藏書目録》：閨閣集，《李易安集》十二卷　李格非女。（卷下，集類，第二十二頁。知不足齋叢書）

又：詞曲，《漱玉集》詞一卷，李易安。（卷下，集類，第二十二頁。知不足齋叢書）

（七）清・朱彝尊《詞綜》：李清照《漱玉集》一卷。（《發凡》第八頁。岳麓書社出版）

（八）清・楊士驤等修　孫葆田等纂《山東通志》：《李易安集》十二卷　李清照撰。……其集《宋志》作《易安居士文集》七卷，茲依《讀書志》標題。（卷百四十一，《藝文志》第十，集部，總第三九九五頁。商務印書館影印）

（九）清・楊士驤等修　孫葆田等纂《山東通志》：《漱玉詞》一卷　李清照撰。（卷百四十六，《藝文志》第十，集部，總第四三六二頁。商務印書館影印）

（一〇）清・永瑢等著《欽定四庫全書總目》『提要』：《漱玉詞》一卷。宋李清照撰。清照號易安居士，濟南人。禮部郎提點京東刑獄格非之女，湖州守趙明誠之妻也。清照工詩文，尤以詞擅名。……清照以一婦人，而詞格乃抗軼周、柳……雖篇帙無多，固不能不寶而存之，為詞家一大宗矣。（總目卷一百九十八，集部五十一，詞曲類一，第三十頁）

（一一）清・永瑢等著《四庫全書簡明目録》：《漱玉詞》一卷。宋李清照撰。清照雖女子而詞格高秀，乃與周、柳抗行。此本僅十七闋，附以《金石録後序》一篇，蓋後人掇拾而成，非其完本，然已見大概矣。（卷二十，集部十，詞曲類，總第八九二頁。上海古籍出版社）

（一二）清・丁丙輯《善本書室藏書志》：《漱玉詞》一卷舊抄本，宋李清照。清照姓李氏，號易安居士，濟南人。李格非之女，適東武趙挺之仲子明誠，有《漱玉詞》一卷，頗多佳句。（藏書志卷四十，第十頁）

（一三）清・陸心源《皕宋樓藏書志》：《漱玉詞》一卷勞巽卿手校本。宋李易安撰。（卷一百十九，集部，詞曲類一，第九頁）

（一四）清・王士禄《宫闈氏籍・藝文考略》：李清照號易安居士，濟南李格非女，東武趙明誠妻……文筆最高，尤工于詞。《瑞桂堂暇録》云：易安才高學博，近代鮮倫。《宋志》有《易安居士文集》七卷，詞六卷。《通考》：《易安集》十二卷，《漱玉詞》一卷，別本分五卷。胡仔《苕溪漁隱叢話》云：易安有樂府詞三卷，名《漱玉集》。黄叔暘《花庵詞選》載易安詞，卷數亦同。（轉引自中華書局《李清照集》一九六二年出版）

二　漱玉詞、集序跋

明・毛晉撰汲古閣本《漱玉詞》跋

黄叔暘云：《漱玉集》三卷。馬端臨云：別本分五卷，今一卷。考諸宋元雜記，大率合詩詞雜著為《漱玉集》，則匪全集為三卷無疑矣。第國朝博雅如用修先生，尚忱（慨）未見其全，湮没不幾久耶？庚午仲秋，余從選卿覓得宋詞廿餘種，乃洪武三年抄本，訂正已閲數名家，中有漱玉、斷腸二冊，雖卷帙無多，參諸花庵、草堂、彤管諸書，已浮其半，真鴻寶也。急合梓之，以公同好。末載《金石録後序》，略見易安居士文妙，非止雄于一代才媛，直洗南渡後諸儒腐氣，上返魏、晉矣。尾附遺事數則，亦罕傳者。湖南毛晉識。

（影印汲古閣初刻本《詩詞雜俎》之《漱玉詞》第十一頁）

清・江標、芸楣撰《汲古閣未刻詞二十二家》抄本記

此彭文勤知聖道齋抄宋元人詞，皆出自汲古閣未刊本。余在京師從況夔生中書抄得之，共二十二家，後附四家，則從況抄別本得之，不知何所出也。彭抄舊附一目尚有三十七家，同有寫本，而夔生遲不與借，余亦匆匆出京矣。到湘後聞思賢書局有各家詞之刻，遂出此帙，張雨珊先生見而喜之。去臨桂王氏四印齋，已刻者不重出，共得十四家，名之曰宋元各家詞。意在搜集諸本，欲為毛氏之續，不欲專守彭氏一抄也。竊嘗思之，此本自子晉搜孴文勤補録，一綫相延幾三百年。近日好事者互相寫刻，欲副文勤續鐫之願，然諸家中或存或逸，若有數存乎其間，是亦重可感已。安得羅集百家，精刻而重校之，則不僅讀文勤之跋以自畫也。光緒乙未九秋元和江標記。

于謙牧堂藏書中得宋元人詞二十二帙，題曰：汲古閣未刻詞，行款字數與已刻六十家詞同，每帙鈴（鈐）毛子晉諸印，皆精好。特抄存之。予舊藏李西涯輯南詞一部，又宋元人小詞一部，合此三書于六十家外又可得六十二種，安得好事者續鐫為後集。辛亥秋七月二十七日芸楣記。

馮延巳《陽春集》　　賀鑄《東山集》

葛郯《信齋詞》　向滈《樂齋詞》
朱希真《樵歌詞拾遺》　朱雍《梅詞》
朱子《晦庵詞》　吳儆《竹洲詞》
許棐《梅屋詩餘》　趙以夫《虛齋樂府》
楊澤民《和清真詞》　林正大《風雅遺音》
文天祥《文山樂府》　葛長庚《白玉蟾詞》
李清照《漱玉詞》　朱淑真《斷腸詞》
趙孟頫《松雪齋詞》　程文海《雪樓樂府》
劉因《樵庵詞》　薩都剌《雁門集》
張埜《古山樂府》　倪瓚《雲林詞》

瑜注：筆者所見上海圖書館藏《汲古閣未刻詞二十二家》本，封面毛筆字，旁有小字書：『馮延巳《陽春集》、賀鑄《東山集》、葛郯《信齋詞》』三詞集名。內有『江標記』，下頁接有『芸楣（彭元瑞字）記』（見前）。兩『記』稿紙同，字體不同。『芸楣記』是江標所引？不知二『記』為何同時出現？關係如何？待考。彭元瑞撰《知聖道齋讀書跋尾》，收有其《宋未刻詞跋》，輯録之『芸楣記』，文字與此『記』略有不同。

清·永瑢等著《欽定四庫全書總目》之《漱玉詞》提要

《漱玉詞》一卷，宋李清照撰。清照號易安居士，濟南人。禮部郎提點京東刑獄格非之女，湖州守趙明誠之妻也。清照工詩文，尤以詞擅名。胡仔《苕溪漁隱叢話》稱其再適張汝舟，未幾反目。有啓事上綦處厚云：『猥以桑榆之晚景，配兹駔儈之下材。』傳者無不笑之。今其啓具載趙彥衛《雲麓漫抄》中。李心傳《建炎以來系年要録》載其與後夫搆訟事尤詳。此本為毛晋汲古閣所刊。卷末備載其佚事逸文，而不録此篇，蓋諱之也。按陳振孫書録解題載清照《漱玉詞》一卷，又云：『別本作五卷。』黄升《花庵詞選》則稱《漱玉詞》三卷。今皆不傳。此本僅詞十七闋，附以《金石録序》一篇，蓋後人裒輯為之，已非其舊。其《金石録後序》與刻本所載，詳略迥殊。蓋從《容齋隨筆》中抄出，亦非完篇也。清照以一婦人，而詞格乃抗軼周、柳。張端義《貴耳集》極推其元宵詞《永遇樂》、秋詞《聲聲慢》，以為閨閣有此文筆，殆為間氣，良非虛美。雖篇帙無多，固不能不寶而存之，為詞家一大宗矣。（《欽定四庫全書總目》『提要』

總目卷一百九十八，集部五十一，詞曲類一，第三十頁）

清・端木埰撰《漱玉詞》序

蛾眉見疾，謡諑謂以善淫，驥足籋雲，駑駘誣其要駕。有宋以降，無稽競鳴。燈籠織錦，潞國蒙讒；屏角簸錢，歐公受謗。青蠅玷璧，赤舌燒天，越在偏安，益煽騰説。禮法如朱子，而有帷薄穢污之聞；忠勇如岳王，而有受詔逗遛之譖。矧茲閨闥，詎免蜚言。易安以筆飛鸞聳之才，際紫色蛙聲之會，將杭作汴，賸水殘山，公卿容頭而過身，世事跋胡而疐尾。而乃鏘洋文史，跌宕詞華，頌舜歷之靈長，仰堯天之巍蕩。思渡淮水，志殲佛貍。風塵懷京洛之思，已增時忌；金帛止翰林之賜，益怒朝紳。宜乎飛短流長，變白為黑，誣義方之閨彦，為潦倒之夫娘。壺可為臺，有類鹿馬之指；啓將作訟，何殊薏珠之寃。此義士之所拊心，貞媛之所扼捥者也。

聖朝章志貞教，發潛闡幽，掃撼樹之蚍蜉，蕩含沙之虺蜮，凡在占畢濡毫之彦，咸以彰善闡惡為心。是以黟山俞理初先生著《癸巳類稿》，既為昭雪于前，吾鄉金偉軍先生主戊申詞壇，復用參稽于後，皆援志乘，尚論古人，事有據依，語殊鑿空。吾友幼霞閣讀，家擅學林，人游藝圃，汲華劉井，擢秀謝庭，偶翻漱玉之詞，深恫爍金之謬，將刊專集，藉雪厚誣。以僕同心，屬為弁首。嗚呼！察詞于差，論古貴識，三至讒亟，終啓投杼之疑；十香詞淫，竟種焚椒之禍。所期哲士，力掃妄言，如吾子之用心，恨古人之不見。苕華琢玉，允光淑女之名；漆室鉅幽，齊下貞姬之拜。光緒七年正月，古黎陽端木埰子疇序。（《四印齋所刻詞》之《漱玉詞》序 第一頁，總第二五一頁）

清・王鵬運撰《漱玉詞・補遺》題記

易安詞刻輯于辛巳之春，所據之書無多，疏漏久知不免。己丑夏日，况夔笙舍人校刻《斷腸詞》，因以此集屬為校補。計得詞七首（應為八首），間有互見它人之作，悉行附入。吉光片羽，雖界在疑似，亦足珍也。半塘老人記。（《四印齋所刻詞》之《漱玉詞・補遺》第一頁，總第二五八頁上）

清・王鵬運撰《漱玉詞》跋

右易安居士《漱玉詞》一卷。按：此詞雖見于《宋史・藝文志》、《直齋書録解題》，世已久無傳本。古虞毛氏刻之《詩詞雜俎》中者，僅詞十七首。四庫所收，即是本也。此刻以宋曾端伯《樂府雅詞》所録二十三首為主，復旁搜宋人選本説部，又得二十七首，都為一集，而以俞理初孝廉《易安居士事輯》附焉。易安晚節，世多訾議，甚至目其詞為不祥。得理初作，發潛闡幽，并是集亦為增重。獨是聞見無多，搜羅恐尚未備。然即此五十首中，假托污衊之作，亦已屢見。昔端伯録六一翁詞，凡屬偽造者，皆從刊削，為六一存真。此則金沙雜揉，使人自得于披揀之下，固理初之心，亦猶之端伯之心云。光緒辛巳燕九日，臨桂王鵬運志于都門半截胡同寓齋。（《四印齋所刻詞》之《漱玉詞》跋　第一頁，總第二七三頁）

黄節撰《漱玉集》序

壬戌歲暮，李君冷衷以所編易安居士《漱玉集》屬予校定，乃取半塘老人刻本《漱玉詞》為籤其同异多寡之數而歸之。閲數月，冷衷搜集益富，成書五卷，復屬序于予。按四庫著録《漱玉詞》一卷，即毛氏汲古閣本，得詞僅十七首，附以《金石録序》一篇而已。半塘所刻，為詞凡五十首，于毛氏本《鷓鴣天》（枝上流鶯）一闋，《青玉案》（一年春事）一闋，證其為少游、永叔作，概置弗録，則已校毛本增三十五首矣。冷衷此編所集，文凡五篇，詩凡十八首，詞凡七十八首。詩文為半塘刻本所未采者。以詞相校，則復增二十八首矣。半塘所集，據《梅苑》、《樂府雅詞》、《花草粹編》、《全芳備祖》、《詞統》諸書。而冷衷得自《梅苑》、《花草粹編》、《詞統》者，又多為半塘所未采。意半塘所據諸書，尚非全本也。陳直齋書録解題：《漱玉詞》別本五卷。黄叔暘《花庵詞選》亦稱《漱玉詞》三卷。然則以視今所存者，其詞散佚，蓋已多矣。冷衷引據諸書，凡六十餘種，而所得者，僅此七十八首，非不見博而力劬，無如佚者不可復存也。雖然，易安遺事，于詞中可著見者，尚有《武陵春》一闋，葉與中《水東日記》云是南渡後易安居金華作，時年已五十三矣。即所云物是人非者也。冷衷异時讀書續有所得，當作補遺，豈其遂已邪？癸亥八月，順德黄節序。（冷雪盦叢書之《漱玉集》序　第一頁）

李文裿撰《漱玉集》再版弁言

歲癸亥，余輯易安居士《漱玉集》既成，順德黄晦聞先生校閲而序之。越三年丁卯，始付鉛槧。此三年中，雖日沉緬于舊籍，然易安居士之詩文詞及遺事，竟無所獲。戊辰以還，國立北平圖書館采訪珍籍，罕見之書，踵門求售者，不知凡幾。因得旁搜群籍，于寫本《全芳備祖》中得《鷓鴣天》一首，《歲時廣記》中得逸句若干，均為前此所未見者。其他遺事及詩詞文評，亦數十則，遂重為詮次，再付鉛槧，亦片羽足珍之意也。或謂易安居士之詩文詞久佚，不可復得，子之所輯，為數頗富，得勿以他人之作濫入以實篇幅乎？曰凡所徵引，俱已詳其本源，為是言者，則余弗與之辨，亦不屑與之辨也。庚午冬十二月，大興李文裿記于北平中海居仁堂。（冷雪盦叢書之《漱玉集》弁言　第一頁）

薩雪如撰《漱玉集》跋

《漱玉集》五卷，宋女史李清照撰。冷衷先生所輯者也。按《漱玉集》原本久佚，陳直齋書録解題：《漱玉詞》一卷，又云：别本五卷。黄叔暘《花庵詞選》亦稱《漱玉詞》三卷。《宋史・藝文志》：易安居士文集七卷宋李格非女撰。又《易安詞》六卷。蓋自宋、元時已不能見其完本矣。逮清乾隆間編纂四庫全書，著録《漱玉詞》一卷，乃采自毛氏汲古閣本，為詞僅十七首，附以節文《金石録序》一篇。光緒間，半塘老人四印齋本增輯至五十首，與朱淑真《斷腸詞》合刊，為近今所流傳者。徒以據書較少，尚覺遺漏。冷衷先生鋭意搜輯，歷時數月，引書至六七十種，易安居士之詩文詞，以及遺聞斷句，靡不備于是編。且根據諸書，詳加校勘，注其异同，用備考核；并編年譜，冠之卷首，厘為五卷，仍題名為《漱玉集》。雖不能盡復舊觀，然欲探討易安之詩文詞及遺事者，得此亦可知其梗概矣。癸亥重陽，薩雪如識。（冷雪盦叢書之《漱玉集》跋）

趙萬里撰《漱玉詞》序

《漱玉詞》舊本分卷多寡頗不一。《直齋書録解題》作一卷，又云别本五卷，《花庵詞選》作三卷，《宋史・藝文志》作六卷，然元以後無一存者。今所見虞山毛氏《詩詞雜俎》本，臨桂王氏四印齋本，俱非宋世之舊。毛本自云：據洪武三年抄本入録。然如《浣溪沙》（綉面芙蓉一笑開）一闋，雖又引見《古今詞統》、《草堂詩餘續集》諸書，顧詞意儇薄，不似女子作，與易安他詞尤不類，疑所云非實。其本後録入四庫全書。光緒間臨桂王氏校刻宋元人詞，始以《樂府雅詞》所載二十三首為主，旁搜宋明選本説部又得二十七首，都為一集。視毛本加詳，然真贋雜出，亦與毛本若。且于《古今詞統》、《歷代詩餘》所引亦深信不疑，又不注所出，讀之令人如墜五里霧中。歲在己巳，余草《兩宋樂府考》，因翻《漱玉詞》。遇有他書引李詞者，輒條舉所出，校其异同，始稍稍知毛、王二本俱不足取。而王本所載，亦未為備也。爰于暇日，詳加斠正，録為定本，凡前人誤收誤引諸作，悉入附録。雖不敢謂為一無舛誤，然視毛王二本，似較勝一籌矣。萬里記。（《校輯宋金元人詞》之《漱玉詞》漱目　第二頁）

三　李易安（清照）撰《詞論》

樂府聲詩并著，最盛于唐。開元、天寶間，有李八郎者，能歌擅天下，時新及第進士開宴曲江，榜中一名士先召李，使易服隱名姓，衣冠故敝，精神慘怛，與同之宴所。曰：『表弟願與坐末』，衆皆不顧。既酒行樂作，歌者進，時曹元謙念奴為冠，歌罷，衆皆咨嗟稱賞。名士忽指李曰：『請表弟歌。』衆皆哂，或有怒者。及轉喉發聲，歌一曲，衆皆泣下。羅拜曰：『此李八郎也。』自後鄭、衛之聲日熾，流靡之變日煩，已有《菩薩蠻》、《春光好》、《莎雞子》、《更漏子》、《浣溪沙》、《夢江南》、《漁父》等詞，不可遍舉。五代干戈，四海瓜分豆剖，斯文道熄，獨江南李氏君臣尚文雅，故有『小樓吹徹玉笙寒』、『吹皺一池春水』之詞，語雖奇甚，所謂『亡國之音哀以思』也。逮至本朝，禮樂文武大備，又涵養百餘年，始有柳屯田永者，變舊聲作新聲，出《樂章集》，大得聲稱于世。雖協音律，而詞語塵下。又有張子野、宋子京兄弟、沈唐、元絳、晁次膺輩繼出，雖時時有妙語，而破碎何足名家！至晏元獻、歐陽永叔、蘇子瞻，學際天人，作為小歌詞，直如酌蠡水于大海；然皆句讀不葺之詩爾。又往往不協音律者，何邪？蓋詩文分平側，而歌詞分五音，又分五聲，又分六律，又分清濁輕重。且如近世所謂《聲聲慢》、《雨中花》、《喜遷鶯》，既押平聲韵，又押入聲韵；《玉樓春》本押平聲韵，又押上去聲，又押入聲；本押仄聲韵，如押上聲則協；如押入聲，則不可歌矣。王介甫、曾子固，文章似西漢，若作一小歌詞，則人必絕倒，不可讀也。乃知別是一家，知之者少。後晏叔原、賀方回、秦少游、黄魯直出，始能知之。又晏苦無鋪叙，賀苦少典重，秦即專主情致，而少故實。譬如貧家美女，非不妍麗，而終乏富貴態。黄即尚故實而多疵病，譬如良玉有瑕，價自減半矣。（引自《詩人玉屑》、參《詞苑叢談》上海古籍出版社，文字標點微調）

四　李清照詞之總評

（一）**宋・胡仔**：近時婦人能文詞，如李易安，頗多佳句，小詞云：『昨夜雨疏風驟，濃睡不消殘酒。試問捲簾人，却道海棠依舊。知否知否，應是緑肥紅瘦』。『緑肥紅瘦』此語甚新。又『九日』詞云：『簾捲西風，人似黄花瘦。』此語亦婦人所難到也。（《苕溪漁隱叢話・麗人雜記》前集卷六十　第四一六頁。校點本　人民文學出版社）

（二）**宋・王灼**：易安居士，京東路提刑李格非文叔之女，建康守趙明誠德甫之妻。自少年便有詩名，才力華贍，逼近前輩，在士大夫中已不多得。若本朝婦人，當推詞采第一。……作長短句，能曲折盡人意，輕巧尖新，姿態百出。閭巷荒淫之語，肆意落筆。自古搢紳之家能文婦女，未見如此無顧忌也。（《詞話叢編・碧雞漫志・易安居士詞》卷二　第八八頁）

（三）**宋・趙彥衛**：李氏自號易安居士，趙明誠德夫之室，李文叔女，有才思，文章落紙，人争傳之。小詞多膾炙人口，已版行于世，他文少有見者。（《雲麓漫抄》卷十四　第二四五頁　中華書局《唐宋史料筆記叢刊》本）

（四）**明・陳霆**：聞之前輩，朱淑真才色冠一時，然所適非偶。故形之篇章，往往多怨恨之句。世因題其稿曰斷腸集。大抵佳人命薄，自古而然，斷腸獨斯人哉。古婦人之能詞章者，如李易安、孫夫人輩，皆有集行世。淑真繼其後，所謂代不乏賢。（《詞話叢編・渚山堂詞話・朱淑真詞》卷二　第三六一頁）

（五）**明・楊慎**：宋人中填詞，李易安亦稱冠絶。使在衣冠，當與秦七、黄九争雄，不獨雄于閨閣也。……煉句精巧則易，平淡入妙者難。山谷所謂以故為新，以俗為雅者，易安先得之矣。（《詞話叢編・詞品・李易安詞》卷之二　第四五〇頁）

（六）**明・宋祖法**：歷下山川奇秀，激為清音，李家一女郎，猶能駕秦軼黄，凌蘇轢柳，而况稼軒老子哉。蒐漁廢簏，附子詩文之後，亦以見歷人負有奇情，即樂府小道，亦足擅絶寓内云。（《崇禎歷城縣志・藝文志四》卷十五　第一頁）

（七）**清・永瑢等**：清照以一婦人，而詞格乃抗軼周、柳。張端義《貴耳集》極推其元宵詞《永遇樂》、秋詞《聲聲慢》，以為閨閣有此文筆，殆為間氣，良非虚美。雖篇帙無多，固不能不寶而存之，為詞家一大宗矣。（《欽定四庫全書總目》『提要』總目卷一百九十八　集部五十一　詞曲一　第三十一頁）

（八）**清・永瑢等**：《漱玉詞》一卷，宋李清照撰。清照雖女子而詞格高秀，乃與周、柳抗行，此本僅十七闋，附以《金石録後

序》一篇，蓋後人掇拾而成，其非完本，然已見大概矣。（《四庫全書簡明目録》卷二十　集部十　詞曲類　第八九二頁）

（九）**清·徐釚**：李氏、晏氏父子、耆卿、子野、美成、少游、易安，至矣，詞之正宗也。溫，韋艷而促，黄九精而刻，長公麗而壯，幼安辨而奇，又其次也，詞之變體也。詞體大略有二，一體婉約，一體豪放。婉約者欲其詞調醞藉，豪放者欲其氣象恢宏。然亦存乎其人，如秦少游之作，多是婉約，蘇子瞻之作，多是豪放。大約詞體以婉約為正，故東坡稱少游為今之詞手。後山評東坡如教坊雷大使舞，雖極天下之工，要非本色。（《詞苑叢談·詞之正宗與變體》卷一　第二十五頁　引《詩餘圖譜》）

（一〇）**清·沈謙**：男中李後主，女中李易安，極是當行本色。（《詞話叢編·填詞雜説·二李當行本色》第六三一頁）

（一一）**清·王又華**：男中李後主，女中李易安，極是當行本色。前此太白，故稱詞家三李。（《詞話叢編·古今詞論》引《沈去矜詞論》第六〇五頁）

（一二）**清·王士禛**：張南湖論詞派有二：一曰婉約，一曰豪放。僕謂婉約以易安為宗，豪放惟幼安稱首，皆吾濟南人，南湖為繼矣。（《詞話叢編·花草蒙拾·婉約與豪放兩派》第六八五頁）

（一三）**清·王士禛**：凡為詩文，貴有節制，即詞曲亦然。正調至秦少游、李易安為極致，若柳耆卿則靡矣。變調至東坡為極致，辛稼軒豪于東坡而不免稍過。若劉改之則惡道矣。學者不可以不辨。（《分甘餘話·詩文詞曲貴有節制》卷二　第二八頁　中華書局《清代史料筆記叢刊》本）

（一四）**清·王士禛**：宋閨秀李清照，號易安居士，吾郡人，詞家大宗。其集名《漱玉》，而詩不概見。（《香祖筆記》卷五　第九五頁　上海古籍出版社《明清筆記叢書》本）

（一五）**清·馮金伯**：詞以少游、易安為宗，固也。然竹屋、梅溪、白石諸公，極妍盡致處，反有秦、李所未到者。譬如絕句，至劉賓客、杜京兆，時出青蓮、龍標一頭地。（《詞話叢編·詞苑萃編·旨趣·南宋諸公極妍盡致》引漁洋山人　卷之二　第一七八七頁）

（一六）**清·沈雄**：朱晦庵曰：本朝婦人能詞者，惟李易安、魏夫人二人而已。（《詞話叢編·古今詞話·李易安魏夫人能詞》第七六七頁）

（一七）**清·沈雄**：黄玉林曰：李易安、魏夫人，使在衣冠之列，當與秦七、黄九争雄，不徒擅名于閨閣也。（《詞話叢編·古今詞話·李魏與秦黄争雄》第七六七頁）

（一八）**清·李調元**：易安在宋諸媛中，自卓然一家，不在秦七、黄九之下。詞無一首不工。其煉處可奪夢窗之席，其麗處真參片玉之班。蓋不徒俯視巾幗，直欲壓倒鬚眉。（《詞話叢編·雨村詞話·易安》卷三　第一四三一頁）

（一九）清・周濟：閨秀詞惟清照最優，究苦無骨。存一篇尤清出者。（《詞話叢編・介存齋論詞雜著・李清照詞》第一六三六頁）

（二〇）清・江順詒：按：比詞于詩，原可以初盛中晚論，而不可以時代後先分。如南唐二主似唐之初，秦、柳之瑣屑，周、張之孅靡，已近于晚。北宋惟李易安差強人意。（《詞話叢編・詞學集成・詞亦可以初盛中晚論》卷一　第三二二七頁）

（二一）清・沈曾植：……又且謂易安倜儻有丈夫氣，乃閨閣中之蘇、辛，非秦、柳也。（《詞話叢編・菌閣瑣談・弇州拈出香弱》　第三六〇五頁）

（二二）清・沈曾植：易安跌宕昭彰，氣調極類少游，刻摯且兼山谷，篇章惜少，不過窺豹一斑。閨房之秀，故文士之豪也。才鋒大露，被謗殆亦因此。自明以來，墮情者醉其芬馨，飛想者賞其神駿。易安有靈，後者當許為知己。漁洋稱易安、幼安為濟南二安，難乎為繼。易安為婉約主，幼安為豪放主。此論非明代諸公所及。（《詞話叢編・菌閣瑣談・漁洋論濟南二安》第三六〇八頁）

（二三）清・陳廷焯：易安格律絕高，不獨為婦人之冠，幾欲與竹屋、梅溪分庭抗禮。　易安詞，騷情詩意，高者入方回之室，次亦不減叔原、耆卿，兩宋婦人能詞者不少，無出其右者。（《白雨齋詞話》足本校注引《雲韶集》評　卷一〇　第二一六頁）

（二四）清・陳廷焯：李易安詞，風神氣格，冠絕一時，直欲與白石老仙相鼓吹。婦人能詞者，代有其人，未有如易安之空絕前後者。（《詞話叢編・詞壇叢話・易安詞冠絕一時》第三七二四頁）

（二五）清・陳廷焯：李易安詞，獨闢門徑，居然可觀。其源自從淮海、大晟來，而鑄語則多生造。婦人有此，可謂奇矣。（《詞話叢編・白雨齋詞話・李易安獨闢門徑》卷二　第三八一八頁）

（二六）清・陳廷焯：朱晦庵謂宋代婦人能文者，惟魏夫人及李易安二人而已。魏夫人詞筆頗有操邁處，雖非易安之敵，然亦未易才也。（《詞話叢編・白雨齋詞話・魏夫人及李易安》卷二　第三八一九頁）

（二七）清・陳廷焯：朱淑真詞，才力不逮易安，然規模唐五代，不失分寸。……惟骨韵不高，可稱小品。（《詞話叢編・白雨齋詞話・朱淑真詞可稱小品》卷二　第三八二〇頁）

（二八）清・陳廷焯：閨秀工為詞者，前則李易安，後則徐湘蘋。明末葉小鸞，較勝于朱淑真，可為李、徐之亞。（《詞話叢編・白雨齋詞話・徐湘蘋工詞》卷五　第三八九五頁）

（二九）清・陳廷焯：兩宋詞家各有獨至處，流派雖分，本原則一。惟方外之葛長庚，閨中之李易安，別于周、秦、姜、史、蘇、辛外，獨樹一幟。而亦無害其為佳，可謂難矣。然畢竟不及諸賢之深厚，終是託根淺也。（《詞話叢編・白雨齋詞話・兩宋詞家各

有獨至處》卷六　第三九〇九頁）

（三〇）**清・陳廷焯**：葛長庚詞，脱盡方外氣。李易安詞，却未能脱盡閨閣氣。然以兩家較之，仍是易安為勝。（《詞話叢編・白雨齋詞話・李易安勝葛長庚》卷六　第三九一〇頁）

（三一）**清・陳廷焯**：宋閨秀詞，自以易安為冠。朱子以魏夫人與之并稱。魏夫人祇堪出朱淑真之右，去易安尚遠。（《詞話叢編・白雨齋詞話・魏夫人去易安尚遠》卷六　第三九一〇頁）

（三二）**清・胡薇元**：南北宋之際，有趙明誠妻李清照，所作漱玉詞，抗軼周、柳。張端義貴耳録元宵詞永遇樂、聲聲慢，以為閨閣有此文筆，良非虚語。（《詞話叢編・歲寒居詞話・漱玉詞》第四〇三五頁）

（三三）**清・沈祥龍**：詞之蘊藉，宜學少游、美成，然不可入于淫靡。綿婉宜學耆卿、易安，然不可失于纖巧。雄爽宜學東坡、稼軒，然不可近于粗厲。流暢宜學白石、玉田，然不可流于淺易。此當就氣韵趣味上辨之。（《詞話叢編・論詞隨筆・詞當辨韵味》第四〇五八頁）

（三四）**清・况周頤**：淑真與曾布妻魏氏為詞友。曾布貴盛，丁元祐以後，崇寧以前，大觀元年卒。淑真為布妻之友，則是北宋人無疑。李易安時代，猶稍後于淑真。即以詞格論，淑真清空婉約，純乎北宋。易安筆情近濃至，意境較沉博，下開南宋風氣，非所詣不相若，則時會為之也。（《詞話叢編・蕙風詞話・朱淑真北宋人》卷四　第四四九七頁）

（三五）**清・徐釚**：華亭宋尚木徵璧曰：吾于宋詞得七人焉，曰永叔，其詞秀逸。曰子瞻，其詞放誕。曰少游，其詞清華。曰子野，其詞娟潔。曰方回，其詞新鮮。曰小山，其詞聰俊。曰易安，其詞妍婉。（《詞苑叢談・兩宋詞評》第七五頁）

（三六）**清・陸昶**：易安以詞擅長，揮灑俊逸，亦能琢煉。（《歷朝名媛詩詞》卷十一，第六頁）

（三七）**清・王僧保**：易安才調美無倫，百代才人拜後塵。比似禪宗參實意，文殊女子定終身。（《白雨齋詞話》足本校注引王僧保《論詞絶句》第二一一六頁）

五　李清照事輯

宋·李易安（清照）撰《金石録後序》

右《金石録》三十卷者何？趙侯德甫所著書也。取上自三代、下迄五季，鐘、鼎、甗、鬲、盤、匜、尊、敦之款識，豐碑大碣、顯人晦士之事蹟，凡見于金石刻者二千卷，皆是正訛謬，去取褒貶，上足以合聖人之道，下足以訂史氏之失者皆載之，可謂多矣。嗚呼！自王播、元載之禍，書畫與胡椒無异；長輿、元凱之病，錢癖與傳癖何殊？名雖不同，其惑一也。余建中辛巳，始歸趙氏。時先君作禮部員外郎，丞相作吏部侍郎，侯年二十一，在太學作學生。趙、李族寒，素貧儉，每朔望謁告出，質衣取半千錢，步入相國寺，市碑文果實歸，相對展玩咀嚼，自謂葛天氏之民也。後二年，出仕宦，便有飯蔬衣綀，窮遐方絕域，盡天下古文奇字之志。日就月將，漸益堆積。丞相居政府，親舊或在館閣，多有亡詩逸史、魯壁汲冢所未見之書。遂盡力傳寫，浸覺有味，不能自已。後或見古今名人書畫，三代奇器，亦復脱衣市易。嘗記崇寧間，有人持徐熙《牡丹圖》，求錢二十萬。當時雖貴家子弟，求二十萬錢，豈易得耶？留信宿，計無所出而還之。夫婦相向惋悵者數日。後屏居鄉里十年，仰取俯拾，衣食有餘。連守兩郡，竭其俸入，以事鉛槧。每獲一書，即同共校勘，整集籤題。得書畫、鼎彝，亦摩玩舒卷，指摘疵病，夜盡一燭為率。故能紙札精緻，字畫完整，冠諸收書家。余性偶強記，每飯罷，坐歸來堂烹茶，指堆積書史，言某事在某書某卷第幾葉第幾行，以中否角勝負，為飲茶先後。中即舉杯大笑，至茶傾覆懷中，反不得飲而起。甘心老是鄉矣。故雖處憂患困窮而志不屈。收書既成，歸來堂起書庫，大櫥（㡑）簿甲乙，置書冊。如要講讀，即請鑰上簿關出卷帙，或少損污，必懲責揩（楷）完塗改，不復向時之坦夷也。是欲求適意而反取憀慄。余性不耐，始謀食去重肉，衣去重采首無明珠翡翠之飾，室無塗金刺綉之具。遇書史百家，字不刓缺、本不訛謬者輒市之，儲作副本。自來家傳《周易》、《左氏傳》，故兩家者流，文字最備。于是几案羅列枕藉，意會心謀，目往神授，樂在聲色狗馬之上。至靖康丙午歲，侯守淄川，聞金人犯京師，四顧茫然。盈箱溢篋，且戀戀，且悵悵，知其必不為己物矣。建炎丁未春三月，奔太夫人喪南來。既長物不能盡載，乃先去書之重大印本者，又去畫之多幅者，又去古器之無款識者；後又去書之監本者，畫之平常者，器之重大者。凡屢減去，尚載書十五車。至東海，連艫渡淮，又渡江，至建康。青州故第，尚鎖書冊什物用屋十餘間，期明年春再具舟載之。十二月，金人陷青州，凡所謂十餘屋者，已皆為煨燼矣。建炎戊申秋九月，侯起復知建康府。己酉春三月罷，具舟上蕪湖，入姑熟，將卜居贛水上。夏五月，至池陽，被旨知湖州，過闕上殿。遂駐家池陽，獨赴召。六月十三日，始負擔捨舟，坐岸上，葛衣岸巾，精神如虎，目光爛爛射人，望舟中告別。余意甚惡，呼曰：『如傳聞城中緩急，奈（柰）何？』戟手遥應曰：『從衆。必不得已，先去輜重，次衣被，次書冊卷軸，次古器。獨所謂宗器者，可自負抱，與身俱存亡，勿忘也！』遂馳馬去。塗中奔馳，冒大暑，感疾。至行在，病痁。七月末，書報卧病。余驚怛，念侯性素急，奈何病痁，或熱，必服寒藥，疾可憂。遂解舟下，一日夜行三百里。比至，果大服茈（恐為『柴』字之誤）胡、黄芩藥，瘧且痢，病危在膏肓。余悲泣，倉皇不忍問後事。八月十八日，遂不起，取筆作詩，絶筆而終，殊無分香賣屨之意。葬畢，余無所之。朝廷已分遣六宫，又傳江當禁渡。時猶有書二萬卷，金石刻二千卷，器皿茵褥可待百客，他長物稱是。余又大病，僅存喘息。事勢日迫。念侯有妹婿，任兵部侍郎，從衛在洪州，遂遣二故吏，先部送行李往投之。冬十二月，金人陷洪州，遂盡委弃。所謂連艫渡江之書，又散為雲烟矣。獨餘少輕小卷軸書帖，寫本李、杜、韓、柳集、《世説》、《鹽鐵論》，漢唐石刻副本數十軸，三代鼎鼐十數事，南唐寫本書數篋，偶病中把玩，搬在卧内者，巋然獨存。上江既不可往，又虜勢叵測。有弟迒，任敕局删定官，遂往依之。到台，台守已遁；之剡，出睦，又弃衣被走黄岩，雇舟入海，奔行朝，時駐蹕章安。從御舟河（海）道之温，又之越。庚戌十二月，放散百官，遂之衢。紹興辛亥春三月，復赴越。壬子，又赴杭。先侯疾亟時，有張飛卿學士，携玉壺過視侯，便携去，其實珉也。不知何人傳道，遂妄言有頒金之語，或傳亦有密論列者。余大惶怖，不敢言，亦不敢遂已，盡將家中所有銅器等物，欲赴外庭投進。到越，已移幸四明。不敢留家中，并寫本書寄剡，後官軍收叛卒取去，聞盡入故李將軍家。所謂巋然獨存者，無慮十去五六矣。惟有書畫硯墨，可五七簏，更不忍置他所。常在卧榻下，手自開闔。在會稽，卜居土民鐘氏舍。忽一夕空壁負五簏去，余悲慟不得活。重立賞收贖。後二日，鄰人鐘復皓出十八軸求賞，故知其盜不遠矣。萬計求之，其餘遂牢不可出。今知盡為吴説運使賤價得之。所謂巋然獨存者，乃十去其七八。所有一二殘零不成部帙書冊三數種，平平書帖，猶復愛惜，如護頭目，何愚也耶！今日忽開此書，如見故人。因憶侯在東萊静治堂裝卷初就，芸籤縹帶，束十卷作一帙。每日晚吏散，輒校勘二卷，跋題一卷。此二千卷，有題跋者五百二卷耳。今手澤如新，而墓木已拱。悲夫！昔蕭繹江陵陷没，不惜國亡，而毁裂書畫；楊廣汪（江）都傾覆，不悲身死，而復取圖書。豈人性之所著，死生不能忘歟？或者天意以余菲薄，不足以享此尤物耶？抑亦死者有知，猶斤斤愛惜，不肯留在人間耶？何得之難而失之易也。嗚呼！余自少陸機作賦之二年，至過遽（蘧）瑗知非之兩歲，三十四年之間，憂患得失，何其多也！然有有必有無，有聚必有散，乃理之常。人亡弓，人得之，又胡足道。所以區區記其終始者，亦欲為後世好古博雅者之戒云。紹興二年、玄黓歲壯月朔甲寅，易安室題。（此後序有多種版本，此文僅據雅雨堂刻《金石録》，轉引自李文裿輯《漱玉集》卷一）

清・俞正燮撰《易安居士事輯》

易安居士李清照，宋濟南人。父格非，母王狀元拱辰孫女，皆工文章。《宋史・文苑傳》居歷城城西南之柳絮泉上。《古歡堂集》有《柳絮泉訪李易安故宅》詩。據《齊乘》：柳絮泉在金綫泉東。易安幼有才藻。元符二年，年十八，適太學生諸城趙明誠。明誠父挺之，時爲吏部侍郎。格非爲禮部員外郎。俱《宋史》明誠幼夢誦一書曰：『言與司合，安上已脱，芝芙草拔。』挺之曰：『此離合字，詞女之夫也。』結縭未久，明誠出游。易安意殊不忍別，書《一剪梅》詞于錦帛送之曰：『紅藕香殘玉簟秋。輕解羅裳，獨上蘭舟。云中誰寄錦書來，雁字回時，月滿樓。

花自飄零水自流。一種相思，兩處閑愁。此情無計可消除，纔下眉頭，却上心頭。』《嫏嬛記》、《草堂詩餘》俱如此。《詩餘圖譜》前段『秋』字句，『輕解羅裳』作一句，『月滿』下有『西』字。易安有小令云：『昨夜風疏雨驟。濃睡不消殘酒。試問卷簾人，却道海棠依舊。知否。知否。應是緑肥紅瘦。』《苕溪漁隱叢話》《壺中天慢》云：『寵柳嬌花寒食近，種種惱人天氣。』黄暘評其《秋詞・聲聲慢》云：『守定窗兒，獨自怎生得黑。』『黑』字真不許第二人押也。詞云：『尋尋覓覓。冷冷清清，凄凄慘慘寂寂。』一下十四叠字。後又云：『梧桐更兼細雨，到黄昏、點點滴滴。』《貴耳集》云：是晚年作，非也。又嘗以《重陽・醉花陰》詞函致明誠，明誠思勝之。一切謝客，廢寢忘食者三日夜，得五十餘闋。雜易安作，以示友人陸德夫。德夫玩誦再三，曰：『有三句乃絕佳。』明誠詰之，曰：『莫道不消魂，簾卷西風，人比黄花瘦。』政易安作也。易安之論曰：『唐開元、天寶間，李八郎者，能歌擅天下。時新及第進士開宴曲江。榜中一名士先召李，使易服隱姓名，衣冠故敝，精神慘沮，與之宴所，曰：「表弟願與坐末。」衆皆不顧。既酒行樂作，歌者進，以曹元念謙爲冠，歌罷衆皆嗟咨稱賞。名士忽指李曰：「請表弟歌。」衆皆哂，或有怒者。及轉喉發聲歌一曲，衆皆泣下，起曰：「此必李八郎也。」自後鄭、衛聲熾，流靡煩變，有《菩薩蠻》、《春光好》、《莎鷄子》、《更漏子》、《浣溪沙》、《夢江南》、《漁父》等詞，不可遍舉。五代時，江南李氏獨尚文雅，有「小樓吹徹玉笙寒」之句，及「吹皺一池春水」，語雖甚奇，所謂亡國之音哀以思也。本朝柳屯田永，變舊聲作新聲，出《樂章集》。大得聲稱于世。雖協音律，而詞語塵下。又有張子野、宋子京兄弟、沈唐、元絳、晁次鷹輩繼出，雖時時有妙語，而破碎何足名家！至晏丞相、歐陽永叔、蘇子瞻學際天人，作爲小歌詞，直如酌蠡水于大海，然皆句讀不葺之詩耳。又往往不協音律，蓋詩文分平側，而歌詞分五音、又分六律、又分清濁輕重，且如近世所謂《聲聲慢》、《雨中花》、《喜遷鶯》，既押平聲又押入聲。《玉樓春》平聲又押上去聲，又押入聲。其本押側韵者，如本上聲協，押入聲則不可通矣。謂本平可通側，不拘上、去、入，若本側，則上、去、入不可相通。王介甫、曾子固文章似西漢，若作小歌詞，則人必絕倒，不可讀也。乃知詞別是一家，知之者少。後晏叔原、賀方回、黄魯直出，始能知之。而晏苦無鋪叙；賀苦少典重；秦少游專主情致，而少故實，譬如貧家美女，雖極妍麗豐逸，而終乏富貴態；黃即尚故實，而多疵病。譬如良玉有瑕，價自減半矣。』以上皆《漁隱叢話》易安譏彈前輩，既中其病，《老學庵筆記》而詞日益工。李、趙宦族，然素貧儉。每朔望，明誠太學謁告出，質衣取半千錢，步入相國寺，市碑文果實歸，夫妻相對展玩咀嚼，嘗自謂葛天氏之民也。後二年，明誠出仕宦，挺之爲宰相，居政府。親舊在館閣者，多有亡詩逸史、汲冢魯壁所未見之書，盡力傳寫，或古今名人書畫、三代奇器，質衣物市之。崇寧時，有人持徐熙《牡丹圖》，求錢二十萬，留信宿，計無所出，卷還之，夫婦相對惋悵者數日。《金石録後序》挺之在徽宗時，易安進詩曰：『炙手可熱心可寒。』挺之排元祐黨人甚力，格非以黨籍罷，易安上詩挺之曰：『何况人間父子情。』讀者哀之《郡齋讀書記》。嘗和張文潛《浯溪中興頌碑》詩曰：『五十年功如電掃，華清花柳咸陽草。五坊供奉鬥鷄兒，酒肉堆中不知老。胡兵忽自天上來，逆胡亦自奸雄才。勤政樓前走胡馬，珠翠蹋盡香塵埃。六師出戰輒披靡，前致荔支馬多死。堯功舜德誠如天，安用區區紀文字。著碑刻銘真陋哉，乃令神鬼磨山崖。子儀光弼不自猜，天心悔禍人心開。夏爲殷鑒當深戒，簡策汗青今具在。君不見當時張説最多機，雖生已被姚崇賣。』又和曰：『君不見驚人廢興唐天寶，中興碑上今生草。不知負國有奸雄，但説成功尊國老。誰令妃子天上來，虢秦韓國皆仙才。苑中羯鼓玉方響，春風不敢生塵埃。姓名誰復知安史，健兒猛將安眠死。去天尺五抱瓮峰，峰頭鑿出開元字。時移勢去真可哀，奸人心魄深如崖。西蜀萬里尚能返，南内一閉何時開。可憐孝德如天大，反使將軍稱好在。嗚呼奴輩胡不能，道輔國用事張后專，祇能道春薺長安作斤賣。』《清波雜志》、《寒夜録》『春薺長安作斤賣』乃高力士詩。易安自少年兼有詩名，才力華贍，逼近前輩。《碧鷄漫志》傳誦者：『詩情如夜鵲，三繞未能安。』『少陵也是可憐人，更待明年試春草。』《風月堂詩話》世又傳：『兩漢本繼紹，新室如贅疣。所以嵇中散，至死薄殷周。』以爲佳境。朱子《游藝論》引評又《春殘》詩云：『春殘何事苦思鄉？病裏梳頭恨髮長。梁燕語多終日在，薔薇風細一簾香。』《彤管遺編》明誠後屏居鄉里十年，衣食有餘。及起知青、萊二州，皆政簡，日事鉛槧。易安與共校勘，作《金石録》，考證精鑿，多足正史書之失。每獲一書，即校勘、整集簽題；得書畫彝鼎，摩玩舒卷，指摘疵病，夜盡一燭爲率。所藏紙札精緻，字畫完整，冠諸收書家。易安性强記，每飯罷，與明誠坐歸來堂，烹茶，指堆積書史，言某事在某書幾卷、幾葉、幾行，以中否決勝負，爲飲茶先後。中即舉杯，往往大笑，茶傾覆懷中，反不得飲而起。其收藏既富。歸來堂起書庫，大橱簿甲乙，置書册。當講讀，即請鑰上簿，關出卷帙。或少損污，必懲責揩完塗改。又置副本，便翻討。書史百家、字不刓、本不誤謬者，常兼三四本，皆精絕。家傳《周易》、《左氏春秋》，兩家文籍尤備。几案羅列枕藉，意會心謀，目注神授，樂在聲色狗馬之上。靖康二年春，《金石録後序》作『建炎丁未』，是年五月，始爲建炎，今改之。明誠奔母喪于金陵，《金石録後序》作建康，其名建炎三年始改，今從其初。半弃所藏。其年十二月，金人陷青州，火其書十餘屋。建炎二年，明誠起復，知江寧府。以上皆《金石録後序》。後序亦作『建康』，蓋追稱之，今改。易安自南渡以後，常懷京洛舊事，元宵賦《永遇樂》詞曰：『落日熔金，暮雲合璧，』又曰：『染柳烟輕。吹梅笛怨，春意知幾許。』後叠曰：『于今憔悴，風鬟霜鬢，怕向花間重去。』《貴耳集》在江寧日，每值天大雪，即頂笠披蓑，循城遠覽，得句必邀賡和，明誠每苦之。《清波雜志》三年，明誠罷，將家于贛水。《金石録後序》四月，高宗如江寧，五月，改爲建康府。《宋史》紀。後序云：『至行在』，又言葬事，故依史實其地詔明誠知湖州。明誠赴行在，感暑痁發。易安自明誠赴召時，暫住池陽。得病信，解纜急東下。至建康，病已危。八月，明誠卒。《金石録後序》易安爲文祭之，有曰：『白日正中，嘆龐公之機敏。堅城自墮，憐杞婦之悲深。』《四六談麈》祭文，唐人俱用駢體，官祭文亦不用韵也。閏八月，高宗如臨安。《宋史》紀易安既葬明誠，乃遣送書籍于洪州。易安欲往洪。初學士張飛卿者，于明誠至行在時，以玉壺示明誠，語久之，仍携壺去。時建康置防秋安撫使。擾攘之際，或疑其饋璧北朝也。言者列以上聞，或言趙、張皆當置獄。易安方大病，僅存喘息，欲往洪不能。聞玉壺事，大懼。《金石録後序》十一月，盡以其家所有赴越州行在投進，而高宗已奔明州。《宋史》、《金石録後序》時中書舍人綦崇禮左右之。《宋史》。按《雲麓漫抄》云：『徽猷閣直學士。』沈該《翰苑題名壁記》云：『綦崇禮，建炎四年五月以吏部侍郎兼權直院，十月除徽猷閣直學士知漳州。』則學士在明年十月。且啓云：『内翰承旨』故從《宋史》本傳稱『中書舍人』事解，清照以與綦舊親情，作啓謝之曰：『清照素習義方。粗明詩禮。近因疾病，欲至膏肓。牛蟻不分，灰釘已具。豈期末事，乃得上聞，取自宸衷，付之廷尉。』序欲投進家器，曰：『抵雀捐金，利當安往。將頭碎璧，失固可知。實自繆愚，分知獄市。』序綦爲解釋曰：『内翰承旨，搢紳望族，冠蓋清流。日下無雙，人間第一。奉天收復，本緣陸贄之詞；淮蔡底平，共傳昌黎之筆。哀憐無告，義同解驂越石父事。戴感洪恩，事真出己知瑩事。故茲白首，得免丹書。』序頌金事無形迹曰：『雖南山之竹，豈能窮多口之談；惟智者之言，可以止無根之謗。』據《雲麓漫抄》綦字叔一作存厚，高密人也。《宋史》十二月，金人破洪州，易安所寄輜重盡失，遂往台州，依其弟敕局删定官李迒，泛海，由章安輾轉至越州。四年，放散百官，遂偕迒至衢。《金石録後序》時綦崇禮以徽猷閣直學士知漳州。《翰苑題名壁記》、《建炎以來系年要録》紹興元年，易安之越。二年，之杭，年五十有一矣。作《金石録後序》曰：『右《金石録》三十卷，趙侯德甫所著書也。取上自三代，下迄五季，鍾、鼎、甗、鬲、盤、匜、尊、敦之款識，豐碑大碣，顯人晦士之事迹，凡見于金石刻者二千卷，皆是正訛謬，去取褒貶，上足以合聖人之道，下足以訂史氏之失者，皆載之，可謂多矣。嗚呼，自王播、元載之禍，書畫與胡椒無异；長輿、元凱之病，錢癖與傳癖何殊。名雖不同，其爲惑則一也。』本書又自序遭離變故本末甚悉，《容齋四筆》曰：『靖康丙午歲，侯守淄川。聞金人犯京師，四顧茫然。書畫溢箱篋，且戀戀、且悵悵，知必不爲己物矣。建炎丁未春三月五月始爲建炎，此追溯之號，奔太夫人喪南來謂江寧。既長物不能盡載，乃先去書之重大印本者，又去畫之多幅者，又去古器之無款識者，後又去書之有監板者，畫之平常者，器之重大者，凡屢減去，尚載書十五車，至東海，連艫渡淮，至建康亦追稱。時青州故第，尚鎖書冊什物用屋十餘間，期明年春具舟載之。十二月，金人陷青州，遂爲灰燼。戊申九月，侯起復知建康，己酉三月罷，具舟上蕪湖，入姑孰，將卜居于贛水上。五月至池陽，被旨知湖州，過闕上殿建康爲行在，遂住家池陽，獨赴召。六月十三日，負擔捨舟坐岸上，葛衣岸巾，精神如虎，目光爛爛射人。望舟中告別，余意甚惡，呼曰：「忽傳聞城中緩急奈何？」戟手遥應曰：「從衆。必不得已，先去輜重，次衣服，次書冊、卷軸，次古器。獨所謂宗器者，自抱負，與身存亡，勿忘也。」遂馳馬去，途中奔馳，冒大暑，感疾。至行在，病痁。七月末，書報卧病。余驚怛，念侯性素急，奈何。病痁或熱，必服寒藥，疾可憂。遂解舟下，一日夜行三百里。比至，果大服茈胡黄芩，瘧且痢，病危在膏肓。余悲泣倉皇，不忍問後事。八月十八日，遂不起，取筆作詩，絶筆而逝，殊無分香賣履之態。葬畢，余無所之。時朝廷已分遣六宫，《宋史》言：七月，隆祐太后如洪州，宫人從之。又傳江當禁渡。《宋史》言：閏八月，杜充守建康，韓世忠守鎮江，劉光世守池州。後光世移屯江州。猶有書二萬餘卷，金石刻二千卷，器皿裀褥可符百客，他長物稱是。余又大病，僅存喘息，事勢日迫。念侯有妹婿，任兵部侍郎，從衛在洪州從衛六宫遂遣二故吏先部送行李往投之。十二月，金人陷洪州，遂盡委弃。獨餘少輕小卷軸，書帖，寫本、李、杜、韓、柳集、《世説》、《鹽鐵論》、漢唐石刻副本數十軸，三代鼎彝十數事，又唐寫本書十數册，偶病中把玩，在卧内者獨存。上江既不可往，又虜勢叵測，有弟迒，任敕局删定官，遂往依之。到台，台守已遁。此建炎四年事之剡出睦，弃衣被走黄岩，雇舟入海奔行朝，時駐蹕章安，台州府治西南章安市。謂舟次于此，自此之温。從御舟之温，又之越。庚戌四年十二月，放散百官百官自便，不扈從。謂自郎官以下。遂之衢。以上建炎四年以前事紹興辛亥元年三月，復赴越，壬子二年又赴杭。以上紹興二年事，作《後序》年也。此下復記建炎三年事。先侯病亟時建炎三年八月，有張飛卿學士携玉壺過示侯，復携去，其實珉也。不知何人傳道，妄言有頌金之語，或言有密論列者。余大惶怖，不敢言，亦不敢遂已。盡將家中所有銅器等物，欲赴外廷投進。到越已幸四明建炎三年十一月，不敢留家中，并寫本書寄剡。此建炎四年事後官軍收叛卒取去，聞盡入李將軍家。惟有書畫硯墨六七簏，常在卧榻下，手自開合。在會稽卜居土民鍾氏宅，忽一夕穿壁負五簏去。此紹興元年事余悲痛不欲活，立重賞收贖。後二日，鄰人鍾復皓出十八軸求賞，故知其盜不遠。萬計求之，其餘遂牢不可出。今盡爲吴説運使賤價得之。所餘一二殘零不成部帙書册三數種，平平書帖，猶復愛惜，如護頭目，何愚也耶。今開此書，如見故人。因憶侯在東萊静治堂裝卷初就，芸籤縹帶，束十卷作一帙。每日晚吏散，輒校勘二卷、題跋一卷。此二千卷，有題跋者五百二卷耳。今手澤如新，而墓木已拱，悲夫。昔蕭繹江陵陷没，不惜國亡而毁裂書畫；楊廣江都傾覆，不悲身死，而復取圖書。豈以性之所著，生死不能忘歟？或者天意以其菲薄，不足以享此尤物耶！抑死者有知，猶斤斤愛惜，不宜留人間耶！何得之難而失之易也！噫！余自少陸機作賦之二年，至過蘧瑗知非之兩歲，三十四年之間，憂患得失，何其多也。然有有必有無，有得必有失，乃理之常。人亡弓，人得之，又何足道。所以區區記此者，亦欲爲後世博雅好古者之戒云爾。紹興二年玄黓歲壯月甲寅朔易安室題。』本書三年，行都端午，易安親聯有爲内夫人者，代進帖子。《皇帝閣》曰：『日月堯天大，璇璣舜歷長。側聞行殿帳，多集上書囊。』《皇后閣》曰：『意帖初宜夏，金駒已過蠶。至尊千萬壽，行見百斯男。』『意帖』用上官昭容事《夫人閣》曰：『三宮催解粽，團箭彩絲縈。便面天題字，歌頭御賜名。』團箭用唐開元内宮小角弓射粽事于是翰林止金帛之賜，《浩然齋雅談》咸以爲由易安也。時直翰林者秦楚材忌之。五月，命簽應作僉，押也。諸書皆從竹。書樞密院事韓肖胄字似夫、工部尚書胡松年字茂老，海州懷仁人，二人以七月行。充奉表通問使副使金，通兩宮也。劉時舉《續通鑒》又按《宋朝事實》，其事在七月，其後八年，十二月，韓又使金。易安上韓詩曰：『三年夏六月，天子視朝久。凝旒望南雲，垂衣思北狩。如聞帝若曰，岳牧與群后。賢寧違半千，運已過陽九。勿勒燕然銘，勿種金城柳。豈無純孝臣，識此霜雪悲。何必捨羹肉，便可載車脂。土地非所惜，玉帛亦塵泥。誰可當將命，幣重辭益卑。四岳僉曰俞，臣下帝所知。中朝第一人，春官有昌黎。身爲百夫特，行爲萬人師。嘉祐與建中，爲政有皋夔。漢家貴王商，唐室重子儀。見時應破膽，將命公所宜。肖胄韓琦曾孫公拜手稽首，受命白玉墀。曰臣敢辭難，此亦何等時。家人安足謀，妻子不復辭。願奉宗廟靈，願奉天地威。徑持紫泥詔，直入黃龍城。北人懷舊德，侍子當來迎。聖孝定能達，勿復言請纓。倘持白馬血，與結天日盟。』上胡詩曰：『胡公清德人所難，謀同德協置器安。解衣已道漢恩暖，離詩不怯關山寒。皇天久陰后土濕，雨勢未回風勢急。車聲轔轔馬蕭蕭，壯士懦夫俱感泣。閭閻嫠婦亦何知，瀝血投詩干記室。葵丘莒父非荒城，勿輕談士弃儒生。憤王墓下馬猶倚史言項羽葬魯，在今穀城，寒號城邊鶏未鳴《水經注》韓侯城在金地。巧匠亦曾顧樗櫟，芻蕘之詢或有益。不乞隨珠與和璧，但乞鄉關新信息。靈光雖在應蕭條，草中翁仲今何若。遺民定尚種桑麻，敗將如聞保城郭。嫠家祖父生齊魯，位下名高人比數。當年稷下縱談時，猶記人揮汗如雨。子孫南渡今幾年，漂零遂與流人伍。願將血泪寄河山，去灑青州一抔土。』其序云：『以上二公，亦欲以俟采詩者。』《雲麓漫抄》易安又有句云：『南來猶怯吴江冷，北狩應知易水寒。』又云：『南渡衣冠思王導，北來消息少劉琨。』《漁隱叢話》、《詩説雋永》忠憤激發，意悲語明，所非刺者衆。又爲詩誚應舉進士曰：『露花倒影柳三變，桂子飄香張九成。』《老學庵筆記》九成，紹興二年進士。應舉者服其工對，傳誦而惡之。其感懷詩曰：『寒窗敗幾無書史，公路生平竟至此。青州從事孔方兄，終日紛紛喜生事。作詩謝絶聊閉門，虛室香生有佳思。静中吾乃見真吾，烏有先生子虛子。』《彤管遺編》此詩上去兩押，所謂詩止分平側。四年，避亂西上，過嚴子陵釣臺。有『巨艦因利』，『扁舟爲名』之嘆。《打馬圖》、《釣臺集》。或以其二十字韵語爲惡詩，蓋口占聊成之。非詩也，不復録。至金華卜居焉。《打馬圖》有《曉夢》詩曰：『曉夢隨疏鍾，飄然躋雲霞。因緣安期生，邂逅蕚緑華。秋風正無賴，吹盡玉井花。共看藕如船，同食棗如瓜。翩翩垂髮女，貌妍語亦佳。嘲辭鬥詭辨，活火烹新茶。雖乏上元術，游樂亦莫涯。人生能如此，何必歸故家。起來斂衣坐，掩耳厭喧嘩。心知不可見，念念猶咨嗟。』《彤管遺編》詩秀朗有仙骨也。又作《打馬圖》曰：『慧則通，通則無所不達；專則精，精則無所不妙。故庖丁解牛，郢人運斤，師曠之聽，離婁之察，大至堯、舜之仁，桀、紂之惡，小至擲豆起蠅，巾角拂棋，皆臻其極者，妙而已。夫博無他，争先術耳。故專者勝。余性專博，凡所謂博者，皆耽之。南渡流離，盡散博具。今年冬十月朔，聞淮上警報，江、浙之人，自東走西，自南走北，居山林者謀入城市，居城市者謀入山林，旁午絡繹，莫知所之。余亦自臨安泝流，過嚴灘，抵金華，卜居陳氏第，乍釋舟楫而見窗軒，意頗適然。更長燭明，如此良夜何，于是乎博弈之事講矣。且長行葉子，博塞彈棋，世無傳者，打褐、大小猪窩、族鬼、胡畫、數倉、賭快之類，皆鄙俚不經見，藏酒、摴蒲、雙蹙融，近漸廢絶，選仙、加減、插關火、質魯任命、無所施智巧，大小象戲、弈棋，又止容二人。獨采選、打馬，特爲閨房雅戲。嘗恨采選叢煩，勞于檢閲，又能通者少，難遇勁敵，打馬簡要，而苦無文采。按打馬世有二種，一種一將十馬者，謂之關西馬；一種無將二十馬者，謂之依經馬。流傳既久，各有圖經、凡例可考。行移賞罰，互有同异。宣和間人，取二種馬參雜加減，大約交加僥幸，古意盡矣，所謂宣和馬者是也。余獨愛依經法，因取其賞罰互度，每事作數語，隨事附見，使兒輩圖之，不獨施之博徒，亦足貽諸好事，使千百世後，知命辭打馬，始自易安居士也。時紹興四年十有二月二十四日。』其《打馬賦》曰：『歲令聿徂，盧或可呼。千金一擲，百萬十都。樽俎列陳，已行揖讓之禮；主賓言洽，不有博弈者乎？打馬爰興，摴蒱者退，實小道之上流，競深閨之雅戲。齊驅驥騄，疑穆王萬里之行，别起元黄，類楊氏五家之隊。珊珊佩響，方驚玉鐙之敲；落落星羅，忽訝連錢之碎。若乃吴江楓落，燕山葉飛，玉門關閉，沙苑草肥，臨波不渡，似惜幛泥。或出入騰驤，猛比昆陽之戰；或從容磬控，正如涿鹿之師；或聞望久高，脱復庾郎之失；或聲名素昧，倏驚痴叔之奇。亦有緩緩而歸，昂昂而駐，鳥道驚馳，蟻封安步。崎嶇峻阪，慨想王良；局促鹽車，忽逢造父。且夫丘陵雲遠，白雲在天，心無戀豆，志在著鞭。蹴蹄黄葉，畫道金錢。用五十六采之間，行九十一路之内，明以賞罰，核其殿最。運指揮于方寸之中，决勝負以幾微之介。且好勝人之常情，争籌者道之末技。説梅止渴，稍蘇奔競之心；畫餅充饑，亦寓踔騰之志。將求遠效，故臨難而不回；留報厚恩，或相機而豫退。亦有銜枚緩進，已逾關塞之艱；豈致奮足争先，莫悟阱塹之墜。至于不習軍行，必占尤悔，當知範我之馳驅，勿忘君子之箴佩。况乃爲之賢已，事實見于正經；行以無疆，義必合乎天德。牝乃葉地類之貞，反亦記魯姬之式。鬉髻墮于梁家，溯滸循于岐國。故宜繞床大叫，五木皆盧，瀝酒一呼，六子盡赤。平生不負，遂成劍閣之勛；別墅未輸，决破淮淝之賊。今日豈無元子，明時不乏安石。又何必陶長沙博局之投，正當師袁彦道布帽之擲也。亂曰：佛貍定見卯年死。是歲甲寅貴賤紛紛尚流徙，滿眼驊騮及騄耳，時危安得真致此。木蘭横戈好女子，老矣不復志千里，但願相將過淮水。』本書時易安年五十三矣。居金華，有《武陵春》詞曰：『風住塵香花已盡，日晚倦梳頭。物是人非事事休。欲語泪先流。　聞説雙溪春尚好，也擬泛輕舟。祇恐雙溪舴艋舟。載不動、許多愁。』流寓有故鄉之思，《水東日記》云：『玩其詞意，作于序《金石録》之後。』其事非閨闈文筆自記者莫能知。或曰：依弟迒老于金華。後人集其所著爲文七卷，詞六卷，行于世。《宋史·藝文志》其《金石録後序》稿在王厚之順伯家，洪邁見之，爲述其大概。《容齋四筆》朱文公言本朝婦人能文章者，曾相布妻魏及李易安二人而已。《詞綜》後有人于閩漢口鋪見女子韓玉文題壁詩序，幼在錢塘師事易安。《彤管遺編》易安能詩、詞、文、四六，又能畫，明人陳傅良藏有易安畫《琵琶行圖》。宋濂《學士集》莫廷韓買得易安畫墨竹一幅。《太平清話》張居正在政府日，見部吏鍾姓浙音者，問曰：『汝會稽人耶？』曰：『然。』居正色變久之。吏曰：『新自湖廣遷往耳。』然卒黜之。《玉茗瑣談》文忠蓋以鍾復皓故，時不悉其意，以爲乖暴。而其時無學者不堪易安譏誚，改易安與綦學士啓，以張飛卿爲張汝舟，以玉壺爲玉臺，謂官文書使易安嫁汝舟。後結訟，又詔離之，有文案。詳趙彦衛《雲麓漫抄》、胡仔《苕溪漁隱叢話》、李心傳《建炎以來系年要録》宋方擾離不糾言妖也。

述曰：《宋史·李格非傳》云：『女清照，詩文尤有稱于時，嫁趙挺之之子明誠，自號易安居士。』無他説也。《藝文志》有易安詞六卷，《通考·經籍考》引《直齋書録解題》，止《漱玉集》一卷。解題云：『別本分五卷。』詞今存。書録：『《打馬賦》一卷。』解題云：『用二十馬。今世打馬，大約與摴蒱相類。』《藝文志》言文集七卷，明焦竑《國史經籍志》云十二卷，則并詞五卷，惜其文未見。《娜嬛記》、《四六談麈》、《宋文粹拾遺》并載易安賀孿生啓云：『無午未二時之分，有伯仲兩楷之似。既係臂而係足，實難弟而難兄。玉刻雙璋，錦挑對褓。』注言：『任文二子孿生，德卿生于午，道卿生于未。張伯楷、仲楷兄弟相似，形狀無二。白伋兄弟，母不能辨，以五色采繩，一係于臂，一係于足。』其用事明當如此。讀《雲麓漫抄》所載《謝綦崇禮啓》文筆劣下中雜有佳語，定是竄改本。又夫婦訐訟，必自證之，啓何以云無根之謗？余素惡易安改嫁張汝舟之説。雅雨堂刻《金石録》序以情度易安，不當有此事。及見李心傳《建炎以來系年要録》采鄙惡小説，比其事爲文案，尤惡之。後讀《齊東野語》論韓忠繆事云：『李心傳在蜀，去天萬里，輕信記載。』疏舛固宜。又謝枋得集亦言系年要録爲辛弃疾造韓侂胄壽詞，則所言易安文案謝啓事可知，是非天下之公，非望易安以不嫁也。不甘小人言語，使才人下配駔儈，故以年分考之。凡詩文見類部、小説、詩話者考合排次，至紹興四年，易安年五十三。又紹興十一年五月十三日，綦崇禮婿陽夏謝伋，寓家台州，自序《四六談麈》時，易安年已六十，伋稱爲趙令人李。若崇禮爲處張汝舟婚事，伋其親婿，不容不知。又下至淳祐元年，時及百年，張端義作《貴耳集》，亦稱易安居士、趙明誠妻。易安爲嫠，行迹章章可據。趙彦衛、胡仔、李心傳等不明是非。至後人貌爲正論：《碧鷄漫志》謂易安詞于婦人中爲最無顧藉，《水東日記》謂易安詞爲不祥之具。此何异謂直不疑盜嫂亂倫，狄仁杰謀反當誅滅也。且啓言：『牛蟻不分，灰釘已具。弟既可欺，持官文書來輒信。身幾欲死，非玉鏡架亦安知。呻吟未定，强以同歸。猥以桑榆之末影，配兹駔儈之下才。』易安，老命婦也，何以改嫁復與官告？又言：『視聽纔分，實難共處，惟求脱去，決欲殺之，遂肆欺凌，日加毆擊，豈期末事，乃得上聞，取自宸衷，付之廷尉。』是又閨房鄙論，竟達闕廷，帝察隱私，詔之離异。夫南渡倉皇，海山奔竄，乃舟車戎馬相接之時，爲一駔儈之婦，從容再降玉音。宋之不君，未應若此。審視《金石録後序》，始知頌金事白，綦有湔洗之力。小人改易安謝啓，以飛卿玉壺爲汝舟玉臺，用輕薄之詞，作善謔之報。而不悟牽連君父，誣衊廟堂，則小人之不善于立言也。劉時舉《續通鑒》云：『紹興四年八月，趙鼎疏言：「草澤行伍求張浚不遂者，人人投牒，醜詆及其母妻。」』《四朝聞見録》有劾朱文公閨閫中穢事疏及朱《謝罪表》，蓋其時風氣如此。《齊東野語》又云：『黄尚書由妻胡夫人惠齋居士，時人比之易安。嘗指摘趙師睪《放生池文》誤。惠齋已卒，趙爲臨安府，誘其逃婢證惠齋前與棋客鄭日新通，遂黥配日新，而尚書以帷薄不修罷。』按《白獺髓》云：師睪初居吴郡，及尹天府日，延喬木爲門客。喬教師睪子希蒼制古禮器，于家釋菜。黄尚書欲發遣之，師睪乃毁器而逐喬。是師睪與由以黥配門客相報，又值惠齋有摘文之事，乃并誣惠齋，其事與易安同。夫小人何足深責，吾獨惜易安與惠齋，以美秀之才，好論文以中人忌也。易安《打馬圖》言使兒輩圖之，合之《上胡尚書詩》，蓋易安無所出，兒輩乃格非子孫，故其事散落。今于詞之經批隙及好事傳述者亦輯之。于事實有益，可備好古明理者觀覽。其僅見《漱玉集》者，此不載也。（《癸巳類稿》卷一五　第四三——五七頁　求日益齋刻本）

清·陸心源撰《〈癸巳類稿·易安事輯〉書後》

李易安改嫁，千古厚誣。歙人俞理初爲《易安事輯》以辨之，詳矣，備矣。惟張汝舟崇寧五年進士，毗陵人，見《咸淳毗陵志》。欽宗時，知紹興府，見《會稽志》。建炎三年，以朝奉郎直秘閣，知明州。十二月，召爲中書門下檢正諸房文字。四年，兼管安撫使。復以直顯謨閣知明州，見《四明圖經》。五月，上過明州，歷奉儉簡遷一官。六月乞祠，主管江州太平觀。紹興元年三月，往池州措置軍務，尋爲監諸軍審計司。二年九月，以妻李氏訟其妄增舉數入官，有司當汝舟私罪徒，詔除名，柳州編管，見《建炎以來要録》。則汝舟既確有其人，以李氏訟編管，亦確有其事。理初僅以怨家改啓，證易安無改嫁事。幾若汝舟亦屬子虚，不足以釋千古之疑，而折服李心傳之心。愚按汝舟即飛卿之名，妻字上當脱趙明誠三字耳。高宗性好古玩，與徽宗同，汝舟必以進奉得官，因進奉而徵及玉壺，因玉壺之失而有獻璧北朝之誣。因獻璧北朝之誣，而易安有妄增舉數之報復。不然，妄增舉數，與妻何害。既不應興訟，朝廷亦豈爲准理耶？惟李氏被獻璧北朝之誣，人人代抱不平，故李氏一控，而汝舟即奪職編管。汝舟無可泄憤，改其謝啓，誣爲改嫁，認爲伊妻。其啓即汝舟所改，非別有怨家也。請列五證以明之。汝舟先官秘閣直學士，復官顯謨直學士，故曰飛卿學士。其證一也；頌金之謗，崇禮爲之左右得解，事在建炎三年，是時崇禮官中書舍人，故曰『内翰承旨』。汝舟之貶，事在紹興二年，則崇禮已為侍郎翰林學士，當曰學士侍郎，不得曰『内翰承旨』矣。其證二也；若《要録》原本無趙明誠三字，注文既叙明李格非女矣，何不叙趙明誠妻改嫁汝舟乎？其證三也；男女婚嫁，世間常事，朝廷不須問，官吏豈有文書。啓云：『弟既可欺，持官文書來即信。』當指蜚語上聞，置獄而言。改嫁不必由官，有何官文書之有？其證四也；獻璧北朝，可稱不根之言。若改嫁確有其事，何得云不根之言？其證五也。心傳誤據傳聞之辭，未免疏謬，若謂采鄙惡小説，比附文案，豈張汝舟亦無其人乎？必不然矣。（《儀顧堂題跋》卷十三，第十三頁　清光緒刊本）

清・李慈銘撰《書陸剛甫觀察〈儀顧堂題跋〉後》（附况周頤按語）

陸氏心源《儀顧堂題跋》十六卷，其中可取者甚多。其書《癸巳類稿・易安事輯後》謂張汝舟，毗陵人，崇寧五年進士，見《咸淳毗陵志》。又引《建炎以來系年要録》，紹興二年九月，張汝舟為監諸軍審計司，以妻李氏訟其妄增舉數入官，詔除名柳州編管。則汝舟既確有其人，以李氏訟編管，亦確有其事。汝舟即飛卿之名，妻字上當脱趙明誠三字。高宗性好古玩，汝舟必以進奉得官，因進奉而徵及玉壺，因玉壺失而有獻璧北朝之誣，因獻璧之誣而易安有妄增舉數之報。蓋獻璧之誣，人人代抱不平，故李氏一控，而汝舟即奪職編管；汝舟無可泄憤，改其謝啓，誣為改嫁，認為伊妻，其啓即汝舟所改，非別有怨家也。則殊臆决不近理。按《嘉泰會稽志》載：宣和五年，張汝舟以降授宣教郎直秘閣，知越州。越為望郡，是汝舟在徽宗時已通顯。《乾道四明圖經》載：建炎四年，張汝舟以直顯謨閣知明州，兼管内安撫使，數月即罷。（《圖經》載：是年汝舟之前，已有劉洪道、向子忞二人。汝舟之後，為吴懋，以建炎四年八月到任。是汝舟在州不過一、二月。）《系年要録》載：紹興二年九月，汝舟除名，時官止右承奉郎，則仕宦頗極沉滯，安見其以進奉得官？高宗頗好書畫，未聞其好器玩。易安《金石録後序》言：聞張飛卿玉壺事發，在建炎三年九、十月間，時明誠甫于八月卒，高宗方為金人所迫，流離奔竄，即甚荒暗之主，尚安得留心玩好，令人以進奉博官。汝舟之名，與飛卿之字，亦不相配合。且序言：飛卿所示玉壺，實珉也，旋復携去，則壺并不在德甫所，安得妄告朝廷，徵之趙氏？且要録言：時建康置防秋安撫使，擾攘之際，或疑其饋璧北朝，言者列以上聞。或言：趙、張皆當置獄。是明謂言官所發，飛卿方有對獄之懼，豈有自發而自誣之理？易安後序亦謂：何人傳道，妄言頒金。是并無怨飛卿之事，安得謂人人代抱不平，易安故訟其妄增舉數以為報復。至謂其啓即汝舟所改，尤非情理。汝舟以進士歷官已顯，豈肯自謂駔儈下才，及視聽纔分，實難共處。且人即無良，豈有冒認嫠婦以為已妻。趙、李皆名人貴家，易安婦人之杰，海内衆著，又將誰欺？雖喪心下愚，亦不至此。要録大書右承奉郎監諸軍審計司張汝舟屬吏，以汝舟妻李氏訟其妄增舉數入官也。其文甚明，安得謂妻上脱趙明誠三字？陸氏謂：妄增舉數，何與妻事，朝廷亦豈為准理。則閨房之内，事有難言，增舉入官，欺罔朝廷，安得置之不理。此等事惟家人得知之，故發即得實。若它人之婦，何從知之。惟易安必無再嫁之事，理初排比歲月，證之甚明。今即要録所載此一節，相核其年月，更可了然。易安《金石録後序》，自題紹興二年玄黓歲壯月甲寅朔，易安室題。要録系訟增舉事于紹興二年九月戊午朔，相去一月，豈有三十日内，忽在趙氏為嫠婦，忽在張氏訟其夫，此不待辨者也。又易安于紹興三年五月上使金工部尚書胡松年詩，有『嫠家祖父生齊魯』之句，則易安以老寡婦終，已無疑義。要録又載：紹興二年八月丙辰（是二十九日。是月戊子朔，後序題甲寅朔，蓋筆誤。甲寅是二十七日，或是戊子朔甲寅，脱戊子二字。又朔甲寅誤倒，古人題月日，多有此例。易安好古，觀其用歲陽紀歲，月名紀月可知。）直秘閣主管江州太平觀趙思誠守起居郎。思誠，明誠兄也，則是時趙氏尚盛，尤不容有此事。要録又載：建炎三年閏八月，和安大夫開州團練使致仕王繼先，嘗以黄金三百兩，從故秘閣修撰趙明誠家市古器。兵部尚書謝克家言：恐疏遠聞之，有累盛德，欲望寢罷。上批令三省取問繼先，則所云徵及玉壺，傳聞置獄，當在此時。王繼先本奸黠小人，時方得幸，必有恫喝趙氏之事。而綦崇禮為左右之，得白，故易安作啓以謝。至張汝舟妻李氏，或本易安一家，與夫不咸，訟訐離异，當時忌易安之才如學士秦楚材者秦檜之兄名梓。及被易安誚刺如張九成等者，因將此事移之易安。張九成為紹興二年進士第一人，其對策有桂子飄香之語，易安因有桂子飄香張九成之謔，亦足證其嫠居無事。若方與後夫争訟仳離，豈尚有此暇力弄狡獪乎？或汝舟之妻，亦嫻文字，作文自述被夫欺凌毆擊之事，其訟妄增舉數時，亦必牽及閨門乖忤，自求離絶。及置獄根勘得實，并遂其請，後人因其適皆李姓，遂牽合之，李微之亦不察而誤采之。俗語不實，流為丹青，遂以漱玉之清才，古今罕儷，且為文叔之女，德甫之妻，横被惡名，致為千載宵人口實。余故申而辨之，補俞氏之闕，正陸氏之誤，可為不易之定論矣。

況周儀按：易安如有改嫁之事，當在建炎三年明誠卒後，紹興二年汝舟編管以前。今據俞、陸二家所引，建炎三年七月，易安至建康，八月，明誠卒。四年，易安往台州，之越州，十二月，至衢州。紹興元年，復之越。二年，之杭。汝舟，建炎三年知明州。四年，復知明州，六月，主管江州太平觀。紹興元年，往池州措置軍務，尋為監諸軍審計司。二年九月，以增舉入官，除名編管。此四年中，兩人踪迹判然，何得有嫁娶之事？舊説冤謬，不辨而明矣。因校越縵跋尾，書此以廣所未備。（《四印齋所刻詞》之《漱玉詞·附録》第二二頁轉引《越縵堂日記乙集》）

六　李清照傳

清・楊士驤等修　孫葆田等纂《山東通志・列女傳》

趙明誠妻李氏，名清照，歷城人。禮部員外郎格非女，文學得其家傳。建中辛巳，歸明誠，自號易安居士。明誠連守兩郡，竭其俸入，以事鉛槧。每獲一書，即與易安同共校勘，整集籤題，得書畫彝鼎，亦摩玩舒卷，指摘疵病，夜盡一燭為率。易安性強記，每飯罷烹茶，與明誠指堆積書史，言某事在某書某卷第幾頁幾行，以中否角勝負，為飲茶先後。中即舉杯大笑。明誠著《金石録》三十卷，卒後，易安表上之。為《後序》千餘言，述其家藏書散佚及遭難流離事甚悉。所著有《漱玉集》傳于世。《岳通志》參《金石録後序》。（卷百七十八　人物志　第十一　歷代烈女　總第五一一一頁　民國四年排印本　商務印書館影印）

清・王贈芳等修道光《濟南府志》

李氏　名清照，號易安居士。禮部員外郎格非女，諸城翰林承旨趙明誠妻。幼有才藻，既長適明誠。結縭未久，明誠即負笈出游，清照書詞錦帕送之。嘗以所作詞函致明誠，明誠嘆息，愧弗逮，謝客忘寢食者三日夜，得五十闋，雜清照詞示友人陸德夫。德夫稱絕佳者，正清照作也。其舅挺之，相徽宗，清照獻詩，有云：『炙手可熱心可寒』。挺之排元祐黨人甚力，格非以黨籍罷。清照上詩救格非，有云：『何况人間父子情』，識者哀之。明誠好儲經籍及三代鼎彝、書畫、金石刻，連知萊、淄二州，竭俸入以事鉛槧，清照與共校勘。明誠作《金石録》，考據精確，多足正史書之失，清照實助成之。靖康二年春，明誠奔母喪于建康，半弃所藏。其年十二月，金人陷青州，火其藏書十餘屋。明誠諸誠人，而家于青也。建炎二年起，復知建康府。三年，召知湖州，至行在，病卒，清照自為文祭之。既葬，清照赴台州依其弟遠（远），輾轉避難于越、衢諸州。紹興二年，又赴杭州，所携古器物以次失去，乃為《金石録後叙》，自述流離狀。清照為詞家大宗，嘗謂：『詞自唐、五代無合格者，宋柳永雖協音律，而語塵下，張子野、宋子京兄弟、沈唐、元絳、晁次膺有妙語而頗碎，晏元獻、歐陽永叔、蘇子瞻所作，似詩之句讀不葺者。蓋詞別是一家，知之者少。晏叔原、賀方回、秦少游、黃魯直能知之，晏苦無鋪叙，賀少典重，秦專主情致而少故實，黃尚古實而多疵病。』世以為名論。《縣志》載《文苑》（卷五十七，列女一，宋　歷城，第二頁。

中華書局　二零一三年四月出版》）

清・吴連周編纂《綉水詩抄》

李清照，格非女，適諸城趙明誠，自號易安居士。合詩詞雜著為《漱玉集》三卷。其詞超絕古今，詩不多見。其舅挺之相徽宗，清照獻詩，有云：『炙手可熱心可寒。』格非以黨籍罷，清照上詩救格非，有云：『何況人間父子情。』識者哀之。建炎初，從秘閣守建康，作詩云：『南來尚怯吴江冷，北狩應悲易水寒。』王西樵撰《然脂集》，祇得其詩二句云云：『少陵亦是可憐人，更待明年試春草。』《風月堂詩話》載二句云：『詩情如夜鵲，三繞未能安。』愚按：易安多以文字中人忌。如建安詩：『南渡衣冠少王導，北來消息欠劉琨。』譏刺甚衆。張子韶對策，有『桂子飄香』之語，易安嘲之曰：『露花倒影柳三變，桂子飄香張九成。』應舉者服其工而心忌之。紹興三年端午，易安親聯有為内夫人者，代進帖子，于是翰林止金帛之賜，咸以為由易安也。時直翰林秦楚材尤忌之。嗚呼，此改嫁穢説之所由來也。（卷一　第七頁　道光乙巳荷月　灌蔬園藏版）

（瑜注：有書云：『紹興十三年端午』，查上『道光乙巳荷月　灌蔬園藏版』為『紹興三年端午』。）

漢語詞寶璧

主要引用書目

三佰柒拾伍種

漢・班固編纂　清・汪遠孫校《漢書・地理志》　永康胡氏退補齋刻本
漢・韓嬰撰《韓詩外傳》　明天啓刻本　上海圖書館藏
晉・王嘉撰《拾遺記》　《欽定四庫全書薈要》本
南朝・宋・劉義慶撰《世説新語》　中國文史出版社　二〇〇三年版
南朝・梁・任昉撰《述异記》　文淵閣《欽定四庫全書》本（文淵閣本）
南朝・梁・劉勰撰《文心雕龍》陸侃如 牟世金譯注　齊魯書社　一九八二年版
南朝・梁・宗懔撰《荊楚歲時記》　金溪王氏 清乾隆刻本
五代・馮延巳撰《陽春集》　《四印齋所刻詞》本（四印齋本）
後蜀・趙崇祚輯《花間集》　《四印齋所刻詞》本（四印齋本）
後蜀・趙崇祚輯《花間集》　《景刊宋金元明本詞》本　上海古籍出版社
宋・朱熹撰《楚辭集注》　文淵閣《欽定四庫全書》本（文淵閣本）
宋・朱熹撰《四書集注》　岳麓書社　一九八三年版
宋・莊綽撰《雞肋編》　文淵閣《欽定四庫全書》本（文淵閣本）
宋・柳永撰《樂章集》　汲古閣《宋名家詞》本《續修四庫全書》影印
宋・晏殊撰《珠玉詞》　汲古閣《宋名家詞》本《續修四庫全書》影印
宋・歐陽修撰《六一詞》　汲古閣《宋名家詞》本《續修四庫全書》影印
宋・歐陽修撰《文忠集》　景印文淵閣四庫全書本　台灣商務印書館發行
宋・歐陽修撰《歐陽文忠公近體樂府》　《景刊宋金元明本詞》本　上海古籍出版社
宋・歐陽修撰《醉翁琴趣外篇》　《景刊宋金元明本詞》本　上海古籍出版社
宋・晏幾道撰《小山詞》　汲古閣《宋名家詞》本《續修四庫全書》影印
宋・蘇軾撰《東坡樂府》　《四印齋所刻詞》本（四印齋本）
宋・蘇軾撰《東坡詞》　汲古閣《宋名家詞》本《續修四庫全書》影印

宋・黄庭堅撰《山谷詞》　汲古閣《宋名家詞》本《續修四庫全書》影印
宋・秦觀撰《淮海詞》　汲古閣《宋名家詞》本《續修四庫全書》影印
宋・朱彧撰《萍洲可談》　《叢書集成初編》中華書局排印本
宋・賀鑄撰《東山詞》　《景刊宋金元明本詞》本　上海古籍出版社
宋・賀鑄撰《東山寓聲樂府》　《四印齋所刻詞》本（四印齋本）
宋・賀鑄撰《慶湖遺老詩集》　文淵閣《欽定四庫全書》本（文淵閣本）
宋・周邦彥撰《清真集》　《四印齋所刻詞》本（四印齋本）
宋・周邦彥撰《片玉詞》　汲古閣《宋名家詞》本《續修四庫全書》影印
宋・陳元龍《景宋本詳注周美成詞片玉集》　《景刊宋金元明本詞》本　上海古籍出版社
宋・毛滂撰《東堂詞》　汲古閣《宋名家詞》本《續修四庫全書》影印
宋・阮閱撰《詩話總龜》　文淵閣《欽定四庫全書》本（文淵閣本）
宋・朱敦儒撰《樵歌》　《四印齋所刻詞》本（四印齋本）
宋・朱敦儒撰《樵歌拾遺》　《四印齋所刻詞》本（四印齋本）
宋・龔明之撰《中吳紀聞》　文淵閣《欽定四庫全書》本（文淵閣本）
宋・陸游撰《老學庵筆記》　《欽定四庫全書薈要》本
宋・曾慥輯《樂府雅詞》　涵芬樓影印手抄本
宋・曾慥輯《樂府雅詞》　《四部叢刊》本
宋・曾慥編（原署）《樂府雅詞》　文淵閣《欽定四庫全書》本（文淵閣本）
宋・曾慥撰（原署）《樂府雅詞》　文津閣《欽定四庫全書》本（文津閣本）
宋・曾慥輯《樂府雅詞》　《詞學叢書》本
宋・無撰人輯《草堂詩餘》　文津閣《欽定四庫全書》本（文津閣本）
宋・無撰人輯《草堂詩餘》　文淵閣《欽定四庫全書》本（文淵閣本）

宋・何士信編《增修箋注妙選群英草堂詩餘》前集二卷（殘卷）　影元至正癸未廬陵泰宇書堂新刊本　國家圖書館藏

宋・建安古梅何士信君實編選《妙選箋注群英詩餘》（《增修箋注妙選群英草堂詩餘》）前集二卷後集二卷　影元至正辛卯孟夏雙璧陳氏刊行本　國家圖書館藏

宋・佚名輯　何士信《增修箋注妙選群英草堂詩餘》　《景刊宋金元明本詞》本（洪武本）上海古籍出版社

宋・何士信輯《草堂詩餘前集二卷後集二卷》　明嘉靖三十三年楊金刻本　國家圖書館藏

宋・佚名輯　何士信《增修箋注妙選群英草堂詩餘》　《四部叢刊》影印涵芬樓本

宋・李格非撰《洛陽名園記》　《叢書集成初編》本　中華書局一九八五年版

宋・趙明誠撰《金石録》　文淵閣《欽定四庫全書》本（文淵閣本）

宋・蔡伸撰《友古詞》　汲古閣《宋名家詞》本《續修四庫全書》影印

宋・黄大輿輯《梅苑》　文淵閣《欽定四庫全書》本影印（文淵閣本）

宋・黄大輿輯《梅苑》　《楝亭十二種》揚州詩局重印本（楝亭本）

宋・黄大輿輯《梅苑》　李祖年校民國八年聖譯樓刻本（宋人選宋詞十種之一）

宋・黄大輿輯《梅苑》　高郵宣氏刻本　復旦大學圖書館藏

宋・王明清撰《玉照新志》　文淵閣《欽定四庫全書》本（文淵閣本）

宋・王明清撰《玉照新志・投轄録》　涵芬樓影印本

宋・楊湜撰《古今詞話》　《詞話叢編》本（排印趙萬里輯本）

宋・鮦陽居士撰《復雅歌詞》　《校輯宋金元人詞》本

宋・鮦陽居士撰《復雅歌詞》　《詞話叢編》本（排印趙萬里輯本）

宋・王灼撰《碧鷄漫志》　《詞話叢編》本（排印知不足齋叢書本）

宋・羅大經撰《鶴林玉露》　文淵閣《欽定四庫全書》本（文淵閣本）

宋・陳與義撰《無住詞》　文淵閣《欽定四庫全書》本（文淵閣本）

宋・吕渭老撰《聖求詞》　文淵閣《欽定四庫全書》本（文淵閣本）

宋・仲并著《浮山集》　文淵閣《欽定四庫全書》本（四庫全書珍本初集）

宋・康與之撰《順庵樂府》　《校輯宋金元人詞》本

宋・晁公武撰《昭德先生郡齋讀書志》　宋淳祐袁州刊本　上海涵芬樓刊印

宋・向鎬撰《樂齋詞》　《宋金元人詞》本《續修四庫全書》影印（續修四庫本）

宋・陸游撰《渭南詞》　《景刊宋金元明本詞》本

宋・周輝撰《清波雜志》　文淵閣《欽定四庫全書》本（文淵閣本）

宋・朱熹撰　黎靖德編《朱子語類》　文淵閣《欽定四庫全書》本（文淵閣本）

宋・趙長卿撰《惜香樂府》　汲古閣《宋名家詞》本《續修四庫全書》影印

宋・辛弃疾撰《稼軒長短句》　《四印齋所刻詞》本

宋・趙師俠撰《坦庵詞》　文淵閣《欽定四庫全書》本　台灣商務印書館發行

宋・史達祖撰《梅溪詞》　文淵閣《欽定四庫全書》本　台灣商務印書館發行

宋・高觀國撰《竹屋癡語》　文淵閣《欽定四庫全書》本　台灣商務印書館發行

宋・魏了翁撰《景宋本鶴山先生長短句》　《景刊宋金元明本詞》本　上海古籍出版社

宋・張端義撰《貴耳集》　文淵閣《欽定四庫全書》本（文淵閣本）

宋・陳振孫撰《直齋書録解題》　《欽定四庫全書薈要》本

宋・李心傳撰《建炎以來系年要録》　文淵閣《欽定四庫全書》本（文淵閣本）

宋・趙彥衛撰《雲麓漫抄》　《唐宋史料筆記叢刊》本中華書局一九九六年版

宋・陳郁撰《藏一話腴》　文淵閣《欽定四庫全書》本（文淵閣本）

宋・嚴羽撰《滄浪詩話》　文淵閣《欽定四庫全書》本（文淵閣本）

宋・祝穆撰《古今事文類聚》　文淵閣《欽定四庫全書》本（文淵閣本）

宋・陳景沂編輯　祝穆訂正《全芳備祖》　燕京大學圖書館抄本

宋・陳景沂編輯　祝穆訂正《全芳備祖》　徐氏積學齋抄本

宋・陳景沂撰《全芳備祖》　文淵閣《欽定四庫全書》本（文淵閣本）
宋・方岳撰《秋崖詞》　《四印齋所刻詞》本（四印齋本）
宋・李好古撰《碎錦詞》　《四印齋所刻詞》本（四印齋本）
宋・吴文英撰《夢窗詞集・附補遺》　重校明萬曆本
宋・吴文英撰《夢窗甲乙丙丁稿・附補遺》　汲古閣《宋名家詞》本《續修四庫全書》影印
宋・吴文英撰《夢窗甲乙丙丁稿・附補遺》　《四印齋所刻詞》本（四印齋本）
宋・吴自牧撰《夢粱録》　知不足齋叢書本
宋・花庵詞客（黄升）編集（原署）《唐宋諸賢絶妙詞選》　掃葉山房刊本
宋・胡仔纂輯《苕溪漁隱叢話》　珍仿宋版印　中華書局聚
宋・胡仔纂輯《苕溪漁隱詞話》　《詞話叢編》本
宋・胡偉集句《胡偉宮詞》　臨榆田氏景宋刊十家宮詞本
宋・趙聞禮編《陽春白雪》　《續修四庫全書》本
宋・魏慶之撰《詩人玉屑》　文淵閣《欽定四庫全書》本（文淵閣本）
宋・魏慶之撰《魏慶之詞話》　《詞話叢編》本
宋・劉辰翁撰《須溪集》　文淵閣《欽定四庫全書》本（文淵閣本）
宋・周密撰《浩然齋詞話》　《詞話叢編》本
宋・四水潛夫（周密）輯《武林舊事》　西湖書社一九八一年版
宋・張炎撰《詞源》　《詞話叢編》本
宋・陳元靚編《歲時廣記》　清劉氏嘉蔭簃抄本　國家圖書館藏
宋・沈義父撰《樂府指迷》　《四印齋所刻詞》本（四印齋本）
宋・李昉等輯《太平廣記》　明嘉靖四十五年　談愷刻本
宋・孟元老撰《東京夢華録》　中州古籍出版社二〇一〇年版

宋・李龏集句《梅花衲》　《叢書集成三編》新文豐出版公司印行（原臨安府棚北大街睦親坊南陳齋書籍鋪印）

宋・鄭虎臣編《吳都文粹》　文淵閣《欽定四庫全書》本（文淵閣本）

宋・李昉等撰《太平御覽》　上海積山書局　清光緒二十年石印本　上海圖書館藏

宋・方虛谷（方回）編　清・紀曉嵐批點《唐宋詩三千首——瀛奎律髓》　掃葉山房藏版　中國書店影印　一九九〇年版

宋・紫陽虛谷居士方回撰《瀛奎律髓》　中華再造善本　明代編

元・脱脱等撰《宋史》　中華書局　一九七七年版

元・楊朝英選集《樂府新編陽春白雪》　影印元刊本

元・劉應李輯《新編事文類聚翰墨大全》　元刊本　中國科學院圖書館藏

元・劉應李撰《新編事文類聚翰墨大全》　明刊本

元・陸行直撰《詞旨》　《四印齋所刻詞》本（四印齋本）

元・伊世珍輯《瑯嬛記》　毛氏汲古閣本

元・陶宗儀編《説郛》　文淵閣《欽定四庫全書》影印本（文淵閣本）

元・佚名編《新編通用啓劄（札）截江網》　據中國國家圖書館藏元刻本影印

元・王實甫撰《西厢記》　新文藝出版社　一九五四年版

明・瞿佑撰《新雕古今名姝香臺集》　三衢葉氏如山堂　萬曆十五年刻本　上海圖書館藏

明・郎瑛著述《七修類稿》　《續修四庫全書》本

明・解縉等編《永樂大典》　《四庫全書存目叢書補編》　影印本　齊魯書社

明・佚名編《詩淵》　影印北京圖書館明抄本　書目文獻出版社　一九八四年版

明・程敏政編　今・王兆鵬　黃文吉　童向飛校點《天機餘錦》　新世紀萬有文庫　遼寧教育出版社　二〇〇〇年版

明・葉盛撰《水東日記》　文淵閣《欽定四庫全書》影印本（文淵閣本）

明·徐伯齡撰《蟫精雋》　文淵閣《欽定四庫全書》本（文淵閣本）

明·周瑛撰《詞學筌蹄》　弘治九年抄本《續修四庫全書》影印

明·陳鍾秀校刊《精選名賢詞話草堂詩餘》　《四印齋所刻詞》本（四印齋本）

明·張綖輯《草堂詩餘別録》　嘉靖戊戌抄本

明·武陵逸史編次　開雲山農校正《類編草堂詩餘》　明嘉靖二十九年顧如所刻本　復旦大學圖書館藏

明·武陵逸史編次　上元崑石山人校輯《類編草堂詩餘》（《新刻注釋草堂詩餘》）　古吴陳長卿梓　國家圖書館藏

明·顧從敬編次　韓俞臣校正《類編草堂詩餘》　古吴博雅堂梓行本　國家圖書館藏

明·唐順之解注　田一雋精選《類編草堂詩餘》　金陵書坊張氏東川綉梓　萬曆甲申年重刊本　國家圖書館藏

明·顧從敬類選　沈際飛評正《草堂詩餘正集》　明萬賢樓自刻本　國家圖書館藏

明·昆陵長湖外史類輯　姑蘇天羽居士評箋《草堂詩餘續集》　明萬賢樓自刻本　國家圖書館藏

明·沈際飛選評　秦士奇訂定《草堂詩餘別集》　明萬賢樓自刻本　國家圖書館藏

明·楊肇祉輯《詞壇艷逸品》　明刻本　國家圖書館藏

明·鏞溪逸史選編　一得山人點校《彙選歷代名賢詞府全集》　明嘉靖丁己（巳）一得山人跋抄本

明·田藝蘅編《詩女史》　《四庫全書存目叢書》影印嘉靖三十六年刻本

明·楊慎撰《詞品》　《詞話叢編》本（排印明嘉靖刻本）

明·楊慎撰《升庵集》　文淵閣《欽定四庫全書》本（文淵閣本）

明·楊慎輯《詞林萬選》　《四庫全書存目叢書》影印汲古閣刻《詞苑英華》本

明·楊慎　升庵評選《百琲明珠》　《明詞彙刊》影印本

明·楊慎批點　閔暎璧校訂《草堂詩餘》　明閔暎璧刻朱墨套印本

明·楊慎批點《草堂詩餘》　萬曆《詞壇合璧》刊本

明·陳霆撰《渚山堂詞話》　《詞話叢編》本

明·酈琥采撰　顧廉校正《姑蘇新刻彤管遺編》　隆慶元年刻補修本《四庫未收書輯刊》影印

明·田藝蘅撰《留青日札》　影印明刊本　上海古籍出版社

明·王世貞撰《弇州四部稿》　文淵閣《欽定四庫全書》本（文淵閣本）

明·起北赤心子輯《綉谷春容》　明清善本小説叢刊　天一出版社印行

明·茅暎遠士評選《詞的》　清萃閔堂抄本《四庫未收書輯刊》影印

明·徐師曾輯《文體明辨附録》　萬曆間吴江壽檜堂刻本

明·彭大翼撰《山堂肆考》　文淵閣《欽定四庫全書》本（文淵閣本）

明·胡桂芳重輯（原宋·何士信輯）《類編草堂詩餘》　明萬曆三十五年黄作霖等刻本

明·汪氏輯《詩餘畫譜》　民國間影印明萬曆四十年宛陵汪氏刻本　復旦大學圖書館藏

明·汪氏輯《詩餘畫譜》　萬曆刊本　浙江人民美術出版社影印

明·顧從敬類選　陳繼儒重校　陳仁錫參訂（内署）《類選箋釋草堂詩餘》　《續修四庫全書》影印萬曆刻本（續修四庫本）

明·錢允治箋釋　陳仁錫校閲《類編箋釋續選草堂詩餘》　《續修四庫全書》影印萬曆刻本（續修四庫本）

明·吴承恩輯《花草新編》　抄本（殘存三、四、五卷）上海圖書館藏

明·陳耀文撰《正楊》　明隆慶三年刻本

明·陳耀文纂（原署）《花草粹編》十二卷　影印萬曆十一年本

明·陳耀文輯《花草粹編》二十四卷　文淵閣《欽定四庫全書》本（文淵閣本）

明·陳耀文編（原署）《花草粹編》二十四卷　文津閣《欽定四庫全書》本（文津閣本）

明·卓人月彙選　徐世俊參評《古今詞統》（又名陳繼儒評選《草堂詩餘》、《詩餘廣選》）　《續修四庫全書》本

明·胡文焕輯《新刻彤管摘奇》　胡文焕刻　格致叢書本

明·董逢元輯《唐詞紀》　《四庫全書存目叢書》本

明・湯顯祖撰《牡丹亭》　萃香社　清光緒三十四年石印本

明・池上客選《歷朝烈女詩選名媛璣囊》（《名媛璣囊》）　萬曆二十三年書林鄭雲竹刻本

明・竹溪主人彙選　南陽居士評閲《豐韵情書》附《詩餘風韵情詞》　萬曆刻本　上海圖書館藏

明・張綖　謝天瑞撰《詩餘圖譜》　萬曆二十七年刻本《續修四庫全書》影印

明・張綖撰　游元涇增訂《增正詩餘圖譜》　萬曆二十九年游元涇刻本

明・董其昌評訂　曾六德參釋《新鍥訂正評注便讀草堂詩餘》　萬曆三十年喬山書舍刻本

明・蔣一葵編《堯山堂外紀》　明刊本

明・李廷機評《新刻注釋草堂詩餘評林》　萬曆三十六年戊申起秀堂刊本

明・李攀龍補遺　陳繼儒校正　余文杰綉梓《新刻題評名賢詞話草堂詩餘》　萬曆四十三年書林自新齋余文杰刻本

明・張丑撰《清河書畫舫》　文淵閣《欽定四庫全書》本（文淵閣本）

明・王象晉纂輯《二如亭群芳譜》　虎丘禮宗書院藏板

明・吴從先　寧野甫彙編《新刻李于鱗先生批評注釋草堂詩餘雋》　萬曆四十七年師儉堂蕭少衢依京板刻

明・鄭文昂編輯《古今名媛彙詩》　《四庫全書存目叢書》影印明刊本

明・程明善纂輯《嘯餘譜》　《續修四庫全書》本

明・馬嘉松輯《花鏡雋聲》（附《花鏡韵語》）　天啓刻本　北京大學圖書館藏

明・佚名輯《京本通俗小説》　商務印書館發行　中華民國十四年三月版

明・馮夢龍編《警世通言・一窟鬼癩道人除怪》　作家出版社出版

明・詹詹外史評輯《情史》（内名《情史類略》）　道光戊申新鍥　經國堂梓行　上海圖書館藏

明・江南詹詹外史撰《新編評點古今情史類纂》　清刊本　復旦大學圖書館藏

明・宋祖法修　葉承宗纂《崇禎歷城縣志》　友聲堂刻本
明・陸雲龍評選　陸人龍較定《詞菁》　翠娛閣評選行笈必携十種本　復旦大學圖書館藏
明・陳弘緒著《寒夜録》　《叢書集成初編》本　商務印書館
明・潘游龍輯《精選古今詩餘》（《古今詩餘醉》）　清乾隆壬午秋鐫本
明・趙世杰選輯《古今女史》　明崇禎刊本
明・毛晋輯《漱玉詞》　文淵閣《欽定四庫全書》影汲古閣本（文淵閣本）
明・毛晋訂《漱玉詞》　影印汲古閣初刻《詩詞雜俎》本（《詩詞雜俎》本）
明・毛晋訂《斷腸詞》　影印汲古閣初刻《詩詞雜俎》本
明・武陵逸史編　隱湖小隱訂《草堂詩餘》　明末毛氏汲古閣刻《詞苑英華》本
明・焦竑撰《國史經籍志》　曼山館刊本
清・潘永因編《宋稗類抄》　文淵閣《欽定四庫全書》本（文淵閣本）
清・吴綺　程洪同選　茅麟（麐）較《記紅集》　康熙刊本　首都圖書館藏
清・毛先舒撰《詩辨坻》　清刻本　國家圖書館藏
清・沈謙撰《填詞雜説》　《詞話叢編》本（原東江集抄本）
清・趙式輯　陳維崧等評點《古今别腸詞選》　康熙遺經堂刻本　國家圖書館藏
清・朱彝尊　王昶輯《明詞綜》　三泖漁莊藏板
清・朱彝尊編《詞綜》　《欽定四庫全書薈要》本
清・彭孫遹撰《金粟詞話》　《詞話叢編》本（排印别下齋叢書本）
清・卞永譽撰《書畫彙考》　文淵閣《欽定四庫全書》本（文淵閣本）
清・倪濤撰《六藝之一録》　文淵閣《欽定四庫全書》本（文淵閣本）
清・倪濤撰《六藝之一録・續編》　文淵閣《欽定四庫全書》本（文淵閣本）
清・吴寶芝撰《花木鳥獸集類》　文淵閣《欽定四庫全書》本（文淵閣本）

清・王士禛撰《池北偶談》　文淵閣《欽定四庫全書》本（文淵閣本）
清・王士禛撰《花草蒙拾》　《詞話叢編》本（排印昭代叢書本）
清・王士禛撰《分甘餘話》　《清代史料筆記叢刊》本　中華書局
清・王士禛撰《香祖筆記》　《明清筆記叢書》本　上海古籍出版社
清・沈雄撰《古今詞話》　《詞話叢編》本（排印澄暉堂刊本）
清・周銘編集　金成棟重校（原署）《林下詞選》　《四庫全書存目叢書補編》
清・王又華撰《古今詞論》　《詞話叢編》本（排印《詞學全書》本）
清・嚴沆等參訂《古今詞匯初編》　康熙十八年刻本　上海圖書館藏
清・西浙卓休園先生輯《古今詞匯》　文芸館行　復旦大學圖書館藏
清・陸次雲　章丙輯《見山亭古今詞選》　康熙刻本　北京大學圖書館藏
清・賀裳撰《皺水軒詞筌》　《詞話叢編》本（排印增補賴古堂刊本）
清・吴喬撰《圍爐詩話》　《歷代詩話選注》本　陝西人民出版社一九八四年版
清・歸淑芬選輯《古今名媛百花詩餘》　康熙二十三年刻本　上海圖書館藏
清・鄭元慶選《三百詞譜》　康熙二十八年魚計亭刻本
清・徐釚撰《詞苑叢談》　上海古籍出版社　一九八一年版
清・厲鶚撰《宋詩紀事》　錢塘萬氏　清乾隆刻本　上海圖書館藏
清・賴以邠著《填詞圖譜》　《四庫全書存目叢書》本
清・萬樹論次　徐本立纂《新校正詞律全書》　民國合刊本
清・先著　程洪輯《詞潔》　康熙刻本　國家圖書館藏
清・畢沅等編《續資治通鑒》　清刊本
清・沈時棟輯《古今詞選》　康熙刻本
清・越州雲山卧客選《詩餘神髓》　豐草齋選抄本　國家圖書館藏

清・孫致彌輯　樓儼補訂《詞鵠初編》　清康熙四十四年自刻本

清・沈辰垣等編《御選歷代詩餘》　康熙内府本　浙江古籍出版社影印　一九九八版

清・汪灝等編修《御定佩文齋廣群芳譜》　文淵閣《欽定四庫全書》本（文淵閣本）

清・郭鞏撰《詩餘譜式》　康熙可亭刻本《四庫未收書輯刊》影印

清・王奕清等纂修《欽定詞譜》　康熙五十四年内府刻本　北京市中國書店影印

清・王奕清等編次《御定曲譜》　文淵閣《欽定四庫全書》本（文淵閣本）

清・王弈清等撰《歷代詞話》　《詞話叢編》本

清・陳夢雷　蔣廷錫等輯《欽定古今圖書集成》曆象彙編歲功典　中華書局影印本

清・陳夢雷　蔣廷錫等輯《欽定古今圖書集成》明倫彙編閨媛典　中華書局影印本

清・夏秉衡輯《清綺軒詞選》　乾隆巾箱本

清・張惠言輯《詞選》　《四部備要》本

清・田同之撰《西圃詞説》　《詞話叢編》本（排印古歡堂家刊本）

清・吴衡照撰《蓮子居詞話》　《詞話叢編》本（排印退補齋刊本）

清・陸昶輯《歷朝名媛詩詞》　乾隆癸巳新鐫　紅樹樓藏板

清・陳鼎輯《同情集詞選》　乾隆三十九年刊本

清・王初桐撰《濟南竹枝詞》　《中華竹枝詞全編》本

清・吴綺輯《選聲集》　《四庫全書存目叢書》影印清大來堂刻本

清・許寶善輯《自怡軒詞譜》　清乾隆刊本

清・許寶善評選《自怡軒詞選》　嘉慶元年六月鐫　本衙藏板

清・鄧廷楨撰《雙硯齋詞話》　《詞話叢編》本（排印雙硯齋隨筆本）

清・玩花主人輯　月朗道人評《古今才女子奇賞》　手抄本

清・李調元撰《雨村詞話》　《詞話叢編》本（排印函海本）

清・張思巖（宗橚）輯《詞林紀事》　古典文學出版社　一九五七年版
清・許昂霄撰《詞綜偶評》　《詞話叢編》本
清・周濟選評《宋四家詞選》　《清人選評詞集三種》本
清・周濟選　譚獻評《詞辨》　《清人選評詞集三種》本
清・永瑢等《欽定四庫全書總目》　文淵閣《欽定四庫全書》本
清・永瑢等《四庫全書簡明目録》　上海古籍出版社
清・黄蘇撰《蓼園詞選》　《清人選評詞集三種》本
清・周之琦（金粱夢月外史）輯《晚香室詞録》　清抄本　國家圖書館藏
清・馮金伯輯《詞苑萃編》　《詞話叢編》本（排印嘉慶刊本）
清・蔣敦復撰《芬陀利室詞話》　《詞話叢編》本（排印光緒刊本）
清・杜文瀾撰《憩園詞話》　《詞話叢編》本（排印潘鐘瑞費念慈校抄本）
清・葉申薌輯《天籟軒詞選》　嘉慶間刊本　首都圖書館藏
清・孫平叔先生鑒定　葉申薌編次《天籟選詞譜》　道光九年刊本
清・葉申薌輯《閩詞抄》　道光十四年刻本
清・梁紹壬撰《兩般秋雨盦隨筆》　道光十七年刊本
清・譚獻輯《復堂詞録》　稿本　國家圖書館藏
清・譚獻撰《復堂詞話》　《詞話叢編》本（排印心園叢刊本）
清・王鵬運輯《漱玉詞》　《四印齋所刻詞》本（四印齋本）
清・王鵬運輯《斷腸詞》　《四印齋所刻詞》本（四印齋本）
清・椒園主編《詞林摘錦》（内名《歷朝詞林摘錦》）　光緒癸未七月守研山房開雕
清人輯《斷腸漱玉詞合刊》　光緒庚子石印本
清・王闓運評《湘綺樓評詞》　《詞話叢編》本（排印湘綺樓詞選本）

清・俞正燮撰《癸巳類稿》　求日益齋刊本
清・林葆恒輯《閩詞徵》　民國刻紅印本
清・謝元淮撰《填詞淺説》　《詞話叢編》本
清・謝元淮輯《碎金詞譜》　清道光刊本
清・端木埰輯《宋詞賞心録》（又名端木子疇選《宋詞十九首》）　飲虹簃癸甲叢刊
清・江標抄《李清照漱玉詞》　汲古閣未刻詞二十二家本　上海圖書館藏
清・汪玢箋《漱玉詞彙抄》　問遽廬正本　手抄　復旦大學圖書館藏
清・莫友芝家抄《漱玉詞》　手抄本　復旦大學圖書館藏
清・吴連周編纂《綉水詩抄》　道光乙巳荷月　灌蔬園藏版
清・劉熙載撰《藝概》　上海古籍出版社　一九七八年版
清・沈曾植撰《菌閣瑣談》　《詞話叢編》本（排印舊抄本）
清・陳廷焯撰《詞壇叢話》　《詞話叢編》本
清・陳廷焯撰《白雨齋詞話》　《詞話叢編》本（排印光緒刊本）
清・陳世焜選《雲韶集》　手抄本　國家圖書館藏
清・陳廷焯選評《詞則》　上海古籍出版社影印本　一九八四年版
清・胡薇元撰《歲寒居詞話》　《詞話叢編》本
清・况周頤撰《蕙風詞話》　《詞話叢編》本
清・陸以湉撰《冷廬雜識》　咸豐六年刻本
清・楊希閔撰録《詞軌》　同治二年手抄本　國家圖書館藏
清・孫麟趾撰《詞逕》　《詞話叢編》本（排印陳凝遠校本）
清・陸鎣撰《問花樓詞話》　《詞話叢編》本（排印笠澤詞徵本）
清・王國維撰《人間詞話》　《詞話叢編》本（排印王幼安輯本）

清・勞格著《讀書雜識》　光緒月河精舍叢抄本

清・黄承勛存輯《歷代詞腴》　光緒乙酉五月梓　黛山樓藏板　復旦大學圖書館藏

清・楊文斌輯録《三李詞》　光緒庚寅夏香海閣刊本 國家圖書館藏

清・謝章鋌撰《賭棋山莊詞話》　《詞話叢編》本（排印光緒刊本）

清・江順詒輯《詞學集成》　《詞話叢編》本（排印光緒刊本）

清・李佳撰《左庵詞話》　《詞話叢編》本（排印光緒刊本）

清・張德瀛撰《詞徵》　《詞話叢編》本（排印闇樓叢書本）

清・何震彝輯《詞苑珠塵》　光緒三十三年鉛印本

清・楊士驤等修　孫葆田等纂《山東通志》　民國四年排印本　商務印書館影印

清・王贈芳等修（道光）《濟南府志》　清道光二十二年刻本

清・蕙風簃主（況周頤）箋《漱玉詞箋》　中華圖書館石印本　中華民國四年版

蔡崧雲撰《柯亭詞論》　《詞話叢編》本

陳匪石撰《聲執》　《詞話叢編》本

王官壽輯《宋詞抄》　中華民國十一年排印本

木石居士選輯　絳雲女史參校《歷代名媛詞選》　民國十六年石印本

李文裿輯《漱玉集》　冷雪盦叢書本　民國二十年再版

趙萬里輯《漱玉詞》　《校輯宋金元人詞》本　民國二十年排印

馬仲殊《中國文學體系》　樂華圖書公司　一九三三年版

梁令嫻抄《藝蘅館詞選》　上海中華書局印行　民國二十五年再版

梁乙真《中國婦女文學史綱》　上海書店　一九九〇年版

馮至著《杜甫傳》　人民文學出版社　一九五四年版

《中國文學史》（北大一九五五級集體編寫）　人民文學出版社　一九五九年版

中華書局編《李清照集》　中華書局　一九六二年版
胡雲翼選注《宋詞選》　中華書局　一九六二年版
周振甫著《詩詞例話》　中國青年出版社　一九六二年版
魯迅著《魯迅全集》　人民文學出版社　一九七三年版
俞平伯著《唐宋詞選釋》　人民文學出版社　一九七九年版
唐圭璋輯《全宋詞》　中華書局　一九七九年版
周篤文著《宋詞》　上海古籍出版社　一九八〇年版
沈祖棻著《宋詞賞析》　上海古籍出版社　一九八〇年版
夏承燾著《唐宋詞欣賞》　百花文藝出版社　一九八〇年版
虢壽麓編著《歷代名家詞百首賞析》　湖南人民出版社　一九八一年版
唐圭璋選釋《唐宋詞簡釋》　上海古籍出版社　一九八一年版
劉逸生著《宋詞小札》　廣東人民出版社　一九八一年版
黃墨谷《重輯李清照集》　齊魯書社　一九八一年版
中國社會科學院文學研究所編《唐宋詞選》　北京人民文學出版社　一九八一年版
唐圭璋等《唐宋詞選注》　北京出版社　一九八二年版
吴熊和等撰《唐宋詩詞探勝》　浙江人民出版社　一九八一年版
蕭滌非等撰《唐詩鑒賞辭典》　上海辭書出版社　一九八三年版
中國古典文學鑒賞叢刊《唐宋詞鑒賞集》　人民文學出版社　一九八三版
《李清照研究論文集》　中華書局　一九八四年版
吴熊和著《唐宋詞通論》　浙江古籍出版社　一九八五年版
艾治平著《宋詞的花朵：宋詞名篇賞析》　北京出版社　一九八五年版
唐圭璋著《詞學論叢》　上海古籍出版社　一九八六年版

齊魯書社編《李清照詞鑒賞》　齊魯書社　一九八六年版
唐圭璋主編《唐宋詞鑒賞辭典》　江蘇古籍出版社　一九八六年版
唐圭璋編《詞話叢編》　中華書局　一九八六年版
繆鉞等撰《宋詩鑒賞辭典》　上海辭書出版社　一九八七年版
溫紹堃　錢光培著《李清照名篇賞析》　北京文藝出版社　一九八七年版
平慧善《李清照詩文詞選譯》　巴蜀書社　一九八八年版
唐圭璋等撰《唐宋詞鑒賞辭典》　上海辭書出版社　一九八八年版
陳子展撰述《楚辭直解》　江蘇古籍出版社　一九八八年版
喻朝剛著《宋詞精華新解》　吉林大學出版杜　一九八八年版
吴小如著《詩詞札叢》　北京出版社　一九八八年版
傅庚生　傅光緬編《百家唐宋詞新話》　四川文藝出版社　一九八九年版
傅庚生著《中國文學欣賞舉隅》　上海書店　一九八九年版
劉揚忠等編《中華文學寶庫·唐宋詞精華分卷》　北京朝華出版社　一九九一年版
傅璇琮等輯《全宋詩》　北京大學出版社　一九九一年版
孫崇恩　傅淑芳編《李清照研究論文集》　齊魯書社　一九九一年版
陳祖美編《李清照作品賞析集》　巴蜀書社　一九九二年版
趙尊岳輯《明詞彙刊》　上海古籍出版社　一九九二年版
李軍等主編《五經全譯》　長春出版社　一九九二年版
劉乃昌選注《宋詞三百首新編》　岳麓書社　一九九四年版
唐圭璋輯《全宋詞》兩冊本　中州古籍出版社　一九九六版
吴梅著《詞學通論》　華東師範大學出版社　一九九六年版
洛陽市第二文物工作隊編《洛陽新獲墓志》　文物出版社　一九九六年版

侯健　吕智敏《李清照詩詞評注》　山西教育出版社　一九九七年版
蔡厚示著《唐宋詞鑒賞舉隅》　紫禁城出版社　一九九七年版
唐圭璋編纂　王仲聞參訂　孔凡禮補輯《全宋詞》五册本　中華書局　一九九九年版
曾昭岷等編著《全唐五代詞》　中華書局　一九九九年版
徐北文主編《李清照全集評注》　濟南出版社（一九九〇年初版）二〇〇五年再版
徐培均《李清照集箋注》　上海古籍出版社　二〇〇二年版
陳祖美《李清照詞新釋輯評》　中國書店　二〇〇三年版
錢鍾書撰《宋詩紀事補正》　遼寧人民出版社　二〇〇三版
公木著《毛澤東詩詞鑒賞》　長春出版社　二〇〇四年版
王英志編選《李清照集》　鳳凰出版社　二〇〇七年版

後記

幾度隆冬盛夏，幾度春花秋實，幾度苦心劬勞，終于培育出《漱玉詞全璧》這一碩果。由中國社會科學出版社出版發行，即將與讀者見面。筆者甚悦，為平生不可多得之大幸。徐洪佩女士側重校點、資料搜集等工作。

《全璧》一直得到我院院長馬軍遠、張華松、馬黎明、王國慶大力支持和鼓勵，筆者表示由衷之謝忱。

《全璧》所用典籍資料來源于中國國家圖書館（新館、文津分館）、中國科學院圖書館、首都圖書館、上海圖書館、北京大學圖書館、復旦大學圖書館、山東省圖書館、山東大學圖書館、山東師範大學圖書館、山東省方志館、章丘市檔案局（館）等，及自藏。筆者對各大圖書館有關負責同志所提供之熱情帮助，表示衷心感謝。我們力求看到原籍，縮微文獻次之，真實可靠，避免繼舛蹈謬，以訛傳訛。以利校記、注明卷頁、讀者參考。中國國家圖書館善本閲覽室，有些珍籍善本年代久遠，不堪翻檢，已停止借閲。然管理人員看到我們之渴求，特别通過申請審批，使我們有幸校勘了有關内容。我們非常感動，特記一筆，加以赞揚。

《全璧》目録，大體按其詞出現之先後順序編排。附録所收資料時至民國。雖經詳考歷代李清照及存疑詞之載籍，確定了歸屬，然讀者對其某詞歸屬仍會有异議，皆可為争鳴之題，抛磚引玉，辨清可待。

筆者曾向著名學者王兆鵬先生請教二種重要古籍館藏，先生不吝賜教，令人敬仰；中國社會科學院博士後劉凱先生始終關心此書，提供許多幫助；是書責編博士宋燕鵬先生盡心竭力，一并深表謝意。

輯著是書之後，有一點需要記取：

是書，重點要釐清李清照詞，是去偽存真之後編輯而成之李清照詞集。特設【考辨】一欄，極力搜録校記歷代載籍所收李清照及存疑詞約三千餘闋次，作為考辨其歸屬之證據。有何必要？例一：是書《青玉案》（一年春事）【考辨】一欄，計收此闋歷代載籍四十種，其中有兩種收作李易安詞（徐培均先生所據彭元瑞抄《汲古閣未刻本》之《漱玉詞》、江標抄《汲古閣未刻詞二十二家》本之《漱玉詞》，彭抄本筆者未見，江抄本親收）；有三十種收作歐陽修詞；其餘有收作無名氏詞、存疑詞、存目詞者。查《景宋吉州本歐陽文忠公近體樂府》、《景宋本醉翁琴趣外篇》、《景印文淵閣欽定四庫全書》之《六一詞》，皆為歐陽修撰本人之詞集，全不載此闋，這就排除了其為歐詞之可能。其三十首詞皆以訛傳訛。最終歸屬祇落李易安名下。如果我們未轉收彭、親收江所抄汲古閣未刻詞這一價值高影響大之輯本，此闋歸屬何人？花落誰家？祇能存疑待考。例二：《行香子》（天與秋光），是書【考辨】一欄收録文津閣《欽定四庫全書》（下稱『文津本』）《花草粹編》二十四卷本，其收此闋署名李易安。李文椅輯《漱玉集》、中華書局編《李清照集》雖已收為李清照詞，皆曰源之《花草粹編》，然俱未明何本，不能援之為確據，文津本自成孤證。是書【考辨】若未收文津本《花草粹編》二十四卷本，當另以存疑詞處之。例三：文淵閣《欽定四庫全書》本《樂府雅詞》所收《轉調滿庭花》（芳草池塘）為僅見之最佳底本，捨此皆非。例四：文津閣《欽定四庫全書》之宋無撰人《草堂詩餘》，為調編本之祖本，著録《怨王孫》（夢斷，漏悄）、《怨王孫》（帝里，春晚）兩首為李易安詞（詳見是書《怨王孫》（夢斷，漏悄）【考辨】之『瑜按』）。這些都是歷來收録研究李清照上列詞時所未有人涉及或語焉不詳之載籍、版本，是這些詞皆歸屬李清照（易安）或最佳底本之鐵證。

清《欽定四庫全書》入編之典籍皆經嚴加遴選，除有影響其統治之思想內容的書籍絕對不能入編外，對入編典籍的版本皆優中選優，這就保證了國家這部分圖書版本之權威性。入編之書中偶有禁忌之思想內容，館臣皆加以删改，我們使用時要慎重。沒有禁忌思想內容之《欽定四庫全書》本皆版本優异。筆者發現其所收之李清照及其存疑詞，內容與庫外其他載籍此詞相比無异，説明這些詞未被館臣修改過，故相對來説這些四庫本及所收的李清照及其存疑詞，不僅具有極高的權威性，并且同時具有極高的可靠性、真實性。特引以為據。

《欽定四庫全書》之文淵閣本、文津閣本所收一種典籍的不同版本，那種更優，祇有具體問題具體分析。

僅舉幾例説明是書【考辨】一欄極力收録古代李清照及存疑詞之載籍，特别是重要輯本，非常必要，避免一本未收，然歸屬即是失收之書此詞署名撰者這一嚴重情況。孤證并參考與其詞之思想內容藝術風格相合處，便可定歸屬或最佳底本。足見編者學者充分拥有資料為重中之重。可避免主觀片面。有前輩大家未將上幾首詞收作李清照詞或未遴選為最佳底本，就是因為他們沒有掌握上四種書作為證據。縱使泰斗、魁首也有所收未足，所考非詳，所論莫周之時。難免矣！

王仲聞《李清照集校注》，褚斌杰、孫崇恩、榮憲賓編《李清照資料彙編》，劉尊明、王兆鵬著《從傳播看李清照的詞史地位》（表一、表二、表三）所著録之歷代李清照（易安）詞之載籍等，為《全璧》的搜録工作提供了一些綫索，因而節力縮時了。筆者非常感謝。編著是書，也是向古今詞學專家學者、詞作者學習之過程。覺得受益非淺。

《全璧》【考辨】收録歷代載籍自有特點：一、不僅收録李清照（易安）詞之歷代載籍，也同時收録歷代此闋著録他人或無名氏及存疑詞之載籍；二、皆詳注版本、卷數、頁碼，并詳作校記；三、除上舉四例外，是書還收録一些有關載籍的四庫本、宋何士信輯《增修箋注妙選群英草堂詩餘》元至正癸未廬陵泰宇書堂新刊本（最早版本，僅存不完整之前集兩卷）、宋建安古梅何士信君實編選《妙選箋注群英詩餘》（《增修箋注妙選群英草堂詩餘》）元至正辛卯孟夏雙璧陳氏刊行本（為洪武本之母本，詳見是書所收《武陵春》（風住塵香）【考辨】『歷代此闋著録為李清照易安詞之載籍』『[三]』『瑜注』）、宋黄大輿輯《梅苑》李祖年校聖譯樓刻本（宋人選宋詞十種之一）、宋黄大輿輯《梅苑》高郵宣氏刻本、清歸淑芬選輯《古今名媛百花詩餘》康熙二十三年刻本、清江標抄《汲古閣未刻詞》二十二家本之《李清照漱玉詞》、清汪玢箋《漱玉詞彙抄》手抄問遽廬正本、莫友芝家抄《漱玉詞》、木石居士選輯絳雲女史參校《歷代名媛詞選》民國十六年石印本等等若干種李易安（清照）及存疑詞之重要或未曾見之載籍，以考辨釐清其歸屬，為王仲聞《李清照集校注》等書所未曾著録或語焉不詳，見《全璧》【考辨】所收歷代此詞載籍及是書《主要引用書目》。

古代典籍浩如烟海，著録李清照及其存疑詞之載籍，肯定會有未被發現者，特別是有重要價值之載籍，待繼續窮索搜羅，再版時補苴罅漏。

劉　瑜

二〇一六年八月十五日